HEIDE SOLVEIG GÖTTNER

Die Priesterin der Türme

Insel der Stürme
Aránno
Tássran
Nárdas
Tegaréssos
Golóni
Thárraxi
Minéa
See Xórostrai
Vulkan Scyéyan
Scyé
Saréxi
Die Trockenen Hügel
Tenéxi
Caláxi
Altéru
Gärten von Néhraja
Geristáni
Corredános
Defágos
Kílmini
Ebene von Fesos
Martáxi
Historische Lage von Anáxi
Mandóxi
Cuétos
Mrauréssi
See Jaru
Taláxi
Zwillingsstädte
Millássan
Millássu
Vreréssi
Ájeri
Noárta

HEIDE SOLVEIG GÖTTNER

Die Priesterin der Türme

Erster Roman der Trilogie
Die Insel der Stürme

Piper
München Zürich

In Planung:
Der Herr der Dunkelheit (Bd. 2)
Die Königin der Quelle (Bd. 3)

www.heidesolveig-goettner.com

ISBN-13: 978-3-492-75004-2
ISBN-10: 3-492-75004-4

Vorsatzkarte: Erhard Ringer
Satz: C. Schaber Datentechnik, Wels
Druck und Bindung: Pustet, Regensburg
Printed in Germany

www.piper.de

Für S.
Und für R., *with all my love*.

Erster Teil

1

Als die vier Tage der Totenklage vorüber waren, verließ Amra die steinernen Grabkammern, rückwärts gewandt, wie es der Brauch vorschrieb. Erst vor der letzten senkrechten Stele richtete sie sich auf und blickte über das große Gräberfeld der Stadt, aus Steinplatten errichtet, die man in die Erde eingelassen hatte. Nach den Tagen der Trance und der Gesänge im Dämmerlicht der Totenkammern blendete sie der helle Tag. Doch selbst unter der grellen Sonne konnte sie den Anblick nicht vergessen, den Milans Körper geboten hatte.

»Das war kein Tier«, hatte Gorun, der ältere Bruder, mit dumpfer Stimme gesagt. Seine Reiter hatten Milan gefunden.

Sie war die Einzige aus der Stadt, die den jungen Mann nun noch hatte berühren dürfen, denn die Toten galten als unrein. Und so wandten sich die Priesterinnen ab von dem jüngsten Sohn Kaseiras und überließen es ihr, der *Laîren*, die Worte der Klage über ihn zu sprechen und seine Wunden zu waschen – schreckliche Wunden, die ihm absichtlich zugefügt worden waren.

Langsam schritt Amra durch die große Grabanlage.

Den komplizierten Ritus zu erlernen, nach dem die Toten bestattet wurden, hatte zu ihren wichtigsten Aufgaben gehört. Nur Draura und sie kannten die Gesänge, den geheimen Eingang, der ins Innere der Kammern führte. Die alte Kräuterweise hatte sie alles gelehrt, was sie wusste, und als Amra jetzt die Gräber hinter sich ließ, erinnerte sie sich an den Tag, an dem die alte Frau sie zum ersten Mal hinunter in die Kammern geleitet hatte – dorthin, wo die Verstorbenen der Stadt, von ölgetränkten Bandagen umhüllt, auf steinernen Podesten ruhten.

Bis dahin hatte das Angesicht des Todes für sie aus der großen Abschlussplatte bestanden, aus jener Stele, die aufrecht am Fuß der Kammern eingelassen war. In die glatte Oberfläche des Steins waren die ersten Strophen des ›Lieds der Zeit‹ eingraviert. Ein langer verzierter Spalt ließ einen Durchgang für das *Taú* der Verstorbenen frei, für ihre Lebenskraft, die sie nun durch diesen Riss verlassen würde.

Amra warf einen Blick zurück.

Die schwarze Statue des Gottes Antiles, des Herrschers über das Entfernte Land, ragte über dem Gräberfeld auf, geflügelt und schakalköpfig.

Sein Platz befand sich hinter den Gräbern, dort, wohin kein unbedachter Blick fiel, wenn man außerhalb des Halbkreises aus Stelen stand. Kein Lebender trat hindurch. Niemand blickte den Herrn der Schatten an. Alle aus der Stadt wandten sich mit Gesten des Abscheus von Antiles' Schrecken erregendem Antlitz ab – alle außer ihr.

Rasch drehte Amra sich um, als sie bemerkte, dass sie die Statue anstarrte.

Antiles' Anwesenheit über den Gräbern bedeutete, dass jene, die hier bestattet waren, ihm zufielen. Ihm überließ sie die *Taú* der Verstorbenen, damit er die Lebenden mit seiner Gier verschonte. Der Gott des Todes war unersättlich – davon zeugten auch der aufgerissene Rachen, mit dem er hier dargestellt war, und die ausgestreckten Klauenhände.

Als Amra weiterging, huschte etwas durch ihr *Taú* – eine Ahnung von Dunkelheit –, und sie griff hastig nach der alten Münze, die sie an einer Lederschnur um den Hals trug: ein Ding aus dem Hier und Jetzt, ein Gegenstand, den Menschen gemacht hatten.

Entlasse mich, bat sie lautlos und beschleunigte ihre Schritte.

Doch ein Gefühl kroch ihr über den Rücken, als ruhten Antiles' glitzernde Augen auf ihr, als beobachte der Schwarze Gott jeden ihrer Schritte.

In der erstickenden Stille, die plötzlich auf ihrem *Taú* lastete, fiel ihr das Atmen schwer. Das Gras bewegte sich jenseits der Gräber lautlos im Wind, Vögel schossen wie weiße Pfeilspitzen durch den Himmel, doch die schrillen Schreie der Tiere drangen nicht bis zu ihr vor, und die Strahlen der Sonne, weiß und hell, wärmten ihre Arme und ihr Gesicht nicht wie sonst.

Amra blieb stehen und hob die Hände. Sorgfältig schrieb sie das verschlungene Zeichen des Abschieds in die Luft, webte es in den gleißenden Himmel. Schritt für Schritt wiederholte sie noch einmal alle Gesten des Ritus, mit dem sie die Kammern verlassen und sich von den Toten gelöst hatte; noch einmal sprach sie die vorgeschriebenen Worte.

Entlasse mich.

Der Albdruck verschwand.

Sie atmete tief ein. Endlich nahm sie den kräftigen Duft des heißen, trockenen Bodens wahr. Eine Brise strich ihr über die Haut, und sie hörte, wie der Wind im wilden Getreide wogte. Als sie an Milan dachte, der all das nie mehr sehen würde, füllten sich ihre Augen mit Tränen.

Deshalb vielleicht fiel es ihr an diesem Tag schwer, die Toten in der Stille ihrer Gräber zurückzulassen; deshalb verfolgten die Schatten sie – weil es ein Junge gewesen war, der schon so früh ins Entfernte Land hinüberging, ein Tod, der zur Unzeit erfolgt war, bevor das Leben überhaupt begonnen hatte. Es war etwas anderes, wenn jemand diese Welt verließ, der so alt war wie Draura, die zu ihr sagte, alles habe sich erfüllt. Es war auch etwas anderes, wenn einer der Krieger gehen musste, einer der Reiter, die im Kampf notgedrungen den Tod herausforderten. Goruns Bruder jedoch war noch ein halbes Kind gewesen, ein Junge, der stolz war auf seine ersten Fertigkeiten mit dem Speer.

Jemand hatte ihm Entsetzliches angetan.

Aufmerksam ließ Amra den Blick durch das Tal gleiten, das sich ringsum ausbreitete, sanft geschwungen und blühend.

Sie war weit von der Stadt entfernt. Das große Gräberfeld lag in einer Krümmung, in der das Tal nach Nordosten verlief; in der Ferne sah sie die mächtige Silhouette des Berges Saréxi, der sich hinter der Stadt erhob. Davor strebten die stolzen Türme von Caláxi empor.

Sie befand sich fast am Fuß der Sternfelsen, deren rötliche Kette sich als Abschluss des Tals weit in den Südosten erstreckte. Jenseits der Klippen, hoch oben in der blauen Luft, kreiste der Vogel Koron über den Trockenen Hügeln, sein bevorzugtes Jagdgebiet. Zu dieser Jahreszeit war das Tal noch grün und sanft; die Sonne glänzte auf den langen Halmen des wilden Korns. Hüfthoch wuchsen Blumen zwischen den Ähren: Kelche, gelbe Blüten und violette Dolden. Die Felsen, die an manchen Stellen aus dem Boden ragten, waren vom Wind glatt geschliffen. Polster wuchsen darauf, übersät von weißen Sternen.

Während Amra auf die Felsen zuging, dehnte sie vorsichtig ihr *Taú* aus, das sich zu einem Knoten hinter ihrem Brustbein zusammengezogen hatte. Über die schwankenden Gräser ließ sie die Innerste Kraft hinauswachsen und spürte nichts außer der Landschaft.

Schutz, dachte sie. Schutz über das Tal und die Stadt. Sie wünschte sich Unsichtbarkeit wie einen Mantel von der Farbe des Himmels. Sie wusste, sie konnte mit dem *Taú* Stille ausströmen lassen, und sie überließ sich ganz dem Wind, dem Rascheln des Getreides; sie wurde eins mit ihrer Umgebung. Oft hatte sie sich auf diese Weise verborgen, wenn sie allein durch das Tal von Caláxi ging, weit vor den Toren der Stadt.

Einige Schritte vor ihr leuchteten die tiefblauen Blüten des Seidenkrauts aus dem Grün. Sie beugte sich zu den Pflanzen hinunter, von denen viele kümmerlich aussahen, nicht voll entwickelt, und doch verblühten sie bereits. Auch das wilde Getreide, das kaum Körner trug, wurde gelb. Ein heißer, dürrer Sommer stand der Stadt bevor.

Sie bückte sich und pflückte einige Stängel des Seidenkrauts. Es wuchs fast nichts mehr davon in der näheren Umgebung der Stadt. Die Pflanzen dufteten würzig, und aus einer Kapsel unter den Blütendolden, die dicht zwischen den Blättern saßen, lösten sich die seidigen Fäden, dem das Kraut seinen Namen verdankte. Wertvolle Salben konnten daraus zubereitet werden, die Stiche kühlten und Wunden schlossen. Jetzt besaß es seine höchste Wirkkraft, und es musste an einem Morgen wie diesem gepflückt werden, wenn Blätter und Stängel in vollem Saft standen.

Behutsam schritt Amra weiter, sorgsam darauf bedacht, sich zwischen den Büschen und roten Steinen zu verbergen. Sie folgte dem Rinnsal, das von den Sternfelsen herabfloss, denn an feuchten Stellen gedieh das Kraut besonders gut. Langsam ging sie auf die Felsen zu, in deren Klüften und schattigen Spalten die Quellen erst sehr spät im Frühjahr versiegten.

Ihre Schritte waren lautlos, und sie achtete auf jedes ungewöhnliche Geräusch im Wind. Sorgfältig konzentrierte sie sich auf die innere und äußere Stille, die leichte Trance, in der sie sich verbarg, damit sie nicht überrascht wurde, wie es Milan widerfahren war. Doch da war nichts, das Tal klang wider von den Stimmen der Vögel und vom Rauschen des Grases. Das Aroma der Kräuter stieg von ihrem Bündel auf.

Draura hatte sie nicht gelehrt, furchtsam zu sein. Draura hatte sie gelehrt, in Antiles' Angesicht zu blicken. Und es war richtig so, es war richtig und gut, dieses Andere Gesicht zu kennen, denn wenn sie an das Lager eines Kranken trat, dann war *er* es, dem sie dort begegnete, *er*, den sie zu vertreiben suchte. Und *er* war es, den sie willkommen hieß, wenn es an der Zeit war.

Doch an diesem hellen Morgen, an dem Goruns jüngerer Bruder nicht mehr lebte, kamen ihr Antiles' Launen sinnlos und grausam vor.

Das Wissen, dass sie nicht länger allein war, kam mit einem Mal, plötzlich und erschreckend. Amra erstarrte. Dort war jemand, unmittelbar vor ihr an der Quelle am Fuß der Sternfelsen, jemand, der sich wie sie in der Stille zu verbergen wusste.

Einige atemlose Augenblicke lang stand sie starr zwischen den Zweigen, als sie an gehörnte Krieger dachte, an bronzene, geschliffene Waffen, und das Herz klopfte hart in ihrer Brust.

Doch die Nraurn würden sich nicht so vorsichtig bewegen.

Lautlos bog sie einen Zweig zur Seite und erblickte einen Mann, der sich am Wasser auf ein Knie niedergelassen hatte. Es war niemand aus der Stadt, sie hatte ihn noch nie gesehen. Reglos verharrte sie auf der Stelle und bemühte sich, das *Taú* ruhig zu halten, das vor Schreck pulste.

Der Mann hatte sie nicht bemerkt, er beugte sich zu der Quelle hinab.

Er war jung, sicher nicht viel älter als sie. Braunes, dunkles Haar fiel ihm in die Stirn, und an seiner Hand schimmerten zwei silberne Ringe. Er füllte eine lederne Flasche und ließ sich dabei das frische Wasser über die Finger strömen, gedankenverloren für einen Augenblick. Ein Fremder auf dieser Seite des Scyé, dachte Amra, als ihr plötzlich die Andersartigkeit seiner Kleidung und sein ungewöhnlicher Schmuck auffielen. Ihr *Taú* krampfte sich zusammen, als ihr die Ungeheuerlichkeit dieses Gedankens bewusst wurde.

Sie wagte nicht, sich zu bewegen.

Bis zur Hüfte stand sie zwischen den Gräsern und Büschen, doch sonst gab es keine Deckung. Das Herz schlug ihr bis zum Hals, während sie hoffte, dass der Mann ihre Gegenwart nicht spürte. Mit ruhigen Bewegungen verschloss der Fremde die Flasche und richtete sich auf. Er blickte nicht einmal in ihre Richtung, sondern wandte sich ab, um den Hügel hinaufzugehen.

Doch plötzlich fuhr er herum.

Einen Moment lang starrten sie sich in die Augen, in gegenseitigem Erschrecken, und Amras Muskeln spannten sich. Da glitt der Blick des Fremden von ihr weiter zu einem Punkt im Tal, in die Richtung jenes Geräuschs, das ihn aufgeschreckt hatte.

Hufschläge erklangen von dort, das rasche Getrappel galoppierender Ponys.

Staub stieg auf, der rötliche Staub des Tals, und er zog eine Spur, die sich rasch näherte.

Sie kehrte dem Fremden den Rücken zu. Das wurde ihr mit Schrecken bewusst, doch als sie sich hastig umwandte, war er verschwunden.

Sie wusste, dass sie verloren war, wenn dieser Mann sich hier nicht allein aufhielt, wenn seine Begleiter hinter den Felsen und Büschen lauerten.

Sie drängte sich durch die dichten Sträucher und achtete nicht darauf, dass ihr die dornigen Zweige Arme und Hände zerkratzten. Sobald sie offenes Gelände erreicht hatte, rannte sie; das hohe Gras schlug ihr gegen die Knöchel, die dünnen Stängel des Goldhalms brachen unter ihren Schritten, während sie auf die aufsteigenden Staubfahnen zulief. Der Wind trug das Geräusch der Hufschläge heran, und endlich sah sie die drahtigen grauen Pferdchen, für die Caláxi im ganzen Süden berühmt war, das Blitzen von Bronze – und Gorun, der an der Spitze ritt, den runden Schild achtlos neben dem Knie am Sattel, die Speerspitze nach vorn gerichtet.

Als der Reiter ihre Schreie hörte, riss er sein Pferd herum.

Die grauen Kriegsponys schwenkten in ihre Richtung, jagten auf sie zu. Dicht vor ihr zerrte Gorun an der dünnen Kupferstange, die durch das Maul seines kleinen Hengstes führte. Sraxi warf den Kopf hoch und kam in einer Staubwolke schlitternd zum Stehen.

»Was tust du hier draußen?«, schrie der Krieger ihr zu.

Die Locken wehten ihm in die Stirn. Zorn und Sorge, die durch sein *Taú* wogten, trafen Amra so plötzlich, dass sie unwillkürlich die Hand hob. Goruns Reiter schwenkten im Bogen hinter ihm ein, die Ponys wirbelten Staub auf.

»Weißt du, wie weit du dich von der Stadt entfernt hast?«

»Gorun!«, keuchte sie, fing sich wieder, entschlossen, seine Grobheit nicht zu beachten. »Dort bei den Trockenen Hügeln ist jemand! Ein Fremder.«

Sie presste das Bündel Seidenkraut an sich, immer noch verwundert über die Schnelligkeit, mit der die Reiter sich genähert hatten. Immer noch erschrocken über die Begegnung an der Quelle.

Rasch ließ Gorun den Blick über die roten Hänge gleiten. Er war groß und kräftig gebaut und dabei doch beweglich, ein stattlicher Mann mit den dunklen Locken und den grauen Augen seines Klans, der eins war mit seinem aufgeregten Kriegspferd. An einer dünnen Lederschnur hing die kleine Statue des Gottes Nemnos um seinen Hals – und an einer zweiten das Zeichen seines Klans, ein Bronzering mit einem steigenden Pferdchen darin. Amra sah es bekümmert, denn der Erste Reiter legte das Symbol seines Hauses eigentlich ab, wenn er diesen Titel annahm und das Innere der Turmanlage betrat, um der Quelle und der ganzen Stadt zu dienen – nicht mehr einem Klan allein. Dieses Zeichen hatte Milan gehört.

»Khani, nimm Amra zu dir aufs Pferd! Beeilt euch!«, ordnete Gorun kurz an.

Dieser Platz stand ihr nicht zu; als *Laîren* hatte sie nicht auf einem Pferd zu sitzen, doch Khani drängte sein Tier schon zu ihr heran, machte ihr den Bügel frei. Das graue Pony legte die Ohren an.

»Ein Mensch«, setzte Amra atemlos hinzu, während sie den Fuß in die steife Lederschlaufe setzte und sich hinter Khani auf den Rücken des Ponys schwang. Gorun runzelte die Brauen und riss sein Pony zu den Reitern herum.

»Nehmt euch in Acht! Sie sind in den Hügeln!«, rief er ihnen zu. »Tegos, du holst die Männer, die das Tal hinaufgeritten sind! Vorwärts!«

Mit einer Bewegung seines Speers wies er den Reitern die Richtung. »Seid wachsam!«

Damit stieß er Sraxi die Fersen in die Flanken und jagte auf die Trockenen Hügel zu.

Amra spürte Faixis kräftige Sprünge unter sich, das kurze Fell an ihren Beinen, während die Reiter auf die Hügel zugaloppierten. Das Pony kämpfte gegen den Zügel, als die anderen vor ihm den ersten Hang hinaufstoben, unweit der Quelle, und Khani ließ das graue Pferd laufen.

Mit einer Hand klammerte Amra sich fest, weil sie das Bündel Seidenkraut nicht loslassen wollte. Es war unbequem, hinter dem Reiter zu sitzen, doch sie war froh, nicht mehr allein und zu Fuß durch die weite Ebene zu gehen, die rasch hinter ihnen zurückfiel.

Plötzlich schrien einige der Reiter auf, die Reihe der Kriegspferde fächerte auseinander, und im Vertrauen auf den Instinkt der Ponys, die kampfgewohnt voranschossen, gaben die Männer den Tieren die Zügel frei. Wendig glitten sie an Büschen und Steinen vorbei und wurden mit vorgestreckten Köpfen und flachen Ohren immer schneller. Sie jagten etwas. Jemanden.

Ein Stück unterhalb der Hügelkuppe lief der Fremde.

Er rannte, folgte der Linie der Kuppe, doch die Ponys trieben ihn in die hohe, trockene Wiese, immer weiter die Anhöhe hinauf. Er war flink und geschickt, duckte sich unter einem Speer, wich Falrau im letzten Augenblick aus und verschwand erneut zwischen Felsen und Gestrüpp, die so eng standen, dass die Pferde ihm nicht folgen konnten, während Gorun schrie, die Reiter sollten ihm den Weg abschneiden.

Doch es gab nicht viel Deckung auf dieser Hügelkuppe. Khanis Pony jagte den anderen hinterher, als der fremde Läufer wieder auftauchte. Schnell war er, dieser Mann, aber zu Fuß gegen vierzehn graue Ponys. Und ein Fremder in diesem Tal, ganz offenkundig, denn er wusste nicht, dass die Sternfelsen nach Süden hin steil abfielen.

Dort gab es kein Entkommen.

Als der Gejagte den höchsten Punkt der Felsen erreichte,

rief er etwas, und Amra sah eine Bewegung hinter den Steinen – Bogenschützen, dachte sie entsetzt, oder Speerwerfer. Eine Falle, in die der Mann sie gelockt hatte. Augenblicklich riss Gorun den Speer hoch, doch der Fremde fuhr zu ihm herum, wandte sich Goruns blitzender Speerspitze entgegen und hob abwehrend die Hand.

»Nein, nicht!«, schrie er. »Warte!«

Zwischen den Steinen erschien ein kleines Mädchen, ein Kind mit langen dunklen Haaren.

Die Pferde scheuten zurück.

Es war eine heftige Bewegung, die Goruns Hengst gegen Faixi warf. So hart prallten die Pferde gegeneinander, dass Khanis Tier grunzend in die Knie ging. Amra klammerte sich fest, als sie plötzlich die Bewegungen des Ponys unter sich nur noch wie aus weiter Ferne spürte.

Die langen gelben Grashalme neigten sich unter dem Wind, hier auf dem Hügel und in der weiten Ebene des Tals; sie spürte das Gleiten der Wolken über den Himmel. Keuchend grub sie die Finger in Khanis Gürtel, als sie angesichts dieser Wahrnehmung das Gleichgewicht verlor. Einen Lidschlag später war das Gefühl vorbei, und sie fand sich auf der heißen, staubigen Hügelkuppe wieder, auf Khanis strauchelndem Pony. Im *Taú* des jungen Kriegers pulsierten Aufgeregtheit, Empörung – und Verwirrung; um sich herum hörte sie aufgeregtes Hufgetrappel und Goruns Flüche.

Der Reiter zog seinen kleinen Hengst zurück, die Speerspitze schwankte mit der Bewegung des Pferdes und richtete sich erneut auf den Fremden, der sich zu dem Mädchen hinunterbeugte, ohne die Reiter aus den Augen zu lassen.

»Lillia«, sprach der Mann das Kind leise an, doch es rührte sich nicht.

Das Mädchen blickte zu Gorun auf, sah dem Reiter in die Augen, und Gorun starrte sie seinerseits an – *alle* starrten das Kind an.

Die Augen des Mädchens waren grünlich und blau, türkisfarben wie der Himmel im Westen, kurz nachdem die Sonne gesunken war. Trotz der heißen Luft kroch Amra die Kälte über die Arme. Ein Verlorenes Kind.

Solche Kinder sollten nicht leben, hieß es, und in Caláxi war man stets diesem Rat gefolgt. Doch dieses Mädchen war bereits sechs oder sieben Jahre alt. Sie war schön, von zartem Körperbau, ihr Gesicht war fein und weiß, und der Staub auf ihrem einfachen Kleidchen zeugte von einer weiten Reise. Durch ihre dunklen Locken zogen sich Strähnen, silbrig wie die Fäden des Seidenkrauts. Einzelne Grashalme hingen darin. Offenbar hatte sie im Schutz des Felsens geschlafen.

Jetzt stand sie inmitten der Vertiefungen, die vor langer Zeit in die windgeschliffene Felsplatte geschlagen worden waren und die Sternbilder symbolisierten. Ohne Furcht musterte das Mädchen die Reiter auf ihren unruhigen Pferden, als könnten ihr die harten Hufe der Kriegsponys nichts anhaben; sie ließ die Augen nicht von Gorun, der sich unbehaglich im Sattel bewegte. Der Fremde streckte die Hand nach ihr aus, und augenblicklich fuhren blitzende Speerspitzen in seine Richtung.

»Weg von den Pferden, Kind!«, drängte der Mann das Mädchen und wischte mit dem Handrücken den Schweiß fort, der ihm über die Schläfen lief. Sein Atem ging noch immer schnell.

Das Mädchen wandte sich ihm zu.

»Hier! Es ist genau hier!«, sagte sie mit großer Bestimmtheit und breitete den Bann ihrer großen, grünlichen Augen über ihn aus. Der Fremde warf einen weiteren verzweifelten Blick auf die Ponys und auf die fernen Türme der Stadt Caláxi, die weit unter ihnen vor der bläulichen Silhouette des Saréxi aufragten.

Das Mädchen schritt auf den Linien zwischen den Sternen entlang und kam auf den Mann zu. Er fasste sie an der Hand und zog sie zu sich heran, wünschte sie sicherlich zurück in die Deckung des Felsens, fort von den Speerspitzen.

Doch dafür war es jetzt zu spät.

Goruns Lanze zeigte auf das Gesicht des Fremden. Der Reiter zwang seinen stampfenden, erregten Hengst näher; der Griff des Fremden schloss sich fester um die Hand des Kindes. Er sah Gorun an. Seine Augen waren dunkel, ganz anders als die des Mädchens.

»Wer bist du? Was willst du hier? Ihr seid nicht willkommen«, fuhr Gorun ihn an.

Schaum tropfte von Sraxis Maul, als der kleine graue Hengst unruhig hin- und hertrat, sich wegdrängte von dem Mann und dem Kind. Gorun stieß das Tier ungeduldig mit dem Speerschaft an, doch Sraxi beruhigte sich nicht. An den Armen spürte Amra, wie Khani heftig atmete.

»Ich bin allein«, sagte der Fremde und sah zu dem Reiter auf.

Da nahm Amra zum ersten Mal sein *Taú* wahr. Es war konzentriert und fest. Das *Taú* eines Kriegers, dachte sie unwillkürlich.

»Allein?«, fragte Gorun unbeherrscht. »Niemand zieht allein durch ein Land wie dieses, noch dazu mit einem solchen Kind!«

Der Fremde sah das Mädchen an, das stumm seinen Blick erwiderte. Der Wind strich durch ihre dunklen Locken, fuhr durch das Gras und wehte es gegen die Beine der Pferde. Alles bewegt sich, dachte Amra. Sie schloss die Hand fester um ihren Halt am Sattel, als sie erneut den leichten Schwindel spürte.

»Ich bin allein mit ihr«, wiederholte der Fremde, er atmete jetzt gleichmäßiger. »Ich habe keine Händel mit deiner Stadt, Reiter. Ich will lediglich meinen Weg durch dieses Tal fortsetzen.«

Trotz der drohenden Speere, die auf ihn zeigten, sprach der Mann ruhig und beherrscht. Er tat nichts, was Goruns Krieger herausgefordert hätte, doch er wich auch nicht zurück. Sein Dialekt klang fremd, war härter und klarer, als in Caláxi gesprochen wurde.

Alles an ihm war anders: die Art, wie seine Kleidung gearbeitet war; die Verzierungen aus Leder am Kragen und an den Säumen seiner kurzen Jacke; das dunkle Braun seiner Augen.

»Das ist alles?«, fragte Gorun mit grimmigem Spott. Hitzig beugte er sich vor. »Deinen Weg fortsetzen? Und du glaubst, ich lasse dich einfach ziehen, das Tal herauf oder hinunter, wie es dir beliebt? Du kommst aus dem Norden, Mann!«

Mit der Speerspitze stieß er gegen die beiden Ringe, die der Fremde an einer Hand trug.

Niemand im Süden trug solche Ringe. Niemand im Süden trug Silber.

»Fürchtet ihr euch in deiner Stadt vor einem Mann und einem Kind?«, fragte der Fremde zurück und ließ sich auch nicht beirren, als Goruns Krieger ungehaltene Drohungen ausstießen. Unablässig zielten sie mit den Speerspitzen auf ihn und auf das Mädchen. Die Pferde schnaubten erregt und drängten gegen die Zügel, keinen Augenblick standen sie still.

»Ein Mann? Ein *solches* Kind? Und wie viele Nraurn?«, herrschte Gorun ihn an.

Sein Speer bebte. Er spannte den Kiefer, und für einen Augenblick wurde der frische Schmerz in seinem *Taú* fühlbar. Scharf sog Amra die Luft ein, als sie seine jüngsten Erinnerungen teilte: den Brand- und Blutgeruch, das Wehklagen in fast allen Häusern der Stadt, die brennenden Felder. Und all jene, die sie verloren hatten.

»Gorun«, sagte sie, im *Taú* ebenso wie mit der Stimme, und der Reiter warf fluchend den Kopf in den Nacken. Er riss an Sraxis Zügeln und ritt einen engen Kreis, zwang sich, die Speerspitze nicht länger auf den Fremden zu richten.

Falrau beugte sich aus dem Sattel zu ihm hinüber, ein Mann mit scharfen Gesichtszügen und ein ausgezeichneter Krieger mit dem Speer. Sie wechselten einige halblaute Worte; Gorun antwortete dem Freund gedämpft, mit unterdrückter Heftigkeit. Als Falrau auf seinem Standpunkt beharrte, nickte Gorun schließlich knapp und wandte sich an die anderen Reiter.

»Fagon, Firos«, teilte er sie auf, »ihr nehmt je vier Leute und reitet das Tal hinauf, bis dorthin, wo wir Milan gefunden haben. Seid vorsichtig! Hirau, du und dein Bruder, ihr reitet über die Kämme. Magon, die Felsen hinab!«

Während die Ponys in kleinen Gruppen losstürmten, die steile Flanke der Sternfelsen hinab, zog das Mädchen an der Hand seines Begleiters, bis dieser sich leicht zu ihm hinunterbeugte. Aufgeregt flüsterte das Kind mit ihm, und inmitten der wendenden Pferde antwortete er leise, versuchte es zu beruhigen. Erst jetzt fiel Amra auf, dass er nicht bewaffnet war – bis auf ein kurzes Messer, das er im Gürtel trug. Das Messer, die Wasserflasche und eine Decke – mehr besaß dieser Fremde nicht.

Wie konnte er sich so schlecht ausgerüstet allein in diese Gegend wagen?, fragte sich Amra, und erneut stieg Furcht in ihr auf. Sie warf einen Blick auf die Trockenen Hügel, die sich jenseits der Sternfelsen ausdehnten, endlos weit in Richtung Osten. Hitze brütete über den kahlen Hängen. Das Reich der Nraurn.

»Du«, herrschte Gorun den Fremden an, »zieh die Stiefel aus!«

Der Mann blinzelte und rührte sich nicht.

»Deine Stiefel«, wiederholte Gorun ungehalten. »Und das Messer. Das Kind kann die Schuhe meinetwegen anbehalten. Aber du wirst dafür sorgen, dass sie tut, was wir sagen. Ihr kommt mit uns in die Stadt.«

Nach kurzem Zögern bückte sich der Fremde und löste die Verschnürung seiner staubigen Stiefel. Sie waren schwer, viel schwerer als die Sandalen oder die glatten Stiefel, die in Amras Stadt getragen wurden; geeignet, einen weiten Weg zu Fuß zurückzulegen. Jetzt streifte er sie ab, zog das Messer aus dem Gürtel und warf alles vor Sraxis Hufe ins Gras.

Mit einem Schwenk der Speerspitze forderte Gorun den Mann auf, den Hang hinabzugehen. Wortlos fasste der Fremde das Mädchen an der Hand und hielt es dicht neben sich, während er zwischen den Ponys über die steile Flanke der Sternfelsen abwärts stieg.

Sie hielten auf die Stadt zu.

Selbst aus dieser Entfernung wirkte der Hauptturm der Stadt mit seiner weit ausladenden Krone eindrucksvoll und mächtig. Die rötlichen Steine, aus denen er errichtet war, leuchteten in der Sonne. Drei wuchtige Wehrtürme umgaben ihn und die darunter verborgene Quelle. Im Hintergrund ragte der kahle Tafelberg Saréxi auf, und in der Ferne, wo sich das weite Tal nach Westen öffnete, zeichnete sich die dunstige Silhouette des Küstengebirges ab.

Der Fremde zuckte zusammen, wenn seine bloßen Füße eine Felskante oder das harte, scharfe Gras berührten. Als sie sich der Stadt näherten, humpelte er bei jedem Schritt, während seine Stiefel, an ihren Riemen aufgehängt, von Khanis Sattel baumelten. Über dem Tal flimmerte die Luft, satt von den Öldüften der flachen Sträucher. Die Feldstreifen zwischen den Felsen und dem wilden Getreide, auf denen Gemüse und Melonen gezogen wurden, wirkten verwildert, seit Tagen unberührt. Die hohe weiße Statue der Göttin Amatha wachte in einiger Entfernung über der Ernte. Doch auf den Anhöhen um Caláxi weideten weder Ziegen noch Schafe. Seit Milans Tod hatte niemand die Stadt verlassen. Niemand außer den Kriegern. Und mir, dachte Amra.

Nur langsam kühlte die Erregung der Männer ab, das heiße Blut der Reiter, der Verteidiger Caláxis, und sie saßen entspannter in den Sätteln. Aus dem Tal jagten hin und wieder Reitertrupps zu ihnen heran, riefen kurze Worte herüber und schwenkten sofort ab, als Gorun sie mit knappen Anweisungen wieder losschickte, hinaus in das Umland der Stadt.

Der Krieger lenkte Sraxi mit kaum verhohlenem Zorn. Immer wieder ritt er voraus und fiel erneut zurück, wandte den Blick kaum vom Horizont und der flimmernden Linie der

Trockenen Hügel. Der Erste Reiter von Caláxi, dem die Sicherheit des Tals und der Mauern anvertraut war. Schützer der Quelle, lautete sein Titel. Als er sich einmal umdrehte und Amra in seine grauen Augen blickte, spürte sie sein lebhaftes *Taú*, die unbeherrschte Hitzigkeit seines Klans, die auch Milan ausgezeichnet hatte; sie spürte die Sorge, die ihn ganz und gar erfüllte, Sorge um die Stadt nach diesem schrecklichen Frühjahr.

In scharfem Trab ritt er zu ihr heran, während Falrau an seiner statt an der Spitze des kleinen Zugs blieb.

»Wir hatten angenommen, dass du sofort zur Stadt zurückkehrst, nachdem die Totenklage um meinen Bruder vollendet war«, sagte Gorun. »Es ist keine günstige Zeit, um im Tal spazieren zu gehen, Amra.«

Sie starrte ihn an. Auch wenn sie *Laîren* war und ihre Stellung wenig geachtet in der Stadt, so hatte doch noch nie jemand auf solche Weise mit ihr gesprochen.

»Ich habe Seidenkraut gesucht«, entgegnete sie und wies auf das welke Bündel, das sie im Arm trug und während des ganzen Ritts nicht losgelassen hatte.

»Leichtsinn«, schalt Gorun und schüttelte den Kopf, »für diese paar Halme ein solches Wagnis einzugehen!«

Sein Mantel aus Ziegenfell fiel bis auf den Rücken seines Ponys hinab, Schmuck aus Bronze klirrte im Rhythmus des schreitenden Pferds. Der Speer, seine bevorzugte Waffe, die ihn zu einem der hervorragendsten Krieger der Stadt machte, ruhte griffbereit auf seinen Knien.

»Jemand muss hinaus und die Kräuter suchen«, entgegnete Amra. »Die Tiegel und Töpfe sind leer, und bald gibt es nicht mehr genug hiervon und nicht mehr genug davon. Oder willst du, dass Draura geht – in ihrem Alter?«

Goruns Gesicht blieb finster.

»Ich wünsche, dass du das nächste Mal ankündigst, wenn du irgendwohin gehst. Deine Mutter wünscht es«, sagte er knapp.

Amra blickte ihm nach, als er sein Pferd wieder an die Spitze des Zugs trieb. Alle Reiter hatten seine Worte gehört;

selbst der Fremde, der dicht vor Khanis Pony herging, war Zeuge geworden, auf welche Weise der Erste Reiter mit ihr umsprang. Und auch wenn alle höflich die Augen abgewandt hielten, so stiegen doch Zorn und Scham in Amras Kehle auf. Ihre Mutter wünschte oder verbot, streckte immer noch die Hand nach ihr aus, obwohl Amra Kedras Haus bereits vor zwei Sommern verlassen hatte. Der Zorn darüber verschleierte ihr für einen Augenblick die Sicht, und Faixi tat einen Satz, sodass der Fremde hastig zur Seite ausweichen musste.

»Amra«, tadelte Khani ein wenig verlegen und tätschelte den Hals seines Ponys, »bitte denk daran, dass dein *Taú* stärker ist als das anderer und du damit die Pferde scheu machst. Sie sind ohnehin schon unruhig genug.«

Langsam atmete sie aus und zog die Kraft des *Taú* auf ein kleines Maß zusammen, fasste sich mit der linken Hand an das Brustbein, hinter dem das *Taú* verborgen lag. Sie selbst trug ebenfalls kein Klanzeichen, denn wie die Reiter lebte die *Laîren* außerhalb der Klane. Nur die schartige alte Münze hing ihr an einem Lederband um den Hals und trug auf der einen Seite das Symbol des Loslassens und auf der anderen das des Haltens; denn das war ihre Kunst: zu halten, was zu halten war, und zu begleiten, was auf verschlungenen Wegen ins Entfernte Land hinüberschritt.

Fröstelnd blickte sie auf, als ein Schatten über sie hinwegglitt wie eine Wolke oder ein großer Vogel, der für einen Augenblick die Sonne verdunkelt. Doch als sie den Kopf hob, war der Himmel leer und blau. Antiles' Echo, dachte sie. Der Schwarze Gott, der sie daran erinnerte, dass er sie stets begleitete.

Da sah sie, dass die Augen des Mädchens auf ihr ruhten, ähnlich durchdringend, wie das Kind Gorun oder den Fremden angeblickt hatte.

Türkisfarbene Augen, leuchtend und durchsichtig wie der Himmel am Abend.

Trotz der Hitze des Tages lief erneut ein Schauer über Amras Arme.

Ein Kind, das nicht leben durfte, ein Kind, das nicht bestimmt war für diese Welt.

So hieß es in den Zeilen des Lieds, so lauteten die alten Worte – eine Warnung, die für den ganzen Süden galt. Der Fremde jedoch sprach leise auf das Mädchen ein und hielt sie mit einer so vertrauten Geste, als wüsste er nicht, was sich in ihr verkörperte, als empfände er keine Furcht vor dem Fluch, der auf ihr lastete. Als die Reiter ihn und die Pferde antrieben, stolperte sie vor Erschöpfung. Da hob er sie hoch und trug sie, berührte sie, als wäre sie ein Kind aus seinem Klan. Und die Kleine sprach mit ihm; sprach über die Stadt, die sich nun unmittelbar vor ihnen erhob.

Immer wieder lenkte sie die Aufmerksamkeit ihres Begleiters auf die roten Türme, auf den wuchtigen äußeren Wall Caláxis. Ihre Hand beschrieb einen Bogen über das Bauwerk und deutete schließlich zum Westturm hinauf, der die Mauer überragte.

Caláxi war keineswegs die größte Stadt des Südens, doch Amra fand, dass es keine schönere geben konnte. Ihre Mauer und die kegelförmigen Türme waren mit schwarzen Ornamenten versehen. Im ganzen Süden wurde sie »die Freundliche« genannt.

Doch in diesen Zeiten ständiger Bedrohung hatte sie viel von ihrer Freundlichkeit verloren. Die Mauer war auf Betreiben des Baumeisters Vrauron hin schrittweise erhöht worden, sodass sie die Stadt jetzt wie ein mächtiger Wall umgab. Wächter standen in dichtem Abstand auf ihrer Krone, wirkten erschreckend mit den kupfernen Masken, welche die obere Hälfte ihrer Gesichter bedeckten. Mit ihren Speeren und Schilden und dem nach außen gerichteten *Taú* bewachten sie die Stadt und das umliegende Tal.

Knirschend drehte sich das Tor in den Angeln. Es war aus breiten kupfernen Bändern genietet und wurde erst im letzten Augenblick geöffnet, um die Heimkehrenden einzulassen. Dahinter standen weitere Wächter, schweigend und unkenntlich. Bewaffnete und berittene Reiter drängten sich dort auf dem Weg nach draußen, und ihre Pferde begrüßten die Entgegenkommenden schrill. Ihre Stimmen mischten sich mit den vielfältigen Geräuschen der Stadt, dem Meckern und Blöken der Tiere, die in Pferchen eingesperrt waren in diesen Tagen, da es zu gefährlich war, sie auf die Weiden zu treiben.

Drei Wehrtürme erhoben sich aus dem zweiten inneren Mauerring. Der Nordturm war unbewohnt; seine kühlen, runden Kammern dienten als Lager für Korn, Öl und jene Güter, mit denen die Stadt Handel trieb, vor allem Tonwaren und Schmuck. Im Ostturm lebten die Reiter, und das Bauwerk im Westen, der Dunkle Turm, an dessen Fuß ein großer Platz lag, bewahrte auf, was sie für ihr Kriegshandwerk brauchten: Waffen und Schilde. Alles, was im Kampf benutzt wurde. Alles, was mit Antiles in Berührung kam.

Amra wandte sich von der steilen Wand ab, von den großen rauen Steinen. So hoch die drei Wehrtürme von Caláxi auch waren, Bestandteile der Inneren Mauer – der Hauptturm in der Mitte, das Heiligtum über der Quelle, überragte sie noch. Die Stadt selbst erstreckte sich innerhalb des weiten Bogens der äußeren Mauer, und umfasste den Markt mit seinen bunten Ständen samt den Pferchen der Tiere. Ziegen und Ponys drängten sich dort, lehnten sich mit der Brust gegen den Zaun und beäugten aufgeregt die Ankömmlinge. Vom Markt wehte der Duft von geröstetem Fleisch und Backwaren herüber, doch vor allem roch Caláxi nach den hitzegetränkten Mauern, den großen Steinen, aus denen seine Türme erbaut waren. Weiter hinten am Fuß des Ostturms lagen die Tempel und Gemeinschaftshäuser, in denen die Versammlungen der Stadt abgehalten wurden, und noch weiter entfernt, im Schatten der Inneren Mauer, standen die ausladenden Rundhäuser der Klane.

Auf zerschnittenen Füßen humpelte der Fremde in die Stadt, ertrug schweigend die Demütigung, die Gorun ihm zufügte. Als die Menschen ihn und das Kind zwischen den Reitern erblickten, ließen sie sinken, was sie gerade in der Hand hielten. Mit offenen Mündern starrten sie den Mann an, und mehr noch als ihn das Mädchen, das er auf den Armen trug. Wie schon im Tal hielten die Reiter ihre Ponys in einem dichten Ring um ihn und trieben ihn so durch die Menge auf die Innere Mauer zu.

Nach der Stille des Tals ließ der Lärm der Stadt Amras Herz pochen. Als sie sich von der ersten Überraschung erholt hatten, eilten Haye und die anderen Frauen von ihren Ständen herbei; ihre Stimmen überschlugen sich vor Aufregung. Die Männer, die sonst die Felder außerhalb der Stadt bestellten, legten ihre Hacken und Grabstöcke zur Seite und drängten ebenfalls heran. Mitten unter den Erwachsenen rannten Kinder kläffenden Hunden hinterher und die Hunde den Kindern – sie kümmerten sich als Einzige nicht um die Neuigkeiten, die in die Stadt gekommen waren. Die Alten jedoch deuteten auf den Mann und das Mädchen, sie gestikulierten und schüttelten die Köpfe, als bemerkten sie die Fremdheit der beiden, könnten aber nicht glauben, was sie da sahen.

Viele Stimmen schwirrten durcheinander. Einige riefen auch ihren Namen, ungehalten, bemerkte Amra. Thirion, ihr älterer Bruder, stand in der Menge und grinste breit, als er sie hinter Khani auf dem Rücken eines schwitzenden Kriegsponys sitzen sah, die Röcke hochgerafft, was sich weder für Kedras Tochter noch für die *Laîren* der Stadt gehörte. Doch Thirions Belustigung verschwand rasch, als sein Blick auf den Fremden und das Mädchen fiel. Erschöpft von der Hitze und dem viertägigen Fasten, hielt Amra sich am Sattel fest und presste das Bündel Seidenkraut an sich. Sie hoffte, dass die Halme noch nicht zu welk zum Verarbeiten waren, denn sonst hatte sie Goruns Zorn und den Unmut der Häuser ganz umsonst auf sich gezogen. Für die vier Tage und Nächte der Totenklage, die sie einsam zwischen den Gräbern verbracht hatte, hatte sie sich des Einverständnisses der Klane sicher sein können, nicht aber für das Sammeln der wichtigen Heilpflanzen, stellte sie mit Bitterkeit fest.

Barfuß rannten Jungen neben den Pferden her und reichten den staubigen Reitern Becher mit dem Wasser der Quelle, die traditionelle Begrüßung der Stadt, von der nur der Fremde und das Mädchen ausgenommen waren. Halbwüchsige Knaben drängten nach vorn, um einen Blick auf den Mann zu werfen, bevor sie hastig vor den grauen Kriegspferden zurückwichen. Mit seinen jüngeren Cousins, die atemlos neben seinem Pony herliefen, tauschte Khani unbekümmert scherzhaften Spott aus und konnte es sich nicht versagen, seine Rolle in der Aufregung dieses Morgens ein wenig deutlicher herauszustreichen, als es den Tatsachen entsprach. Erst als Gorun ihm einen warnenden Blick zuwarf, zog Khani beschämt den Kopf ein und lenkte sein graues Pony wieder zu den Gefährten, die sich den Weg zum Westturm bahnten.

Als sie an der Statue Celessedras vorbeikamen, der Herrin des nächtlichen Himmels, die am Rand des großen Platzes stand, blieb der Fremde stehen und blickte hinauf in das strenge, steinerne Gesicht der Göttin. Celessedra sah über die Mauer hinweg nach Westen, wo, wenn die Sonne versank, ihr Reich begann. Blumengebinde bedeckten ihre Füße, Gaben aus der Stadt. Ihre Hand wies auf jenen Punkt des Himmels, um den sich alles drehte und der selbst stillstand. Ihr Arm war die Achse, während durch die halb geöffneten Finger ihrer anderen Hand die Zeit verrann. Das Kleid der Statue war aus einem Mosaik eng gesetzter dunkelblauer Steine gefertigt, die man eigens von der Küste geholt hatte. Polierte Messingplättchen innerhalb des Mosaiks stellten die Sternbilder dar.

Das fremde Mädchen flüsterte aufgeregt mit dem Mann, der sie immer noch auf dem Arm trug, und blickte ebenfalls zu der Statue hinauf.

»Wer ist das?«, wollte das Kind wissen.

»Das sind Götter, Lillia. Die Götter dieser Stadt«, sagte der Mann leise und verriet sich damit zum ersten Mal als jemand, der wirklich aus dem Norden kam – von jenem Teil der Insel, wo man sich so sehr von dem alten Wissen abgewandt hatte, dass nicht einmal mehr die Namen der Ewigen allgemein bekannt waren.

Amra betrachtete das Gesicht des Fremden von der Seite.

Der Norden, so sagte man, war ein hartes, raues Land; dort gab es nichts, was einer so vielfältigen Verehrung wert gewesen wäre, wie man sie im Süden pflegte. Und die Bewohner jenes Landes hätten ohnehin kein Aufheben davon gemacht.

Denn der Norden verachtete die Götter.

Kalt und hartherzig hatten sich seine Bewohner dem Einfluss der Ewigen verschlossen, hatten einst sogar ihr Vorhandensein geleugnet und über diese Streitfrage einen der längsten und bittersten Kriege begonnen, den die Insel je erlebt hatte. Einen der verlustreichsten Kriege, denn die Feinde jenseits des Scyé waren von unberechenbarer Grausamkeit.

So hatte Amra es stets gehört. Stets sprach man mit Abscheu von diesen Ereignissen, sobald die Rede auf den Norden kam. Als sie ihn jetzt musterte, fand sie jedoch nichts von alledem im Gesicht des jungen Fremden.

Er blickte zu der Statue hinauf, zu den roten Türmen Caláxis, und betrachtete ihre Stadt mit schlecht verhohlenem Erstaunen, so als sähe er etwas, das er nicht erwartet hatte. Sie las nichts von der Härte älterer Krieger in seinen Zügen. Doch sie wusste auch, dass das Gesicht ein sehr unzuverlässiger Spiegel war, weitaus unzuverlässiger als das *Taú*. Und in sein *Taú* erlaubte der Fremde keinen Einblick; er wirkte so gefasst wie vorhin auf dem Sternfelsen. Und ebenso verschlossen.

Plötzlich streckte das Mädchen die Hand aus und berührte den glatt polierten Stein der Statue.

»Sie ist ganz leer«, sagte sie.

Ein ungehaltenes Raunen erhob sich unter den Versammelten; wie einen kühlen Lufthauch spürte Amra das Unbehagen, den Unmut, der durch die Menge strich.

Rasch trat der Fremde einen Schritt zurück und zog den Arm des Mädchens von der Statue weg.

Der leichte Schlag eines Speerschafts gegen seine Schulter erinnerte ihn daran, dass er weitergehen sollte. Nach wenigen Schritten erreichte er den Mittelpunkt der Stadt, den großen, runden Platz am Fuß des Westturms, an dessen Rand die Statue der Celessedra stand, ganz in Erwartung des Abends.

Tiefe Stille senkte sich über den Platz, als der Mann sich umdrehte.

Das Kind blickte die Menschen von Caláxi an, mit Augen von jener Farbe, die den Tag von der Nacht schied. So hieß es im ›Lied vom Licht‹: von jener Farbe, die eine Grenze und eine Verbindung zugleich war, in der für eine Spanne Anfang und Ende nicht zu bestimmen waren, alles gleichzeitig geschah. Und erlosch.

Einige ältere Frauen stießen unvermittelt ein schrilles Wehklagen aus. Der Fremde bewegte sich unruhig und blieb wieder stehen, als sich Speere in seine Richtung senkten. Ein dumpfes Murmeln war zu hören, ein Wispern, dem jede Freude über die unversehrte Rückkehr der Reiter fehlte. Die Kleine schlang die Arme eng um den Hals des Mannes, als ob sie ahnte, dass die Leute über sie sprachen. Sie flüsterte ihm etwas zu, während seine Arme von der Anstrengung zitterten, sie schon so lange zu halten.

Doch er hatte sie in Wahrheit noch viel weiter getragen; es war, als stünde er unter einem Bann. Dieser Bann ging von den leuchtenden Augen des Kindes aus und hatte selbst Gorun veranlasst, mitten im Speerwurf innezuhalten – und das war, soweit Amra wusste, noch nie zuvor geschehen.

Der Erste Reiter der Stadt trieb seinen widerstrebenden Hengst in den Halbkreis, der sich um den Mann und das Mädchen gebildet hatte. Unter Falraus Kommando hielten seine Krieger die Leute davon ab, noch näher heranzurücken; auch Khani reihte sich in diese Gruppe ein, und das aufgeregte Tänzeln seines Ponys bot Amra keine Gelegenheit zum Absteigen. Auch Sraxi wehrte sich mit schäumendem Maul gegen die Zügel, die Gorun straff hielt; der kleine graue Hengst, ein unerschrockenes Tier im Kampf, bebte an diesem sonnigen Tag auf dem Platz. Gorun erhob sich in den Bügeln, der Mantel fiel ihm über die Schulter zurück, als er den Arm mit dem Speer hob; Kupfer blitzte.

»Fagon sucht die Trockenen Hügel ab!«, rief er über das Raunen der Menge hinweg. »Und Hirau und seine Leute reiten das Tal hinunter zum Berg Saréxi. Wir werden sie entdecken. Hört, was ich sage! Wir *werden* sie finden! Diesmal wird es ihnen nicht gelingen, die Stadt ohne jede Vorwarnung anzugreifen!«

Erregt schwollen die Stimmen in der Menge an, als Goruns Worte bestätigten, was bisher nur Befürchtung gewesen war – dass es im Tal erneut eine Bedrohung gab, die sich bislang nur noch nicht offenbart hatte.

Das *Taú* der Stadt war voller Angst, und das nicht erst seit Milans schrecklichem Tod. Von Faixis Rücken aus blickte Amra in die Gesichter der Menschen. Manche waren verzerrt vor Aufregung. Andere vor Furcht.

Auch der Fremde ließ den Blick über die Menge gleiten.

»Ich bin allein. Ich bringe eurer Stadt keine Gefahr!«, rief er jetzt, laut und deutlich, damit die Leute ihn hören konnten. Und im Dialekt des Nordens.

Die Stimmen wurden lauter.

»Ein Kind des Verderbens bringst du uns!«, schrie eine alte Frau, und andere stießen Verwünschungen aus.

»Woher kommst du?«, fragte jemand und manche hatten die Antwort schon parat. »Der Norden ist in unsere Gebiete eingedrungen, der Norden regt sich wieder. Seht ihn euch an, seht das Silber an seiner Hand – Narduks Fluch über ihn!«

Das Mädchen drehte sich in die Richtung, aus der dieser Ruf kam, und klammerte sich fester an den Mann, beunruhigt durch die bedrohliche Stimmung der Menge.

»Sei ruhig, Kind«, mahnte der Fremde leise.

Vrauron, der Baumeister der Stadt, bahnte sich den Weg durch die dicht stehende Menge. Mit seinen gewaltigen Armen schob er einige vorlaute Jungen zur Seite und trat in den Halbkreis. Von der Arbeit an den Türmen war er mit rötlichem Staub bedeckt, ein großer, kräftiger Mann, dessen Haar schon vor Jahren ergraut war. Sein schweres Werkzeug trug er noch am Gürtel.

»Was höre ich? Ein Verräter aus dem Norden?«, donnerte er und trat dem Fremden mit entschlossenen Schritten entgegen.

»Nun bist du also innerhalb unserer Mauern«, stellte Vrauron fest und blieb vor dem Mann stehen. Seine tiefe, dunkle Stimme übertönte das aufgeregte Gemurmel. »Und was jetzt?«

»Jetzt wäre ich gern wieder außerhalb«, gab der Fremde zurück und reizte einige Leute zum Lachen. Doch es war kein fröhliches Lachen, das sich an diesem Tag in der Stadt erhob.

»Und ich sage, ein Verräter bist du, der die Anlage unserer Stadt auskundschaften will. Ein Späher für die Nraurn«, erklärte Vrauron und wurde laut dabei.

Der Erbauer des äußeren Walls, der dessen Schwachstellen nur zu gut kennt, dachte Amra. Sie fühlte sich unbehaglich bei diesem Gedanken. Vrauron hatte wieder und wieder darauf gedrängt, die äußere Mauer zu erhöhen, doch voller Entsetzen hatte die Stadt in diesem Frühjahr erfahren müssen, dass sie noch immer nicht hoch genug war.

»Vielleicht hast du geglaubt, dass das Kind dir den Weg in die Stadt erleichtert«, fuhr Vrauron erzürnt fort. »Doch da hast du dich getäuscht. Ihr seid hier nicht willkommen – weder du noch sie.«

»Alle Türme folgen dem gleichen Schema«, erwiderte der Fremde ruhig. »Wer einmal innerhalb der Mauern war, ganz gleich, welcher Stadt, weiß, wie es dort aussieht.«

Da zog Gorun sein Pferd herum. Sraxis seidig grauer Schweif peitschte hin und her.

»Und welche Stadt ist das, die du so gut von innen kennst?«, fragte er scharf.

Einen Augenblick lang starrten er und der Fremde sich an.

Feinde. Seit so langen Zeiten Feinde.

Entlang des grausamen Risses standen sie einander gegenüber, eines Risses, der mitten durch die Insel verlief. Auf beiden Seiten einer Geschichte voller Kriege standen sie, einer so unversöhnlichen Geschichte, dass es selbst nach so langer Zeit keinen Frieden geben konnte – angesichts dessen, was sie sich einst angetan hatten.

Die erbitterten Kämpfe hatten erst geendet, als die Insel aufriss und eine tiefe Lavaschneise zog, den Scyé, der die Gegner endgültig voneinander trennte. Das Land selbst hatte den Menschen und ihrer Erbarmungslosigkeit eine Grenze gesetzt. Wie ein Schatten erstreckte sich dieser Bruch über die Insel, ein Schatten, den Amra bis in die Stadt hinein spürte.

Seit jenem Tag, der weit vor ihrer Geburt lag, hatte es keine Verbindung mehr zum Norden gegeben, weder friedlicher noch kriegerischer Art, denn der Scyé war unüberwindlich; niemand konnte seine Glutfelder überschreiten.

Zumindest hatte man das bis zu diesem Tag geglaubt.

Der Fremde sah den Reiter auf seinem grauen Kriegshengst an. Er schwieg und machte damit deutlich, dass er keineswegs gewillt war, auf alle Fragen Antwort zu geben.

Ein lautes Murren war in der Menge zu hören.

Doch die Menschen traten respektvoll zur Seite, als sich die Herrinnen der Klane von Caláxi näherten, Seite an Seite mit ihren ältesten Brüdern und Ehemännern, ihren Stellvertretern. Kaseira kam als eine der Ersten, allein; sie ging gemessenen Schritts durch die Menge und warf erst einen Blick auf Goruns schweißnassen Hengst und dann einen zweiten auf ihren Sohn. Ihr Haus züchtete jene grauen Renner, die Kriegspferde der Stadt.

Hinter ihr kamen andere, die Häuser Sa Sunna und Sa Tamela, und Baudan, auf seinen Stock gestützt. Dann trat mit kleinen, schnellen Schritten Kedra in den Kreis, selbstgewiss, Klankönigin eines großen und reichen Hauses. Meines Hauses, dachte Amra. Ihre Schwester Laurdana folgte der Mutter, drängte sich wie stets in die Nähe wichtiger Ereignisse. Beide Frauen trugen selbst an diesem gewöhnlichen Tag helle Gewänder und Kupferschmuck und zeigten die ganze Pracht ihres Hauses.

»Nun also ist der Tag gekommen, da der Norden Rache sucht!«, rief Kedra ohne Umschweife und ohne auf die anderen Häuser zu warten, die in der Runde noch fehlten. Anklagend hob die Klanherrin die Hände. »Und jetzt seht ihr, auf welch niederträchtige Weise er Vergeltung sucht! An der Flanke der Nraurn, im Schutz ihrer Speere schleichen sich seine Kämpfer in unser Land. Hier habt ihr die Antwort auf die Frage, warum sich die Angriffe in jüngster Zeit so häufen, warum die Nraurn uns in diesem Frühjahr ärger bedrängen als je zuvor – der Norden stachelt das Ziegenvolk auf, unsere Felder zu verwüsten und unsere Söhne zu töten!«

In der Menge schwoll das unruhige Raunen an.

»Das ist nicht wahr«, widersprach der Fremde, und in seinem *Taú* regte sich Stolz.

Schmährufe antworteten ihm, bevor er weitersprechen konnte. Halbwüchsige Jungen, die mit brennender Ungeduld darauf warteten, in den Kreis der Krieger aufgenommen zu werden, drängten sich nach vorn und riefen ihm feindselige Bemerkungen zu. Doch sie wagten es nicht, sich dem Bogen, in dem sich Goruns schweißnasser Hengst bewegte, noch weiter zu nähern.

Der Krieger ritt auf Kedra zu und beugte sich aus dem Sattel; eindringlich redete er auf die Klanherrin ein. Doch Kedra warf ihr honigfarbenes Haar zurück, und ihr Schmuck blitzte, als sie sich auf dem Platz umsah.

»Hat nicht dein Klan jüngst ein Mitglied verloren, Gorun?«, fragte sie laut. »Hast du nicht eben deinen eigenen Bruder zu Grabe getragen? Und hast du bereits vergessen, auf welch furchtbare Weise er starb?«

Der Fremde sah den Reiter an. Er ließ das Kind zu Boden gleiten, doch die Speere seiner Wächter erlaubten ihm nicht, auch nur einen Schritt zu tun.

Gorun drängte sein Pferd seitlich gegen die unruhige Menge, die Falrau und seine Reiter noch immer zurückhielten. Das Pony warf den Kopf hoch und zeigte das Weiße in den Augen; Sraxi steckte Khanis Pferd mit seiner Unruhe an. Faixi trat hin und her, als er den Zorn und die Beklemmung der Menschen aufnahm. Amra umfasste die Kante des Sattels fester.

Gorun stellte sich in den Steigbügeln auf.

»Die Stadtversammlung wird entscheiden!«, rief er der Menge zu. »So war es immer, und so wird es auch heute sein. Die Stadtversammlung tritt zusammen, und gemeinsam werden alle beraten, was zu tun ist. Bis dahin bleibt das Tor geschlossen, und niemand – *niemand* – verlässt die Stadt.«

»Und dieser Mann?«, schrie jemand aus der Menge. Andere griffen den Ruf auf. »Was geschieht mit dem Fremden?«

»Er wird in den Westturm gebracht«, erwiderte der Reiter. »Es gibt in der ganzen Stadt keinen sichereren Ort. Dort wird er bleiben, bis wir alle Antworten haben.«

Der Fremde wollte etwas entgegnen, doch seine Stimme ging in der Unruhe unter. Das Mädchen sah zu ihm auf, hielt sich an seiner Hand fest.

»Das ist ein Verlorenes Kind!«, schrie jemand. »Wir können dieses Mädchen nicht in der Stadt behalten, oder das Unglück der Prophezeiung wird uns einholen!«

Bevor Gorun dem Rufer antworten konnte, trat Kedra einen Schritt auf den Fremden zu und packte das Mädchen mit ringbeladener Hand.

»Das Kind nehme ich zu mir!«, rief sie. »Mein Klan hat die Gabe, also gehört es in mein Haus.«

Da schrie das Mädchen auf. Den langen, harten Weg durch das Tal war sie still gewesen. Jetzt leistete sie Widerstand, und auch der Fremde protestierte.

Doch Kedra war keine Frau, die nachgab. Sie winkte den

Kriegern, die in unmittelbarer Nähe des Mannes wachten. Als sich das Mädchen an seine Hand klammerte und die Krieger der Stadt anflehte, bei ihm bleiben zu dürfen, war für einen Augenblick das *Taú* des Fremden deutlich lesbar. Mit bloßen Händen wehrte er sich gegen Goruns Reiter, die ihre Speerschäfte benutzten, um ihn und das Kind zu trennen. Als er es schließlich loslassen musste, zog Kedra das Mädchen an einem Arm hoch und nahm es mit sich. Goruns Krieger ergriffen den Fremden und zerrten ihn in das Innere der Wehranlage.

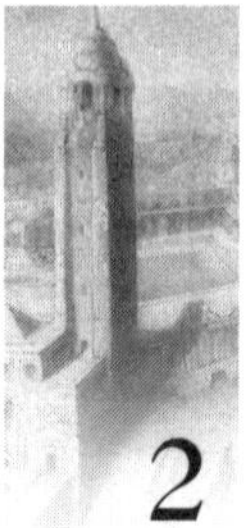

2

Für einen Augenblick saß Amra wie betäubt auf Khanis grauem Pony. Ihr war, als fühle sie selbst, wie ihre Mutter das fremde Mädchen gepackt hielt, Kedras harten Griff um das eigene Handgelenk.

Auf die Gabe hatte Kedra sich berufen, als sie Anspruch auf das fremde Kind erhob, ausgerechnet auf die Gabe des offenen *Taú*. Dabei war es gerade diese Gabe gewesen, die sie und ihre Mutter entzweit hatte. Ihr eigenes, erwachendes *Taú*, das sie zu ihrer Aufgabe führte.

Dem glänzenden Kult der Priesterinnen anzugehören, die im Innern der Turmanlage dienten: Dieses Los hatte Kedra für sie ausersehen. Ihr Einfluss hätte Amra mühelos den Weg in den Hauptturm geebnet, den Weg zu Ansehen und Macht – Ansehen und Macht auch für ihren Klan. Denn das war Kedras Ziel: ihr Haus zu einem der wichtigsten in der Stadt zu machen.

Doch die Vorstellung, den Rest ihres Lebens hinter den Mauern der Inneren Anlage zu verbringen, mit nichts anderem beschäftigt als mit den Meditationen über das Fließen des Wassers und den Gesängen für die Quelle, noch dazu als Gefährtin der unheimlichen maskierten Wächter, die mit niemandem außerhalb der Inneren Mauern ein Wort wechselten – das war für Amra eine Schreckensvorstellung gewesen.

Und da sich ihre Mutter niemals durch Worte erweichen ließ, musste es durch Taten geschehen. An einem warmen Abend hatte sie ihr Klanhaus verlassen, um den Weg zu beschreiten, den sie selbst gewählt hatte. Nur Thirion war eingeweiht gewesen und hatte ihr geholfen, und darüber hatte sie zu niemandem ein Wort verloren, denn sonst hätte sich ihr Bruder ebenso wie sie selbst Kedras für immer unversöhnlichen Zorn zugezogen.

Sie bedauerte das fremde Mädchen, das nun in diesem freudlosen Haus bleiben musste. Doch es war besser, als von der Stadt verstoßen zu werden, während der Einzige, der bislang für sie gesorgt hatte, nun ein Gefangener der Türme war.

Leise dankte sie Khani und glitt von Faixis grauem Rücken, das Bündel Seidenkraut noch immer fest im Arm.

Zielstrebig bahnte sie sich einen Weg durch die Menge, die ihr kaum Beachtung schenkte. Ihr Kopf dröhnte von der Hitze und der Anstrengung der letzten Tage. Während der Totenwache schlief die *Laîren* nicht, sie begleitete das *Taú* des Toten, indem sie halblaut sang und sich auf den Knien wiegte, bis sie schließlich in Trance fiel. Und diese Trance war tief gewesen.

Hier auf dem lärmenden Platz erinnerte sie sich nicht gern an die Bilder, die sie gesehen hatte, an das gierige Zerren der Schatten an ihrem *Taú*. Das gehörte nicht in das laute Treiben der Stadt. Noch immer fürchtete sie, etwas davon nach Caláxi zu tragen, eine Ahnung von Antiles' widerwärtigem Gestank, der ihren Röcken anhaftete; seinen Schatten, der in den Gräbern auf sie fiel. Das durfte niemals geschehen, und das war ihre Aufgabe als seine Dienerin: den Totengott von den Lebenden fern zu halten.

Deshalb war sie *Laîren*, unberührbar; deshalb wichen die Leute vor ihr zurück, als sie jetzt durch die Menge schritt. Man sprach über die jüngsten Ereignisse, manche ungehalten, einige mitleidig, doch die meisten erfüllt von kalter Furcht. Und sie warfen verstohlene Blicke auf Amras staubige Röcke, in deren Säumen abgebrochene Zweige und Dornen steckten, auf das welke Kraut in ihrem Arm. Sie war eben von einer Bestattung zurückgekehrt, und es gab Dinge, die dringend getan werden mussten, eine rituelle Reinigung war vorzunehmen, bevor sie sich sorglos wieder unter den Menschen bewegen konnte.

Sie folgte der Krümmung des Westturms bis zu der Stelle, an der kleinere Häuser standen und wo es ruhiger wurde. Vor einem der Gebäude – nicht größer als eine Hütte – blieb sie stehen und hob behutsam die Matte vor dem Eingang. Sie musste sich bücken, um einzutreten. Sofort erfüllte das vertraute Durcheinander der Gerüche und Aromen ihre Sinne.

Die Hütte bestand aus halbhohen Mauern, welche im oberen Teil, unter dem Dach, in ein Geflecht krummer Stöcke übergingen, von Wind und Sonne silbern gebleicht. Draura hatte Matten vor die Hölzer gehängt, die jedoch weder das Eindringen von Zugluft noch von Wasser verhinderten. Jetzt waren alle Decken nach oben geschlagen, und durch die Ritzen fiel ein weißes Lichtmuster auf den Boden.

Überall standen Schalen und Töpfchen, Krüge mit aromatischen Ölen, Tinkturen und Salben; getrocknete Kräuterbündel hingen von den Balken des Dachs herab, das mit Schilfbündeln gedeckt war. Neben dem Eingang stapelten sich Säcke mit Pigmenten, aus denen Amra die Mischungen zusammenstellte, die bei den Färberinnen so begehrt waren. Entlang der Wände lagerten Rindenrollen auf Brettern, die an Schnüren aufgehängt waren. Die Rollen waren mit Drauras Schrift bedeckt, dünn wie Vogelspuren im Sand, Sätze um Sätze in winzigen Symbolen, die Chronik der alten *Laîren*; Aufzeichnungen darüber, wer gestorben und wer geboren worden war in dieser Stadt und wie entbehrungsreich sich der letzte Winter gezeigt hatte.

Reglos kauerte die Greisin auf ihrem Lager, eine dürre Gestalt, die kaum den Kopf hob, als Amra eintrat. Draura hatte ihre sonst streng gebundenen Haare gelöst. Die weißen Strähnen hingen ihr um den Kopf und verliehen ihr ein wirres Aussehen. Doch als Amra näher trat und sich zur Begrüßung hinabbeugte, bewegte sich die Hand der alten Frau so schnell, dass Amra erschrocken zurückfuhr.

Mit krummen Fingern griff Draura in das Pflanzenbündel, das Amra noch immer im Arm hielt, und zupfte einige silbrige Fasern heraus.

»Was hast du da gefunden, Kind?«, fragte die greise *Laîren* mit einer Stimme, die kaum mehr als ein altersschwaches

Krächzen war. Amra wusste, dass Draura jede einzelne Pflanze aus dem Tal an ihrem Duft und an dem Gefühl erkannte, das die Blätter zwischen den Fingern erweckten. Diese Frage verlangte also nach einer anderen Antwort.

»Ein Verlorenes Kind«, sagte sie deshalb behutsam. »Bei den Sternfelsen hat Gorun ein Verlorenes Kind aufgegriffen.«

»Ist das so.«

Achtlos zerrte die alte Frau eine welke Pflanze aus dem Bündel und warf sie auf den Boden. Hastig versuchte Amra zu verhindern, dass noch mehr der kostbaren Stängel herabfielen. Die alte Heilerin legte sich einige Fasern auf die Zunge, um zu schmecken, wie frisch das Kraut war, verzog das runzlige Gesicht und spie das Pflanzenhaar aus.

»Das taugt nicht mehr viel«, sagte sie. »Habe ich dir nicht beigebracht, das Kraut einzubringen, solange es frisch ist?«

»Aber dieses Kind«, wiederholte Amra, verwirrt darüber, dass eine Neuigkeit, welche die ganze Stadt in Aufruhr versetzt hatte, die alte *Laîren* unberührt ließ.

»Es ist ein Mädchen, ein Mädchen mit leuchtenden Augen, hell und grünlich wie der Himmel, so wie es im Lied heißt, und ein Fremder begleitet sie. Ein Mann aus dem Norden.«

Als Amra sich auf der Matte auf die Knie fallen ließ, rümpfte Draura die Nase.

»Wahrlich, Kind, du riechst nach den Toten«, bemerkte sie. »War es eine angenehme Reise?«

Beschämt, dass sie auf diese Weise an die notwendige rituelle Waschung erinnert wurde, erhob sich Amra und trat aus der Hütte. Hinter dem Haus glitzerte Wasser in einem steinernen Trog. Sie schöpfte eine Kanne voll davon, goss das kalte Wasser in ein Becken und dankte dabei den Kräften der Quelle, wie es Brauch war. Dann wusch sie sich von Kopf bis Fuß und spülte auch ihr Haar. Sie wiederholte diese Prozedur zweimal mit schäumenden Kräutern, wobei sie die letzten Erinnerungen an Milan und an das Innere der Grabanlage sorgfältig abstreifte. Als ihre Haut vor Kälte prickelte, schlüpfte sie in ein sauberes, schmal geschnittenes Unterkleid, ein schlichtes Gewand in der Farbe dunkler Erde, wie es einer Kräuterwissenden zustand. Darüber trug sie in derselben Farbe einen weich fallenden Rock und gewöhnlich eine kurze Jacke. Diese zog sie jedoch nicht an, denn es war immer noch sehr warm.

Sie bückte sich wieder unter den Eingang der Hütte. Draura saß immer noch auf ihrem Lager. Sie hatte ein Schälchen vor sich stehen, doch erst als Amra näher trat, entdeckte sie, was die alte Frau tat: Mit langsamen Bewegungen strich sie sich hellen Lehm ins Haar, der zu steifen Strähnen trocknete.

Erschrocken blieb Amra stehen.

»Draura, was tust du?«, flüsterte sie.

Das tat *sie* sonst für die Toten, es war die Vorbereitung auf den Abschied vom Leben, eine zeremonielle Handlung, mit der sie sich der Erde und den Dunklen Kräften überantwortete. Doch Draura hatte sich selbst mit dem Lehm bestrichen, und Amra spürte, wie ihr die Tränen in die Augen stiegen.

Sie kauerte sich auf die Matte vor dem einfachen Lager.

»Was tust du da?«, fragte sie noch einmal und konnte das Zittern ihrer Stimme nicht unterdrücken.

Drauras Hand legte sich über die ihre. Die alterswelke Haut fühlte sich weich an, doch die Gelenke waren dick und unbeweglich.

»Bald«, sagte die Greisin leise, »bald muss ich aufbrechen. Du weißt es, nicht wahr? Du weißt, dass er bereits meine Nähe sucht.«

Amra presste die Hand gegen die Lippen, doch das hielt die Tränen nicht zurück. Sie wusste, wovon die alte *Laîren* sprach; aus den Augenwinkeln hatte sie längst jenen schakalköpfigen Schatten wahrgenommen, der in der Dämmerung um die Hütte schlich.

»Verlass mich nicht«, flehte sie dennoch. »Nicht jetzt, da dieses Kind gekommen ist. Die ganze Stadt ist aufgebracht, und ich weiß nicht, was ich tun soll.«

Beruhigend strichen ihr die knochigen Finger über die Hand. Drauras Augen, bleich wie Ziegenmilch, hoben sich zu ihr.

»Welches Kind?«, fragte sie. »Du bist das Kind.«

Verlegen wischte Amra die Tränen fort.

Plötzlich verbarg Draura den Mund hinter den gekrümmten Fingern, und zu Amras Überraschung lachte sie leise.

»Aus dem Norden, sagst du? Das konnte natürlich niemand ahnen – dass sie aus dem Norden kommen wird. Und wir haben immer nur auf unsere eigenen Reihen geblickt! Das konnte wirklich niemand ahnen.«

Verwirrt musterte Amra die Greisin.

»Du hast gewusst, dass sie kommt?«, fragte sie.

Ein Lächeln erhellte Drauras runzliges Gesicht.

»Ihre Ankunft war prophezeit, Amra. Seit dem Fall von Anáxi ist die Ankunft des Verlorenen Kindes prophezeit. Deshalb fürchten wir es ja so.«

»Aber was bedeutet das?«, fragte Amra mit zunehmender Bestürzung. Sie kannte zwar die Lieder, doch nie hätte sie geglaubt, dass sich die alten Worte eines Tages bewahrheiten würden. Und so hatte sie ihnen auch nicht die nötige Beachtung geschenkt. »*Was* wurde prophezeit?«

Drauras milchwässrige Augen sahen sie an.

»Das Verlorene Kind bringt das Ende der Zeit«, sagte sie.

Es war sehr still in der kleinen Hütte, so still, dass Amra hörte, wie der Leib der Sundschlange an der Innenwand ihres Korbs entlangglitt. Neben dem Korb stapelten sich unzählige kleine Käfige mit Raupen, Käfern, Spinnen und Würmern; winzige Lebewesen, von denen jedes ein anderes Sekret absonderte, ein anderes Gift. Von all diesen Tieren war die Schlange am gefährlichsten – und zugleich von großer Heilwirkung, wenn man verstand, mit dem Tier umzugehen. Amra hatte jedoch von Anfang an Angst vor der Schlange gehabt und hatte immer noch Angst – obwohl sie wusste, dass sie sich als *Laîren* nicht vor dem Sterben fürchten durfte. Schweigend kauerte sie auf den Knien, die Hände im Schoß, und dachte über das soeben Gehörte nach.

»Mitten unter den Lebenden werden diese Kinder geboren«,

fuhr Draura fort. »Doch sie können niemals unter Menschen leben. Sie gehören zu einer anderen Welt, einer Welt, die durch sie untergegangen ist.«

»Einige behaupten, der Fremde habe sie in voller Absicht hierher gebracht«, berichtete Amra. »Vrauron wirft dem Mann vor, er sei ein Späher der Nraurn.«

Doch Draura lachte erneut. *Taú* und Person waren eins, hell und viel jünger, als es das alte Gesicht verriet.

»Ach, die Absichten der Menschen! Was sind sie gegen die Worte der Prophezeiung? Ein Narr, wer sich auf ein solches Kind einlässt; ein Narr, wer es wagt, es zu berühren. Denn es verfügt über Kräfte, von denen wir nichts ahnen. Diese Kräfte sind seine Natur, so wie Atmen unsere Natur ist. Augen von der Farbe der Dämmerung. Das Kind Jardara war von dieser Rasse.«

Atemlos neigte sich Amra vor.

»Durch sie fiel die einst stolze Stadt Anáxi«, ergänzte sie, ohne nachzudenken, den Satz, der stets auf diesen Namen folgte.

»Und die Zeit der Langen Kriege begann«, fuhr Draura fort. »Genau so ist es, Kind. Anáxi, die Stolze, die man als Erste erbaut hatte, die gewachsen war, bis sie alle anderen Werke der Menschen auf dieser Insel übertraf – mit einem prächtigen Mauerring und neun Türmen. Doch sie zerbrach an ihrem Stolz; sie fiel durch das, was sie auszeichnete.«

Mit einem tiefen Seufzer zog die alte *Laîren* den Schal enger um die mageren Schultern.

»Anáxi, die Große. So groß, dass die Bewohner darüber stritten, ob sie selbst nicht größer seien als die Götter – Bewohner einer Stadt mit neun Türmen. Darüber begann der Zwist in den Häusern, und das dichte Gewebe der Klane zerriss wie Spinnweben im Wind. Schließlich beschlossen jene, die sich von den Göttern abgewandt hatten, für immer fortzugehen.«

Sachte wiegte sich die Greisin auf den Knien; die lehmverkrusteten Haare standen ihr grotesk vom Kopf ab. Sie sprach von der Vergangenheit, als sähe sie die Ereignisse in der Stolzen Stadt unmittelbar vor sich. Und vielleicht ist es so, dachte Amra, vielleicht ist Draura in ihrer Trance wirklich dort.

»Doch die Hartherzigen, die fortgehen wollten, verlangten die Kinder. Großes Klagen hob an in Anáxi, der Stolzen, denn die Kinder gehören der Stadt. Da sprach Jardara, die Jüngste, man solle sie zweiteilen wie eine Ziege, und wer dies könne, der nehme sich seinen Teil von ihr. Und die Klagen wurden lauter, denn die Kinder kann man nicht teilen.

Doch die Unerbittlichen, die Kaltherzigen, die in den Norden wollten, nahmen sie und teilten sie wie eine Ziege. Und sie zogen fort mit ihrer Hälfte. Die anderen blieben und klagten und begruben die andere Hälfte von Jardara, der Jüngsten.

Doch diese Tat vergiftete die Quelle, und die stolzen Türme von Anáxi zerfielen zu Staub. Und die Quelle verdarb jene, die nordwärts gingen – sie wurden hart und grausam. Diese Tat verdarb das *Taú* in den Menschen, und seitdem gibt es keinen Frieden mehr zwischen ihnen.«

Plötzlich schlug Draura die Augen auf; sie streifte die Trance so unmerklich ab, wie sie hineingeglitten war.

»Im ›Lied vom Ende‹ heißt es, dass dieses Kind eines Tages zurückkehren wird, um uns zu gleichen Teilen zurückzugeben, was wir ihm einst angetan haben. Es wird kommen, um dieser Welt das Ende zu bringen. Denn mit dem, was in Anáxi geschah, haben wir unser Schicksal gewählt«, sagte sie. »Das ist der Wortlaut der Prophezeiung.«

Amra schwieg.

Mit steifen Fingern bedeckte die alte *Laîren* das Haar mit dem schäbigen Schal. Dann schlug sie plötzlich die Knöchel gegen die Stirn und stimmte eine halblaute Klage an. Ihre eigene Totenklage, dachte Amra voller Kummer. Doch sie wagte nicht, die Greisin zu unterbrechen, bis ein trockener

Husten Drauras dürren Körper so heftig schüttelte, dass sie umzusinken drohte. Amra sprang auf und fing sie auf, stützte sie und ließ sie langsam auf das Lager gleiten.

Dunkle Flügel wirbelten durch die Luft, streiften den Rand ihres Gesichtsfelds.

Nein, dachte sie und schloss die Augen. Nein, sagte sie im *Taú* zu der Dunkelheit. Warte noch. Es ist noch nicht Zeit. Ich habe noch so viele Fragen.

Doch es wurde nicht lichter. Drauras Atem ging stoßweise, Schweiß bedeckte ihre fahle Haut. Amra griff nach dem Becher, der neben dem Lager stand, doch der Anfall schüttelte die alte Heilerin so sehr, dass sie kaum schlucken konnte.

Kälte strich durch Amras *Taú*. Angstvoll dachte sie an die durchwachten Nächte, als kein Sud mehr helfen wollte, an die Zeit des Danach. Sie wusste nicht, wie sie das allein überstehen sollte.

Fort!, dachte sie plötzlich zornig und wandte sich der Dunkelheit entgegen, deren Macht hier nicht so groß war wie auf dem Gräberfeld. Kreischend floh der Schatten zurück in die Ritzen, aus denen er hervorgekrochen war. Doch sie wusste, dass er dort lauern würde. Er würde nur auf die nächste Gelegenheit warten, um erneut hervorzukommen.

Vorsichtig bettete sie die alte Frau auf ihr Lager und breitete den Schal und eine Decke über Drauras Körper. Sie verspürte Bitterkeit. Bitterkeit darüber, dass alle, deren große und kleine Leiden diese *Laîren* im Lauf ihres langen Lebens gelindert und deren Tote sie bestattet hatte, in diesem Augenblick in ihren prächtigen Häusern oder auf den Ehrenplätzen der Versammlung saßen, während Draura sterbend in dieser zugigen Hütte lag.

Die Unberührbare.

Die Kunst der *Laîren* wies nichts Prächtiges und Glänzendes auf wie die Zeremonien der Priesterinnen, die erfüllt waren vom Glitzern der Quelle, vom Schimmer der Gewänder. Sie musste sich dem Anblick des Todes stellen, immer und immer wieder, so wie ihn Kälte oder Hitze, Krankheiten oder die Nraurn in die Stadt brachten. Und sie blieb allein, weil alle anderen diesen letzten Dienst als unrein und beschmutzend empfanden; selbst die Reiter, die Krieger waren und im Kampf töteten, wandten sich mit Gesten des Abscheus von den Toten ab.

Amra wusste, was die Menschen fürchteten und wovon alle das Gesicht abwendeten: Es war die unheilvolle Düsternis, in der Antiles sich zeigte. Der Schwarze Gott, Herr über das Entfernte Land, in das die Toten hinübergingen, war nicht schön anzusehen – manchmal schakalköpfig und manchmal mit einem Schnabel versehen, wechselhaft wie ein Schatten. Nackt und mit dem Kreischen eines Vogelschwarms stieß er herab auf seine Beute. Es behagte ihm nicht zu warten; voller Gier verschlang er jedes Wesen der lebendigen Welt, das sich unvorsichtig in seine Nähe wagte, stets darauf bedacht, seine Macht weiter auszudehnen.

Im *Taú* wisperte Amra den Namen der Greisin und bat sie zu warten, wie so oft zuvor. Doch diesmal antwortete ihr nichts als Schweigen. Als sich Drauras knochige Finger überraschend kräftig um ihr Handgelenk schlossen, fuhr sie erschrocken zusammen.

»Du musst weit hinausgehen«, flüsterte Draura, ohne die Augen zu öffnen. »Hörst du mich, Kind? Du musst weit hinausgehen, Amra!«

Sie ging, aber nur bis zum äußeren Mauerring der Stadt.

Die tiefen Sonnenstrahlen leuchteten rot und verstärkten die Färbung der steinernen Turmanlage; die Luft war erfüllt vom Duft der Kräuter, die in den Ritzen wuchsen. Das Tor war fest verschlossen, und selbst auf dem Inneren Ring, der mit den Wehrtürmen verschmolz, standen die Wächter.

Amra fühlte sich unbehaglich bei ihrem Anblick, obwohl sie wusste, dass diese Männer die Stadt schützten. Sie kannte weder ihre Namen noch hatte sie je ihre Stimmen gehört, denn die Wächter sprachen ausschließlich mit den Priesterinnen. Niemand kannte ihre Gesichter. Sie waren keine

Reiter wie die Kämpfer, die Gorun befehligte, sondern die unmittelbaren Hüter der Quelle. Die Gesichter verbargen sie hinter erschreckenden Masken und Tätowierungen, und stets trugen sie vollständige Kriegsbekleidung, kurze Röcke und lederne Manschetten als Schutz über den Schienbeinen, Lederwesten und die Ziegenfellmäntel, die ihnen bis in die Kniekehlen reichten. Ihre runden Schilde, die das Symbol des *Taú* trugen, sollten sowohl die sichtbaren wie die unsichtbaren Feinde der Quelle abwehren.

Unter dem Tor stand Falrau, Goruns bester Krieger, sein Vertrauter und Freund von Kindesbeinen an. Mit verschränkten Armen starrte er hinaus ins Land und rührte sich auch dann nicht, als Amra näher trat. Seine Anwesenheit verriet ihr, dass die Häuser nicht länger zur Beratung zusammensaßen, und sie stellte sich neben ihn.

Falrau bewegte sich nicht.

Sie sah sein scharf geschnittenes Profil vor dem Hintergrund des Tals; sein Gesicht wirkte selbst dann düster, wenn er sich unbeobachtet fühlte; sein knapp gestutzter schwarzer Bart betonte diesen grimmigen Ausdruck noch.

»Was ist, Amra?«, fragte er, ohne sie anzusehen. »Willst du dich im Tal umsehen und herausfinden, was du noch alles aufscheuchen kannst? Du hast Goruns Weisung gehört.«

Selbst seine Stimme besaß ein gewisses Maß an Schärfe, selbst wenn es keinen Anlass dazu gab. Trotzig blieb Amra neben dem Speerkämpfer stehen.

»Was hat die Versammlung beschlossen?«, fragte sie, obwohl sie kein Recht hatte, es zu erfahren. Das Haus der *Laîren* wurde sorgfältig von allen Entscheidungen der Klane ausgeschlossen; von allem, was die lebendige Stadt betraf.

Falrau warf ihr einen raschen Blick zu, und für einen kurzen Augenblick spürte sie die stechende Unmittelbarkeit seines *Taú*, ebenso durchdringend wie seine schwarzen Augen. Plötzlich verzog er den Mund und grinste, als belustige ihn ihre Hartnäckigkeit.

»Es gab keine Einigung«, sagte er zu ihrer Überraschung.

»Dein Haus hat wie erwartet gegen alles gesprochen, was die anderen vorbrachten. Das Haus Marema mahnte zur Besonnenheit. Sa Caminia und Sa Tadira hatten keine eigene Meinung, wie so oft.« Gereizt hob er die Schultern, als enttäusche ihn eine derartige Unentschlossenheit. Auf einer Spange an seinem Mantel glänzte das Symbol des Narduk, des Kriegsgottes.

Seine Wahl, dachte sie. Falrau hatte einen Gott gewählt, der seinem Charakter am ehesten entsprach. Er war kein einfacher Mann, aber das war Gorun auch nicht – Gorun, der sich von Nemnos' unberechenbaren und leidenschaftlichen Eigenschaften angezogen fühlte.

Nach Meinung einiger Häuser hätte Falrau Erster Reiter der Stadt werden sollen. Doch dann hatte die Versammlung überraschend Gorun dazu bestimmt. Falrau war es einerlei gewesen. Ohne einen Gedanken an diese Wendung der Dinge zu verschwenden, war er noch immer derjenige, der Kaseiras ältestem Sohn am nächsten stand, wie es seit den Tagen ihrer Jugend gewesen war. Damals waren sie wegen der Wildheit ihrer Abenteuer nahezu berüchtigt gewesen in der Stadt – diese beiden, Hirau und einige andere, die Gorun und Falrau stets unweigerlich in ihre Erlebnisse hineingezogen hatten. Schließlich schickte Kaseira ihren Sohn für eine Weile nach Defágos, in die größte und älteste Stadt des Südens, wo Gorun sich unter der Aufsicht des dortigen Ersten Reiters hatte bewähren müssen. Er war nachdenklicher zurückgekehrt, mit dem Bewusstsein der Verantwortung für eine Stadt, mit dem Wissen um ihre lange, bewegte Geschichte. Doch sein unbezähmbares *Taú* war immer dasselbe geblieben.

Bis zu Milans schrecklichem Tod.

»Gorun hat sich verändert«, sagte Amra zu dem Reiter, der neben ihr stand. »Etwas hält ihn gefangen, und er ist so ... unbeherrscht geworden«, setzte sie hinzu, als Falrau sich ganz zu ihr umdrehte. Sie dachte an die Grobheit, mit der Gorun seinen grauen Hengst behandelt hatte. Das war sonst ganz und gar nicht seine Art.

Falrau neigte kurz den Kopf, als er ihre Worte hörte; sein schwarzes Haar glänzte.

»Der Mord an seinem Bruder«, sagte er. »Das hätte niemals geschehen dürfen. Gorun wusste, wie sehr Milan ihm nacheiferte. Er hätte verhindern müssen, dass der Junge sich an jenem Morgen dort hinausbegab, um mit dem Speer zu üben. Zumindest sagt er das jedes Mal, wenn die Rede darauf kommt.«

Amra sah den Krieger an.

Leichtsinn, hatte Gorun sie gescholten, als er sie an den Sternfelsen antraf. Und hatte in Wirklichkeit seinen jüngeren Bruder gemeint, der nicht mehr unter ihnen weilte.

Sie blickte durch die breiten Bronzestreben hinaus in das Tal, das sich so sanft und grün ausbreitete und in dem dennoch solch tödliche Gefahren lauerten.

»Was geschieht mit einem Krieger, der Antiles' Antlitz erblickt hat?«, fragte Falrau plötzlich neben ihr. Beunruhigt drehte sie sich um.

»Der Schwarze Gott erkennt sein *Taú*«, erwiderte sie; so hatte man es sie gelehrt. »Und er findet ihn immer wieder.«

Falrau nickte langsam, seine Brauen zogen sich zusammen.

»In der Schlacht«, sagte er düster.

»In der Schlacht«, bestätigte Amra. Das Herz klopfte ihr. »Gorun hat ihn angesehen? Sag mir, was geschehen ist, Falrau! Gorun hat Antiles angesehen?«

Der Krieger schnaubte kurz durch die Nase, als fürchte er den Herrn des Todes herzlich wenig, er, der sich selbst einen Gott gewählt hatte, der kaum weniger rau war.

»Sein Klanzeichen«, sagte er. »Du hast gesehen, dass er es wieder trägt. Es lag nicht einfach irgendwo herum, Amra. Die Mörder haben es auf der Leiche seines Bruders zurückgelassen, wie ein Fanal. Er hat es an sich genommen, obwohl wir alle ihn davor warnten.«

Erschrocken hob Amra die Hand zum *Taú*, als dieser Anblick wieder vor ihr stand. Milans zerschundener Leichnam zwischen den Steinen.

»Das hätte er nicht tun dürfen«, keuchte sie. »Falrau, ihr hättet ihn davon abhalten müssen.«

»Das haben wir ja versucht«, knurrte er. »Aber du kennst ihn, du weißt, wie er ist. Er lässt nicht mit sich reden, wenn er sich etwas in den Kopf gesetzt hat. Und jetzt trägt er das Amulett Tag und Nacht und hört auf keinen, der ihm rät, es abzulegen und die Sache ruhen zu lassen. Er will keinen Abstand zwischen sich und diesen Ereignissen, Amra. Er will die Erinnerung daran frisch halten.«

Falrau machte sich Sorgen. Falrau, den sie noch nie ernsthaft bekümmert gesehen hatte.

Der Gedanke an Genugtuung, an Rache, dachte sie, und ein tiefer Kummer. Das war nichts, was das *Taú* einer Stadt bewegen sollte. Oder das *Taú* ihres Ersten Reiters.

»In Milan war kein Groll, als er ging«, sagte sie.

Falraus schwarze Augen ruhten auf ihr, sein stechender Blick; vielleicht fand er ihre Worte seltsam. Doch das war es, was sie zuletzt bei Milan gespürt hatte, als er sich von ihr abwandte, um endgültig in die Schatten hinüberzugehen.

Schließlich strich sich der Krieger bedächtig mit Daumen und Zeigefinger über die dünne Linie seines Bartes, und er nickte.

»Ich werde noch einmal mit ihm reden«, erklärte er. »Ich weiß nur nicht, ob das etwas nützt.«

Als Amra sich vom Tor abwandte, hatte über den Türmen die Dämmerung begonnen. Außer den Wächtern waren jetzt nur noch die Kinder unterwegs, die stolzen, freien Kinder der Stadt, die sich um diese Zeit noch einmal versammelten. Sie rannten nicht mehr umher wie am Tag, sondern spazierten mit gemessenen Schritten zwischen den Statuen und Steinen umher und unterhielten sich so ernsthaft, wie dies nur Kinder können. Die gefleckten Hunde folgten ihnen ergeben und in gebührendem Abstand. Sie führen ihr eigenes Leben, dachte Amra, als sie ihnen nachblickte. Die Kinder von Caláxi hatten ihre eigenen Gespräche und ihre Geheimnisse, ihre eigenen Gedankengänge, denen kein Außenstehender zu folgen vermochte – eine Welt innerhalb der Gemeinschaft der Häuser.

Ein junges Liebespaar drückte sich flüsternd und leise lachend in die Schatten der Inneren Mauer, als sie den Platz des Ziegenaltars überquerte; der junge Mann, Su Kimra, grüßte sie scheu.

Das ist Caláxi, die Freundliche, dachte sie, als sie unterhalb der Türme an den großen Statuen entlangging. Dies war das Maß an Freundlichkeit, das eine Stadt im Süden aufzubringen vermochte. Alle anderen trugen weitaus kriegerischere Namen: Defágos, die Kühne; Kílmini, die Wachsame; Mrauréssi, die Befestigte. Von allen Städten liebte sie diese am meisten, sie war hier aufgewachsen. Sie mochte die Wärme der roten Mauern, das weite Tal, in dem die Türme aufragten und das im Frühjahr voller Blumen stand. Doch am Abend dieses Tags, an dem so viel geschehen war, schlich sich eine Furcht in ihr Herz, dass die Zeit sogar das ändern könnte.

Als es ganz dunkel war, suchte sie jene kleine Nische unterhalb des östlichen Wehrturms auf, wo die mächtigen Mauern noch lange die Wärme des Tages hielten. Niemand hielt sich dort auf. Sie setzte sich auf den Boden zwischen Blumenpolster und trockene Disteln.

Das war der einzige Platz, an dem sie allein sein konnte. Hier saß sie lange Zeit reglos da, die Knie angezogen wie damals, als sie ein kleines Mädchen gewesen war. So verharrte sie, bis die schmale weiße Mondsichel über den Türmen stand.

3

Amra schrak aus tiefem Schlaf auf und wusste im ersten Augenblick nicht, wo sie sich befand. Fremdartige, beunruhigende Bilder durchzogen ihre Erinnerung, Bruchstücke jener Visionen, die sie in Milans Grabkammer heimgesucht hatten. Doch dann wurde ihr klar: Sie befand sich in der Hütte, hatte sich hingelegt und geträumt.

Die Schatten waren tief, aber ruhig; die Sundschlange lag still in ihrem Korb.

Amra drehte den Kopf und warf einen Blick zu Drauras Lager hinüber. Die alte Frau lag unbeweglich, nicht einmal ihr Atem war zu hören, und lediglich am schwachen Glimmen des *Taú* erkannte Amra, dass sie noch nicht in das andere Land hinübergegangen war.

Doch am Eingang bewegte sich etwas.

Amra fuhr hoch. Die Matte war angehoben worden. Eine Silhouette zeichnete sich gegen den Nachthimmel ab, das fremde Mädchen stand in der Tür.

»Hörst du sie?«, fragte das Kind.

Amra schob die Decke zur Seite und strich sich das offene Haar zurück. Als sie dabei die eigene Schulter berührte, fühlte sie schweißnasse Haut.

»Die Steine!«, flüsterte das Mädchen. »Hörst du sie?«

Hinter dem Kind funkelten die Sterne, um seine Schultern lag ein schwacher Schimmer, ähnlich dem nächtlichen Streif über dem Horizont, der stets heller war als der Himmel selbst.

Im Dunkeln tastete Amra nach ihrem Unterkleid, zog es über den Kopf und erhob sich.

»Sie sind so laut«, klagte das Mädchen. Sie streckte die Hände aus, und ihre Stimme klang ängstlich. Aber in diesem Flüstern war etwas, das Amra tiefer durchfuhr als das

Dröhnen des Kupfergongs auf dem Hauptturm, wenn er die Stadt vor drohender Gefahr warnte.

»Lillia«, sagte Amra leise, als sie vor dem Mädchen in die Hocke ging. Sie erinnerte sich, dass der fremde Mann sie so genannt hatte. Die Strähnen in den dunklen Locken schimmerten in der Farbe der Sterne.

»Kind«, sagte sie sanft, ganz wach jetzt, »du solltest doch schlafen und nicht allein herumlaufen.«

Sie nahm die kalten kleinen Hände in die ihren – und keuchte vor Schreck.

Kein *Taú*.

Sie spürte nichts, nicht die geringste Regung, nicht einmal den harten Knoten, der sich in der Brust bildete, wenn jemand unglücklich war oder voller Angst. Das Kind fühlte sich an, als wäre es tot.

Hastig fasste Amra nach ihrem Amulett, doch die gekerbte Münze kam ihr plötzlich kalt und nutzlos vor.

Das Mädchen stand da, beobachtete sie, sprach mit ihr, atmete – aber die Innerste Kraft, das Kennzeichen alles Lebendigen, fehlte völlig.

»Die Linien und die Steine treffen sich hier und flüstern miteinander. Verstehst du?«, fragte Lillia. Die kleinen Finger zuckten in Amras Hand. Kurz schlossen sich ihre Augen und öffneten sich wieder – müde, so müde, denn Albträume quälten das Kind. Amra dachte daran, was es am Tag zuvor mitangesehen hatte, und überlegte, welchen Weg es mit dem Fremden zurückgelegt haben mochte, wenn die beiden wirklich aus dem Norden kamen.

»Ich bringe dich zurück in das Haus meiner Mutter«, erklärte Amra entschlossen.

Doch das Mädchen schüttelte die Locken, wollte einen Schritt zurückweichen, wurde aber von Amras Hand festgehalten. Sie zog das Kind zu sich und hob es hoch, während das Mädchen sie aus großen, schimmernden Augen anblickte.

Kein *Taú*.

Die Sterne glitten kaum merklich und doch unaufhaltsam über den Himmel. Hinter ihr in der Hütte atmete Draura sehr flach, die Tiere krochen in ihren Käfigen umher, und der Kopf der Sundschlange ruhte in ihren eigenen kunstvoll verschlungenen Windungen. Sie machten sich auf den Weg. Die meisten Menschen und Tiere hätten um diese Zeit schlafen müssen, und doch spürte Amra mit einem Mal ihre Anwesenheit wie sonst nur dann, wenn sie ihnen nahe war. Irgendetwas bewegte sich im Boden.

Sie griff mit der Hand zur Stirn, als der Schwindel sie erfasste.

Sie blieb stehen, weil sie fürchtete, ins Schwanken zu geraten. Diese seltsamen Wahrnehmungen kamen immer wieder, beunruhigten sie wie die ersten Anzeichen einer Krankheit.

»Was ist mit dir?«, fragte das fremde Mädchen, doch Amra schüttelte nur den Kopf, atmete tief ein.

Das Kind beobachtete sie genau.

»Kannst du sie auch hören?«, fragte es, hoffnungsvoller.

»Was meinst du damit?«, erwiderte Amra, während sie das Mädchen über die Wege trug, die mit sandpolierten weißen Platten bedeckt waren. Es lag kaum Feuchtigkeit in der Luft, so heiß und trocken waren die Tage; der Mond war bereits untergegangen.

»Die Steine. Und die Linien.«

Erwartungsvoll sah das Kind sie an. Amra schüttelte den Kopf.

»Bist du ganz allein durch die Stadt gelaufen?«, fragte sie. Sie schritt rasch auf die Klanhäuser zu, die im nördlichen Teil der Stadt lagen, weit vom Tor entfernt.

Plötzlich waren überall auf den Wegen Menschen zu sehen, notdürftig bekleidet und völlig außer sich. In den Häusern brannten die Lampen; dabei war der östliche Himmel noch dunkel.

»Was hast du getan?«, fragte Amra. »Hast du alle geweckt?«

Lillias große Augen ruhten auf ihrem Gesicht.

»Aber sie müssen es doch wissen!«, flüsterte sie.

Erzürnte Stadtbewohner kamen auf sie zu. Viele hatten

nur hastig ein Obergewand übergestreift. Gissa stand unter der Tür ihres Hauses, mit wirrem Haar.

»Überall läuft sie herum und wispert schlechte Nachrichten, schlimmer als der Vogel Koron!«, rief sie herüber.

»Ich bringe sie zurück«, erwiderte Amra. »Sie hatte Albträume.«

»Sie *bringt* Albträume!«, schimpfte die junge Frau. Kopfschüttelnd trat Gissa ins Haus zurück.

Doch überall hörte Amra die gleichen Klagen, den gleichen Ärger.

»Wieso läuft dieses Kind allein hier herum?«, fragten zornige Stimmen.

»Schaff sie fort!«, rief man ihr zu. »Sie sollte überhaupt nicht hier sein!«

»Dieses Kind bringt uns allen noch Unglück!«, rief Baudan, das weiße Haar vom Schlaf zerzaust. Das Mädchen sah die Menschen an, doch außer ihren kurzen, erregten Atemzügen spürte Amra nichts, rein gar nichts – es war, als trüge sie ein Stück totes Holz.

»Lillia«, sagte Amra beruhigend, »du brauchst keine Angst zu haben. Die Götter beschützen die Stadt.«

Das Mädchen warf ihr einen hellen Blick zu. *Leer*, erinnerte sich Amra an seine Worte. Für dieses Kind war die mächtige Statue der Celessedra nichts als kalter Stein.

»Du musst mir helfen«, bat Lillia.

Das also war die Bürde, die der Fremde getragen hatte: ein Mädchen ohne *Taú*. Mit diesem beständigen Flüstern hatte sie sich an ihn gewandt.

Kaseira trat aus ihrem Haus. Selbst in ihren Nachtgewändern, über die sie hastig einen Schal geworfen hatte, war sie eine eindrucksvolle Erscheinung. Das Weiß der Trauer leuchtete aus dem langen grauen Zopf der Klankönigin, ein Tuch, mit dem sie ihr Haar durchflochten hatte. Amra neigte höflich den Kopf.

»*Laîren*«, grüßte Kaseira und verschränkte die Arme. Sie

war nicht groß, doch ihre schlanke Gestalt wirkte aufrecht und ehrgebietend.

Sie betrachtete das Kind in Amras Armen, das still geworden war und Amra hielt den Atem an – denn das Haus Sa Kaseira war ebenso wie das ihre ein Haus mit einem Wachenden *Taú*. Kaseira wendete ihre Gabe auf die Zucht der grauen Pferde an, so wie Gorun sein *Taú* nutzte, um die Stadt zu schützen. Doch die Klankönigin schien nicht wahrzunehmen, dass dem Mädchen diese Kraft fehlte.

»Schönes Kind«, sagte sie sanft. »Woher kommst du, Kleines?«

Da hob Lillia die Hand und öffnete sie gegen Osten, wo die Mauerkrone und die Silhouetten der Wächter dunkel gegen den Himmel standen. Ein schwacher, kühler Wind erhob sich, der Bote des beginnenden Tages.

Sie sagte kein Wort, antwortete nur mit dieser Geste, die alles bedeuten konnte – den Morgenhimmel und den Wind, die Sternfelsen oder das Land, das jenseits davon lag.

Amra drehte sich um, als sie rasche Schritte hörte.

Gorun kam hastig von den Türmen herbeigelaufen; offenbar hatte man ihn aus dem Innern der Wehranlage geholt. Mit einem kurzen, respektvollen Nicken grüßte er seine Mutter, die er um Kopf und Schultern überragte. Doch die Ähnlichkeit war unübersehbar.

»Was ist geschehen?«, fragte er atemlos.

Die hellen Blicke des Kindes hefteten sich an ihn.

»Sie hatte nur einen unruhigen Traum«, versuchte Amra das Mädchen in Schutz zu nehmen. Doch Kaseira schüttelte den Kopf.

»Du weißt, dass das nicht stimmt. Etwas umgibt das Kind ... es ist wie ein Zeichen«, murmelte sie mit Besorgnis auf dem Gesicht, gerade laut genug, damit nur Gorun und Amra sie verstehen konnten. »Es ist, als würde das Mädchen brennen.« Kaseira zog den Schal fester um die Schultern. »Vielleicht hat deine Mutter diesmal zu hastig zugegriffen.«

Das Kind starrte Gorun an.

»Lillia«, sagte Amra, um die Aufmerksamkeit auf sich zu lenken. Doch das Mädchen wandte den Blick nicht von dem Krieger, wie schon zuvor auf den Sternfelsen.

»Das Falsche Element fällt auf dich«, sagte sie zu ihm, und die Brauen des Reiters zogen sich zusammen.

»Kind, was redest du da?«, fragte er ungehalten, vollständig bekleidet mit dunklem Leder und Stiefeln, so als hätte er in dieser Nacht noch keine Ruhe gefunden.

»Es ist ganz schwer«, setzte Lillia hinzu, und ihre Aufregung wuchs. »Du darfst es nicht so oft benutzen!«

»Bei den Kräften der Quelle«, murmelte er und starrte sie an. »*Dieses* Kind hat er den ganzen Weg über getragen?«

»Die Priesterinnen sollen sich äußern«, erklärte Kaseira in dringlichem Ton. »Gorun, du musst Xora überzeugen, was sie auch einwendet. Mag sein, dass sie mit den Kräften, die da in die Stadt gelangt sind, nicht in Berührung kommen darf, doch in dieser Angelegenheit müssen auch die Türme sprechen. Dies ist keine Sache der Häuser allein.«

Gorun hob unbehaglich die Schultern.

»Ich werde ihr die Ansicht der Versammlung darlegen«, meinte er. »Aber ich habe keinen Einfluss auf sie.«

Xora, die *Nashan*, war die strenge Hohepriesterin der Quelle. Wie jeder Krieger der Stadt diente auch Gorun in erster Linie ihr und dem Heiligtum, das sie verkörperte – der Quelle von Caláxi, von deren klaren Wassern die ganze Stadt abhängig war.

»Bring sie fort von hier!«, wandte der Reiter sich nun an Amra, und dieser Aufforderung leistete sie gern Folge. Denn noch immer standen die Leute vor den Häusern und reckten die Hälse, um etwas mitzubekommen von dem Wortwechsel. Das Mädchen in Amras Armen wirkte plötzlich sehr müde; sie zitterte leicht in der kühlen Luft.

»Das Kind darf das Haus nicht mehr verlassen, sag Kedra das!«, rief Gorun ihr nach, während sie die leichte Last über die Platten des Wegs trug. Als sie zurückblickte, sah sie Kaseira den ältesten Sohn am Arm fassen und ihn unter das

Vordach ihres Hauses ziehen. Für wenige Augenblicke hatte sie ihn für sich allein.

Das Haus Sa Kedra war eines der größten und prachtvollsten der Stadt. Kedra war hineingeboren in einen Klan, der zahlreiche Schaf- und Ziegenherden besaß. Generationen von Kupferschmieden und Teppichweberinnen hatten einen beträchtlichen Reichtum angehäuft.

Das sah man in jedem Winkel des Hauses. Die Wände waren gelb bemalt, die Fenster mit Ornamenten umrandet, und Amras ältere Schwester Tola hatte an dünnen Schnüren Ranken gezogen, Sandkelche, die gerade zu blühen begannen. Ein betörender Duft strömte aus den geöffneten Blüten. Von den Dachbalken neben dem Eingang hingen Kupferstäbe an Schnüren herab, die gegeneinander schlugen, wenn man sie berührte und um Einlass bat.

Das war jedoch nicht nötig.

Amras Schwester Laurdana stand bereits vor dem Eingang unter dem vorgezogenen Dach. Sie trug elegante dünne Sandalen und hatte das Haar, honigfarben wie das ihrer Mutter, mit einem Band zurückgebunden. Ihr Gewand bestand aus seidigen weiten Hosen, die an den Knöcheln geknöpft waren, und einer kostbar verzierten Jacke. Von allen Töchtern Kedras war Laurdana die jüngste und die schönste, und Amra wusste sehr genau, welche jungen Männer ihr bei den Stadttänzen begehrliche Blicke zuwarfen.

Sie grüßte, doch die Schwester nickte nur mürrisch.

»Durch das Fenster!«, fuhr Laurdana das fremde Kind an, das matt gegen Amras Schulter lehnte. »Wie kommst du dazu, durch das Fenster zu klettern, wenn dir die Türen verboten sind?«

Mit einer heftigen Bewegung griff sie in Lillias lange Haarsträhnen und zerrte daran.

»Laur!«, rief Amra entsetzt. Allzu oft hatte sie beobachtet, dass Laurdana ihren eigenen Sohn Mitado auf dieselbe Weise strafte. Das Kind gab keinen Laut von sich.

»Die ganze Nacht haben wir kein Auge zugetan«, schalt die Schwester und ließ das Kind wieder los. »Sie läuft durchs Haus und jammert und klagt und will nichts essen. Und sieh sie dir nur an, wie dünn sie ist! Dieser Mann hat kein Herz für sein Kind.«

»Sie hat einen langen Weg hinter sich«, beschwichtigte Amra die Schwester. »Lass mich eintreten, dann sehe ich sie mir an.«

Doch Laurdana zögerte, so als müsse sie abwägen, ob Amra ein willkommener Gast sei. Als sie schließlich doch zur Seite wich, schritt Amra an ihr vorbei und betrat den Gang, der den Saal des Hauses in einem kreisförmigen Bogen umschloss.

Schon lange hatte sie nicht mehr in diesem Haus geweilt. Vertraute Gerüche strömten auf sie ein: die Öle der Lampen, der kühle Lehm, mit dem die Wände verputzt waren, der Duft von Wasserlilien in Laurdanas Haar. Die Schwester führte sie zu einer kleinen Kammer, einem Segment aus einem zweiten Kreis um den Hauptsaal. So waren sämtliche Zimmer angeordnet, alle an die jenseitige Wand des Gangs anschließend, der zwischen dem Saal und den Kammern verlief und alle Räume des Hauses miteinander verband.

Ein Lager stand in der Kammer, ein Rahmen, über den eine Schilfmatte gespannt war. Darauf lagen Schaffelle und weiße Leinentücher; eine weiche gewebte Matte diente als Decke. Sie selbst hatte in diesem Haus in einem ähnlichen Zimmer auf einem solchen Bett geschlafen, doch das war lange her.

Amra setzte das Mädchen auf das Lager, trat zum Fenster und zog die Matte, die zur Hälfte herabgelassen war, ganz hoch. Sie hing nicht an zwei Nägeln wie in Drauras schlichter Hütte, sondern lief über eine kunstvoll geschnitzte Rolle und wurde mit einer Kordel bewegt. Der Himmel hinter den Türmen färbte sich langsam bläulich, die kühle Morgenluft und die Stimmen der erwachenden Vögel drangen herein.

Lillias Blick glitt von ihr zu Laurdana und wieder zurück, doch sie schwieg.

»Laur, lass uns allein!«, bat Amra.

Erneut zögerte die Schwester.

»Mutter gefiele das sicherlich nicht«, wandte sie schließlich ein.

Zorn stieg wie heißes Erz in Amra auf. Ihre Mutter wollte ihr nicht begegnen, niemand hieß sie willkommen in diesem Haus, das einst auch ihres gewesen war, und das war kein Zufall.

»Dann geh vor die Tür«, verlangte sie ungeduldig und wies auf den Bogen, der in den Gang führte und ebenfalls mit Lehm geglättet und mit Ornamenten bemalt war. Die Tür war nicht verschlossen; keine Tür der Stadt war verschlossen, bis auf das große Tor.

»Ich bin als Heilerin gekommen, Laur.«

Seufzend verdrehte Laurdana die Augen und verließ den Raum. Amra war sicher, dass sie im Gang stehen bleiben und lauschen würde. Doch das war ihr gleichgültig; sie wollte nur für einen Augenblick mit dem Mädchen allein sein.

Vor der niedrigen Bettstatt ging sie in die Hocke.

»Hab keine Angst«, sagte sie leise zu dem Kind, das sie aufmerksam musterte.

Doch sie spürte gar keine Angst.

Die türkisfarbenen Augen schlossen sich kurz und öffneten sich wieder. Lillia war gebadet und trug feine Kleider, die dunklen Locken fielen ihr glänzend gebürstet über die Schultern, durchsponnen von silbernen Strähnen.

»Du musst doch sehr müde sein, und hungrig.«

Auf dem niedrigen Tisch standen Teller mit frischem Brot und Ziegenkäse, Schalen mit Honig und Kräutermilch, unberührt.

»Möchtest du nichts essen?«

Das Kind schüttelte den Kopf.

Amra holte tief Atem.

»Warum bist du hier? Warum hast du deine Stadt verlassen?«, fragte sie, suchte auf eine andere Weise Zugang zu Lillia zu finden.

Erneutes Kopfschütteln antwortete ihr.

»Was ist mit den Steinen?«

Doch auch jetzt blieb das Mädchen stumm. Sie sah Amra nur mit diesen befremdlichen Augen an. Als Amra die Hand nach ihrem Arm ausstreckte, zog sie sich vor ihr zurück.

»Wo ist Jemren?«, fragte sie unvermittelt.

Jemren. Der Fremde. Vielleicht jemand aus ihrem Klan, jemand, mit dem sie vertraut war.

»Es geht ihm gut«, versicherte Amra, ohne nachzudenken. Dann erst fiel ihr ein, dass sie wahrscheinlich log. Und dass dieses Kind es ahnen würde.

»Ich weiß nicht, wo er ist. Man hat ihn zu den Türmen gebracht«, sagte sie jetzt wahrheitsgemäß. »Lillia, willst du mir nicht erzählen, was das für Träume sind, die dich beunruhigen. Meine Schwester und ich werden dich mit allem versorgen, was du brauchst, aber du musst mit mir sprechen.«

Lillia sah zur Tür hinüber.

»Das ist deine Schwester?«

Amra warf einen kurzen Blick über die Schulter zurück, doch wenn Laurdana zuhörte, dann so, dass das Mädchen sie nicht sehen konnte. Sie nickte.

»Sie sieht ganz anders aus als du«, stellte das Kind fest.

Amra lachte leise, denn sie wusste genau, was Lillia meinte. Die Einfachheit ihrer Kleider, die nicht nach Parfüm rochen, sondern nach Erde und Pflanzen und dem leichten Rauch des Weidenfeuers, war ihr inmitten der Pracht des Hauses Sa Kedra deutlich bewusst.

»Ich bin älter«, meinte sie, doch Lillia schüttelte den Kopf.

»Du bist anders«, beharrte das Mädchen.

»Erzähl mir von deinen Schwestern«, griff Amra den dünnen Faden auf.

Sie erhob sich beiläufig aus ihrer kauernden Stellung und

setzte sich neben Lillia auf das Bett, füllte einen Becher mit Wasser und reichte ihn ihr.

»Ich habe keine Schwestern«, sagte Lillia, ohne zu trinken.

»Dann von deinen Brüdern.«

Das Kind schüttelte den Kopf, ließ aber zu, dass Amra es an den Schultern berührte und die Hand langsam über seinen Rücken gleiten ließ. Doch so achtsam sie auch war, sie fand nichts: weder eine Krankheit noch etwas Lebendiges. Das Mädchen bewegte sich, wandte den Kopf über die Schulter, um zu sehen, was Amra tat, aber in ihrem Innern verhielt sie sich wie ein Tier, das sich tot stellte.

Doch selbst dann wäre das *Taú* zu fühlen gewesen. Es wurde hart und klein, oder es blähte sich auf, und einmal, bei einem Schwerkranken, hatte Amra bemerkt, wie es von seinem angestammten Platz hinter dem Brustbein durch den Körper wanderte. Aber es war immer da.

Ihre Hand zitterte leicht, als sie weiterhin mit langsamen Bewegungen über den mageren Rücken strich, eine ganze Weile, bis sich der Atem des Kindes beruhigte und die Lider schwer wurden.

»Was tust du?«, murmelte Lillia, den Becher vergessen in der Hand haltend.

»Willst du nicht schlafen?«, fragte Amra zurück.

Sofort öffneten sich die hellen Augen, der Rücken versteifte sich, der Atemfluss war unterbrochen.

»Nein!«, flüsterte das Mädchen. Amra beugte sich vor.

»Lillia, was ist mit dir?«

»Hier!« Das Mädchen griff nach dem Saum von Amras Kleid. »Von überall kommen Linien. Und sie treffen sich *hier*, unter den Steinen!«

Die Erinnerung durchzuckte Amra, die Hitze, der fliegende Staub, der Mann vor den Pferden. Und das Kind, das dieses Wort aussprach.

»Sie sind so laut«, flüsterte Lillia, und ihre Augen füllten sich mit Tränen. »Bitte, Amra, bring mich zu Jemren, damit ich es ihm erklären kann. Er wird das verstehen.«

Schwer legte sich das Gewicht dieser Worte auf Amra.

»Das ist nicht möglich«, sagte sie leise.

Die türkisfarbenen Augen schlossen sich und öffneten sich erneut. Das Mädchen sagte nichts mehr, und Amra ahnte, dass dieses Gespräch nicht zum ersten Mal geführt wurde.

»Lillia«, sagte sie sanft, »nicht jetzt. Später, ich werde dich später zu ihm bringen.«

Doch das war kein Trost. Es war vielleicht nicht einmal die Wahrheit.

Und weil sie sonst nichts bei sich trug außer dem hastig übergeworfenen Kleid, nahm Amra das Amulett vom Nacken und streifte es dem Mädchen über. Die Bronzemünze war schon dunkel vom Alter, mit schartigem Rand, das eingeprägte Symbol ein kompliziertes Geflecht von Linien. Wie einen kalten Luftzug spürte sie den Verlust auf ihrem *Taú*, doch sie war sicher, dass sie das Richtige tat.

»Das schützt gegen die Träume«, sagte sie, als das Mädchen die Bronze zwischen zwei Finger nahm und betrachtete. Der Blick der grünlichen Augen richtete sich noch einmal auf Amra.

»Ich habe keine Träume«, erklärte Lillia ernst.

Als Amra durch den Türbogen trat, sah sie, dass ihre Schwester gegen die Wand gelehnt stand und alles mitgehört hatte.

»Sie ist verrückt«, urteilte Laurdana, und Amra legte rasch den Finger auf die Lippen. Doch zur Bekräftigung schnippte Laurdana die Finger gegen die Stirn.

»Was sollte sonst mit ihr sein?«

Sie schritten den gekrümmten Gang entlang. Bogenöffnungen führten abwechselnd in den Saal oder in einen der Wohnräume. Irgendwo in der Nähe wartete ihre Mutter darauf, dass Amra das Haus wieder verließ; vielleicht hörte Kedra auch ihre Unterhaltung mit an.

»Lass Mito mit ihr spielen, Laur. Sie sollte etwas tun, das einem Kind entspricht, das sie auf andere Gedanken bringt.«

»Meinen Sohn?«, fragte Laurdana entrüstet. »Ich weiß nicht

einmal, was ihr fehlt! Ist das dein einziger Rat? Was ist mit ihr? Ist sie krank, oder was hat sie?«

»Laur«, begann Amra, doch die Schwester ließ sie nicht ausreden und blieb unvermittelt stehen.

»Du weißt es nicht!«, rief sie kopfschüttelnd. »Seit zwei Jahren sitzt du bei dieser Alten in ihrer schmutzigen Hütte und kannst nicht einmal herausfinden, warum dieses Kind nichts isst. Du verschwendest deine Zeit! Diese ganzen Pasten und Pulver, was können die schon helfen! Die Priesterinnen haben ganz Recht, wenn sie sagen ...«

»Die Priesterinnen kommen nicht einmal in die Nähe deines Sohns, wenn er hustet!«, unterbrach Amra sie heftig. »Dann bist du immer gern zu Draura gegangen. Lass dieses Mädchen in Ruhe, Laur. Gib ihr, was sie braucht, behandle sie wie das Kind, das sie ist, und quäl sie nicht mit Fragen.«

»Das ist doch kein richtiges Kind«, erregte sich Laurdana. »Wie sie dich schon ansieht – mit diesen Augen.«

Kopfschüttelnd ließ Amra ihre Schwester stehen. Sie schob die schwere Matte vor dem Eingang des Hauses zur Seite und trat hinaus ins Morgenlicht.

Tief sog sie die kühle Luft ein.

Sie holte ihren großen Korb aus der Hütte, in dem sie noch am Vorabend Waren zusammengestellt hatte: Tee und Medizinen, Kosmetik, Öle, Parfüm und Farben. Die Lederhändlerinnen und Weberinnen hatten Lacke und Gerbflüssigkeiten bestellt. Tamela litt seit längerer Zeit an einem entzündeten Auge, und Gissas jüngster Sohn hatte einen aufgeblähten Bauch und Schmerzen. Tinkturen, Salben und Aromen bildeten den Großteil ihrer Güter; dafür tauschte sie vor allem Tonwaren ein, Phiolen, Schälchen und Döschen und außerdem Kupferdraht, Leder und Korken, um die Flaschen zu verschließen.

An den Ständen waren bereits die Matten zurückgeschlagen; über den Markt schwirrten die Stimmen der Händlerinnen und ihrer Kinder. Unbeirrt von der Unruhe im Tal breiteten sie ihre Waren aus. Es war kurz nach der morgendlichen Wassergabe der Priesterinnen. Mit Aufträgen losgeschickt, eilten die größeren Knaben zwischen den Ständen umher, während die ganz Kleinen auf den Steinblöcken am Fuß der Statue Zensakes, des feisten Gottes der Münzen, zusammensaßen und ihre Schätze tauschten: geschnitztes Spielzeug und Murmeln aus Ton und polierten Steinen. Stets wurden die Kinder von den Hunden begleitet, die neben ihren kleinen Herren hockten und mit halb geschlossenen Augen die Zunge aus dem Maul hängen ließen, als sei ihnen selbst die frische Morgenluft zu heiß. Die Düfte des Marktes und die bunte Üppigkeit der Stände trösteten Amra. Sie liebte die Lebendigkeit der Stadt, in die sie nun eintauchte und in der so viele Hände dafür sorgten, dass es ihren Bewohnern wohl erging.

»Amra!«, rief Marema und winkte sie zu sich.

Die Weberin trat aus dem Gehege und verschloss sorgfältig das Gatter hinter sich. Eine ihrer glänzend schwarzen Ziegen kletterte mit den Vorderfüßen an den Streben hinauf und beobachtete sie aus klaren Augen, die Ohren nach vorn gerichtet. Mit den dunklen Lippen schnappte sie nach Maremas Gewändern und kaute an dem Saum, bis die Weberin sie mit einer Handbewegung fortscheuchte.

»Sie sind alle unzufrieden«, erklärte sie, als Amra hinzutrat, und betrachtete ihre Tiere, die sich in dem engen Pferch drängten. »Schon eine Ewigkeit war niemand mehr mit den Herden draußen«, fuhr sie fort, »und meine Söhne meckern bald schon so laut wie diese Ziegen.«

Sie lachte.

»Vielleicht können Cairan und Lal heute Abend hinaus, um frisches Gras zu schneiden. Diese Leckermäuler sind vom Frühlingskraut schon so verwöhnt, dass ihnen die Reste vom Winter nicht schmecken«, sagte die Weberin und strich einer der schwarzen Ziegen über den borstigen Nacken. Spielerisch drohte ihr das Tier mit den Hörnern.

»Am Abend ist es gefährlich«, warf Amra ein.

»So früh am Morgen auch«, gab Marema zu bedenken und warf ihr einen Blick zu. »Was hast du eigentlich da draußen gesucht?«

»Ja, was hattest du so weit dort draußen verloren?«, fragte Tadira, die an ihrem Stand Kupferspiralen, kunstvolle Ohrringe und Armspangen sortierte und dabei ihre jüngste Tochter in einem Tuch um den Leib trug. »Gorun war außer sich, als du nicht gleich vom Gräberfeld zurückkamst.«

»Gorun ist in letzter Zeit ständig außer sich«, bemerkte Marema trocken. »Das ist keine Neuigkeit.«

»Seidenkraut und Wegmenning hat sie gesammelt, jeden einzelnen Stängel bis hinaus zu den Trockenen Hügeln«, verkündete Kea von ihrem Stand mit Töpferwaren aus, und Amra dachte lächelnd an den Spruch, dass auf dem Markt die Geschichten wuchsen. Den ganzen Tag über flogen solche Bemerkungen hin und her, und die scharfen Zungen der Händlerinnen woben rascher an den Gerüchten als jede Weberin auf ihrem Rahmen.

Sie folgte Marema durch das Gedränge.

An Hayes Stand schlugen die neuen Töpfe und Pfannen aneinander, denn der Wind hatte aufgefrischt. Daneben baumelten Riemen, dünne Schnüre, Taschen und Sandalen von den Balken. Zwei Schwestern aus dem Haus Sa Vala hatten bunte Tücher und Kleider ausgebreitet, die sich in der Brise bauschten. Die Aufmerksamkeit der Händlerinnen war nun ganz auf Amra gerichtet.

»Stell dir vor, du wärst diesem Mann ganz allein begegnet!«, rief Tadira und schauderte. Das Kleinkind, das sie an der Hüfte trug, griff nach den bunten Fransen am Schal der Mutter. »Einem Mann aus dem Norden in die Arme zu laufen, so weit von den Türmen entfernt ...«

»Noch ein paar Tage, und das Kraut ist verblüht«, entgegnete Amra. »Dann gibt es das ganze Jahr über keine Heilsalbe mehr.«

»Warst du dabei?«, fragte Haye neugierig. »Dieser Fremde – hat er gekämpft? Hat er gegen Gorun gekämpft?«

Amra schüttelte den Kopf. Sie dachte an den Morgen auf den Felsen, an das seltsam konzentrierte *Taú* des Fremden, das nicht einmal den Schreck verriet, den er angesichts der Reiter doch empfunden haben musste.

»Habt ihr gehört? Angeblich antwortet er Gorun mit keiner Silbe«, warf Kea kopfschüttelnd ein. »Er bleibt dabei, dass er über den Scyé gekommen ist – allein.«

»Über den Scyé?«, fragte Amra überrascht. »Aber man kann den Scyé nicht überqueren.«

»Das ist es ja«, sagte Haye. »Aber er behauptet das, und es ist so ziemlich das Einzige, was er zugibt. Ich möchte wissen, was er zu verbergen hat.«

»Wenn sich die Nordleute wirklich mit den Nraurn verbündet haben ...«, rief Tadira mit ängstlicher Stimme und drückte ihr Kind fest an sich, ohne den Satz zu vollenden.

»Die Nraurn werden wieder ins Tal kommen, so wie auch die Fliegen jedes Jahr wiederkehren«, stieß Marema mit Verachtung in der Stimme hervor. »Aber seht euch die äußere Mauer an. Diesmal sind die Reiter vorbereitet! Was können sie uns also anhaben?«

»Gorun ist nur vorsichtig«, meinte Haye.

»Wegen seiner Vorsicht geben meine Ziegen jeden Tag weniger Milch«, entgegnete Marema. »Und wir warten nur darauf, dass die Sonne die letzten saftigen Kräuter verbrennt. Nichts wird besser, wenn wir uns hinter dem Tor verschanzen!«

»Trotzdem solltest du dich nicht mehr allein so weit hinauswagen«, sagte die Weberin wenig später zu Amra, nachdem diese alle Waren abgeliefert hatte. Marema war ernst und aufrichtig besorgt, die einzige Freundin, die Amra auf dem Markt hatte. Obwohl auch die anderen Frauen mit ihr scherzten, so gab es dennoch jene unsichtbare Grenze gegenüber der *Laîren*, der Unberührbaren, die alle sorgsam beachteten – vor allem sie selbst.

Marema hingegen wusste, wie es war, eine Entscheidung zu treffen, die die ganze Stadt erzürnte. Sie hatte ihren Mann aus einer anderen Stadt gewählt, aus Noárta, der südlichsten, was die Klane von Caláxi mit Empörung aufgenommen hatten, so als hätte Marema bewusst die Söhne ihrer Heimatstadt verschmäht. Wenn die Weberin Besorgnis äußerte, war Amra bereit, ihr zuzuhören.

»Ich werde in Zukunft einen meiner Söhne bitten, dich zu begleiten«, schlug Marema vor, während sie zwischen wunderbar gefärbten Wollstoffen und Decken aus Ziegenhaar nach etwas suchte. Amra nickte.

»Du sorgst dich«, drängte Marema sie leise, während sich Kea und Tadira über mehrere Stände hinweg über die Gefahren austauschten, die Amra ihrer Meinung nach auf den Sternfelsen gedroht hatten.

»Es ist das Kind«, erwiderte Amra. »Das fremde Mädchen.«

Marema sah sie einen Augenblick lang an, ihre *Taú* begegneten sich freundlich und warm in der Morgensonne. Langsam schüttelte Amra den Kopf.

»Niemand will dieses Mädchen aufnehmen«, meinte sie. »Auch Kedra wird sie nicht auf ewig in ihrem Haus behalten können. Laurdana scheint es jetzt schon kaum mehr auszuhalten. Doch was geschieht dann mit ihr?«

Im Schatten ihres Marktstands drehte sich Marema um und musterte Amra.

»Der Scyé ist die Grenze, die wir anzuerkennen gelernt haben«, erklärte die Weberin schließlich. »Darauf muss sich auch dieser Fremde besinnen. Er hätte das Kind eben nicht hierher bringen dürfen.«

Amra schwieg, als sie Unbeugsamkeit in Maremas *Taú* spürte, die Unerbittlichkeit angesichts der Tatsache, dass zuerst die Stadt von Bedeutung war – vor allen anderen Dingen.

»Vielleicht sollte es geschehen«, gab sie dann zu bedenken. »Es ist schließlich eine Prophezeiung. Zumindest war Draura dieser Meinung.«

Marema winkte ab.

»Ob Weissagung oder nicht: Es gibt immer etwas, das man tun kann, Amra. Gerade du solltest das wissen.«

Unter einem Deckenstapel zog sie einen Schal aus Ziegenwolle hervor.

»In Caláxi gab es schon einmal ein solches Kind«, setzte sie weicher hinzu. »Das wusstest du nicht?«, fragte sie, als sie Amras Überraschung bemerkte. »Dann frag Vrauron danach. Er war unmittelbar davon betroffen. Und Draura ...«

Sie zuckte die Achseln.

»Sicherlich reicht Drauras Gedächtnis weit zurück. Aber sie ist alt, und sie hat viel gesehen im Leben, auch viel Böses. Manchmal wird ein Urteil davon getrübt.«

Über die Stapel feinster Wolle hinweg reichte Marema ihr den Schal.

»Gib ihr das«, sagte sie. »Ich habe gesehen, dass sie selbst unter dieser Sonne friert. Und vergiss nicht, meine Söhne mitzunehmen, falls du wieder einmal ungesehen aus dem Stadttor schlüpfen willst.«

Auf dem großen Platz am Fuß des Westturms waren der Baumeister von Caláxi und seine jugendlichen Helfer gerade dabei, die Baldachine und Tribünen für das Djai-Don-Fest zu errichten, das in wenigen Tagen stattfinden sollte: der Beginn des Sommers, wenn die Sonne exakt in der entsprechenden Kerbe in der Einfassung des Hauptturms aufging.

Mit diesem Tag endete das milde Frühjahr, und die Sonne stieg so hoch in den Himmel, dass sie zur Mittagszeit sogar den Schatten des Hauptturms verschlang. Dann vertrockneten in der weiten Talebene um Caláxi die Blumen und Kräuter, und das wilde Getreide dörrte aus, bis das Tal gelb war und vor Hitze erstarrte.

Amra blieb stehen und sah den schwitzenden Jungen zu, die unter Vraurons Anweisungen Stangen und Tuchrollen schleppten. Die Stangen wurden aufgerichtet und schwere gewebte Matten und Tuchbahnen daran befestigt, damit Schattenplätze für Musiker und Zuschauer entstanden, ebenso Tribünen, auf denen die Gäste während des Fests bequem sitzen konnten. In dem Gedränge suchte sie ihren Bruder,

der Steinmetz war und seine Kunst bei Vrauron gelernt hatte, doch Thirion befand sich nicht unter den Arbeitenden.

Vrauron hatte sie entdeckt und kam langsam näher.

»Einmal in jedem Mondlauf überprüft Thirion jetzt die Mauer«, sagte der Baumeister, während er die Hände an dem Ledergurt abwischte, den er um die Hüfte trug. »Wir wollen kein Wagnis eingehen.«

Amra nickte. Ihr Blick glitt an dem äußeren Wall entlang, der von der Innenseite betrachtet noch mächtiger wirkte. Enge Treppenstufen führten zur Mauerkrone hinauf, auf der unablässig Wächter auf- und abschritten.

Ebenso groß und breit wie dieser Wall erschien ihr der alte Baumeister, der sich jetzt neben sie stellte und den Verlauf der Arbeiten beobachtete; groß und umfassend war sein *Taú*. Gewachsen an den Steinen, gewachsen mit der Mauer, wie die Frauen auf dem Markt es ausdrückten. Ein einsamer Mann, dachte Amra, der ein leeres Haus bewohnt.

»Ein bisschen mehr Bewegung da vorn!«, rief Vrauron mit tiefer Stimme einem halbwüchsigen Knaben zu, der ein Bündel Stangen auf der Schulter trug. Der Junge grinste und beschleunigte seine geruhsamen Schritte.

»Draura hustet wohl noch immer«, meinte Vrauron mit Blick auf ein Ölfläschchen in ihrem Korb, das solche Anfälle zu lindern versprach. Als sie bejahte, nickte er.

»Die alte *Laîren* und ich, wir kennen uns schon lange«, sagte er, und Amra blickte überrascht zu ihm auf. Noch nie hatte sie ihn in der Nähe von Drauras Hütte gesehen oder gehört, dass die alte Frau in der Stadt Bekanntschaften pflegte. Vraurons grauweiße Mähne fiel ihm auf die Schultern.

»Marema riet mir, dich zu fragen, wenn ich etwas über das fremde Mädchen erfahren will«, sagte sie. »Was meinte sie damit?«

Vrauron verengte die Augen unter den dichten Brauen und starrte eine Weile durch die Mauern hindurch, so als blicke er in eine andere Zeit, weit entfernt vom Hier und Jetzt. Amra schwieg.

»Einmal, vor vielen Jahren, wurde hier ein solches Kind geboren«, begann er schließlich zögernd. »Ein Würmchen mit türkisfarbenen Augen. Es war Draura, die uns damals drängte, das Kind zu behalten.«

Uns. Amra überhörte das Wort nicht und hielt den Atem an. Sie lauschte mit dem *Taú*, als der Baumeister wieder zu den halbfertigen Gerüsten hinüberblickte. Seine Brust hob und senkte sich.

»Also kümmerten wir uns um das Kind. Es war klein, viel kleiner als die anderen Frühgeborenen, und es schrie die ganze Nacht. Was auch immer wir taten, es gedieh nicht. Dann, in jenem Herbst, verwüstete eine verheerende Flut das ganze Tal und die Stadt. Felder und Herden, alles wurde vernichtet, und viele Leute starben. Meine Frau. Meine Söhne.«

Sie standen im Schatten des großen Turms. Amra fröstelte plötzlich.

Über diese Flut gab es ein Lied, ein dunkles, trauriges Lied, doch nie hatte sie etwas über die Begleitumstände gehört. Vrauron räusperte sich, und sie warf einen Blick in sein Gesicht.

»Nur das Kleine überlebte. Und es schrie, es schrie Tag und Nacht. Schließlich haben wir es ...«

Vrauron verstummte. Nur seine Finger bearbeiteten den Gurt, den er um die Hüften geschnürt hatte. Amra erschrak, als ihr klar wurde, worüber die Stadt gerade nachdachte. Caláxi würde Lillia niemals innerhalb seiner Mauern dulden.

»Aber dieses Mädchen ist ein Kind wie die anderen auch!«, rief sie entsetzt.

Doch dann verstummte sie, als sie an das fehlende *Taú* dachte. Die Verlorenen Kinder, verloren für diese Welt.

Energisch schüttelte Vrauron den Kopf.

»Verstehst du, Amra, es birgt zu große Gefahren in sich, ihr den Schutz der Stadt zu gewähren. Von diesen Kindern kommt Unglück, so sicher, wie Regen aus schweren Wolken fällt. Es ist nicht gut, sie hinter diesen Mauern zu haben. Und ein Mann, der ein solches Kind bei sich behält, hat seinen Verstand nicht beisammen. Oder er hegt böse Absichten.«

Sie blickten an der steilen Mauer des Westturms empor.

Vielleicht weiß er nichts davon, dachte Amra. Vielleicht hatte der Norden, der die Namen der Götter nicht mehr kannte, auch den Wortlaut der Prophezeiung vergessen, und deshalb hatte man das Kind dort bis zu dem Alter heranwachsen lassen, in dem es jetzt in ihre Stadt gekommen war.

Sie dachte daran, wie der Fremde Lillia berührt, wie er ihre Hand gehalten hatte – als erwarte er nie und nimmer etwas Verderbliches von ihr.

Er weiß es nicht, dachte sie.

4

Sie schlief schlecht in den folgenden Nächten. Einmal schrak sie vom schweren Klang des Kupfergongs auf, der die Stadt in höchste Wachsamkeit versetzte und zugleich dem Feind mitteilte, dass man gewarnt war und bereit. Sie saß mit klopfendem Herzen auf den Decken und lauschte in die Dunkelheit, lauschte auf die ersten Anzeichen einer Gefahr, doch nichts geschah in dieser Nacht; offenbar war es ein blinder Alarm gewesen. Als sie sich wieder hinlegte, fand sie keinen Schlaf mehr.

Draura sprach nicht mehr mit ihr. Die alte Frau hatte sich ganz und gar in ihre Meditationen zurückgezogen, gerade so, als suche sie ihren eigenen Weg ins Entfernte Land.

Die alte *Laîren* von Caláxi.

Sie verschließt ihr Wissen vor mir, dachte Amra bekümmert. Und ich erhalte keine Gelegenheit mehr, sie nach dem Verlorenen Kind zu fragen.

Sie fand noch mehr verschlossen vor – nicht nur das *Taú* der alten Lehrerin.

Als sie sich erneut zum Haus ihres Klans begab, um nach dem fremden Mädchen zu sehen, trat ihr Laurdana unter der Tür entgegen. Die Schwester trug ein anderes Gewand, weich und fließend, kornfarben wie das Tal vor den Toren der Stadt, und ihr Haar war zu einer kunstvollen Frisur geflochten.

»Ich komme wegen Lillia. Ich habe eine Medizin für sie«, sagte Amra.

Laurdana streckte die Hand aus, und die Reifen an ihrem Handgelenk klirrten.

»Gib sie mir.«

Verblüfft sah Amra die Schwester an.

»Ich habe versprochen, sie noch einmal aufzusuchen und mit ihr zu sprechen.«

»Sie will aber mit niemandem sprechen. Sie sitzt den ganzen Tag da und hält sich die Ohren zu«, entgegnete Laurdana. »Gib mir die Medizin.«

Amra starrte ihre Schwester an. Laurdana sah von ihr zu den Türmen und verdrehte schließlich die Augen, die mit weichen Strichen nachgemalt waren.

»Bei der Quelle, Amra, warum verstehst du das denn nicht? Es regt Mutter einfach zu sehr auf, wenn du kommst und gehst, wie es dir passt – nach allem, was geschehen ist.«

Einige Herzschläge lang lauschte Amra nur auf die Echos im *Taú*.

»Nach allem, was geschehen ist?«, wiederholte sie. »Sie will nicht mehr, dass ich herkomme?«, fragte sie weiter, als die Schwester nicht antwortete. »Sie weist mich von der Schwelle ihres Hauses?«

Laurdanas Augen, goldfarben wie das Haar, wichen Amras Blick erneut aus, eine Hand fasste unbewusst in die üppigen Stoffe.

Empörung und Enttäuschung stritten in Amra – und Scham, auch wenn sie nicht wusste, wofür sie sich schämen sollte. Sie presste die Finger auf das Brustbein, hinter dem das *Taú* saß, um diese widerstreitenden Gefühle zu bändigen, doch es gelang ihr nicht.

»Und du sagst mir, ich soll das verstehen? Ich habe die Vorgänge in diesem Haus noch nie verstanden, Laur«, brach es aus ihr hervor. Sie hielt der Schwester das Fläschchen hin. »Hier, nimm. Gib ein paar Tropfen davon in den Tee, bevor Lillia schlafen geht. *Sag* ihr, dass du ihr davon gibst; sag ihr, dass es ihr hilft, einzuschlafen. Vielleicht könnt ihr wenigstens dem Kind gegenüber ein klein wenig Mitgefühl beweisen.«

Ich habe im Zorn gesprochen, dachte sie, als sie sich in der dunklen Hütte auf ihrem Nachtlager von einer Seite auf die andere wälzte. Sie hatte härter geklungen als beabsichtigt, hatte die Schwester getroffen, die Kedras Launen ebenso ausgesetzt war wie sie selbst, damals, als sie noch in dem großen Klanhaus gelebt hatte.

Doch nun war dieses Haus nicht länger das ihre, und sie fragte sich, ob sie darüber bitter werden sollte oder ob es endlich das Zeichen war, dass Kedra sich mit ihrer Wahl, *Laîren* zu sein, nun doch abgefunden hatte.

Als sie noch nicht lange in Drauras Hütte lebte, hatte sie sich stets nach Versöhnung gesehnt, nach einem Einlenken, nach Kedras Einsicht, dass ihre Tochter eine Aufgabe erfüllte, die für die ganze Stadt von Bedeutung war. Doch das war nie erfolgt; nie hatte die Mutter auch nur im Geringsten zu erkennen gegeben, dass sie die Entscheidung ihrer Tochter verstand und den Weg billigte, den Amra eingeschlagen hatte. Und schließlich war alle Hoffnung auf Versöhnung geschwunden.

Oder doch nicht ganz, denn sonst wäre da nicht das schwache Pochen im *Taú* gewesen, dieses Gefühl der Kränkung, als ihre Schwester sie von der Schwelle des Hauses Sa Kedra fortgeschickt hatte.

Amra sah ein, dass der Schlaf in dieser Nacht nicht mehr kommen würde. Leise stand sie auf, kleidete sich an und trat vor die Hütte. In der Dunkelheit goss sie die Pflanzen, die in Töpfen, Schalen und tönernen Behältern rings um die kleine Hütte wuchsen: Heilkräuter und Würzpflanzen, Färberkraut und ölreiche Blüten, aus denen sie die Parfüme gewann, die sich ihre Schwestern ins Haar stäubten. Leise sprach sie den Namen eines jeden Gewächses vor sich hin, während sie mit Wasser aus dem Trog die Erde tränkte und dabei an das ›Lied des Wachsens‹ dachte, das Mütter ihren kränkelnden Kindern vorsangen.

Nach einer Weile dämmerte es über den Türmen; in zarten Grautönen zog ein neuer Morgen herauf. Als Amra rasche Schritte hinter sich hörte, drehte sie sich um.

Khani kam, Khani mit den blitzenden Augen, dem borstigen Haar seines Klans und in der Kleidung der Reiter: Stiefel und Hose aus feinem Leder, darüber ein helles, weich fallendes Hemd mit Stickereien am Ärmel, das über der Brust von einem durch mehrere Ösen geschlungenen dünnen Lederriemen zusammengehalten wurde. Höflich neigte er den Kopf.

»Gorun schickt mich«, sagte er ein wenig atemlos, und ihr Herz tat einen Satz. Nur selten kam jemand bis zu dieser Hütte, und wenn, dann aus ungutem Grund.

»Was ist geschehen?«, fragte sie.

Der junge Reiter fuhr sich mit einer verlegenen Geste durch das widerspenstige Haar.

»Es ist wegen des Fremden«, erklärte er.

Rasch kehrte Amra in die Hütte zurück und holte ihre Tasche. Draura war erwacht und hatte selbst für ihr Frühstück gesorgt. Nun nahm sie die Sundschlange aus ihrem Korb und hob sie in die Höhe, bis der kräftige graue Leib mit den drei Bändern auf dem Rücken lang ausgestreckt war. Weit öffnete die Schlange das Maul, und ein Zahn sonderte einen gelblichen Tropfen Gift ab. Die alte *Laîren* fing ihn geschickt mit einem winziges Gefäß auf – ein kostbares Sekret.

Amra wandte sich ab.

»Du darfst dich nur nicht von ihr beißen lassen«, hatte Draura sie oft ermahnt. »In anderer Hinsicht ist ihr Gift jedoch ein ganz besonderer Saft.«

Dennoch hatte sie sich bis jetzt nicht an diesen Anblick gewöhnen können, und bei dem Gedanken, dass sie selbst einmal die Schlange anfassen müsste, schauderte ihr.

Vor der Hütte wartete Khani auf sie und begleitete sie zu den Türmen.

Die Innere Mauer war so breit, dass sie unter dem Durchgang zur Turmanlage Nischen bildete. Hier standen Wächter, kriegerische Gestalten mit Speeren, Schilden und langen Mänteln aus Ziegenfell, die sich auch dann nicht rührten, als Amra unter der Mauer hindurchschritt – in Begleitung des jungen Reiters konnte sie ungehindert passieren.

Sie betrat den Innenhof, den die Mauer und die drei Wehrtürme bildeten. Hier war es sehr still; die schweren Steine schirmten die Geräusche der umliegenden Stadt ab. Ihr klopfte das Herz, als sie die Kraft spürte, die von diesem Platz ausging. Der Hauptturm *war* Caláxi, er war das Herz der Stadt, ihr *Taú*. Über der Quelle erbaut, schützte er seit vielen Generationen das kostbare Wasser, das selbst während der längsten und heißesten Sommer noch nie versiegt war.

Keiner der Türme besaß einen Eingang zur Stadt, alle ihre Portale lagen zu diesem Innenhof hin. Auf den Stufen, die zum Westturm führten, stand Gorun im Gespräch mit einem seiner Reiter. Als er sie erblickte, kam er auf sie zu, mit jenen langen, energischen Schritten, die für ihn charakteristisch waren. Er gehört zu den Menschen, die die wahre Natur ihres *Taú* kaum verbergen können, dachte Amra. Sein hitziges Temperament sprach aus jeder seiner Gesten, man spürte den kraftgeladenen Schwung des Speerkämpfers. An diesem Morgen war er leicht gekleidet, um den Hals trug er wie immer den Anhänger seines Schutzgottes Nemnos; daneben hing Milans Klanzeichen.

Amra blickte auf den Bronzering und dachte an die schreckliche Erinnerung, die sich damit verband, an Falraus Worte, als er ihr davon berichtet hatte.

»Gorun …«, begann sie, doch er ließ sie nicht zu Wort kommen.

»Bist du bereit?«, fragte er. »Bist du willens, diesem Mann zu helfen?«

»Was fehlt ihm?«, gab sie zurück, doch bevor er antworten konnte, ertönten Rufe aus dem Durchgang.

»Reiter! Reiter kommen zurück!«

Gorun lief bereits auf den Durchgang zu, als er sich noch einmal zu ihr umdrehte.

»Bring sie hinauf!«, winkte er Khani.

Amra folgte dem jungen Reiter zu dem gewundenen Treppenaufgang des Westturms. Seine Mauer war doppelwandig und hohl und bildete einen Gang, der in Höhe der Stufen von kleinen Öffnungen erhellt wurde. Über ihrem Kopf wölbten sich schwere Steine gegeneinander; im Scheitel des Gangs bildeten sie ein spitzes Gewölbe. Vrauron allein mochte wissen, wie es kam, dass sie nicht in sich zusammenstürzten.

Es roch nach trockenem Staub, und als sie an der untersten Kammer vorbeikamen, atmete Amra deutlich den Geruch von poliertem Metall, den Geruch der Waffen. Dies war der Dunkle Turm, der Turm, in dem das Kriegsgerät einer Stadt verwahrt wurde.

Ihr Blick glitt über die Wände aus schwerem Stein, über die dunklen Ritzen, und beunruhigt fragte sie sich, ob Antiles nicht angelockt wurde von so vielen Dingen, die mit Blut in Berührung gekommen waren.

Niemand außer den Wächtern trug offen Waffen in der Stadt, und das war gut so. Die Kriegskunst blieb größtenteils verborgen. Doch hier, in diesem Bauwerk, hing eine undeutliche Bedrohung in der Luft, die beklemmende Gegenwart der Schatten.

Wächter kamen ihr entgegen. Sie bewegten sich schweigend in den Gängen, die sich durch die Innere Mauer zogen und die drei Wehrtürme miteinander verbanden; sie standen in den Nischen vor jeder Kammer und verwehrten allen, die keine Befugnis hatten, den Zugang zu den Waffen. Wie Gorun gesagt hatte: Dieser Turm war der bestbewachte Ort der Stadt, und wohl deshalb hatte er den Fremden hierher bringen lassen, trotz der Gefahr, dass der Mann sich bewaffnen konnte, falls ihm die Flucht gelänge. Doch das war so gut wie ausgeschlossen.

Drei Kammern lagen im Innern des Turms übereinander, aus massiven Steinen zu runder Form gemauert und mit spitz zulaufender Decke. Unter dem Durchgang zur kleinsten Kammer, dicht unter der Krone des Turms, standen ebenfalls Wächter in den Nischen des Türbogens, reglos, maskiert und bewaffnet wie jene auf der Mauer. Der Albdruck, der von den Waffenkammern ausging, war noch immer wahrnehmbar, doch nicht mehr so bedrückend wie weiter unten im Turm. Der Raum, den Amra nun betrat, war dunkel und eng; lediglich durch den Gang fiel ein wenig Licht herein. Sonst gab es nichts – die Kammer im Turm war völlig kahl.

Hier saß der Fremde auf dem Boden, den Rücken an die schweren Steinblöcke gelehnt. Er hatte die Finger um ein Knie verschränkt, und die beiden silbernen Ringe, die er an einer Hand trug, schimmerten im Halbdunkel.

Er blickte auf, als sie eintrat. Nichts hatte Gorun ihm gestattet: weder sich den Staub der Reise abzuspülen noch eine Decke oder einen Krug mit Wasser zu seiner Erfrischung. Selbst im Halbdunkel entdeckte Amra die drei Schnitte, die ihm über die bloße Schulter und den Oberarm liefen, die dunkel verfärbte Stelle über den Rippen. Hastig drehte sie sich zu Khani um, der ihr gefolgt war.

»Was habt ihr ihm angetan?«, fragte sie halblaut und erschrocken.

»Wir haben ihn nicht angefasst«, verteidigte sich Khani sofort. »Falrau hat die Verletzungen entdeckt. Der Mann hatte sie bereits, als wir ihn gefangen nahmen.«

Amra warf einen Blick auf den Fremden, der ihnen schweigend zuhörte. Die Wächter unter dem Türbogen regten sich nicht. Vier Tage waren seit jenem Morgen auf den Sternfelsen vergangen. Vier Tage in diesem dunklen Turm.

»Ich brauche Licht, Khani«, sagte sie und ließ ihre Tasche zu Boden gleiten. Der junge Reiter nickte und verließ den Raum, um das Gewünschte zu holen.

Jetzt drehte sie sich ganz zu dem Fremden um, trat aber nicht näher.

»Ich bin Amra«, stellte sie sich vor, und der Mann neigte leicht den Kopf.

»Wir sind uns auf den Felsen begegnet«, stellte er fest.

Sie nickte.

»Gorun sagt, dass du meine Hilfe benötigst.«

Mit einer Mischung aus Stolz und Gleichgültigkeit zuckte er die Schultern. Er bat nicht darum, das machte er deutlich.

»Jemren«, sprach sie ihn mit seinem Namen an, und nun regte sich sein *Taú*, das bisher verschlossen gewesen war, fest wie ein Schild.

»Das Mädchen hat dir meinen Namen gesagt«, stellte er fest. »Wo ist sie? Wohin habt ihr sie gebracht?«

Lillia galt seine größte Sorge in diesem Turm, das offenbarte er ihr unwillkürlich – und verbarg es ebenso rasch wieder.

»Sie befindet sich im Haus meiner Mutter«, entgegnete Amra. »Dort hat sie alles, was sie braucht. Essen und Schlaf zum Beispiel«, setzte sie unbeherrscht hinzu. »Sie ist völlig erschöpft, und jede Nacht quälen sie Albträume. Wie kannst du ein Kind auf eine solche Reise mitnehmen? Ist dir nie der Gedanke gekommen, dass dieser Weg viel zu hart für sie ist?«

Der Fremde musterte sie. Sie besann sich, als er schwieg und als ihr bewusst wurde, dass er sich kaum in einer besseren Verfassung befand. Doch zu ihrer Überraschung war das *Taú* des Mannes genau an seinem Platz, fest und unnachgiebig. Sie blieb stehen.

Im Gang flackerte ein Licht. Mit einer Öllampe in der Hand betrat Khani den Raum, und als Licht auf den Fremden fiel, sah Amra, wie elend und müde er aussah. Trotz der Kühle im Turm glänzte Schweiß auf seiner Stirn, und seine Finger waren fest ineinander verschränkt.

»Ich bin Heilerin und Kräuterweise«, sagte sie. »Ich kann dir helfen.«

Erneut antwortete ihr ein Achselzucken.

Vorsichtig trat sie näher, immer noch auf der Hut, auch wenn die Wächter, die sich in den Türnischen gegenüberstanden, jeden Winkel der Kammer überblicken konnten. Es hatte nur den Anschein, als starrten sie einander an; in Wirklichkeit, so bemerkte Amra, beobachteten sie jede Bewegung des Fremden, und das wusste er sicherlich auch.

Er rührte sich nicht, als sie sich hinabbeugte und die Schnittwunden an der Schulter bei Licht besah. Sie verliefen alle im gleichen Winkel zueinander, so als hätte ihn eine Klaue gepackt und tiefe Risse durch Haut und Muskeln gezogen. Diese Verletzung war ihm in der Tat schon vor einiger Zeit zugefügt worden und heilte bereits, doch sie war höchst unzureichend versorgt worden. Die Narben würden ihm für immer bleiben.

Amra runzelte die Stirn. Sie kannte diese Art von Wunden; zu oft hatte sie Derartiges gesehen. Als sie den Mann jedoch anblickte, fand sie ihn völlig verschlossen, so wie er sich Gorun gegenüber zur Wehr gesetzt haben mochte.

»Es ist sein Fuß, Amra«, sagte Khani, der die Lampe in eine Halterung an der Wand gehängt hatte. Jetzt stand er da und sah zu, wie sie den Fremden untersuchte.

Der Mann – Jemren – hatte ein Knie angewinkelt und die Finger darum gelegt; das andere Bein hielt er ausgestreckt, und da sah sie, dass sein Fuß auf einer Seite bis zum Knöchel hinauf angeschwollen war. Sie kauerte nieder, legte vorsichtig die Hände auf das Gelenk und stellte fest, dass es sich bewegen ließ. Doch die Sohle war zerschnitten von dem Fußmarsch ohne Stiefel, zu dem Gorun den Mann gezwungen hatte. Tief unter der Haut steckte der Dorn des Olza.

»Der Dorn hat deinen Fuß vergiftet«, sagte sie und blickte zu ihm auf. Er hatte sie die ganze Zeit über beobachtet. Jetzt beugte er sich leicht vor, und sofort sog Khani warnend den Atem ein.

»Was sagt das Mädchen?«, fragte der Mann. »Was sagt sie, wenn sie von ihren Träumen spricht?«

Misstrauen zuckte in ihr auf, als sie merkte, dass sie benutzt wurde. Sie hatte Zorn erwartet oder Angst, doch stattdessen traf sie nur auf diesen sturen Willen.

»Amra«, drängte Jemren sie unbeirrt. »Ihr könnt nicht überhören, was dieses Mädchen sagt.«

»Wie kommt es, dass es von solchen Träume gequält wird?«, fragte sie statt einer Antwort. »Wie kommt es, dass du mit Lillia hier bist? Über den Scyé willst du mit ihr gegangen sein? Weißt du nicht, dass dir hier niemand Glauben schenkt, wenn du so etwas behauptest? Weißt du nicht, wer das Mädchen ist?«

Plötzlich schimmerte Besorgnis in den dunklen Augen des Fremden auf.

»Sie ist nur ein Kind«, sagte Jemren. »Was habt ihr mit ihr vor?«

Hastig schützte Amra ihr *Taú*, als für einen Augenblick spürbar wurde, was in Wirklichkeit hinter seiner Abwehr vorging. Sie antwortete nicht.

Als sie erneut seinen heißen, geschwollenen Fuß berührte, zuckte er zusammen, und dann noch einmal, als sie den Schnitt setzte und den Dorn herauszog, der tief ins Fleisch eingedrungen war. Die Wunde blutete, doch nicht genug, um das Gift auszuschwemmen. Es würde einige Tage dauern, bis die Schwellung zurückgehen und das Fieber abklingen würde. Vorsichtig strich sie Salbe auf die Verletzung und umwickelte den Fuß mit weichem Bast.

»Zwei oder drei Tage, dann kannst du ohne Verband gehen«, sagte sie und gab ihm einen Krug mit Heilöl für seine Schulter. Sie packte ihre Utensilien zurück in die Tasche. »Doch es wird dauern, bis die Schwellung ganz abgeheilt ist.«

Khani stieß sich rasch von der Wand ab, als der Mann plötzlich ihr Handgelenk umfasste, kühle, schlanke Finger, die sie ohne Gewalt festhielten. Sie keuchte, überrascht von der unerwarteten Berührung, die jedem Bewohner der Stadt verboten war. Das konnte nur ein Fremder wagen, der ganz offensichtlich nicht begriff oder nicht achtete, wer sie war.

»Ich bin *Laîren*. Du darfst mich nicht berühren!«, stieß sie hervor, doch auch das verstand Jemren nicht. Als sie versuchte, ihm die Hand zu entziehen, verstärkte er den Druck seiner Finger.

»Amra«, drängte er sie, »hör auf das Mädchen. Hör auf ihre

Worte! Sie sieht Dinge, die wir nicht wahrnehmen können. Sie drückt das auf eine ganz eigene Art und Weise aus, die schwer zu verstehen ist, das weiß ich. Aber was sie sieht, entspricht der Wahrheit.«

Da erschien Gorun unter dem Steinsturz zum äußeren Gang, und Amra erhob sich rasch. Jemrens Finger glitten von ihrem Handgelenk.

»Was tust du da?«, fuhr der Krieger den Fremden ungehalten an. »Diese Frau kommt hierher, um dir zu helfen, und als Dank bedrängst du sie?«

Der Reiter blieb mitten in der Kammer stehen, während sich Jemren mühevoll erhob; er musste sich mit einer Hand gegen die Wand stützen, doch stur kämpfte er sich auf die Füße, um Gorun in die Augen zu blicken.

»Wie lange willst du mich hier noch festhalten?«, fragte er und versuchte, den verletzten Fuß nicht zu belasten.

»Wohin willst du denn gehen?«, gab Gorun zurück und wies auf den Verband.

Jemren schüttelte leicht den Kopf.

»Ich weiß nicht, wie viel Zeit vergangen ist, seit ich hier bin. Aber niemand ist in dieses Tal gekommen, niemand bedroht diese Stadt. Wann siehst du endlich ein, dass ich die Wahrheit gesagt habe, Gorun? Ich bin allein mit dem Kind.«

Das *Taú* des Fremden war vollkommen undurchdringlich; es gab keines seiner Gefühle preis.

»Die Wahrheit?«, fragte der Reiter, und seine Stimme zitterte vor unterdrücktem Zorn. »Du hast uns noch nicht einmal deinen Namen genannt oder den Namen der Stadt, aus der du kommst. Wie stehen die Türme des Nordens zu den Nraurn? Seid ihr mit dem Ziegenvolk verbündet – hetzt ihr es gegen uns auf? Und wohin wolltest du mit diesem Kind? Du hast auf keine einzige dieser Fragen eine Antwort gegeben! Und da verlangst du, dass ich dich unbehelligt ziehen lasse?«

Jemren sah den Reiter an.

»Ich wusste nicht, dass die Nraurn diese Stadt überfallen

haben«, versicherte er, offenbar nicht zum ersten Mal, denn Gorun fluchte gereizt. Amra ballte unwillkürlich die Fäuste, als sie spürte, wie hart sich die *Taú* der Männer begegneten.

»Weder das Kind noch ich haben etwas mit dieser Stadt zu tun«, erklärte Jemren, ohne vor Goruns Zorn zurückzuweichen.

»›Hier‹, sagte das Kind oben auf den Felsen«, erinnerte ihn der Reiter. »›Hier!‹ Was meinte es damit? Was lockte das Mädchen hierher?«

Jemren holte Atem und strich sich über die Stirn; er konnte das Zittern seiner Finger nur schlecht verbergen.

»Lillia spürt so manches«, begann er zögernd und sah Amra dabei an. »Sie fühlt, was im ...«

»Weißt du wirklich nicht, wer sie ist?«, fuhr Gorun unbeherrscht dazwischen und verdarb den Augenblick. »Oder ist das nur die besondere Niedertracht des Nordens, ein Verlorenes Kind in den Süden zu bringen und zu sehen, was seine Anwesenheit hier anrichtet?«

Amra fühlte, wie sich Jemrens *Taú* erneut anspannte, wie es zurückglitt in seine ursprüngliche Unzugänglichkeit.

»Wenn ihr Lillia so sehr fürchtet, dann lasst sie gehen«, forderte er.

»Wenn du dir so große Sorgen um sie machst«, gab Gorun zurück, »warum bringst du sie dann hierher?«

Jemrens dunkle Augen glitten von dem Krieger erneut zu Amra und dann weiter zu Khani, der unter der Lampe stand und schweigend zuhörte.

»Warum ist sie hier nicht willkommen?«, fragte er rau. »Ich bin es nicht, das kann ich hinnehmen, aber was ist mit ihr, mit einem Kind? Wenn ich hier sterbe, gibt es dann ein Haus in dieser Stadt, das sie aufnimmt? Ist sie an irgendeinem Ort gern gesehen?«

Ein Verlorenes Kind. Selbst der Norden hatte das Mädchen nicht gewollt, begriff Amra, als sie seine Worte hörte. Und dieser Fremde missachtete diese Tatsache, er hielt zu dem Mädchen, wider besseres Wissen. Auch wenn alle anderen sich abwandten, weigerte er sich anzuerkennen, was das Heranwachsen eines solchen Kindes bedeutete.

Sie sah ihn an, einen Mann, der sich Gorun seit Tagen widersetzte, der von jenem Teil der Insel stammte, wo das alte Wissen verworfen worden war.

Doch selbst dort hatte man das Kind gefürchtet.

»Der Norden kennt die Prophezeiung«, stellte sie betroffen fest. Jemren blickte sie an.

»Er kennt die Prophezeiung«, bestätigte er nach kurzem Zögern, doch es klang, als habe das nicht das Geringste mit ihm zu tun.

»Woher kommt dieses Mädchen?«, fragte Amra. »Gehört sie deinem Klan an? Wurde sie in deiner Stadt geboren? Warum bist du mit ihr fortgegangen, wenn doch der Weg so schwierig war?«

Sie deutete auf seine verletzte Schulter. Sie wandte sich ihm mit dem Innern zu, mit dem ganzen *Taú*, um ihm zu zeigen, dass dies keine Fragen waren, die ihr nur das Misstrauen eingab.

Doch Jemren schwieg.

»Antworte ihr!«, verlangte Gorun. »Woher kommt dieses Kind? Und wenn ich dich ziehen ließe – wohin würdest du dann mit ihr gehen? Was hat dich überhaupt in den Süden geführt?«

Jemren blickte dem Krieger in die Augen.

»Ich weiß es nicht«, sagte er, und Gorun fluchte erneut. Er streckte den Arm aus.

»Die *Nashan* meiner Stadt warnt mich vor diesem Mädchen. Die Hohepriesterin von Caláxi wird am morgigen Tag der Stadt ihre Meinung darüber kundtun, was mit dir und dem Kind zu geschehen hat. Und ihr Wort wird den Ausschlag geben. Glaubst du nicht, du hättest einen Fürsprecher nötig? Glaubst du nicht, du bräuchtest jemanden, der deinen Standpunkt ihr gegenüber vertritt? Nun, das hätte *ich* sein können, doch du hältst mich seit Tagen keiner einzigen Auskunft für würdig. Was erwartest du von mir – dass ich dir so lange dieselben Fragen stelle, bis es für meine Stadt zu spät ist? Das wird mit Sicherheit nicht geschehen, denn das lasse ich nicht zu.«

Seine Worte erreichten den Fremden. Jemren betrachtete den Reiter, während er sich mit der Hand gegen die Steine stützte, und sein *Taú* verriet Beunruhigung. Khani trat langsam zu ihnen heran. Der junge Reiter zog bekümmert die Stirn in Falten, doch in Goruns Gegenwart mischte er sich mit keiner Silbe in das Gespräch ein.

»Wenn du sie ansiehst, Gorun«, fragte Jemren schließlich, »was siehst du dann? Siehst du nicht ein Kind, das auf unser Wohlwollen angewiesen ist? Was nimmt deine Stadt, die so reich und prächtig ist, so sehr gegen dieses Mädchen ein? Wenn allein sie es ist, die euch so sehr aufbringt, dann habe ich nichts anzubieten, um dich oder deine *Naszan* umzustimmen. Dann müsst ihr eure Entscheidung ganz allein nach eurem Gewissen fällen.«

Er sprach das Wort, das die Hohepriesterin der Quelle bezeichnete, ganz anders aus als Gorun, Amra und jeder andere in der Stadt. Dieser Mann musste wirklich vom anderen Teil der Insel kommen. Woher mochte er wohl stammen, wenn er Caláxi, eine Stadt mittlerer Größe im Süden, als reich und prächtig bezeichnete?

Gorun hatte Jemrens Worte mit verschränkten Armen aufgenommen. Nun neigte er sich vor.

»Ganz, wie du meinst«, sagte er. »Doch dann sollst du auch wissen, dass meine Entscheidung bereits feststeht. Solange du mir nicht antwortest, wirst du diesen Turm nicht verlassen.«

»Dann lass mich wenigstens mit Lillia sprechen!«, bat der Fremde. »Sie ist noch klein, sie versteht nicht, was geschieht.«

Doch der Reiter deutete auf die dunklen Steine, den kahlen Boden, die Wand.

»Willst du, dass sie hierher kommt? Dass sie dich hier sieht?«

Jetzt schwieg der Mann, und einen Augenblick lang herrschte tiefe Stille.

»Noch nie«, sagte Gorun schließlich, »noch nie ist aus dem Norden etwas Gutes gekommen. Nichts als Feindschaft und Verderben.«

Jemrens dunkle Brauen zogen sich zusammen. Schweiß, den das Fieber und die Schmerzen verursachten, glitzerte auf seiner Stirn.

»So heißt es in allen Liedern, in allen Aufzeichnungen, und so ist es auch jetzt«, fuhr der Reiter fort. »Es gibt keinen Frieden zwischen uns, und nicht einmal die Waffenruhe, die der Scyé erzwungen hat, besitzt noch Gültigkeit. Das hast du mit deiner Anwesenheit in diesem Tal bewiesen. Ich sage dir, weshalb mein jüngster Bruder tot ist«, stieß er hervor und ballte die Fäuste. »Weshalb er dort draußen auf *diese* Weise sterben musste. Milan entdeckte euch. Schutzlos lief er in die Falle, die ihr ihm gestellt hattet. In demselben Tal musste er umkommen, in dem er aufgewachsen war, mit dem er vertraut war, weil er herausfand, dass ihr euch mit den Nraurn zusammengeschlossen habt und nicht davor zurückschreckt, das Ziegenvolk gegen diese Stadt aufzuhetzen!«

Jemren sah den Reiter an, und diesmal nahm Amra ganz deutlich die Regung in seinem *Taú* wahr, eine Spur des Entsetzens.

»Kein Mann aus dem Norden hat je die Hand gegen deinen Bruder erhoben«, erklärte er ernst. »Weder gegen ihn noch gegen diese Türme. Wir haben mit den Angriffen der Nraurn nichts zu tun. Wir begehren nichts, was der Süden besitzt. Ich bin allein, Gorun.«

Da zog der Reiter eine schwere Bronzescheibe hervor. Fremdartige Symbole waren darin eingegossen.

»Aber das hier«, sagte er langsam, und seine Stimme war dunkel vor Zorn, »das kennst du. Das haben meine Reiter heute Morgen in der Nähe der Felsen gefunden, an der Stelle, wo wir dich aufgegriffen haben. Dies ist das Siegel von Quinda-Na, Feldherrin unter Kajlyn-Gua, die über ein Heer von siebenhundert Nraurn-Kriegern gebietet. Nraurn aus dem Norden. Da draußen gibt es Spuren, Spuren von unzähligen Noukhufen. Und was meinst du? Werden sie unsere Stadt angreifen?«

Amras Herz zog sich vor Schreck zusammen, als sie die Scheibe sah, die vielleicht an einem Zaumzeug oder einem Sattel befestigt gewesen war. Jemren starrte auf die Bronze in Goruns Hand, und als er nicht antwortete, warf ihm der Reiter wortlos das schwere Schmuckstück vor die Füße, wo es auf den Steinen aufschlug.

Der Fremde schloss die Augen.

»Man kann einen Mann nicht halten wie ein Tier«, sagte Amra, als sie hinter Gorun die engen, steilen Treppenstufen des Turms hinabstieg. Es stand ihr keineswegs zu, sich in die Angelegenheiten der Inneren Turmanlage einzumischen, doch das erschöpfte Gesicht des Mannes und seine Verzweiflung darüber, dass er nichts für das Mädchen tun konnte, verfolgten sie. Gorun fuhr sich mit der Hand ungehalten durch die dunklen Locken.

»Es geht nicht nur darum, dass wir plötzlich noch einen Gegner zusätzlich haben, Amra«, sagte er und überraschte sie mit seiner Offenheit – ein Erster Reiter, der einer *Laîren* gegenüber seine Bedenken äußerte. »Wenn sie sich mit dem Norden zusammengeschlossen haben, wissen die Nraurn alles über die Bauweise der Türme. Dann wissen sie, wie die äußeren Wälle befestigt sind. Wie dieser Mann selbst gesagt hat, sind unsere Städte alle nach dem gleichen Muster errichtet«, setzte er hinzu und wies mit einer Handbewegung die steilen Stufen hinauf. »Er kann ihnen einen vollständigen Plan unserer Verteidigungsanlagen gegeben haben. Genau das befürchtet auch Vrauron.«

In der stillen Luft des Turms zog Amra unwillkürlich das dünne Gewand enger um die Schultern. Geschrei und Feuer waren plötzlich in ihrem *Taú* gegenwärtig, die Erinnerungen an die letzten Kämpfe, die noch nicht lange zurücklagen.

»Aber wenn er die Wahrheit sagt ...«, begann sie dennoch, und Gorun blieb so unvermittelt stehen, dass sie fast gegen ihn gestoßen wäre. Vom Eingang des Turms fiel helles Tageslicht auf die untersten Trittsteine, und auf den Stufen über sich hörte sie Khanis rasche Schritte. Der junge Reiter hatte die dunkle Kammer kurz nach ihnen verlassen; als er sie sah, blieb er ebenfalls stehen.

»Welche Wahrheit sollten seine Worte denn enthalten, Amra?«, fragte Gorun verärgert. »Er will geradewegs über den Scyé gekommen sein, den noch kein Mensch zuvor bezwungen hat, und dann behauptet er, er wisse nicht, was er auf dieser Seite verloren hat. Soll ich das etwa glauben? Wenn es aber stimmt, dann verrät er damit, dass dem Norden dieser Weg nun offen steht – eine unmittelbare Verbindung in den Süden, wie es sie seit dem Ende der Langen Kriege nicht mehr gab. Doch aus welchem Grund sollte er mir ausgerechnet das mitteilen – es sei denn, er lenkt unsere Aufmerksamkeit mit Absicht dorthin, weil er eigentlich etwas ganz anderes verbergen will.«

Er schüttelte unwillig den Kopf.

»Etwas stimmt nicht mit ihm, etwas an ihm ist ganz und gar nicht so, wie es den Anschein hat, Amra, das spüre ich. Ein ruhiger Mann, ein sehr gelassener Mann, ein Mann mit einem Kind auf dem Arm – doch gerade mit seinem überaus gefassten *Taú* gibt er mir zu verstehen, dass wir uns vor ihm in Acht zu nehmen haben. Hast du seine Verletzungen gesehen? Solche Wunden entstehen im Kampf, und ich wüsste doch zu gern, wo und warum er gekämpft hat. Vielleicht sind wir längst nicht die einzige Stadt, in die er dieses Kind trägt, nicht die erste Stadt, der er Verderben bringt. Wer weiß, wie es um die anderen Türme entlang der Trockenen Hügel steht. Wenn die Grenzstädte gefallen sind, können sich die Nraurn endgültig frei in unserem Land bewegen, und vielleicht entspricht genau das den Plänen des Nordens.«

»Haken reißen solche Wunden, Gorun, Nraurn-Haken.

Wenn er ihnen begegnet ist, dann sicher nicht auf friedliche Weise«, gab Amra zu bedenken, doch Gorun wischte ihren Einwand beiseite.

»Du kannst dir vorstellen, wie ein Bündnis mit dem Ziegenvolk aussehen mag. Diese Verletzung beweist nur, *dass* er ihnen begegnet ist. Aber er schweigt. Er weigert sich, mir zu sagen, wovon das Schicksal unserer Stadt abhängt. Quinda-Na ist ihm gefolgt, Amra, seiner Spur, und das hätten wir schon längst wissen können – nicht erst seit Falrau heute diese Bronzescheibe fand.«

Er sah sie an, seine grauen Augen ruhten auf ihr, und plötzlich spürte sie die Besorgnis in seinem *Taú*, die Besorgnis, die ganz Caláxi umfasste.

»Du hast Angst um die Stadt«, sagte sie betroffen, sprach damit unvermittelt aus, was sie fühlte, und bereute es im nächsten Augenblick. Khani, der ihrem Gespräch beiwohnte, bewegte sich unruhig auf einer Treppenstufe über ihr. Doch wenn Gorun durch ihre Offenheit gekränkt war, so ließ er es sich nicht anmerken.

»Nraurn aus dem Norden«, sagte er. »Das ist etwas anderes. Das ist um vieles schlimmer als alles, wogegen wir uns bisher verteidigen mussten. Kajlyn-Gua ist eine Kriegskönigin, nach allem, was ich weiß. Und ich weiß nicht viel. Alles, was wir bislang über sie gehört haben, sind Gerüchte, die uns von den Mnek und den andern Nraurnvölkern zugetragen wurden, doch selbst diese sprechen den Namen der Königin nur im Flüsterton aus. Selbst ihr eigenes Volk fürchtet sie, Amra. Bislang hat sie sich in die Gebiete um den Scyéyan zurückgezogen, bis jetzt, da aus ihrer Sicht der Augenblick zum Zustoßen gekommen ist. Und ein Mann, der sich zur selben Zeit aus dem Norden hierher verirrt, sollte nichts damit zu tun haben?«

Erneut schüttelte er den Kopf, und im schwachen Licht des Turms blickte er sie an.

»Du hast sein *Taú* gespürt. Was denkst du?«

Amra hob unwillkürlich die Hand.

»Deshalb hast du mich rufen lassen?«, fragte sie. »Damit ich ihn auf diese Weise prüfe?«

Wartend stand Gorun da, ließ ihre Empörung einfach an sich abprallen – und lud in diesem Augenblick die Last der Verantwortung für die Stadt auch auf sie, die in Drauras Hütte lebte und den geringsten, den letzten Dienst an der Stadt und ihren Bewohnern versah. Wie ein kaltes Gewicht legte sich diese Frage auf ihr *Taú*.

»Du hast diese Gabe, Amra«, drängte der Reiter sie. »Du weißt, was für uns alle auf dem Spiel steht. Du kannst in diesen Mann hineinsehen, der so beharrlich schweigt.«

Ihre Heilgabe sollte sie benutzen, um einen Mann gegen seinen Willen zu erforschen. So weit waren sie gekommen, dass sie Kinder einsperrten und Fremde mit dem *Taú* aushorchten.

Doch gerade im *Taú* spürte sie auch die Bürde, die auf Gorun lastete, den Kummer, den er mit sich trug und der trotzdem nicht die Oberhand gewinnen durfte.

Langsam schüttelte sie den Kopf, und ihre schweren Locken streiften die Schultern.

»Etwas geschieht mit uns, Gorun«, sagte sie und schluckte die Furcht, die in ihr aufstieg. »Caláxi wurde immer die Freundliche genannt, aber siehst du nicht, dass wir im Begriff sind, genau diese Eigenschaft zu verlieren? Dass wir begonnen haben, uns zu verändern, bis uns das eigene *Taú* fremd ist? Das ist auch eine Art der Niederlage, vielleicht die schlimmste überhaupt.«

Gorun betrachtete ihr Gesicht. Aufmerksam hörte er ihr zu; sie standen sich so nahe, dass Amra den feinen Ledergeruch seiner Kleidung wahrnahm, das frische Kupfer der Spangen an seinen Armen, die energische Kraft in seinem *Taú*.

»Was rätst du mir also?«, fragte er. »Was soll ich der *Nashan* und der Stadtversammlung über diesen Fremden berichten? Wir müssen eine Entscheidung treffen, und zwar bald. Wir haben schon viel zu lange gezögert.«

Amra atmete tief ein.

»Er lügt nicht«, sagte sie. »Er ist kein Lügner. Er ist nur ein vorsichtiger Mann.«

Gorun runzelte die Stirn.

»Er ist nicht einfach ein Schafhirte, Amra«, wandte er düster ein. »Du hast beobachtet, wie er das *Taú* benutzt, um mir Widerstand zu leisten; er tut dies auf eine Art und Weise, wie ich es noch nicht erlebt habe. Um es in dieser Form zu beherrschen, braucht man jahrelange Übung, und er hatte sicherlich Lehrmeister, die ihn darin unterwiesen haben. Das bereitet mir Sorgen – er *weiß*, was er tut.«

»Ich kann den Wortlaut seiner Gedanken nicht aus ihm herauslesen, Gorun«, entgegnete sie. »Ich kann nicht sehen, was er nicht sagt; ich kann nur fühlen, was ihn bewegt. Er hat mehr Angst um das Mädchen, als in seiner Lage klug ist. Aber er empfindet keinen Hass, keine Verachtung ... nichts, was ihn zu einem Gegner machen würde. Und sein Name ist Jemren«, setzte sie nach kurzem Zögern hinzu und musste lächeln, als sie Goruns überraschten Blick sah.

»Das hat mir das Mädchen verraten«, erklärte sie.

5

Der Tag des Djai-Don-Fests begann mit einem Überfluss an Licht.

Im Lauf des Vormittags fanden sich die Angehörigen aller Häuser auf dem großen Platz am Westturm ein, um den Frühling endgültig zu verabschieden und den heißen Sommer auszurufen. Bis der Mittag kam und die Sonne senkrecht über den Türmen stand, würden hier die Trommeln geschlagen, Lieder und Sprechgesänge vorgetragen und Tänze abgehalten. Die weiten Röcke der Frauen schwangen bei jedem Schritt, ihr Schmuck klirrte; die Tänzerinnen und Tänzer, die sich in zwei Kreisen zueinander bewegten, trugen die traditionellen Farben der Stadt an ihren bestickten Gewändern. Dicht an der Mauer zeigten junge Reiter auf einer schmalen Bahn ihr Können und stellten die Wendigkeit ihrer Pferde unter Beweis. Hirten in farbenfrohen Gewändern ließen ihre Ruten knallen.

Amra schritt langsam durch die Menge und aß süßen Kuchen. Kimra hatte sich selbst übertroffen an diesem Tag; ihr Klan hatte lange Tische aufgestellt, beladen mit Nüssen, die in Honig eingelegt waren, mit Früchten und Gebäck aller Art. Andernorts gab es würzigere Speisen: Pasteten, das Fleisch junger Ziegen in einer Kruste aus Kräutern und alle möglichen Sorten von Käse. Jungen trugen Tabletts durch die Menge und boten Getränke an – Limonade, Likör und Wein. Und auf großen Rosten brieten Hammelstücke, deren Saft zischend ins Feuer tropfte. Ein köstlicher Duft zog durch die ganze Stadt.

Niemand war zu Hause geblieben an diesem Tag, an dem die Sonne rasch über die östliche Mauerkrone stieg und steil den Himmel erklomm. Alle hatten sich auf dem Platz versammelt, der von den geschmückten Logen der Häuser umgeben war; die erhöhten Sitzplätze waren für die Klankönigin und ihren Bruder gedacht, der ihr zugleich als Stellvertreter zur Seite stand. Die bunten Stoffbahnen schützten sie gegen das grelle Tageslicht. Gorun hatte den Platz hinter dem Sitz seiner Mutter eingenommen, er stand aufrecht und gelöst und wachte nur über jene, die ihm am nächsten waren. Die Loge Maremas der Weberin – mit Ziegenhörnern und kostbaren Teppichen geschmückt – war dagegen verwaist. Kinder tobten auf ihrem Ehrenplatz herum, während sie selbst in der Menge stand und sich angeregt mit Vrauron und ihrem Gatten Piros unterhielt.

Amra nippte an ihrem Getränk, es schmeckte süß und erfrischend zugleich. Sie hielt sich im Hintergrund des festlichen Gedränges, denn trotz des strahlend klaren Tags war ihr nicht nach Feiern zumute. Sie fühlte sich müde; die letzte Nacht war kaum besser gewesen als die vorherige, und Draura war am Morgen mit einem hartnäckigen Husten erwacht, der sie so sehr geschwächt hatte, dass sie es sogar ablehnte, zum Festplatz zu kommen – selbst mit dem wunderbaren neuen Schal konnte Amra sie nicht locken.

»Geh nur, Kind, mach dir keine Gedanken«, hatte sie gesagt und Amras Hand getätschelt.

Sie selbst trug ihre alten Röcke, frisch gewaschen und an den schadhaften Stellen ausgebessert, obwohl man den Sommer eigentlich nicht im alten Gewand begrüßte. Doch sie besaß nichts anderes. Ihr einziger Schmuck war ein grünes Tuch, das das Haar aus dem Gesicht hielt; sie hatte es damals aus dem Haus der Mutter mitgenommen. Ihr Blick glitt über die Türme und den wolkenlosen Himmel darüber, über die Mauern und über die Wächter, die dort zu mehreren standen und schweigend ins Land starrten, und sie wünschte sich, dass der Gong heute nicht erklänge, wenigstens nicht an diesem Tag.

Doch noch etwas anderes bedrückte sie, denn dies war der Tag, an dem, wie Gorun erklärt hatte, die Hohepriesterin der Quelle aus den Tiefen ihres Turms heraufsteigen würde, wo sie den größten Teil des Jahrs verbrachte. Es war der Tag, an dem Caláxi seine Entscheidung zu treffen hatte, und tief im Innern befürchtete Amra, dass dieser Entschluss die Stadt für immer verändern würde.

Sie blickte zu der Loge ihres eigenen Hauses hinüber. Dort saß das fremde Kind am Rand der Tribüne. Man hatte Lillia herausgeputzt, damit alle ihre Schönheit bewundern konnten, das zarte Gesicht mit den feinen Bogen der Augenbrauen, die schlanken Glieder. Damit alle sehen, wie gut es das fremde Mädchen im Hause Sa Kedra hat, dachte Amra. Und damit alle sehen, dass der Klan sie nicht fürchtet.

Nicht einmal an diesem Tag konnte Kedra es unterlassen, den anderen Häusern zu trotzen.

Ihre Schwestern trugen ebenfalls die schönsten Kleider und saßen angeregt schwatzend unter dem Sonnendach der Loge, während Kedra auf einem erhöhten Sitz über ihrem Klan thronte. Sie hatte keinen Bruder als Stellvertreter; neben ihr saß Amras Vater und hielt lächelnd Mito, den Jüngsten, auf dem Schoß.

Niemand beachtete das fremde Mädchen. Lillia trug ein türkisfarbenes Gewand, in dessen Saum jene Sternbilder eingestickt waren, die im Lauf des Jahrs im Osten aufgingen. Es war eine kostbare Arbeit; sicherlich hatte man das Kleid gewählt, weil es die ungewöhnliche Farbe von Lillias Augen noch unterstrich, jenes beängstigende und zugleich bezaubernde Blaugrün. Die Locken waren zu einem Flechtwerk nach hinten geknüpft worden, sodass die hellen Strähnen darin ein Muster ergaben. Bänder in der Farbe des Kleids schmückten das Haar, und neben Lillia stand ein Teller voller Leckereien, doch sie saß nur da und hielt mit beiden Armen die Knie an den Leib gepresst. Sie lächelte nicht, selbst als die Spaßmacher über den Platz tobten und die anderen Kinder zu wahren Begeisterungsstürmen hinrissen.

Amra ging an den Buden entlang, bis der Klan Sa Kedra aus ihrem Blickfeld rückte und sie den Kummer des Kindes nicht länger mitansehen musste. Sie trat in den warmen

Schatten, den die Baldachine spendeten, und lauschte dem fröhlichen Geschwätz der Menge, das sich um die letzten Neuigkeiten aus den Klanhäusern und das Essen drehte. Die Leute taten, als gäbe es nichts Wichtigeres an diesem Tag – nur die verstohlenen Blicke, die sie immer wieder zur Loge des Hauses Sa Kedra hinüberwarfen, ließen erkennen, dass dies nicht stimmte, dass sie eigentlich etwas ganz anderes bewegte.

Amra wandte sich wieder dem Platz zu, als die Sänger das Lied des Wassersegens anstimmten, eine getragene Melodie, die nur von einem gleichmäßig tiefen Ton begleitet wurde, der auf der größten *Tain* gespielt wurde. Blinzelnd blickte sie zum Himmel hinauf. Jetzt stand die Sonne am höchsten – der Sommer hatte begonnen.

Feierlich trat Xora, die Hauptpriesterin des Quellenkults von Caláxi, aus dem Durchgang in der Inneren Mauer. Sie war keine junge Frau mehr, ihre Augen unter den Massen aufgesteckten Haars wirkten riesig und dunkel. Ihre Haut war gänzlich weiß und mit Zeichen bemalt. Sie lebte unter dem Hauptturm, dicht neben der Quelle, und Amra konnte nicht umhin, den silbernen Schimmer ihres Kleids zu bewundern, das hell wie Wasser an ihr hinabfloss. Es hieß, Kleider dieser Art würden aus den Fasern des Seidenkrauts gewoben, und nur die Priesterinnen kannten das Geheimnis ihrer Machart.

Hinter der *Nashan* schritten die Priesterinnen in zwei Reihen heran. Ihr Lied wurde unterstützt vom dunklen Rhythmus der Sänger. In den Händen, die ebenfalls mit Symbolen bemalt waren, trug Xora einen blauen Tonkrug. Als sie die Mitte des Platzes erreicht hatte, hob sie das Gefäß und pries mit ihrem Gesang das köstliche Wasser der Quelle: Klar wie die Sterne, kühl wie das Meer, eine Quelle, die nie versiegte und aus der Glück und Wohlstand gleichermaßen hervorströmen sollten, so lautete der Segen, den sie über die ganze Stadt aussprach.

Damit leerte sie den Krug in die steinerne Schale, die sich

in der Mitte des Festplatzes erhob. Neun Kanäle gingen vom Sockel aus – Sinnbild für die neun Winde, die über die Insel wehten. Nun floss in ihnen die erste Wassergabe des Sommers, die stets dem Ort galt, an dem die Menschen lebten.

Die Häuser der Stadt betraten den Platz, vertreten durch die jungen, noch unvermählten Mitglieder. Jedes Haus brachte einen neuen Krug, um das erste Wasser des Sommers zu empfangen, je ein Mann und eine junge Frau traten vor die Priesterinnen.

Xora wachte darüber, dass die Handgriffe richtig und sorgfältig ausgeführt wurden, doch nach einer Weile zog sie sich in den Hintergrund zurück und überließ den Teil des Rituals, der von geringerer Bedeutung war, ihren jüngeren Begleiterinnen.

Amra sah, dass sie Gorun ein Zeichen gab, worauf dieser sich zu seiner Mutter hinabbeugte und Kaseira etwas ins Ohr flüsterte. Dann verließ er den Platz hinter ihr, sprang, die Stufen außer Acht lassend, von der Tribüne herab und begab sich mit gemessenen Schritten zu den anderen Klanen. Er rief in Xoras Namen die Häuser von Caláxi zusammen, begriff Amra.

Sie wurde unruhig. Die dumpfe Beklemmung, die sie seit Lillias Ankunft verspürte, wurde stärker, als sie beobachtete, wie Kedra das matte, gleichgültige Mädchen am Arm ergriff und mit sich zog, hinüber zu jenem großen Baldachin, unter dem sich die Vertreter der Häuser nach und nach einfanden.

Amra warf einen Blick auf die Reihen der jungen Leute auf dem Platz und sah, dass sie noch etwas Zeit hatte, bevor sie selbst die Wassergabe für das Haus Sa Draura entgegennahm. Khani, Goruns jungenhafter Cousin, stets gut gelaunt und fröhlich, scherzte mit einer jungen Priesterin. Aureia füllte ihm den Krug, lächelte und sah sehr glücklich aus bei dem ersten Segen, den sie spendete. Früher hatten Amra und sie viel Zeit miteinander verbracht, und ihre Mutter hatte sich nichts sehnlicher gewünscht, als dass die Tochter der Freundin ins Innere der Anlage folgen möge. Doch Amra hatte sich anders entschieden.

Sie blickte erneut zu der Versammlung hinüber, die etwas abseits unter dem großen Sonnendach abgehalten wurde. Die einzelnen Häuser brachten nun vor, was sie zu sagen hatten; an den Gesten der Sprecher las sie deren Erregung ab. Gorun lehnte mit verschränkten Armen an einem Pfosten und hörte mit gesenktem Kopf den Reden zu. Nur gelegentlich warf er ein Wort ein, und es sah so aus, als sei ihm nicht wohl dabei.

Schließlich erhob sich Xora. Die Symbole der Quelle und des Fließens leuchteten auf ihrer Haut. Sie waren in der alten Schrift aufgemalt, die Amra von Draura gelernt hatte. Die Hohepriesterin sprach mit ausholenden Gesten und dunkler Stimme, obwohl Amra zu weit entfernt stand, um die Worte genau zu verstehen.

Was Xora sagte, hatte einen ernsten Klang. Während sie sprach, vermied die Hauptpriesterin des Quellenkults jeden Blick auf das Mädchen. So wie sich die Bewohner der Stadt von etwas Totem abwenden, dachte Amra.

Xora wusste von dem fehlenden *Taú* in dem Kind.

Amras Herz klopfte. Langsam näherte sie sich dem Baldachin und den darunter aufgestellten Tischen.

Die Nashan darf mit den Kräften, die da in die Stadt gelangt sind, nicht in Berührung kommen, hatte Kaseira gesagt. Jetzt sah Amra, wie Goruns Mutter das Mädchen ansah und schließlich den Blick senkte. Alle, die dort saßen, erstarrten, als sie Xoras Worte vernahmen.

»... und so muss es geschehen. Es obliegt dem Ersten Reiter der Stadt, nun auszuführen, was beschlossen ist. Also tu es rasch und schnell, Gorun, und tu es *jetzt*, solange noch Zeit dazu ist. Nur dann kann das Schlimmste vielleicht noch verhindert werden.«

Die Hohepriesterin hatte sich unmittelbar an den Reiter gewandt. Amra starrte sie bestürzt an, als sie die Schärfe im *Taú* der *Nashan* spürte.

Gorun stand reglos da.

»Das kann ich nicht«, erklärte er.

Mit einem langen Ausatmen lehnte sich die *Nashan* zurück. Lichtreflexe liefen über ihr Kleid, und ihre dunklen Lider schlossen sich.

»Es liegt nicht an dir, dies zu entscheiden, Reiter von Caláxi«, sagte sie, und ihre Stimme klang dumpf und hohl, als spräche sie in einem Gewölbe. Kälte schwang darin.

Alle schwiegen, auch Gorun, und Amra sah, wie seine Arme sich spannten in einem Kampf, den er im Innern austrug, im *Taú*.

»Xora, das kann ich nicht«, erklärte er noch einmal.

In dem Augenblick sprang Lillia auf.

»Sie sind so *laut*!«, klagte das Kind und streckte beide Hände aus. »Hört ihr sie denn nicht? Die Linien kommen immer näher!«

Ein Raunen lief durch die Versammlung, und Amras *Taú* erzitterte.

In einem glitzernden Strahl strömte das Wasser aus dem Krug der Priesterinnen. Über dem Tor klammerte sich eine schillernd grüne Eidechse in eine Mauerspalte. Von der Krone des Westturms stieß sich ein schwarzer Vogel ab und öffnete den Schnabel, seine Zunge bewegte sich träge, als er in die Luftschichten eintauchte, die über das Tal strömten. Das lange Gras und das Korn neigten sich im Wind, Vögel kreisten über dem fernen Gebirge, und in ruhigem Rhythmus schlugen salzige Wellen an die Küste. Tief unten floss das Wasser gleichmäßig aus der Quelle. Etwas bewegte sich im Boden.

Keuchend legte Amra die Hand an die Stirn.

Da war er wieder, jener seltsame Schwindel, der sie seit Tagen heimsuchte, das Gefühl, als sei alles, was sie umgab, jede Bewegung der Welt, gleichermaßen gegenwärtig. Und nun erkannte sie, dass diese Wahrnehmung nichts mit den dumpfen Meditationen in den Gräbern zu tun hatte.

Der eigenartige Schwindel ging von dem fremden Mädchen aus.

Der Taumel der bunten Logen und Buden umwirbelte sie, die lange Schlange der Wartenden, die Reiter, die nun entlang der dunklen Wand des Turms aufgereiht standen – lachende, stolze, gespannte Gesichter, ahnungslos in diesem Augenblick. Doch die gefleckten Hunde liefen winselnd umher, klemmten die Schwänze zwischen die Hinterbeine, und die Kinder, sämtliche Kinder der Stadt, drängten sich vor Maremas Loge auf dem Platz zusammen und starrten zu ihnen herüber. Die Kinder von Caláxi waren verstummt. *Sie* spüren es, dachte Amra erschrocken, so wie die Pferde es auf den Sternfelsen gespürt hatten. Goruns Pony, das sich an jenem Tag nicht hatte beruhigen wollen.

»Lillia!«, rief sie und ging auf das Kind zu.

»Warum hört ihr sie nicht?«, schrie das Mädchen. Unvermittelt lief es der *Nashan* entgegen.

Mit einem Aufschrei fuhr diese zurück und bedeckte die Augen mit den dunkel verzierten Händen.

Lillia hob beide Arme, eine befremdliche Geste für ein Kind. Wie eine kühle Flamme stieg die Schleppe ihres blauen Gewands empor und tanzte in der Brise, die sich plötzlich erhoben hatte und Staub über den Platz wirbelte. Ihre Hände beschrieben einen Bogen. Staub und Sand fegten gegen die Buden, die Stoffbahnen der Baldachine flatterten; die Stangen wirkten plötzlich dünn und zerbrechlich. Die Röcke umwehten Amras Beine, und ihr eigener Klan wich angstvoll vor Lillia zurück, als sich diese Macht in ihr offenbarte.

Ein Grollen wie von fernem Donner war zu hören.

Verwirrt blickten die Menschen umher, als das dumpfe Dröhnen lauter wurde. Doch das Geräusch kam nicht aus dem Himmel, es näherte sich nicht von oben, es drang unmittelbar aus der Stadt. Und es war nicht länger ein einzelner, bedrohlich rollender Ton, es waren mehrere Stimmen, die sich überlagerten: Stimmen, so dunkel und so gewaltig, dass die Luft davon erzitterte. Davon also hatte das Kind die ganze Zeit über gesprochen.

Die Stimmen drangen aus den Mauern.

Krüge fielen zu Boden und zerbrachen, das heilige Wasser der Quelle rann über den Boden, als die Menschen in Panik vor den Mauern und Türmen ihrer Stadt zurückwichen. Grollend und dumpf sprachen die Wälle und Wände Caláxis zu ihnen. Immer lauter schwoll der dröhnende Chor ihrer Stimmen an, verebbte zu einer tiefen Klage und hob sich wieder, erregt und bedrohlich. Die alten Steine der Stadt sprachen. Amra sah, wie Vrauron der Baumeister erst fassungslos dastand, dann aber zur Inneren Mauer stürzte und beide Hände dagegen legte, so als könne er durch diese Berührung den Stein besänftigen.

Mit wenigen Schritten war Amra bei dem Kind.

Lillias Augen waren dunkel. Nachtblau, nachtschwarz, winzige weiße Funken flogen darin wie Sterne auf rascher Reise.

»Nicht, Amra! Bleib zurück!«, schrie ihr Gorun zu. Er lief auf sie und das Mädchen zu, unbewaffnet, in seiner Festkleidung, während sich seine Krieger am Fuß des Turms verwirrt in Bewegung setzten. Doch sie streckte bereits die Hand nach dem Kind aus – und verlor augenblicklich das Gefühl von festem Boden unter sich. Oben und Unten drehten sich, der Tag verschmolz mit der Nacht, und dazwischen glomm nichts als ein Ring aus Türkis. Sterne flogen an ihr vorbei und hinterließen weiße Bahnen, die langsam verglühten. Licht hüllte sie ein, sie flog, sie fiel, sie wusste nicht mehr, was geschah.

Nur ein Augenblick, dann war es vorbei wie ein Rausch, und Amra fand sich auf dem Boden wieder.

Gorun beugte sich über sie, über das Kind, das sie in den Armen hielt, ein kaltes, leichtes Gewicht ohne *Taú*, und etwas von dem soeben Erlebten streifte den Reiter.

Er zuckte zurück und wagte nicht, das Mädchen zu berühren.

»Bei Nemnos, Amra, was tust du?«, stieß er hervor. »Lass das Kind los! Du darfst es nicht länger anfassen!«

Amra sah zu dem Reiter auf, blickte in seine grauen Augen und erinnerte sich. Dies war der Westplatz. Die Stände, die Tribünen gehörten zur ihrer Stadt. Sie spürte die flirrende Hitze des Tages, Stimmen drangen an ihr Ohr, Bewegung umgab sie, groß und bunt und laut. Während die Versammlungsmitglieder noch erstarrt unter dem flatternden Dach des Baldachins saßen, herrschte Unruhe in den Logen der Häuser von Caláxi.

Dies war ihre Stadt. Die Menschen, die sich hier drängten, waren ihr vertraut; Gorun war ihr vertraut – sie kannte ihn seit den Tagen, da sie Kinder gewesen und sorgenfrei auf den sonnigen, einst friedlichen Hügeln vor den Toren umhergestreift waren.

Zitternd atmete sie ein und aus. Der Schwindel kreiste noch immer durch ihre Glieder, und es fiel ihr schwer, sich aufzurichten.

Das Mädchen in ihren Armen war vollkommen erschlafft. Ihr Atem ging stoßweise, und sie bebte, als sei die eigene Macht zu groß für sie; als sei sie selbst überwältigt von dem, was sie für Augenblicke auf dem Westplatz von Caláxi hörbar gemacht hatte – die Stimmen der alten Türme, die seit Tagen dröhnend zu ihr sprachen. Der Wind war verebbt, die Mauern standen stumm wie noch vor Augenblicken, doch das Entsetzen zeichnete die Gesichter der Menschen – auch Xora zeigte verzerrte Züge. Die *Nashan* bedeckte erneut ihre Augen, als sie auf dem Platz die zerbrochenen Krüge und das verschüttete Wasser sah.

»Das Mädchen muss zu Jemren gebracht werden«, sagte Amra zu dem Ersten Reiter von Caláxi.

Schwankend war sie auf die Füße gekommen, doch sie zitterte noch immer vor Entsetzen angesichts der Kräfte, die sich in dem Kind verbargen. Der Körper des Mädchens war kalt ohne das *Taú*, und nur mit den Ohren war Lillias Verzweiflung zu vernehmen, als sie sich jetzt matt regte und leise klagend den Kopf an Amras Schulter lehnte.

»Was redest du?«, entgegnete Gorun heftig. »Sie hat gerade die Mauern dieser Stadt erzittern lassen! Die Götter allein mögen wissen, was dieser Mann da über uns gebracht hat!«

Amra sog die heiße, staubige Luft ein.

»Sie muss zu ihm«, wiederholte sie, versuchte wieder Herrin über sich zu werden. »Er drängte mich, dass wir ihre Worte ernst nehmen sollen. Und wer, außer ihm, sollte das besser wissen? Erinnerst du dich noch an die Nacht, als sie alle Häuser aus dem Schlaf riss? Sie kam zu mir und erzählte etwas von den Steinen. Und sie sagte auch, dass *er* ihre Visionen deuten könne.«

Der Reiter starrte sie an. Ihr war bewusst, dass sie nur aus dem Gefühl heraus sprach, aus dem *Taú*, das schneller war als der Verstand.

»Wie kannst du es wagen?«, fuhr Kedra dazwischen.

Die Klankönigin hatte sich gefasst und trat unter dem Dach aus glänzend blauem Stoff hervor. Sie kam auf Amra zu, ihr Schmuck klirrte, das schwere Parfüm mischte sich mit der Hitze der Luft.

»Wie kannst du es wagen, dem Ersten Reiter der Stadt Anweisungen zu erteilen, *Laîren*? Was erlaubst du dir, indem du in die Versammlung der Häuser eindringst, und das in Gegenwart der Hohenpriesterin! Gib mir das Kind, und dann zieh dich ein für alle Mal aus Angelegenheiten zurück, die dich nichts angehen!«

Doch sie streckte keine Hand aus, um ihre Forderung zu bekräftigen.

Scharf rief sie stattdessen nach der Unterstützung des Reiters, doch Gorun tat ganz so, als hätte er sie nicht gehört.

Kedra wurde überall für ihre Schönheit gerühmt, die durch feine, dunkle Striche um die Augen und Balsam auf den Lippen noch hervorgehoben wurde. Ihre reichen Gewänder fielen, von Bronzenadeln gehalten, in Falten herab; das üppige Haar hatte die gleiche Farbe wie das von Amra. Doch ein solch kalter Geltungswille beherrschte Kedras *Taú*, dass sie kaum Luft bekam. Und weil sie nicht atmen konnte, durfte auch niemand sonst in ihrem Haus atmen.

»Nein«, widersprach Amra ruhig vor den Augen und Ohren aller Klane und sah, wie Bron, ihr Vater, und etliche andere erschraken.

»Im Haus Sa Kedra ist das Kind am falschen Platz«, erklärte sie fest.

Die bernsteinfarbenen Augen der Klankönigin zuckten über ihre ganze Gestalt, über ihre alten Kleider, und Amra sah das verwundete Aufleuchten, erkannte die maßlose Enttäuschung darin.

Laurdana, die die Mutter als deren Nachfolgerin begleitet hatte, lachte hell auf.

»Jetzt ist sie gänzlich verrückt geworden!«, rief sie aus und klatschte in die Hände.

»Gib sie mir!«, zischte Kedra, und diesmal war das Verlangen nach der Macht, die in Lillia ruhte, größer als die Furcht vor ihr. Kedra griff nach dem zitternden Mädchen.

»Nein«, wiederholte Amra und trat einen Schritt zurück, drückte das Kind an sich.

Früher wäre sie zurückgezuckt vor der Wut, die Kedras *Taú* in diesem Augenblick aussandte.

»Du bist«, stieß ihre Mutter hervor, »Amra *Sa Kedra*, du bist *von mir*, also kannst du dich lossagen, sooft es dir beliebt – aber von meinem Blut wirst du immer sein! Es steht dir nicht zu, dich meinem Wunsch zu widersetzen! Tu, was ich von dir verlange, Amra, und gib mir das Kind. Dann kannst du meinetwegen zurückkehren zu der Asche und den Knochen und den Rest deiner Tage im Staub verbringen, wenn dir das so verlockend erscheint!«

Von den Angehörigen der anderen Klane kam kein Laut. Alle beobachteten sie, alle hatten die Worte gehört.

Der Reihe nach musterte Amra die Vertreter der Häuser von Caláxi. Hin und wieder erzitterte das Mädchen in ihrem Arm, und an den Rippen spürte sie, wie heftig das kleine Herz hämmerte.

»Ich weiß nicht, was die Versammlung beschlossen hat«, sagte sie mit fester Stimme zu den Königinnen und Hausvorstehern der Klane. »Aber ich spreche für das Haus der *Laîren*, wenn ich sage, dass wir den Mann, der Lillia begleitet hat, zumindest anhören sollten, wenn er schon so weit mit ihr gegangen ist.«

Die Leute rührten sich nicht, junge und alte Gesichter, alle von derselben Sorge, von derselben Furcht erfüllt.

»Dann hätte er sich Gorun erklären sollen«, warf eine Stimme ein. »Er hatte lange genug Gelegenheit dazu, und er hat sie nicht wahrgenommen.«

»Dann tut er es jetzt«, beharrte Amra.

»Das Haus der *Laîren* hat in der Versammlung keine Stimme«, ermahnte sie jemand.

»Das weiß ich«, gab sie zurück. »Aber die Stadt hat nicht alles gehört, wenn sie mein Haus nicht vernimmt. Wenn sie nicht hört, was der Fremde zu sagen hat.«

Die Hohepriesterin hatte die Versammlung noch nicht verlassen. Dabei durften sie sich nie begegnen – die Priesterin der Quelle und die Bestatterin der Toten.

»Das Haus der *Laîren* nimmt sich dieses Kindes an?«, fragte Xora, nachsichtig und spöttisch zugleich. »Ah, das ist durchaus passend. Und es geschieht ja auch nicht zum ersten Mal innerhalb dieser Mauern.«

Die Hohepriesterin wandte sich zu Gorun um, der noch immer unschlüssig dastand.

»Das Haus der Totengräberin widerspricht der Versammlung der Stadt. Du erklärst mir, dass du nicht ausführen kannst, was die Quelle von dir verlangt. Nun, dann entscheide von jetzt an selbst, Erster Reiter von Caláxi«, sagte sie, und Amra hörte den kalten Hohn in der Stimme der *Nashan*. »Entscheide selbst und sieh zu, was aus deinem Willen wird.«

Xora trat einen Schritt zurück, kehrte allen brüsk den Rücken zu und wandte sich an ihre Priesterinnen. Sie klatschte ein paarmal in die Hände.

»Der Segen muss fortgesetzt werden!«, rief sie, als sie unter dem weit gespannten Dach auf den Platz hinaustrat und die Versammlung der Häuser sich selbst überließ. »Holt eure Krüge und stimmt die Gesänge an! Wir werden den Segen fortsetzen.«

Amra presste das bebende Mädchen an sich. Sie sah Gorun an.

»Lass uns gehen«, drängte sie ihn, als sie merkte, wie das Kind immer schwächer wurde. »Jetzt.«

Sein Klanschmuck hob sich unter einem tiefen Atemzug.

»Dann komm!«, sagte er plötzlich entschieden. »Komm, Amra.«

Und er ging voraus durch die Menge, die sich murmelnd und mit bangen Blicken vor ihnen teilte.

»Was hat die Versammlung beschlossen?«, fragte Amra atemlos, als sie ihm zu dem Durchgang in der Inneren Mauer folgte. »Was hat Xora von dir verlangt, Gorun?«

Er ging mit so weit ausholenden Schritten, dass sie fast laufen musste, um ihm zu folgen. Amra spürte eine tiefe Angst in sich, als sie den Innenhof zwischen den Türmen betrat, Angst, dass alles, was sie tat, falsch und vergeblich war.

Denn bis hierher war sie nur dem Antrieb des *Taú* gefolgt, ihrer intuitiven Eingebung, doch nun ging es um andere Fragen – Fragen, von denen das Schicksal der ganzen Stadt abhing.

»Warte hier!«, verlangte Gorun.

Er betrat den dunklen Eingang zum Westturm und verschwand.

Unruhig schritt sie mit Lillia in den Armen auf und ab. Es war sehr still zwischen den Türmen; die Augenblicke auf dem Platz, da Caláxi mit dröhnender Stimme gesprochen hatte, schienen ihr wie ein befremdlicher, weit zurückliegender Traum.

Von dem zitternden Mädchen ging Kälte aus, Lillias Atem flog. Ihre eigene Macht hat sie in diesen Zustand versetzt, dachte Amra. Die Kräfte, die das Mädchen auf dem Westplatz von Caláxi entfesselt hatte, hielten es im Innern weiter gefangen, und sie wusste nicht, wie sie einem Kind ohne *Taú* helfen sollte.

Falrau und Khani traten unter dem Durchgang in der Inneren Mauer hindurch, jene beiden, die stets in Goruns Nähe zu finden waren.

»Ist alles in Ordnung?«, fragte Falrau mit einem Ausdruck deutlicher Beunruhigung, und Amra nickte.

Sie drehte sich um, als Gorun mit dem Fremden im Eingang zum Westturm erschien.

Jemren hatte offenbar geschlafen, hatte sich in jenen Stunden, als man ihn wegen des Fests in Ruhe ließ, über alle Grenzen der Furcht und der Sorge um das Kind hinweggesetzt. Nicht einmal das Dröhnen der Mauern schien er gehört zu haben, obwohl er doch im Turm gefangen gewesen war. Er sah nicht mehr so elend aus wie am Tag zuvor, auch wenn er noch unsicher auf den Beinen war. Das Fieber war anscheinend gesunken, das Haar fiel ihm frisch gewaschen in die Stirn, und er trug ein Hemd, das einem der Reiter gehört hatte. Offensichtlich wusste er nicht, weshalb ihn Gorun in so großer Eile die Stufen herabzog.

Als sein Blick jedoch auf das Kind fiel, streifte er die Hand des Reiters ab und hinkte mit dem verbundenen Fuß auf sie zu. Ohne Amra anzusehen, nahm er ihr das Mädchen aus den Armen, und sie spürte sein Erschrecken.

Er fuhr zu Gorun herum.

»Was habt ihr ihr angetan?«, fragte er. »Wie könnt ihr ein *Kind* so behandeln?«

Zorn blitzte für kurze Zeit durch die heiße Luft. Gorun ließ die verschränkten Arme sinken.

»Dieses Mädchen hat den Wassersegen gestört. Sie hat die Prozession der Priesterinnen unterbrochen. Das ist in dieser Stadt noch nie geschehen!«, fuhr er auf.

Geblendet von der ungewohnten Helligkeit blickte Jemren zum Durchgang, fand sich nicht mehr zurecht nach den Tagen im Turm. Die Mauern ragten in gewaltiger Stille ringsum auf. Khani und Falrau warteten schweigend in der Nähe des Durchgangs.

»Sie sagte etwas von Steinen«, erklärte Amra dem Fremden. »Von Stimmen, die sie hört.«

»Und das beunruhigt euch erst jetzt?«, fragte Jemren kurz.

Er humpelte mit dem Mädchen durch den Hof, trug sie ein paar Schritte fort von Goruns hitziger Ungeduld. Verwirrt glitt seine Hand über die Haarflechten; der lichtblaue Stoff des Kleids hob sich leuchtend gegen seinen gebräunten Arm ab, als er Lillia an sich hielt, ohne Furcht vor dem Fehlen des *Taú*.

»Auf dem Platz hat sie diese Stimmen für alle hörbar gemacht«, fuhr Amra fort, unbeeindruckt von der Empörung des Mannes. Sie folgte ihm ein paar Schritte. »Plötzlich dröhnten sie aus den Mauern und versetzten alle in Angst und höchsten Schrecken.«

»Amra!«, warnte Gorun sie scharf, doch sie achtete nicht auf ihn.

Unbeirrt ging Jemren weiter auf und ab. Leise sprach er zu dem Kind, murmelte beruhigende Worte. Da schlug Lillia die Augen auf: nicht mehr nachtschwarze Abgründe wie auf dem Platz, doch noch immer von einer Dunkelheit, die sich nur langsam auflöste.

»Die Steine?«, fragte Jemren behutsam. »Du hast Amra davon erzählt. Aber was ist damit, Kind?«

»Sie sind so laut«, klagte Lillia wieder. »Ich höre sie die ganze Zeit, und sie werden immer lauter. Und da ist so viel Dunkelheit in den Ritzen.«

Mit einem Keuchen sank ihr Kopf an seine Schulter, ihre Lider flatterten über den Augen. Ein Schauer überlief Amra, als sie hörte, dass das Kind Schatten wahrnahm. Dieselben Schatten wie sie.

»Sprich mit mir, Lillia!«, drängte Jemren das Mädchen besorgt, als es wieder zurückglitt in jenen seltsamen Zustand der Erschöpfung. Lillias Züge waren nahezu weiß, doch auf seine leisen Worte hin öffnete sie noch einmal die Augen.

»Die Linien, Jemren, weißt du noch?«, fragte sie matt. »Die Linien überall im Boden. Sie treffen hier aufeinander, genau hier, unter den Steinen.«

Jemren erstarrte. Er hob den Kopf, blickte auf zu den Türmen, die in einem engen Rund um sie aufragten, aus gewaltigen roten Quadern gefügt. Keilförmige Stützen trugen die Krone. Wie schwere Flügel ragten sie gegen den gleißenden Himmel.

Er fuhr herum.

»Ein Erdbeben!«, stieß er hervor und humpelte auf Gorun zu. »Sie warnt eure Stadt vor einem Erdbeben! Die Linien im Boden – sie gehen vom Scyé aus. Sie sprach schon die ganze Zeit davon, aber ich wusste nicht, was sie meinte. Es sind Spannungen im tiefen Gestein, die sich jeden Augenblick unter der Stadt entladen können!«

Mit wenigen Schritten überquerte Gorun den Hof und kam auf ihn zu.

»Ein Erdbeben?«, fuhr er den fremden Mann an. »Spannungen im Boden? Wovon redest du? Sind das etwa die Worte, die sie dir zuflüstert? Nun, dann bist du der Einzige, der darauf eingeht! Khani, Falrau!«, rief er den beiden Reitern zu. Hastig kamen sie näher. »Schafft ihn zurück in den Turm!«

Jemren stutzte.

»Begreifst du nicht, Gorun – du musst deine Leute aus der Stadt bringen!«, gab er nicht minder heftig zurück. »Dieses Kind *weiß*, was im Boden vor sich geht, was im Wind kommt, und, glaub mir, es irrt sich nicht. Ich habe das alles schon erlebt. Ihr müsst weg von den Türmen!«

»Aus der Stadt, sagst du?«, lachte Gorun rau. »Weg von den Türmen und vor die Mauer? Du denkst dir das zu einfach, Mann!«

Er streckte die Hand nach Jemren aus, doch dieser wich zurück, wehrte den Reiter ab, so gut er konnte, das Kind auf dem Arm. Sofort war Falrau neben ihm, ergriff seine freie Hand und drehte sie ihm auf den Rücken.

»Amra!«, rief Jemren verzweifelt. »Du weißt, dass dieses Mädchen auf eine andere Weise mit der Welt verbunden ist als wir und dass ...«

Doch er unterbrach sich, als Gorun ihn an der Schulter packte.

»Lass *sie* aus dem Spiel!«, herrschte der Reiter ihn an. »Sie hat die ganze Zeit für dich das Wort ergriffen und sich nur selbst in Schwierigkeiten gebracht. Und alles, was du uns anbietest, ist das Gerede von einem Flüstern im Boden, das dieses Kind vernimmt! Was glaubt man im Norden, wenn du dort mit solcher Kunde kommst?«

Gorun, der sich stets für das Sichtbare entschied, für das Vernünftige und das unmittelbar Greifbare.

Amra trat einen Schritt näher an die Männer heran.

»Was ist aber, wenn er Recht hat?«, fragte sie mit Kälte im *Taú*. »Gorun, was ist dann?«

Der Reiter fuhr zu ihr herum, ohne Jemren loszulassen.

»Dann stehen die Tore offen, Amra. Dann liegt die Stadt schutzlos da. Genau das will er, und er benutzt das Kind dazu!«

Sie stand wie erstarrt, ihr Herz hämmerte gegen die Rippen. Jemren sah sie an, sie spürte sein klares, unnachgiebiges *Taú*, das auch jetzt nicht zurückwich. Spannung lag in der gestauten, drückenden Hitze zwischen den Türmen. Etwas bewegte sich im Boden. Sie hatte es selbst gespürt, doch sie hatte ihre Wahrnehmungen genauso wenig deuten können wie die verworrenen Worte des Kindes. Linien, die vom Scyé ausgingen, der sich noch immer nicht beruhigt hatte. Linien, die unter dem Berg Saréxi auf die Stadt zukrochen. Einen Augenblick lang stand sie reglos da und wusste nicht, was sie tun sollte.

Doch nichts zu tun, Kind, das ist am gefährlichsten. So hatte Draura sie immer ermahnt.

Zitternd atmete sie ein und wandte sich an den jüngsten der Reiter.

»Khani«, sagte sie mit der geringen Überzeugungskraft,

die sie geltend machen konnte. »Du hast die Worte dieses Mannes gehört. Die Menschen sollen den Platz am Westturm räumen. Sofort!«

»Amra!«, schrie Gorun wutentbrannt.

Er stieß Jemren zur Seite und kam auf sie zu. Khani blickte unentschlossen von ihr zum Ersten Reiter der Stadt. Doch dann rannte er los, auf den Durchgang zu, ohne auf Goruns Verwünschungen zu achten. Er hörte auf *sie*, stellte Amra bestürzt fest.

»Was tust du, Amra?«, schrie der Reiter sie an. »Willst du, dass Caláxi fällt?«

»Die Stadt wird fallen«, entgegnete sie atemlos, »wenn das Mädchen Recht behalten sollte.«

»Und du bist dir da nicht sicher?«, brüllte der Krieger.

Sie drehte sich um und rannte auf den Hauptturm zu.

Furcht pochte ihr durch alle Glieder, eine tiefe Furcht im *Taú*, die sie vorwärts trieb, ein Entsetzen, wie sie es noch nie verspürt hatte.

»Bleib stehen!«, schrie Gorun hinter ihr, doch sie hörte nicht auf seine zornige Stimme, sondern betrat den Turm der Priesterinnen.

Im Innern führte eine Treppe aus schweren Steinstufen nach oben, genau wie im Westturm, doch wand sie sich hier auch in die andere Richtung, in die Tiefe, zur Quelle hinunter, in Xoras dunkles Reich.

Amra rannte über die ausgetretenen Stufen nach oben. Ihre dünnen Sandalen und ihre Röcke waren ihr hinderlich, doch die Furcht trieb sie, die Furcht angesichts dessen, was sie tat, und zugleich das helle Bewusstsein, das ihr das *Taú* eingab. Sie hörte Goruns rasche Atemzüge hinter sich. Er würde sie jeden Augenblick einholen.

Da tauchte über ihr im Turm eine Gestalt auf, eine der Priesterinnen.

»Lauf!«, schrie Amra ihr zu. »Lauf und hol die anderen! Verlasst den Turm, so schnell ihr könnt! Ein Erdbeben kommt!«

Doch die Frau begriff nicht. Benommen von ihren Meditationen, vom öligen Rauch, der in der Kammer hinter ihr aus kleinen Kupferschalen aufstieg, blickte sie Amra teilnahmslos an. Kohle glomm in den Gefäßen, und die Priesterinnen warfen getrocknete Blüten und Harze auf die Glut. Schon der Duft allein erzeugte Schwindel.

Amra schlüpfte an der Frau vorbei und eilte weiter.

Ein paar Stufen unter ihr stieß Gorun mit der Priesterin zusammen, die in ihm den Ersten Reiter erkannte und ihn aufhielt. Amra hörte ihre verwirrten Fragen und nutzte den kleinen Vorsprung. Stufe um Stufe hastete sie den Turm hinauf. Sie gelangte in einen weiteren Raum, in dem Licht brannte, doch sie hatte kaum einen Blick für die Wandteppiche, die blauen Tonschalen mit Wasser, die Ornamente an der Wand – dieselben, die Xoras blasse Arme zierten. Neben dem Durchgang zu der Kammer führte die Treppe weiter nach oben. Ihr Atem ging schnell, ihre Seite stach vor Anstrengung, als sich die Mauern plötzlich öffneten und sie in die Hitze und Helligkeit des Tags hinaustrat.

Die Plattform auf der Spitze des Hauptturms war der höchste Punkt von Caláxi. Von hier fielen alle Mauern ab, und sie sah die Stadt weit unter sich liegen. In üppigen Farben breitete sich das Tal ringsum aus, das wogende, wilde Korn. Die auffällige Form des Bergs Saréxi erhob sich jenseits der Mauer, und in der Ferne sah sie die gelbe Linie der Trockenen Hügel.

Hier gab es keine Wächter, nur den schweren alten Gong aus Bronze, größer als sie, den die Priesterinnen zu hohen Feiertagen anschlugen.

Und als Warnung, wenn sich der Stadt eine Gefahr näherte.

Sie riss den Klöppel von dem Gestell neben dem Gong, doch bevor sie damit zum ersten Schlag ausholen konnte, erreichte Gorun die Plattform.

»Amra!«, rief er außer Atem, hob warnend die Hand, damit sie innehielt. »Weißt du, was du tust, wenn du jetzt auf die

Bronze schlägst? Du schenkst einem Verlorenen Kind Glauben! Und ihr zu vertrauen heißt *ihm* vertrauen, Amra. Dieser Mann ist dein Feind!«

»Aber er lügt nicht«, erwiderte sie mit klopfendem Herzen. »Und er kennt dieses Mädchen besser als jeder andere. Nur er kann wissen, was sie uns in Wahrheit sagen will.«

Gorun trat auf sie zu.

»Vorhin wolltest du wissen, wie der Beschluss der Versammlung lautet. Die *Nashan* hat von mir verlangt, dass ich das Kind töte, Amra«, stieß er hervor. »Xora wollte, dass ich das Mädchen töte und ihre Leiche irgendwo zwischen den Steinen vergrabe, *weit* fort von der Stadt. Und was ich dann mit dem Mann aus dem Norden anstelle, bleibt ganz allein mir überlassen.«

Das Entsetzen angesichts dieser Worte betäubte sie, und ihr fiel ein, dass das Mädchen alles gehört haben musste, denn es hatte der Versammlung beigewohnt, als ein solches Urteil über es gesprochen worden war.

Das hat Lillias Zustand herbeigeführt, dachte Amra unwillkürlich. Ein solcher Schrecken, den sie dem Kind versetzt hatten, dem kleinen Mädchen, das zwar ohne *Taú*, aber keineswegs empfindungslos war.

»Das ist der Wille unserer Stadt?«, fragte sie. »Eine solche Grausamkeit in der Nähe der Quelle, Gorun? Weiß Xora nicht, dass auch *das* seinen Einfluss hat auf alles, was geschieht? ›Was uns im *Taú* bewegt, bewegt die Welt.‹ Heißt es nicht so in einem Lied – und handeln wir nicht stets danach?«

Sie stockte, als ihr die Sinne verschwammen, ein erneuter Augenblick des Schwindels. Sie war zu schnell die Treppe hinaufgerannt, hatte zu lange auf dem Platz in der prallen Sonne gestanden. Es war sofort wieder vorbei. Doch als sie Goruns starren Blick sah, fuhr sie herum.

Der schwere Gong schwang sacht auf seinem Gestell hin und her, Holz und Lederriemen knarrten. Nichts hatte ihn berührt, kein Windhauch strich über den Turm. Kälte sank ihr in die Beine.

Etwas kroch durch den Boden. Etwas bewegte sich unter den Türmen hindurch und versetzte die schwere Bronzescheibe des Gongs in Schwingungen. Spannungen, wie Jemren sie genannt hatte, Spannungen, die bereit waren, sich jederzeit mit einem Ruck zu lösen. Linien, die vom Scyé ausgingen.

Sie fasste den Klöppel mit beiden Händen und schlug auf den Gong, so fest sie konnte, einmal, noch einmal und noch einmal. Aus nächster Nähe dröhnte die Bronzescheibe wie Donner, ihr tiefer Ton hallte durch ihr *Taú*. Es gab einen bestimmten Rhythmus, eine Klangfolge, die vor Ereignissen in der Natur warnte, und eine andere, die das Nahen eines Feindes ankündigte. Sie erinnerte sich nicht mehr daran. Sie schlug einfach, sie schlug und schlug, bis ihre Arme wie die Bronze zitterten.

»Das ist genug, Amra«, drängte Gorun sie. »Bei der Quelle, das reicht. Komm weg von hier!«

Jeglicher Zorn war aus seinem *Taú* gewichen.

Er blieb dicht hinter ihr, sobald sie die engen, dunklen Treppen hinunterstiegen. Als sie an der zweiten Kammer vorbeikamen, war ihr, als bewege sich der feste Stein unter ihren Füßen, als drehten sich die Mauern ringsum. Sie stolperte, schlug sich das Knie an, raffte sich auf und rannte weiter. Unten am Eingang drängten sich die Priesterinnen, eine nach der anderen schoben sie sich ins Innere des Turms statt hinaus ins rettende Freie.

»Was tut ihr da?«, rief Amra der Nächststehenden zu. »Habt ihr die Erschütterung nicht gespürt, den Ruck, der durch den Boden ging? Weitere werden folgen!«

Die Frauen sahen sie an, ihre Gesichter waren ernst und ruhig. Aureia kam ihr entgegen; sie lächelte traurig und hielt eine kleine Lampe in der Hand, die sie an einer Fackel neben dem Eingang entzündete.

»Geht hinaus!«, schrie Amra. Gorun drängte sich bereits an den Priesterinnen in ihren hellen Gewändern vorbei. Aureia betrat die Treppe, die zur Quelle hinabführte. Dort schwebten Lichter in der Tiefe.

»Was tun sie?«, flüsterte Amra entsetzt. »Sie werden verschüttet werden.«

»Lass sie!«, entgegnete Gorun halblaut. »Sie hüten die Quelle, Amra. Das ist seit jeher ihre Aufgabe.«

Er trat vor ihr in den Innenhof hinaus.

Falrau wartete an der Treppe zum Westturm. Er hatte Jemren losgelassen, war aber in unmittelbarer Nähe des fremden Mannes geblieben. Auf seinen scharfen Gesichtszügen breitete sich Erleichterung aus, als er Amra und Gorun auf sich zukommen sah.

»Das Mädchen hat Angst vor dem Westturm«, sagte Jemren ruhig, obwohl sie unmittelbar unter der dunklen Mauer des Bauwerks standen, an den Stufen, die ins Innere hinaufführten. »Das versuchte sie mir zu sagen, als wir in der Stadt eintrafen, aber da ...«

Er verstummte und zuckte die Achseln. Gorun musterte ihn schweigend. Noch immer schritten Priesterinnen unter den schweren Steinen des Durchgangs hervor und gingen mit gemessenen Schritten auf den Hauptturm zu. Das Mädchen lag reglos in Jemrens Armen. Die blassen Lider waren geschlossen, der Kopf war weit zurückgefallen, und die dunklen Locken hingen herab. Plötzlich zitterte sie an allen Gliedern.

»Was ist das?«, fragte Falrau und sah sich beunruhigt um. »Hört ihr das?«

Ein Ton, ein tiefer, dunkler Ton, der unheimlich anschwoll. Doch diesmal drang er nicht aus den Mauern, diesmal stieg er aus den Tiefen der Erde herauf: ein Grollen und Rumpeln, das von einem schmerzhaft grellen Sirren begleitet wurde. Die Erde begann zu zittern.

»Weg hier!«, schrie Gorun. »Los doch, lauft!«

Er rannte auf den Durchgang zu. Amra folgte ihm und musste für einen schrecklichen Augenblick unter der Inneren Mauer hindurch. Die Steine knirschten, Staub rieselte herab, doch die Wächter in den Nischen standen unbewegt.

Sie werden sterben, dachte Amra in Panik. So viele werden sterben.

Falrau und Jemren waren dicht hinter ihr. Auf der anderen Seite der Mauer rannten die Bewohner Caláxis in heillosem Chaos durcheinander; sie schrien, als das Zittern immer stärker wurde – es erschütterte Amra bis in die Knochen. Aus dem Mauerwerk lösten sich einzelne Steine und stürzten in die Tiefe, zerschlugen Gerätschaften, rissen die Umzäunungen der Pferche ein. Pferde prallten gegen die Fliehenden oder stießen gegeneinander, als sie wild zur Seite scheuten. Ziegen entkamen über die äußere Mauer, und in dem Durcheinander stürmte Vrauron auf sie zu, ein Hüne in der Menge, der die Leute vor sich einfach auseinander stieß.

»Öffnet das Tor!«, brüllte er. »Gorun, die Wächter sollen das Tor öffnen! Hörst du diesen Ton in der Tiefe? Das halten die Mauern nicht aus!«

Gorun blieb für einen Augenblick stumm.

»Das Tor bleibt geschlossen«, entschied er dann.

Vrauron stutzte, dann packte er den Reiter am Arm.

»Die Türme werden fallen, begreif das doch!«, brüllte er den Krieger an. »Und sie werden uns alle erschlagen!«

Gorun blickte Jemren in die Augen.

Es ist der Westturm, den sie fürchtet, hatte dieser Mann gesagt, und Amras Herz setzte für einige Schläge aus, als sie begriff, *wie* Gorun seine Entscheidung traf. Doch Jemren wich dem Blick nicht aus.

»Das Tor bleibt geschlossen«, wiederholte Gorun. »Die Leute sollen zum Ostturm fliehen und dort Schutz suchen. Das Stadttor wird nicht geöffnet.«

Vrauron schüttelte den Reiter heftig am Arm, als ob er ihn wachrütteln wollte.

»Du wirst uns alle umbringen! Hörst du mich, Gorun? Du stürzt uns alle ins Verderben!«

Doch Gorun achtete nicht länger auf diese Worte und riss den Arm aus der Pranke des Baumeisters. Ein entflohenes

Pony rannte auf ihn zu, sein Hals glänzte vor Schweiß. Er lief auf das Tier zu, packte die graue Mähne und schwang sich auf den bloßen Rücken.

»Zum Ostturm! Lauft zum Ostturm!«, schrie er den Menschen zu, als er das Pferd in die Menge drängte; er lenkte es nur mit den Schenkeln.

Vrauron fluchte. Er bahnte sich den Weg zurück zum Tor und zerrte eigenhändig an den schweren Bronzeriegeln – doch da erwachten die Wächter plötzlich zum Leben und drängten ihn mit den Speeren zurück.

Der Erste Reiter der Stadt gab den Befehl zum Öffnen. Niemand sonst.

In Stößen bewegte sich die Erde. Der dumpfe Ton war zu einem ohrenbetäubenden Donnern angeschwollen, schrecklicher als alles, was Amra je gehört hatte.

»Zum Ostturm!«, rief auch Falrau denjenigen zu, die ihnen entgegenkamen. Schreiend vor Angst rannten die Menschen durcheinander, ihre Gesichter waren verzerrt. Manche stießen sich gegenseitig zu Boden, andere versuchten mit Händen und Füßen die Außenmauer zu erklimmen, auf denen stur die Wächter standen, Schilde und Aufmerksamkeit nach außen gekehrt. In Falrau erkannten etliche der Leute einen der Reiter, der an Goruns Seite diente, und nun flehten sie ihn an, das Tor zu öffnen.

»Lauft!«, schrie Falrau ihnen zu und ließ Jemren, den er erneut am Arm gefasst hatte, wieder los, als Kimra vor ihnen zu Boden sank. Eine Ziege stürmte auf sie zu, pendelte aufgebracht und unschlüssig hin und her und tat dann einen Satz über die gestürzte Frau. Falrau griff nach ihr, der Zuckerbäckerin von Caláxi, zerrte sie wieder auf die Füße, und die schwere Frau klammerte sich an ihn.

»Wir werden alle sterben!«, stöhnte sie.

Falrau schüttelte sie, seine dunklen Gesichtszüge verzogen sich.

»Lauf!«, drängte er sie. »Kimra, lauf!«

»Hier entlang!«, rief Amra Jemren zu, der sich in der unübersichtlichen, fremden Stadt nicht auskannte, und er folgte ihr über den schwankenden Boden an der Inneren Mauer entlang.

Da ertönte ein grauenhaftes Knirschen.

Amra fuhr herum und sah voller Entsetzen, dass sich die Krone des Westturms verschoben hatte. Schwankend lagen die Steine nur noch lose aufeinander, die dunklen Spalten dazwischen vergrößerten sich mit jedem Stoß, mit dem sich die Erde aufwarf.

Der Turm würde fallen.

Da durchfuhr Amra ein siedender Schreck.

Draura.

Die alte Frau lag hilflos in ihrer Hütte am Fuß des Westturms. Ihr Zustand an diesem Morgen war so schlecht gewesen, dass sie sich sicherlich nicht aus eigener Kraft erheben und vor dem Beben fliehen konnte.

»Khani!«, schrie sie, als sie sah, dass der junge Reiter ebenfalls zu Pferd war und mit Gorun das Chaos zu ordnen versuchte. »Khani, Draura ist noch in ihrer Hütte!«

Doch über das Dröhnen und Schrillen, das aus der Erde aufstieg, über die vielen panischen Stimmen hinweg verstand er ihre Worte nicht und missdeutete ihre Geste.

»Zum Ostturm, Amra!«, rief er ihr zu und winkte in diese Richtung.

Jemren dicht hinter ihr blickte zum Westturm auf, und sie sah den Schrecken in seinem Blick – bis vor kurzem hatte man ihn noch in diesem Bauwerk festgehalten.

»Weiter, Amra!«, drängte er sie. »Wir befinden uns viel zu nahe an den Mauern!«

Sie wich zurück, als der Turm in seiner ganzen Höhe ins Schwanken geriet. Stücke brachen aus der Krone und fielen an der Außenseite herab: Die schweren Stützen der Plattform knickten ein. Sie rissen die Wächter mit sich, die sich dort befunden hatten, und Amra zuckte bis ins *Taú* zusammen, als sie hörte, wie die Trümmer auf dem Festplatz aufschlugen und alles zerschmetterten – Stände und Baldachine, die Aufbauten der Tribünen. Menschen.

Da entfuhr Lillia plötzlich ein Schrei, und sie bäumte sich so sehr auf in Jemrens Arm, dass sie ihm beinahe entglitt. Ein Stoß, ein gewaltiger Ruck, ging durch die Erde, und mitten in der Stadt platzte ein Graben auseinander; ein Reiter stürzte samt seinem Tier hinein. Amras Zähne schlugen aufeinander. Haltlos taumelte sie gegen Jemren, riss den Mann um, der durch den Aufprall das Gleichgewicht auf dem schwankenden Boden nicht mehr halten konnte. Sie stürzten gegen die Mauer.

Überall fielen Menschen zu Boden. Lose Steine prasselten auf sie herab, und Jemren beugte sich über das Kind, als könne er es mit seinem Körper gegen die Wucht einer zerberstenden Stadt schützen. Himmel, Mauer, der Untergrund, alles schwankte, alles schüttelte sich in einem gewaltigen, schrecklichen Rhythmus, und Amra grub die Finger in das Erdreich, krallte sich im Boden fest. Sie schrie, als ein schrecklicher Donner alles übertönte, ein grauenvolles, dumpfes Krachen und Poltern.

Der Westturm zerbrach.

Seine äußere Wand rutschte ab, stürzte dröhnend in sich zusammen. Rauch und Staub wirbelten auf und verdunkelten den hellen Tag, und als die Kammern des Turms barsten, flog durch die Luft, was immer sie enthalten hatten: bronzene Speerspitzen und Lanzen, Steinsplitter und Pfeile. Geschliffene Klingen blitzten in den Staubschwaden auf, Schilde verwandelten sich in Geschosse und krachten mit dumpfer Wucht gegen die Mauern, ein Schwarm von Waffen, der wie ein tödlicher Regen über der Stadt niederging.

Voller Schrecken wandte Amra das Gesicht gegen den rauen Stein der Inneren Mauer, als die Welt im dröhnenden Donner versank.

In der Stille, die folgte, begann sie zu zittern. Sie wagte nicht, sich umzudrehen, sie kniete da und hatte die Finger so tief in die Erde gegraben, dass ihre Nägel schmerzten. Hinter sich hörte sie, wie eine einzelne Klage aufstieg: eine dünne Stimme gegen die Wucht der Elemente. Langsam öffnete sie die Finger.

Jetzt quollen ihr Tränen unter den Lidern hervor. Mit schmutziger Hand wischte sie sie weg.

Warum tust du das?, fragte sie im *Taú*. Kreischend wirbelten Schatten ringsum. Sie hörte das Klatschen schwerer Schwingen – sah sie und sah sie nicht mit ihren menschlichen Augen. Da fuhr der Schwarze Gott voller Gier auf die Stadt herab.

Sie krümmte sich, als der Schmerz Caláxis in Wellen ihr *Taú* erreichte.

Neben ihr hatte sich Jemren aufgerafft, zerrte an dem kunstvoll gewickelten Kleid des Mädchens und löste die gekreuzten Schnüre im Rücken, damit Lillia atmen konnte.

Doch ihr Kopf pendelte zur Seite, ihr zartes Gesicht war bläulich und weiß.

Die Wucht des Bebens hat das Mädchen getötet, dachte Amra.

Wenn Lillia die Spannungen unter der Stadt schon vom Scyé aus gespürt hatte, aus so großer Entfernung, dann hatte die Entladung dieser Kräfte ihren Weg geradewegs durch den kleinen Körper genommen. Und das konnte Lillia unmöglich ausgehalten haben.

Amra berührte den schlaffen Arm des Kindes.

»Ich verliere sie«, sagte Jemren tonlos.

Er hielt das leblose Mädchen auf den Knien, und in seinem *Taú* war nichts mehr zu spüren von dem Widerstand, den er Gorun entgegengesetzt hatte. Es war leer, das *Taú* eines Mannes, der seine Kräfte nahezu aufgebraucht hatte.

In ihren Gewändern tastete Amra nach dem Fläschchen, das sie am Morgen vorsorglich eingesteckt hatte. Es war nichts weiter als ein ätherisches Öl, das schlichteste aller Mittel, das sie hin und wieder benötigte, wenn es während eines langen, heißen Festtags manche Leute übertrieben hatten mit den Tänzen und dem Stehen in der Sonne.

Sie bedeutete Jemren, die Handfläche nach oben zu wenden, und dann träufelte sie ihm einige Tropfen auf die Fingerkuppen, zeigte ihm, wie er sie auf die Schläfen des Kindes streichen solle. Ein scharfes Kräuteraroma stieg auf, ein kräftiger, reiner Duft. Sie selbst tropfte etwas Öl auf die blutleeren Lippen des Kindes, und plötzlich begann es zu husten.

Mit einem tiefen Atemzug richtete Amra sich auf, überließ den Mann und das Mädchen sich selbst. Denn nun musste sie sich umwenden und sehen, was aus ihrer Stadt geworden war. Für das, was jetzt kam, gab es keine Vorbereitung.

Die Sonne war verdunkelt vom Staub, der jetzt von der Stadt in das Tal hinauswehte, ein rötliches, unheilvolles Licht. Die vertraute Silhouette des Westturms war verschwunden, eine Ruine ragte inmitten der düsteren Staubschwaden auf, die durch die Stadt quollen. Caláxi war durch die Wucht des Bebens zerborsten, zerbrochen unter der Wut aus dem Innern der Erde; sie spürte die Risse bis ins *Taú*. Überall klaffte der Boden in Spalten, hatte sich aufgeworfen. Gebäude lagen in Trümmern.

Langsam ging sie durch die zerstörte Stadt.

Celessedra war gefallen, ihr steinweißer Arm zersplittert, mit dem sie auf den Himmel wies. Leer, wie das Kind gesagt hatte, die Götter waren nichts als leere Hüllen; die Stadt und die Geschicke der Menschen waren ihnen gleichgültig, wenn sie eine solche Zerstörung zuließen. Nur Antiles' gieriger Schatten stieß am Rand ihres Gesichtsfelds wieder und wieder auf die Stadt herab.

Staubbedeckte Gestalten taumelten an ihr vorbei. Verschmutzt hielten sie blutende Wunden, dünn und klagend erklangen die Namen von Vermissten, nach denen gerufen wurde, jetzt, da das Beben verebbt war und die Menschen einander wieder erkannten. Amra sah schreckliche Verletzungen, als sie sich langsam zwischen den Versammlungshäusern am Fuß des Ostturms bewegte. Und in einem noch schlimmeren Zustand waren die *Taú* der Stadtbewohner, entsetzt und verwundet, verängstigt an einem solchen Tag.

Baudan lag in verkrümmter Haltung auf einem Plattenweg, die aufgelösten Angehörigen seines Hauses drängten sich um ihn. Ein Junge zog schluchzend an seinen Gewändern, bat den Großvater aufzustehen.

Amra trat näher, sie hatte nichts bei sich außer der kleinen Phiole, doch als sie sich über den alten Mann beugte, wusste sie, dass sie auf dieser Welt nichts mehr für ihn tun konnte. In Baudan war es still, sein *Taú* längst fort.

»Caminia«, sagte sie leise und fühlte sich klein und schwach angesichts des Leids, das über Caláxi gekommen war. Die alte Frau begriff sofort. Laut klagend zog sie den Schal über das graue Haar und wandte sich ab vom Tod, den nur sie, die *Laîren*, anblicken durfte.

Doch an diesem Tag war das schwer, schwerer als je zuvor.

Überall lagen die Körper jener, die nun dem Schwarzen Gott anheim fielen; überall kauerten Menschen und klagten, zerrten an ihren Festkleidern, aus Kummer um den Verlust, der ihre Häuser ereilt hatte.

Vorsichtig löste Amra die Finger des Enkels aus Baudans Gewand, trennte die Lebenden von den Toten und schob den weinenden Jungen fort. Sie vollführte die Geste des Abschieds über dem Leichnam, überantwortete ihn Antiles, der über der Stadt kreiste, in Feierlaune, nun, da der erste Tag des Sommers zum Festtag seiner Schwarzen Macht geworden war.

Sie bedeckte den Toten notdürftig mit einem Zipfel seines Gewands, doch sie musste ihn liegen lassen, hier, mitten auf dem Weg vor Elrels Tempel, dem Versammlungshaus der Hochbetagten, unter dessen geschwungenem Dach Baudan im Leben gern gesessen und mit seinen Altersgenossen geplaudert hatte.

Andere Aufgaben warteten auf sie, Aufgaben, die ihr *Taú* mit Furcht erfüllten.

»Bleibt bei ihr«, sagte sie zu dem trauernden Klan. »Bleibt bei Caminia.«

Was sonst sollten sie auch tun?

»Amra, Amra!«, flehten jetzt viele, als sie in ihr die *Laîren* erkannten, und hielten ihr blutende Wunden entgegen. Das darf ich berühren, dachte sie bitter, jene Stellen, an denen die Welt zerrissen und verwundet ist. Doch sie stand mit leeren Händen da, sie hatte nichts als das Öl und Streifen, die sie von den Gewändern riss, in denen die Menschen noch vor kurzem getanzt und gefeiert hatten.

Immer wieder brachten schwache Erdstöße den Boden zum Erzittern, versetzten die Menschen weiterhin in Schrecken. Schreiend klammerten sie sich aneinander, duckten sich unter freiem Himmel zusammen.

»Warum hat man das Tor nicht geöffnet?«, fragten nun viele Stimmen. »Die Reiter hätten uns alle sterben lassen!«

»Wer hat den Gong geschlagen?«, fragte jemand. »Ohne den Gong wären wir nicht gewarnt gewesen, und es wären noch mehr Menschen umgekommen!«

»Es ist dieses verfluchte Mädchen«, murmelten andere, und dunkler Zorn mischte sich unter die Verzweiflung.

An einem der steinernen Wassertröge kauerte Laurdana und wiegte sich auf den Knien hin und her, ihre jüngste Schwester in all ihrem Schmuck, in ihrem zerrissenen hellgrünen Festgewand.

»Laurdana! Was ist mit dir?«, fragte Amra und trat erschrocken näher.

Laurdana schrie auf, streckte flehend die Hand nach ihr aus.

Ihr Vater Bron saß auf einem Steinblock in der Nähe, die Stirn in eine Hand gestützt, und weinte, doch Kedra wandte sich selbst jetzt von ihr ab, als Amra zu ihrem Klan trat.

»Bist du verletzt?«, fragte sie die Schwester, voller Angst, dass es auch in ihrem Haus Verluste gegeben haben könnte.

Laurdana rief nur mit heiserer Stimme wiederholt nach ihrem Sohn.

»Er hat sich von ihrer Hand losgerissen«, erklärte Thirion, der hinter Bron stand und gefasst eine Hand auf die Schulter des Vaters gelegt hatte. »Wir haben ihn bisher nicht gefunden.«

Amra schützte das *Taú* mit der Hand. Sie machte sich stark gegen die Gefühle, die Thirions Worte begleiteten; sie durfte sich jetzt nicht dem Kummer hingeben, der ihren Klan erfüllte, und beugte sich zu ihrer Schwester hinunter.

»Laur«, fragte sie sanft, »bist du verletzt?«

Die Schwester antwortete nicht, sondern wimmerte nur. Soweit Amra sehen konnte, war ihr Körper unversehrt. Schweren Herzens wandte sie sich ab, denn es gab viele, so viele, die ihrer Hilfe dringender bedurften. Hinter sich hörte sie, wie Laurdana aufschrie, doch Amra konnte nichts für sie tun, außer hoffen – hoffen für so viele Häuser. Verzweiflung stieg in ihr auf, als ihr Blick über das elende Bild glitt, das die stolze Stadt Caláxi bot: Menschen in besudelten, zerfetzten Festtagsgewändern, die an diesem Tag zusammengekommen waren, um den Beginn des Sommers zu feiern, und nun zwischen dem Schutt ihrer Häuser, zwischen Ziegenherden und verängstigten Ponys auf dem Boden kauerten.

Keine einzige Priesterin war unter ihnen. Sie alle waren im Innern der Anlage geblieben.

Gorun drängte sein schwitzendes Pferd zu ihr heran. Der Reiter wehrte alle Fragen ab, die ihm zugerufen wurden. Er musste das Pony zum Gehorsam zwingen. Das Tier warf den Kopf hoch, sodass der Stern unter dem Stirnschopf blitzte und sich das Weiße in den Augen zeigte; es fürchtete sich vor dem Rauch- und Blutgeruch. Falraus Kriegspferd, bemerkte Amra jetzt, gesattelt und gezäumt.

»Wo ist der Fremde?«, fragte Gorun als Erstes.

Stumm deutete sie zur Inneren Mauer, wo sie Jemren und das Kind zurückgelassen hatte. Mit einer Handbewegung schickte Gorun zwei seiner Reiter dorthin.

»Wir brauchen dich«, sagte er dann und gab ihr den Sattel frei, machte kein Aufheben mehr um Anstand oder Status.

Auf Falraus grauem Pony brachte er sie dorthin, wo die herabstürzenden Steine viele Menschen unter sich begraben hatten, wo Gliedmaßen und Leiber eingeklemmt worden waren. Amras *Taú* verkrampfte sich beim Anblick der riesigen Trümmer, die auf dem Tanzplatz Logen und Stände zermalmt hatten. Die Wucht war so groß gewesen, dass sich die Stützen der Plattform tief in den Boden gewühlt hatten. Überall lagen Waffen, teilweise beschädigt und verbogen – die düsteren, kriegerischen Schätze aus dem Innern des Dunklen Turms.

Mit ihrer ganzen Kunst wappnete Amra sich gegen das, was auf sie zukam. Doch die zerschmetterten Körper, zu denen sie sich hinabbeugte, erfüllten sie mit Grauen. Schatten krochen zwischen den Trümmern umher.

Aus den Augenwinkeln sah sie Antiles' dunkle Schwingen durch die Luft streichen, fühlte Antiles' stinkenden Atem, als er herabfuhr auf die Toten. Der Schwarze Gott erschien ihr riesig an diesem Tag, an dem Caláxi vernichtet worden war. Sein Leib war gebläht von der Zahl derer, die er verschlungen hatte. Sie hieß ihn nicht willkommen, wie es Brauch war; sie hatte dazu keine Kraft mehr. Ohne jede Geste wandte sie sich ab und überließ ihm, was sein war. Andere jedoch lebten.

Sie brüllten und stöhnten und flehten um Hilfe – und schrien erneut vor Schmerzen, wenn sich Vraurons Männer, teilweise mit bloßen Händen, gegen die Steinblöcke warfen. Amra beugte sich hinab und berührte das, was nicht eingeklemmt war, das *Taú*, in dem noch Lebenswille steckte. Der Jüngling warf den Kopf gegen den Stein, die Augen verdrehten sich ins Weiße. Blut rann ihm aus Nase und Ohr und verklebte das Haar. Jori Su Kimra. Vor wenigen Tagen hatte sie ihn an dieser Stelle noch mit seinem Mädchen getroffen. Sie erhob sich und drehte sich zu Gorun um, der neben dem Pferd wartete.

»Ich brauche meine Medizin«, sagte sie heiser. Sie konnte das Zittern ihrer Hände nicht verbergen. »Die Verbände und Salben ... Wie soll ich so helfen?«

Wortlos wandte Gorun die Augen ab und blickte zum Westteil der Stadt. Sie folgte seinem Blick. Und gewahrte es schließlich selbst.

Die Trümmer des Westturms, die breiten roten Quader, aus denen er gebaut worden war, hatten sich in einer Woge über diesen Teil der Stadt ergossen und alles, was sich dort befunden hatte, vor sich hergeschoben und zerquetscht: Stände, Häuser, Altäre, sämtliche Aufbauten, die sich auf dem Tanzplatz befunden hatten. Die Stangen der Baldachine waren in unzählige Stücke gesplittert, die Stützen der Turmkrone ragten grotesk aus dem Schutt auf. Eine schreckliche Stille lag über dem Platz, der bis vor kurzem noch vom freudigen Lärm des Fests erfüllt gewesen war. Bis auf das gelegentliche Herabrieseln von Bruchstücken aus der klaffenden Wunde des Turms erklang kein Laut mehr.

Bis zur Außenmauer hatte sich diese Lawine aus Stein gewälzt – und die Mauer durchbrochen. Amra starrte auf die Schneise im äußeren Schutzwall der Stadt, für dessen Erhalt Gorun alles aufs Spiel gesetzt, alles gewagt hatte. Ein langes Stück der Mauer hatte sich verschoben, war nach außen gedrückt worden, das Haupttor aufgeplatzt. Schief hingen die Bronzestreben in den Angeln und schützten die Stadt vor gar nichts mehr. Die Wächter, die die schwankenden Wälle der Stadt selbst während des Bebens nicht verlassen hatten, standen mit aufgerichteten Waffen auf der geborstenen Mauerkrone, jetzt verstärkt durch Goruns Krieger. Doch ihr Anblick wirkte geradezu lächerlich auf dem gewaltigen Bauwerk, das mit solcher Wucht zerstört worden war.

Reglos stand Gorun da und blickte auf die Verwüstung, die Schultern starr.

Doch er blieb nicht allein, Piros trat zu ihm und Vrauron, der an der Rettung der Verschütteten arbeitete. Niemand sprach ein Wort.

Langsam löste sich Amra von der Gruppe und schritt an dem Trümmerfeld entlang. Sie folgte dem Strom aus Stein bis an seine Mündung in die Außenmauer, und dort fand sie ihre zerrissene Tasche, die sie am Morgen in der Hütte gelassen hatte. Die Steine hatten sie bis zu dem äußeren Wall der Stadt mitgerissen. Mit bloßen Händen grub Amra im Schutt, zerrte geborstenes Holz und Tonsplitter zur Seite. Doch sie fand nichts, was sie hätte verwenden können, nur Scherben und Trümmer. Und den schlanken grauen Leib der Sundschlange, der schlaff zwischen den Steinen lag. Die drei langen blauen Streifen, die ihren Rücken zierten, waren matt vom Staub. Das Tier war verletzt, doch wie durch ein Wunder lebte es noch. Tiefe Trauer stieg in Amra auf, als sie die Schlange betrachtete. Das also ist das Einzige, was mir von Draura geblieben ist – das, was ich am meisten fürchte, dachte sie voller Bitterkeit. Langsam streckte sie die Hand aus. Sie spürte das Schlangen-*Taú*, kühl und fremd, wie einen schmalen Streif zwischen den Steinen. Die Finger zitterten ihr, als sie das Tier vorsichtig hinter dem Kiefer ergriff. Doch es war kein Mut, der sie veranlasste, so zu handeln; es war nichts anderes als Trotz gegenüber dem Beben, dem sie dieses kleine Leben nicht gönnte, da es so viele andere genommen hatte. Sie beobachtete ihre eigene Hand, die die Schlange so anfasste, wie die alte *Laîren* es unzählige Male getan hatte. Sie hob das schlaffe Tier hoch und ließ es in ihre zerrissene Tasche gleiten. Draura hatte gewusst, dass sie sterben würde, hatte sich seit Tagen auf diesen Augenblick vorbereitet. Amra bedeckte die Augen mit der Hand, doch die Bilder im Innern, im *Taú*, waren nicht tröstlicher als der Anblick der zerstörten Stadt.

Gorun fand sie schließlich auf den Steinen. Zitternd und erschöpft trauerte sie um ihre alte Lehrmeisterin, um die vielen, vielen fliehenden *Taú*, die sie spürte.

»Ich habe nichts mehr«, sagte sie weinend, zeigte ihm die zerfetzte Tasche.

Er sah grau aus, als er inmitten der Trümmer der Stadt stand, die er hatte beschützen wollen.

»Die Stadt braucht dich«, sagte er schließlich. Er erinnerte sie an die Aufgabe, die sie sich gestellt hatte und die sie von nun an allein bewältigen musste: Heilerin zu sein für die

Lebenden und Begleiterin für jene, die sich auf den Weg machten ins Entfernte Land. Und sie gestattete, dass der Reiter sie zurückführte zum Ostturm, wo die Luft erfüllt war vom Leid so vieler Menschen.

Man hatte die Schwerverletzten zu Jaruks Altar gebracht, einem kleinen runden Platz zwischen den Versammlungshäusern, auf dem sich zu Ehren des Ziegengottes drei schlanke Steinsäulen erhoben. Die Säulen endeten in Ziegenköpfen, ihre Hörner waren anmutig nach hinten geschwungen, und Amra blickte in ihre steinernen Augen, verwirrt von dem Anblick ihrer Unversehrtheit, während so vieles andere zerschmettert lag.

Sie fröstelte, als sie daran dachte, wie genau Lillias Vision gewesen war. Der Westturm war gefallen, aber der Ostturm hatte standgehalten; auch jetzt ragte er unversehrt auf, unbeschadet von den kleineren Beben, die immer noch durch den Boden rollten. In seinem Schatten drängten sich all jene, die die Katastrophe überlebt hatten. Es sind viele, dachte Amra plötzlich, als ihr Blick über die Menge glitt, und für einen Augenblick verschwamm ihr die Sicht. Es waren alles Menschen, die sich auf dem Tanzplatz aufgehalten hatten, kurz bevor der Turm fiel.

Sie glitt von Griskis Rücken.

Reiter auf grauen Pferden bewegten sich ruhig durch die Menge und sprachen den Menschen Mut zu. Marema versorgte die einfacheren Verletzungen und hatte sich Helferinnen und Helfer geholt. Milea war dort, Haye und viele andere, die jetzt bereit waren, den Weisungen der jungen *Laîren* Folge zu leisten, um zu lindern und zu heilen, wo sie nur konnten.

Amra wandte ihre ganze Kunst an, alles, was Draura ihr beigebracht hatte. Eine dumpfe Leere breitete sich in ihrem *Taú* aus, während sie arbeitete und den anderen Frauen und Männern knappe Anweisungen erteilte, eine Taubheit, die über dem ganzen Platz lag. Noch begriff die Stadt nicht, was sie verloren hatte. Noch dämpfte das frische Entsetzen den Kummer.

Marema war es, die ihr schließlich einen Becher mit Wasser reichte. Amra trank im Stehen, erschöpft von der drückenden Hitze des Nachmittags, erschöpft von der Not so vieler.

»Der Durchgang zur Quelle ist immer noch verschüttet«, bemerkte die Weberin sachlich, und Amra folgte ihrem Blick.

Die losen Quader des Westturms waren sowohl außen an der Mauer als auch innen herabgestürzt. Große Trümmer verwehrten den Zugang zum Innenhof um den Hauptturm und damit zur Quelle, dem einzigen Zugang zu frischem Wasser. Amras *Taú* zog sich zusammen, als sie sah, dass Vrauron seine Männer nun dorthin beordert hatte – denn das bedeutete, dass es nichts mehr unter den Steinen auf dem Westplatz zu suchen gab, dass die Retter jede Hoffnung aufgegeben hatten, im Schutt noch Lebende zu finden. Sie kannte diese bittere Wahrheit schon längst, doch sie hatte es nicht gewagt, das *Taú* auszudehnen, um zu erfahren, wie viele es wirklich waren, die das Beben mit sich gerissen hatte.

Zitternd stützte sie sich gegen einen warmen Stein. Alle hätten gerettet werden können, niemand hätte sterben müssen, wenn die Stadt dem fremden Mädchen früher zugehört hätte. Doch stattdessen hatten die Bewohner nur dem eigenen Argwohn und Misstrauen gelauscht – und Gesängen, die von Ereignissen und Feindseligkeiten berichteten, die so viele Jahre vor ihrer aller Geburt die Insel beherrscht hatten.

Sie blickte zu dem Fremden hinüber, zu Jemren, der abseits an der Außenmauer saß, blass wie die meisten von ihnen, aber unverletzt. Wächter standen dicht hinter ihm, reglos, mit Speeren bewaffnet. Er hatte die Arme um das Mädchen gelegt, und so schlief Lillia jetzt. Letztlich hatte *er* Amra dazu bewogen, Lillia zu vertrauen, er, der seine ganze Zuneigung einem Kind entgegenbrachte, das nicht menschlich war. Ein Mann aus dem Norden, der die Prophezeiung, die ihre Stadt und mit ihr der ganze Süden fürchtete, schlichtweg nicht zur Kenntnis nahm.

Flüchtig reinigte sie den Becher von ihrer Berührung, füllte ihn erneut und ging damit langsam zu dem Fremden. Sie gab ihm den Becher und er trank einen Schluck. Sein Silberschmuck klickte gegen das tönerne Gefäß. Eine dünne Kerbe verlief in der Mitte jedes Rings, und Amra fragte sich, ob dies etwas bedeutete wie so vieles in ihrer eigenen Welt, ob der Norden die Notwendigkeit von Symbolen kannte.

»Wie geht es ihr?«, fragte sie und wies auf das Mädchen.

»Sie ist jetzt ruhiger«, antwortete Jemren.

Da schlug das Kind so unvermittelt die Augen auf, dass er zusammenzuckte. Die Iris des Mädchens war wieder jener hell leuchtende, türkisfarbene Kranz, der Amra an den Himmel erinnerte. Lillia blickte zu dem Mann auf.

»Die *Stadt* ist ruhiger«, berichtigte sie ihn, mit klarer, fester Stimme, als wäre nie etwas geschehen. »Die Linien sind jetzt fast alle gerade, und die Steine schlafen wieder.«

Darauf nickte er nur, ohne etwas zu sagen, nahm ihre verwirrenden Wahrnehmungen hin, wie sie kamen.

»Lillia«, sprach Amra das Mädchen an und ließ sich in die Hocke nieder. Ihre Röcke sanken auf den staubigen Boden. Einige Leute, die nicht weit entfernt saßen, warfen ihnen Seitenblicke zu.

»Wie kann es sein, dass du weißt, was in der Erde geschieht?«, fragte sie. »Wie kannst du die Steine hören?«

Lillia lachte unbekümmert auf, ohne den Kopf aus der behaglichen Lage auf Jemrens Bein zu heben. Da war nichts mehr von der erschreckenden, hohläugigen Erscheinung auf dem Festplatz, da war nur das kleine Mädchen ohne *Taú*, schmal und übernächtigt. Und zufrieden damit, bei dem Mann zu sein, dem sie vertraute.

»Mit den Ohren«, lächelte sie und griff sich in die dichten Locken. »Hörst du denn nicht mit den Ohren, Amra?«

Jemren blickte auf, als Gorun zu ihnen trat.

»Steh auf!«, forderte der Reiter ihn auf.

Behutsam half Jemren dem Mädchen, sich aufzusetzen, bevor er der Aufforderung nachkam.

»Was hast du vor?«, fragte er ruhig, als Gorun ihm die Handgelenke mit einer Lederschnur zusammenband.

»Du wirst unser Schild gegen die Nraurn sein«, entgegnete der Krieger kurz, »für den Fall, dass der Norden doch auf Quinda-Nas Seite steht.«

»Ich war noch nie auf Quinda-Nas Seite«, widersprach Jemren, doch Gorun ging mit keinem Wort auf seinen Protest ein. Jemren warf Amra einen Blick zu.

»Ich werde mich um das Mädchen kümmern«, versprach sie, doch der Ausdruck in den dunklen Augen des Mannes hellte sich nicht auf.

Als Gorun ihn zum Tor führte, erhob sich das Mädchen rasch und lief den beiden Männern nach. Mit wenigen Schritten holte Amra das Kind ein und ergriff die kleine Hand – doch Lillia wollte unbedingt mit ihnen gehen; sie lief dicht neben Gorun her und blickte immer wieder zu dem Reiter auf.

Jemren folgte Gorun ohne Widerstand.

»Ich bin kein Schutz für die Stadt«, wiederholte er noch einmal, als der Reiter ihm die Hände an das schwere Bronzegitter des Westflügels band, das schief in den Angeln hing. Es war heiß vor dem Tor, und Jemren musste in der vollen Nachmittagssonne stehen. »So erreichst du nicht, dass die Nraurin sich von deiner Stadt fern hält, Gorun. So erreichst du höchstens das Gegenteil.«

»Ah«, stieß der Reiter hervor. »Und weshalb das?«

Doch Jemren antwortete nicht, er sah den Reiter nur an.

»Du verlangst etwas viel für einen Tag«, erklärte Gorun mit freudlosem Spott. »Du verlangst zu viel dafür, dass du mir nicht das Geringste gibst. Aber wenn du mir auch nichts über die Nraurn verrätst, glaube ich doch, dass die Feldherrin es sich überlegen wird, ob sie die Stadt angreift, wenn sie dich hier sieht.«

»Was, glaubst du, zählt mein Leben bei den Nraurn?«, fragte Jemren und hob leicht die verletzte Schulter.

»Warum sollte ich mir darüber Gedanken machen?«, gab

Gorun grob zurück. »Ich weiß nichts über dein Verhältnis zu ihnen, weil du es ja stets vorgezogen hast, mir in dieser Hinsicht keinerlei Auskunft zu geben. Also ziehe ich meine eigenen Schlüsse.«

»Gorun«, setzte Jemren mit einem tieferen Atemzug an. Er drehte sich mit dem Reiter, als dieser ihn stehen ließ, die Lederschnur spannte sich, und beide Männer blickten unwillkürlich auf, als es in den Verankerungen des Flügels knackte. Staub und Steinchen rieselten von der seitlichen Wand des Durchgangs herab.

»An deiner Stelle«, sagte Gorun rau, »würde ich nicht zu fest daran ziehen.«

Lillia starrte den Krieger an.

»Was ist, Kind?«, fragte Gorun düster. »Noch mehr Voraussagen, was so alles über meine Stadt kommen wird?«

Amra spürte, wie die kleinen Finger in ihrer Hand zuckten. Doch Lillia schwieg, und Gorun schritt an ihr vorbei; er winkte seine Krieger zu sich.

»Reitet in die anderen Städte«, sagte er zu ihnen. »Reitet nach Geristáni, nach Tenéxi. Der Süden muss wissen, was hier geschehen ist.«

Wortlos schwangen sich die Männer in die Sättel der kleinen Ponys; sie hatten sich schon zuvor um ihre Ausrüstung gekümmert. Da sah Amra, dass auch Thirion sein Pferd heranführte, ihr Bruder, der nicht zu den Kriegern gehörte. Doch seine graue Stute war einer der schnellsten Renner der Stadt, wendig und zäh.

Gorun nickte, als er ihn sah.

»Blicke stets auch hinter dich, Thirion«, sagte er. »Überall können Gefahren lauern. Und trau keiner Stille. In diesem Jahr ist auf nichts Verlass.«

Der junge Steinmetz nickte. An seinem Sattel hingen Schild und Speer, mit denen er zwar umzugehen gelernt hatte, die er jedoch nicht in dem Maße beherrschte wie Gorun oder die anderen Krieger, die jetzt durch das zerbrochene

Tor trabten. Thirion hatte das Kriegshandwerk für die beharrliche und beschwerliche Arbeit an den Türmen niedergelegt. Weil ich lieber etwas aufbaue als zerstöre, Amra, hatte er zu ihr gesagt. Jetzt winkte er zu ihr herüber, und sie hob die Hand, um den Gruß zu erwidern. Doch da hatte ihr Bruder sein Pony schon gewendet und ritt hinter den anderen aus der Stadt hinaus.

Sie führte das Mädchen fort von dem Tor, bis es nicht mehr sehen konnte, was sich dort ereignete. Stattdessen zeigte Amra ihr die Schlange, die sich in der Tasche zusammengerollt hatte, und das Kind betrachtete das gefährliche Reptil ohne Angst. Doch auch sie verspürte keinerlei Furcht mehr. Ihre Gleichgültigkeit gegenüber gewissen Dingen war gewachsen, stellte sie fest.

Gebannt beobachtete Lillia, wie sie mit dem Finger ein wenig Wasser auf das schwarz umrandete Maul des Tiers träufelte. Die Schlange war zu matt, um sich zu bewegen, aber sie schob die glänzende schwarze Zunge vor und nahm die Feuchtigkeit auf. Mit einem Tuch wischte Amra den Staub von dem schlanken Leib, bis die Schuppen wieder glänzten. Mit angezogenen Knien hockte das Mädchen neben ihr und beschrieb mit Begeisterung jede Windung der Schlange.

Doch als ein Mann aus dem Klan Sa Sunna an ihnen vorbeiging und dem Kind eine unfreundliche Bemerkung zuwarf, zuckte es zusammen und duckte sich, als hätte man es gescholten; die Freude, die sein Gesicht erhellt hatte, erlosch sofort.

Ein Kind, nichts weiter als ein Kind in solchen Augenblicken, dachte Amra und betrachtete es von der Seite. Doch ein Kind mit einer solch ungeheuren Macht, dass die Menschen es fürchten mussten – einer Macht, die Lillia selbst noch gar nicht einzuschätzen wusste.

Plötzlich fielen Amra die Blicke auf, die die Menschen ringsum auf das Mädchen warfen, düstere Blicke ohne jede Spur von Wohlwollen, und sie fragte sich beunruhigt, ob sich Xoras Wille mittlerweile in der Stadt herumgesprochen hatte.

»Lillia«, sprach sie das Kind an, und die türkisfarbenen Augen wandten sich ihr zu, durchdringend und hell.

»Kümmre dich nicht um das Gerede der Leute«, sagte sie, um das Mädchen zu trösten, das bei allen verborgenen Kräften dennoch Angst und Zuneigung empfand. Das hatte auch Jemren bestätigt, der mit Lillias seltsamen Eigenschaften vertraut war. »In einer Stadt wird viel geschwätzt. So ist es hier auch.«

»Die Leute mögen mich nicht«, stellte Lillia fest. Ihre Stirn lag in feinen, besorgten Falten, sie zog die Schultern hoch und die Knie noch enger an den Leib. »Jemren mag mich, aber ihn mögen die Leute auch nicht. Ganz besonders Gorun mag ihn nicht. Aber warum ist das so, Amra?«

Sie sah das Kind an und wusste nicht, was sie antworten sollte, wie ihm von Kriegen erzählen sollte, die vor Generationen zwischen dem Norden und dem Süden getobt hatten und die noch immer das Handeln, Denken und Fühlen der Menschen prägten. Von der Teilung der Insel und dem Misstrauen, der Furcht und der Feindschaft, die daraus entstanden waren. Und von alten Prophezeiungen.

»Menschen verstehen einander nicht immer«, erklärte sie lahm. »Und der Norden und der Süden haben schon so lange nicht mehr miteinander gesprochen, dass eine Verständigung zwischen ihnen sehr schwierig ist.«

Sie blickte auf, als sie auf dem Vorplatz vor dem verschütteten Durchgang Vraurons Bass sowie das Trappeln und Schnauben von Pferden hörte.

Mithilfe der grauen Ponys versuchte man dort, die Trümmer vor dem Tor zur Inneren Turmanlage fortzuziehen. Die Menschen drängten sich vor dem Durchgang, zerlumpt, schmutzig und erfüllt von banger Sorge, was nun werden sollte.

Ohne den Zugang zur Quelle war die Stadt verloren.

Noch gab es Wasser in jenen Steintrögen, die nicht durch das

Beben zerschmettert oder umgekippt worden waren, doch das reichte nicht lange für so viele Menschen und Tiere. Dann war der Brunnen unter dem Hauptturm die einzige Quelle frischen Wassers für die Stadt und das Tal – bis auf das kleine Rinnsal, das am Fuß der Sternfelsen entsprang. Doch sobald die Sommersonne immer heißer vom Himmel brannte, würde es rasch zwischen Schilfrohren und Sperberkraut versickern.

Amra warf einen ängstlichen Blick auf den Westturm. Es sah nicht so aus, als ob die Ruine fest stand, auch wenn Vrauron genau das versicherte, nachdem bei den Nachbeben nun auch die letzten losen Mauerreste abgerutscht und ins Innere des Turms gestürzt waren. Einer der Torwächter war tot, sein Leichnam lag zwischen Steinbrocken neben dem Durchgang, notdürftig bedeckt von den Fetzen eines Baldachins.

»Bleibt zurück! Macht Platz!«, ertönte die Stimme des Baumeisters. Die Reiter hatten ihre Ponys angeschirrt, nun feuerten sie die Tiere an. Und die grauen Pferde der Stadt warfen die Köpfe und stemmten sich in die Riemen und Seile, als wüssten auch sie, was von ihrer Kraft, von dieser ungewohnten Anstrengung abhing.

Amra blieb am Rand der Menge stehen und hielt die kalte kleine Hand des Mädchens in der ihren. Hin und wieder drehte das Kind den Kopf und blickte zum Tor, gegen das sich Jemren lehnte, um den verletzten Fuß nicht mehr als nötig zu belasten. In seiner Nähe stand Falrau auf einem steinernen Absatz und stützte sich wachsam auf den Speer. Ab und an ließ der Reiter den Blick durch das Tal schweifen, das in der Nachmittagshitze flimmerte.

Amra zuckte zusammen, als ein Knacken und Knirschen ertönte. Zu frisch war die Erinnerung an das Geräusch von Stein, der in Bewegung geraten war. Doch diesmal war es nur der behauene Quader, der den Durchgang zur Turmanlage blockierte. Unter der Anstrengung der schnaubenden Ponys gab er nach, rollte über eine abgeschlagene Ecke – und gab den Blick in den Innenhof frei.

Ein Raunen ging durch die Menge.

Die *Nashan* von Caláxi stand dort zwischen den Trümmern, das Gesicht weiß und ernst, das silberne Gewand stumpf von Staub. In einer bitteren Wiederholung des Rituals vom Vormittag schritt Xora über Schutt und Scherben zu dem Durchgang und trug ihren kostbaren blauen Krug in beiden Händen. Als die Menschen sie sahen, stießen sie erleichterte Rufe aus und begannen zu klatschen; immer mehr kamen herbei, freudig gelöst, als sie hörten, dass der Durchgang frei war und die Priesterinnen wieder aus der Tiefe unter der Stadt heraufstiegen.

Doch Xora kam allein.

Der Ausdruck auf ihrem Gesicht, in ihrem *Taú* erschreckte Amra, als die *Nashan* auf den Vorplatz vor der Inneren Mauer trat. Sie sah, dass Xora zusammenzuckte, als sie die Leiche des Wächters bemerkte. Die stummen Schützer der Stadt waren die Gefährten, die Söhne und Geliebten der Priesterinnen. Die strengen Linien um die Lippen der Hohepriesterin, die Schatten um ihre Augen vertieften sich noch, als Jubel aufklang, und sie hob abwehrend die Hand. Der silberne Ärmel ihres Gewands fiel zurück, die Zeichen auf ihrer Haut leuchteten dunkel.

»Still!«, rief die *Nashan*. »Seid still!«

Doch das freudige Raunen hielt an, wurde sogar noch lauter.

Da hob sie den Krug hoch über den Kopf, und das Wasser der heiligen Quelle ergoss sich daraus – rötlich und trüb, nicht das Rot von Blut, sondern ein dunkleres, schmutzigeres Rot, das zu ihren Füßen auf die Steinplatten spritzte.

Amra hob die Hand zum Mund. Die Leute ringsum schrien auf, als das Wasser über den Boden rann: das Wasser Caláxis, das durch das *Taú* floss, das Kummer und Krankheiten fortspülte. Die lichte Quelle, das heilkräftige Wasser der Freundlichen Stadt.

»Das Erdbeben hat die Quelle vergiftet!«, rief die *Nashan* mitleidlos. »Aureia hat für die Stadt davon getrunken. Sie ist gestorben.«

Ein einziges schrilles Klagen erhob sich, als ihnen dieser Tag ein weiteres Leben nahm. Und das Raunen erstarb.

»In der Tiefe unter der Stadt ist ein Riss entstanden, und daraus strömt etwas Verderbliches hervor. Wir wissen es, aber wir können nichts dagegen tun«, fuhr Xora fort, klar und kalt.

Sie, die das Beben in der Tiefe neben der Quelle überlebt hatte, wollte verstanden werden von der Stadt. Sie wollte, dass keine Spur eines Zweifels blieb.

Niemand rief mehr aufgeregt, was man noch tun könne, wie noch zu helfen sei. Niemand hatte noch Vorschläge. Es wurde still auf dem Platz, eine Stille, die Amras *Taú* mit Kälte erfüllte, denn sie spürte, wie der letzte Mut, wie die letzte Hoffnung wichen. Nur ein einzelnes heiseres Schluchzen war zu hören.

Die Menschen standen einfach da, verlassen in ihrer Verzweiflung. Viele setzten sich auf den Boden, sanken nieder in den Staub und Schutt. Klanmitglieder nahmen sich verzweifelt in die Arme, Kea schlug die Hände vor das Gesicht. Marema hatte die Hand an den Hals gelegt, als ob sie einen Schrei zurückhalten wolle. Piros stand dicht neben ihr, stumm wie sie. Sie alle begriffen, was Xoras Worte bedeuteten.

Die Stadt Caláxi war zerstört.

6

»Es ist dieses Mädchen!«

Laurdana drängte sich durch die Menge nach vorn, in ihrem grünen Kleid, das ihr in Fetzen am Körper hing; das Haar stand ihr wirr vom Kopf.

»Dieses verfluchte Kind trägt die Schuld an allem, was uns zugestoßen ist!«, kreischte sie und zeigte auf Lillia.Die zahlreichen Armreifen an ihrem Handgelenk klapperten und blitzten, als spotteten sie der Trauer und der Trostlosigkeit auf diesem Platz.

Lillia warf einen erschrockenen Blick auf Amra und einen zweiten zum Tor, wo sich Jemren, der diese Worte gehört hatte, beunruhigt mit der Schulter vom Gitter abstieß. Mit einem langen Schritt trat Falrau von seinem flachen Stein herab und stellte sich neben ihn, wandte sich warnend an ihn, doch der Mann aus dem Norden schüttelte nur den Kopf, erwiderte etwas und deutete mit den gebundenen Händen in die Stadt.

»Laurdana!«, rief Marema mahnend. »Es ist furchtbar, was heute in Caláxi geschehen ist, furchtbar der Verlust, den dein Klan erleiden musste. Doch für dieses Unglück können wir niemanden verantwortlich machen.«

»Sie ist ein Verlorenes Kind – *sie* war es, die die Mauern zum Sprechen brachte! Also war sie es auch, die das Beben aus der Tiefe rief!«, schrie Laurdana außer sich. »Sie allein, mit ihrem bösen Willen!«

»Laur, komm zu dir!«, rief Amra. »Das Mädchen wollte die Stadt nur warnen!«

Doch sie erschrak, als sie die vielen düsteren Gesichter sah, die sich ihr und dem Kind zuwandten. Sie umschloss Lillias Hand fester.

Ihre Schwester fuhr zu ihr herum.

»Das sagst *du*!«, schrie sie. »Das möchtest du vielleicht

gern, Amra, weil du dich in deiner Bedeutungslosigkeit von diesem Kind angezogen fühlst! Weil du einem Gott dienst, der sich an unseren Toten weidet! Welch ein Festmahl hat er heute gehalten!«

Die Empörung machte Amra stumm. Einige protestierten an ihrer Stelle, Marema und Goruns Mutter Kaseira, die mit entschlossenen Schritten auf Laurdana zueilte.

Doch Amras Blick fiel auf Xora, und mit Schrecken dachte sie an das Urteil, das die *Nashan* längst über dieses Kind gefällt hatte.

Sie hatte Lillias Tod verlangt.

Amra trat einen Schritt zurück.

Da löste sich Lillia unvermittelt von ihrer Hand und rannte los. Sie wollte zum Tor, doch plötzlich kam Bewegung in die Menge. Man schnitt dem Mädchen den Weg ab, scheuchte es mit ausgebreiteten Händen, wie man Vieh trieb, und hetzte es auf die Innere Mauer zu.

Dort stand die Hohepriesterin und rührte sich nicht; das vergiftete Wasser hatte sich als hässliche Pfütze zu ihren Füßen ausgebreitet.

»Tötet sie!«, rief Xora unvermittelt, forderte nun von der Stadt, was Gorun zu tun sich geweigert hatte. Die Priesterin hob ihren dunkel bemalten Arm und deutete auf Lillia, die in Panik hierhin und dorthin floh. »Tötet das Verlorene Kind!«

Ein Aufschrei ging durch die Menge.

»Nein!«, rief Amra, doch ihre Stimme verlor sich in dem Tumult.

Lillia duckte sich angstvoll und rannte hinter den Steinblöcken entlang, weithin zu sehen in ihrem hellen Kleid. Die Menschen liefen ihr nach und trieben sie immer näher an die Innere Mauer, wo es keinen Ausweg mehr gab. Aus den Augenwinkeln sah Amra, dass Jemren wie von Sinnen an der Schnur riss, die seine Hände am Tor hielt. Doch dadurch kam er nicht los, es brachte nur das schwere Bronzegitter gefährlich ins Wanken, und Falrau packte ihn an der Schulter und schrie ihn an, ob er den Verstand verloren habe.

Inmitten des Zorns, der jetzt losbrach, inmitten dieser Woge verderblicher Wut machte die *Nashan* auf dem Absatz kehrt und schritt gemessen auf den Durchgang zu. Sie wandte der Stadt und dem Schicksal des Kindes einfach den Rücken zu, kehrte in ihren Turm zurück, als ginge sie das alles nichts mehr an.

Doch es gab viele, die ihren Ruf aufgriffen.

»Tötet sie!«, kreischte Laurdana. »Sie hat meinen Sohn umgebracht!«

Und sie bückte sich und hob einen Stein vom Boden auf.

Mehrere Männer hinderten Amra daran, dem Mädchen zu Hilfe zu eilen, die Menge trat ihr in den Weg – ihr, Marema und Kaseira, jenen, die bereit waren, das fremde Kind zu schützen. Auch Cassan, der Mitados Vater war, warf sich den Leuten mit erhobenen Händen entgegen, doch es waren zu viele – die verzweifelten Häuser der Stadt, die an einem einzigen Tag ihrer Zuflucht und ihrer Zukunft beraubt worden waren. Sie stießen Cassan einfach zur Seite und bückten sich nach den Steinen. Und nach den Waffen, die das Beben aus dem Turm geschleudert und über die ganze Stadt verteilt hatte. Menschen, die keine Kämpfer waren, die noch nie eine Klinge geführt oder einen Speer gehalten hatten, ergriffen nun das Kriegsgerät und drängten damit auf das fremde Mädchen zu.

Amra schrie auf, als Laurdana einen Stein auf das Kind schleuderte. Lillia riss erschrocken die Arme hoch und blieb einfach stehen. Der Stein verfehlte sie knapp und prallte von der Inneren Mauer ab.

Angstvoll drehte sich das Kind in alle möglichen Richtungen, doch es gab kein Versteck, es war umringt von den Mauern und den hassverzerrten Gesichtern der Menge. Weitere Steine flogen.

Da griff Amra in ihre Tasche, holte den kühlen Leib der Schlange hervor und schwang den blau gebänderten Kopf der Menge entgegen, die sie nicht durchlassen wollte. Entsetzt prallten die Menschen vor Drauras halbtoter Schlange zurück. Niemand ahnte, dass die Schlange durch das Beben verletzt war. Die Leute sahen nur das gefährliche Tier in ihrer Hand und wichen hastig zurück.

Amra rannte auf Lillia zu und stellte sich schützend vor das Kind.

»Hört auf!«, rief sie der Menge entgegen. »Ihr dürft das nicht tun!«, schrien auch Marema und Kaseira. Haye kreischte eine Verwünschung. In schmutzigen Bahnen rannen Tränen über das Gesicht der Frau. Piros fiel ihr in den Arm – selbst Vrauron stellte sich dem Wahnsinn entgegen, er, der einst das eigene Kind für die Stadt geopfert hatte. Doch die Menschen hörten nicht; wie von Sinnen brüllten sie und schoben Lillias Beschützer grob zur Seite.

Ein Mob war aus den Bewohnern Caláxis geworden. Sie waren bereit zu töten, wie so viele aus ihren Reihen getötet worden waren, und im *Taú* wusste Amra, dass die Verzweiflung längst in zügellose Wut umgeschlagen war, dass sich der Zorn so vieler zu einer einzigen zerstörerischen Kraft gebündelt hatte, düster und schwer und dunkel. Hungrig.

Sie beugte sich vor und zog das Mädchen in die Arme. Da traf sie ein dumpfer Schlag an der Stirn, und sie taumelte gegen die Mauer. Benommen versuchte sie, auf den Beinen zu bleiben – jemand hatte einen Stein auf sie geworfen. Voller Entsetzen begriff sie, dass die Menge sie ebenfalls töten würde, wenn sie weiterhin Widerstand leistete.

Die Stelle, an der sie getroffen worden war, pochte hart, und vor ihren Augen drehte sich alles. Sie schlang die Arme fest um das Mädchen und zeigte den hasserfüllten Bewohnern von Caláxi damit deutlich, dass sie auch eine der Ihren töten mussten, wenn sie sich an dem fremden Kind vergreifen wollten.

Einen Augenblick lang zögerte die Menge. Doch dann erhob sich erneut eine einzelne Stimme – Laurdana, die kreischend nach Rache verlangte. Die Männer in den vordersten Reihen, bewaffnet mit Lanzen und schweren Steinen, holten aus.

Amra prallte zurück.

Da war plötzlich ein grauer Schatten zwischen ihr und der Menge: Griski, von dessen Rücken Gorun herabglitt. Er riss seinen Schild hoch, und ein Stein krachte gegen die Bronze.

»Zurück!«, brüllte der Krieger.

Er blieb unmittelbar vor Amra stehen, verdeckte sie und das Kind, und sie spürte die maßlose Empörung, die Entrüstung in seinem *Taú*.

»Zurück mit euch!«

Lillia klammerte sich an Amras dünnes Gewand; sie zitterte, doch sie blieb still.

Das Kind ohne *Taú*.

Wie hatte sie so einfältig sein und glauben können, nur sie spüre das, nur sie wisse davon, auch wenn sie vielleicht die Einzige war, die die Ursache des Unbehagens genau benennen konnte!

»Weg mit den Steinen! Seid ihr verrückt geworden?«, herrschte Gorun die Menge an.

»Das Verlorene Kind darf nicht am Leben bleiben!«, schrie Laurdana. »Solange es atmet, wird die Quelle von Caláxi nie mehr klar fließen. Du hast die *Nashan* gehört!«

»Khani, Tegos, schafft die Frau fort von hier!«, befahl Gorun, und die Reiter drängten auf Laurdana zu. Doch Amras Schwester ließ sich einfach zu Boden fallen, als Tegos sie an den Armen fasste, und heulte laut auf, wahnsinnig geworden vor Schmerz um den Verlust ihres Sohns.

»Wir dürfen das Verlorene Kind nicht am Leben lassen!«, schrie Droren an ihrer Stelle, und viele Stimmen fielen ein. »Sie hat die Stadt zerstört! Wir müssen uns von ihrem Fluch befreien.«

»Komm! Komm näher heran zu mir!«, raunte Gorun Amra zu. Sie tat wie ihr geheißen und trat dicht zu dem Reiter.

Er nahm sie zwischen den Schild und sich, hielt die Bronze unmittelbar vor ihre Arme, in denen sie das Kind hielt, und deckte ihr den Rücken mit seinem Körper. So nahe stand er ihr, dass sie seine Atemzüge spürte, seinen Schmuck – das Klanzeichen und das Figürchen des Nemnos', des lebensvollen Gottes der Zuversicht und des Mutes, das sich auf seiner Brust hob und senkte, und sie achtete darauf, dass nicht einmal der Saum ihrer dunklen Röcke ihn streifte. Der feste, glatte Körper der Sundschlange spannte sich um ihr Handgelenk, als sich die Aufregung auf das Tier übertrug, und ihr Kopf dröhnte dumpf.

»Erinnert ihr euch noch daran, welchen Beinamen unsere Stadt im ganzen Süden trägt?«, hielt Gorun den Leuten entgegen. »Wisst ihr noch, worauf wir einmal stolz waren, was den Charakter dieser Türme ausmachte? Wenn irgendetwas diese Stadt vergiftet, dann eure Verzagtheit, die ihr an dem Mädchen auslassen wollt! In der Versammlung hat die *Nashan* mir aufgetragen, das Verlorene Kind zu vernichten, *mir* ganz allein, der für euch das Handwerk des Tötens erlernt hat. Doch ich habe abgelehnt, es zu tun, und ich hatte meine Gründe dafür. Wenn ihr jetzt meint, ihr habt bessere Argumente als ich – dann werft!«, forderte der Reiter die Menge zornig heraus. »Werft und beendet, was das Beben begonnen hat! Werft endlich!«

Und er senkte den Schildarm.

Amra starrte in die verzerrten, schmutzigen Gesichter, in die trostlosen Augen der Menschen, die nicht nur den Fall der Stadt Caláxi, sondern so große Verluste erlebt hatten, wie sie selbst die Nraurn niemals über diese Türme gebracht hatten.

Am Tor sah Amra, dass Falrau Jemren mit dem Speerschaft gegen das Bronzegitter drückte, damit dieser es in seiner Verzweiflung nicht aus den Angeln riss und beide darunter begrub. Gorun blieb dicht hinter ihr, sie spürte seine Kraft, die Entschlossenheit in seinem *Taú*, der maßlosen Verzweiflung der Menge standzuhalten, und ihr eigenes *Taú* wurde licht und weit.

Sie ließ ihre Kraft mit der Goruns zusammenfließen, ihren hellen Willen, die Zerstörung nicht noch weiter um sich greifen zu lassen. Es war wie in jenen Augenblicken, wenn Antiles nach einem Sterbenden griff. Sie spürte seinen kreischenden Schatten über der Stadt, sie spürte die Düsternis inmitten der Menge, und plötzlich begriff sie, dass er sich an diesem Tag aus der Enge der Waffenkammern des Westturms befreit hatte. In den Ritzen hatte er gelauert und auf seine Stunde gewartet, in der Dunkelheit, in der die Gerätschaften des Todes verborgen gewesen waren – er, der nie genug bekam und der seine Gier, seine finstere Wut wie ein Gift in jedes *Taú* träufelte. Denn je größer die Vernichtung, desto stärker wuchs sein Verlangen nach mehr. Gleichgültig, ob es den Tod eines Einzelnen oder Hunderter betraf – sein Durst war kaum zu stillen.

Sie hielt ihm stand.

Auch Gorun, der an diesem Tag von der Stadt aufgefordert worden war, Antiles ein Opfer darzubringen, widerstand dem Gott, und mit klopfendem Herzen dachte Amra daran, dass er gesehen haben musste, wie der Herr des Todes wirklich war, dass er in Antiles' schreckliches Antlitz geblickt hatte.

Und er verachtete ihn. Jetzt, da sie so dicht bei dem Reiter stand, spürte sie deutlich den starken Lebenswillen in seinem *Taú*, und sie konnte daran ablesen, wie gering Gorun den Herrn des Schwarzen Landes schätzte.

Sie hatte sich oft gefragt, wie es für die Krieger war, die im Kampf töteten und in der Schlacht dem Dunklen Gott begegneten. Jetzt verstand sie, wie nötig es war, dass sich die Reiter mit Abscheu vom Anblick der Gefallenen abwendeten und sich niemals auf die Versprechungen einließen, die der Herr des Entfernten Landes ihnen zuflüsterte – sonst hätten sie ihm Einlass gewährt in ihr Innerstes. Seine rasende Blutgier hätte sie erfasst und sie zu seinen Werkzeugen gemacht, zu den Werkzeugen eines unersättlichen Todes, wie dies schon einmal in der Geschichte der Insel geschehen war – zum Entsetzen aller.

Antiles' schreckliches Verlangen durfte niemals mit den Lebenden in Berührung kommen. Nichts, was den Tod betraf, sollte sich je in einer lebendigen Stadt zeigen.

Doch der Herr der Toten war über Caláxi hergefallen, hatte seinen Schatten wie ein Leichentuch über der Stadt ausgebreitet.

Geh jetzt, sprach sie im *Taú* zu der Düsternis, die sie nur an den Rändern ihres Gesichtsfelds wahrnahm. Verlass die Stätten der Lebenden. Halte dich an die Grenzen deines Landes, so wie es bestimmt wurde.

Von der geborstenen Stelle in der Mauer stieg kreischend ein Schatten auf, so gewaltig, dass sie zusammenzuckte. Blutsatt ließ er die geschärften Fänge hängen, als er dicht über den Schutt der Türme hinwegstrich; sie sah es und sah es nicht, sie nahm es wahr, und dennoch geschah es nicht in dieser Welt, und als sie blinzelte, erkannte sie, dass es nur eine Schar Korone war, die über den Steinen kreiste.

Da sog sie scharf den Atem ein.

Die Wächter entlang der Mauer hatten sich umgedreht. Ihre Schilde mit dem herausgearbeiteten Symbol des *Taú*, das sie nur auf das Eine, auf die Abwehr einer Gefahr für die Stadt, ausgerichtet hatten, waren der Menge zugekehrt – denn von dort drohte das Unheil.

Droren warf als Erster den Stein auf die Erde zurück.

»Verflucht soll sie sein«, sagte er und ballte die Faust in Richtung des Kindes. Amra zuckte zusammen, als die Grausamkeit seines Wunschs sie streifte.

»Verflucht soll sie sein!«, riefen auch andere. Lillias Blicke folgten ihnen, unheimlich in ihrer Klarheit, und Amra konnte nur hoffen, dass ein Kind ohne *Taú* nicht ahnte, was solche Worte wirklich bedeuteten. Nach und nach ließen die Bewohner von Caláxi Steine und Waffen zu Boden fallen und stießen die gleiche Verwünschung aus.

Schweigend nahm Amra sie hin. Schweigend ertrug sie den Fluch ihrer Stadt, damit ein kleines Mädchen ihn nicht allein auf sich laden musste, und plötzlich ahnte sie, weshalb Jemren den Weg, den er gewählt hatte, mit solcher Entschiedenheit gegen jeden Einspruch verteidigte.

Dicht an ihrer Schulter sprach Gorun, leise und bestimmt. »Geh langsam vorwärts, Amra. Genau auf das Tor zu, und sieh niemanden an.«

Sie folgte seinen Worten, und der Reiter blieb hinter ihr, begleitete sie Schritt um Schritt, den Schild in der Faust. Erst unmittelbar vor ihnen wich die Menge zurück, vor ihr, vor Gorun und dem Mädchen, das den Kopf drehte und die Leute von Caláxi unverwandt musterte.

Marema stand nur da; die Hände der Weberin hingen herab, und ihre Augen waren geweitet vor Scham und Trauer. Vrauron schüttelte stumm den Kopf. Sie schritten an Laurdana vorbei, die sich auf dem Boden zwischen den Reitern wiegte und wimmerte. Die Leute, die sie aufgehetzt hatte, wichen vor ihnen zurück und öffneten eine Gasse zum Tor.

Jemren blickte ihnen entgegen. Falrau hatte ihn losgelassen, und nun erlebte Amra, wie dieser fremde Mann, der Gorun mit seiner Verschlossenheit zur Weißglut getrieben hatte, bar jeder Deckung an dem schweren Gitter stand; ein Augenblick, in dem sein *Taú* mühelos lesbar war. Er schaffte es nicht, sich so rasch wieder zu sammeln, und wandte das Gesicht ab.

Doch der Reiter schritt wortlos an ihm vorbei.

»Gorun«, sagte Jemren mühsam.

Der Krieger beachtete ihn nicht, ließ den Schild sinken.

»Das war knapp«, sagte Falrau. Er hatte das Ende des Speerschafts in den Boden gerammt, die dunklen Gesichtszüge wirkten noch düsterer als gewöhnlich.

Amra schwieg und ließ das Mädchen zu Boden gleiten.

»Komm, Kind. Ein paar Schritte weg von der Stadt«, sagte Gorun mit rauer Stimme zu dem Mädchen, als sie zögerte und Jemren ansah. Auf den Speer gestützt, starrte Falrau sie unverhohlen an.

»Warte«, bat Jemren. »Amra, bring sie nicht in das Tal.«

Sie blieb stehen. Ihr Kopf drehte sich, die Stirn schmerzte, und ihr *Taú* war voller Bitterkeit.

»Wo ist sie sicherer? Was glaubst du wohl?«, fragte sie.

»In der Stadt«, entgegnete Jemren in Widerspruch zu allem, was er erlebt hatte. »Hinter den Mauern. Du und sie.«

Als sie dennoch an ihm vorbeiging, drehte sich Jemren zu Gorun um, so weit es ihm die lederne Schnur erlaubte.

»Lass sie nicht gehen«, drängte er den Krieger.

Gorun wandte sich um und musterte den Fremden, düster und schweigend.

»Sie jagen dich«, stellte er schließlich fest. »Quinda-Na und ihre Nraurn sind hinter dir her. Und einmal hätte sie dich fast erwischt«, fuhr er fort und wies auf die Schulter des Mannes.

Die Muskeln in Jemrens Wangen spannten sich, als er die Zähne zusammenbiss.

»Einmal«, stieß er hervor, und sein *Taú* flackerte kurz in der Erinnerung. »Nur einmal.«

Gorun trat auf den Mann zu, der so lange geschwiegen hatte.

»Weshalb? Weshalb folgen sie dir?«, fragte er. »Jetzt ist der richtige Zeitpunkt, es mir zu sagen, Jemren, jetzt, da die Verteidigung meiner Stadt am Boden liegt.«

»Ich dachte, ich sei ihnen entkommen«, entgegnete Jemren statt einer Antwort. Er ballte die Faust, eine hilflose Geste. »Ich war mir sicher, der Scyé hätte meine Spuren verwischt. Nie wäre ich auf den Gedanken gekommen, dass Quinda-Na mir bis hierher folgen kann.«

Amra spürte Goruns Zorn wie eine heiße Woge anschwellen.

»Sie ist dir aber gefolgt. Genau das hat sie getan!«, rief der Reiter erzürnt. »Du hast sie geradewegs zu uns geführt.«

»Ich habe sie nicht geführt«, erwiderte Jemren. »Sie hat mich getrieben, sie war hinter mir her, seit ich meine Stadt verließ. Durch den Scyé konnte sie mir nicht folgen, und ich hatte nicht damit gerechnet, dass sie den ganzen Bogen durch das Nraurnland schlägt, den Bogen um den Scyéyan, um mich hier einzuholen. Doch sie hat es geschafft.«

Ein neuer Ausdruck stand in seinen Augen, die Erinnerung an vergangenes Entsetzen, genug für Albträume. Er atmete tief ein, und Amra und das Mädchen musterten ihn unverwandt.

»Warum, Jemren?«, fragte Gorun kopfschüttelnd. »Antworte mir. Was will Quinda-Na von dir?«

Mit gebundenen Händen wies Jemren auf Lillia.

»Sie«, stieß er hervor. Alle Gelassenheit war aus seinen Bewegungen gewichen. »Die Nraurn wollen das Kind!«

Gorun starrte ihn an.

»Sie? Das Mädchen? Das hast du die ganze Zeit vor mir verschwiegen? Du hast dir die Mauern von Caláxi zunutze gemacht, um das Kind vor Quinda-Na zu verbergen!«

»Es war nicht meine Wahl«, entgegnete Jemren rau. »Ich habe dir angeboten, mit ihr fortzugehen, aber du hast es abgelehnt.«

Er sah Amra an.

»Begreifst du jetzt die Gefahr, in die du dich begibst, wenn du mit ihr in das Tal hinausgehst? Bleib in der Stadt!«

Er warnte sie. Um sie nicht unwissentlich in Gefahr zu bringen, brach er sein Schweigen, das während der ganzen Zeit im Turm sein Schild gewesen war. Lillias Schutz und Schild.

»Warum hast du nie etwas gesagt?«, fragte sie ihn.

»Das hast du gerade in deiner Stadt gesehen«, entgegnete Jemren, und sein *Taú* war diesmal offen. »Du hast die Ablehnung erlebt, die die Menschen diesem kleinen Mädchen entgegenbringen. Was hättet ihr wohl erst mit ihr getan, wenn ihr gewusst hättet, dass die Nraurin die Hand nach ihr ausstreckt?«

Amra sah ihn an, und beschämt musste sie eingestehen, dass er Recht hatte.

Langsam wandte sie sich von ihm ab.

»Ich bringe das Mädchen zu den Gräbern«, schlug sie Gorun vor. »Nur eine gewisse Zeit, bis sich die Stadt wieder beruhigt hat. Niemand wird dort nach uns suchen«, setzte sie hinzu, als sie das Missfallen in seinem Blick sah. »Wir brauchen Zeit, Gorun, Zeit, um uns wieder zu sammeln.«

»Amra«, sagte Jemren, erneut warnend.

Goruns graue Augen ruhten auf ihr, auch Falrau sah sie an. Schließlich neigte der Erste Krieger von Caláxi den Kopf.

»Meine Reiter sind überall im Tal. Du bist nicht allein«, erklärte er. »Wir werden da sein, Amra.«

Die Hand des Mädchens ruhte leicht in der ihren, als sie sich auf den Weg in das Tal machten. Lillia begleitete sie ohne Widerstreben, auch wenn sie immer wieder zur Stadt zurückblickte.

Amra hingegen drehte sich nicht um, sie schritt rasch über den rötlichen Boden. Sie hätte es nicht ertragen, den zerbrochenen Turm zu sehen, das zernarbte Antlitz Caláxis.

Wind strich aus dem Süden herbei, ein heißer, trockener Wind, der nicht nach Staub, Zerstörung und Wunden schmeckte. Das Rascheln im Getreide klang dürrer als noch vor wenigen Tagen. Das war nicht mehr der Dau, der die Frühjahrsfeuchtigkeit über das Land blies; dieser Wind wurde Shan genannt, und er wehte geradewegs von der Sonne heran, wie es im ›Lied vom Wind‹ hieß. Mit ihm kamen die Hitze und Dürre des Sommers. Neun Winde kannte das Lied, neun Stürme tosten über der Insel, wovon der neunte der gefährlichste war, denn er kam aus keiner Richtung; er fiel unmittelbar aus dem Himmel und riss alles mit sich, was auf seinem Weg lag.

Ihr Kopf schmerzte noch immer. Ein Zittern wuchs in ihr, eine so große Schwäche erfasste plötzlich ihre Gelenke, ihre Knie, den gesamten Leib, dass sie kaum noch weitergehen konnte. Am liebsten hätte sie sich auf den Boden gesetzt und sich ihrer Trauer, der Leere in ihrem *Taú* überlassen, gleich hier. Doch sie hielt nicht inne.

Sie ging zu schnell für das Kind, während die Sonne allmählich auf das Küstengebirge sank, doch es beschwerte sich nicht. Es folgte ihr in nordöstlicher Richtung, dorthin, wo sie sich zum ersten Mal begegnet waren.

Mit leichten Schritten und in seinem hell blitzenden blauen Kleidchen ging Lillia neben ihr her. Vielleicht stimmt es ja wirklich, was die alten Lieder sagen, dachte Amra, während sie die kleine Hand in der ihren fühlte. Vielleicht brachte das Verlorene Kind tatsächlich das Ende aller Zeiten, selbst wenn es ohne Absicht und ohne bösen Willen geschah. Gerade so, wie der Wind den Sommer in sich trug – und niemand konnte etwas dagegen tun.

Der Shan trocknete die Tränen auf ihrem Gesicht, während sie einem Weg folgte, den sie schon so oft zurückgelegt hatte. Bis an den Rand des großen Gräberfelds ging sie mit dem Mädchen, wollte Schutz suchen im Schweigen der Steine dort.

Doch das Beben hatte auch diesen Ort erfasst.

Die große Stele am Zugang zu den Gräbern war umgestürzt und in drei Teile zersprungen, das ›Lied der Zeit‹ war zerbrochen. Selbst die fest gefügten Steinplatten der Gräber waren geborsten; Knochen, Schädel und Grabbeigaben lagen verstreut, als hätte die aufgewühlte Erde die Toten ausgespien. Nur die schwarze Statue Antiles' stand aufrecht; mit ausgebreiteten Flügeln ragte sie hoch über den verwüsteten Gräbern auf und warf einen langen Schatten – größer und mächtiger, als Amra sie in Erinnerung hatte.

Benommen nahm sie die Verwüstungen wahr.

Sie brauchte lange, um zu begreifen, dass es den Ort, dessen vertraute Stille sie hatte aufsuchen wollen, nicht mehr gab. In diesem Tal hatten die Menschen alles verloren, sogar die Gräber ihrer Toten.

Langsam, sehr langsam wandte sie sich zur Stadt um, Lillias Hand noch immer umfassend. Als sie den verkrüppelten Westturm und die beschädigte Mauer erblickte, zuckte sie zusammen. Korone kreisten träge über den Türmen. Ihr

Blick glitt über die Silhouette ihrer Stadt, die sich so sehr verändert hatte, schweifte zur Wehranlage und dann darüber hinaus nach Westen. Die Strahlen der tief stehenden Sonne fielen durch einen Staubstreifen, der fast die ganze Breite des Tals einnahm. Und je länger sie dorthin blickte, desto mehr gewann der Staub an Konturen. Aus den Dunstschleiern wuchsen Köpfe, Beine und Leiber, die Umrisse von Reitern und Tieren, von einer langen Kette gehörnter Krieger. Metall blinkte, als der Heerzug langsam und in breiten Reihen auf die Stadt einschwenkte.

Die Nraurn.

Zweiter Teil

1

Überall war Staub – im Mund, in der Nase. Staub verklebte Goruns Kehle, bis er daran zu ersticken drohte. Er lag im Staub, er atmete Staub, und er konnte sich nicht erinnern, wie es dazu gekommen war.

Doch er unterdrückte den Reiz zu husten, denn das löste scharfe, unerträgliche Schmerzen aus – das wusste er noch; auch dass er die Hand nicht bewegen konnte, um an den verkrusteten Wimpern zu reiben. Sein Pony Sraxi war fortgelaufen, war aus der Stadt geflohen. Bilder lauerten hinter den geschlossenen Lidern, schreckliche Bilder. Beim Gedanken daran brach ihm der Schweiß aus, und eine Weile lag er reglos, gefangen, die Glieder von sich gestreckt.

Er war eingeklemmt.

Die Erinnerung kehrte mit stechender Klarheit zurück. Eingeklemmt unter dem schweren Tor der Stadt, sodass ihm keine Bewegung gestattet war. Die Bronzestreben pressten ihm eine Seite des Gesichts in den Staub, während sie zusätzlich quer über seinen Beinen, dem Nacken und dem Rücken lagen. Also durfte er gar nicht erst versuchen, sich zu bewegen, denn das löste nur jene grellen Schmerzen aus, die ihm schier das Bewusstsein raubten. Die kleine Figur des Gottes Nemnos drückte ihm scharf gegen das Brustbein: Gott der Bronze und der Kühnheit. Es kam ihm vor wie Hohn.

Er wusste nicht, wie lange er schon so dalag. Hitze brannte auf seinen Schultern, seinem Rücken. Das Tor musste auf Steine und Schutt gestürzt sein, denn sonst hätte es ihn sofort erschlagen. Aus irgendeinem Grund dachte er, dass nicht er hier liegen sollte, sondern ein anderer, und dieser Gedanke, den er nicht begriff, war so bitter, dass es wie Galle in ihm aufstieg. Ihm wurde schwarz vor Augen.

Als er wieder zu sich kam, lag er wie zuvor.

Er wäre gern gestorben, doch selbst das war nicht möglich; wie sein Körper war auch sein *Taú* gefangen zwischen Leben und Tod und konnte nicht gehen. Er wusste nicht einmal, weshalb er überhaupt wieder erwacht war. Er hatte alles durchlitten, was es in solcher Bewegungslosigkeit zu durchleben gab – den rasenden Zorn, mit dem er unter dem schweren Gitter noch gezuckt hatte, während er hilflos mit ansehen musste, wie Quinda-Na und ihre Horde die Stadt überrannten. Sie hatten Caláxi nicht halten können, er und Falrau und Khani und selbst Vrauron, der kein Krieger war und das Tor trotzdem bis zuletzt mit löwenhaften Kräften verteidigt hatte. Doch die Angreifer drangen in einer Überzahl auf sie ein, der die Stadt niemals gewachsen war.

Ihm brach der kalte Schweiß aus, als er die Augenblicke des Kampfs noch einmal durchlebte.

Von vorn ritten die Nraurnkrieger gegen ihn und seine Reiter, hinter ihm wüteten sie bereits zwischen den Türmen – große, kräftige Kämpfer mit schwarzen Mähnen, Kriegerinnen wie Krieger, die mit Kupfer gepanzert und mit fremdartigen Symbolen geschmückt waren. Sie hatten ihre langen, nach hinten geschwungenen Hörner mit polierten Metallspitzen versehen, was sie, neben den Haken, zu fürchterlichen Waffen machte, und noch während er auf sie einhieb, wusste er, dass seine Stadt verloren war.

Sein Brustkorb dehnte sich unter einem schmerzhaften Atemzug, Stiche fuhren ihm bis hinter die Augen. Unter dem Stadttor von Caláxi hatte Quinda-Na ihn liegen gelassen, als ihre letzten Streiter – nach einer schrecklichen Nacht – im Morgengrauen die Stadt verließen. Er war am Leben geblieben, damit er fühlen konnte, wie sich die Stille über die einst lebendige Stadt senkte. Damit sich seine Glieder allmählich vollsaugten mit Hitze und Durst, damit sie hart wurden vom nahenden Tod. Und er hatte sich danach gesehnt, dass das *Taú* endlich dunkel würde und ihn verließe. Doch es hatte ihn nur in einen Strudel düsterer Träume gerissen, und als er jetzt erneut erwachen musste, verzweifelte er schier daran, wie lange das Sterben dauern konnte.

Die Hitze prallte immer noch auf ihn herab, aber nicht mehr auf Schultern und Rücken, sondern auf seine Seite und ein Knie. Das verwirrte ihn, denn es konnte nicht sein – zwischen ihm und der sinkenden Sonne musste sich der Bogen der äußeren Mauer befinden. Sein Herz begann zu rasen, als er sich fragte, ob auch dieser letzte Wall gefallen, ob womöglich nichts mehr von der Stadt übrig war. Aber das konnte nicht sein, nicht einmal die Nraurn vermochten die alten Steine Caláxis niederzureißen.

Den Schmerzen zum Trotz bewegte er sich. Und stellte fest, dass die Hand frei war.

Er hob sie matt und wischte sich durch das staubige Gesicht, über die brennenden Augen. Der raue Husten schmerzte ihm im Rücken, im Nacken, wo das Tor ihn getroffen hatte, aber er konnte einatmen, ohne dass die Rippen zu bersten drohten. Nur mit Mühe öffnete er die Augen.

Er lag noch immer mit dem Gesicht auf dem Boden, doch es war nicht mehr die Erde unter dem Tor, vernarbt und voller Scherben, sondern der heiße, trockene Boden jenseits der Mauer. Er hob den Kopf nur eine Handbreit, bereute aber im selben Augenblick diese Unvorsichtigkeit und stöhnte schmerzerfüllt.

Nach einer Weile erkannte er schließlich verschwommen einen Steilhang, verdorrte Büsche – und jemanden, der neben ihm kniete.

Der letzte Mensch, den er jetzt sehen wollte, der Fremde aus dem Norden, der tagelang darauf beharrt hatte, dass niemand ihm gefolgt war.

Mit trockener Kehle stieß Gorun eine Verwünschung aus. Schwach griff er nach dem Mann, eher hilflos als angriffslustig, und mühelos fing dieser die Hand ab, drückte ihm den Arm mit einer Kraft zu Boden, die Gorun nicht besaß.

»Langsam«, mahnte er leise.

»Jemren.«

Gorun flüsterte den Namen mit trockenen Lippen wie einen Fluch, und ein Fluch war es auch, den dieser Fremde über seine Stadt gebracht hatte, ein Fluch, der Caláxi dem Untergang geweiht hatte.

Er schloss die Augen, in denen der Himmel brannte – und öffnete sie erneut, als etwas Kühles seine Lippen berührte, ein Tuch, das mit Feuchtigkeit getränkt war.

»Hier«, sagte Jemren und führte ihm die Hand. »Leg es auf die Lippen!«

Hügelflanken und Büsche schwankten vor Goruns Augen, eine trübe Vision, doch jetzt bemerkte er, dass sie nicht allein waren. Er stieß die Hand des Fremden zurück, stemmte den Ellbogen unter den Körper und richtete sich unter lodernden Schmerzen ein klein wenig auf.

Ein Stich fuhr ihm durchs Herz, als er Amra sah, die bleich, erschöpft und mit zerrissenen Röcken auf einem Stein kauerte, das schwere Haar wirr auf den Schultern. Mit den Händen umklammerte sie noch immer ihre zerfetzte Arzneientasche, den letzten kläglichen Rest ihres früheren Daseins.

Niemals hätte er damit gerechnet, wieder ein vertrautes Gesicht zu sehen. Er war bereit gewesen, das Entfernte Land zu betreten, in dem sich alle Erinnerungen verloren, und als er sie dort sitzen sah, Kedras kluge Tochter, ging etwas durch sein *Taú*, das ihn in der Nähe des Fremden beschämte.

Er sagte ihren Namen, mit einer Stimme, die kaum mehr als ein heiseres Keuchen war. Doch sie hörte ihn und hob den Kopf – die schöne Amra: Sie wirkte schmaler als sonst, Schatten lagen unter ihren Wangen, ihre Augen waren voller Kummer, als sie aufblickte, und auf ihrer Stirn breitete sich ein dunkler Bluterguss aus.

»Er kommt zu sich«, sagte Jemren.

Mit der Hand, die sich ein wenig bewegen ließ, packte Gorun den Fremden am Arm.

»Fass sie nicht an!«, krächzte er.

Jemren sah auf ihn herunter, duldete die Finger an seinem Ellbogen, was an sich bereits eine Demütigung war. Mit einer ruhigen Bewegung griff der Mann nach dem Tuch und reichte es ihm erneut.

»Leg es auf die Lippen!«, wiederholte er.

Amra trat zu ihnen. In ihren zerrissenen Röcken kniete sie nieder und betrachtete ihn. Gorun hatte diesen Ausdruck schon oft bei ihr gesehen, wenn sie mit dem Sachverstand der *Laîren* Kranke und Verletzte musterte, doch noch nie hatte sie ihm eine solche Aufmerksamkeit geschenkt. Unwillen stieg in ihm auf, vor allem weil Jemren neben ihnen alles mitbekam. Selbst das fremde Mädchen, das in Amras Nähe gesessen hatte, kam jetzt herbei – das Kind, das kein Kind war.

»Gorun«, lenkte Amra ihn ab und versuchte ein Lächeln, das in dem bleichen Gesicht erbärmlich wirkte und ihm die Kehle zuschnürte. Er schluckte.

»Wo sind wir?«, flüsterte er mühsam und heiser. Alles, was er sehen konnte, ohne sich zu sehr zu bewegen, war die steile, bewachsene Senke.

»Nicht sprechen«, mahnte Amra. Sie drückte das Tuch – ihr grünes Tuch, das sie an jenem Festtag im Haar getragen hatte – über seinen Lippen aus, und er trank das wenige Wasser, das heraustropfte.

»Wo hast du Schmerzen?«, fragte sie, und der Wahrheit entsprechend hätte er »überall« sagen müssen. Doch Jemren hörte zu, während er selbst nicht einmal die Schultern in einer Geste der Gleichgültigkeit heben konnte. Er schwieg.

»Kannst du alle Gliedmaßen bewegen?«, drängte Amra. Auch sie sprach leise und legte die schlanken Finger auf seine Gelenke, um zu sehen, wie weit sie sich dehnen ließen.

Er hatte zu kämpfen, um den Schmerz zu verbergen, den ihm diese Berührungen bereiteten. Doch schließlich stellte er erleichtert fest, dass kein Gelenk so sehr verletzt war, dass sie es nicht biegen konnte. Nur im Speerarm und in der Speerhand hatte er kein Gefühl.

Als der westliche Torflügel unter dem Ansturm der Nraurn fiel, hatte ihn das Tor an der Schulter getroffen und mit einer

Wucht umgerissen, die ihn sofort hätte töten müssen. Doch das war nicht geschehen – ein Umstand, mit dem Quinda-Na nicht gerechnet hatte.

Er biss die Zähne zusammen und beschloss, sich nicht nur von Amra bewegen zu lassen, sondern aus eigener Kraft ins Leben zurückzukehren.

Da sah er aus den Augenwinkeln einen Schatten.

Nicht weit entfernt, dort wo die Hänge in einem engen Tal zusammentrafen, graste ein Nouk. Sein kräftiger Schwanz, der in einem Schweif endete, zuckte von einer Seite zur anderen. Das Tier war gesattelt und mit Taschen behangen; eines seiner Hörner, mit geschliffenen Metallspitzen bewehrt, war zur Hälfte abgebrochen. Das Nouk äugte zu ihm und den anderen herüber, während seine festen grauen Lippen die Dornen aus dem gerupften Gras aussonderten.

Der Anblick verwirrte ihn und machte ihn misstrauisch, denn die Nouk ließen sich von keinem Menschen anfassen. Dieses Tier graste jedoch in unmittelbarer Nähe, friedlich wie ein altes Pony. Jemand war vertraut mit seiner Art.

Gorun begegnete Jemrens Blicken, und frischer Zorn stieg in ihm auf. Vieles, so vieles hatte dieser Mann ihm verschwiegen, ihm vorenthalten, was vielleicht den Fall seiner Stadt hätte verhindern können. Die Augenbrauen des Fremden zogen sich leicht zusammen, als könne er diese ungezügelte Empfindung spüren. *Taú*begabt also auch er, dieser schweigsame Eindringling!

Ohne ein Wort erhob Jemren sich und entfernte sich einige Schritte, doch dafür starrte nun seine Tochter oder ein Klankind aus seiner Sippe – was immer sie war – aus türkisfarbenen Augen auf Gorun herab.

»Ich habe dir doch gesagt, dass das Falsche Element kommt! Aber du wolltest nicht hören«, erklärte sie. Himmel und Erde drehten sich gegeneinander, so heftig erfasste ihn der Schwindel. Der Boden unter ihm bröckelte um Winzigkeiten, und er versank darin. Insekten krochen durch das dürre Gras, irgendwo lag ein Fenn träge in der Sonne.

Die Welt war nicht mehr fest, sie verschob sich, wie sich der Westturm verschoben hatte, bis es kein Halten mehr gab. Das Ende war in der Gestalt eines Kindes gekommen, in der Gestalt dieses schönen, ernsten Mädchens.

»Amra …«, stieß Gorun zwischen den Zähnen hervor, doch sie kam ihm nicht zu Hilfe.

»Metall«, sagte sie ernst, und er zog verwirrt die Brauen zusammen. »Das Falsche Element ist Metall. Das Tor, Gorun.«

Erschöpft schloss er die Augen, zu matt und elend, dieser verqueren Logik zu folgen. Amra verhalf ihm zu einer angenehmeren Lage, und statt eines einzigen großen Schmerzes spürte er nun jede verletzte Faser einzeln. Alles tat ihm weh, doch er ertrug die Qual, saugte sie in sich auf als Beweis, dass er lebte, und ganz langsam schien ihm, als holten ihn ihre behutsamen Hände aus der Auflösung zurück. Ihre geschickten Hände, die gleichermaßen heilen wie verabschieden konnten.

Er öffnete die Augen, als Jemren wieder zu ihnen trat.

In der Hand hielt der Mann einen Becher aus Metall, der zur Hälfte mit schlammigem Wasser gefüllt war. Offensichtlich gehörte das Gefäß zur Ausrüstung des Nouk, denn es war nach Art der Nraurn verziert. Jemrens Gesicht wirkte ruhig, als wüsste er nichts von den Gedanken, die Gorun erfüllten, von seinem Misstrauen. Die Nraurn hatten die Stadt überrannt, um ihn zu suchen, ihn und das Mädchen.

Jemren reichte den Becher an Amra weiter, und Gorun hätte spucken mögen, als die Nraurnsymbole seine Lippen berührten. Doch er trank so viel wie möglich von dem brackigen Nass und sagte sich, nur Vernunft werde ihn wieder auf die Beine bringen.

Die steilen Hügelflanken, die trocken und schroff ringsum aufragten und auf denen nichts wuchs außer dürrem Gras, kamen ihm seltsam unvertraut vor. Felsen und dunkles Buschwerk waren zu sehen, und darüber brannte der Himmel. Sie befanden sich jedenfalls nicht mehr in der näheren Umgebung der Stadt. Er fragte sich, wie sie alle hierher gekommen waren und welcher Zufall sie wohl zusammengeführt hatte.

Er verschluckte sich, hustete, und der Schmerz wütete so heftig zwischen seinen Rippen und im Rücken, dass ihm Tränen über die Wangen liefen. Diese Qual weckte Wunden in seinem *Taû*, und die Bilder aus der Stadt überfielen ihn, grausam, dicht und schrecklich, obwohl er sich so heftig dagegen wehrte, bis er vor Anspannung schwitzte.

Amra beobachtete ihn besorgt, doch mit ihr wollte er diese Erlebnisse auf keinen Fall teilen, wandte das *Taû* von ihr ab. Er war froh, dass sie nicht in der Nähe der Türme gewesen war und nicht erlebt hatte, was die Nraurn der todwunden Stadt antaten. Sie hier zu sehen, Kedras eigensinnige Tochter, bedeutete ihm mehr als alles andere, denn sie hatte er als Erste verloren geglaubt und sich die Schuld dafür gegeben, weil er sie wider besseres Wissen zu den Gräbern hatte ziehen lassen – allein.

Sie trank nun selbst von dem Wasser, kleine Schlucke, und als er den Mund öffnen wollte, um mit ihr zu sprechen, trat Jemren neben sie.

»Wir müssen weiter«, sagte er, ruhig, aber bestimmt. »Hier können wir nicht länger bleiben.«

Amra nickte nur, doch Gorun stützte sich mühsam auf den gesunden Arm auf.

»Was heißt *weiter*? Wohin willst du? Wo sind wir überhaupt?«

Jemren hob die Hand und wies über die Linie des Hügels.

»Dort entlang«, sagte er und hielt die Geste wohl für eine erschöpfende Auskunft.

»Was ist dein Ziel?«, wiederholte Gorun mit trockenem Mund. Auch dies eine der unzähligen Fragen, auf die er nie eine Antwort erhalten hatte.

»Überall sind Nraurn«, hörte er Amra sagen, und er bemerkte die Angst in ihrer Stimme.

Als er sich vorsichtig zu ihr umdrehte, spürte er Milans Klanzeichen unter dem Hemd.

Es war noch da.

Er spürte, wie Erleichterung und Kummer zugleich in seinem *Taû* aufstiegen, alle Gefühle, die er mit diesem Gegenstand verband – dem einzigen Erinnerungsstück, das ihm von seinem Bruder geblieben war. Und plötzlich empfand er Genugtuung darüber, dass er doch nicht gestorben war, und noch immer in dieser Welt unter der heißen Sonne weilte. Denn es gab Aufgaben, die noch erfüllt, Dinge, die noch bereinigt werden mussten. Und ein Ausgleich war zu schaffen für das Unglück, das seinem Bruder widerfahren war.

Auf Jemrens leise Bitte hin führte Lillia das Nouk herbei. Unbekümmert hielt sie es am lockeren Zügel – ein Tier, das für den Krieg gezäumt war. Er hatte gesehen, wie seine Krieger von den Nouk durch die Luft geschleudert wurden, doch sie ging mit dem Tier um, als wäre es einer der Hunde aus der Stadt, welche die Kinder abgöttisch und vollkommen sinnlos verehrten. Lillia legte dem Nouk die Hand auf die Nase, und der Hals mit den Borsten senkte sich, die großen Augen schlossen sich.

»Es ist bereit«, sagte sie zu Jemren, während Gorun die Nase rümpfte, als er den Noukgestank wahrnahm.

»Komm«, sagte Jemren und streckte ihm die Hand entgegen, doch er übersah sie. Er war nicht willens, sich irgendwohin schleppen zu lassen.

»Wir kehren zurück«, erklärte er mit pfeifender Stimme. »Wir kehren zur Stadt zurück und treffen dort mit den Kriegern zusammen, die ich in die anderen Städte sandte. Und dann wollen wir sehen, wie den Nraurn das behagt.«

Jemren musterte ihn.

»Quinda-Na hat deine Reiter bestimmt abgefangen, Gorun«, sagte er.

Das klang einleuchtend. Es war mehr als unwahrscheinlich, dass Thirion, Fagon und die anderen im offenen Land der Aufmerksamkeit der schwarzen Feldherrin entgangen waren.

Doch Gorun biss die Zähne zusammen.

»Wir kehren zurück«, beharrte er.

Amra hatte sich den notdürftig geknoteten Tragegurt ihrer Tasche über die Schulter gelegt. Jetzt beugte sie sich zu ihm herab.

»Gorun«, sagte sie, eine Spur heftiger, als er es von ihr gewohnt war. Ihr *Taú* flackerte kurz. »Wir müssen fort von hier! Begreifst du nicht, in welcher Gefahr wir schweben? Wir müssen einfach nur fort!«

Tränen standen ihr in den Augen. Ungeduldig wischte sie sie weg.

»Hilf mir!«, bat sie Jemren und legte die Hand auf Goruns Schulter. Er wehrte nicht ab, als Jemren ihn an der anderen Seite ergriff und vorsichtig hochzog. Als sie ihn in den Sattel hoben, war es, als zerberste sein Rückgrat zu tausend stechenden Splittern. Er konnte nicht aufrecht sitzen, hing vornüber auf dem Hals des stinkenden Nouk – kalter Schweiß rann ihm den Rücken hinunter.

Erster Reiter von Caláxi!, grüßte er sich selbst mit bitterem Spott.

Das Nouk setzte sich schwankend in Bewegung. Jemren ging voraus, und das Tier folgte dem Mann, der zwischen den Hügeln abwärts stieg und sich so tief wie möglich unterhalb der Kuppen hielt. Die Hänge ragten dürr und trocken in den tiefblauen Himmel. Gelbes Gras wuchs in spärlichen Büscheln und reichte Amra stellenweise bis zur Hüfte. Sie überquerten dunkle Stellen auf dem lehmigen Boden, Reste von Feuchtigkeit, die bald verdunstet wären.

Manchmal kamen sie fast im Laufschritt voran; selbst das Kind rannte neben dem Nouk her, bis das Gelände wieder anstieg. Trocken – das Land war trocken, die Luft in den Senken flirrte vor Hitze, und Gorun konnte sich nicht erinnern, jemals in dieser Gegend gewesen zu sein.

Wohin führt uns dieser Mann?, dachte er gequält, während ihn der harte Gang des Tiers durchschüttelte. Es machte ihn schier verrückt, dass er kaum Kraft hatte, sich zum Sitzen aufzurichten, während ein Fremder die Entscheidungen traf. Matt lag er auf dem Hals des Nouk, klammerte sich mit einer Hand fest, während sein Speerarm kalt und gefühllos an der Seite hinabhing.

Irgendwann merkte er, dass ihm lange Zeitabschnitte entglitten waren. Zuckend erwachte er aus wirren Albträumen, in denen sich der Kampf unablässig wiederholte. Doch er unternahm keinerlei Anstrengung, diesen Irrsinn zu durchbrechen; das war ihm auch unter dem Tor nicht gelungen.

Hunderte gehörnter Krieger drangen über die eingebrochene Mauer, erklommen sie mit der Geschicklichkeit von Bergziegen. Mit grausamer Entschlossenheit stießen sie auf die Wächter. Das Knirschen der Äxte und schweren Bronzeschilde, die aufeinander prallten, fuhr ihm selbst jetzt noch durch alle Glieder. Während die Menschen um vieles schwerfälliger und langsamer waren, im Nachteil in der eigenen Stadt, kletterten die Nraurn mit behänder Leichtigkeit über herumliegende Steine und Trümmer. Fieberhaft überlegte er, dass er Reiter an der Schadstelle im äußersten Wall brauchte *und* am Tor, das ebenfalls geborsten war.

Denn dort drangen die Ziegenkrieger so zahlreich ein, dass die Wächter schier überrollt wurden. Die Nraurn quollen durch das aufgesprungene Gitter, sprangen auf der Innenseite der Mauer herab und hieben auf Gorun und seine Männer ein. Er sah Hirau fallen. Er sah Khani, seinen Cousin, gegen zwei Nraurn gleichzeitig kämpfen, während er selbst versuchte, das Tor zu halten – das Tor zu verteidigen gegen eine Übermacht, die ihm die Sicht auf das Tal nahm.

Da sprang ihm eine Kriegerin in den Weg, eine Nraurin mit langer schwarzer Mähne. Ihre Augen waren nicht menschlich, sondern groß und oval, mit längs geschlitzten Pupillen. Die Enden ihrer spiralig gedrehten Hörner waren mit spitz zulaufendem Metallschmuck versehen. Sie war so groß wie er und überaus kräftig, mit der ledrigen Stärke einer Ziege. Spielerisch schwang sie den Haken mit den drei beweglichen

Klauen, die fürchterlichste Waffe der Nraurn, die sie weit zu schleudern vermochten, bis sie sich in die Flanke oder in den Rücken ihres Gegners grub. Daran zerrten die Nraurn ihre Opfer dann zu sich heran.

Gorun fing das Lederseil, an dem der Haken schwang, mit dem Speerschaft ab. Als sich das Seil um den Schaft schlang, riss er daran, doch die Kriegerin hielt ihm stand. Gegenseitig zerrten sie aneinander, und dabei grinste die Nraurin, entblößte winzige Zähne.

»Wer bist du?«, fragte sie mit dunkler Stimme, und die menschlichen Worte drangen gepresst aus ihrem Mund. »Ein Krieger unter den Deinen?«

Spöttisch zog sie die Lippen zurück, die schmalen Ohren zuckten nach hinten, während sich ihre Krieger zu Dutzenden an ihnen vorbeidrängten.

»Wo ist das Kind?«, fragte sie. »Der Mann und das Kind, Stadtkrieger, wo stecken sie? Deine Stadt will sie mir doch nicht vorenthalten. Oder weißt du nicht, wen du da beherbergst, Speerkämpfer von Caláxi? Sollte dir entgangen sein, wer dieser Mann ist?«

Sie sprach von Jemren, nicht von dem Mädchen.

Gorun hatte es immer geahnt. Dieser Fremde verschwieg ihm etwas, verbarg ein Geheimnis. Als er die Bestätigung für seinen Verdacht nun aus dem Mund der Nraurin erfuhr, schoss ihm heiß flammender Zorn durch die Adern.

Wutentbrannt zielte er mit dem Speer auf ihren Hals, doch sie wich spielerisch tänzelnd aus, bäumte sich auf und schlug ihm ihre harte Stirnplatte mit dem Ansatz der Hörner gegen den Kopf, bis er taumelte. Sein Speer entglitt den Schlingen des Lederseils. Gemächlich schritt sie an ihm vorbei, und im Bewusstsein ihrer Überlegenheit hob sie geradezu nachlässig den Haken, als sei es ein beiläufiges Vergnügen, sich am Kampf zu beteiligen.

Quinda-Na.

Feldherrin unter Kajlyn-Gua, der Königin der nördlichen Nraurn. *Sie* hatte befohlen, ihn am Leben zu lassen, als sie später sah, wie hilflos eingeklemmt er unter dem Tor lag, das durch den Ansturm ihrer Krieger gefallen war – als sie sah, dass er bei Bewusstsein war und miterleben würde, was sie den Menschen antat, die er hatte beschützen wollen. In siegessicherer Haltung saß sie hoch über ihm auf ihrem Nouk und verhöhnte ihn bitter; ihre Reiter spuckten auf ihn herab, während sie die Überlebenden wie Vieh durch das Tor trieben. Seine Mutter und seine Schwestern, viele seiner Freunde schleppten sich in diesem trostlosen Zug dahin, die letzten Angehörigen der Häuser seiner Stadt. Alle, für die er gekämpft hatte.

Schweiß lief ihm in die Augen, und er blinzelte. Er konnte den Kopf nicht aus den schwarzen Borsten heben, die vom Nacken des Nouk abstanden. Seine Finger hinterließen dunkle Spuren auf dem Sattelleder, und für einen Augenblick fühlte er sich so elend, dass er wünschte, er wäre doch unter dem Tor gestorben.

Mühsam hob er den Kopf, bis er Jemren sehen konnte, der den kleinen Zug anführte.

Nicht ein Wort über seine Herkunft hatte Gorun aus ihm herausbekommen in jenen Tagen im Turm, nicht ein Wort über seine Absichten und Ziele. Stur und verschlossen hatte Jemren ihnen in der dunklen Kammer getrotzt, als sei er nicht erreichbar für sie. Blass wie ein Stück Leinen.

Jetzt lag er selbst hier auf dem Nouk und fragte sich, ob es vielleicht sein größter Fehler gewesen war, nicht auf Falrau zu hören. Falrau, der älter war als er und der ihm Möglichkeiten aufgezeigt hatte, wie sie mit diesem Fremden hätten verfahren können und ihn sicherlich zum Sprechen gebracht hätten.

Aber in seinem Haus hatte er andere Tugenden als Grausamkeit gelernt. Seine Mutter Kaseira hatte ihn gelehrt, Entscheidungen mit dem *Taú* zu treffen, aus dem *Taú* heraus zu handeln, und nichts anderes hatte er getan. Daran hatte er sich stets gehalten, selbst als er der Hohenpriesterin von

Caláxi widersprach, kurz bevor seine Stadt in dem Beben unterging.

Entscheide selbst und sieh zu, was aus deinem Willen wird, Erster Reiter, hatte die Priesterin der Quelle zu ihm gesagt.

Und das sah er nun, das hallte schlimmer in ihm nach als jeder Fluch.

Die Hänge ringsum waren in grell blendendes Licht getaucht. Gorun hatte nicht den Eindruck, dass Jemren die Gegend kannte, durch die sie gerade zogen. Anscheinend lag ihm nur daran, von den Verfolgern nicht entdeckt zu werden. Er hinkte noch immer, obwohl er wieder auftreten konnte. Verwirrt überlegte Gorun, wie viel Zeit vergangen sein mochte, seit Amra ihm den giftigen Dorn aus der Fußsohle gezogen hatte. Jemren trug seine eigenen Stiefel und ein Hemd, das einst Khani gehört hatte. Die beiden silbernen Ringe, die man ihm nicht abgenommen hatte, blitzten an seiner Hand – eine Unvorsichtigkeit, die ihn noch verraten würde.

Dann erinnerte sich Gorun, dass er selbst diesen Mann von seinen Fesseln losgeschnitten hatte, als die Nraurn das Tor überrannten. Er hatte es nicht über sich gebracht, jemanden wehrlos und ohne jede Deckung dort hängen zu lassen.

Ganz offensichtlich hatte Jemren diese Geste zu würdigen gewusst, hatte Amra und das Kind gefunden und sich mit allem Nötigen für die Flucht versorgt.

Gorun blickte zum Himmel, als über ihnen der Ruf eines Vogels erklang, ein langgezogener, schriller Schrei. Ein Koron kreiste über den Hängen, ein Schatten gegen die weiß glühende Sonne, die den Zenit schon überschritten hatte.

Sie zogen nach Osten.

Weit jenseits des grünen Tals, das die Stadt umgab.

»Jemren!«, stieß Gorun mit belegter Stimme hervor. Der Mann hörte ihn und drehte sich um.

»Weißt du überhaupt, wohin du uns führst?«, fragte er hitzig. »Wir befinden uns inmitten der Trockenen Hügel!«

Jemren sah ihn schweigend an, und das allein genügte; dieser Blick reichte aus, um Goruns Zorn erneut hell zu entfachen.

»Dies ist das Gebiet der Nraurn! Hier gibt es kein Wasser, keine Deckung, nichts außer Quinda-Nas Kriegern, die uns im eigenen Gelände weit überlegen sind!«

Goruns Arm zitterte von der Anspannung und der Mühe, nicht wieder auf den Hals des Nouk zu sinken. Doch er wollte keine Schwäche zeigen.

»Lillia«, sagte Jemren nur, und das Mädchen trat zu ihm. Amra stand neben dem Nouk und schwieg, und plötzlich erkannte Gorun, dass sie wusste, wo sie sich befanden, dass sie es die ganze Zeit über gewusst hatte.

Hitze stieg in sein *Taú*, als er sich vorstellte, wie der Fremde mit ihr gesprochen hatte, während er selbst hilflos daniederlag. Er hatte sie zu einer Vereinbarung überredet, an die sie sich jetzt gebunden fühlte. Als hätte es seinen Groll nur allzu deutlich gespürt, bewegte sich das Nouk plötzlich so heftig, dass er im Sattel schwankte.

»Wie leichtsinnig muss ein Mann sein, um durch eine solche Gegend zu ziehen!«

Jemren zuckte mit den Schultern.

»Hier vermuten sie uns am wenigsten«, sagte er.

Gorun lachte unwillkürlich auf über den Wahn, der diesen Mann befallen haben musste.

»Meine Reiter meiden dieses Gebiet, selbst in voller Bewaffnung! Niemand im Süden begibt sich freiwillig zu den Trockenen Hügeln, denn wir wissen, dass von hier niemand lebend entkommt.«

»Ein Reitertrupp ist etwas anderes als eine kleine Gruppe zu Fuß«, widersprach Jemren. Dieser Mann kann nicht sehr am Leben hängen, dachte Gorun.

»Du bist verrückt«, stellte er fest.

Doch Jemren ging nicht auf die Herausforderung ein.

»Ich begleite sie«, erklärte er schlicht und wies auf Lillia. »Das ist alles, was du über mich wissen musst. Ich begleite das Kind und werde es schützen, gegen wen oder was auch immer. Und nun sind wir hier – mit nichts weiter ausgestattet als diesem Nouk und ein wenig Wasser. Du kannst mich begleiten, oder du gehst deinen Weg. Das ist mir gleich. Aber ich setze das Mädchen keiner Gefahr aus.«

Er sprach ruhig und beherrscht, doch in seiner Stimme und in seinem *Taú* lagen eine unüberwindliche Härte.

»Und wie willst du sie vor den Nraurn schützen?«, fragte Gorun. Er machte sich nicht länger die Mühe, seine Wut zu zügeln. »Indem du sie auf kürzestem Weg zu ihnen bringst?«

Das *Taú* des anderen verschloss sich, entzog sich einfach der Kränkung, wie er es schon oft erlebt hatte.

»Ich habe dich niemals belogen«, erklärte Jemren, gänzlich unpassend und mit der ihm eigenen Sturheit. Gorun starrte ihn an.

Er erinnerte sich noch sehr deutlich an jenen Augenblick auf den Sternfelsen, als Jemren sich ihm und den Speeren seiner Reiter zugewandt hatte, als es keinen Ausweg mehr gab. Aber er war nicht einfach nur ohne Deckung gewesen, nicht einfach nur schlecht geschützt. Nein, er hatte sie vielmehr mit weit offenem *Taú* empfangen, einer Einladung gleich – nur um die Speere von dem Mädchen abzulenken.

Jemren wandte sich ab und überließ ihn wieder dem Nouk, das ohne die unmittelbare Gegenwart des Kindes bockte und sich den matten Versuchen, seiner Herr zu werden, erfolgreich widersetzte.

»Amra«, keuchte er schließlich, während ihn die Kräfte verließen und er zurück auf den Hals des Nouk sank. Vielleicht hatte *sie* Einfluss auf den Mann, den er nicht erreichen konnte. Aber sie griff nur wortlos nach den Zügeln und zog daran, für sein Gefühl viel zu nahe an dem geschärften Gehörn. Ganz offenbar hatte sie sich dafür entschieden, dem Fremden zu folgen, wenn nicht aus Zwang, dann doch aus Not.

»Du musst nicht mit ihm gehen«, stieß er hervor, kummervoll, weil er nichts für sie tun konnte, und schmerzgepeinigt, weil er sich zu viel bewegte. Ihre Augen wandten sich ihm zu, golden und bernsteinfarben, eine Klanfarbe von Caláxi.

»Quinda-Na hat einen Teil ihrer Streitmacht im Tal zurückgelassen«, sagte sie. »Während sie weiter in den Süden geritten ist, Gorun. Sie hat sich nicht wieder in ihr Gebiet zurückgezogen.«

Er sah sie an. Das waren keine guten Neuigkeiten, ganz und gar nicht, doch ihr *Taú* verriet keine Furcht. Die *Laîren* schien ihrem eigenen Schicksal gegenüber völlig gelassen zu bleiben.

Er betrachtete sie, während sie neben ihm herging und das Nouk führte.

An den Füßen trug sie nichts als leichte Sandalen, die nicht dafür gefertigt waren, raues Gelände zu durchqueren. Der Anblick, wie sie damit zwischen scharfen Steinen und Dornbüschen einherschritt, versetzte ihm einen Stich. Mit ihren alten Röcken und der zerfetzten Tasche trug sie alles am Leib, was sie noch besaß. Amra aus dem Klan Sa Kedra, dessen Schönheit sie geerbt hatte. Und Drauras bittere Armut.

Er atmete tief ein.

Wenn es einen Menschen gab, an dem ihm so viel lag wie Jemren an dem Mädchen, dann war sie es. Er hatte ihren Rat eingeholt, obwohl die Reiter den Umgang mit der *Laîren* gewöhnlich mieden. Schließlich erinnerte sie ihre Gegenwart nur daran, wie nahe Verletzung und Tod stets waren und wie leicht man ihrem Dunklen Gott begegnen konnte.

Doch Amra war nicht wie Draura, der das nahe Ende ins Gesicht geschrieben stand. Amra war eine *Laîren* anderer Art. Über ihr ausgeprägtes *Taú* war in der Stadt bereits gesprochen worden, als sie noch als Tochter im Hause Sa Kedra gelebt hatte. Auch seine Mutter hatte Amras nicht zu übersehende Gabe geschätzt.

Plötzlich musste er an Falrau denken, seinen Freund und nächsten Vertrauten, der ihm nicht von der Seite gewichen war, seit die Stadt ihn zu ihrem Ersten Krieger ernannt hatte.

Oft hatte ihm der hervorragende Speerkämpfer Rat erteilt in den schwierigen Belangen der Stadt, und nicht selten waren sie unterschiedlicher Ansicht gewesen.

Jetzt vermisste er ihn, ihn und Khani und all die anderen. Am schlimmsten zu ertragen war die Ungewissheit, was mit ihnen geschehen war. Er hatte Falrau nicht mehr gesehen, seit das Tor auf ihn herabgestürzt war. Vermutlich war sein Freund tot. Gorun kannte die rückhaltlose Art des Kriegers, sich ins Herz der Schlacht zu werfen und dabei jegliche Gefahr außer Acht zu lassen. Das Wissen um den Tod eines nahe stehenden Gefährten, eines Angehörigen seines Klans war schlimm, doch nun wäre es ihm lieber gewesen, er hätte Gewissheit über das Schicksal seiner Freunde gehabt, statt voll quälender Ahnungen auf dem Rücken dieses Nouk zu liegen.

Er wünschte so vieles ungeschehen.

Er wünschte, er könnte Amra an einen Ort bringen, wo sie vor allen Gefahren sicher war, nach Geristáni oder in die Stadt Defágos, die unmittelbar am Gebiet der Nraurn lag und mit ihrer Kühnheit dem Ziegenvolk schon lange trotzte.

Doch in Wahrheit konnte er im Augenblick nichts für sie tun. Er konnte nicht einmal sich selbst helfen, und diese Einsicht erfüllte sein *Taú* mit einem Elend, wie er es nie gekannt hatte.

Als es vollkommen dunkel und kühler geworden war und nur der Mond ihren Weg erhellte, hatte sich die Umgebung verändert. Die engen, steilen Hänge öffneten sich, das Gelände wurde flacher. Eine hohe Felsbank durchzog die Landschaft, erstreckte sich über eine beträchtliche Länge. Das Nouk bewegte sich jetzt in einem erträglichen Rhythmus unter ihm. Gorun erinnerte sich dumpf an diese Gegend, die dadurch auffiel, dass sie weiß und kalkig war im Gegensatz zu dem ansonsten roten Fels. Sie waren viel zu weit östlich, viel zu weit jenseits der Sternfelsen, in einer Gegend, in die er sich als Knabe mit Falrau und Hirau einmal verirrt hatte.

»Jemren!«, rief er halblaut, stützte sich mühsam auf den gesunden Arm.

»Jemren!«, sagte er noch einmal schärfer, und als der Mann sich umdrehte, das ermattete Kind in den Armen, erkannte Gorun, dass auch die Kraft des Fremden nicht endlos reichte. Er deutete mit der Hand zu den Felsrippen, die hell gegen den Nachthimmel aufragten, nur kurz, denn seine Finger zitterten zu deutlich, und jede Bewegung schmerzte.

»Gehen wir unter diesen Felsen entlang!«, schlug er vor.

Die Klippen erstreckten sich nahezu geradlinig gen Osten. Jemren blickte an ihnen entlang, und sicherlich sah auch er, was vor ihnen lag: ein gefährliches, unüberschaubares Gelände. Amra lehnte sich gegen einen Stein, solange das Nouk stand. Sie ging nur noch wie ein Schatten ihrer selbst neben ihm her, und voller Schuldgefühle dachte Gorun, dass sie an seiner Stelle reiten sollte.

»Dort gibt es Wasser«, fügte er hinzu, in der Hoffnung, dass Jemren ihm zuhörte.

Sie brauchten Wasser, sie benötigten es dringend. In der Flasche, die der Mann über der Schulter trug, befand sich nur noch ein kümmerlicher Rest, eine bittere Brühe, die kaum für sie, geschweige denn für das Tier reichte.

Jemren musterte ihn, versuchte sicherlich abzuschätzen, wie weit er ihm vertrauen konnte.

»Ich gewinne nichts, wenn ich dich in die Irre führe«, erklärte Gorun, und Jemrens dunkle Augen, sein aufmerksames *Taú*, richteten sich auf ihn. Schließlich wandte er sich den weißen Klippen zu. Das Kind klagte leise an seiner Schulter.

Sie schritten unter der Felsbank entlang, die sich jäh über ihnen erhob, durch ein Feld großer Steinbrocken, von denen die Tritte des Nouk widerhallten. Von nahem waren die Felsen nicht mehr glatt und weiß, sondern wiesen Risse und kleine Höhlungen auf, in denen Vögel hockten. Das Mondlicht leuchtete auf dem Stein.

Es war keine gute Nacht, um sich zu verstecken, und auch das Gelände war nicht günstig; es bot viel zu viele Möglichkeiten für einen Hinterhalt. Jemren bewegte sich sehr vorsichtig, sah sich immer wieder um, und Gorun leitete ihn mit Handzeichen, während er sich zu erinnern versuchte, wo genau sich die Felsspalte befand, aus der das Wasser entsprang. Es war lange her; vielleicht war die Quelle längst ausgetrocknet.

Doch dann kam eine Stelle, an der die Felsen überhingen und nahezu ein Dach bildeten. Jemren wählte einen Weg unmittelbar am Stein entlang, wo sie sich in völliger Dunkelheit bewegen konnten, während auf der anderen Seite das Mondlicht auf den Steinbrocken und dem Hügelland leuchtete. Schließlich entdeckte Gorun die drei natürlichen Säulen, die schon damals seine Neugier und die seiner Freunde geweckt hatten.

Hirau ist tot, dachte er geradezu zwanghaft und wiederholte für sich die Namen all jener, die nicht mehr lebten. Die Erinnerung an die Toten und Verschleppten löste frischen Schmerz in seinem *Taú* aus, und die Schwäche in seinen Gliedern raubte ihm die Sinne.

Das Schaukeln des Nouk hatte aufgehört. Amra stand an seiner Seite. Jemren hatte ihn mit einer Hand am Gürtel gepackt, damit er nicht aus dem Sattel fiel, während er mit der anderen das Mädchen an sich gedrückt hielt.

»Du musst dich festhalten. Gorun, komm zu dir! Sag mir, wie ich weitergehen soll.«

Er versuchte, die Schwäche abzuschütteln, doch die weißen Felssäulen tanzten ihm vor den Augen.

»Gorun«, sprach auch Amra ihn jetzt an. Ihre Stimme klang rau und trocken vor Durst. »Wohin, Gorun?«

»Hinter den Säulen gibt es einen Felsspalt. Eine Quelle«, murmelte er undeutlich. Zweifelnd sah Jemren sich um, musterte die Felsen und den steinernen Überhang.

»Wenn die Nraurn davon wissen, ist es eine Falle«, meinte er.

Er hatte Recht. Gorun starrte ihn an, wortlos in seiner

Erschöpfung. Jemren war ein Mann, der sich in feindlichem Gelände hervorragend zu bewegen wusste. Sonst wäre er wohl nie so weit gekommen, dachte Gorun bitter.

Schließlich setzte Jemren das Mädchen einige Schritte entfernt neben einen Stein. Müde sank Lillia dagegen; die Sternstickereien auf dem zerrissenen Saum ihres Kleids glitzerten schwach.

»Bald, Lillia. Bald werden wir trinken, und dann kannst du dich ausruhen«, tröstete Jemren sie. Das Mädchen nickte matt.

»Ich gehe voraus«, erklärte er und blickte Amra an.

Sie stand in seiner Nähe und verständigte sich kurz und knapp mit ihm, und als Gorun das sah, regte sich sein *Taû* so unbehaglich, dass er für einen Augenblick versucht war, sich hochzustemmen. Doch dann streifte ihn die Anspannung des Fremden, das klare Wissen, unbewaffnet in einen möglichen Hinterhalt zu geraten, und er bezwang sich.

Er beobachtete, wie Jemren sich schnell und vorsichtig zwischen den Felsen bewegte, sich den Säulen näherte und dann im Schatten verschwand. Amras Röcke raschelten leise, als sie sich über das Kind beugte, das sich erschöpft zusammengekauert hatte. Sie strich ihm über den Kopf und sprach leise mit ihm, fasste es an, als fürchte sie die Abgründe nicht, die sich durch die bloße Berührung auftaten.

Sie hatte dieses Kind in Schutz genommen, im Angesicht der ganzen Stadt, und ihn veranlasst, dasselbe zu tun.

Er konnte sich nicht vorstellen, warum sie das getan hatte. Er fand keine Antwort auf die Fragen, die ihn quälten, seit Lillia nach Caláxi gekommen war, und es erfüllte ihn mit Schrecken, dass offenbar jede Voraussage eintrat, die dieses Kind ganz nebenbei aussprach. Doch auch die großen Klanhäuser von Caláxi hatten nicht gewusst, was zu tun war; tagelang hatten sie sich in der Versammlung gestritten, ergebnislos wogten die Meinungen bald in diese, bald in jene Richtung, bis Xora schließlich entschieden hatte, dass die Stadt ein solches Kind niemals hinter ihren Mauern dulden dürfe. Der gesamte Süden hätte niemals zugelassen, dass es am Leben blieb.

Amras Handeln hatte auch sein Handeln bestimmt – ebenso wie das unbestimmte Pochen in seinem *Taú*, das ihm verboten hatte, das Kind zu töten, wie die *Nashan* es so erbarmungslos von ihm gefordert hatte.

Er blickte auf, als Jemren wieder aus dem Schatten auftauchte. Der Fremde bewegte sich rasch auf sie zu, mit einer gewissen Sorglosigkeit, die verriet, dass der Durchgang sicher war.

Als Jemren sich dem Nouk näherte, drohte es ihm mit den Hörnern, und er wich zurück. Sowohl er als auch Amra mussten sich vor dem Tier in Acht nehmen, nicht aber das Kind, das sich jetzt erhob und auf das gereizte Geschöpf zuging. Missmutig setzte das Tier sich wieder in Bewegung. Bald erreichten sie den Durchgang, und hier hallten die Hufe so laut von den Wänden wider, dass Gorun erschrak. Als das Tier stehen blieb, endete das Geräusch sofort. Die Spalten zwischen den natürlichen Säulen ließen ein wenig Mondlicht durch, sodass der Felstunnel nicht in völliger Finsternis lag. Es roch nach feuchtem Kalk und Staub.

Als das Nouk still stand, zitterten Goruns schmerzende Glieder so sehr, dass er nicht abzusteigen wagte, aus Angst, er würde unrühmlich zu Boden stürzen. So blieb er im Sattel und hielt sich fest, bis Jemren zu ihm trat und ihm schweigend die Hand bot. Sein *Taú* war nach innen gekehrt, sodass Gorun nicht das Geringste darin lesen konnte, weder Misstrauen noch Zorn, nicht einmal Empörung darüber, wie man ihn in der Stadt behandelt hatte.

Er musste die angebotene Hand annehmen, und nicht nur die Hand – er musste sich ganz auf den Mann stützen, nachdem er aus dem Sattel geglitten war, denn die Beine trugen ihn nicht. Jemren half ihm zu einer steinernen Nische neben einer der Säulen, wo Felsblöcke eine natürliche Sitzgelegenheit boten.

»Wo ist das Wasser?«, fragte Jemren, nachdem er Gorun in eine sitzende Stellung hatte gleiten lassen. Auch er war heiser. Matt deutete Gorun auf die Rückwand des Durchgangs, in der bis zur Decke ein enger schwarzer Riss klaffte.

»Man kann in diesen Spalt hineintreten«, erklärte er. »Dahinter fällt der Boden sofort ab und geht in eine enge Felsröhre über. Unten öffnet sie sich, und dort fließt Wasser über einen Stein.«

Er sagte nicht, wie viele Jahre vergangen waren, seit er das Rinnsal entdeckt hatte. Er sagte nicht, wie jung sie gewesen waren, als sie diese Stelle gefunden hatten, sehnige, dünne Knaben. Er hoffte, dass ein schlanker Mann wie Jemren es ebenfalls schaffen würde, durch die Felsröhre zu klettern. Doch der Blick, den dieser auf den Spalt warf, verriet ihm, dass der Fremde seine eigenen Schlüsse zog. Falls Gorun ihn in seinem jetzigen Zustand loswerden wollte, dann war dies eine gute Gelegenheit dazu.

»Ich war selbst einmal dort unten«, fügte er deshalb hinzu.

Wortlos band Jemren das Seil vom Sattel los, das dazu diente, das Nouk für die Nacht zu sichern.

Amra stand da und lauschte in die Schatten hinein, lauschte auf ein Geräusch, das nur sie wahrnahm. Als Jemren das Seil mehrfach um einen Steinvorsprung schlang und verknotete, trat sie an den Spalt und warf einen Blick hinein. Aber dort gab es nichts zu sehen, selbst bei Tag nicht.

»Es ist zu dunkel«, erklärte sie.

»Ich fürchte die Dunkelheit nicht«, erwiderte Jemren mit einem Achselzucken, verstand nicht, was sie meinte.

»Die Schatten sind so dicht, dass man sie mit Händen greifen kann. Seit in Caláxi so viele Menschen gestorben sind, ist er aufgescheucht und ruhelos. Er lauert dort unten, Jemren.«

Jetzt sah er sie an, doch er begriff immer noch nicht.

»Wer ... lauert?«

»Antiles«, warf Gorun daher ein. »Der Schwarze Gott. Sie ist seine Priesterin.«

Jemren blickte über die Schulter zu ihm zurück, war sich offenbar nicht sicher, ob die beiden sich über ihn lustig machen wollten.

»Jemren!«, warnte ihn Amra mit einer Geste.

»Ich hole das Wasser.«

Die Stimme des Mädchens hallte von der gewölbten Decke wider. Lillia war plötzlich erstaunlich wach; die kunstvoll geflochtenen Zöpfe fielen ihr weit über den Rücken, als sie zu Jemren trat, und die Haarsträhnen schimmerten heller, als es im Zwielicht eigentlich möglich war.

»Das kommt nicht infrage«, lehnte Jemren sofort entschieden ab.

Das Mädchen streckte die Hand nach dem Seil aus.

»Ich gehe hinunter zum Wasser«, beharrte sie.

»Das ist viel zu gefährlich«, wandte jetzt auch Amra ein. »Du musst hineinklettern und auch wieder heraufkommen. Das kannst du nicht, Lillia.«

»Das Nouk hat aber Durst«, erklärte das Kind.

Wortlos schüttelte Jemren den Kopf. Er hob das Seil auf.

»Sie ist die Schmalste von uns allen«, warf Gorun ein, und alle drehten sich zu ihm um. »Dieser Steinschlund ist eng. Dem Kind müsste es am leichtesten fallen, sich nach unten durchzuschlängeln«, fügte er hinzu.

Jemren runzelte die Stirn, begriff allzu genau, was er damit sagen wollte.

»Ich gehe«, beharrte das Mädchen. »Ich werde das Wasser holen.«

Jemren sank auf ein Knie.

»Lillia, hör mir zu. Wasser ist vielleicht nicht das Einzige, was dich dort unten erwartet.«

Sie blickte ihm aus nächster Nähe in die Augen.

»Ich weiß!«, murmelte sie.

Gorun starrte das Mädchen an.

Sie beherrschte Jemren; dieser Mann war viel weniger Herr seiner selbst, als er vielleicht glaubte. Sie warf ihre Macht über ihn aus, bannte ihn mit dem Schimmer ihrer türkisfarbenen Augen und lenkte ihn schamlos nach ihren Wünschen. Und er ließ es zu.

Amra beugte sich zu dem Kind hinunter.

»Hast du das Amulett?«, fragte sie. Lillia nickte und griff unter das Kleidchen.

»Es wird dich schützen«, sagte Amra ernst, die *Laîren*, die mit der Dunkelheit vertraut war. »Aber du darfst nicht auf die Schatten achten, besonders auf jene nicht, die sich bewegen. Sieh auf keinen Fall hin, hörst du? Schenk ihnen keine Aufmerksamkeit, dann beachten sie dich vielleicht nicht.«

Lillia nickte ernst und schien von Amras Worten nicht im Mindesten beunruhigt.

Jemren dagegen umso mehr.

»Wovon sprichst du, Amra?«, fragte er.

»Sie hat kein *Taú*«, erklärte sie sachlich, und Gorun horchte auf, als er diese Neuigkeit vernahm. Das hatte sie ihm nie erzählt – aber es war eine Erklärung für die eigenartige Ausstrahlung des Mädchens. Ein Kind wider die Natur.

»Vielleicht bemerkt er sie nicht. Vielleicht entgeht sie seiner Aufmerksamkeit«, fuhr Amra fort.

Jemren runzelte die Brauen.

»Sie hat kein *was*?«, fragte er.

Amra starrte ihn an, diesen gefassten Mann, und schien nicht glauben zu können, dass er nicht wusste, wovon sie sprach.

»Das *Taú*«, wiederholte sie. Ihre Hand glitt zur Verdeutlichung über ihr Brustbein. »Die Kraft, die das Leben im Körper hält. Aus der heraus wir handeln, mit der wir wissen. Ich bin *Laîren*, ich spüre dein und Goruns *Taú* – das *Taú* eines jeden Wesens. Aber nicht das dieses Mädchens.«

Die dunklen Brauen entspannten sich nicht.

»Ah«, sagte Jemren, »das. Im Norden halten wir nicht viel davon. Hast du ihr deshalb diese Münze gegeben? Ich danke dir. Aber ich glaube nicht, dass sie sie braucht.«

Amra schwieg, gekränkt angesichts der Unwissenheit, die offenbar im anderen Teil der Insel herrschte. Jemren wandte sich ab, als Lillia ihn am Ärmel zupfte. Sie sahen sich einen Augenblick lang an, dann hob Jemren mit einem Seufzer das Seil auf und schlang es dem Kind sorgsam um den Körper und unter den Achseln hindurch.

Als er fertig war, drehte er sich zu Gorun um, in dunklerer Stimmung als zuvor.

»Wie tief geht es hinunter? Wie tief genau?«, fragte er.

»Vielleicht eineinhalb Mannshöhen«, entgegnete Gorun. Er erinnerte sich nur noch, wie er über den glitschigen Fels abgerutscht und mit den Füßen aufgekommen war, nicht gesichert, nur zutiefst erschrocken. Doch zum Glück gab es an jedem Sattel ein Seil, und Falrau hatte seins damals zu ihm heruntergelassen.

Jemren fasste das Mädchen an den Schultern. »Du hältst sofort inne, wenn etwas nicht stimmt.«

Lillia nickte. Jemren nahm die Flasche von der Schulter und reichte sie ihr; als sie an den Felsspalt trat, ergriff er das Seil. Mit den Händen tastete sie sich hinein und verschwand sofort in der Dunkelheit. Der Riemen spannte sich. Langsam ließ Jemren ihn durch die Hände gleiten, besorgt um jede Handbreit, die er nachgab.

»Hier ist es ganz dunkel!«, rief Lillia. Ihre Stimme hallte aus der Tiefe herauf.

»Pass auf!«, rief Jemren zurück. Amra stand dicht neben ihm, auch sie lauschte.

»Lillia?«, fragte er, immer noch Seil nachlassend.

Plötzlich wurde es schlaff. »Lillia? Kind!« Viel weniger ruhig als eben noch.

»Es ist alles gut!«, rief das Mädchen aus der Tiefe. »Hier ist eine kleine Höhle, und in der Mitte liegt der Stein. Er fühlt sich rund an und ... aber ... oh!«

Die kleine Stimme in der Tiefe verstummte und antwortete auch dann nicht mehr, als Jemren mehrmals Lillias Namen rief. Er fuhr zu Gorun herum, ohne das Seil loszulassen.

»Was ist da unten? Gorun, wohin hast du sie da geschickt?«

Gorun hatte sich halb aufgerichtet.

»Es ist so, wie ich es dir beschrieben habe. Das hast du doch schon von ihr gehört.«

»Vielleicht ist dieser Felsschlund doch um vieles enger, als du dich erinnerst.«

Zorn war deutlich zu spüren im *Taú* des anderen, und Sorge. Wut flammte auch in Gorun auf. Die beiden Männer funkelten sich an.

Amra beugte sich vor, als aus der Tiefe plötzlich helles Sprechen zu hören war, in einem weichen, fremden Rhythmus, der von den Steinwänden widerhallte, sodass die Worte nicht zu verstehen waren.

»Was tut sie?«, fragte sie überrascht.

»Sie wird uns alle an die Nraurn verraten«, knurrte Gorun gereizt. Jemren antwortete nicht, und er tat auch nichts, um das Kind zurückzuholen, er wartete lediglich mit dem Seil in der Hand.

Lillias klare Stimme stieg aus der Tiefe auf, der Hall verzerrte die Worte. Verkrampft ließ sich Gorun in das Mondlicht zurückgleiten, da er nicht eingreifen konnte und Jemren unverständlicherweise nichts tat. Gorun beobachtete, wie der Fremde den Arm an dem Felsen abstützte und die Stirn dagegenlehnte. Er war ein sturer Mann, der sich von nichts beeindrucken ließ; ein Mann, dem es gelungen war, Quinda-Na so lange zu narren, bis er südliches Land erreichte. Und jetzt stand er da und wartete, bis das Kind endlich mit diesem gefährlichen Unsinn aufhörte.

Als der Sprechgesang plötzlich endete, stieß Jemren sich von der Felswand ab.

»Lillia!«, rief er von neuem. »Antworte doch!«

Aber es dauerte noch eine ganze Weile, bis sich das Seil plötzlich bewegte und das Kind rief, er solle es hochholen. Vorsichtig, Hand um Hand, zog Jemren das Seil aus der dunklen Felsspalte – doch an seinem Ende hing nur die prall gefüllte Flasche.

»Lillia!«, rief er in den Spalt hinab, lauter, als es die Vorsicht gebot. »Was treibst du da unten?«

»Ich kann die Flasche noch oft füllen!«, rief das Mädchen zurück. »Hier gibt es ganz viel Wasser!«

Hastig band Jemren das Seil ab. Er füllte den Nraurn-Becher, den Amra hielt und dann zu Gorun brachte. Das Wasser schmeckte kalkig und leicht bitter, nichts im Vergleich zur milden Quelle der Stadt, doch es rann ihm erfrischend die Kehle hinab. Das Nouk blökte leise und bewegte sich unruhig, als es die Feuchtigkeit roch. Jemren schüttete den restlichen Inhalt der Flasche in eine Vertiefung im Stein, damit auch das Tier seinen Durst stillen konnte.

Das Mädchen füllte die Flasche noch mehrere Male, bis das Nouk sich satt getrunken hatte und in einer zweiten, flachen Vertiefung ein Wasservorrat angelegt worden war. Dann ließ Jemren das Seil ein letztes Mal hinab, diesmal für Lillia. Sie war schmutzig, als sie aus dem Spalt auftauchte, hatte schwarze Streifen auf der Wange, und der Saum ihrer Röcke war feucht, aber sie lachte, als Amra sie besorgt in Empfang nahm.

»Schau nur, Jemren!«, rief sie und öffnete die Finger, die sie zu einer kleinen Faust geballt hatte.

Auf ihrer Handfläche zitterte ein großer runder Tropfen. Ein Stück Wasser, dachte Gorun unwillkürlich. Kühle Farben schillerten darin, und der Tropfen verformte sich, zitterte und bebte auf ihrer Hand, fast so, als führe er ein unruhiges Eigenleben, und nichts davon rann ihr durch die Finger.

»Am Anfang war da gar kein Wasser mehr«, erzählte sie aufgeregt. »Und es wollte auch nicht gleich kommen, aber da habe ich sie gerufen und …«

»Nur gut, dass du wieder hier oben bist, Lillia«, unterbrach Jemren sie. Er deckte seine Hand rasch über ihre kleinen Finger, und die Blase zersprang; Wasser floss ihr durch die Finger und tropfte zu Boden. »Es war sehr gefährlich, das Seil loszubinden.«

Das Kind sah ihn an und verstummte.

»*Sie?*«, fragte Amra, hellhörig geworden. Sie wandte sich

dem Mädchen zu. »Das Wasser wollte nicht gleich kommen, und da hast du *sie* gerufen? Von wem sprichst du, Lillia?«

Langsam drehte sich das Mädchen zu ihr um, doch Jemrens Warnung hatte das Kind erreicht; Lillia hatte ihn sehr wohl verstanden.

»Ich habe einfach ein wenig gewartet«, antwortete sie leise.

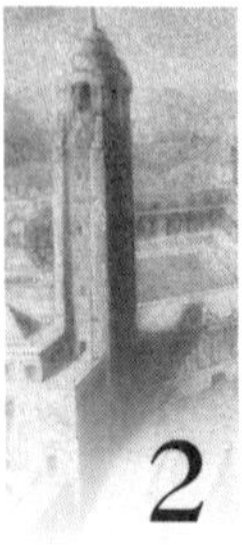

2

Als Gorun auf dem steinernen Podest erwachte, wusste er im ersten Augenblick nicht, wo er sich befand oder wie er dorthin gekommen war. Tageslicht strömte grell durch die Spalten zwischen den Steinsäulen. Den Rest der Nacht hatte er in traumloser Erschöpfung verbracht, und er war dankbar dafür.

Er unternahm den Versuch, sich aufzusetzen, doch der Körper gehorchte ihm nicht. Sämtliche Muskeln schienen erstarrt. Es war erbärmlich und beschämend, er lag auf dem harten Fels wie ein kältestarrer Fenn. Nur sein Speerarm machte sich an diesem Tag bemerkbar; die pochenden Schmerzen schossen ihm manchmal bis in den Kiefer herauf. Er hatte noch immer kein Gefühl in der Hand, obwohl er die Finger ständig zu bewegen versuchte. Mutlos starrte er durch den Spalt in der steinernen Wand, hinaus auf das Land, das in der Sonne glühte: dürre, trockene Hänge, auf denen nichts als spärliches gelbes Gras wuchs. Der heiße Wind blies ihm die Locken in die Stirn.

Er hörte Schritte hinter sich.

Amra trat in den Schatten unter dem Steinbogen. Als sie sah, dass er wach war, kam sie näher. Sie hatte ihr Haar mit dem Tuch nach hinten gebunden, blaue Schatten lagen unter ihren Augen und zierten ihre Stirn, wo der Stein sie getroffen hatte. In der Hand hielt sie einige Kaktusfrüchte, ein staubiges Bündel Kräuter und drei kleine, braun und dunkelgrün gefleckte Eier.

»Ich kann dir ein Heilmittel gegen die Prellungen zubereiten«, erklärte sie und zeigte ihm die Kräuter.

»Wo ist er?«, fragte Gorun, ohne auf ihr Angebot einzugehen. Seine Stimme klang entstellt.

Sie nickte kurz zur anderen Seite des Durchgangs, wo das Licht weiß und grell auf die Kalkfelsen fiel. Das Mädchen lag auf dem Boden und schlief, der Sattel diente ihr als Kopfunterlage. In sicherem Abstand war das Nouk an einer Steinsäule festgebunden, trat missmutig hin und her und zerrte am Strick.

Mühsam richtete sich Gorun auf; dabei glitt sein Blick über die eigene staubige Gestalt. Er besaß nichts mehr, nichts außer einem zerrissenen Hemd aus Leinen, der Hose und den Stiefeln, seiner Festkleidung, die er am Tag des Bebens getragen hatte. Sein Mantel war verschwunden, sein Schild verloren am Sattel seines Pferds, das voller Panik aus der Stadt geflohen war. Das umstürzende Tor hatte seinen Speer geknickt; Nraurn hatten die wertvolle Bronzespitze gestohlen, wie sie auch sonst sämtliche Waffen und alles Brauchbare aus der Stadt fortgeschleppt hatten.

Mit der Schildhand tastete er nach der Statuette des Nemnos, und im Stillen bat er den Gott, ihm wieder die gewohnte, rastlose Kraft zu schenken, ihn mit kupferfarbenem Mut zu erfüllen, bis er sich selbst wieder erkennen würde. Um die Kraft bat er, die ihn unter dem Tor von Caláxi so lange hatte überleben lassen. Neben der kleinen Götterfigur hing das runde Zeichen seines Klans, und er umfasste es ebenfalls, schloss die Hand darum und stellte fest, dass trotz allem, was in der Zwischenzeit geschehen war, der Schmerz um den Tod des Bruders nichts von seiner Schärfe verloren hatte.

Amra, die schon Heilerin gewesen war, bevor sie sich für Drauras Weg entschieden hatte, spürte, was in ihm vorging, und trat auf ihn zu.

»Gorun ...«

»Du darfst ihm nicht vertrauen«, sagte er heiser, warnte sie mit dem *Taú*, wie Reiter es untereinander taten. »Du bist viel zu leichtfertig in Gegenwart dieses Mannes. Ich weiß, er wirkt vertrauenerweckend mit seiner ruhigen Art, weil ihn so wenig aus der Fassung bringt. Aber wir sehen beileibe nicht alles von ihm. Nimm dich in Acht, Amra.«

Sie schwieg, und ihm wurde bewusst, wie sehr er fürchtete, sie könne Jemren aus freiem Willen folgen, einem Mann, der fremd war in diesem Teil der Insel. Und der Einzige, auf den sie sich verlassen musste in ihrer Not.

Doch der Schutz, den Jemren ihr bot, konnte von einem Augenblick zum anderen umschlagen und zur Gefahr werden. Denn er kannte nur eine Verpflichtung – das Mädchen, das schutzloseste und zugleich mächtigste Geschöpf unter ihnen.

»Amra …«, begann Gorun von neuem, in der Hoffnung, sie davon überzeugen zu können, dass diesen scheinbar so gelassenen Mann etwas zutiefst Beunruhigendes umgab. Es lag etwas Befremdliches in seinem *Taú*, dessen Regungen er verbarg, was sich im Süden nicht gehörte.

Diesmal ließ Amra ihn jedoch nicht ausreden.

»Er hat das Mädchen und mich bei den Gräbern gefunden«, sagte sie leise. »Ich hatte mich dort versteckt. Was hätte ich sonst tun sollen? Als ich ihn hörte, erschrak ich sehr, denn ich dachte, es seien die Nraurn.«

Sie sprach langsam und wandte ihm das Gesicht voll zu.

»Er versicherte mir, ich müsse keine Angst haben, nicht vor ihm. Er wusste, dass du unter dem Tor eingeklemmt lagst, dass du noch am Leben warst, als er selbst aus Caláxi entkam. Aber wir konnten nicht sofort zurückkehren. Wir mussten warten, bis alle Nraurn die Stadt verlassen hatten. Es war schrecklich, so lange auszuharren«, fuhr sie fort, und in ihren Augen schimmerten Tränen. »Doch dann kehrten wir zurück, und er zog dich unter dem Tor hervor. Er hat dir das Leben gerettet, Gorun.«

Arme Amra, dachte er kummervoll, tapfere Amra. Sie hatte nie den leichten Weg gewählt. Sie hatte sich entschieden, allem zu dienen, was auf dieser Welt unmittelbar nebeneinander lag: dem Schönen und dem Dunklen, dem Üppigen und dem Ausgedörrten, während die meisten Menschen sich die Freiheit nahmen, nach eigenem Gutdünken zu wählen.

Aber die Lage erforderte andere Fähigkeiten als Amras Einfühlsamkeit.

»Besorg mir eine Waffe!«, drängte er heiser. »Ein Stück

vom Zaumzeug mit einem schweren Ring, irgendetwas. Du kennst ihn nicht, Amra, du weißt nicht, wer er wirklich ist. Ich weiß es nicht. Du musst dich von ihm fern halten!«

»Und du solltest dich ruhig halten«, entgegnete sie. Auch sie vermochte er also nicht zu beeindrucken, und Ärger stieg in ihm auf.

Sie hob den Kopf, als Jemren mit schnellen Schritten den Hang auf der anderen Seite des Durchgangs herabkam und unter die Felskuppel trat. Er stutzte kurz, als er die Stimmung zwischen den beiden spürte, doch er schwieg und warf stattdessen einen Blick auf das schlafende Kind. Amra trat auf ihn zu, und Gorun spannte sich, wachsam – und lächerlich in seiner Steifheit.

»Wir können nicht weiter«, sagte sie ruhig.

Wenn seine warnenden Worte Besorgnis in ihr geweckt hatten, dann ließ sie sich nichts anmerken; sie bewegte sich nach wie vor unbefangen in Jemrens Gegenwart. Dieser blickte nachdenklich zu den Hügeln hinaus.

»Ich kann reiten«, protestierte Gorun, doch Amra schüttelte den Kopf. Er versuchte sich weiter aufzusetzen, verkniff sich den Schmerz, doch es gelang ihm nicht – Schultern und Rücken bereiteten ihm elende Pein.

Jemren beobachtete seine mühevollen Bewegungen.

»Nein«, sagte er. »Wir können noch eine Weile hier bleiben, denke ich.«

Wieder ging sein Blick zwischen den weißen Steinsäulen nach Osten, auf das offene Land, wo sich unter der brennenden Sonne Hügel an Hügel erhob. Dann beugte er sich zu den Satteltaschen hinab.

Gorun sah zu, wie er die Vorräte auf einem flachen Stein ausbreitete, die Reste des Festessens aus anderen, aus besseren Tagen.

Ohne diesen Mann hätte er immer noch unter dem Tor von Caláxi gelegen.

Er dachte darüber nach und stellte fest, dass ihn diese Tatsache verwirrte.

Jemren hatte keine Veranlassung gehabt, ihm zu helfen, nicht die geringste. Sie waren Feinde. Die Geschichte dieser Insel machte sie dazu, und das wusste auch Jemren. Zumindest daran hatte es in dem dunklen Turm von Caláxi keinen Zweifel gegeben.

Gorun konnte die Beweggründe dieses Mannes nicht nachvollziehen. Nie handelte Jemren so, wie er es erwartete oder wie er sich selbst verhalten hätte – am allerwenigsten hatte er damit gerechnet, dass Jemren das Wagnis einging, in die zerstörte Stadt zurückzukehren und ihn unter dem Tor hervorzuziehen. Er begriff nicht, wie Jemren seine Entscheidungen traf, und er fragte sich, was er in Bezug auf diesen Mann übersah. Er bewegte sich unbehaglich, von Schmerzen gepeinigt.

Jemren berührte das Mädchen mit sanfter Hand. Sie schlug die Augen auf und lächelte unbefangen, als sie ihn erkannte. Es war nichts Seltsames an ihr. In seiner Gegenwart war sie ein kleines Mädchen, und er behandelte sie so, bestand darauf, dass sie sich Gesicht und Hände wusch, während er Kaktusfrüchte für sie teilte und Fleisch in dünne Scheiben schnitt – mit Falraus verziertem Dolch, der nicht dafür gemacht war, Speisen für ein Kind zurechtzuschneiden.

Jemrens Bewegungen waren von großer Achtsamkeit, und er war überaus genau, was Sauberkeit und das rechte Maß betraf, doch Gorun entging nicht, dass auch ihm die Hände zitterten, dass auch er sich an diesem Morgen steif bewegte. Es schien, als hätte er überhaupt nicht geschlafen, und Gorun fragte sich, wie lange dieser Mann das noch durchhalten, wie viele Nächte er noch wachen wollte.

Er wusste, dass Jemren gut mit wenig Schlaf auskam – sie hatten ihm nur selten Ruhe gegönnt, er, Falrau und Hirau, die ihn im Turm abwechselnd befragt hatten. Er *musste* wissen, unter welchen Umständen sein Bruder Milan umgekommen war und was seiner Stadt möglicherweise drohte. Doch diese unnachsichtige Behandlung war ohne Erfolg geblieben, und das bei einem Mann, der seine Kräfte so weit verausgabt hatte wie Jemren. Mit sturer Entschlossenheit hatte er sich ihnen widersetzt. Mit einem *Taú*, das darauf vorbereitet worden war, auf diese Weise Widerstand zu leisten.

Lustlos zwang Gorun sich, ein wenig zu essen. Er spürte den Fels an den wunden Stellen seines Körpers und fragte sich, welchen Grund Jemren haben mochte, sich mit jemandem wie ihm zu belasten. Denn er war fest entschlossen, Jemren das Leben schwer zu machen, sobald er sich wieder einigermaßen zu bewegen vermochte. Im Augenblick konnte er allerdings nicht einmal die Hand ohne Schmerzen zum Mund führen. In seiner Hilflosigkeit beobachtete er, wie Jemren mit Amra umging; er achtete auf jede ihrer Gesten, auf die kurzen Worte, die sie wechselten, und das Bewusstsein, dass er ihr kaum beistehen konnte, nagte an ihm.

Doch er beruhigte sich ein wenig, als er sah, dass Jemren sie mit Höflichkeit und Respekt behandelte, nicht wie eine Frau, die er zwang, ihm durch die Wüste zu folgen. Er war rücksichtsvoll, wo immer es angebracht war, und hielt sich ansonsten fern von ihr.

Und sie hatte offenkundig keine Scheu vor ihm und lächelte ihn sogar hin und wieder an. Ihr ruhiges Verhältnis entspannte Gorun, doch zugleich ärgerte es ihn, denn dieser Mann schätzte weder die Traditionen noch die Gebräuche des Südens und wusste offensichtlich nicht, wer sie war.

Mit den dürren Kräutern, Wurzeln und etwas Öl setzte Amra eine Tinktur an, mit der sie Goruns geprellte Schulter und die Lähmung seines Arms behandeln wollte.

Plötzlich hielt Jemren inne und starrte sie an, denn aus der zerfetzten Tasche kroch eine lebendige Schlange. Sie hatte das Tier den ganzen Weg über bei sich getragen, bemerkte Gorun entsetzt. Blitzschnell wand sich die Schlange um Amras Handgelenk, schob den blau gebänderten Leib an ihrem Arm hinauf, bis der keilförmige Kopf auf ihrer Schulter lag. Dies war kein harmloser Mauerstreif, wie die Kinder ihn manchmal in den Ritzen der Wehranlage einfingen und den ganzen Tag in der Stadt herumschleppten, sondern eine Giftschlange. Das wusste auch Jemren, der sich in Gegenwart des Tiers plötzlich überaus vorsichtig bewegte. Mit bitterer Ironie stellte Gorun fest, dass Amra die Einzige unter ihnen war, die eine Waffe mit sich führte.

Ihr selbst schien dieser Gedanke gar nicht zu kommen. Vorsichtig ergriff sie das Tier, das sich immer wieder festschlingen wollte, und nahm es vom Arm, als Lillia neugierig näher trat.

Also stimmten die Gerüchte, die man sich über Draura erzählte: Sie hatte zusammen mit derartigem Getier in ihrer Hütte gehaust. Und Amra, die aus einem der ersten Häuser der Stadt stammte, hatte dieses Leben mit der alten *Laîren* geteilt, hatte es hingenommen als Voraussetzung für ihre Berufung.

Gorun betrachtete sie, wie sie die zusammengerollte Schlange vorsichtig auf ihre Tasche bettete, und auch Jemren sah sie an, als müsse er sich ein neues Bild von ihr machen.

»Gibst du ihr jetzt Wasser, Amra?«, fragte Lillia. Sie streckte einen Finger aus, um die Schlange am Kopf zu berühren, und das Tier ließ es zu.

»Das auch. Vor allem aber muss sie fressen, Lillia. Sieh her!«, erwiderte Amra und legte eines der gefleckten Eier auf den Stein.

Lillia beugte sich hinab und musterte die Schlange mit höchster Aufmerksamkeit, die Hände auf dem Rücken verschränkt.

»Sie tut ja gar nichts«, murmelte sie nach einer Weile enttäuscht. »Wahrscheinlich hat sie überhaupt keinen Hunger.«

Amra lachte leise.

»Warte nur ab«, sagte sie, doch das Tier rührte sich nicht. Nur die schwarze Zunge schoss in kurzen Abständen aus dem Maul, verharrte bebend in der Luft.

Doch dann bewegte sich das Tier so rasch, dass Jemren sichtlich zusammenfuhr. Die Schlange stürzte sich auf das Ei und verschlang es, würgte es im Ganzen hinunter, und Gorun schauderte, als er beobachtete, wie sie sich blitzschnell wieder zusammenrollte.

Amra schien zufrieden, und Lillia bat sie begeistert, ob nicht sie der Schlange das nächste Ei anbieten dürfe. Ein Kind ohne vernünftige Angst, dachte Gorun und beobachtete, wie es ein weiteres Ei vorsichtig zwischen zwei Finger nahm und dem Tier vor das Maul hielt.

»Eine Schlange?«, fragte Jemren leise, nun, da Amra zu dem flachen Felsen trat, auf dem er saß. Sein Ellbogen ruhte auf dem Knie, und er ließ die Hand mit den Ringen hängen. »Warum trägst du eine Schlange bei dir, Amra?«

»Sie bezeichnet meinen Kenntnisstand«, erwiderte sie gelassen, setzte sich in seine Nähe und streckte die Füße in den dünnen Sandalen aus. »In der Schlange begegnen sich die Gegensätze des Lebens und des Sterbens so, wie in meiner Kunst. Deshalb gilt die Große Sundschlange seit jeher als Symbol der *Laîren*. Nur wenn der erste Kreis der Ausbildung vollendet ist, der Kreis des unmittelbaren Erfahrens, kann eine Heilerin die Schlange gefahrlos berühren. So brachte es mir meine Lehrmeisterin bei. Mit dem Beben in Caláxi hat sich dieser Kreis nun geschlossen, früher und auf ganz andere Weise, als ich erwartet hatte.«

Sie seufzte, aber sie wirkte überzeugt von ihren Worten und von dem, was sie tat. Gorun spürte keinerlei Zweifel in ihr, so als sei sie mit sich und ihrer Aufgabe im Reinen.

Jemren hingegen blickte sie von der Seite an, und in seinem *Taú* spiegelte sich Verwirrung, als verstünde er mit keiner Silbe, wovon sie sprach.

»Was für eine Kunst ist das?«, fragte er, so arglos, wie er sich Gorun gegenüber niemals gegeben hätte.

Amra musterte ihn mit einem langen Blick.

»Du weißt nicht, was *Laîren* bedeutet?«, fragte sie schließlich. »Die Geleiterin des *Taú*, die Wegbereiterin in das Entfernte Land. Du weißt nicht, was das heißt?«

Jemren schwieg, offenbar unangenehm berührt davon, dass er sich ihr gegenüber so unbedarft zeigte.

Es kann doch nicht sein, dass der Norden alles vergessen

hat, dachte Gorun. Dass der Mann das *Taú* gezielt benutzte und doch keinen Begriff für sein Handeln hatte; dass er nichts von den Geheimnissen der *Laîren* wusste, die um das uralte Mysterium des Todes und des Entfernten Landes kreisten. Nicht einmal Furcht vor Antiles' gierigem Schatten schien ihm beigebracht worden zu sein, ihm, der nicht wusste, dass in der Dunkelheit Gefahren lauerten. Der zu der Statue der Celessedra aufblickte und die Göttin des nächtlichen Himmels nicht mit Namen kannte.

»Wie lebt ihr im Norden eigentlich?«, fragte Gorun und beugte sich streitlustig vor, als er Zeuge solcher Kulturlosigkeit wurde. »Bestattet ihr eure Toten überhaupt – oder lasst ihr sie einfach liegen, wie schon einmal?«

An Jemrens raschem Blick erkannte er, dass er ihn ärger getroffen hatte als beabsichtigt. Anspielungen auf die Zeit der Langen Kriege taten ihrem Verhältnis in keiner Weise gut, das hatte er längst festgestellt.

»Du hast mich nie danach gefragt, wie unser Leben aussieht. Warum fragst du jetzt?«, gab Jemren zurück, wehrte seine Herausforderung einfach ab wie schon so oft zuvor; nie ließ er sich auf ein Kräftemessen ein.

»Das kann man nicht so einfach erklären, Jemren«, sagte Amra jetzt. »Unsere Traditionen sind alt. Sie sind ganz und gar mit dem Wissen der Türme verknüpft, mit dem Wissen um die Quelle und um das *Taú*.«

Als sie verstummte, sprach auch Jemren nicht weiter; er betrachtete stattdessen den dürren Grashalm, den er zwischen den Fingern hin- und herdrehte, und dachte offenbar über den Verlauf des Gesprächs nach.

Ein solcher Mann begleitet das Verlorene Kind, dachte Gorun. Ein Mann, der nichts wusste und demnach auch die Folgen seines Tuns nicht abzuschätzen vermochte. Der sture und stolze Norden, der in seiner Anmaßung alles verwarf, was ihn mit dem Süden verband!

Genau aus diesem Grunde hatten sie einst Krieg geführt.

Wenig später lag die Schlange satt und reglos auf Amras Tasche; die Eier waren verschwunden. Gorun überließ sich Amras geschickten, heilenden Berührungen, den einzigen, die ihr gestattet waren. Sorgfältig knetete sie das Öl in die verletzten Muskelstränge. Die Salbe brannte auf der Haut, doch als die Wärme auch in die tieferen Schichten eindrang, spürte er, wie sich sein Arm zum ersten Mal ein wenig lockerte. Mit einem tiefen Atemzug der Entspannung lehnte er sich zurück.

Auch Jemren ruhte sich aus; er stützte den Rücken gegen eine der Felssäulen, löste die Verschnürungen seiner festen Stiefel und streckte die Beine aus. Sie sprachen nicht miteinander, verharrten in gespanntem Schweigen, während das *Taú* stets auf alles gerichtet blieb, was außerhalb des Durchgangs in der grellen Sonne lag – sein und Jemrens *Taú* gleichermaßen. Nur das Mädchen wirkte ausgeruht und hellwach. Sie lehnte sich neben Jemren an den Stein und zählte ihm an den Fingern sämtliche Süßigkeiten auf, von denen sie am Tag des Djai-Don-Fests in der Stadt gekostet hatte. In solchen Augenblicken verhielt Lillia sich endlich wie ein Kind, beschäftigt mit Dingen, die ihrem Alter entsprachen. Hin und wieder wollte sie wissen, wie die Speisen im Norden genannt wurden.

»Ich weiß es nicht«, antwortete Jemren meist nur schläfrig. Oder: »Das gibt es bei uns nicht, Lillia.«

Abwesend strich er über das kunstvolle Flechtwerk, das man im Hause Sa Kedra in das Haar des Kindes geknüpft hatte.

»Was haben sie mit deinen Locken angestellt?«, murmelte er, und Lillia griff sich ins Haar.

»Kannst du die Zöpfe aufmachen?«, bat sie ihn.

Jemren setzte sich ein wenig auf und lockerte die strengen Flechten; glättete das Haar mit den Fingern, als wüsste er nicht, dass Amras und Goruns Blicke auf ihm ruhten. Das Mädchen hob das Gesicht zu dem Spalt im Fels.

»Heute weht der Wind in diese Richtung«, bemerkte sie

und schwenkte die Hand gegen den gleißenden Himmel. »Aber weiter oben bläst er so.«

Die Hand folgte den Federstrichen hoher, dünner Wolken, entgegen der Windrichtung, die zwischen den Säulen spürbar war.

»Und noch weiter oben ist es ganz kalt, da fließt die Luft sehr schnell.«

Mit ihren türkisfarbenen Augen sah sie Jemren an. Er schwieg und hörte ihr zu.

Sie ist kindlich in seiner Gegenwart, weil er sie behandelt wie ein Kind, dachte Gorun. Weil Jemren ihr Zuneigung entgegenbringt, setzt sie ihre Macht nicht ein, ist empfänglich für Freundlichkeit und Geduld.

Doch was Gorun dann hörte, ließ ihn frösteln.

»Da ist ein Stern und da und da«, fuhr Lillia fort und deutete zum Himmel hinauf, wo die Sonne das Blau des Tags überstrahlte. »Zwischen den Sternen ist es am kältesten, hast du das gewusst, Jemren? Sie bewegen sich so, aber auch gleichzeitig so. Verstehst du?«, fragte sie, und er schüttelte den Kopf. Das Mädchen hob die Hand und lachte hinter vorgehaltenen Fingern über seine Unwissenheit.

Er ist an ihren milden Wahnsinn gewöhnt, dachte Gorun. Es bedurfte eines Mannes von Jemrens sturer Zähigkeit, um die Nähe eines solchen Wesens zu ertragen.

Die Verlorenen Kinder waren der vollkommene Gegensatz zur Quelle und ihrer Kraft des ständigen Fließens, der Gegensatz zum Verrinnen der Zeit. So hatte Xora es ihm dargelegt, als er die Hauptkammer unter dem Turm betreten hatte, um der Hohepriesterin die Frage des Rats vorzulegen und sie um ihre Stimme in der Versammlung zu bitten. Er erinnerte sich an jedes ihrer Worte. Wo diese Kinder waren, entstand ein Riss in der Welt; sie verneinten alles, was lebte, denn in ihnen trafen das Ende und der Anfang zusammen, das Werden und das Vergehen gleichermaßen.

Sie wurden unter den Menschen geboren, das stimmte wohl. Überaus schön anzusehen. So lieblich von Angesicht und von Gestalt – und doch so gefährlich. Denn das Mädchen Jardara aus der stolzen Stadt Anáxi war eine von ihnen gewesen. Vor langer Zeit war sie gewaltsam ums Leben gekommen – getötet vom eigenen Klan.

Etwas Derartiges durfte niemals geschehen; eine solche Tat widersprach den Gesetzen des Lebens, und deshalb gehörten die Verlorenen Kinder von diesem Augenblick an dem Entfernten Land an, einer Welt, die mit der seinen nicht in Berührung kommen durfte, ebenso wenig wie der Morgen und der Abend einander begegnen konnten. Und so durften auch die Verlorenen Kinder nicht zurückkehren, denn das hätte den Weg des Lebens umgekehrt, wie eine Quelle, die an ihren Ursprung zurückfloss und für immer versiegte.

So hatte Xora es ihm erklärt. So hatten sich auch einige ältere Mitglieder der Stadtversammlung geäußert. Und dennoch hatte er sich außer Stande gesehen, die Tat auszuführen, wie von ihm verlangt wurde, den Mord zu begehen, den die Stadt von ihm forderte. Denn Mord wäre es für ihn gewesen, ein Wesen zu vernichten, das so ungleich zerbrechlicher und schwächer war als er.

Doch er war sich längst nicht mehr so sicher, ob es ihm wirklich gelungen wäre, Lillia dem Entfernten Land zu übergeben.

Unbehaglich betrachtete er das schöne Mädchen. In seiner Stadt, während eines einzigen Augenblicks, hatte sie offenbart, wer sie wirklich war. Bis jetzt war er nicht sicher, ob sie Caláxi nur vor dem Erdbeben hatte warnen wollen, wie Jemren behauptete, oder ob sie es nicht doch selbst heraufbeschworen hatte, mit ihrer Macht, die Welt genau dort aufzulösen, wo sie am festesten gefügt schien.

Jemren jedenfalls glaubte an seine eigenen Worte; daran zweifelte Gorun nicht. Er betrachtete den Fremden, wie er neben dem Kind lehnte. Dieser Mann wusste nichts von den alltäglichsten Gebräuchen des Südens. Aus seinen Handlungen, aus seinem unbeugsamen *Taú* sprach jedoch eine große

Aufrichtigkeit; auch Amra hatte sie an ihm bemerkt. Doch es gab keine Gewissheit, dass Jemren nicht selbst belogen wurde.

Sich kreuzende Winde in einem klaren Himmel. Kälte zwischen den Sternen.

Fröstelnd lehnte Gorun sich zurück.

Jemren blickte auf, als Amra zu ihm trat. Dicht vor ihm blieb sie stehen.

»Lillia gehört nicht zu deinem Klan«, sagte sie unvermittelt.

Besorgnis zeigte sich in Jemrens braunen Augen. Auch das Mädchen sah die *Laîren* von Caláxi an.

»Nein«, entgegnete Jemren schließlich ruhig. »Sie gehört nicht zu meinem Klan.«

Er richtete sich auf und schickte das Kind mit leisen Worten zu dem Nouk hinüber, das im hinteren Teil des Durchgangs döste. Lillia tat wie geheißen, doch über die Schulter blickte sie zu ihnen zurück.

»Sie stammt nicht einmal aus deiner Stadt, sonst würde sie nicht fragen, wie die Speisen dort heißen«, fuhr Amra fort – Amra mit ihrem klaren, schnellen Verstand. Auch sie hatte sich also ihre Gedanken gemacht.

Wieder verneinte Jemren, als sei dies die alltäglichste aller Antworten, und Gorun stemmte sich auf dem gesunden Arm hoch. Amra sog hörbar den Atem ein.

»Sie ist also ein *fremdes* Kind, Jemren.«

»Ich weiß nicht, woher sie kommt«, erklärte er. »Und sie ist zu klein, um es mir zu sagen.«

Ich weiß es nicht als Antwort auf die Frage nach seinem Ziel. *Ich weiß es nicht* als Antwort auf die Frage, wer das Mädchen war. Er schützte ein Kind, das ihm vollkommen unbekannt war, ein Mädchen, von der er nichts wusste.

Goruns Puls schlug rascher, er bewegte sich unwillkürlich, und seine glatten Stiefel, zum Reiten gemacht, schabten über den Stein.

»Gelten bei euch die Warnungen nicht?«, fragte er erbittert. »Die alten Worte, vor langer Zeit gesprochen und seit Generationen weitergegeben, um uns zu mahnen und um uns vor der Ankunft eines solchen Kindes zu warnen? Sind sie vergessen, oder schlagt ihr die Lieder einfach in den Wind wie so vieles andere?«

Jemrens Brauen zogen sich zusammen.

»Im Norden werden keine Kinder mit türkisfarbenen Augen geboren«, erwiderte er. »Nirgendwo, in keiner Stadt. Sie sind eine Angelegenheit des Südens.«

»Doch im Süden werden sie nicht angenommen«, entgegnete Gorun hitzig. »Nirgendwo, Jemren, in keiner Stadt ziehen die Menschen ein *solches* Kind auf.«

Es war ihm gelungen, den Mann aus der Fassung zu bringen.

Für Augenblicke wandte Jemren sich ab und blickte durch die Felssäulen hindurch auf das staubige, flimmernde Land, wollte verbergen, was in seinem *Taú* vorging.

Als er sich wieder zu ihnen umwandte, hatte seine Stimme jenen harten Klang, der seiner Entschlossenheit Ausdruck verlieh.

»Die Nraurn hatten das Mädchen in ihrer Gewalt«, sagte er. »Quinda-Na hatte sie in einem Netz an einem Baum hochgezogen, mitten auf unserem Land.«

»Du hast sie befreit«, stellte Gorun fest, nun seinerseits fassungslos.

»Das habe ich«, bestätigte Jemren.

»Aus Quinda-Nas Händen!«

»Die Nraurn waren unachtsam«, erklärte Jemren schlicht.

Gorun hatte nicht den geringsten Zweifel daran, dass Jemren diese Unachtsamkeit selbst herbeigeführt hatte. Ein Mann, der sich unverfroren durch das Lager der Feldherrin bewegte und das Mädchen aus einem Netz schnitt. Ein Mann, der bereit war, mit einem solchen Kind den Scyé zu überqueren und sich in das Land seiner Feinde zu begeben, nur weil er dort irgendwo die Heimat des Mädchens vermutete.

»Einen Augenblick lang waren sie unaufmerksam«, fuhr Jemren fort. Er verschränkte die Arme, fröstelnd trotz der Hitze. »Du kennst Quinda-Na nicht, Gorun. Du weißt nicht, was sie anrichtet. Jahr für Jahr kommt sie und wütet in unseren Städten. Wir nennen sie die Geißel des Nordens.«

Seine Augen schimmerten dunkel.

»Niemand hat das Mädchen in Schutz genommen, auch meine Stadt nicht, ebenso wenig wie Caláxi. Ich hatte keine andere Wahl, als mit ihr fortzugehen.«

»Welche Stadt?«, fragte Gorun hellhörig, auch das eine Frage, die er Jemren unzählige Male gestellt hatte, ohne je eine Antwort zu erhalten. »Aus welcher Stadt kommst du?«

»Aus Tegaréssos«, gab Jemren jetzt preis.

Tegaréssos lag ganz im Norden, an der Küste, wenn die alten, die sehr alten Aufzeichnungen aus Kriegszeiten stimmten – eine der ersten Ansiedlungen, in denen sich die Abtrünnigen damals niedergelassen hatten, nachdem sie dem Süden voller Verachtung den Rücken gekehrt hatten. Plötzlich war Jemren bereit, ihm Rede und Antwort zu stehen.

Weil es nicht mehr wichtig ist, dachte Gorun. Weil sie dieser Wüste auf Gedeih und Verderb ausgeliefert waren, dieser Wüste und den Nraurn.

»Meine Stadt hat das Kind gefürchtet, Jemren, und das aus gutem Grund. Fürchtest du es nicht?«, fragte Amra jetzt. Ihre Stimme klang kühl, ihre Haltung drückte den Stolz der *Laîren* aus. Jemren sah sie an.

»Was meinst du? Die Furcht vor alten Gesängen? Vor Worten, die Jahrhunderte alt sind?« Er schüttelte den Kopf. »Wir im Norden sind keine Diener von Göttern, Liedern oder irgendetwas anderem. Wir treffen unsere Entscheidung aus eigenem Entschluss und ohne Furcht. Wir sind frei.«

Gorun bewegte sich unbedacht und fluchte, gereizt durch die Schmerzen. Aufgebracht streckte er die gesunde Hand aus und wies auf das Mädchen.

»Du dienst ihr, Jemren. Wer ist sie deiner Meinung nach?«

Sie blickten alle zu dem Mädchen hinüber, das bei dem

Nouk stand und mit lichthellen Augen zu ihnen herübersah. Sie lauschte jedem Wort, das sie miteinander sprachen.

»Ein Kind«, sagte Jemren. »Ein Kind mit denselben Ängsten, Nöten und Sorgen wie jedes andere. ›Und was wir einem Kind zufügen, wird uns angetan, und was wir ihm schenken, schenkt es uns wieder.‹ Das müsste dem Süden doch etwas sagen.«

Er zitierte eine Zeile aus dem ›Lied vom Klan‹. Gorun schwieg betroffen, als er begriff, dass Jemren die alten Worte durchaus kannte – und sie um des Mädchens willen außer Acht ließ.

In ihrem feinen, schönen Gesicht waren die Brauen besorgt zusammengezogen. Der Wind wehte ihr die dunklen Locken gegen die Wange, die kleinen Hände umfassten die lederne Leine des Nouk.

Sie ist nicht, was wir sehen, erinnerte sich Gorun im Stillen an den Wortlaut der Prophezeiung. Etwas Mächtiges ist in der Gestalt von etwas sehr Schwachem gekommen.

Doch das Schwache, das Schutzbedürftige zu ergreifen und zu zerschmettern, wie es die *Nashan* von Caláxi von ihm verlangt hatte – das bedurfte eines anderen Mannes. Schuldbewusst wandte er die Augen ab.

»Ein Netz, Gorun«, erklärte Jemren ruhig. »Sie war gefangen in einem Netz. Der Norden ist bei weitem nicht so verroht, dass wir an einem solchen Anblick unberührt vorübergehen. Was hätte ich tun sollen? Quinda-Na das Mädchen einfach überlassen? Mich abwenden, nur weil meine Furcht größer ist als die Zuversicht? Das konnte ich nie, und das werde ich nie können.«

»Es ist manchmal leichtsinnig, nur das Naheliegende zu tun«, erwiderte Gorun.

Er sprach zu einem guten Teil zu sich selbst, das wusste er.

Zu seiner Überraschung lachte Jemren leise.

»Das habe ich alles schon gehört, Gorun, glaub mir«, sagte er.

Sie sahen sich an.

Er hatte diesen Mann unterschätzt. Er hatte nie weiter als im Gefüge seiner Stadt gedacht, als er nach Gründen für Jemrens Verhalten gesucht hatte; stets hatte er erwartet, dieser Mann müsse so handeln, wie er selbst gehandelt hätte, ein Krieger der Türme.

Jemren entsprach jedoch keiner seiner Erwartungen.

Gorun lehnte sich zurück gegen den Fels und versuchte sich auszuruhen, solange sie noch die Sicherheit ihres Unterschlupfs genossen. Doch nicht mehr lange, das war ihm bewusst, denn Quinda-Na selbst verlangte nach diesem Kind.

Dieses Wissen stimmte ihn äußerst unruhig, und er schob sich auf dem harten Fels hin und her und fand doch keine Haltung, in der ihn keine Schmerzen geplagt hätten.

Quinda-Na schmiedete Pläne, die sich auf Lillia bezogen; die Nraurn kannten einen Ort, an dem ein Verlorenes Kind herangewachsen war, verborgen vor allen. Im Süden konnte das nicht sein, dessen war Gorun sich sicher. Er kannte alle großen Städte und ihre Türme, von der Küste bis nach Defágos der Kühnen, die tief im Landesinnern lag. Nirgendwo hatte er ein Kind mit türkisfarbenen Augen gesehen oder davon gehört.

Jemrens Worte bestätigten seine dunkelsten Befürchtungen, jene Überlegungen, die die Reiter manchmal untereinander austauschten, die sie jedoch außerhalb ihres Turms niemals laut werden ließen: Die Nraurn wurden stärker mit jedem Jahr, ein Gegner, der immer schwieriger zu bekämpfen war. Etwas geschieht, dachte Gorun, als er durch eine der Felsspalten spähte. Etwas äußerst Beunruhigendes ereignete sich in diesem dürren Land, über dem die Hitze flimmerte. Und die Menschen hatten bislang erst den Beginn dieser tödlichen Gefahr zu spüren bekommen.

Die Hitze, die durch die Spalten im Fels blies, war unerträglich trocken. Bedächtig spannte er die Muskeln, die sich bewegen ließen, und lockerte sie wieder, versuchte das Gefühl für seinen Körper zurückzuerlangen – Nemnos' Schildkraft, Nemnos' Stärke. Amra schlief friedlich im Schatten der Felsen, den Kopf auf die Arme gelegt. Auch Jemren hatte die Augen geschlossen und ruhte, während das Mädchen sich mit dem hässlichen Nouk beschäftigte. Es döste, solange sie ihm die schmalen Nasenlöcher streichelte, ließ den schweren gehörnten Schädel weit hinabhängen und streckte ihr die Stirn entgegen.

Plötzlich ruckte der Kopf hoch, und das Tier bewegte sich unruhig.

Sand wehte vor dem Spalt herab; ein Steinchen prallte im Fallen gegen die Felssäulen.

Gorun erstarrte.

Angestrengt lauschte er. Tatsächlich, das Rieseln hielt an, feine Spuren von Staub und Geröll, die über den Felsvorsprung bröckelten.

»Lillia, das Nouk!«, stieß er halblaut hervor. »Kannst du es still halten?«

Sie blickte erschrocken auf, nickte und deckte dem Tier die Hand über die grauen Nüstern. Dann zog sie den bewehrten Kopf näher zu sich heran.

Jemren schlug die Augen auf, erkannte an Goruns Haltung die Gefahr und kam hastig auf die Füße.

»Sie sind genau über uns«, flüsterte Gorun.

Jemren zog Falraus elegantes Messer – im eigentlichen Sinn keine Waffe, sondern ein Gebrauchsgegenstand und ein Zeichen der Anerkennung, das dem Freund einst für besondere Verdienste von der Stadt geschenkt worden war. Aber auch davon wusste Jemren nichts.

Besorgt beobachtete Gorun die Eingänge, blickte immer wieder nach oben, doch durch den dicken Fels drang kein Laut. Nur das gelegentliche Bröckeln von losem Geröll verriet, dass dort jemand war. Vielleicht nur ein Tier. Oder ein Reiter.

Gorun spannte sich. Immer mehr Steinchen fielen herab, immer dichter, so als ginge dort oben jemand an der Kante des Überhangs entlang. Staub und Splitter fielen auf den

Stein, auf dem er saß, und er lehnte sich weit gegen den Fels zurück.

»Amra! Amra, wach auf«, flüsterte er, und sie hob den Kopf.

Jemren trat lautlos zu jener Seite des Durchgangs, durch die sie hereingekommen waren. Das Rieseln hörte kurz auf, und alle beobachteten angespannt den Fels über ihnen, so als könne der Stein ihnen verraten, was dort war, bis Gorun merkte, dass er den Atem anhielt. Er blickte zu dem braunen Nouk hinüber und beschwor es im *Taú*, still zu bleiben.

Sand und Erde staubten über dem Eingang herab.

Gorun starrte durch das Felsentor. Oben auf den weißen Klippen erschienen Reiter mit spiraligem, nach hinten gebogenem Gehörn. Metall blinkte, Speerspitzen stachen empor, der Faltenwurf der Mäntel war zu sehen.

»Sie können das Wasser riechen«, flüsterte Gorun.

Jemren nickte, deutete an, dass er wusste, über welche Fähigkeiten das Ziegenvolk verfügte.

»Nicht, wenn sie weiterhin so viel Staub aufwirbeln«, entgegnete er ebenso leise. »Viel größer ist die Gefahr, dass sie auf unsere Spuren stoßen.«

Doch die Nraurn entfernten sich, verschwanden im wiegenden Rhythmus der Noukschritte langsam hinter dem weißen Fels. Nachdem sie nicht mehr zu sehen waren, blieb Jemren eine Weile still und lauschte, doch es war nichts weiter zu hören als der Shan, der in glühenden Stößen durch die Felsspalten blies. Schließlich sanken seine Schultern erleichtert herab. Als er sich umdrehte, trafen sich die Blicke der beiden Männer.

Die Nraurn jagten diesen Mann, waren ihm nach eigenem Bekunden mindestens einmal so nahe gekommen, dass er auf der Schulter noch immer Spuren davon trug.

»Lillia, bring das Nouk zu uns!«, sagte Jemren halblaut, und das Kind zog am Zügel des widerstrebenden Tiers.

Gorun schob die Füße von dem Stein, entschlossen, endlich wieder auf den Beinen zu stehen. Doch es gelang ihm noch nicht richtig. Jemren warf die Sattelunterlage auf den

Rücken des Tiers und zerrte den schweren Sattel mitsamt den Taschen vom Boden hoch. Als er den Gurt festzog, stieß das Nouk mit seinem einzigen Horn nach ihm. Der Sattel lag nicht sonderlich sorgfältig auf; offenkundig war Jemren nicht vertraut im Umgang mit Reittieren. Vergeblich zog Gorun an einer Falte der Unterlage, um sie zu glätten.

»Sie kommen!«, flüsterte Amra da. »Die Nraurn haben unsere Spur entdeckt!«

Sie deutete auf das Steintor, durch das sie gekommen waren. Dort, in der flirrenden Hitze, waren die gehörnten Reiter wieder zu sehen, klein aufgrund der Entfernung; doch sie ritten nicht länger auf dem Kamm entlang, sondern waren zwischen den Steinblöcken abgestiegen, die unterhalb des Überhangs verstreut lagen, und beugten sich immer wieder zum Boden hinab, zu den Abdrücken, die das Nouk in der gestrigen Nacht dort hinterlassen hatte.

Gorun ergriff einen Riemen, der von der Ausrüstung des Nouk herabhing. Dennoch kam er, der auf den schnellen grauen Pferden seines Klans groß geworden war, nicht ohne Hilfe in den Sattel. Aber sobald er aufgesessen war, vermochte er sich einigermaßen gerade zu halten und griff nach dem Zügel des Tiers.

»Los!«, stieß er hervor, als er sah, wie rasch sich die Nraurn näherten. »Weg von hier!«

Sie verließen den Überhang durch den hinteren Bogen und gelangten auf ein Geröllfeld. Das grelle Sonnenlicht blendete auf den weißen Klippen, die Hitze außerhalb des schattigen Felsens traf Gorun wie ein Schlag. Er fand es schier unmöglich, in dem glühenden Wind zu atmen. Nach wenigen Schritten war die Kühle unter dem Durchgang wie eine ferne Erinnerung; Schweiß stand ihm auf der Stirn. Der Schotter knirschte unter den Hufen des schweren Tiers, hin und wieder kollerte ein Felsbrocken aus seiner Lage, ein Geräusch, das Gorun in der Stille unerträglich laut vorkam.

Von nun an war die Wahl des Wegs keine Frage mehr. Die

Ziegenkrieger stießen sicher bald auf ihr verlassenes Lager, und dann wussten sie, dass der Vorsprung der Menschen nicht sonderlich groß war.

Die Flüchtlinge folgten den Kalkfelsen, die flacher wurden und allmählich in immer kleinere, niedrigere Bänke zerbrachen. Als sie das letzte Stück der Klippen hinter sich gelassen hatten, das in einem sanften Bogen im Boden versank, lag das Land im prallen Sonnenlicht vor ihnen. Hügelkette folgte auf Hügelkette, strohiges Gras neigte sich nach dem Willen des Shan. Endlos, bis zum Horizont.

Jemren beeilte sich, die Anhöhe zu verlassen, wo sie allzu leicht gesehen werden konnten. Er wählte den Weg über Stein und harten Boden, wo immer es möglich war. Dennoch gruben sich die Hufe des Nouk in den ausgedörrten Untergrund und legten eine deutliche Spur.

Amra schritt in der Gluthitze rasch und klaglos voran. Sie hatte die Röcke gerafft, um nicht am dornigen Gestrüpp hängen zu bleiben, und trug die Schlange offen am Arm, ein gefährliches Schmuckband, das sich vom Handgelenk bis zur Schulter hinaufwand, wo der keilförmige Kopf des Reptils ruhte.

Die Sonne stand senkrecht am Himmel und löschte die kurzen Schatten, die ihre Körper warfen. Immer neue Täler folgten aufeinander, die meisten gerade so breit, dass die Menschen und das Tier auf einer dünnen Spur hintereinander gehen konnten. Sie bewegten sich unterhalb der Kuppen, und Gorun schwitzte vom bloßen Sitzen im Sattel, doch der Schweiß verdunstete augenblicklich, so trocken war die Luft.

Immer wieder blickte er sich um.

Nichts, nur Fels und Staub und gleißendes Licht; ein Weg in flimmernder Hitze, der immer länger schien, je tiefer sie in das dürre Land vordrangen. Auch wenn die Nraurn sich außer Sichtweite hielten, spürte Gorun ihre Gegenwart deutlich; sein *Taú* nahm die Bedrohung wahr. Sie alle wussten, dass sie verfolgt wurden; auch Jemren drehte sich hin und wieder um, neben sich das Kind, das in der glühenden Hitze rasch ermattete.

Lillia musste fast rennen, um mit dem Nouk Schritt zu halten. Sie hatte Angst, das sah Gorun deutlich, als sie sich plötzlich ganz anders verhielt als in dem schattigen Durchgang, der längst weit hinter ihnen lag. Sie hing an Jemrens Hand; mit schwacher Stimme klagte sie, was sie noch nie zuvor getan hatte, nicht einmal dann, als Gorun sie zwischen den Pferden seiner Krieger durch das Tal von Caláxi getrieben hatte. Vor den Nraurn ängstigte sich dieses Kind, das ansonsten keinerlei Furcht kannte – Quinda-Nas Geisel, Quinda-Nas kleine Beute in einem Netz.

Ganz sicher hatte die Nraurin eine bestimmte Absicht verfolgt, als sie das Mädchen entführt hatte, von welchem Ort auch immer. Nichts, was die Feldherrin tat, geschah ohne Grund, und Gorun fragte sich, ob Jemren sich wenigstens darüber ausreichend Gedanken gemacht hatte. Doch auch diesbezüglich hatte er seine Zweifel.

Erneut drehte er sich im Sattel um.

Als er wieder nach vorn blickte, sah er verdorrte, stachelige Büsche, die ein immer dichteres Gestrüpp bildeten. Er achtete darauf, im Vorbeireiten die Zweige nicht zu streifen, denn dann warfen sie raschelnd die welken Blätter ab und hinterließen eine Spur, der die Nraurn folgen konnten.

Immer heftiger wehrte sich das Nouk gegen seine Zügelführung; bockend drehte es das Hinterteil den Hang hinauf, brach knackend durch das Unterholz und warf ihn beinahe ab. Staub, den der Shan ergriff, wirbelte auf.

Jemren blickte zurück, sah Goruns verkrampften Griff um das Sattelhorn, seine unnatürliche Haltung, zu der die Schmerzen ihn zwangen. Er trug die Wasserflasche an einem Gurt über der Schulter, hatte sie wohlweislich nicht am Sattel befestigt.

»Gehorcht dir das Nouk noch?«, fragte er das Mädchen. »Lillia, kannst du es noch zähmen?«

Da nickte das Kind, trat in der Hitze und im wehenden

Staub näher und berührte das stinkende, schwitzende Tier, um es zu besänftigen.

Gorun zog ungehalten an den Zügeln. Der Speerarm baumelte herab, und er sah ein, dass er weder die Kraft hatte, mit dem Tier zu ringen, noch der richtige Zeitpunkt dafür war. Sobald er den Griff lockerte, senkte das Nouk den Hals und schnaubte, aber dann trottete es doch hinter dem Mädchen her. Hin und wieder blickte sich Lillia nach dem Tier um und sprach ein ernstes Wort, die Stirn sorgenvoll gerunzelt.

Die Sonne schien nicht einen Fingerbreit zu wandern, während sie immer tiefer zwischen die Hügel und das dornige Gestrüpp gerieten. Die Abhänge ringsum wurden allmählich steiniger, der Boden gelblich und locker, und es gab keine Spur mehr von Wasser.

Plötzlich war Hufschlag zu hören, und Gorun fuhr im Sattel herum. Staub quoll über dem Hügel hinter ihnen auf, grell im Licht der Sonne. Das Nouk entriss sich dem Bann, den das Mädchen ausübte, und wollte sich mit einem Grunzen herumwerfen, doch Gorun schloss die Faust um den Zügel und entließ das Tier nicht aus seinem Willen, wie hart es auch gegen seine Hand drängte. Diesmal bezwang er es mit dem *Taú* und hielt sich schwankend im Sattel.

»Dort entlang!«, stieß Jemren halblaut hervor und eilte auf eine steile, dicht bewachsene Rinne zu, die in das Tal mündete; er rannte trotz der erbarmungslosen Hitze. Amra folgte ihm augenblicklich, und Gorun zog das Nouk herum, trieb es durch die Büsche, die hinter ihm zusammenschlugen.

Sein Herz hämmerte im Takt der Hufschläge, als die Nraurn über den Hügel kamen, eine Gruppe bewaffneter Krieger. Die Spiralen ihrer Hörner glänzten in der Sonne, als sie innehielten und von ihrer hohen Warte aus das Gelände überblickten.

Reglos standen die Fliehenden zwischen Büschen und Felsen und versuchten die hastigen Atemzüge zu unterdrücken und ihre *Taú* zu beruhigen, die Augen gebannt auf die Nraurn gerichtet. Gorun lehnte sich im Sattel nach vorn und war dieses Mal froh um Jemrens schnellen, sicheren Instinkt, der sie wenigstens in den Sichtschutz dieser steilen Rinne geführt hatte. Der Mann hatte unbestreitbar ein Talent dafür, Feinde abzuhängen und jede noch so spärliche Deckung zu nutzen.

Jemren beobachtete die Bewegungen der Nraurn, er hielt das Mädchen an der Hand. Lillias Gesicht war kalkweiß vor Anstrengung, und sie lehnte sich erschöpft gegen das Bein des Mannes.

»Wir müssen nach oben«, flüsterte Gorun, versöhnlich gestimmt, als er die Schwäche des Mädchens sah. Er deutete auf den steilen Einschnitt, der über ihnen geradewegs in den Himmel führte.

»Auf der Kuppe können sie uns weithin sehen«, hielt Jemren kopfschüttelnd und ebenso leise dagegen.

»Wir müssen hinauf und von dort aus weiter«, beharrte Gorun, den seltenen Augenblick nutzend, da Jemren auf seine Worte einging. Er hatte die Zügel so hart um die Hand geschlungen, dass das Nouk das Maul aufriss und den Nacken beugte. Doch er gab nicht nach; sollte das Tier doch Schmerzen leiden. Wichtig war nur, dass es sie nicht verriet.

Die Ziegenkrieger ritten jetzt langsam den Hang herab und fächerten auseinander – ahnten, wie dicht sie ihnen auf der Spur waren. In dieser Wüste kannte das Ziegenvolk jeden Winkel und jeden Stein; die Trockenen Hügel waren das Gebiet, in das sich die Nraurn vor langer Zeit zurückgezogen hatten, besiegt und geschlagen von den Menschen. Mit allen Kräften verteidigten sie seitdem dieses verdorrte Land, ihr einziges Rückzugsgebiet, gegen jedes fremde Eindringen.

Jemren musterte die tief ausgewaschene Rinne, fügte Goruns Überlegungen sicherlich die eigenen hinzu.

»Wenn über diesen Hang weitere Nraurn kommen, geraten wir zwischen die Fronten«, wandte er ein. »Dann können wir nicht einmal mehr umkehren.«

Das war allerdings die schlimmste Möglichkeit, die eintreten konnte. Doch Gorun war bereit, auf sein Glück zu vertrauen, auf das sprichwörtliche Glück der Reiter. Unwillkürlich berührte er die Figur des Nemnos mit jener Hand, in der er auch die Zügel hielt; sie stieß gegen das Klanzeichen.

»Das wird schon nicht geschehen«, meinte er achselzuckend.

Jemren war die Geste nicht entgangen; sein Blick streifte Gorun mit neuem Erstaunen und ruhte für einen Augenblick auf der kleinen Figur.

»Nemnos«, sagte Gorun und lachte unvernünftig, als der Mut und die bisweilen verantwortungslose Kühnheit dieses Gottes sein *Taú* streiften. »Jener der Ewigen, den ich gewählt habe. Besitzt du auch etwas, das dir Glück bringt?«

Verwirrt senkte Jemren den Blick und sah das Mädchen an.

»Wird der Steilhang das Nouk tragen?«, fragte er.

Lillia nickte stumm.

Jemren hob sie hoch und erklomm mit ihr die Felsenrinne.

Der Einschnitt war sehr steil, der Untergrund voller Geröll und ausgewaschen von den Regenfällen des Frühjahrs. Besorgt beobachtete Gorun, dass Amra kaum Halt fand mit ihren zerrissenen Sandalen; sie mühte sich auf dem lockeren Untergrund und war die Langsamste von allen. Goruns Arm zitterte, so hart hielt er das Nouk zurück. Es rutschte und wäre am liebsten die Rinne wieder hinuntergestürmt zu seinen Artgenossen; Gorun spürte, wie es sich mehr und mehr dem Einfluss des Kindes entzog.

Unbarmherzig trieb er das Tier an.

Das Buschwerk wurde dichter, sodass sie die Nraurn bald nicht mehr sehen konnten. Das letzte Stück der Rinne stieg fast senkrecht an, und dort wuchs nichts mehr; die überhängende Kante verdeckte ihnen die Sicht auf alles, was jenseits der Kuppe lag. Gorun lockerte die Zügel und trieb das Tier mit den Fersen weiter. Es holte Schwung und sprang in mühevollen Sätzen an Jemren vorbei. Der Überhang bröckelte, als das schwere Tier die Hufe setzte, und sandte

Schauer kleiner Steine hinab. Mehrmals musste es ansetzen, doch mit einem Ruck, der Gorun bis in den Kiefer erschütterte, sprang es schließlich aus der Rinne hinaus auf festeres Gelände.

Jemren erreichte das Plateau kurz nach ihm. Er ließ das Mädchen sofort zu Boden gleiten, denn ein einzelner Nraur folgte ihnen durch die Rinne. Der Ziegenkrieger hatte sie noch nicht gesehen; er hing im Sattel und prüfte die tiefe Spur, die das Nouk aufgewühlt hatte, unschlüssig vielleicht, wie frisch sie war.

»Amra!«, stieß Jemren halblaut hervor.

Sie mühte sich das letzte steile Stück herauf, doch der lockere Boden bröckelte unter ihren Schritten, und sie kam kaum voran; die Sandalen und ihre Röcke behinderten sie beim Klettern. Jemren sank am Rand des senkrechten Abhangs auf ein Knie und streckte ihr die Hand entgegen.

»Komm schon!«, rief er ihr atemlos zu. »Rasch!«

Mit einer engen Wendung lenkte Gorun das Nouk dazwischen, trieb Jemren mithilfe des Tiers wieder auf die Füße und drängte ihn von der Kante zurück.

»Hast du vergessen, was sie dir erzählt hat?«, keuchte er und krümmte sich dabei vor Schmerzen. »Sie ist *Laîren*, begreifst du das nicht?«

Jemren starrte ihn an.

»Und was soll das bedeuten? Dass du sie dem Nraur überlassen willst?«, fragte er voller Zorn und zeigte doch einmal seine hitzige Seite.

»Sie ist Antiles' Dienerin, die Totengräberin meiner Stadt. Niemand darf sie berühren, außer der Schwarze Gott selbst. Also fass sie nicht an, sie muss es allein schaffen!«, warnte Gorun ihn.

Ein deutlicher Ausdruck von Unverständnis war in Jemrens *Taú* lesbar, als zweifle er an Goruns Verstand. Dann handelte er so rasch, dass Gorun nicht eingreifen konnte. Bevor er das Nouk zum Ausweichen bewegen konnte, hatte Jemren die Zügelenden gepackt und schlug sie dem Tier quer über den Nasenrücken. Grunzend prallte das Nouk zurück, geriet dabei mit einem Bein über die Kante, und während Gorun das strauchelnde Tier fluchend antrieb, damit es sich wieder fing, ließ sich Jemren erneut auf ein Knie nieder und ergriff Amras Handgelenk – der Schlange zum Trotz, die über ihrer Schulter das Maul aufriss und die Fangzähne zeigte.

Unter den Hufen des Nouk prasselten Steine in die Rinne hinab.

Der Nraur hörte es und hob den Kopf. Er brüllte auf, als er Gorun auf dem Tier erblickte, und peitschte auf sein eigenes Nouk ein, trieb es im Galopp die steile Rinne herauf. Von den Tritten seines Tiers staubte der Boden. Jemren zog Amra das letzte, das steilste Stück herauf, und sie wehrte sich nicht dagegen. Atemlos wich sie von der Kante zurück, als der Ziegenkrieger immer näher kam.

»Hinter den Felsen! Versteck dich, schnell!«, rief Jemren Lillia zu, die mit ängstlich aufgerissenen Augen dastand. Das Mädchen war ein viel zu auffälliges Ziel in dem Gewand mit den glitzernden Stickereien.

Lillia gehorchte sofort und duckte sich hinter den Stein, sah sich ganz offenkundig nicht zum ersten Mal einer solchen Gefahr ausgesetzt. Hinter dem Felskopf, der aus dem Boden aufragte, eingewachsen zwischen dürrem Gras und Gesträuch, kauerte sie nieder und verschränkte die Arme über dem Kopf, augenscheinlich in großer Furcht vor den Nraurn.

Jemren hingegen zog das Messer, als wolle er dem Ziegenkrieger und seinem Tier zu Fuß begegnen.

»Was hast du vor? Das ist Irrsinn!«, wandte Gorun ein. »Wir müssen weg von hier!«

»Hol ihn aus dem Sattel!«, verlangte Jemren stattdessen nur, und da war wieder jener harte Zug in seinem *Taú*, die gleiche Entschlossenheit wie im Turm. Er trat an die Kante, aufreizend sichtbar, und wartete auf den Nraur, der sein Tier mit schrillen Schreien anfeuerte. Sicher waren die anderen Krieger längst auf ihn aufmerksam geworden. Bald würde die ganze Schar anrücken.

Gorun fluchte über so viel Unvernunft.

Er zog das Nouk rückwärts von der Kante zurück, außer Sichtweite des Gehörnten.

Doch sein Blut floss rascher, pochte in den Schläfen. Diese Anspannung war Kampf, darauf verstand er sich, und Nemnos' kupferfarbene Energie durchströmte ihn. Seine ureigene Kraft kehrte allmählich zurück.

Und so war er bereit, als sich Jemren plötzlich zur Seite duckte. Erst erschienen Kopf, Hals und Schultern des fremden Nouk über der Kante, dann tauchte der gehörnte Nraur auf, der seinen schwarzen Bogen sofort in Jemrens Richtung schwenkte.

Goruns Nouk tat einen großen Satz vorwärts. Hart prallten die beiden Tiere aufeinander, ein Stoß, der ihn fast aus dem Sattel warf. Doch er war darauf gefasst gewesen, hatte um die Zügelhand noch den Sattelriemen gewunden und überstand den Aufprall unbeschadet. Das einzige Horn seines Reittiers, noch immer mit der gefährlichen Spitze für den Nahkampf versehen, bohrte sich tief in den Hals des fremden Nouk.

Der Hang brach ein, als das Tier des Nraur zurückgeworfen wurde; der Pfeil des Kriegers zischte in einem ziellosen Bogen in den Himmel. Gorun ballte die Faust um das Leder, als sein eigenes Nouk in die Rinne rutschte und auf die Knie fiel. Mit einem Ruck riss es den Kopf frei, und sein metallbewehrtes Horn schlitzte den Hals des fremden Tiers auf. Der Nraur rettete sich mit einem Satz, als sein Nouk sich blutend und schreiend überschlug; es rollte über den Sattel, und der Wasserschlauch, seine kostbarste Last, platzte auf.

Jemren sprang unmittelbar hinter ihm und seinem Tier in die Rinne hinab. Hart prallte er gegen den Nraur, das Messer in der Faust – und rächte Falrau. Doch Gorun spürte keine Befriedigung, als er sah, wie der Nraur in die Knie brach und noch im Fallen die Hörnerklingen nach Jemren schlug. Dieser wich hastig zurück und rechnete mit einem weiteren Angriff, aber der Nraur kam nicht wieder hoch.

Gorun atmete erleichtert auf, als alles so schnell vorbei war. Unten am Fuß des Steilhangs sah er Bewegungen zwischen den Büschen – Nraurn, die ihre Nouk durch das Gestrüpp trieben. Durch den Kampf und das Geschrei hatten die Gehörnten sie entdeckt; doch wenigstens hatten sie ihren knappen Vorsprung zurückgewonnen.

»Weg jetzt!«, stieß Gorun hervor und zerrte das Nouk herum. »Los doch! Weg von hier.«

Doch Jemren hörte nicht; statt seiner Warnung Folge zu leisten, glitt er den staubigen Hang noch einige Schritte weiter hinab, bis dorthin, wo das fremde Nouk liegen geblieben war. Blökend richtete sich das sterbende Tier auf und bedrohte ihn. Er stemmte den Fuß gegen den Sattel und löste mit einem Ruck den Riemen, der den Köcher hielt. Der schwarze Bogen war dem Nraur durch den Sturz aus der Hand geprellt worden, und jetzt sah Gorun, dass Jemren die Waffe aufgehoben hatte.

Der schmale Schaft eines Pfeils klackte gegen das Holz, die Sehne lief präzise geführt durch die Kerben in den silbernen Ringen, als Jemren den Bogen in einem langen Zug spannte und die Waffe hob – eine einzige, fließende Bewegung, die mehr als Gewohnheit war.

Gorun drehte sich um.

Dort unter ihnen gab es kein Ziel, sämtliche Nraurn waren von dichtem Buschwerk verdeckt. Er hörte ihre erregten Stimmen, das Klirren von Zaumzeug und Waffen – doch Jemren blickte sein Ziel nicht einmal an. Er hatte die Augen halb geschlossen, während er den Pfeil ausrichtete und die Sehne losließ.

Und traf.

Gorun hörte es an den überraschten Schreien, die von unten heraufdrangen, er sah es an dem großen Nouk, das plötzlich reiterlos davonstürmte.

Und plötzlich begriff er die übergroße Konzentration, die vollendete Ausrichtung dieses Willens: Jemren zielte mit dem *Taú* – auf die *Taú* der anderen. Er, der bestritt, dass das *Taú* irgendeinen Wert hatte, erfasste sein Ziel mit jener Kraft, die alles war, was ein lebendiges Wesen ausmachte.

Gorun hatte davon gehört, dass es zu den Zeiten der Langen Kriege Derartiges gegeben haben sollte, doch er hatte es nie ernsthaft geglaubt. Es war unvorstellbar, es lief allem zuwider, was er kannte und was ihn gelehrt worden war – ihm, der selbst ein Krieger war.

Denn die *Taú*-Schützen des Nordens kämpften auf die schlimmste, auf die niederträchtigste Weise, weil ein derartiges Zielen kein Entrinnen gestattete. Sie konnten ihren Gegnern aus dem Hinterhalt auflauern und aus großer und feiger Entfernung töten, ohne selbst in den Kampf verwickelt zu sein – und das aus der innersten Kraft heraus, die in ihrer Bedeutung für ein Lebewesen der Bedeutung der Quelle für eine Stadt entsprach. Auf diese Weise hatte sich der Norden in den letzten Schlachten einen schrecklichen Vorteil verschafft, einen blutigen Vorteil, der den Kampf auf der Ebene von Fésos in schieres Grauen verwandelt hatte.

Immer wieder war in den alten Berichten die Rede davon, und daher wusste Gorun auch, dass die Fähigkeit dieser Schützen seit jener Auseinandersetzung geächtet war; zumindest darin waren beide Seiten damals übereingekommen – der Norden selbst erschrocken darüber, was er angerichtet hatte. Und so hatte Gorun stets geglaubt, mit dem Ende der Langen Kriege hätten die Fertigkeiten der *Taú*-Schützen auch ihr Ende gefunden. Doch nun musste er feststellen, dass diese Kunst des Tötens im Norden nach wie vor äußerst lebendig war – und dass Jemren sie meisterhaft beherrschte.

Pfeil auf Pfeil verließ die Sehne; in konzentriertem Rhythmus spannte Jemren den Bogen.

Er war ein schneller Schütze; Gorun hatte noch nie einen schnelleren gesehen, selbst unter jenen Reitern in Defágos nicht, die den Bogen führten und so viel auf ihr Können gaben. Die Nraurn wichen jetzt hastig zurück, ritten überstürzt die Rinne hinab und in die Deckung der Felsen, die aus dem gelben Talboden aufragten. Auch sie wussten, auf welchen Gegner sie hier trafen, und plötzlich war Gorun klar, worauf die Feldherrin der schwarzen Nraurn aus dem Norden angespielt hatte.

Weißt du etwa nicht, wen du da beherbergst, Speerkämpfer aus Caláxi?

Mit einer einzigen Bewegung riss er das Nouk herum.

Steine knirschten unter den Hufen, und das Geräusch holte Jemren aus seiner abwesenden Konzentration zurück. Gorun ritt geradewegs auf ihn zu, trieb das Nouk in Sätzen über den steilen Hang.

Der Schütze bewegte sich nicht. Schweiß glänzte auf seiner Stirn, und ein weiterer Pfeil lag auf der Sehne, die sich durch die Kerben der silbernen Ringe spannte. Die Schützenringe, so wurden sie genannt. Es gab Aufzeichnungen, in denen sie erwähnt wurden – das fiel Gorun jetzt ein, da es zu spät war. Diese Ringe waren ein Erkennungszeichen, das ein Schütze des Nordens sich verdienen musste, und sie hatten einen weiteren Nutzen: Jemren ergriff den Pfeil auf sehr eigentümliche Weise und zog zugleich die dünne Bogensehne durch die umlaufende Rille jedes Rings – so rieb ihm die Sehne die Haut nicht auf, wenn er die Waffe im Kampf ein ums andere Mal spannte.

Die Pfeilspitze zeigte jedoch zu Boden. Und sie zeigte auch dann zu Boden, als das Nouk den Schützen beinahe mit der Schulter anrempelte; so nahe ritt Gorun heran. Staub umwehte die beiden Männer. Gorun beugte sich weit aus dem Sattel, und die Hitze der Empörung erfüllte sein *Taú*.

»Das ist es also«, stieß er hervor, und die Hand um den Zügel zitterte, diesmal jedoch vor unbeherrschtem Zorn. »Das also hast du so sorgfältig vor mir verborgen: wie gut der Norden vorbereitet ist! Wie gut er sich auf die alten, ehrlosen Waffenkünste versteht! Dass er längst bereit ist zu einem neuen Krieg! Und *du* bist ein ausgeklügelter Teil dieser Vorkehrungen!«

Jemren sah ihn an, sein Atem ging in kurzen Zügen, und

was Gorun in diesem Augenblick in seinem *Taú* las, schreckte ihn ab.

»Was tun die Nraurn hinter dir, Gorun?«, fragte der Schütze, unbewegt und kalt.

Das Nouk verdeckte ihm die Sicht auf den Abhang, und er rührte sich noch immer nicht, behielt seine Anspannung bei.

»Und ausgerechnet du versicherst mir, es werde niemals mehr zu einem Kampf zwischen uns kommen, ausgerechnet du!«, fuhr Gorun erzürnt fort, so als hätte er Jemrens Worte nicht gehört. Er hatte diesem Mann Vertrauen geschenkt, er war ihm mehr Schritte entgegengekommen, als Jemren je hätte erwarten dürfen – und hatte nichts dafür erhalten. Nichts außer Täuschungen.

»Du hast mich nicht belogen, o nein, das wäre noch viel zu schwach ausgedrückt!«, setzte er aufgebracht und bitter hinzu. »Du hast mich in jeder nur denkbaren Hinsicht hintergangen, mich und den gesamten Süden. Denn einen Schützen wie dich dürfte es überhaupt nicht geben, wenn sich der Norden einmal, auch nur ein einziges Mal an eine Vereinbarung gehalten hätte!«

Jetzt schien Jemren aus der Ferne zurückzukehren, in der sich sein *Taú* befand.

»Wie lange liegen die Ereignisse zurück, von denen du sprichst?«, fragte er.

Er wirkte benommen und aufgewühlt zugleich, erhitzt vom Töten. An der Hand, mit der er die Sehne spannte, traten die Knöchel hell hervor.

»Wie viele Generationen haben seitdem gelebt?«, fragte er. »Die Insel ist schon so lange geteilt, dass wir nicht das Geringste mehr voneinander wissen. Unsere Städte haben längst nichts mehr miteinander zu tun, Gorun. Wir haben keinerlei Gemeinsamkeiten mehr.«

»Offensichtlich kann niemals genug Zeit vergehen!«, erwiderte Gorun heftig. »Denn in dir ist alles lebendig! Sieh dich doch an, Bogenschütze – in dir wird unsere gesamte, erbitterte Feindschaft wieder lebendig!«

»Ich bin nicht dein Feind«, entgegnete Jemren.

Gorun blickte ihm ins Gesicht, und plötzlich ging ihm auf, dass Jemren ihm zum ersten Mal seit ihrer Begegnung auf den Sternfelsen mit einer Waffe in der Hand gegenüberstand. Er hätte nur eine Bewegung zu machen brauchen, um sich seiner zu entledigen; er hätte nur den Bogen heben müssen, und es wäre vorbei gewesen.

»Du bist ein Blindschütze«, sagte Gorun kalt.

Auf dieses Wort reagierte Jemren, er zuckte leicht zusammen und sog die heiße Luft ein.

»Die Nraurn, Gorun«, erinnerte ihn der Schütze und ging nicht auf seine Beleidigung ein. »Siehst du sie noch?«

Im Sattel drehte Gorun sich um.

Die Ziegenkrieger hatten sich am Fuß des Steilhangs zwischen den ausgebleichten Felsen versammelt und berieten; einer stieß die schwarzen Hörner erregt in ihre Richtung und zog dann rasch wieder die sichere Deckung hinter den Steinen vor.

Als Gorun sich umwandte, war Jemren einen Schritt zur Seite getreten und hatte sich selbst ein Bild der Lage gemacht. Mit einem Atemzug nahm er jetzt den Pfeil von der Sehne und stieß ihn in den Köcher zurück, und Gorun ertappte sich dabei, dass er unwillkürlich die Geschosse zählte. Viele waren es nicht.

»Gorun, Jemren!«, rief Amra zu ihnen herab. Sie stand sehr aufrecht an der Kante, und in ihrem schmucklosen dunklen Kleid strahlte ihre Gestalt Strenge aus. Die Windungen der Schlange schimmerten an ihrem Arm.

»Das ist keiner von Quinda-Nas Kriegern«, sagte sie.

In ihrer Stimme lag keine Spur von Erschrecken, ihr *Taú* war gefasst und klar, und damit blickte sie auf den gefallenen Nraur hinunter, während Gorun sorgfältig die Augen abgewandt hielt. Doch Jemren, für den offensichtlich kein einziges Tabu des Südens galt, drehte sich um und da wagte auch Gorun einen raschen Blick auf den Leichnam. Und er sah, dass Amra Recht hatte: Die Mähne des Nraur war kurz und rötlich und vom Scheitel bis zum Nacken von einer sandfarbenen Linie durchzogen.

»Mnek«, erklärte er. »Nraurn aus dieser Gegend.«

Sie hatten eine zweite Gruppe von Verfolgern hinter sich.

Jemren warf dem Reiter einen kurzen Blick zu. Dann hob er den Arm und wischte sich mit dem Ärmel Schweiß und Staub vom Gesicht.

Gorun wendete das Nouk und trieb es auf die Kante zu, kehrte dem toten Nraur den Rücken. Jemren warf sich den Riemen des Köchers über die Schulter, belastete sich mit einem weiteren Gewicht, zusätzlich zu der Wasserflasche, und erklomm den Hang, hastig, um zugleich mit Gorun oben anzukommen. Zwei Schritte hinter dem Nouk blieb er stehen, den gespannten Bogen locker in der Hand, und Hitze stieg in Goruns *Taú*.

Der Schütze behielt ihn sorgfältig im Blick.

Während des kurzen Kampfs hatte Jemren einen Eindruck von der neuen Sicherheit gewinnen können, die Gorun im Sattel erlangt hatte – und der Schütze war sich sehr wohl über die zunehmende Bedrohung im Klaren, die er auf dem bewehrten Tier darstellte, ein berittener Krieger, selbst wenn er keine Waffen hatte und sein Arm noch halb gelähmt herabhing.

»Dort entlang!«, sagte Jemren jetzt atemlos, wies mit der Hand in die Richtung, in die er zu gehen gedachte – nach Osten.

Gorun rührte sich nicht, saß reglos auf dem Nouk und dachte nicht daran, das Tier in die befohlene Richtung zu lenken, selbst wenn der Nraurn-Bogen und die schwarz gefiederten Pfeile eine deutliche Verschiebung des Gleichgewichts zu seinen Ungunsten darstellten.

Sie beide verkörperten jene Kämpfer, die ihre Städte vor so langer Zeit gegeneinander in die Schlacht geschickt hatten: Speerkrieger und Bogenschützen. Die Meister der jeweils bevorzugten Waffen im Norden und im Süden hatten während der Langen Kriege in vorderster Front gestanden.

Ein Schütze mit einer selten grausamen Befähigung, dachte Gorun, erbarmungslos dem Feind, rücksichtslos sich selbst gegenüber. Das hatte er in Jemrens *Taú* gelesen, und er empfand Verbitterung darüber. Jedem anderen hätte er das Eindringen in seine Stadt, in sein Leben leichter verziehen, hätte vielleicht den Zwang anerkannt, unter dem der andere stand. Ein Mann wie dieser jedoch konnte kein Verständnis erwarten, ein Mann, der nach eigenem Bekunden genug über die Geschichte der Insel wusste, der die Vereinbarung aus den Zeiten der Langen Kriege kannte, derzufolge der Einsatz einer solchen Fähigkeit verboten war – die einzige Vereinbarung, die jemals zwischen dem Norden und dem Süden gegolten hatte. Durch seine bloße Anwesenheit machte Jemren sie zunichte.

Ich bin nicht dein Feind.

Doch der Schütze und er waren ausdrücklich im Bewusstsein dieser Feindschaft erzogen, zu Kriegern gemacht worden. Seine eigene sorgfältige Ausbildung zu Pferd, mit Schild und Speer hatte allein dazu gedient, ihn auf eine Begegnung dieser Art vorzubereiten, auf eine erneute Auseinandersetzung mit dem Norden. So tief waren einst Verrat und Hass gewesen, so groß war die Furcht im Süden, die Geschichte könne sich eines Tages wiederholen, dass man nicht einmal auf die Ruhe vertrauen wollte, die der Scyé erzwang. Auch wenn es nur selten laut ausgesprochen wurde, so hatten die Menschen insgeheim doch immer gefürchtet, dass sich die Türme des Nordens eines Tages erneut erheben würden, dass sie, sobald sich Gelegenheit dazu bot, den Süden angreifen würden, um das Land zurückzuerobern, das sie in den Langen Kriegen für immer verloren hatten.

Und nun sah er, dass die Gelegenheit gekommen war – dass man jenseits des Scyé nicht einmal davor zurückschreckte, junge Männer wie diesen in der verhassten Kunst der *Taú*-Schützen auszubilden.

Er musste Jemren herausfordern, allein durch seine Reglosigkeit und die aufgestaute Wut, die ganz sicher zu spüren war. Doch wie zuvor im Turm hielt der Schütze seinem Zorn mit einer Gelassenheit stand, die geradezu aufreizend war; er sagte kein unbedachtes Wort, beherrschte sein *Taú* mit jener ausgeprägten Konzentration, die er für seine Bogenfertigkeiten eingeübt hatte.

Schweigend beobachtete Amra die sinnlose Auseinandersetzung.

»Gorun, reite voraus!«, forderte Jemren ihn noch einmal auf, und als er sich noch immer nicht bewegte, wandte sich der Schütze einfach ab, ungerührt von seinem Widerstand.

Und doch kehrte er ihm nicht vollständig den Rücken zu.

Er trat an den verwitterten Felsen, hinter dem sich das Kind versteckt hielt, und rief leise Lillias Namen.

Doch er erhielt keine Antwort.

Mit raschen Schritten ging Jemren um den Stein herum – und blieb stehen. Hastig wandte er sich um und ließ den Blick über das weite Land gleiten, über den flimmernden Horizont.

Da ließ Gorun das Nouk einen Schritt vorgehen, bis er selbst einen Blick auf die Rückseite des Steins werfen konnte.

Das Mädchen war verschwunden.

3

Gorun fluchte leise, denn augenblicklich wurde ihm klar, dass Jemren nicht gewillt wäre, sich auch nur einen Schritt von hier fortzubewegen, solange das Kind nicht gefunden wäre. Offensichtlich waren der gewaltsame Zusammenstoß mit dem Nraur und der fortwährende Streit für Lillia zu viel gewesen, und nun war sie weggelaufen, noch tiefer in die glühende Wüste, in das Labyrinth aus Sandstein und hitzebrütenden Tälern hinein.

»Gorun«, sprach Amra ihn an. Bisher hatte sie ihn und den Schützen mit der Zurückhaltung der *Laîren* betrachtet und geschwiegen.

»Er hat das Wasser«, erinnerte sie ihn sachlich. »Und er wird nicht aufgeben, bis er sie gefunden hat.«

»Das weiß ich«, knurrte er ungehalten. »Genau das befürchte ich: Er wird nicht aufgeben.«

Was immer Jemren über sich gesagt oder nicht gesagt hatte, eines stimmte ohne Zweifel: Er begleitete dieses Kind, und alles andere, selbst die eigene Sicherheit, das eigene Überleben, kümmerte ihn offenbar nicht im Geringsten.

Sichtlich beunruhigt ließ er sich auf die Fersen nieder und untersuchte den Boden so gründlich, als könne der nackte Stein ihm verraten, wohin das unvernünftige Kind gelaufen war.

Gorun öffnete die Faust, mit der er das Nouk zurückgehalten hatte, und das Tier senkte den Kopf, schnaubte erleichtert. Es schüttelte sich und trottete zu dem Stein, als er es dorthin lenkte.

»Es muss eine Spur geben«, sagte er, nicht gerade freundlich. Doch er bot an, danach zu suchen, damit sie irgendwann fortkamen von diesem ungastlichen Ort.

Jemren warf ihm einen kurzen Blick zu, in dem seine

ganze Anspannung, seine Sorge um das verschwundene Mädchen zu lesen waren. Mit keinem Wort kam der Mann ihm entgegen; als er jedoch sah, dass Gorun sich aus dem Sattel hinabbeugte, um seinerseits nach jeder noch so winzigen Spur zu forschen, fuhr er mit seiner Suche fort.

Der Boden war von der Hitze so ausgedörrt, so knöchern und spröde, dass er nicht den geringsten Abdruck annahm, nicht einmal die Fußspuren der Erwachsenen, die so viel schwerer waren als das Kind, ließen sich erkennen; nur die scharfen Hufe des Nouk gruben sich ein. Gorun umritt in immer größeren Runden den verwitterten Felsen, und die Erregung des Kampfs klang allmählich ab, während die dumpfen Schmerzen nach und nach zurückkehrten. Aber sie waren nicht länger eine schwer zu ertragende Qual; sie erlaubten ihm Bewegungen, die vor kurzem noch nicht möglich gewesen waren.

Er setzte sich aufrechter in den Sattel und lenkte das Nouk zwischen den Steinen hindurch, hielt Ausschau nach dem Aufblitzen des blauen Kleidchens, nach der zierlichen Gestalt des Kindes, das offenbar nicht begriff, dass es in ihrer Nähe am sichersten war.

Doch da war nichts.

Lillia konnte überall sein, in unmittelbarer Nähe, reglos und stumm wie ein verschrecktes Tier, unauffindbar ohne *Taú*. Oder sie war weit hinausgelaufen in eines der Täler, wo Durst, Hitze oder die Nraurn jeglicher Hilfe zuvorkommen würden.

Er warf einen Blick zurück zu der Kante, hinter welcher der tote Nraur und sein Tier lagen und alsbald Vögel und anderes Getier anlocken würden. Selbst wenn ihnen die Mnek, abgeschreckt von Jemrens tödlicher Bogenführung, nicht auf diesem Weg folgten – sie durften hier nicht länger bleiben.

Er lenkte das Nouk zu dem Felsen zurück.

»Wenn die Gruppe ausschließlich aus Mnek besteht, werden sie sich aufteilen«, klärte er den Schützen auf, für den Fall, dass dieser auch von der Taktik südlicher Nraurn keine Ahnung hatte.

Jemren richtete sich auf. Er wischte sich den Staub von den Händen und hörte zu – immerhin hörte er zu. Gorun wies über die Hänge der Trockenen Hügel.

»Sie werden uns in kleinen Gruppen folgen, zu zweit und zu dritt, aber nicht angreifen. Vielmehr werden sie versuchen, uns den Weg abzuschneiden, uns in eine Falle locken, in der keine Gefahr für sie besteht. Und sobald sie uns in die Enge getrieben haben ...«

Er beendete den Satz nicht, sondern hob die Hand und schloss sie mit einer raschen Geste zur Faust. Jemren nickte kurz, zeigte Einsehen, doch er schwieg.

Amra kauerte einige Schritte von ihnen entfernt vor einem dürren, nahezu blattlosen Strauch. Nun winkte sie ihn und den Schützen zu sich.

»Von diesem Zweig sind Blätter abgestreift worden«, erklärte sie mit ihrem geübten Blick für die Pflanzenwelt. »Und hier ...«

Sie öffnete die Hand. Winzige glänzende Perlen lagen darin, Teile der Stickerei auf Lillias Festkleid, verlorene kleine Sterne.

»Das weist alles in diese Richtung«, stellte Gorun fest, als er das Bild zusammensetzte, das die Spuren ergaben. Er deutete auf das rissige, zerklüftete Gelände, das sich zwischen den Hängen erstreckte. Das hieß: noch tiefer in die Wüste hinein, noch dichter an die Sandsteinbänke heran, noch mehr Hitze und Staub ertragen.

Jemren musterte ebenfalls die lebensfeindliche Landschaft, die sich vor ihm ausdehnte. Und wie nicht anders zu erwarten, wandte er sich ohne jedes Wort von ihnen ab und schritt in die Richtung, in der das Kind verschwunden war.

Gorun atmete tief durch, als er sah, dass der Schütze durchaus in der Lage war, seine Entscheidungen ohne seine Begleiter zu treffen, und ihre Anwesenheit ganz und gar außer Acht ließ. Er zog den Kopf des Nouk in die Richtung, in die Jemren aufgebrochen war, und ließ das Tier ausschreiten, nicht schneller, als Amra neben ihm hergehen konnte, und keinesfalls so schnell, dass er den Schützen einholte.

Jemren drehte sich nicht um, obwohl er die Huftritte hinter sich hören musste; in dunkler Stimmung schritt er vorwärts, den schwarzen Bogen in der Hand. Erst nach einer geraumen Weile sanken seine Schultern nach unten, und der Rhythmus seines Atems wurde wieder eins mit dem seiner Schritte.

Plötzlich bückte er sich und las etwas vom Boden auf, das er Amra – und nur ihr – zeigte. Doch als er sich erneut auf den Weg machte, fiel Goruns Blick auf seine Hand: ein winziger Fadenrest, blau und seidengleich in einer ansonsten staubgelben Welt.

Immerhin, das Kind war hier entlanggekommen.

Gorun schaute über Sandsteinbänke und trockenes Land hinweg. Die Nraurn mussten Lillia weit mehr angetan haben, als sie nur in ein Netz zu zwängen. Denn die Furcht des Mädchens vor Quinda-Na und ihren gehörnten Kriegern war so groß, dass sie blindlings in diese Wüste geflohen war und sich abwandte von dem einzigen Menschen, zu dem sie Vertrauen gefasst hatte.

Jetzt gingen Jemren und Amra nebeneinander her. Hin und wieder warf der Schütze der *Laîren* einen Seitenblick zu. Amras Sandalen wurden nur noch von einigen losen Riemen zusammengehalten, der Wind blies ihr die losen Haarsträhnen über die Schultern, und das grüne Tuch war inzwischen voller Staub. Sie erwiderte seinen Blick nicht.

»Falls ich vorhin etwas getan habe, das deine Ehre verletzt«, sagte Jemren und meinte damit wohl seine unerwünschte Hilfestellung an dem Steilhang, »dann tut es mir Leid.«

Gorun beugte sich im Sattel nach vorn, als er die Worte hörte – das unerwartete Eingeständnis, dass der Schütze sich doch Gedanken über die Gebräuche des Südens machte, über den Respekt, der Amra gebührte.

Sie antwortete mit einer abwehrenden Geste.

»Es hat allein mit dir zu tun«, entgegnete sie knapp. »Es ist der Augenblick, da sich das *Taú* von einem Körper löst. Darin liegt die Gefahr, und ich, als Einzige meiner Stadt, kann damit umgehen. Aber ich weiß nicht, ob dir das etwas bedeutet.«

Jemren stutzte und schien zu begreifen, dass er sie bei einer ganz anderen Gelegenheit gekränkt hatte.

»Ich töte«, sagte er, und seine Stimme klang rau. »Ich habe Nraur getötet.«

»Das habe ich gesehen«, entgegnete Amra, und in ihrer Stimme lag eine Entschiedenheit, die Gorun neu war. Doch jetzt war sie, wie sie gesagt hatte, ganz und gar *Laîren*, die Dienerin des Schwarzen Gottes im ersten, vollendeten Kreis.

»Ich habe sehr wohl die Art und Weise beobachtet, wie du tötest, Jemren«, fuhr sie fort. »Das ist, wie Gorun zu Recht sagt, eine durch und durch verabscheuungswürdige Kunst, die da im Norden weiterhin gepflegt wird.«

Jemren schien etwas erwidern zu wollen, doch bevor er dazu ansetzen konnte, sprach Amra weiter.

»Was du tust, weist Antiles den Weg in diese Welt. Er wartet nur auf solche Gelegenheiten. Der Schwarze Gott belauert uns ohne Unterlass, um so viel von dieser Welt an sich zu reißen, wie sein Rachen fassen kann. Diese Gier muss ständig sorgsam gebannt werden, damit seine Macht nicht ungezügelt wächst. Dafür sorge ich, das ist meine Aufgabe, wenn du mich schon danach fragst. Aus diesem Grund ist es dir und jedem anderen verboten, mich zu berühren – damit der Schatten des Schwarzen Gottes nicht in diese Welt fällt. Doch offenbar ist das dem Norden so wenig ein Begriff, dass du seinem Verlangen sogar dein eigenes *Taú* öffnest.«

Amra, die sanfte Amra, hatte sich in Zorn geredet. Gorun hätte am liebsten aufgelacht, wenn der Anlass nicht so ernst gewesen wäre. Jemren betrachtete sie, auf seinem Gesicht spiegelte sich Überraschung.

»Ich glaube, ich weiß, wovon du sprichst«, sagte er zögernd. »Vielleicht sagen wir dasselbe, nur mit anderen Worten. Es gibt Warnungen.«

Amra tat seinen Einwand mit einer Handbewegung ab und schüttelte den Kopf. Das grüne Tuch glitt ihr auf die Schultern, und die Schlange wand sich mit einer blitzschnellen, schillernden Drehung höher hinauf an ihrem Arm.

»Warnungen! In Wahrheit lehnt der Norden das alte Wissen doch ab – das beweist du mit deiner Unkenntnis. Aber begreift ihr auch die Folgen? Hast du dir jemals Gedanken darüber gemacht, was aus deinen Handlungen erwächst? Du bist völlig ahnungslos und greifst dennoch in die Geschicke der Insel ein. Du nutzt die Blutgier eines Gottes, um dein Ziel zu finden. Weißt du nicht, was das bedeutet? Oder willst du es nicht wissen?«

Jemren, der Gorun gegenüber so unerreichbar blieb, nahm Amras Worte hin, ohne zu widersprechen. Plötzlich sah er erschöpft aus, hob lediglich die Schultern.

»Ich bin, wozu mich meine Stadt gemacht hat. Sie forderte meine Fertigkeit mit dem Bogen, sie hatte das Recht dazu«, erklärte er nur.

Amra blieb stehen.

»Im ›Lied vom Weggang‹ heißt es, dass die Kriege zwischen unseren Teilen der Insel erst dann so schrecklich wurden, als die Blindschützen eingriffen, Schützen, wie du einer bist. Erst da, als sie Antiles ihre *Taú* anboten und seinen Schatten über dem Schlachtfeld von Fésos losließen, starben unsere Krieger zu tausenden – tausende Kämpfer aus dem Süden an einem einzigen Tag. Damals, so heißt es, verdunkelte Antiles' Schatten selbst die Sonne.«

Jemren hielt den Nraurn-Bogen gesenkt in der Hand, als er sich zu ihr umwandte, jene Waffe, die in seiner Hand so überaus gefährlich war und ihn unmittelbar mit den historischen Ereignissen verband.

»Das ›Lied vom Weggang‹?«, fragte er und zeigte sich so verwirrt wie sonst, wenn er etwas nicht verstand.

Gorun ließ das Nouk einen Schritt vorgehen, sodass es sich zwischen die beiden schob.

»Amra«, sagte er, und sie hob die Augen zu ihm, Augen von der warmen Farbe ihres Klans.

»Lass gut sein, was nur gut gemeint ist«, sagte er. »Dieser Mann weiß sehr wohl, wovon du sprichst. Aber du verschwendest deine Worte an jemanden, dem keine der Vereinbarungen etwas bedeutet, die unsere Länder getroffen haben. Du hast gesehen, wie er den Bogen führt, wie er das *Taû* missbraucht, um zu töten. Damit hat er ja bereits bewiesen, dass aus dem Norden nur derselbe bittere Verrat zu erwarten ist wie einst.«

Er hatte seine Worte mit Bedacht gewählt.

Und er bemerkte sehr wohl die entmutigte Geste, mit der sich Jemren von ihnen abwandte. Der unablässige Widerspruch verfehlte also seine Wirkung auf den Schützen nicht. Offenbar war es ihm doch nicht vollkommen gleichgültig, was sie von ihm dachten.

Andererseits hielt er den schwarzen Bogen noch immer fest umklammert.

Hin und wieder versuchte Gorun, die gefühllose Hand zu öffnen und zu schließen, damit die steifen Finger ihm wieder gehorchten, und er überlegte, wie groß das Wagnis wohl wäre, nach dem Kind zu rufen – nur ein einziges Mal, damit Lillia sich verriet.

Zu groß, entschied er.

Denn hier trüge seine Stimme weit und würde alles Mögliche aufscheuchen in dem dürren Land. Ohnehin hatte er seine Zweifel, ob das Mädchen ausgerechnet ihm antworten würde, denn dass er nicht zum Kreis derer gehörte, auf die sie ihr zerbrechliches Vertrauen setzte, war allzu offenkundig; das sah er schon an der Art, wie sie ihn gelegentlich mit diesen befremdlichen Augen musterte.

Und die Beweise, dass das Kind wirklich auf diesem Weg entlanggekommen war, ließen sich immer seltener finden; die Zeichen seiner Anwesenheit wurden spärlicher und spärlicher – hier noch ein Fädchen, da eine geknickte Distel, dort ein aus seiner ursprünglichen Lage gestoßener Stein.

Das war alles.

Gorun richtete sich im Sattel auf. Im späten Nachmittagslicht wirkten die Hänge leblos. Erstickend lag die Hitze in den Senken, die alle gleich aussahen, nichts als steile, verdorrte Hügel; es gab keine Landmarken. Es war, als gingen sie unablässig im Kreis. Eine Leere, die nicht einmal mehr von dürrem, dornigem Gestrüpp unterbrochen wurde. Sie hatten das Ödland im Herzen der Trockenen Hügel erreicht.

»Du wirst uns umbringen«, sagte Gorun zu dem Schützen, als auch dieser innehielt. »Du wirst uns alle umbringen.«

Jemren sah ihn nicht einmal an.

Amra schloss mit schleppenden Schritten auf, den Kopf gesenkt unter der tief stehenden Glut der Sonne. Als er ihre Erschöpfung sah, bewegte Gorun sich im Sattel, machte Anstalten, das Bein über die Kruppe des Tiers zu schwingen und abzusteigen, um ihr wenigstens diesen Platz zu überlassen. Doch der stechende Schmerz im Rücken machte ihm rasch deutlich, dass das nicht möglich war, dass er weiterhin auf das Tier angewiesen war.

Gereizt von der Hitze und der Sinnlosigkeit ihres Unterfangens, zog er den Kopf des Nouk herum und trieb es noch weiter in diese Wüste hinein, und das Tier fügte sich seinem Zügel ohne die übliche Bockigkeit, als hätte es ihn endlich als Reiter anerkannt. In Wahrheit jedoch war das Nouk genauso erschöpft wie sie alle. Wie sie alle litt es unter dem Gluthauch des Shan, der Haut und Kehle ausdörrte.

»Der Wind nimmt zu«, sagte Jemren hinter ihm; seine Stimme klang heiser.

Gorun drehte lediglich den Kopf ein wenig, zum Zeichen, dass er sich angesprochen fühlte.

»Das ist nachmittags meistens so«, gab er bissig zurück. »Im Süden.«

»Der Shan verwischt unsere Spuren, Gorun«, sagte Amra. »Das meint er.«

Sie blickte den Weg zurück. Tatsächlich hatte der Südwind an Kraft gewonnen. Ungehindert erfasste er den Staub, trieb ihn in wirbelnden, glühenden Schwaden über den Boden, und einen Augenblick lang schien das Land zu brennen. Mit Genugtuung beobachtete Gorun, wie der Sand in einer großen Woge über den Boden strich und rasch die Abdrücke der Noukhufe unkenntlich machte.

Doch mit den eigenen Spuren verschwand auch die letzte Hoffnung, dass sie dem Mädchen noch folgen konnten, dass der ausgedörrte Boden weitere, wenn auch noch so schwache Hinweise hergab – alles verschwand unter dem fließenden Staub.

Sie hatten das Kind verloren.

Jemren lehnte an einem Stein, die Hände aufgestützt; das dunkle Haar fiel ihm in die Augen. Er blickte nicht auf, während er Atem schöpfte, und wirkte zum ersten Mal wie jemand, den der Wille verlassen hat, noch weiter zu gehen, noch mehr auf sich zu nehmen. Er hatte Amra Wasser gegeben; sie hielt den Becher zwischen beiden Händen und trank sehr langsam, während die Schlange ihre schwarze Zunge tastend über ihre Schulter schob, der Feuchtigkeit entgegen. Im Nest ihrer dichten Haare lag das Tier, ein Anblick, bei dem es Gorun schauderte.

Sie reichte ihm den Becher auf das Nouk hinauf, mit dem er eine so unglückliche und so unzertrennliche Einheit bildete. Die *Laîren* teilte dasselbe Gefäß mit ihm – das wäre innerhalb der Stadt undenkbar gewesen. Doch hier, in diesem rauen Land, herrschte allein das Gesetz der Notwendigkeit, und so nahm er einen Mund voll und ritt dann zu dem Schützen hinüber.

»Die Nraurn verlieren also unsere Spur«, sagte er; er wollte eine Entscheidung. »Sie folgen uns nicht länger. Wenn Lillia das spürt – und vielleicht spürt sie es ja, so wie wir im *Taú* –, was tut sie dann?«

Jemren hob den Kopf, als Gorun ihm den Becher hinhielt, in dem sich noch ein Rest Wasser befand; so sparsam tranken sie. In dem Hemd, das Khani ihm überlassen hatte, war Jemren fast so gekleidet wie einer seiner Reiter, wie einer seiner engsten Freunde. Es sah verwirrend vertraut aus und doch sehr fremd, denn Jemrens Gesichtszüge, seine dunklen Augen und das Silber an seiner Hand verwiesen eindeutig auf den Norden.

»Vielleicht sucht sie ein neues Versteck«, sagte Gorun, als der Schütze noch immer schwieg. »Sie verbirgt sich und wartet, bis es Nacht wird. Vielleicht in der Hoffnung, dass wir sie aufspüren. Sie will gefunden werden. Sie will nicht von dir getrennt sein, davon gehe ich aus.«

»Wir suchen also nach einem Versteck«, sagte Jemren, als er begriff, und Gorun nickte.

»Sie könnte diese kleinen Perlen auch mit Absicht verloren haben«, warf Amra ein. »Es ist nur ein Gefühl, aber manchmal kommt es mir so vor, als ... als locke sie uns hinter sich her.«

Gorun atmete tief ein.

»Sie spielt mit uns!«, stieß er hervor. »Bei Nemnos, das hat gerade noch gefehlt.«

Da sah er, dass Jemren Amra aufmerksam zuhörte.

»Hältst du das für möglich?«, fragte er den Schützen. »Glaubst du, dass sie es fertig bringt, in dieser Wüste einfach davonzulaufen und in aller Ruhe abzuwarten, was wir als Nächstes tun?«

Jemren zuckte die Schultern.

»Ich weiß es nicht«, gab er zu. »Manchmal weiß ich nicht, warum sie etwas tut.«

Das erste Eingeständnis seiner Ratlosigkeit, was das Kind betraf.

Gorun hätte einiges dazu zu sagen gehabt, doch diesmal beherrschte er sich. Seine Heftigkeit brachte sie jetzt nicht weiter, das sah er ein. Sie waren alle matt von der Gluthitze des Tags, entmutigt und gereizt von der endlosen Sucherei, und eine weitere Auseinandersetzung hätte sie dem Kind keinen Schritt näher gebracht.

Er sah dem Schützen zu, wie dieser den Becher wieder an dem Riemen der Flasche festhakte. Unbehaglich wich Jemren aus, als das Nouk witternd gegen ihn drängte und nach Wasser verlangte. Das Tier hatte am längsten von allen nichts mehr zu trinken bekommen.

»Dieser Stein, der aussieht wie ein kleiner Turm, er dient

uns zur Orientierung«, schlug der Schütze vor und wies auf den verwitterten Fels. »Dort haben wir einen Anhaltspunkt, zu dem wir immer wieder zurückkehren können. Wir suchen, bis es dunkel wird.«

Gorun hielt die Landmarke in Gedanken fest und willigte mit einer Handbewegung ein.

Sie teilten sich auf, um das umliegende Gelände zu durchkämmen, wobei Gorun mit Bedacht die tieferen Einschnitte wählte, die zwischen die Sandsteinklippen führten. Er hoffte, im Schatten unter den Felsüberhängen eine Wasserstelle zu finden, an der auch das Nouk seinen Durst stillen konnte. Er gewährte dem Tier jetzt größere Zügelfreiheit, damit es seinen Instinkten folgen und ihn führen konnte; die Nraurn vertrauten in dieser Hinsicht auf ihre Tiere; davon hatte er schon mehrfach gehört.

Und das Nouk mit seinem abgebrochenen Horn trug ihn sicher über gesprungene Spalten im Stein und zwischen den Felsen hindurch. Im Vorbeigehen riss es hin und wieder ein Maul voll lederharter Blätter von den Sträuchern. Obwohl dies verräterische Spuren hinterließ, hinderte Gorun es nicht daran; er wusste, dass das Tier seinen Hunger stillen und sich an der wenigen Feuchtigkeit laben musste, die die Wüstenpflanzen hergaben.

Je tiefer er in das Gelände vordrang, desto enger rückten die rötlichen und gelben Sandsteinfelsen zusammen und bildeten hohe Spalten und Klüfte. Kühlere Schatten lagen hier zwischen den Wänden, dunkel genug, um die Hoffnung auf ein Wasserloch zu wecken, das unter dem Stein vor Verdunstung geschützt war.

Er winkte Amra, die einen guten Speerwurf von ihm entfernt über einen Grat aus gelbem Fels balancierte, und bedeutete ihr stumm, ihm zu folgen. Er lenkte sein Tier in den Spalt, der sich vor ihm auftat, und fast augenblicklich sprangen die Felsen wieder zurück zu einem langen Gang mit glatten Wänden und dem offenen Himmel darüber. Gorun zögerte kurz, um sich angesichts der neuen Lichtverhältnisse zu orientieren; da sank die tief stehende Sonne in die Felsritze hinter ihm und übergoss die Wände mit einem tiefroten Licht.

Vor Überraschung zügelte er das Nouk.

Der Fels vor ihm war bemalt. Er entdeckte kräftige Striche aus rötlichem Lehm und Ocker sowie dunklere Konturen. Um die Darstellung in ihrer ganzen Ausdehnung überschauen zu können, musste er den Kopf heben. Das Bildnis stellte eine gehörnte Königin dar, eine Nraurin auf ihrem ledernen Thron, umgeben von ihrem Volk und ihren Herden. Die Gestalt war in groben Zügen umrissen und mit Asche, Fett und anderen erdhaften Farben ausgemalt.

Er hatte noch nie eine solche Art von Malerei gesehen, und je aufmerksamer er sie betrachtete, umso mehr zog sie ihn in ihren Bann. An manchen Stellen war der Stein abgesplittert und zeigte seine ursprüngliche gelbe Färbung; das Bild war eindeutig dem Einfluss von Wind und Wetter ausgesetzt gewesen und an manchen Stellen schwärzlich verfärbt – es war ganz offensichtlich alt.

Uralt sogar – er sah eine Darstellung der Ersten Königin des Ziegenvolks vor sich.

Gorun lenkte das Nouk einige Schritte zurück, um alles besser überblicken zu können. Da entdeckte er, dass die Wände zu beiden Seiten der Schlucht ebenfalls bemalt waren, auf ihrer gesamten Länge, auch wenn diese Bilder kleiner und nicht so einzigartig waren wie die Darstellung unmittelbar vor ihm. Die ganze Schlucht war mit den Felszeichnungen der Nraurn bedeckt!

Amras leichte Schritte scharrten auf dem Stein, als sie durch den engen Durchlass trat.

»Sieh dir das an!«, rief Gorun ihr halblaut zu und konnte nur mit Mühe seine Erregung dämpfen. Er deutete auf die Felswände. »Schau, was ich gefunden habe! Mir war bisher nicht bekannt, dass die Nraurn Ereignisse und Persönlichkeiten aus ihrer Geschichte bildlich darstellen.«

Man wusste, dass das Ziegenvolk Symbole benutzte; er selbst hatte die langen Reihen der Zeichen auswendig gelernt, mit denen die Königinnen des gehörnten Volks ihre Herkunft belegten und ihre Nachkommen benannten. Vor langer Zeit hatte er sich diese abstrakten Symbole eingeprägt, und nun war er überrascht, dass ihm sofort alles wieder gegenwärtig war.

Dass die Nraurn auch über Aufzeichnungen im Sinn einer Geschichtsschreibung verfügten, auf den porösen Stein dieser Schlucht gemalt, beeindruckte ihn. Vor uns ist wohl noch nie ein Mensch so tief in ihr Gebiet eingedrungen, dachte er, während er die Bilder vom Sattel aus betrachtete. Nie zuvor hatte jemand die Trockenen Hügel durchquert und war bis zu dieser Schlucht gelangt.

»Das ist Mequa-Te, die Gründerin des Ziegenvolks. So wird sie in den Schriften genannt«, erklärte er. Er erkannte sie an dem Zeichen auf ihrem Thron, der eher einem Schemel glich. Amra betrachtete das Bild ebenfalls mit größter Aufmerksamkeit. Sie trug ihre Schlange in beiden Händen, während der Shan durch den Felsspalt wehte, ein heißer Luftzug, und der bläuliche Leib des Reptils durchwirkte ihre Finger wie ein komplizierter Knoten. Gorun wusste, dass die Deutung dieser Bilder nicht zum Wissen der *Laîren* gehörte. Die Kenntnisse über die Nraurn wurden vor allem während der Ausbildung zum Krieger vermittelt, und deshalb sprach er weiter.

»Sie kam tief aus dem Herzen der Trockenen Hügel, so heißt es, zu einer Zeit, da die Nraurn überall auf der Insel lebten. Mequa-Te führte ein großes Volk, die Hnak, und sie war die erste Herrscherin, der viele weitere Nraurnstämme zu folgen gewillt waren. Eine Fürstin des gesamten Volks, die *Nraur-a-Khae*, wie die Gehörnten sie bezeichnen.«

Mit der Hand, die die Zügel hielt, wies er auf das Gefolge der Königin. Die Umrisse der Nraurn auf den Wänden verschmolzen mit ihren Reittieren zu seltsamen Zwitterwesen und wirkten weit weniger menschenähnlich, als sie in Wirklichkeit aussahen.

Als er das Nouk tiefer in die Schlucht hineinlenkte, entging ihm nicht, dass er nicht länger nur in Amra, sondern auch in Jemren einen aufmerksamen Zuhörer hatte. Der Schütze hatte offenbar gesehen, wie sie in dem Felsspalt verschwanden, und war ihnen nachgekommen. Auch er schien überrascht von der unerwarteten Entdeckung. Jetzt folgte er dem braunen Nouk mit langsamen Schritten und betrachtete die bemalten Wände. Ein Mann, der das Staunen nicht verlernt hat, dachte Gorun, als er sah, wie gebannt der Schütze seinen Ausführungen folgte.

»Wo auch immer sie entlangziehen – die Nraurn treiben ihre Herden stets mit sich und errichten ihre Zeltstädte, sobald sie geeignetes Weideland finden. Sie lassen sich dort so lange nieder, bis das Vieh kein Futter mehr findet, und dann zieht das ganze Volk mit der Königin weiter, selbst die Alten und die Kleinsten. So ist es heute noch. Doch früher führten ihre Wege über die ganze Insel«, erklärte er. »Es wird berichtet, dass sich Mequa-Te in der Gegend des heutigen Anáxi einen Gefährten nahm, und aus dieser Verbindung entstand das eigentliche Ziegenvolk.«

Die dunklen Augen des Schützen ruhten auf ihm.

Dass Jemren ihm bereitwillig zuhörte, hätte Gorun nicht erwartet, da der Schütze doch so viele andere Bereiche ihrer Kultur leichtfertig verwarf. Andererseits hatte er auch in Caláxi manches mit unverkennbarem Erstaunen betrachtet, obwohl sein weiteres Schicksal ungewiss war. Und er hatte Amra nach ihrer Kunst gefragt, obwohl er sich damit vor ihnen eine Blöße gegeben hatte. Jemren wollte Kenntnisse erwerben, das erkannte Gorun jetzt, und Wissbegierde, so fand er, war nicht die schlechteste Eigenschaft eines Mannes.

Seine Blicke wanderten wieder über die Felswände.

In jener Zeit, von der die Bilder berichteten, hatte die Insel eine Einheit gebildet; damals verlief der tiefe Riss des Scyé noch nicht durch das Land, und es gab noch keine zwei Reiche, die in erbitterter und schier unlösbarer Fehde lagen. Der Gedanke, dass der Schütze, Amra und er eine gemeinsame

Vergangenheit hatten, stimmte ihn nachdenklich. Damals hatten die Menschen die Insel gerade erst betreten. Ihre Ankunft fiel in die Blütezeit der Ersten Königin der Nraurn, und ihre Kontakte mit dem Ziegenvolk waren spärlich.

So stand es in den Annalen von Defágos.

Als er das Nouk weitergehen ließ, stieß er jedoch auf eine Stelle, an der – stark stilisiert, doch eindeutig erkennbar an den Fugen der schweren Steine – ein Turm abgebildet war, ein Turm, wie er von Menschen errichtet wurde. Daneben war erneut Mequa-Te dargestellt, eine rötliche Figur mit imposantem Gehörn. Zahlreiche Linien führten zu ihr oder strebten von ihr fort, und Gorun staunte über die Vielfalt dieser Linien. Mit ihnen wurden die Kontakte zwischen den Nraurn und der Ersten Stadt der Menschen dargestellt. Diese Verbindungen waren weitaus vielfältiger, als er je vermutet hätte, und keines der Symbole deutete auf einen Krieg hin.

Ein kräftiger kupferfarbener Strich bezeichnete den Handel mit Münzen, mit Stoffen und Getreide, das damals noch die Nraurn den Menschen überbrachten und nicht umgekehrt, wie es zu seiner Zeit der Fall war. Eine weitere Linie stellte den Austausch von Wissen dar, das geöffnete Auge und der sprechende Mund, während das schlafende Auge Schutz und Vertrauen ausdrücken sollte. Die Erste Königin der Nraurn streckte eine Hand zur Stadtmauer aus, doch weder mit drohender noch mit besitzergreifender Gebärde. Ihre Handfläche war vielmehr nach oben gekehrt, und darauf hielt sie das Symbol des *Taú*, ein abstraktes Zeichen, wie es auch von den Menschen verwendet wurde.

»Amra, sieh doch!«, rief Gorun. »Das Schriftzeichen für *Taú*. Kommt das nun von uns, oder haben die Nraurn es als Erste benutzt?«

Sie besah sich das Bild, das hoch über ihrem Kopf auf den Sandstein gemalt war; auch Jemren blickte hinauf.

»Es bedeutet Freundschaft«, deutete Amra die Darstellung. »Freundschaftliche Beziehungen. Mequa-Te bietet der Stadt ihr *Taú* an, also kommt sie voller Offenheit.«

Sie drehte sich um. Das warme rötliche Licht übergoss ihre Gestalt und ließ ihr üppiges Haar aufleuchten.

»Ich dachte immer, Mequa-Te habe die Menschen mit äußerster Härte bekämpft«, wunderte sie sich. »Die Nraurn behaupten doch, ihr sei es als erster Anführerin gelungen, einen Teil unserer Vorfahren ins Meer zurückzutreiben und den ersten Turmbau an Land zu verhindern, zumindest so lange, bis die Quelle von Anáxi entdeckt wurde. Sie war eine Kriegsherrin, eine unerbittliche Kämpferin mit grausamen Launen, so rühmen sie die Gehörnten. Aber wenn ich diese Bilder richtig deute, kann es doch gar nicht so gewesen sein.«

Mit dieser Bemerkung verriet sie, dass sie stets mehr gewesen war als eine *Laîren* nach Art von Draura, die ihre Hütte kaum verlassen hatte, die weder Rat erteilte noch jemals hatte wissen wollen, was innerhalb oder außerhalb der Mauern von Caláxi geschah. Diese neue *Laîren* jedoch kam aus einem wissenden Klan, und sie erwies sich als vollkommen willens und fähig, dieses Wissen einzusetzen.

Voller Stolz sah Gorun sie an, voller Stolz und Zuneigung, die er ihr und ihrer beider Stadt mit den roten Türmen entgegenbrachte.

»Genau so ist es, Amra«, sagte er und erwiderte auch Jemrens Blick, der ihnen zuhörte. »Uns gegenüber stellen die Nraurn ihre Erste Königin bewusst völlig falsch dar. Das Bild vor uns beweist, dass sie die Tatsachen verdrehen. Hier steht, von Nraurnhand gemalt, dass Mequa-Te den Menschen gegenüber keineswegs eine ablehnenden Haltung einnahm. Doch wenn die Nraurn zugeben müssten, dass dies die historischen Tatsachen sind, dass die Mythen ihres eigenen Ursprungs auf ein friedliches Zusammenleben mit der Stadt Anáxi hinweisen, müssten sie mit uns verhandeln. Etwas Besseres als diese Bilder hätten wir gar nicht finden können, denn wenn wir ihnen vor Augen führen, dass sogar die Erste Königin ein Bündnis mit einer unserer wichtigsten Städte ausersehen hatte, dann müssen sie einlenken. Das könnte sogar Quinda-Na zwingen, die Waffen zu strecken, denn über Mequa-Tes zur Legende gewordenen Willen können weder sie noch ihre Königin aus dem Norden sich hinwegsetzen. Kein Wunder also, dass die Nraurn diese Felsmalereien stets geheim hielten.«

Amra nickte nachdenklich und blickte voller Unbehagen den schmalen, sandigen Pfad zurück, auf dem sie gekommen waren.

»Diese Schlucht gehört bestimmt zu ihren Heiligtümern«, gab sie zu bedenken. »Wir sollten gar nicht hier sein.«

»Mag sein«, antwortete Gorun leichthin. »Aber jetzt wissen wir, dass wir nicht immer Feinde waren, dass Feindschaft nicht vom Anfang aller Zeiten an unsere Völker entzweite. Mequa-Te selbst schuf friedliche Verbindungen zu Anáxi, legte selbst den Grundstein jener Beziehungen, die noch heute im Verhältnis der südlichen Nraurnvölker zu uns bestehen. Noch heute treiben die Nraurn aus dem Süden Handel mit Defágos, der Nachfolgerin der Stolzen Stadt.«

Schweigend betrachteten sie jetzt alle drei die Felsen, zwischen denen nichts zu hören war als der Wind, der durch die halbhohen Büsche strich, und das gelegentliche Seufzen des Nouk. Gorun war sich fast sicher, dass er und der Schütze in diesem Augenblick dasselbe dachten: wie es geschehen konnte, dass sich die friedvolle und vorteilhafte Bindung von einst in den Lärm und Hass so vieler grausamer Schlachten verwandeln konnte.

Zwischen dem Norden und dem Süden war es kaum anders gewesen – eher noch erbitterter, denn im Gegensatz zu den Nraurn und den Menschen waren ihre Türme miteinander verwandt. Im Grunde waren sie alle Nachfahren von Anáxi, der Stolzen Stadt. Fast schien es Gorun so, als gebe es ein unumstößliches, ein unbarmherziges Gesetz, demzufolge die Teile eines Ganzen von einem gewissen Punkt an unweigerlich auseinander drifteten. Eine Gewalt, die über jeden Wunsch des Einzelnen hinweg bestimmte, dass irgendwann alles in Krieg und Chaos endete.

Als er sich im Sattel zurechtsetzte, stellte er fest, dass seine Hand über dem Amulett seines Klans lag; diese Bewegung war längst zu einer unbewussten Geste geworden. Er tastete an den Rundungen der bronzenen Spange entlang und fühlte den fein gearbeiteten Kopf des Pferdchens zwischen den Fingern. Dieses Zeichen verband ihn nicht nur mit seinem Bruder Milan – es verband ihn mit allen Menschen seiner Stadt, die ohne ihr Zutun in die Kämpfe auf der Insel hineingerissen worden waren. All jene, die noch am Leben waren. Ganz sicher wäre er unter dem Tor gestorben, wenn seine Stadt tatsächlich endgültig untergegangen wäre.

Aber er sollte leben, davon war er überzeugt.

Und Caláxi lebte ebenfalls noch und würde so lange weiterleben, wie er und Amra noch atmeten – er, sie und die anderen, irgendwo dort draußen in diesem rauen Land, die Verschleppten und Gefangenen der schwarzen Feldherrin, deren Geisel das Verlorene Kind einmal gewesen war.

Er ließ das Amulett los und setzte den Weg an den bemalten Wänden entlang fort, auf denen die Nraurn ihre Geschichte weitererzählt hatten. Von einer bestimmten Stelle an wiederholte sich Mequa-Tes Zeichen; immer wieder erschien es neben neuen Figuren, von Mal zu Mal ein wenig verändert, angepasst an eine neue Zeit. Doch ganz eindeutig bezeichnete das verschlungene Symbol ›Die von der Ersten Kommenden‹.

»›Auf Mequa-Te folgte Kala-Qua und auf Kala-Qua Yagu-Ya, die Hässliche‹«, rezitierte er aus dem Gedächtnis, während ihn Amra und Jemren begleiteten. Mit größter Genauigkeit waren alle Ereignisse verzeichnet, die er während der langen und langweiligen Stunden im Offenen Turm von Defágos studiert hatte; endlose Stunden der Lektüre, zu denen Vrarras ihn jedoch unnachgiebig gezwungen hatte. Jetzt war er dem Ersten Reiter der Kühnen Stadt dankbar für die Strenge, mit der Vrarras ihn später nach jeder Einzelheit gefragt und unbarmherzig darauf bestanden hatte, dass er alles noch einmal nachschlug, was er nur halb oder ungenau wusste. So aber konnte er nun die Felsdarstellungen mühelos den historischen Ereignissen zuordnen.

An einer Stelle war der gewaltige Brand zu sehen, der einst die Trockenen Hügel verheert und den Menschen endgültig zum Sieg über die Nraurn verholfen hatte. Dieser Niederlage folgte der Sturz der Vierten Königin, deren Name daraufhin mit Schmach aus dem Gedächtnis des Ziegenvolks getilgt wurde. Das führte schließlich zur Zersplitterung der Gehörnten in verschiedene Stämme, in einzelne Völker, die einander nicht länger wohl gesonnen waren. Unzählige Figuren strebten von diesem Punkt der Felsbilder auseinander, manche von sonderbarer, geradezu grotesker Form, andere dagegen erkannte Gorun an charakteristischen Merkmalen wieder: die Mnek im Süden, ein sprunghaftes, schwaches Volk, das viele wechselnde Herrscherinnen kannte; die Kerrek aus den Gebieten um Defágos, mit denen die Kühne Stadt nach wie vor Handel trieb; die Arrak und die Ehnek, die aus dem Umland des Scyéyan kamen, von dort, wo der Scyé selbst aufbrach, an der Grenze zum Norden.

Danach war ein weiteres Volk abgebildet, große gehörnte Krieger, die sich in der drohenden Haltung von Wächtern um einen dunklen Riss im Felsen gruppierten. Sie zeichneten sich vor allem durch Unmengen unterschiedlicher Waffen aus, die sie bei sich trugen – Speere, Äxte, Bogen und die schrecklichen Haken, die vor allem berittene Kämpfer mit ungeheurer Wucht schleudern konnten, mit einer Wucht, die selbst Schilde durchschlug.

»Das ist das Volk, das Kajlyn-Gua anführt – das sind die Bahak«, sagte Jemren neben ihm plötzlich. Der Schütze stützte ein Ende des langen Bogens gegen den Stiefel und betrachtete die Wände mit gerunzelter Stirn.

Gorun hörte den Namen der schwarzen Krieger aus dem Norden zum ersten Mal. Es war ein Wort, das mit Kampfkraft und Stärke verbunden war, doch er beherrschte die Sprache der Gehörnten nicht so sicher, dass er es mit Gewissheit übersetzen konnte.

Amra trat näher zur Wand und untersuchte eingehend den Stein und die Beschaffenheit der Farbe.

»Diese Bilder sind jüngeren Ursprungs als die anderen«, erklärte sie. »Weiß man im Norden, woher die Bahak kommen?«

»Niemand kennt ihre Herkunft oder kann sagen, weshalb dieses Volk so groß wurde«, antwortete der Schütze. »Es gibt lediglich Legenden, die man sich erzählt.«

»Legenden, Jemren?«, fragte Amra, ohne sich umzudrehen. »Welche Legenden?«

Der Schütze zuckte die Achseln; Gorun hatte nichts anderes erwartet. Schon wie er das Wort aussprach, verriet, wie gering Jemren solche Berichte schätzte, so als hätte er nie davon gehört, dass sich in diesen Erzählungen oft der Kern der Wahrheit verbarg.

»Man sagt, dass sie seltsame Verbündete haben«, meinte der Schütze, »dunkle Verbündete wie die Stürme, in denen sie sich verbergen. Und dass sie angeblich von Anfang an ihrer Bestimmung folgen.«

Über die Schulter warf Amra ihm einen Blick zu, als er das so beiläufig sagte.

»Sie beherrschen das gesamte Gebiet um den Scyéyan, von der Küste bis weit in den Norden hinein«, setzte Jemren hinzu. »Und weit nach Süden; zumindest vermuten wir das. Die Gebiete der Nraurn sind ein weiteres Hindernis, das auf dem Weg in den Süden zu überwinden wäre, eine zweite Grenze außer dem Scyé.«

Als der Schütze das sagte, sah er Gorun an.

Gorun schwieg, als er Antwort auf eine weitere der vielen Fragen erhielt. Plötzlich war der Schütze bereit, sein Wissen mit ihnen zu teilen; vielleicht weil er im Gegenzug seinerseits etwas erhalten hatte: einen Blick auf die Geschichte der Insel. Doch auch jetzt sagte Jemren ihm nur, dass es da ein Hindernis gab – und das hatte Gorun schon vorher gewusst. Aber er erhielt keine Auskunft darüber, ob nicht schon längst Kämpfer aus dem Norden den Weg über diese Grenze nahmen, im Schatten, wenn schon nicht im Gefolge dieser schwarzen Ziegenkrieger.

Blindschützen wie Jemren beispielsweise, der genau das

getan hatte: mit seinen unberechenbaren Fähigkeiten in den Süden vorzudringen. Dass er allerdings die Gefahren des Scyé einer Durchquerung von Quinda-Nas Gebiet vorgezogen hatte, gab Gorun zu denken.

»Wer folgt uns?«, fragte er deshalb. »Du hast Quinda-Na einmal die *Geißel des Nordens* genannt. Was hat das zu bedeuten, Jemren?«

Langsam holte der Schütze Atem, und sein *Taú* veränderte sich, löste sich, jedoch mit großer Vorsicht, fast so, als hätte er auf diese Frage gewartet.

»Quinda-Na versucht seit geraumer Zeit, unsere Türme niederzuwerfen«, erklärte er. »Nicht nur Überfälle, um einen Teil der Herden oder Vorräte zu erbeuten, wie es früher manchmal geschah. Sie kommt und geht und hinterlässt nichts als Verwüstung. Wir wehren uns«, stieß er hervor und ballte unbewusst die Hand, an der er die Ringe trug. »Doch ihre Macht wächst ständig. Die Ehnek, die Gemnen und die Arrak, sie alle folgen ihr bereits.«

Überrascht beugte Gorun sich auf dem Nouk vor.

»Andere Stämme? Kajlyn-Gua eint mit Quinda-Nas Hilfe die Nraurn-Stämme unter ihrer Herrschaft?«, fragte er, hellhörig geworden.

»Sie unterwirft sie«, entgegnete Jemren.

Gorun dachte über diese Neuigkeiten nach, düstere Neuigkeiten.

Denn seit dem Fall ihrer Vierten Königin hatten sich die Nraurn nicht mehr zusammengeschlossen; die einzelnen Völker blieben stolz für sich und beanspruchten jeweils als Einzige das Recht, als unmittelbare Nachfahren der Ersten Königin zu gelten. Bisher waren die Menschen den Nraurn überlegen gewesen, da diese sich allzu willkürlich in den Kampf stürzten, gewandte Krieger zwar, doch unfähig, sich auf ein gemeinsames Ziel zu besinnen.

Quinda-Nas neue Strategie änderte alles.

Die Türme niederwerfen. Eine Stadt vernichten, so wie es mit Caláxi geschehen war.

Die Menschen angreifen.

Auf das Sattelhorn gestützt, studierte er die Darstellung des dunklen Ziegenvolks aus dem Norden und erkannte immer deutlicher, dass die Nraurn sich selbst auf diesen Bildern in geschlossenen Verbänden zeigten, dass sie Reiterstaffeln und geordnete Gruppen bildeten. Disziplin, dachte er. Das Volk der Bahak hatte begonnen, mit jener Disziplin zu kämpfen, die bislang allein den Menschen zu eigen war. Und das machte sie gefährlicher denn je zuvor.

Er blickte Jemren von der Seite an.

Er war sich sehr wohl der heiklen Bedeutsamkeit der Neuigkeit bewusst, die er soeben erfahren hatte. Der Norden war geschwächt. Der Norden erwehrte sich der Angriffe dieser Nraurn-Feldherrin und ihrer düsteren Königin und bot deshalb an anderer Stelle eine ungeschützte Flanke – das verstand er sehr gut, und nun begriff er auch Jemrens beharrliches Schweigen, die Entschlossenheit, mit welcher der Schütze ihren Befragungen widerstanden hatte. Jemren war stets darauf bedacht gewesen, sein Land nicht preiszugeben, die wahre Lage nicht zu verraten, in der sich der Norden befand.

Und diese Lage konnte nicht gut sein, bei allem, was er hier sah.

»Komm!«, forderte er den Schützen auf, als er bemerkte, dass Amra durch ein dunkles Tor getreten war, das von farbig gemalten Kriegern bewacht wurde. Sie folgten der *Laîren* in das Höhlensystem hinein. Ein seltsamer Geruch erfüllte die Halle, die sie nun betraten – seit langem unberührter Staub, vermoderte Stoffe und der Rauch süßer Gräser; alle diese Aromen mischten sich in der Luft. Über ihnen schmiegten sich die Sandsteinwände aneinander, die Felsen verschmolzen und bildeten einen nach oben sich verjüngenden hohen Saal, der im Dämmerlicht lag.

Amra trat ein, ohne Furcht vor der Dunkelheit. Die Huftritte des Nouk hallten von den Wänden wider, und Gorun parierte das Tier, bis sich seine Augen an das Halbdunkel gewöhnt hatten.

Ein heller weißer Fleck schwebte vor ihm in der düsteren Höhle. Er versuchte zu erkennen, was es war – und prallte plötzlich zurück – er fluchte. Dort lag auf einem steinernen Podest ein Schädel mit einem gewaltigen, glänzend polierten Gehörn. Die obere Zahnreihe des Totenkopfs berührte einen Kasten aus sorgfältig verarbeitetem Metall, der oben auf einem Steinsockel stand – ein Sarkophag aus Kupfer.

Augenblicklich wusste Gorun, wo sie sich befanden.

Er beugte sich von dem Nouk hinab zu dem Schützen, der unmittelbar neben dem Tier stehen geblieben war; sein Schmuck stieß mit leisem Klang gegeneinander, und erst nachdem er gesprochen hatte, merkte er, dass er flüsterte.

»Weißt du, wo wir sind? Wir befinden uns im Grabmal von Mequa-Te.«

Er richtete sich wieder im Sattel auf.

»Amra!«, rief er halblaut und warnend in die Dämmerung.

Sie mussten diesen Ort sofort verlassen.

Wie Amra selbst gesagt hatte, war diese Höhle ein Heiligtum des Ziegenvolks, der größte Kultplatz der Nraurn – letzte Ruhestätte ihrer mythischen Königin. Jeden Augenblick konnten sie von Gehörnten überrascht werden, die beabsichtigten, die längst verstorbene Gründerin ihrer Art zu verehren, und die ganz ohne Zweifel äußerst erbost wären, an diesem heiligen Ort Menschen anzutreffen.

Doch Amra hörte nicht; sie schritt langsam um das Podest herum zur Rückwand des Raums. Das Haus der *Laîren* wurde auch das Haus der Dunkelheit genannt; sie war in den Schatten daheim, die hinter dem Grabmal der Nraurn-Königin immer dichter wurden.

Gorun blickte den Sarkophag und den Schädel nicht an, er vermied den Anblick des Todes, der das *Taú* eines jeden Kriegers schwächte. Die hohe Grabkammer war dem Innern eines Zelts nachempfunden. Dünne, senkrechte Kupferstäbe glänzten im Halbdunkel; sie ahmten das Gestänge eines großen

Rundzelts nach. Wände und Decke waren mit rotem Ocker ausgemalt, der Farbe des Feuers; nur im hinteren Teil wirkte der Sandstein dunkel, und als Gorun genauer hinsah, entdeckte er, dass die Flecken, die er für Veränderungen im Stein gehalten hatte, ebenfalls Malereien waren, die die Felswände hinter dem Grabmal schmückten. Allerdings waren sie von ganz anderer Art als jene vor der Höhle.

Wie am Eingang zur Schlucht thronte auch hier eine Nraurin, doch im Gegensatz zu Mequa-Tes Bildnis wirkte diese Königin bedrohlich und düster, eine Herrscherin unter Waffen. Hinter ihr war eine zweite, dunkle Figur zu sehen, eine Kriegerin in unmittelbarer Nähe des Throns, ebenfalls ungewöhnlich in Größe und Fülle symbolischer Macht. Ihre Augen, Messingplättchen im Stein, schimmerten im Halblicht; die Kriegerin schien den Betrachter anzusehen.

»Hier!«, sagte Jemren neben ihm, und Gorun hörte deutlich das Unbehagen in der Stimme des Schützen. »Hier hat sie sich abbilden lassen.«

Mit der Spitze des Bogens deutete er auf das Bildnis und umfasste den geschnitzten Griff fester. Der glatte, helle Stoff von Khanis Hemd glitt ihm über das Handgelenk.

»Die Sitzende stellt die Anführerin der Bahak dar – das ist Kajlyn-Gua. Und hinter ihr steht Quinda-Na, Herrin über ihre Streitkräfte.«

Ausgerechnet hier befindet sich ihr Bildnis, dachte Gorun nun ebenfalls, unmittelbar über dem blanken Schädel der mythischen Königin. Ein Schauer überlief ihn, denn er erkannte, welche Absichten sich in Wahrheit hinter dem Angriff auf Caláxi verborgen hatten. Plötzlich wurde ihm bewusst, dass er diese Nraurin mit ganz anderen Maßstäben betrachten musste, als er es bisher getan hatte. Kajlyn-Gua sah sich in unmittelbarer Nachfolge zur Ahnherrin der Nraurn, als reinste Blutlinie nach Mequa-Te.

Als die neue *Nraur-a-Khae*, die Fürstin des gesamten Ziegenvolks.

Am Fuß des Sarkophags lagen Opfergaben. Kajlyn-Gua hatte es so eingerichtet, dass man sie ihr und der Ersten aller Königinnen gleichermaßen darbrachte: verschiedene gebrochene Gesteine, in denen Spuren von Metall schimmerten, Getreidegarben und Brocken dunkler, rötlicher Salze als Zeichen des Wohlstands. Aschespuren verwiesen auf Räucherungen, Tonschalen enthielten herbe Öle, und in anderen hatte sich Wasser befunden, wie Gorun an den weißlichen Rändern erkannte. Jetzt war es verdunstet, doch bald, sehr bald würden die Nraurn wiederkommen und dafür sorgen, dass die Erste ihres Volks keinen Durst litt, wo immer ihr *Taú* sein mochte.

»Amra!«, sagte er deshalb erneut, drängender diesmal.

Ihre schmale Gestalt verlor sich beinahe in den Schatten hinter dem Kupfergrab. Der blanke Schädel auf dem Podest grinste, Dunkelheit wirbelte in den leeren Augenhöhlen der Ersten Königin, und ein gehörnter Schatten flackerte über die Wände, obwohl es nirgends eine Lichtquelle gab.

Gorun unterdrückte eine Verwünschung, und seine Hand schloss sich fester um die Zügel des Nouk.

»Amra, wir müssen fort von hier!«

Da kniete sie plötzlich nieder.

»Lillia«, flüsterte sie rau.

Im Schatten hinter dem Grabmal der Ersten Nraurn kauerte das Kind.

Das Mädchen hatte die Knie angezogen und den Kopf darauf gelegt; die dünnen Arme waren fest um die Beine geschlungen. Sie sah Amra an, aber sie bewegte sich nicht. Auch Amra wahrte vorsichtig Abstand. Aus gutem Grund, dachte Gorun.

Denn das Mädchen war von schwelender Düsternis umgeben.

Jemren jedoch sah oder beachtete das alles nicht, und er wäre wohl bedenkenlos in die Schatten getreten, hätte Gorun ihn nicht mit einem raschen Schwenk des Noukhalses aufgehalten.

»Warte!«, raunte er. »Tritt nicht näher!«

Der Schütze blickte zu ihm auf.

»Gorun, was soll das?«, fragte er. Doch er zögerte.

»Das Kind ist in Gefahr«, erklärte Gorun, und Jemren zog die Brauen zusammen. »Hier, in diesem Grab, ist sie in Gefahr. Aber alles Weitere musst du Amra überlassen. Sie ist die *Laîren*, erinnere dich. Sie allein kann und darf diese Dunkelheit betreten.«

Der Schütze hatte eine Hand auf den Zaum des Nouk gelegt und hielt den schweren Kopf des Tiers von sich weg. Doch er blieb stehen, hörte auf Gorun – das hatte er, wenn es um das Mädchen ging, noch niemals getan.

»Was tust du da, Kind?«, fragte Amra sanft, und Gorun sah die Gesten, die ihre schlanken Finger woben: Sie hielt stumm Zwiesprache mit den Schatten, die sich hinter dem Kind ballten.

»Du sitzt genau auf der Grenze«, sagte sie zu ihm, als es nicht antwortete.

Lillia blickte sie aus verwirrend hellen Augen an, den Kopf zur Seite geneigt, sodass das silberdurchwirkte Haar bis zum Boden hing.

»Hier finden sie mich nicht«, flüsterte sie. »Hier können sie mich nicht sehen.«

Gorun sog den Atem ein, als er begriff, dass das Kind sich in Antiles' düsterer Gegenwart verbarg. Das Mädchen ohne *Taú*, das an der Schwelle zum Reich der Toten ein Versteck gefunden hatte. Und dort nicht wahrnehmbar war, ganz gleich, wer in dieser Welt nach ihr suchte.

»Sie sind weg«, sagte Jemren zu ihr. »Die Nraurn sind fort, Lillia.«

Das waren mehr als zuversichtliche Worte im Grab der mythischen Nraurn-Königin.

Doch Gorun schwieg dazu, wollte das Kind keineswegs noch mehr erschrecken.

Das Mädchen rührte sich weiterhin nicht von der Stelle, saß nur da und starrte mit aufgerissenen Augen ins Dunkel.

»Komm fort von da, Kind!«, sagte Jemren. »Du bringst uns alle in Gefahr.«

Als er auf sie zuging, kroch Lillia hastig von ihm fort. Lillia, die sich ihm immer vertrauensvoll und in ihrer ganzen Kindlichkeit zugewandt hatte. Betroffen blieb er stehen, als sie sich die Ohren zuhielt und sich wimmernd in die Schatten duckte.

»Sie erkennt dich nicht«, erklärte Amra. »Sie weiß nicht, wer du bist, hält dich für einen Schatten, dort, wo sie sich jetzt befindet. Du kannst sie nicht mehr erreichen, Jemren. Sie ist viel zu weit auf der anderen Seite.«

»Auf der anderen Seite?«, fragte er beunruhigt. »Was meinst du? Ich verstehe dich nicht, Amra«, gab er unumwunden zu.

Sie richtete sich auf, schmal in ihrem dunklen Kleid, doch ihr *Taú* leuchtete wie ein Licht in der Düsternis. Ein Schimmern, das der Orientierung dient, dachte Gorun. Das Kind beruhigte sich allmählich wieder, zwei Schritte von ihnen entfernt und dennoch unerreichbar.

»Wohin begeben sich die Angehörigen eurer Häuser, wenn sie gestorben sind?«, fragte Amra den Schützen, und er deutete in eine unbestimmte Weite.

»Auf das Meer hinaus«, sagte er schließlich und offenbarte damit, dass der Norden doch über gewisse Rituale verfügte.

Amra nickte bedächtig.

»So ist es. Auf die andere Seite«, bestätigte sie.

Jemren dachte nach.

»Lillia kann zwischen dem Leben und dem Tod hin und her wandern? Einfach so?«, fragte er schließlich, und ihm schien nicht wohl zu sein bei dieser Vorstellung.

»Vielleicht. Denk daran, sie hat kein *Taú*«, erinnerte Amra ihn. »Für sie gelten die Gesetze dieser Welt nicht – vielleicht nicht einmal die Gesetze der nächsten. Ich werde ihr ein Stück entgegengehen, und ich hoffe, ich kann sie wegholen von dort.« Gelassen wand sie sich die Schlange vom Arm. »Aber du darfst nicht einmal daran denken, mir zu folgen, Jemren. Du musst dich abwenden, wie Gorun es tut.«

Der Schütze blickte zu ihm hinüber, der voller Unbehagen

auf seinem Nouk saß; missmutig strahlte das *Taú* des Tiers Durst und Trägheit aus, und Goruns Stimmung hob sich nicht gerade, als er sah, welche Vorbereitungen die *Laîren* traf.

»Wir haben nicht viel Zeit«, gab er zu bedenken. »Wir haben eigentlich gar keine Zeit, Amra.«

Sie nickte.

»Achtet auf den Eingang hinter euch!«, wies sie die beiden Männer an.

»Was tust du?«, fragte Jemren plötzlich besorgt, als er sah, wie sie die Schlange am ausgestreckten Arm weit von sich weghielt. Sie hatte den sich windenden Leib so am Kopf ergriffen, dass ihre Finger die Kiefergelenke des Reptils zusammendrückten. Erregt riss die Schlange den Rachen auf, bis die hohlen Giftzähne hervortraten. An einem der langen Fänge hing ein gelblicher Tropfen Gift.

»Amra, was tust du?«, fragte nun auch Gorun. Mittlerweile war er in höchstem Maße beunruhigt, denn wenn ihr auf diese Weise etwas zugestoßen wäre, hätte er nicht gewusst, was er tun sollte.

»Wie du zu Recht sagtest, habe ich keine Zeit für langwierige Meditationen«, erwiderte sie. »Es gibt jedoch einen Weg, die Grenzen des Entfernten Landes ein wenig schneller zu erreichen. Das Sekret der Sundschlange erhellt, was im Verborgenen liegt, so drückte Draura es einmal aus.«

Vorsichtig nahm sie den Tropfen mit der Fingerkuppe auf und führte das Gift ohne Zögern an die Lippen.

Gorun protestierte heftig, doch da war es schon zu spät.

Amra fuhr mit den Zähnen über die Unterlippe und lächelte.

»Keine Sorge, Gorun, Draura hat das oft genug getan«, beruhigte sie ihn. Und sog scharf den Atem ein, als plötzlich die Wirkung des Gifts einsetzte. Ihre Pupillen weiteten sich; ihre Augen wurden binnen Augenblicken so dunkel wie das Halblicht, das sie umgab.

»Es ist stark«, murmelte sie, und Gorun fluchte.

»Das hast du vorher nicht gewusst?«, fragte er und verrutschte im Sattel. »Du versuchst das jetzt zum ersten Mal?«

Sie antwortete ihm nicht und wartete, damit sich das Gift vollständig in ihr ausbreiten und sein unheilvolles Werk beginnen konnte.

»Ich sehe«, sagte sie schließlich zwischen zwei tiefen Atemzügen, während ihre geweiteten Augen scheinbar ins Leere starrten. »Ich kann sehen.«

Die Wege zwischen dem Hier und dem Nichts, dachte Gorun beklommen, die Wege ins Entfernte Land, die in diesem Grab beginnen.

Sie wandte sich von ihm und dem Schützen ab und bewegte sich mit seltsam tastenden Schritten auf das Kind zu, das noch immer dicht an Mequa-Tes Grabmal kauerte. Es sah aus, als ginge sie auf der Stelle, doch ihr *Taú* entfernte sich spürbar.

»Amra«, sagte Gorun voller Besorgnis, doch er wagte nicht, ihr zu folgen oder irgendetwas zu tun, denn das hätte bedeutet, sich in ihr geheimes Wissen einzumischen. In ein Wissen, dessen Gesetzmäßigkeiten nur sie allein kannte, die für den Rest ihres Lebens *Laîren* war. Die Unberührbare.

»Da sind Verbindungen. Zwischen den Dingen«, stieß sie hervor.

Gorun wusste nicht, ob sie zu ihm sprach oder nur zu sich selbst. Mit der Hand ertastete sie ihren Weg, als sei sie plötzlich blind für die Welt, die sie umgab, und mit diesem eigenartig schleppenden Gang erinnerte sie ihn an die alte Draura, die in ihrem Leben sicherlich mehr als einmal vom Gift der Sundschlange gekostet hatte.

Ganz sicher mehr, als gut für sie gewesen war.

Eine Woge hilflosen Zorns überflutete ihn, und er drehte sich im Sattel um.

»Das tut sie nur deinetwegen«, stieß er halblaut und erbost hervor und meinte damit den Schützen, denn er brauchte jemanden, gegen den er seinen Unwillen und seine Sorge richten konnte. Den Ärger darüber, dass es so weit hatte kommen müssen, dass es immer so weit kam. Es gefiel ihm in keiner Weise, dass Amra ein solches Wagnis einging; es gefiel ihm nie, wenn andere ein Wagnis auf sich nahmen, das allein ihm vorbehalten war, der ein Krieger war.

»Du weißt, dass das nicht stimmt«, entgegnete Jemren ruhig, doch sein *Taú* war alles andere als gelassen. Und eben weil er es wusste, ärgerte Gorun diese Bemerkung umso mehr.

»Kannst du sie endlich sehen – die Götter, für die du so gar keine Achtung empfindest?«, fragte er und warf erzürnt die Hand gegen die Schatten, die hinter dem kauernden Mädchen schwelten. »Selbst du musst hier anerkennen, dass es sie ohne jeden Zweifel gibt. Hier, in diesem Grab, herrscht Antiles, der Herr der Schatten, Herr über diese Dunkelheit, und sein Name ist alt, Jemren. Die Namen der Götter sind das Älteste überhaupt, was dieses Land besitzt. Sie beschreiben sämtliche Erscheinungen der sichtbaren und der unsichtbaren Welt, und ihnen ihre Bedeutung abzusprechen ist genauso widersinnig wie zu behaupten, keiner der Neun Winde wehe über der Insel.«

Er wollte sich streiten, schon allein um sich von der Anspannung in seinem Innern zu befreien. Und Falrau, mit dem er sonst leidenschaftlich aneinander geriet, war nicht mehr da. Der Freund war vermutlich schon längst in das Land jenseits dieser Grenze eingegangen, als einer der Schatten, von denen er gesprochen hatte.

Jemren sah ihn an, sein *Taú*, wie so oft, ein undurchschaubares Rätsel.

»Um anzuerkennen, was um mich herum geschieht, brauche ich keine Götter«, erklärte er. »Ich brauche nichts, was ich über mich stelle.«

Das also ist der Kern dieser Sturheit, dachte Gorun, eine solch vollkommene Selbstbezogenheit. Die verwünschte Anmaßung des Nordens, die selbst nach Quinda-Nas Angriffen ungebrochen zu sein schien.

Er beugte sich vor.

»Aoru, Herr über die Winde. Celessedra, die Hüterin der

vergehenden Zeit. Elrel, Gott der Altersweisheit und der Geduld. Sie alle haben ihren Beitrag zu dieser Welt geleistet, und nicht einer dieser Namen sagt dir etwas? Nicht eine dieser Eigenschaften hältst du für wünschenswert? Was schätzt der Norden dann, Jemren, außer sich selbst?«

Wie so oft ging der Schütze nicht auf seinen Unmut ein. »Und Lillia?«, fragte er stattdessen. »Was bedeutet ihr Name?«

Das war eine ehrliche Frage, eine ernst gemeinte Frage, die Jemren da an ihn richtete. Der Schütze suchte aufrichtig nach Antworten, und nicht einmal seine Laune schreckte Jemren ab.

»Nichts«, sagte Gorun abweisend. »Ihr Name bedeutet nichts. Sie ist keine von ihnen. Sie kommt ganz sicher nicht von den Göttern.«

»Doch das weißt du nicht«, widersprach der Schütze prompt. »Das glaubst du nur, weil du die alten Lieder gehört hast, die im Süden bewahrt werden. Die ganze Zeit behauptest du, sie sei nicht menschlich. Was ist sie dann?«

»Das Verlorene Kind«, erklärte Gorun von seinem Nouk herab. »Das Kind mit tagblauen Augen. So heißt es in der Prophezeiung von Anáxi. Unmittelbar nach Jardaras Tod hat die Hohepriesterin ihre Rückkehr vorhergesehen, kurz vor dem Untergang der Stolzen Stadt. Oder willst du das etwa auch anzweifeln? Hast du überhaupt gewusst, dass die Prophezeiung eine Offenbarung der Quelle ist? Seit der Zeit, von der die Wände dieser Schlucht erzählen, wird dieses Wissen in Ehren gehalten. In allen Städten des Südens werden die Kulte der Götter gepflegt, damit die Beschaffenheit der Welt so gewahrt wird, wie sie von Anfang an vorgesehen war – unter Berücksichtigung des empfindlichen Gleichgewichts zwischen allen Dingen. Wie kann der Norden glauben, er müsse sich als Einziger nicht darum bemühen?«

Der Schütze sah ihn an, verunsichert jetzt, weil Gorun sich auf die Geschichte berief, die Jemren durchaus ernst nahm – das hatte er gerade erst in der Bemalten Schlucht erlebt. Es gehörte zu den Traditionen des Südens, dass Hand, Kopf und

Taú eines Kriegers gleichermaßen ausgebildet wurden. So war es schon immer gewesen, und das hatte auch für ihn gegolten; Kaseira und Vrarras hatten bei ihm keine Ausnahme gemacht. Im Norden jedoch wurde offenbar mindestens ein Teil dieser Ausbildung gründlich vernachlässigt.

»Da du von alledem nichts weißt, Jemren: Das Gefüge der Welt kann sehr wohl aus dem Gleichgewicht geraten. Alles bewegt sich, nichts ist fest, nicht einmal die Sterne, das erklärt dir sogar dieses Kind. Wenn wir nicht achtsam sind, können sich die Dinge zu ihren eigenen Ungunsten verschieben. Und im Norden ist, wenn ich dich recht verstehe, so einiges ganz und gar aus dem Gleichgewicht geraten.«

Jetzt schwieg der Schütze, wusste offensichtlich nichts mehr zu erwidern. Doch Gorun fühlte nur schale Befriedigung angesichts dieses Siegs.

»Aber Lillia«, wiederholte Jemren schließlich stur, jenes kleine Wort, das alles bestimmte, was er dachte und tat. »Wenn alles, was sie betrifft, so ist, wie du sagst – warum tut Amra dann, was in ihrer Macht steht, um ihr zu helfen?«

Darauf wusste Gorun nun seinerseits keine Antwort, und genau das war der Kernpunkt seines Zorns.

Er blickte zu ihr hinüber, die nur wenige Armlängen von ihm entfernt war. Und dennoch verhallten ihre Schritte wie in großer Entfernung; ihr *Taú* wirkte schwach und blass.

Das also geschah, wenn sich die *Laîren* in die Einsamkeit im Innern der Gräber zurückzog. Deshalb war Amra an jenem Morgen, als er und seine Reiter sie an den Sternfelsen trafen, so reizbar und erschöpft gewesen – weil sie vier volle Tage lang auf diesen unsichtbaren Pfaden umhergegangen war, vier Tage lang hatte sie seinen Bruder auf seinem letzten Weg begleitet. Die Führerin des *Taú*.

Er hatte Angst um sie.

Sie wusste ohne Zweifel, was sie tat, und dennoch breitete sich große Furcht in ihm aus, weil er nicht das Geringste für sie tun konnte, wenn ihr dort, wo sie sich befand, etwas zustoßen sollte.

»Gorun.«

Jemrens Stimme war zu einem Flüstern geworden; eine Warnung, die unmittelbar das *Taú* erreichte.

Er fuhr im Sattel herum, als er die Blickrichtung des Schützen bemerkte. Unter den Steinen, gegen das schwache Licht, das von außen hereindrang, stand die Silhouette eines großen Nraur.

Noch nie hatte Gorun einen Krieger wie diesen gesehen, mit einem derart zernarbten, verkrüppelten Gehörn. Ein Horn war kürzer als das andere und in einer Spirale nach außen gedreht, während das andere in glattem Bogen auf den Rücken schwang. Auch ein Bein schien kürzer als das andere; der Nraur war kraftvoll, doch von einer so schiefen und krummen Gestalt, als passe nichts an seinem Körper zusammen, als stünden sämtliche Glieder im Widerspruch zueinander.

Und das bei einem Volk, das so erpicht war auf kraftvolle Anmut und Wohlgestalt.

Er hatte gehört, dass die Nraurn keinerlei Nachsicht mit jenen übten, die nicht mit dem Volk mitziehen konnten, sei es aus Gründen des Alters oder der Schwäche – oder aus Mangel an körperlicher Vollkommenheit.

Und dennoch stand dieser Nraur reglos im Eingang des Grabmals, ein verkrümmter Schatten, dessen Gehörn auf absurde Weise auseinander strebte. Er wirkte wie eine Verhöhnung des kalten, selbstgefälligen Stolzes, mit dem Quinda-Na und ihre schwarze Königin an den Wänden des Grabmals prangten.

Der Nraur trug keinerlei sichtbare Waffen bei sich und wartete einfach – auf sie.

Rasch blickte Gorun zu Jemren hinüber. Einer der schwarz gefiederten Pfeile lag flach auf der Sehne des Schützen, doch noch zeigte die Spitze zu Boden, erst langsam und mit äußerster Vorsicht hob Jemren den halb gespannten Bogen.

»Ich bin Qyon«, sagte der verkrüppelte Nraur mit der engen, gepressten Stimme, die dem Ziegenvolk eigen war. »Wer seid ihr?«

Weder Gorun noch der Schütze antworteten dem gehörnten Krieger.

Der Nraur trat näher, und ein grotesker Ruck ging durch seine Glieder, als er nun unter dem Schatten des Steins hervorkam. Da sah Gorun, dass auch in seinem dunklen Gesicht nichts zueinander passte. Die Augen saßen wie verrutscht am Kopf, eines größer als das andere, die Stirnplatte bildete unschöne Wülste, und das schmale Kinn sprang deutlich vor.

»Ihr habt das Heiligtum der *Nraur-a-Khae* betreten und die Geheimnisse der Bemalten Schlucht gesehen. Das ist keinem Außenstehenden gestattet«, sprach Qyon.

Gorun atmete ein, und sein Herzschlag beschleunigte sich.

Dies war der Wächter der Bemalten Schlucht.

Er hatte sie entdeckt, hatte sie vielleicht die ganze Zeit über im Auge gehabt, und jetzt, da sie im hintersten Winkel der Schlucht festsaßen, wo es keinen Ausweg mehr gab, verstellte er ihnen den Rückweg. Und er war vermutlich nicht allein.

Hinter sich sah Gorun, dass Amra sich vorbeugte und das Mädchen am hellen Saum des Kleidchens ergriff, als sei dieser Zipfel das Einzige, was sie gerade noch von dem Verlorenen Kind zu fassen bekam.

Augenblicklich loderte die Dunkelheit an den Wänden empor, und die Düsternis schwoll zornig an, als die *Laîren* den Schatten entriss, was diese schon als ihr Eigentum gewähnt hatten.

Lillia streckte Amra die hellen Arme entgegen, schlang sie wortlos um den Hals der *Laîren*, als sie sie erkannte. Und als ein Kind ließ sie sich hochheben, plötzlich ein hilfsbedürftiges und zerbrechliches Wesen, ein kleines Mädchen, das froh war, gefunden worden zu sein. Als Amra sie sicher in den Armen hielt, wandte sie sich um, doch sie bemerkte den Nraur nicht; sie sah nicht einmal die beiden Männer, die zwischen dem missgestalteten Krieger und dem Grabmal seiner Ersten Königin standen.

»Ihr habt kein Recht, hier zu sein«, beharrte Qyon und neigte den Kopf leicht zur Seite; mit seinem schiefen Gehörn nickte er dorthin, wo Mequa-Tes Schädel auf seinem Podest lag, ein Gegenstand der Verehrung. Das Gehörn der toten Nraurin war ölschwarz poliert, eine Aufgabe, die Qyon sicherlich zu versehen hatte. Im Kupfergrab darunter ruhten vermutlich die Gebeine mit dem ganzen Schmuck, den Gerätschaften und Waffen.

Was wir getan haben, müssen die Nraurn sicher ähnlich empfinden, als dränge jemand in das heilige Quellengewölbe einer Stadt ein, dachte Gorun. Er selbst hatte geschworen, die Quelle von Caláxi mit ganzer Kraft und, wenn es sein musste, mit dem Leben zu schützen – das stets strömende Wasser, ohne das sie alle nichts waren. Dass sie sich hier aufhielten, entweihte ohne jeden Zweifel das größte Heiligtum des Ziegenvolks, einen der wenigen unberührten Orte, welche die Menschen den Gehörnten noch gelassen hatten.

»Wir haben diese Halle ohne Absicht betreten, und wir haben nichts berührt«, erklärte er deshalb mit einer friedfertigen Geste. Er meinte ernst, was er sagte, suchte nach den passenden Worten, um den Frevel abzumildern. »Wir erbitten eure Vergebung, wenn wir uns einer Übertretung schuldig gemacht haben. Als wir in die Schlucht kamen, wussten wir nicht, welch ein Ort dies ist.«

Aus den Augenwinkeln sah er, dass Amra rasch näher kam. Und er erschrak, als er den erbarmungswürdigen Zustand sah, in dem sie sich befand.

Ihre Schultern hoben und senkten sich, als wäre sie gelaufen. Schatten krochen hinter ihr die Ritzen entlang, Schatten wogten über die Wände. Feiner Schweiß bedeckte ihre Stirn, und sie presste den Handrücken auf die Lippen, um ein trockenes Würgen zu unterdrücken. Das Gift der Sundschlange hatte sie in der Tat rascher auf die Verborgenen Pfade geführt, als es ihr durch meditative Versunkenheit möglich gewesen wäre. Und jetzt floss das Gift mit Macht durch ihre Adern und entfaltete seine verderbliche Wirkung.

Das Kind, für das sie alles auf sich genommen hatte, lehnte sich vertrauensvoll an ihre Schulter.

»Da ist ein Nraur, Gorun«, sagte Lillia und streckte den Arm aus, deutete auf Qyon.

Sie sprach ohne einen Hauch von Furcht, und eine Welle plötzlichen Grimms erfasste Goruns *Taú*.

»Ja, Kind – ein Nraur. Und wir sind ihm in die Falle gegangen, weil du uns hierher gelockt hast!«, stieß er hervor.

Die türkisfarbenen Augen blickten ihn an, zwei Globen schimmernden Erstaunens.

»Aber du wolltest doch hierher kommen«, sagte das Mädchen.

Er konnte sich das nicht länger anhören.

»Qyon«, wandte er sich an den Wächter der Schlucht, fand es einfacher, mit einem Nraur zu verhandeln, als diesem Kind zuzuhören.

Der verkrüppelte Krieger sah ihn an.

Es war unmöglich zu sagen, zu welchem Volk dieser Nraur einst gehört hatte; Mähne und Bart waren längst grau. Sein dunkles Gesicht war von Furchen bedeckt, die der Wind darin eingegraben hatte, das intensive Gelb seiner Ziegenaugen zu der Farbe von Sandstein verblasst, und sein krummes Gehörn wirkte verwittert wie alter Fels.

Ein Wesen, das schon sehr lange auf der Insel lebte.

»Warum seid ihr hier?«, fragte er.

»Wir sind Wanderer«, erklärte Gorun und fürchtete, dass er auf dem Nouk mit dem einen Horn und seinem nutzlosen Speerarm eine ebenso schiefe Gestalt abgab wie der Nraur. »Wir sind vom Weg abgekommen, und als wir nach Wasser suchten, gerieten wir in diese Schlucht.«

Nicht einmal die Hälfte davon entsprach den Tatsachen, und ein Lügner verriet sich im *Taú*; das wusste er wohl. Doch er wollte versuchen, im Guten hier herauszukommen.

Jemren hingegen hielt nichts von solchen Verhandlungen.

Die voll ausgezogene Sehne berührte seinen Mundwinkel, als er zielte wie jeder andere Schütze auch; Arme und Schultern bildeten eine Linie mit dem Pfeil, und die glänzende schwarze Spitze zeigte auf den Nraur.

»Qyon«, forderte er den entstellten Wächter der Schlucht auf, »tritt zur Seite und lass uns vorbei.«

Die verwachsene Stirnplatte des alten Nraur senkte sich, das spiralige Horn stach in die dunkle Luft. Der Ziegenkrieger bewegte sich nicht.

»Du bist kein Wanderer«, sagte er und nickte mit dem verdrehten Horn in Jemrens Richtung.

»Das ist wahr«, gab der Schütze ungerührt zu. »Das bin ich allerdings nicht. Und jetzt geh zur Seite, Qyon«, forderte er den Wächter der Schlucht erneut auf. »Ich will dich nicht töten.«

Der große Nraur bewegte sich immer noch nicht.

Er kniff die schmalen Nüstern zusammen und stieß dann unvermittelt jenes Prusten aus, mit dem das Ziegenvolk seine Belustigung ausdrückte; die schiefen Glieder zuckten.

»Das wirst du auch nicht tun«, sagte er.

»Woher willst du das wissen?«, fragte Jemren mit jener kühlen Selbstsicherheit – wie Gorun fand –, mit welcher der Schütze gelegentlich auch ihm antwortete.

Ein *Taú*-Schütze, der sich den Kräften im Herzen eines Kampfs öffnete.

Da bewegte sich der Nraur unerwartet als Erster.

Amra unterdrückte den erschrockenen Ausruf nur halb, als Qyon einen Satz nach vorn tat und mit seinem längeren Horn blitzartig über einen Absatz im Stein streifte. Er fegte Sand und Splitter in Jemrens Richtung, und der Schütze wandte das Gesicht einen Augenblick zu spät ab, bekam den aufgewirbelten Staub in die Augen.

Nicht einmal jetzt stieß er eine Verwünschung aus, was Gorun an seiner Stelle bestimmt getan hätte; er drehte lediglich den Kopf zur Seite und kniff die Augen zusammen. Doch die Richtung, in die der Pfeil zeigte, beeinträchtigte das nicht im Mindesten.

Der Nraur, der sich ihnen in hinkenden Sprüngen hatte nähern wollen, stutzte, als er sah, dass dieser Schütze das Augenlicht nicht brauchte, um ihn im Visier zu behalten. Mit einem hastigen Satz rettete Qyon sich unter den Überhang des Felsens, verschwand dort jenseits des Eingangs, und erst da zischte Jemrens Pfeil, streifte die Wand und verlor sich zwischen den Steinen.

Die Hufe des Nouk knirschten, als Gorun blitzartig das Bein gegen die Flanke des Tiers bewegte und das schwerfällige Nouk herumwarf.

»Gorun, versuch das nicht!«, warnte Jemren ihn scharf und drehte sich ihm schon entgegen, während er mit der Hand blindlings nach dem nächsten Geschoss tastete. Sandige Tränen liefen ihm über das Gesicht, dann fand der Pfeil die Sehne. Mit einer geübten Bewegung hakte der Schütze die Kerbe ein und zog den Bogen straff – die Gelegenheit war dahin.

Gorun starrte ihn an, empört über den Ton, in dem der Schütze die Drohung ausgestoßen hatte.

»Du hast den Nraur verfehlt«, stieß er hervor.

»Das weiß ich«, gab Jemren zurück, während er den Handrücken gegen die Augen presste, ohne die Sehne loszulassen. »Aber er wird schnell wieder hier sein, und dann ist er vielleicht bewaffnet. Wo ist Amra?«

»Ich bin hier«, sagte sie, und Lillia auf ihrem Arm fügte selbstbewusst hinzu: »Ich auch.«

»Dann los!«, rief der Schütze und wandte sich in die Richtung, in der er den Ausgang des Grabmals vermutete.

Gorun starrte ihm nach.

Er hatte den Nraur mit voller Absicht verfehlt.

Anders konnte es gar nicht sein; die Entfernung hatte höchstens einige Schritte betragen, und Jemren hatte mehr als genug Zeit gehabt, sein Ziel zu finden – einen alten, verkrüppelten Nraur ohne Waffen.

Ich will dich nicht töten.

Offenbar besaßen die Blindschützen aus dem Norden – oder wenigstens dieser eine – doch so etwas wie ein Gewissen.

Wenn auch leider nur bedingt, dachte Gorun grimmig, als er das Nouk jetzt antrieb und knapp an dem Schützen vorbeiritt, unter dem Felsüberhang hindurch, hinaus in die Schlucht.

Auf einem Steinblock zwischen den bemalten Wänden stand Qyon, ein verzerrter Schatten unter dem mittlerweile nachtdunklen Himmel, ein beunruhigender Umriss gegen die Sterne, ähnlich jenen archaischen Darstellungen ringsum.

Und wahrscheinlich bedauerte Jemren augenblicklich seine Großmut, denn der Nraur warf das schiefe Gehörn in den Nacken und stieß einen gellenden Schrei aus, der die gesamte Schlucht entlang von den Wänden widerhallte.

»*Nraur-a-Khae!*«, kreischte er, immer wieder und wieder.

»Bei der Quelle«, knirschte Gorun zwischen den Zähnen, »er macht alle Nraurn im Umkreis auf uns aufmerksam.«

»Genau das hat er vor«, bestätigte Jemren; er kniff die Augen zusammen und zielte auch seinen nächsten Pfeil absichtlich zu tief, trieb den Nraur lediglich von seinem Sockel herunter, ohne ihn zu treffen.

In ungelenken Sprüngen rannte der bucklige alte Krieger vor ihnen her durch die Schlucht. Seine Glieder ruckten und zuckten und bewegten sich in seltsamen Winkeln zueinander. Plötzlich tat Qyon einen Satz auf einen Vorsprung in der Wand – und verschwand. Doch sein Lockruf erfüllte weiterhin die ganze Schlucht.

Jemren ließ den Bogen sinken, als er kein Ziel mehr hatte, und wischte den Staub und die Tränen beiseite, die ihm über das Gesicht rannen. Gorun ließ kein Auge von Amra, die neben seinem Tier herlief, so schnell es ihre Kräfte zuließen, das Kind in beiden Armen. Doch die Übelkeit, die das Gift verursachte, erfasste sie in immer neuen Wellen, und einmal musste sie stehen bleiben und Lillia absetzen. Das Gesicht mit beiden Händen bedeckt, rang sie nach Luft, und als sie die Arme wieder sinken ließ, stand ihr der Schweiß in dicken Tropfen auf der Stirn.

»Amra!«, rief Gorun sie leise, voller Besorgnis.

Ihre einst goldenen Augen hoben sich, ein verdunkelter, matter Blick. Doch sie erkannte ihn und lächelte schwach – sie war zurückgekehrt in seine Welt. Doch für wie lange, das wusste er nicht. Sie blinzelte sich den Schweiß aus den

Augen und straffte sich, obwohl ihr das Gift aus allen Poren austrat.

»Es vergeht«, beruhigte sie Gorun. »Es vergeht, nur die Erkenntnis bleibt.«

Auch das klang nach einem Zitat der alten Draura, aber er wollte nichts dergleichen mehr hören. Das also ist die ganze Weisheit, die die alte *Laîren* ihr mitgegeben hat, dachte er erzürnt und erschüttert zugleich: sich Antiles und seinen Schatten auf diese selbstzerstörerische Weise zu nähern. Gift nehmen, um dem Tod entgegenzutreten, um die Grenze zum Entfernten Land zu überschreiten.

»Weißt du auch, wie Draura die Dosis bemessen hat?«, flüsterte er ihr zu, schuldbewusst, weil er ihr nicht helfen konnte.

»Ich weiß jetzt, was sie mit den Worten meinte, ich müsse lernen, mit dem wahren Wesen der Schlange umzugehen«, gab Amra in schleppendem Tonfall zurück. Das Tier wand sich von ihrem Handgelenk den ganzen Arm hinauf; der schuppige Leib glänzte schwach.

»Weiter, Amra!«, drängte Jemren, und Gorun knurrte eine Bemerkung über Rücksichtnahme, die wohl im Norden nichts gelte. Doch aus den Worten des Schützen sprach nur die Vernunft. Er hatte sich halbwegs den Sand und den Staub des Grabmals aus dem Gesicht gewischt, und als Amra das Kind wieder hochhob, wandte er sich dem Ausgang der Schlucht zu.

Dort stand Qyon.

Ein verkrümmter Schatten, der sich vor der Felsspalte aufgerichtet hatte, die sie passieren mussten, ein gehörnter alter Krieger, der ihnen in den Weg trat.

Das Nouk scheute träge, als der Nraur nach den Zügeln griff. Doch Qyon hob die Hand zu keiner feindseligen Geste, und so tat auch Gorun nichts; er starrte nur in die gelben Augen, in das dunkle Gesicht.

»*Nraur-a-Khae*«, wisperte der Nraur wieder. Vielleicht hatte er so lange in der Einsamkeit und Hitze der Bemalten Schlucht gelebt, dass er den Verstand verloren hatte.

»Ein blinder Schütze, eine sehende *Laîren* und ein Diener des Nemnos!«, stieß er erregt hervor. Da er so viel über sie wusste, war er ihnen offenbar schon länger gefolgt, als sie ahnten.

»Alles ist genau, wie es sein soll«, erklärte Qyon. Er schüttelte die graue Mähne und lachte lautlos in sich hinein.

Plötzlich ließ er Goruns Tier los und trat mit seinem eigentümlichen, ruckartigen Gang auf Amra und Jemren zu, die zu Fuß gingen, achtete nicht auf den warnenden Ausruf des Schützen. Der alte Krieger hob die Hand ehrfurchtsvoll zu dem ungleichen Gehörn – und verneigte sich tief vor Amra und dem Kind auf ihrem Arm, eine Geste der Verehrung, die Gorun zutiefst verwirrte.

»Alles findet sich«, flüsterte der Nraur dem Mädchen zu. »Was auch immer zerrissen wurde – irgendwann findet es wieder zusammen. Ist es nicht so?«

Und das Mädchen, das die Furcht vor den Ziegenkriegern in Mequa-Tes dunkles Grab getrieben hatte, streckte die kleine weiße Hand aus und legte sie trotz Jemrens erschrockener Warnung auf Qyons auseinander strebende Hörner, berührte die hervortretenden Wülste auf der Stirnplatte des Wächters.

Die Sterne hatten ihren Platz am dunklen Himmel eingenommen. Ihr dünnes Licht glitzerte fern und lautlos und fand seinen Widerschein in den silberdurchsponnenen Locken des Mädchens. Qyon stand einen Augenblick lang reglos. Seine samtigen Nüstern bebten, sein hervortretendes Auge schloss sich halb. Dann trat er unvermittelt zur Seite, warf die steingraue Mähne zurück – und gab ihnen den Weg frei.

Gorun zögerte keinen Lidschlag lang. Er trieb das Nouk an, und das Tier setzte sich stöhnend und schnaufend in Bewegung, peitschte mit dem Schweif. Er ritt durch den Felsspalt in das offene Gelände hinaus, blickte zurück, ob die anderen ihm folgten. Und sie kamen; nur der alte Nraur stand reglos und blickte ihnen nach, nach all den Jahren selbst ein

Teil der verwitterten Steine, selbst ein Teil der Schlucht geworden – der Wächter seiner toten Königin.

Gorun lenkte das Nouk so lange über den gelblichen, in einzelne Felder gesprungenen Stein, über den sandbedeckten Boden, bis sie außer Sichtweite waren. Dann hielt Jemren inne und spülte sich mit wenig, sehr wenig Wasser die letzten Sandreste aus den Augen, kühlte die Lider mit den Fingern.

»Wir gehen weiter«, bestimmte der Schütze dann, und niemand widersprach; alle wussten, dass sie sich noch immer viel zu nahe bei der Bemalten Schlucht aufhielten, in einem Gebiet, das die Nraurn in- und auswendig kannten.

Jemren hob Lillia auf die Arme und trug sie; schläfrig umarmte sie ihn, zufrieden mit sich und all den verwirrenden Ereignissen, die sie heraufbeschworen hatte. Jetzt tat sie so, als habe es den Grund für ihre Furcht, den Grund für ihr plötzliches Verschwinden, nie gegeben.

Gorun wandte sich ab. Schweigend ritt er, bis das sandsteinzerklüftete Gebiet weit hinter ihnen lag und sich das Gelände vollständig verändert hatte. Steile Hügelflanken erhoben sich ringsum, dornige Büsche klammerten sich an felsdurchsetzte Hänge.

Hier ließ der Schütze das Mädchen zu Boden gleiten.

»Du musst jetzt laufen, Lillia«, sagte er mit einer Stimme, die heiser war vor Erschöpfung. »Ich kann dich nicht länger tragen.«

Das Kind sah sich um.

»Die Steine hier sind so müde«, murmelte Lillia. »Sie sind alle müde, und ich bin auch ganz müde.«

Sie blickte zu Jemren auf, ihre Augen waren verschleiert. Flüchtig strich er ihr mit dem Handrücken über die Wange, der einzige Trost, den er einem fremden Kind geben konnte.

»Nur noch ein Stück«, versprach er, doch keiner von ihnen wusste, wie lang und kräftezehrend dieses Stück noch sein mochte.

Gorun musterte das Mädchen, das vom Stein sprach wie

von einem Lebewesen. Vom Stein und von den Linien im Boden und den Bogen, welche die Sterne beschrieben.

»Komm!«, bot er an, überwand sich, als er sah, dass Lillia vor Erschöpfung den Tränen nahe war. »Vor mir im Sattel ist noch Platz.«

Türkisgrüne Augen starrten ihn an, durchdringend hell; dann schüttelte das Mädchen den Kopf und fasste Jemrens Hand fester.

»Reite voraus, Gorun!«, verlangte der Schütze erneut, doch seine Stimme klang freundlich.

Und diesmal trieb Gorun das Nouk ohne ein Widerwort an.

4

Die Sterne wanderten über den Himmel, doch die Senken, die sie durchquerten, lagen in tiefem Schatten.

In einem Tal setzte sich das Mädchen zwischen Disteln und Dornen in den Staub und war nicht mehr dazu zu bewegen, auch nur einen Schritt zu tun, selbst dann nicht, als Jemren ihr so geduldig wie eindringlich zuredete. Lillia schüttelte nur den Kopf und sank schließlich ganz auf die Seite, bettete den Kopf auf die Hände und zog die Füße in den kleinen Stiefeln unter den Rock.

»Dann leg dich wenigstens dort an die Steine, wo du sicherer bist«, drängte Jemren sie.

Gorun blickte sich um. Das enge Tal bot ihnen Sichtschutz nach mehreren Seiten und sogar ein wenig Deckung durch einige kahle Felsbuckel, die sich hier aus dem Boden wölbten. Die Hänge ringsum formten einen Keil, in dem drei Täler zusammenstießen: das, dem sie gefolgt waren, und zwei weitere, die sich nach Norden und Südosten verzweigten.

Er stieg ab, ohne Hilfe diesmal. Jemren trat zu ihm und nahm ihm wortlos die Zügel des Nouk aus der Hand, führte das Tier zu der Stelle zwischen den Steinen, an der das Mädchen jetzt lag.

Gorun wischte lose Steinchen zur Seite, doch mehr als einen Platz auf dem nackten Boden konnte er Amra nicht bieten. Klaglos war sie durch die Nacht geschritten, zäher, als er gedacht hatte, Kedras bemerkenswerte Tochter. Jetzt sank sie nieder und nahm mit einer matten Bewegung die Schlange vom Arm.

Eine Weile lagen sie einfach da, keiner von ihnen sprach.

Mit dem Fuß stieß Gorun schließlich ein Steinchen in Richtung des Schützen.

»Wasser«, krächzte er. »Wir brauchen Wasser.«

Jemren starrte ihn an, mit einem Blick, den er erst für unvernünftigen Stolz hielt und dann als blanke Erschöpfung erkannte; das *Taû* des anderen war stumpf vor Müdigkeit. Das Mädchen lehnte sich so weit zurück, dass ihr Kopf an der Hüfte des Schützen lehnte. Leise klagend murmelte sie etwas, und da erst zerrte Jemren die Flasche über die Schulter, öffnete den Verschluss und goss zuerst für sie etwas Wasser in den Nraurnbecher, dann für Amra – ein ganzes Maß voll.

Als alle getrunken hatten, warf Jemren sich wieder auf den nackten Boden und legte den Arm über die Augen; es dauerte eine ganze Weile, bis Gorun seine Atemzüge nicht mehr hörte. Die Zügel des Nouk behielt der Schütze jedoch in der Hand, während das Tier an den dürren Büschen rupfte.

»Gorun.«

Amra konnte nur noch flüstern, ihre Lippen waren rau vor Trockenheit und rissig von dem Schlangengift, das sie zu sich genommen hatte.

»Er weiß, dass du die ganze Zeit nur auf den richtigen Augenblick wartest«, fuhr sie fort. »Aber wir schaffen es nur gemeinsam durch dieses Land. Du musst aufhören, ihn zu bekämpfen.«

»Sieh dich um! Sieh dir an, wohin er uns führt!«, entgegnete Gorun ebenso gedämpft. »Er kennt den Weg nicht, den er einschlägt, er kennt nicht einmal sein Ziel – genau das sagt er uns doch die ganze Zeit!«

Als seine Worte so ungewollt heftig kamen, neigte Amra den Kopf und entgegnete erst einmal nichts. Stattdessen streifte sie die Röcke über den Knöchel und streckte den Fuß aus, schlang die Riemen ihrer Sandalen zu einem Knoten, mit dem sie dem Schuhwerk einen neuen Halt zu geben suchte. Ihre Hände zitterten noch immer, und einmal hielt sie inne, berührte die Kehle mit den Fingerspitzen und schluckte.

»Amra«, sagte Gorun und beugte sich zu ihr hinüber. »Wir müssen handeln. Wir müssen etwas tun, nachdem wir die Felsbilder in Mequa-Tes Grab gesehen haben; jetzt, da wir wissen, welche Bedrohung von dieser neuen Nraurn-Herrscherin ausgeht. Der Süden muss erfahren, was Kajlyn-Gua vorhat, und das so rasch wie möglich. Wenn *wir* das Kind an uns nehmen, muss Jemren uns folgen. Dann könnten wir diese Wüste endlich verlassen. Und wenn wir zurückkommen, Amra, dann werde ich dafür sorgen, dass die Städte erfahren, was du für sie getan hast. Das verspreche ich«, erklärte er mit Entschlossenheit. Und als Amra etwas so Unvernünftiges hörte, etwas so hoffnungslos Unsinniges angesichts der Umstände, unter denen sie hier lagerten, lächelte sie wider Willen; sie lächelte trotz des Elends, das sie in dieser Wüste durchlitt.

Doch sie wurde rasch wieder ernst.

»Jemren setzt alles daran, Lillia von jenen fern zu halten, die sie und ihre Kräfte missbrauchen wollen«, meinte sie. »Und damit tut er wahrscheinlich das einzig Richtige. Er erzählte, Quinda-Na habe Lillia entführt und sie auf sein Land verschleppt. Warum sollte die Feldherrin das tun – es sei denn, sie kennt die Prophezeiung ebenfalls? Begreifst du? Quinda-Na weiß, welche Macht in dem Kind schlummert. Und sie weiß auch, dass das Mädchen formbar ist, solange es noch so klein ist. Die Nraurn greifen längst in das Spiel der Schicksalskräfte ein. Das haben wir in Mequa-Tes Grab erlebt.«

Unwillkürlich fasste Gorun an Nemnos' kleine Statue.

»Nraurn, die unsere Prophezeiung deuten und in ihrem Sinn nutzen«, murmelte er. »Die sich vor dem Verlorenen Kind verneigen. Das ist neu.«

»Nraurn aus dem Norden«, warf Amra ein. »Und Qyon. Aber Qyon ist älter als wir. Die Nraurn sind älter als wir; vielleicht wissen sie Dinge, die wir nicht erkennen.«

Sie hatte Recht. Längst hatte sie weiter gedacht als er, der seine Zeit damit verschwendete, sich über Gegebenheiten zu ärgern, die nicht zu ändern waren. Er verlagerte das Gewicht, verblüfft, beunruhigt, dass er so vieles übersehen hatte.

Er holte tief Atem.

»Dein Bruder ist nach Geristáni geritten«, erinnerte er sie

leise. »Ich habe Reiter ausgeschickt, Amra. Die Städte des Südens werden Kunde davon erhalten, was in Caláxi geschehen ist, und sie werden Krieger senden – nicht nur einige, sondern viele. Wir sind nicht allein, hörst du? Thirion wird uns Unterstützung bringen, und dann werden wir selbst eine Kraft in diesem Spiel sein. Aber dazu müssen wir diese Wüste lebend verlassen.«

Sie lächelte traurig, doch ihr *Taú* reagierte nicht, sodass er schon bereute, überhaupt davon gesprochen zu haben. Diese Reiter mussten die Linie der Nraurn durchbrechen, das wussten sie beide; ihre einzige Hoffnung lag in der Wendigkeit und Ausdauer von Caláxis grauen Pferden. Sein Vertrauen stützte sich darauf – doch ihres nicht, das merkte er.

Er blickte zu Jemren hinüber. Schon eine Weile lauschte er den Atemzügen des Schützen, um herauszufinden, ob dieser schlief. Jemren hatte sich einen möglichst unbequemen Rastplatz gesucht, mit einer Felskante im Rücken – wohl weil er hoffte, so nicht einzuschlafen. Doch längst ruhte er halb auf der Seite, unabsichtlich in diese Lage gerutscht. Wenn Gorun gehofft hatte, ihn im Schlaf überrumpeln und die Führung wieder in die Hände nehmen zu können, so musste er allerdings feststellen, dass dies keineswegs so einfach war. Denn als er die Beine streckte und die Stiefel über den Boden schabten, erschrak das dösende Nouk; es ruckte mit dem Kopf und riss dem Schützen die Zügel durch die Hand.

Jemren schrak auf und vergewisserte sich benommen, dass es keine unmittelbare Bedrohung gab. Sacht zog er am Zügel, bis sich das Tier wieder beruhigt hatte und den schweren Schädel hängen ließ. Doch bevor der Schütze den Kopf wieder auf den Arm senkte, glitt sein Blick kurz zu Gorun herüber. Sie teilten durchaus denselben Gedanken, stellte Gorun fest: Jemren wusste, in welcher Gefahr er sich befand, wenn er zu tief schlief.

Als er sich umwandte, sah er, dass Amra ihn betrachtet hatte. Jetzt neigte sie sich leicht vor; dicht und offen fiel ihr das Haar über die Schultern nach vorn.

»Ich habe ihn angesehen«, sagte sie leise. »Wie du es wolltest.«

Ihre Hand deutete zum *Taú*.

»Er ist kein schlechter Mann, Gorun. Und er ist der Einzige, dem Lillias Kräfte vollkommen gleichgültig sind. Eben weil er die Götter des Südens nicht achtet, begleitet er das Mädchen; deshalb und aus dem einfachen Grund, weil niemand sonst bereit ist, diesen Weg mit Lillia zu gehen. Und was ist sie in seinen Armen außer einem Kind? Vielleicht haben wir all die Jahre über das Falsche getan.«

Er wusste, was sie meinte. Woran Jemren sich hielt, war Klan-Ehre: niemanden im Stich zu lassen, der der Hilfe bedurfte. Die Kinder zu schützen. Die Mauer zu sein, die das Haus umgab, der Turm – so wie der steinerne Turm die Stadt bewachte. Es war eine Haltung, die ihm zutiefst vertraut war. Aber im Süden hatte man Unterschiede machen müssen. Im Süden, wo die Kinder mit den türkisfarbenen Augen geboren wurden.

»Die *Nashan* von Caláxi sagte zu mir, dass alle Verlorenen Kinder sterben müssen. Alle, ohne Ausnahme«, erwiderte er. »›Mit dem Tod der Jüngsten Tochter von Anáxi haben wir unser Los gewählt‹, so lautet eine Zeile der Prophezeiung, und Xora erinnerte mich an jenem Tag sehr deutlich daran.«

»Aber du kannst das Kind nicht töten«, gab Amra leise zurück. Sie lehnte sich auf den dürren, trockenen Boden, matt von den Nachwirkungen des Gifts. »In diesem Punkt irrte Xora. ›Sie hat keinen Ursprung und kein Ende‹ – auch das ist eine Zeile der Prophezeiung. Und hast du nicht heute erst gesehen, wie mühelos Lillia die Grenzen des Entfernten Lands überschreitet? Sie wird zurückkehren, Gorun, sie ist immer zurückgekehrt, ganz gleich, wie oft wir diese Kinder verstoßen haben. Und ihre Rückkehr zwingt uns, dieselbe Grausamkeit immer wieder zu begehen. Doch du konntest sie selbst dann nicht töten, als es dir aufgetragen war«, erinnerte sie ihn. »Du hast sie sogar gegen die Wut und die Verzweiflung der Stadt geschützt. Ebenso wenig ist Jemren in der Lage, sich von ihr abzuwenden und sie einfach ihrem Schicksal zu überlassen, obwohl er das schon unzählige Male hätte tun können. Für ihn wäre das sicherlich der leichtere Weg.«

Sie schüttelte den Kopf.

»Hast du gewusst, dass Draura die Stadt einmal drängte, ein solches Kind zu behalten? Draura hat Caláxi geraten, nicht erneut an einem Kind zu vollziehen, was einst in Anáxi geschah. Vrauron hat mir von dieser Begebenheit erzählt. Es war vor der Großen Flut – und es war *sein* Kind. Seitdem hauste Draura in dieser Hütte, als gäbe sie sich für den Rest ihres Lebens die Schuld an den Auswirkungen dieses Unglücks. Aber ich bin mir nicht sicher, ob sie nicht zu hart gegen sich war. Ich habe über vieles nachgedacht seit dem Beben, Gorun, über vieles, das mir lange rätselhaft erschien, und ich glaube, ich verstehe manche Dinge jetzt besser.«

Im schwachen Licht der Sterne sah Gorun sie an, als sie so unbewegt über Ereignisse sprach, die ihre ganze Stadt in Aufruhr und Schrecken versetzt hatten. Nachtschatten lagen auf ihrem Gesicht, betonten ihre Wangen und die feine geschwungene Linie ihres Kinns. Er hätte diese Stärke, diese Kraft nie in ihr vermutet. Manchmal schien ihm sogar, als habe Amra ein stilles, schwer nachvollziehbares Vergnügen an dem Weg, den sie zusammen gingen. Er sah es an der Art, wie sie sich zu jeder unbekannten Pflanze hinabbeugte, selbst wenn diese halb verdorrt war; wie ihr kaum eine Kleinigkeit in ihrer Umgebung entging. Vielleicht lag es daran, dass sie nie über die engen Grenzen ihres Tals hinausgekommen war, während er weite Teile der Insel gesehen hatte: die beeindruckenden Zwillingsstädte unweit des Sees Jarú; den gewundenen Verlauf, den der Corredános in das Land gegraben hatte und an dessen Ufern Städte und kleinere Ansiedlungen lagen; die Mauern von Mrauréssi der Befestigten; die Ölbäume von Defágos – alle diese Orte hatte er während seiner ausgedehnten Ritte besucht. Amra jedoch kannte nur die Unfreiheit einer Tochter im Hause Sa Kedra und das schlichte Dasein der *Laîren*.

Plötzlich wirkte sie, als sei sie die Ältere von ihnen beiden. Doch das stimmte nicht; er erinnerte sich noch an das Kind, das sie gewesen war, ein Mädchen mit glänzenden Locken, als er schon das Jünglingsalter erreicht hatte und voller Stolz seinen ersten Speer durch die Stadt trug.

Die längste Zeit ihres Lebens hatten sie in unmittelbarer Nähe zueinander verbracht, zwischen den roten Mauern von Caláxi, und sie war ihm nicht weiter aufgefallen. Erst jetzt, da sie älter waren und die Bürde der Traditionen und ihre völlig gegensätzlichen Aufgaben sie voneinander trennten, wurde ihm bewusst, dass sie eine Frau war, wie er keine zweite kannte.

»Hast du keinerlei Furcht vor dem Kind?«, fragte er sie schließlich, bewegt von den Empfindungen im *Taú*. »Caláxi ist gefallen, während eines Bebens, das nur wenige Augenblicke lang dauerte, um dann überrannt und entvölkert zu werden von einer Nraurnfürstin, die Lillias Fährte folgte. Hast du gesehen, wie sie das Wasser beherrscht und den Stein, wie der Wind aus der kleinsten ihrer Gesten entspringt? Vermutlich werden wir nie erfahren, ob dieses Kind den Erdstoß, der unsere Stadt vernichtete, selbst auslöste oder ob es wirklich nur die Anzeichen des Bebens wahrnahm und uns warnen wollte. Und selbst wenn es so ist – hat nicht ihre Ankunft bereits den Untergang unserer Stadt verkündet, genau wie es in der Prophezeiung heißt? Doch es kann nicht unsere Bestimmung sein, dass wir um des Kindes willen zugrunde gehen!«

Er diskutierte Politik mit ihr, als würde sie zu seinen Freunden und Vertrauten gehören, als wäre sie eine der Priesterinnen der Quelle, denen gegenüber er in erster Linie verantwortlich war. Ja, in Wahrheit war sie das nun für ihn: Haus und Turm, Gefährtin und Klan, die Einzige, die ihm aus ihrer Stadt geblieben war.

Die *Laîren*, die Lebende nicht berührte und selbst nicht berührt werden durfte.

»Ich kenne meine Bestimmung«, erinnerte Amra ihn lächelnd, und einen Lidschlag lang enthüllte sich für ihn ihr *Taú,* eine warme, lichte Kraft, klar wie der Morgen, wenn die Sonne über der äußeren Mauerkrone erschien.

Hastig zog er sich davor zurück, fühlte sich wie ein Eindringling in ein Geheimnis, in das er einen unerlaubten Blick geworfen hatte. Doch ihre Augen ruhten auf ihm, jetzt wieder hell und schimmernd; ihr Gesicht blieb ihm zugewandt, und plötzlich spürte er ein solches Verlangen, sie zu berühren, ihr flüchtig über die Wange, über die Schulter zu streicheln, dass er schon den Gedanken allein als verwerflich empfand.

Denn er wusste, wie ungehörig eine solche schlichte Geste gewesen wäre, ganz und gar undenkbar. Er selbst hatte gesehen, was zu ihren Pflichten gehörte, was sie sehen und berühren musste bei ihrem Dienst an den Toten. Denn entgegen allen Mahnungen, die er sein Leben lang gehört und befolgt hatte, war sein Blick an jenem Morgen auf den schrecklich zugerichteten Leichnam seines Bruders gefallen, in jenem unbedachten Moment, als er, von Falraus Aufschrei aufgeschreckt, um die Felsen herumgeritten war. Was er dort zwischen den Steinen gesehen hatte, was er sich zugemutet hatte, als er das Klanzeichen an sich nahm, das die Mörder auf Milans zerschundenem Leib zurückgelassen hatten, verstörte ihn noch immer.

Er war gewarnt gewesen; er wusste, dass ein Krieger niemals einen Gegner anblicken durfte, der im Kampf gefallen war. Und um wie viel entsetzlicher war der Anblick, wenn ein Mensch dort lag, dem man im Leben nahe gewesen war. Er hatte sich zu seinem toten Bruder hinuntergebeugt, ihn betrachtet, und nun fraß sich dieses Bild unaufhaltsam durch sein *Taú*.

Die *Laîren* berührte als Einzige unter den Lebenden, was nach Antiles' gierigem Mahl übrig blieb – das Verwesende, das sich Auflösende. Sie allein schlug den Leichnam in das ölgetränkte Leinen der Totentücher ein, sie allein überschritt die Grenze zum Entfernten Land, um den Bruder mit liebevoller Geste auf der anderen Seite zu empfangen. Aus diesem Grund war ihr im Diesseits jeder Zugang zu den Lebenden verwehrt.

Mit den Fingern fuhr Gorun sich durch die staubigen Locken.

»Ich werde zurückholen, was uns genommen wurde«, erklärte er, und der Atem schmerzte in der Brust, so eng erschien sie ihm. »So viele waren noch am Leben, als Quinda-Na die Stadt verließ. So viele, Amra, die von der Feldherrin als Gefangene aus der Stadt getrieben wurden. Ich kann sie nicht einfach verloren geben, nicht für dieses eine Kind.«

Er hatte beide Fäuste geballt. Jetzt stieß er den Atem aus, lehnte sich zurück auf dem harten Untergrund. Erneut suchte sein Blick den Schützen aus dem Norden. Jemren lag ganz ausgestreckt da, den Kopf in der Armbeuge. Sein Rücken hob und senkte sich gleichmäßig, und mit einer Hand berührte er Lillia, als erfülle ihn die Sorge um sie auch noch im Schlaf.

Als Gorun sich wieder umwandte, sah Amra ihn noch immer an.

»Das Mädchen vertraut ihm, Gorun, ihm allein«, erklärte sie. »Solange Jemren in Lillias Nähe ist, setzt sie ihre Kräfte nicht ein. Ohne ihn kannst du nichts tun.«

Stille erfüllte das Tal.

Amra hatte sich jetzt ebenfalls auf dem harten Boden niedergelassen und schloss die Augen; sie sprachen nicht mehr miteinander. Unbehaglich bettete Gorun sich auf die gesunde Schulter.

Amras Worte gingen ihm durch den Kopf, und er betrachtete sie, während sie ohne jeden Schmuck im Staub neben ihm lag. Wie schon oft fragte er sich, weshalb sie die düstere Seite gewählt hatte, die Einsamkeit, die Antiles umgab, das Leben der Unberührbaren; sie, die aus jedem Haus der Stadt hätte wählen können.

Er wusste nicht, ob er richtig gehandelt hatte, als er Xora widersprach und das Kind vor dem Zorn Caláxis schützte – eine vorschnelle, unüberlegte Handlung? Diese Frage belastete mit nagender Ungewissheit sein *Taú*. Doch als er jetzt darüber nachdachte, erkannte er sich in diesem raschen Entschluss wieder, erkannte sich im Wesen des Gottes, für den er sich entschieden hatte: für Nemnos, den Gott der Bronze und des Muts, der mit Leichtigkeit und Unbefangenheit daherkam, ganz anders als Narduk etwa. Falraus Gott war der Herr des Kriegs, des bewaffneten Kampfs, eine Kraft, der er nicht diente, nie hatte dienen wollen. Er nahm die kleine Bronzefigur vom Hals und betrachtete sie, jenes Symbol mit dem erhobenen Arm, das für schützende Abwehr und Verteidigung, aber auch für das Zusammenleben in Freundschaft stand.

Er war zu jung. Einem viel zu jungen Mann hatte die Stadt ihre Verteidigung anvertraut. Er war nicht erfahren genug, sein Charakter musste sich erst noch in seinen Handlungen zeigen, und er hatte sich bisher bei zu wenigen Anlässen bewährt. Dennoch hatte die Stadtversammlung ihn zu ihrem Ersten Reiter bestimmt.

Dieser Gedanke beschäftigte ihn seit langem: die Furcht, den Erwartungen nicht zu genügen, die an ihn gestellt waren, seiner Aufgabe nicht gerecht zu werden. Und an jenem Morgen, als sie Milans Leichnam zwischen den Felsen fanden, so nackt und so schrecklich zugerichtet, bewahrheitete sich diese geheime Angst. Denn an jenem Morgen musste er erkennen, dass er nicht einmal den eigenen Bruder schützen konnte, nicht einmal diesen Jungen aus dem eigenen Klan.

Und es war noch weitaus schlimmer gekommen.

Die Lederschnur mit dem Symbol des Hauses Sa Kaseira verschob sich unter einem Atemzug auf seiner Brust, und er griff danach, hielt es zusammen mit der kleinen Götterfigur in der Hand.

Der Erste Reiter verkörperte den Charakter einer Stadt; vielleicht war dies der Grund dafür, dass die Wahl Caláxis auf ihn gefallen war. Der Erste Krieger repräsentierte die Türme, vertrat ihr Wesen und ihren Willen nach außen, und vielleicht hatte seine Stadt sehr wohl gewusst, wen sie zu ihrem Verteidiger machte, viel klarsichtiger noch, als er selbst ahnte: einen jungen Mann, der den Gott des Muts und der Freundschaft erwählt hatte, statt den düstereren Kräften zu dienen.

Sie lagerten, bis der spät aufgehende Mond den Himmel silbern färbte. Noch bestand keine Gefahr, dass sie entdeckt würden, denn solange das weiße Licht den Talboden nicht erreichte, konnten die Nraurn ihren Spuren nicht folgen.

Die kleinen Geräusche der Nacht beruhigten Gorun, das gelegentliche Trillern und Zirpen, denn sie wären sofort verstummt, wenn sich ein Wesen genähert hätte, das nicht in dieses Tal gehörte. Er wachte mit angespannten Sinnen, das *Taú* nach außen gerichtet, auch wenn er entspannt dalag. Jemren und Amra schliefen nun beide; er nahm ihre Anwesenheit wahr, ihre ruhigen Atemzüge, ihr selbstvergessenes *Taú*. Sogar das Nouk stützte einen Hinterhuf auf und strahlte Friedlichkeit aus. Nur das Kind war ein blinder Fleck; es lag in einem Gewirr dunkler Locken und silberner Strähnen dicht an Jemrens Knie und war nicht deutlicher zu spüren als ein Stein.

Als sich der weiße Mond hoch über den Kuppen der Hügel zeigte, erhob sich Gorun.

Er stand auf den eigenen Beinen und stellte mit Genugtuung fest, dass er wieder Herr über seine Glieder war. Behutsam führte er verschiedene Bewegungen aus, kleine Drehungen und das Anspannen und Dehnen einzelner Muskeln, und war überrascht, wie gut ihm dies gelang. Das Gefühl in seinem Speerarm war noch nicht vollends zurückgekehrt, doch die Gelenke ließen sich wieder bewegen, die Finger öffneten und schlossen sich fast mit der gewohnten Kraft.

Er durchquerte das enge Tal mit wenigen Schritten. Das Nouk hob mit einem warnenden Grunzen den Kopf und legte die Ohren an; das ihm zugekehrte Auge glitzerte. Dabei zerrte es am Zügel, den Jemren noch immer um die Hand geschlungen hatte. Er schlug die Augen auf. Gorun blieb stehen.

»Jemren«, sagte er.

Der Schütze rieb sich die Augen und setzte sich auf. Mit der Hand, an der die Ringe glitzerten, strich er sich das Haar aus der Stirn.

»Ich habe dir einen Vorschlag zu machen«, erklärte Gorun.

Im Schlaf waren Jemrens Züge weicher geworden; die Anspannung schien gewichen. Offensichtlich war er erleichtert, dass Gorun keinen Angriff, keinen Versuch unternommen hatte, ihn zu überwältigen, solange sein *Taú* vom Schlaf umfangen gewesen war.

Der Schütze schwieg und wartete, dass Gorun weitersprach.

»Das Mädchen schafft den Weg durch die Wüste nicht. Und Amra ist ebenfalls völlig erschöpft«, fuhr Gorun fort, solange diese Offenheit zwischen ihnen bestand. »Aber hinter den Mauern einer großen Stadt, da wäre sie sicher. Städte wie Geristáni oder Defágos könnten uns Schutz bieten, auch dem Kind und dir.«

Er gewährte bewusst Einblick in sein *Taú*, in seine Absichten. Einen Augenblick lang rührte Jemren sich nicht; dann beugte er sich vor und schnürte seine Stiefel fester, suchte offensichtlich einen Vorwand, um nicht gleich antworten zu müssen. Als er sich schließlich erhob, blieben der schwarze Bogen und der Nraurn-Köcher scheinbar unbeachtet am Boden liegen.

»Ich habe im Süden nichts verloren«, erklärte er. »Das hast du selbst gesagt.«

Gorun atmete tief ein.

»Wenn du das Mädchen vor den Nraurn in Sicherheit bringen willst, dann müssten wir diese Gegend verlassen«, entgegnete er. »Seit die Türme erbaut wurden, haben die Menschen diese Landstriche gemieden. Selbst jene Städte, die mit dem Ziegenvolk Handel treiben, halten sich an die wenigen gemeinsam vereinbarten Treffpunkte. Keinem vernünftigen Menschen fiele es ein, diese Grenzen zu missachten, und schon gar nicht zu einer Zeit, da eine Nraurn-Feldherrin aus dem Norden die Gebiete unsicher macht.«

Er stellte fest, dass Jemrens Abwehr keineswegs vollkommen war. Das *Taú* des Schützen regte sich, verletzt, besorgt, nachdenklich. Jemren musterte ihn und versuchte sicherlich, die neue Stimmung einzuschätzen. Schließlich schüttelte er den Kopf.

»Ich kann sie nicht in den Süden bringen, Gorun«, erklärte er. »Dann hätte sich nichts geändert. Die Leute dort würden sie nicht willkommener heißen, als dies in Caláxi der Fall gewesen ist. Ich kann mit ihr auch nicht in den Norden zurückkehren, und hinter uns sind die Nraurn. Uns bleibt nur diese Richtung.«

Er wies nach Osten, in das enge Tal, das halb im Schatten und halb im Mondlicht lag.

»Das Kind ist der Schlüssel«, stellte Gorun fest. »Das Kind ist der Schlüssel zu Quinda-Nas Handeln. Für die Nraurin ist sie das Zeichen, dass jetzt der richtige Zeitpunkt gekommen ist, um ihren Krieg über die ganze Insel zu tragen, ihren Machtanspruch zu festigen – jetzt, da wir von der Prophezeiung eingeholt werden. Du hast die Bilder in der Schlucht gesehen, du selbst hast mir berichtet, was Quinda-Na im Norden anrichtet. Und Lillia spielt in diesen Kämpfen eine Rolle, Jemren. Was hatte die Feldherrin mit dem Kind vor?«

»Das weiß ich nicht«, entgegnete der Schütze, und da war kein vorsichtiges Abwägen, kein Taktieren mehr in seinem *Taú*. »Sie muss das Mädchen allerdings schon lange in ihrer Gewalt gehabt haben. Als ich Lillia befreite, war sie völlig entkräftet. Die Nraurn waren tief in unser Land eingedrungen. Aber was Quinda-Na dort mit ihr vorhatte ...«

Er hob die Schultern.

Der Mond war jetzt vollständig über den Hügeln aufgestiegen, sein kühles Licht fiel auf sie beide.

»Was hast du mit ihr vor?«, fragte Gorun.

»Ich bringe sie zurück«, erklärte Jemren schlicht, und als Gorun den Mund öffnete, um einen Einwand zu erheben, sprach der Schütze rasch weiter. »Es muss einen Ort geben, von dem sie gekommen ist; alles kommt von einem Ort. Spürst du nicht, wie sich ihre Nähe anfühlt? Als sei der tragende Stein aus dem Gefüge eines Turms entfernt worden. Als sei selbst der Boden nicht mehr fest. Sie *fehlt* an einer bestimmten Stelle, Gorun, und Quinda-Na weiß das. Bislang hat sie mit aller Macht zu verhindern versucht, dass das Kind dorthin zurückkehrt.«

Das waren klare Überlegungen.

Zum ersten Mal empfand Gorun Mitgefühl mit diesem Mann, dem sein sturer Stolz nicht erlaubte, einen anderen Weg einzuschlagen, selbst wenn ihn der gewählte Pfad ins Verderben führte.

»Du hast dir eine unlösbare Aufgabe gestellt«, entgegnete er deshalb. »Das Verlorene Kind hat weder einen Platz in dieser noch in der anderen Welt. Deshalb konnte Lillia sich in Mequa-Tes Grab an der Grenze verbergen, im Dazwischen, wohin nur Amra zu gelangen vermag, und das nie ohne Gefahr. Du bist mit den alten Liedern wenig vertraut. Darin heißt es, ein Kind, das in den Händen derjenigen ums Leben kommt, die es in diese Welt gerufen haben, kann es weder hier noch dort sein, weder im Land der Lebenden noch im Land der Toten. Deshalb ist das Mädchen das Verlorene Kind. Es gibt keinen Ort, an den du sie bringen könntest.«

»So lautet die Legende«, erwiderte Jemren zweifelnd.

»So lautet die Prophezeiung«, berichtigte Gorun.

Der Schütze wandte sich um und warf einen langen Blick auf das Mädchen, das hinter ihm auf dem nackten Boden schlief. Ein zartes, schönes Wesen, solange die Augen geschlossen waren, mit einer Aura der Zerbrechlichkeit. Doch auch Jemren wusste offenbar, dass Lillia etwas anderes war, als das Auge wahrnahm.

Die leisen Stimmen hatten Amra geweckt. Sie setzte sich auf und flocht ihr Haar zu einem langen Zopf, während sie ihnen zuhörte. Dann stand sie auf und trat zu den beiden Männern. Erleichtert bemerkte Gorun, dass ihr diese Bewegungen nicht länger schwer fielen, dass sie befreit war von dem Gift der Sundschlange.

»Deshalb also gehst du so beharrlich in diese Richtung«, sagte sie zu Jemren und wies auf die verdorrten Hänge im Osten. »›Ein Land jenseits der Trockenen Hügel‹, so heißt es, nicht wahr? ›Ein Land jenseits von Tal und Berg.‹«

Der Schütze blickte sie an, und sie schüttelte leicht den Kopf.

»Das ist nur eine Zeile aus einem Lied, ein Bild für etwas nicht Fassbares, das außerhalb unseres Vorstellungsvermögens liegt. Damit ist das Entfernte Land gemeint. In Wahrheit ist dort nichts, Jemren«, sagte sie.

»Genau wie dieses Kind auch nur eine Zeile eurer Prophezeiung ist«, widersprach der Schütze, hielt sich stur an das, was ihn bislang geführt hatte. »Aber sieh sie an, Amra. Sie ist hier. Du sprichst mit ihr, und sie hört dir zu, sie empfindet, sie atmet und lebt, nicht anders als wir. Was ist also die Wahrheit?«

»Sie meint«, sagte Gorun und trat einen Schritt vor, »dass das Land dort endet. Nach den Trockenen Hügeln kommt nichts mehr, nur steile, kahle Berge und dann das Meer. Das hast du nicht gewusst, nicht wahr? Du hast von der Landschaft des Südens keine Ahnung.«

Jemren sah ihn an. Sein *Taú* zog sich nicht zurück wie zuvor; es verriet Betroffenheit.

»Der Norden besitzt keine Karten mehr«, erklärte er schließlich. »Alles ist während der Flucht verloren gegangen.«

Goruns Brauen zogen sich zusammen.

»Flucht? Bei welcher Flucht?«

Jemren antwortete nicht gleich.

»In der Bemalten Schlucht hast du erklärt, dass die Nraurn bestimmte Ereignisse ihrer Geschichte unterschiedlich auslegen«, sagte er dann. »Sie deuten sie so, wie es ihnen gelegen kommt. Vielleicht tun wir dasselbe, Gorun. Das Lied, das der

Süden ›Lied vom Weggang‹ nennt, heißt im Norden ganz anders. Wir nennen es die ›Klage von der Vertreibung‹. Offenbar denken wir sehr verschieden über die Ereignisse um Anáxi. Wir haben sehr unterschiedliche Sichtweisen über die geschichtlichen Begebenheiten und die Rollen, die wir darin spielen.«

Goruns Brauen entspannten sich nicht, als er das hörte.

Die Türme des Nordens begriffen sich als Flüchtlinge – als Vertriebene jenes furchtbaren Kriegs, den sie doch selbst begonnen hatten.

»Wer hat dir davon erzählt?«, fragte er. »Wenn man im Norden dieses Lied nicht unter seinem richtigen Namen kennt – wie kannst du dann davon wissen?«

»Amra hat es erwähnt, weißt du noch?«, entgegnete der Schütze. »Und Khani sagte einmal, dass ...«

»Khani?«, unterbrach Gorun ihn ungläubig. »Khani? Er hat mit dir gesprochen?«

Als er Goruns Tonfall hörte, stutzte Jemren. Mit der Hand deutete er kurze, widerborstige Haare an.

»Der junge Reiter, der mir im Turm Wasser und etwas zu essen brachte ... Er hieß doch Khani? Manchmal blieb er, ja, und fragte, wie wir im Norden leben.«

Jemrens dunkle Augen musterten ihn.

»Aber das sollte er wohl nicht«, stellte er trocken fest.

Gorun atmete tief ein, als ihm klar wurde, dass sein Cousin, sein eigener Cousin, sämtliche Versuche unterlaufen hatte, um diesem Mann beizukommen, der so beharrlich schwieg. Er selbst hatte Khani zwar den Auftrag erteilt, sich um die notwendigen Bedürfnisse des Fremden zu kümmern, die er nicht einfach außer Acht lassen konnte. Doch er hätte niemals damit gerechnet, dass Khani diese Gelegenheit natürlich nutzen würde, um seine schier unstillbare Neugier zu befriedigen. Und um Jemren die Hand zu reichen, ihm eine Brücke zu bauen. Eine Brücke, über die er sich während der Tage hatte hinwegretten können, die Falrau und Gorun ihm im Westturm von Caláxi so schwer gemacht hatten.

Er selbst hatte Khani für diese Aufgabe ausgewählt und

fragte sich nun nach dem Grund: Vielleicht hatte er geahnt, dass Khani diesem Fremden mit einer Unbefangenheit entgegenträte, die er selbst nicht aufbringen konnte. Für einen Augenblick sah er ihn vor sich, kaum älter als Milan. Ein lachender Junge mit einem Speer, der ihm im Kampf um die Stadt so wenig genutzt hatte. Khani mit seiner unbekümmerten Freundlichkeit.

Mit der Freundlichkeit, die ihrer Stadt den Beinamen gab.

Wie anders waren doch die Gespräche zwischen ihm und Jemren verlaufen während dieser endlosen, dunklen Stunden im Turm.

Zwischen ihnen hatte es nicht die geringste Verständigung gegeben.

Mit jeder Geste, mit jedem Wort landeten sie im Reich der Zweideutigkeiten und Missverständnisse, mussten innehalten und sich besinnen, wie diese Bemerkung oder jene Geste gemeint war – beide, er wie Jemren gleichermaßen. Inzwischen durchschaute er diesen Mann besser, der ihm da gegenüberstand und er hatte gesehen, mit welch tödlicher Genauigkeit Jemren den Bogen beherrschte, ein Blindschütze – die Verkörperung eines Gegners aus einer schrecklichen Zeit.

Und dennoch: ein schlechter Feind. Ein sehr schlechter Feind, wer Feindschaft verabscheute.

Jemren hatte ihn beobachtet, hatte das Auf und Ab in seinem *Taú* sicherlich verfolgt.

»Khani war der Erste, der mein Bild vom Süden veränderte«, erklärte er jetzt, bot erneut Offenheit an. Eine Offenheit, die stets da gewesen wäre, wenn Gorun je danach gesucht hätte. »Zuerst Khani, dann Amra und dann du, Gorun. Im Norden ist es kaum anders als in deiner Stadt. Auch dort erzählt man sich allerhand über das Land jenseits des Scyé, und das wenigste davon ist freundlich. Oder wenigstens wahr. Aber ich habe dieses Land jetzt gesehen«, sagte er, und es klang, als erkläre das alles.

»Nicht gerade viel davon«, entfuhr es Gorun, bevor er sich beherrschen konnte.

Er hob die Hand zu einer versöhnlichen Geste, doch der Schütze nahm ihm die Bemerkung nicht übel. Zu seiner Überraschung lachte Jemren leise.

»Der mythische Süden«, meinte er. »Ist er wirklich so groß, wie man sich erzählt?«

»Größer«, erklärte Gorun mit Überzeugung. »Komm mit mir!«, drängte er, nutzte die Unbefangenheit zwischen ihnen. »Du hast Amra und mir geholfen. Ich werde mich für dich einsetzen, Jemren.«

Doch der Schütze schüttelte den Kopf.

»Es geht nicht um mich, Gorun«, sagte er. Er wies auf das schlafende Mädchen.

»Es geht allein um sie.«

Sie aßen im Stehen, was von ihren Vorräten übrig war: einige staubige Mund voll Brot, einen Bissen zähen Trockenfleischs und säuerliche Olza-Früchte – eine karge Mahlzeit, zu der es fast nichts zu trinken gab. Anschließend fühlte Gorun sich hungriger als zuvor, doch er nahm es mit grimmiger Genugtuung hin, als ein Zeichen, dass seine Kräfte endgültig zurückkehrten.

Quälender war der Durst.

Sorge stieg in ihm auf, als er sah, dass die Flasche kaum noch Wasser enthielt. Der Vorrat ging zur Neige, obwohl sie so überaus sparsam damit waren. Sie hätten alle wesentlich mehr trinken müssen, um die zehrende Hitze und die Strapazen des Tags auszugleichen. Das Nouk bewegte sich missmutig zwischen den Steinblöcken und wühlte mit dem Vorderfuß den Boden auf, suchte dasselbe wie er. Er folgte dem Tier einige Schritte auf der Suche nach einem tief eingebetteten Stein, unter dem er graben konnte, nach einer feuchten Stelle in der Hügelflanke.

Doch Jemren hatte alle Wasserstellen sorgfältig gemieden, und das mit Recht, denn dort würden ihnen die Nraurn mit Sicherheit auflauern. Es gab durchaus angenehmere Gebiete in den Trockenen Hügeln, grasbewachsene Steppen, auf denen die Nraurn ihre Zelte aufschlugen und ihre Herden weiden ließen. Sie jedoch hatten sich in die höher gelegenen, trockenen Gebiete geflüchtet, die von Wind und Sonne ausgelaugt waren.

Die Nachtluft war kühl, sehr kühl im Vergleich zu den heißen Tagen. Der Boden unter seinen Fingern fühlte sich dürr und tot an, mehliger, kalter Staub. Hier gab es keine Spur von Feuchtigkeit. Er richtete sich auf, wischte die Hände ab und fuhr sich durch die Haare. Er fühlte sich unbehaglich, verspürte zu allem Überdruss den dringenden Wunsch, sich zu waschen, ein Bad zu nehmen und den Schmutz des Weges abzuspülen. Doch daran war nicht zu denken.

Jemren hatte das Mädchen geweckt; er bereitete es auf den Weg durch die späte Nacht vor, und als er sich schließlich aufrichtete, erkannte Gorun, dass seine Worte Eindruck gemacht hatten auf den Schützen, dass Jemren durchaus zugänglich war für seine Überlegungen. Unschlüssig stand er da und betrachtete die Hänge im Mondlicht, so als wäge er ab, welche Richtung sie einschlagen sollten. Offensichtlich zog Jemren den Vorschlag, den er ihm unterbreitet hatte, ernsthaft in Betracht.

Gorun atmete durch und schöpfte neue Hoffnung, als er sah, dass er allmählich Einfluss auf diesen Mann gewann, dass er Jemren vielleicht doch dazu bewegen konnte, den Schritt in eine der großen Städte des Südens zu wagen. Der Schütze mochte unwissend sein in vielerlei Hinsicht, unerfahren, was die Gegebenheiten dieses Landes betraf. Doch er neigte nicht dazu, unkluge Entscheidungen zu treffen.

Der schwarze Bogen lag noch immer hinter Jemren auf dem Boden; das Messer hatte er Amra geliehen, die damit nach einer grauen Wurzel grub. Sie schüttelte den Sand davon ab und entfernte die Schale; mit Falraus verziertem Dolch schnitt sie für jeden von ihnen ein Stück davon ab.

»Das lindert den Durst«, sagte sie, als sie Gorun seinen Teil reichte, auf der Spitze des Messers, damit ihre Hand ihn nicht streifte.

Das Fleisch des Gewächses sah gelblich und faserig aus.

Gorun legte es sich auf die Zunge, und die quälende Trockenheit in der Kehle schwand. Als er jedoch darauf kaute, widerte ihn der bittere Geschmack der Wurzel an, und er spie sie aus.

Bevor Amra den Dolch zurückgab, wischte sie mit ihrem grünen Tuch flüchtig über den Griff und reichte Jemren die Klinge, ohne sie noch einmal mit der bloßen Hand anzufassen. Und obwohl sie diese Säuberung rasch und verstohlen vornahm – die *Laîren*, deren Berührung auch die Gegenstände des täglichen Gebrauchs verunreinigte –, entging Jemren nicht, was sie tat. Er warf ihr einen befremdeten Blick zu, offenkundig verwirrt über ihr Verhalten, dessen Bedeutung er noch immer nicht richtig einordnen konnte.

Doch trotz der strengen Regeln, die das Leben und Wirken der *Laîren* bestimmten, waren Amras Bewegungen voller Anmut; ihr *Taú* war licht, als fühle sie sich nicht im Mindesten von ihren Aufgaben belastet.

Gorun bückte sich und griff nach den Zügeln des Nouk, das auf einer dürren Distel kaute, entschlossen, dass diesmal Amra im Sattel Platz nehmen sollte, ganz gleich, in welche Richtung sie weiterziehen würden. Er zog an den Riemen und schnalzte leise.

Das Nouk stemmte sich gegen seine Hand, hob unvermittelt den Kopf und warf sich mit lautem Schnauben herum. Der Zügel glitt Gorun durch die Finger, und bevor er ihn richtig zu fassen bekam, riss sich das bockige Tier los und stürmte mit aufgestelltem Schweif den gegenüberliegenden Hang hinauf. Weithin hallten seine Hufschläge durch die Nacht.

Gorun fluchte unterdrückt.

Da sah er, dass der Nraurnbogen keineswegs so beiläufig dagelegen hatte, wie es den Anschein gehabt hatte. Die Waffe lag schussbereit in Jemrens Hand; seine Finger glitten zu dem Köcher mit den schwarz gefiederten Pfeilen, während sein Blick auf den Hang jenseits gerichtet war.

Auf dem Kamm standen Reiter, schwarze Silhouetten gegen den helleren Himmel und die Sterne. Ihre Mäntel wehten im Shan, und an den Hörnern der Tiere wie der Reiter blinkte Metall im Mondlicht.

Das Nouk galoppierte ein Stück unterhalb der Kuppe entlang, aufgeschreckt durch die Ankunft seiner Artgenossen. Erregt hielt es inne und drehte sich in einem Halbkreis, blökte, und Gorun hoffte inständig, dass die Nraurn sich von diesem Lärm täuschen ließen und dem Tier folgten.

Doch es kam anders.

Nebeneinander ritten sie über die Kuppe herab, in kleinen Trupps und von mehreren Seiten, und er fluchte erneut, als er sah, wie viele es waren, weit mehr, als Jemren noch Pfeile im Köcher hatte. Das waren keine mitleiderregend verkrüppelten Gestalten wie jener einsame Nraur in der Schlucht, sondern bewaffnete Krieger; sie sammelten sich um eine junge Anführerin, die an der Spitze ritt und mit lautlosen Gesten Befehle erteilte. Einer nach dem anderen wechselten die Nraurn vom Mondlicht in den Schatten des Hangs.

Die Flüchtlinge zogen sich hastig zurück, solange sie noch unentdeckt waren, bewegten sich durch das Tal, das nach Südosten hin abfiel. Jäh senkte sich der Boden immer steiler ab, der Untergrund zerfiel zu Rinnen und Spalten, die das Fortkommen erschwerten. Je tiefer sie in das Tal eindrangen, desto dichter wurde der Bewuchs aus dornigen Büschen und langem, hartem Gras. Sie mussten aufpassen, wohin sie traten, um nicht über bewachsene Steine zu stolpern und in den Rinnen umzuknicken.

Über die Schulter blickte Gorun zurück. Knackend brachen die Nraurn hinter ihnen durch das Gebüsch, und er hörte ihre kurzen, gedämpften Rufe. Immer näher kam das Getrappel der Hufe, als sich die Nouk ihren Weg zwischen den trockenen Sträuchern und Gräsern hindurch bahnten, unbeirrbar auf ihrer Spur.

Die Ziegenkrieger folgten ihnen mit dem *Taú*, begriff Gorun plötzlich. Mit der Gewissheit im Innern. Sie wussten genau, wo die Menschen waren.

Er biss die Zähne zusammen und sah, dass Jemren das Kind zu Boden gleiten ließ, das er zusammen mit dem Bogen, dem knapp bestückten Köcher und der Wasserflasche getragen hatte.

»Sie kommen zu schnell«, keuchte der Schütze und streifte die Waffe von der Schulter. »Wir können nicht mehr vor ihnen davonlaufen.«

»Aber es sind zu viele«, wandte Amra ein. Doch schon hatte Jemren einen Pfeil gegen das geölte Holz des Bogens gelegt und die Sehne eingehakt. Lillia blickte zu dem Schützen auf und streckte die Hand aus.

»Mach mir ein Feuer, Jemren!«, bat sie.

Ein seltsamer Schimmer ging von ihr aus. Die eingestickten Sterne tanzten auf dem Saum ihres Kleidchens, als sie ausgerechnet jetzt auf solche Verrücktheiten verfiel und den Schützen ablenkte.

»Das ist viel zu gefährlich, Lillia«, entgegnete Jemren ruhig, als wolle er ernsthaft auf die absurden Vorschläge des Kindes eingehen. Mit geübter Bewegung zog er die Sehne aus. Doch als er den Bogen heben wollte, fasste Lillia den bestickten Ärmel seines Hemds und hielt seinen Arm fest.

»Ein großes Feuer!«, flüsterte sie.

Jemren warf einen weiteren Blick auf die Nraurn, die sich rasch näherten, kriegerische Schemen im Schatten des Tals – und löste den Pfeil wieder, die einzige Waffe, die ihre Gegner wenigstens einiges an Blut gekostet hätte.

»Was tust du?«, protestierte Gorun, als das Geschoss zurück in den Köcher fiel und Jemren in größter Hast Zweige von den umstehenden Sträuchern riss. Er drehte sie zu einer Fackel zusammen.

»Jemren, du bist nicht bei Sinnen! Das ganze Tal wird in Flammen aufgehen. Wir sind niemals schnell genug, um zu entkommen.«

Sie standen hüfthoch im verdorrten Gras, und wenn sie die Büsche streiften, rieselten Blätter und Dornen herab.

Doch der Schütze beachtete die Einwände nicht.

Er ging vor dem Mädchen in die Hocke, bot ihr das dürre Geäst dar, und schon öffnete Lillia mit leichtem Schwung die Hand und streckte die Finger über der Fackel aus.

Funken stoben aus ihrer geöffneten Hand.

Funken regneten von ihren Fingern, winzige rötliche Sterne. In einem dichten Schauer gingen sie über den dürren Zweigen nieder, und in einem dünnen Faden stieg Rauch auf.

Gorun fluchte.

»Wir werden alle in diesem Tal umkommen!«

Da entdeckten die Nraurn sie, und ihre Nouk sprengten los, galoppierten den steilen Hang herunter, übersprangen mühelos die Rinnen. Die Reiter lösten bereits die Haken von den Sätteln.

»Lauft mit ihr den Hang hinauf!«, drängte Jemren hastig und deutete auf die Flanke, die im weißen Mondlicht über ihnen lag. Dort standen die Büsche nicht ganz so dicht. »Ich versuche, ihnen den Weg abzuschneiden.«

Ohne auf eine Antwort zu warten, lief er auf die Nraurn zu und trug ihnen das Feuer entgegen.

Die Ziegenkrieger brüllten auf, als sie ihn sahen, einen einzelnen Mann, der sich ihnen entgegenstellte, und hieben ihr Gehörn in die dunkle Luft. Sirrend schnitten ihre Haken durch die Nacht, kreisten an den langen Lederleinen.

Gorun beugte sich vor und griff nach der Hand des Kindes; klein und kalt war sie, doch Lillia rührte sich nicht von der Stelle. Gebannt starrte sie auf das Feuer, das an dem trockenen Geäst emporleckte und hell aufloderte, als Jemren die Fackel schwenkte. Mit einem Streich setzte er Büsche und trockenes Gras in Brand, zog eine flammende Linie quer durch die Senke. Prasselnd zuckten die Flammen aus dem Buschwerk hervor, und der Shan trieb die Funken über sie hinweg.

Hastig wich Amra vor der Hitze zurück. Sie trug die nackte Schlange in der Hand, und das Tier wand sich, der blau gebänderte Schwanz peitschte erregt gegen ihren Arm.

»Weg von hier, Kind!«, rief Gorun dem Mädchen zu, das

sich dem Druck seiner Hand widersetzte, als fehle ihm die notwendige Angst vor dem Feuer. Er erschrak, als er beobachtete, mit welch rasender Geschwindigkeit sich der Brand ausbreitete. Angefacht von dem trockenen Wind, erfassten die Flammen alles, was ihnen im Weg stand; sie fraßen sich an Gras und Buschwerk empor und bildeten eine lodernde Barriere, hinter der die Nouk zurückprallten. Die Nraurn kreischten schrill und gellend auf, als sie ihr Land in Brand gesetzt sahen.

Jemren rannte die Hügelflanke hinauf, gefolgt von den dunklen Schatten der Krieger jenseits der Flammen – Nraurn, die ihre Tiere zu höchster Eile anspornten und den Brand zu umrunden versuchten.

Lillia schrie auf, als ein Krieger auf seinem Tier über die Barriere aus Feuer setzte, sein Haken blitzte. Jemren schleuderte dem Angreifer die Fackel entgegen, traf den Nraur im Gesicht. Brüllend riss der gehörnte Krieger sein Tier zurück und fasste sich an die Augen. Der Haken verfehlte Jemren nur knapp und wühlte sich in den Boden. Der geflochtene Bart flog über die Schulter des Ziegenkriegers, als sich das Nouk aufbäumte und in dem gespannten Riemen der Waffe verfing. Mit heftigen Bocksprüngen suchte das Tier sich zu befreien – und trat in die messerscharfen Klingen. Mitsamt seinem Reiter brach es ein, stürzte den Flammen entgegen und wurde im nächsten Augenblick von der Feuerwalze überrollt.

So unvermittelt riss Lillia sich von seiner Hand los, dass Gorun ins Leere griff, als er sie wieder zu fassen versuchte.

»Bleib stehen!«, riefen er und Amra wie aus einem Mund und eilten dem Mädchen erschrocken hinterher. »Lillia, bleib hier!«

Sie rannte geradewegs auf das Feuer zu.

Jemren hatte die Hand gegen die blendende Hitze des Feuers erhoben und wich zurück, und so sah er nicht, was das verrückte Kind tat. Er wurde erst aufmerksam, als er Goruns Rufe hörte, doch da war es bereits zu spät, da rannte das Mädchen schon mit wehenden Locken mitten in die Flammen hinein.

Für einen Augenblick stand der Schütze wie versteinert.

»Jemren!«, brüllte Gorun, um ihn aus seiner gefährlichen Erstarrung zu wecken, denn das Feuer sprang jetzt willkürlich über, es loderte mit immer größerer Wildheit.

Das Mädchen war verloren, es ging zugrunde an der fehlenden Angst vor den ungezügelten Elementen. Doch es gab keinen Grund, weshalb ihr Jemren auch noch bis dorthin folgen sollte.

»Komm weg da!«, schrie Gorun, als er sah, in welcher Geschwindigkeit der Shan das Feuer auf sie zutrieb. Rasend griffen die Flammen um sich, dunkler Rauch rollte über den Himmel, Funken flogen im Wind und würden den Brand über sie hinwegtragen. Wenn sie einmal vom Feuer eingeschlossen waren, gab es keine Rettung mehr. Gorun hob den Blick zu der Hügelkuppe – und sah, dass dort Schemen auftauchten, Umrisse von Kriegern auf Nouk. Nraurn, die längst das Feuer umrundet hatten.

»Jemren!«, brüllte er noch einmal.

Jetzt drehte sich der Schütze endlich zu ihnen um, viel zu nahe am Feuer, benommen von Hitze und Entsetzen. Zögernd tat er einen Schritt, doch da schossen die Flammen hinter ihm brüllend in die Höhe, um das Zwei- und Dreifache seiner Körpergröße. Er taumelte, als hätte man ihm einen Schlag versetzt – und wurde zu Boden geschleudert von der Wucht, mit der die Feuerwalze hinter ihm donnernd in einzelne Brände zerbarst.

Wesen aus Feuer stürmten daraus hervor, bizarre Gestalten: Läufer, Tänzer mit lodernden Gliedern. Entgegen der Windrichtung rasten sie die Hänge hinauf, unheimlich und riesig gegen den Nachthimmel. Sie griffen nach den Nraurn, machten Jagd auf sie. In Panik stoben die Ziegenkrieger auseinander, doch mit Flammenzungen leckten die Wesen nach ihnen, packten sie mit ihren langen, glimmenden Gliedern, zerrten sie aus den Sätteln. Und verschlangen sie.

»Die Xyx«, keuchte Amra an Goruns Seite. »Bei der Quelle, Lillia hat die Xyx gerufen.«

Die Flammengeister.

Sie gehörten in dieses Land, ebenso wie die Nraurn.

Von der Stadt aus sah man sie manchmal, wenn sie im Spätsommer über dem fernen Hügelland tobten und einen unheimlichen Schein gegen den Himmel warfen. Dann duckte sich Caláxi in angstvollem Murmeln, und der Statue der Xynope wurden glühende Kohlen geopfert, die man in den kupfernen Rachen der Göttin legte, um die Feuergeister von Tal und Stadt und Feld abzuhalten.

Dies waren die eigentlichen Urkräfte der Insel, über die niemand gebot, weder Nraurn noch Menschen; vielleicht nicht einmal die Götter.

Und das Kind hatte sie gerufen.

Jemren lag noch immer am Boden, betäubt von der Wucht, mit der die Feuerwalze über ihn hinweggetost war. Benommen kroch er fort von der Hitze, doch er kam nicht hoch, schaffte es aus eigener Kraft nicht mehr auf die Füße.

Gorun lief zu ihm. Er duckte sich an dem rasenden Zorn der Geister vorbei und schützte das Gesicht mit dem Arm gegen die Hitze. Brüllend und tosend wandten sich die Xyx nach ihm um, griffen nach ihm, mit der ursprünglichen, ungezügelten Wildheit des Feuers. Als sein Fuß an etwas Weißes stieß, fuhr er zurück: Es waren die verkohlten Knochen eines Nouk, die verstreut umherlagen. Hastig wandte Gorun die Augen ab, um nicht auch noch die Überreste des Nraur zu sehen, Antiles' Beute, der unweigerlich im Rauch über den glimmenden Hängen als geifernder Schatten aufstieg. Er drehte sich zur Seite, als der heiße Atem der Xyx sengend über ihn hinwegstrich. Seine Haut zog sich schmerzhaft zusammen, und er griff in die Glut, packte, was er zu fassen bekam – erhitzten Stoff, Schulter und Arm –, und zerrte den Schützen aus der unmittelbaren Reichweite der Flammen.

Einer der Feuergeister wandte den Kopf nach ihnen um

und riss den Rachen auf. Glut troff ihm in langen Fäden vom Gaumen. Der Xyx hieb den knackenden schwarzen Arm in ihre Richtung, und das Feuer heulte unheimlich in seinen Gliedern, prasselte in den Fingern, die er nach ihnen ausstreckte.

Taumelnd kam Jemren hoch, als Gorun an ihm zog; der Schütze würgte an Ruß und Rauch und bedeckte die Augen mit der Hand. Gorun blickte sich hastig um, suchte nach einem Ausweg, doch längst waren sie vom Feuer umschlossen. Er wusste nicht mehr, wo Amra war, die er vor Augenblicken verlassen hatte. Eine lodernde Barriere umgab sie, schloss sie ein, und er schrie auf vor Verzweiflung und Zorn.

Brüllend bäumte sich das Feuerwesen zu seiner ganzen Größe auf.

Die Hitze traf Gorun wie ein Schlag, und er prallte zurück. Schritt für Schritt wich er vor dem Geist zurück und ließ dabei den Schützen nicht los, der haltlos gegen ihn stieß. Das Feuer blendete ihn, er sah nicht, wohin er die Schritte lenkte, trat ins Leere, fing sich und stolperte von neuem.

Und der Xyx setzte ihnen mit der Leichtigkeit übergreifender Flammen nach.

Mit tosender Wut stürmte er auf sie zu, helle Flammen schlugen aus seinem Rücken. Der Geist streckte die glimmenden Arme nach ihnen aus, als sie vor ihm flohen.; er bewegte sich so rasend und prasselnd wie das Feuer, das ringsum das Land zerfraß und setzte ihnen mühelos nach. Sengende Glut strich über Gorun hinweg. Er strauchelte, fiel beinahe und wusste: Dies war sein Ende.

Diese Wesen waren das ungezügelte Element selbst, sie waren die Urgeister des Landes und duldeten die Anwesenheit der Menschen nur. Sie und ihre Artverwandten hausten im Verborgenen, sie zeigten sich nie, doch manchmal brach sich ihre Macht ungehindert Bahn. Und dann erzitterte der Boden unter der entfesselten Gewalt ihres Zorns. Der Geist kam immer näher.

»Gorun ... warte!«, keuchte Jemren neben ihm, leistete

Widerstand, als Gorun ihn weiterziehen wollte, die Stimme erstickt vom bitteren, beißenden Rauch des brennenden Buschwerks.

»Lillia!«, stieß der Schütze hervor, doch Gorun schüttelte heftig den Kopf, drängte weiter in die ungewisse Richtung vor ihnen.

»Sie ist verloren! Hast du es nicht gesehen? Sie ist mitten ins Feuer gelaufen!«, gab er zurück, entsetzt über so viel Unvernunft.

»Nein«, beharrte Jemren. »Sie ist ... sieh doch, dort!«

Er streckte die Hand aus, deutet auf die Rauchschwaden, und da entdeckte Gorun das Kind.

Das Mädchen stand mitten in den Flammen – unversehrt.

Ihr Haar stieg in der wabernden Glut senkrecht auf und bildete eine unheilvolle, dunkel flackernde Aura um ihre Gestalt. Sie reckte beide Hände in die rauchdunkle Luft, und als Goruns Blick auf ihr Gesicht fiel, erschrak er bis ins Mark.

Dort stand kein Kind mehr.

Dort stand eine weiße Statue wie eines jener Monumente aus seiner Stadt. Ihr Gesicht war Furcht einflößend und anstelle der Augen sah Gorun Höhlen, Abgründe aus Dunkelheit, die selbst die Spiegelung der Flammen verschluckten. Gebieterisch hatte sie die Arme erhoben, und die Flammengeister folgten jeder ihrer Bewegungen – fauchende, knackende Fratzen, die ihr nachdrängten, Wirbel aus Feuer, die nichts als verkohlte Erde hinterließen. Ringsum rasten Xyx über die Hänge, Lohen, die in grotesken Sätzen entlang den Kämmen tobten und das ganze Land in Brand setzten. Und sie folgten allein dem Willen dieses Kindes.

»Siehst du jetzt?«, fragte Jemren zwischen kurzen Atemstößen. Mit der verbrannten Hand wischte er die Tränen beiseite, die der Qualm verursachte. »Erkennst du nun, was sich in ihr verbirgt? Und das soll etwas sein, das der Süden ganz und gar für sich beansprucht? Willst du auch jetzt noch behaupten, dieses Kind stamme von euch ab, und deshalb hätte der Süden das Recht, über das Schicksal dieses Mädchens zu bestimmen? Wenn das so ist, Gorun, dann haltet ihr euch selbst für Götter.«

Heißer Rauch strich über sie hinweg, die Luft war erfüllt von Funken.

»Nein, du verstehst noch immer nicht«, gab Gorun zurück, schwer atmend in der glühenden Luft. »Du verstehst wirklich nicht. Das Verlorene Kind stammt aus einer unserer Städte – Anáxi gehörte uns gemeinsam, bevor der Zwist die Stadt, ihre Quelle und das ganze Land spaltete! *Wir* haben sie zerrissen, Jemren, in Gestalt Jardaras, der kleinen Tochter jener Türme, die von ihrem eigenen Klan getötet wurde. Und das, bei der Quelle, ist keine Legende – das ist die Historie der Stolzen Stadt! Das Verlorene Kind ist das Ergebnis unseres eigenen Hasses, das Ergebnis unserer Kriege. Wie es in der Prophezeiung heißt: Dieses Mädchen bringt über uns, was wir damals einer von ihrer Art angetan haben – und, bei Nemnos, mit welcher Wut!«

Ein glutheißes Röhren brach aus dem Rachen des Feuergeists, als er menschliche Stimmen hörte. Der Geist reckte sich lodernd empor und schüttelte das mächtige Haupt. In glimmenden Flocken spritzten die Flammen umher. Gorun wich zurück und hob schützend die Hand. Die Luft waberte in der Hitze, die der Xyx ausstrahlte. Die schwarzen Skelette der Büsche, der verkohlte Boden, alles verzerrte sich. Das Tal war ein einziger lodernder Brand, eine Gluthölle, in der jedes Leben umkam.

Immer näher kam der Xyx, das Feuer loderte und knackte in seinen Gelenken. Doch plötzlich hielt der Geist inne, ließ mit glutgeiferndem Rachen von ihnen ab und drehte sich dem Mädchen zu, das mit traumwandlerischen Schritten auf beide zukam.

Jemren entwand den Arm aus Goruns Griff. Über den verbrannten Boden schritt er auf das Kind zu, und Gorun spürte seine Furcht; so überwältigend war sie, dass er unwillkürlich die Hand hob, um sein eigenes *Taú* zu schützen. Doch er folgte dem Schützen, hielt mit ihm dem Brand stand, bis dieser nach dem Kind greifen konnte. An den hoch erhobenen Händen fasste Jemren Lillia und zog sie zu sich. Doch sie regte sich nicht, erkannte ihn nicht, überwältigt von der Macht, die aus ihr hervorbrach – Macht über die Urgeister der Insel.

Da hob Jemren das Kind hoch, umschlang es mit beiden Armen und hielt es, als sei es das Letzte, was er auf dieser Welt jemals wieder loslassen wollte.

Und Lillia lockte den Xyx hinter ihm her.

Vielleicht wusste sie nicht, wie nahe ein Mann dem Feuer kommen durfte, oder es war ihr gleichgültig, so versunken war sie in ihr Spiel mit den zuckenden, lodernden Flammen. Ihr schien die Hitze nichts auszumachen, sie streckte dem Geist die nackten Hände entgegen, während der Xyx sich nach ihr verzehrte, während er sich gegen die rauchigen Sterne reckte, entfesselt und hungrig.

Andere Feuergeister schlossen sich ihm an.

Jemren schwankte unter der Hitze und dem zusätzlichen Gewicht des Mädchens.

Wenn er hinfiele, würden die Xyx über sie hinwegfegen, sie überrollen wie jenen unglücklichen Nraur. Gorun streckte die Hand aus, um die furchterregende Bürde mit dem Schützen zu teilen, doch als er das Mädchen berührte, fuhr er erschrocken zurück – Lillias Glieder waren kalt wie Stein. Kalt und hart wie der Stein, aus dem in seiner Stadt die Abbilder der Götter gemacht waren.

Sie war kein lebendes Wesen.

Da hörte Gorun Rufe, eine menschliche Stimme im Tosen der Elemente. Amra, die seinen Namen schrie. Geblendet suchte er sie in der Helligkeit des Feuers, versuchte festzustellen, woher ihre Stimme kam. Und die Fratzen aus Feuer folgten ihm, wandten sich dem noch unversehrten Land und der *Laîren* zu.

Amra hatte sich an eine Stelle gerettet, die bisher weder von den Flammen noch von den Feuergeistern heimgesucht worden war. Dort waren die Rinnen tiefer ausgewaschen; sie verbreiterten sich und brachen zu einem Flussbett auseinander, bildeten einen tiefen Einschnitt im Land, der im Frühling vielleicht Wasser geführt hatte. Jetzt war er längst ausgetrocknet.

»Kommt!«, schrie Amra. »Hierher, schnell!«

Das Gras am Ufer leuchtete im Widerschein der Flammen. Die Xyx tanzten auf dem Shan, doch das Flussbett selbst war nichts weiter als ein Gewirr loser Steine; nichts wuchs dort außer einigen Büscheln staubigen Krauts – eine Schneise, möglicherweise breit genug, um dem Feuer die Nahrung zu entziehen.

»Dort!«, rief er Jemren zu. »Dort, wo Amra steht!«

Sie flohen vor dem Prasseln der Flammen, rannten über den versengten Boden. Die Xyx folgten ihnen dichtauf, folgten dem Kind und streckten begehrlich die glimmenden Finger aus. In dichten Funkenstößen flog ihr glühend heißer Atem über die Fliehenden hinweg.

Amra stand auf einem Stein, angestrahlt vom Schein des Feuers, und als Gorun auf sie zulief, hörte er ihre Stimme.

Die Worte, die sie sprach, waren der *Laîren* verboten. In klaren Sätzen sagte sie das ›Lied vom Wasser‹ auf, Lob und Preis der Quelle der Stadt, das ausschließlich der Hohepriesterin vorbehalten war – jener Segen, den Xora am Tag des Bebens über Caláxi ausgesprochen hatte.

Selten waren Gorun die Strophen dieses Gesangs willkommener gewesen als in diesem Augenblick. Er lief, so schnell es die Hitze erlaubte, und hielt die Augen auf sie gerichtet – eine Frau, die dem entfesselten Zorn der Geister menschliche Magie entgegenhielt. Doch wie dünn klang ihre Stimme gegen das Toben und Tosen der Urmächte. Wie schwach war der Wille, den ihr *Taú* aussandte – wie kläglich alles, was ihnen zu Gebote stand!

Gern hätte er eingestimmt in den alten Sprechgesang und ihre Weise mit seinen Worten unterstützt. Doch er hatte die langen, schwierigen Strophen nie vollständig gelernt und fragte sich, woher Amra sie kannte. Es war wunderbar, ihre

Stimme zu hören, die vom Wasser sprach, den getragenen Rhythmus, der an diesem ausgedörrten Ufer an das Plätschern und Fließen der Frühjahrsströme erinnerte.

Die Xyx stockten, als die Worte sie erreichten; das Loblied auf das Wasser schien die Feuergeister zu verwirren, und er und der Schütze erreichten die Rinne einen Atemzug vor den Flammen.

Gorun warf sich in das ausgewaschene Flussbett und streckte die Hand nach Jemren aus, der mit dem Kind in den Armen nur schlecht klettern konnte. Amra sprang von dem Stein herab, ihr Schatten flackerte lang über das Geröll, und sie eilten tiefer hinein zwischen die gebleichten Felsen, in die köstliche Kühle der feuerabgewandten Seite der Steine.

Brüllend erhoben sich die Xyx am Ufer. Funken stoben aus ihren Mäulern, und ihre Augen loderten, während sie sich zuckend an die Sträucher klammerten und weit in das trockene Flussbett hinausgriffen, nach dem Mädchen begehrten, das sie zum Leben erweckt hatte.

Die Menschen flohen flussabwärts in der ausgedörrten Rinne, während die Geister knackend und prasselnd neben ihnen am Ufer entlangrasten. Rauch wälzte sich über sie hinweg, die Xyx bäumten und krümmten sich, flackerten zornig mit dem Shan, als das Kind aus ihrer Reichweite getragen wurde. In ihrer Raserei rissen sie das Buschwerk aus und verschlangen es, stopften sich dürres Gras in den Rachen, wo es sofort zu Glutfäden zerfiel.

Doch die Flammen würden nicht überspringen.

Es dauerte eine Zeit, bis Gorun das begriff.

Das Tosen und Brüllen hinter ihnen hielt noch lange an, es hallte in seinen Ohren wider und erfüllte sein *Taú* mit Schrecken, selbst als der zuckende Schein der Flammen längst schwächer geworden war. Doch allmählich klangen seine Schritte auf dem Kies lauter, und sein rauer Atem übertönte das Toben der Buschbrände, von denen sie sich langsam, Schritt für Schritt entfernten.

Der Mond wanderte als schmutzige, angebrochene Scheibe durch die Nacht, kränklich vor Rauch. Hinter ihnen hatte das Feuer nichts als die aschenen Gerippe der Büsche zurückgelassen; der Shan blies den Gestank des verkohlten Lands über sie hinweg. Im Westen jedoch kroch noch immer ein rötlicher Schein über den Himmel. Dort tobten die Xyx mit unvermindertem Zorn, wüteten in die Richtung weiter, die der Wind ihnen vorgab. Sie verzehrten das Land in glühenden Bogen und Halbkreisen, hinter denen die Erde schwärzer als der Himmel zurückblieb.

Erschüttert blickte Gorun auf das Ausmaß der Zerstörung und Gewalt, die sie über die Hänge und Täler der Nraurn gebracht hatten. Sein Atem ging schwer, und die Stellen, an denen er sich verbrannt hatte, schmerzten heftig.

Erst dann ging ihm auf, wie weit diese Brände ins Land hineinleuchteten, grell wie Leuchtfeuer. Nun wussten die Nraurn – sämtliche Nraurn – endgültig, wo sie waren.

Er wandte sich ab und folgte den anderen durch die späte Nacht. Sie gingen langsam weiter, äußerst langsam, denn nun hatte es keinen Zweck mehr zu laufen, und sie besaßen auch keine Kraft mehr. Sie gingen lange, bis sie so erschöpft waren, dass die Beine sie nicht mehr trugen. Da sanken sie einfach nieder, wo sie sich gerade befanden, auf ausgewaschenen Fels und Geröll, auf den nackten Stein.

5

Als Gorun mit Schrecken hochfuhr, war es längst hell.

Der Himmel war weißlich vor Hitze. Dunst und Rauch hingen über dem Land. Sie lagen mitten in dem Flussbett, und am jenseitigen Ufer stiegen raue, steile Felsen empor, eine hohe Kuppel aus zerklüftetem Stein.

Er stützte sich auf einem Ellbogen auf und rieb mit dem Handballen über die schmerzenden Augen. Amra war da, sie saß an einem Felsen und verbarg das Gesicht in beiden Händen. Rußspuren bedeckten ihre Arme.

Das Kind stand in ihrer Nähe auf einem Stein und schaute ins Land. Es kehrte ihnen den Rücken zu und regte sich nicht, nur ab und zu bewegte der schwache Wind eine Falte seines Gewands, strich durch die langen Haarsträhnen.

Mit steifen Gliedern setzte Gorun sich auf. Als Lillia ihn hörte, drehte sie sich um. Die Dunkelheit war aus ihren Augen gewichen, ihre Haut war zart und weiß wie die eines Kindes. Sie sah ihn an, und ein Schauer lief ihm über die Arme. Ihn fröstelte trotz der dumpfen Hitze, als er an die Fratzen der Xyx dachte, die sich dem Kind entgegengeneigt hatten.

Denn jetzt endlich erkannte er, jetzt sah er im *Taú*, was sie war: etwas Altes, etwas Furchteinflößendes, mächtiger als alles auf der Insel. Etwas war in die Welt zurückgekehrt, das man einst daraus verbannt hatte, weil die Menschen einer solchen Macht nicht gewachsen waren; weil diese Macht größer war als alles Vorstellbare.

Lillia herrschte über die Urkräfte in allen Dingen, das war ihre Macht. Mit Leichtigkeit gebot sie über die Elemente, aus denen die Welt erschaffen war: das Wasser, das Feuer, die Bewegungen in der Erde, alles folgte ihrem Willen. Selbst über das Wesen der Zeit herrschte sie, denn sie wusste, in welchen Bahnen die Sterne verliefen.

Nun verstand Gorun, was Jardaras Tod bedeutete. Denn als sie, die in Anáxi dieselbe Macht verkörpert hatte wie Lillia in seiner Welt, in den Wirren der beginnenden Auseinandersetzung umkam, zerrissen die Menschen das friedvolle Band zu den Mächten im Innern der Insel – das Band, das durch das Eine Kind geschaffen wurde.

Und sie hatten es immer von neuem zerrissen, indem sie alle Kinder verstießen, die mit türkisfarbenen Augen geboren wurden. Das hatte Amra gemeint, als sie sagte, dass der Irrtum bei ihnen liege, dass man im Süden stets denselben alten Fehler begehe. Fluten, Stürme und Kriege suchten die Insel seither heim – weil ihnen die Urkräfte der Insel nicht länger wohl gesonnen waren. Weil sie das Eine Kind getötet hatten, das sie auf geheimnisvolle Weise mit dem Land verband.

Gorun wusste nicht, ob man im Norden anders darüber dachte. Seltsamerweise hatte Jemren, der in mancherlei Hinsicht von geradezu beschämender Unwissenheit war, dies jedoch verstanden. Mit einem *Taú*, das er verleugnete, das zum Töten ausgebildet war, hatte der Schütze erfasst, dass Hinwendung die einzige Art war, mit der sich die Menschen diesem Kind gefahrlos wieder annähern konnten – diesem Kind und den Mächten, über die es gebot.

Der Blick des Mädchens ruhte auf ihm; die türkisfarbenen Augen schienen ihn zu durchdringen. Noch wusste Lillia nicht, was sie tat. Noch war sie zu klein, um zu begreifen, welche Macht in der geringsten ihrer Gesten lag. Doch sie würde heranwachsen. Sie würde heranwachsen und seine Welt zerschmettern; eines Tages würde sie die Insel unter ihrem Willen zerbrechen, aus Rache für Jardara und für all die anderen Verlorenen Kinder, so wie es die Prophezeiung vorhersagte. Aus dem einfachen Grund, dass es in ihrer Macht lag, zu erschaffen und zu beenden, wie es ihr beliebte. Denn so, wie sie am Anfang aller Dinge stand, so stand sie auch an deren Ende – nichts anderes besagten die alten Lieder.

Gorun sog den Atem ein. Der Rauchgestank hing in

Schwaden in der Luft, verursachte ihm Kopfschmerzen. Mit matten Bewegungen wischte er sich über das Gesicht.

Danach streckten die Nraurn also die Hand aus! Quinda-Na und ihre schwarze Königin wussten von der Macht, die in dem Kind verborgen lag! Die Feldherrin wollte Lillias Kräfte für ihre dunklen Plänen benutzen. Noch war das Kind formbar, wie Amra gesagt hatte, noch empfand das Mädchen Furcht vor dem Ziegenvolk. Dabei hätte sie die Nraurn wahrscheinlich ebenso leicht vernichten können, wie das Beben seine Stadt vernichtet hatte. Lillia würde den Nraurn zu den Zielen verhelfen können, wonach auch immer sie trachteten. Daran hatte Gorun nicht den geringsten Zweifel.

Schwerfällig stand er auf. Jemren lag einen Steinwurf von ihm entfernt auf der Seite, sein Brustkorb hob und senkte sich mühsam. Er bewegte sich nicht, auch dann nicht, als Gorun zu ihm trat und die Stiefel auf dem trockenen Boden knirschten.

Amra ließ die Hände sinken. Bläuliche Schatten lagen unter ihren Augen.

Selbst jetzt hatte Jemren den Riemen der Wasserflasche um die Hand geschlungen und ballte die Faust darum. Gorun öffnete den Verschluss und goss sich einige Tropfen des kostbaren Inhalts in die hohle Hand.

»Für Amra«, sagte er rau, während er behutsam die Finger des Schützen von dem Gurt löste. »Für Amra und das Mädchen. Sie müssen trinken.«

Jemren ließ den Arm vom Gesicht gleiten und sah ihn ausdruckslos an. Widerstandslos ließ er sich die Flasche abnehmen. Im Gesicht war er unverletzt, doch seine Hände und Arme, mit denen er das Mädchen gehalten hatte, zeigten schlimme Brandwunden.

Amra sah Gorun stumm an. Ihre Finger zitterten, als sie sich damit über die rußige Stirn fuhr. Er gab ihr zu trinken und schlang sich dann den Riemen der Flasche über die Schulter.

Lillia beobachtete ihn. Jeden seiner Schritte, jede Bewegung erfasste sie mit ihrem Blick – wie bei der ersten Begegnung oben auf den Sternfelsen in der Nähe seiner Stadt. Gorun trat zu ihr.

»Lillia«, sprach er sie heiser an, als könne dieses kurze Wort umfassen, wer sie war.

Er streckte die Hand aus und berührte sie, berührte ihre mageren Schultern, ihre dünnen Arme. Ein Schwindel erfasste ihn, während er in ihre Augen blickte: die Tagfarbe des Himmels, hinter der die Unendlichkeit lag. Es kostete Mut, die Nähe eines solchen Kindes zu suchen, und er brachte diesen Mut auf, ertrug die Aura ihrer Macht.

Denn sein Entschluss stand fest.

Er musste das Kind fortschaffen aus dieser Wüste, wo es viel zu großen Gefahren ausgesetzt war. In eine der großen Städte des Südens würde er Lillia bringen, was immer Jemren dagegen einwenden mochte, in die Sicherheit von Türmen und Mauern, bevor Quinda-Na erneut die Gelegenheit bekam, sie einzufangen und sich zunutze zu machen. Vielleicht fand er in Defágos, in dem das gesamte Wissen des Südens bewahrt wurde, eine Antwort auf die Fragen, die sich um das Verlorene Kind rankten; eine Antwort auf die Frage, was mit ihm zu geschehen habe.

Vollkommen unerwartet streckte Lillia ihm die zarten Arme entgegen, in einer vertrauensvollen Geste, als erwarte sie plötzlich von ihm, dass er sie trug – er, den sie stets mit sorgenvoll gerunzelter Stirn angesehen hatte.

Eine seltsame Rührung streifte sein *Taú*. Sachte hob er das Mädchen hoch, sehr sachte, und sie ließ es ohne Widerstreben geschehen. Mit großem Ernst blickte sie ihm ins Gesicht; sie war leicht auf seinem Arm, viel leichter, als er vermutet hatte, ein Wesen aus Fleisch und Blut an diesem Morgen.

So schien es.

Doch während er sie behutsam auf seinem Arm zurechtsetzte, schwindelte ihm, als er spürte, dass sie kein *Taú* besaß.

»Gorun?«

Amras Stimme hatte einen besorgten Klang. Sie stützte sich mit der Hand gegen einen Stein.

»Die Flammen haben uns nicht eingeholt, aber die Nraurn werden dem Feuer mit Sicherheit folgen«, erklärte er, als beantworte er eine Frage, das *Taú* ruhig, sehr ruhig – er wollte keinerlei Aufregung in ihrem elenden Lager. »Aber Quinda-Na darf dieses Kind unter keinen Umständen noch einmal in die Hände bekommen. In diesem Punkt stimme ich vollkommen mit Jemren überein.«

Der Schütze bewegte sich steif und hob den Kopf. Der Köcher lag in seiner Nähe, der Bogen unter seiner Hand, doch das Feuer hatte die empfindliche Befiederung der Pfeile versengt und sie unbrauchbar gemacht. Das war Gorun nicht entgangen.

Jemrens Blick fiel auf das Kind, das er nun hielt, und langsam, ganz langsam schien der Schütze zu begreifen. Mit einem Ruck richtete er sich auf einen Ellbogen auf, mit einem plötzlichen Anflug von Panik im *Taú* – und erstarrte, als Gorun die Schultern des Kindes umfasste und einen Schritt zurücktrat.

Beschwichtigend hob er die Hand, als er zu Amra und dem Schützen gleichzeitig sprach.

»Ich bringe sie in Sicherheit«, erklärte er. »Wir ziehen in den Süden, so wie ich gesagt habe. Jetzt und hier entlang.«

Er deutete auf das ausgetrocknete Flussbett. Das Tal war erfüllt von blassen Schatten; doch sie würden restlos verschwinden, wenn die Sonne den Zenit erreichte. Der Fluss verlief genau nach Süden, und obwohl Gorun nicht wusste, wie tief sie in das Land der Nraurn eingedrungen waren, so hoffte er doch, sich zurechtfinden zu können, sobald er dem steinigen Lauf folgte und offenes Land vor ihm lag. Dort entlang und dann noch eine gewisse Strecke – vielleicht konnten sie in wenigen Tagesreisen Geristáni oder eine andere Stadt des Südens erreichen.

Jemren beobachtete besorgt, wie er das Mädchen hielt. Der Schütze wagte kaum, sich weiter aufzurichten, doch er war wachsam und auf der Hut, solange Gorun das Kind auf dem Arm hielt. Das *Taú* dieses Mannes mochte verschlossen sein, doch seine Augen zeigten deutlich, was er empfand.

»Amra«, sagte Gorun, als sie keinerlei Anstalten machte, ihm zu folgen.

Sie regte sich nicht.

»Es ist dir nie aufgefallen«, stellte sie stattdessen fest. »Die kleinen Gesten und die Worte, mit denen sie ihn lenkt. Das ist dir kein einziges Mal aufgefallen.«

Es dauerte eine Weile, bis er den Sinn ihrer Worte begriff.

»Das Kind?«, stieß er hervor. »Dieses Kind führt uns die ganze Zeit?«

Amra nickte nur stumm.

Er war sprachlos vor Empörung, dass sie nie widersprochen hatte, dass sie sich auf einen solchen Irrsinn eingelassen hatte.

Unvermittelt wogte Zorn durch sein *Taú*, und er fuhr zu Jemren herum, der mit Mühe auf die Füße kam, unsicher und vorsichtig, um nur ja keine falsche Bewegung zu machen.

»Darin besteht deine ganze Führung? Du folgst den Einflüsterungen eines Kindes – bis in diese Wüste?«, schrie er und wies auf die bleichen Steine. »Bis vor das Tor von Caláxi, wo du nicht willkommen warst? Oder hast du das schon vergessen?«

»Lass sie los, Gorun!«, bat der Schütze besorgt. »Du kannst sie nicht zwingen, *deinen* Weg zu gehen – sie folgt ihren eigenen Zielen.«

Lillia stützte die kleine Hand auf seinen Arm. Ohne *Taú* verriet sie weder Angst noch Unruhe – nicht die geringste innere Regung.

»Du hast genau gewusst, wer sie ist!«, warf Gorun dem Schützen vor, während er Amras Schweigen immer unerträglicher fand. »Du hast gewusst, welche Macht sie über die Xyx hat, sonst hättest du nicht zugelassen, dass sie in diesem Tal einen solchen Brand entfacht. Du hast dich blind darauf verlassen, dass sie die Flammen bändigen kann. Einer solchen Heimsuchung weist du den Weg in unser Land? Eine solche Heimsuchung trägst du zwischen die Türme meiner Stadt und behauptest steif und fest, dass sie uns keinen Schaden zufügen kann? Doch sie bringt die ganze Welt aus den

Fugen, Jemren, und die Wahrheit lautet: Das war dir von Anfang an klar!«

»Die Wahrheit, Gorun«, erwiderte der Schütze rau, »die Wahrheit lautet, dass ich von Anfang an keine Ahnung hatte, was es mit ihr auf sich hat und wohin ich mit ihr gehen sollte. Wie hätte ich es auch wissen können? Ich komme aus dem Norden, wo man doch über kein altes Wissen mehr verfügt, wie du so treffend bemerkt hast. Der Norden, der alles vergessen hat und mit einem solchen Kind nichts anfangen kann. Ich habe nur ein Ziel: Quinda-Na darf sie nicht mehr in ihre Gewalt bekommen. Und das habe ich dir schon oft genug gesagt.«

»Aber du hast dir nie Gedanken darüber gemacht, *warum* sie für die Nraurn so wertvoll ist. Du lässt dich einfach von ihr lenken und verschwendest keinen Gedanken daran, dass sich allein durch ihr Dasein die Prophezeiung erfüllt; allein dadurch, dass du sie zu ihrem Bestimmungsort begleitest.«

Jemren schüttelte den Kopf.

»Irgendetwas musste ich doch tun«, hielt er dagegen.

Es war ganz und gar hoffnungslos, mit ihm zu diskutieren.

Ungehalten wandte Gorun sich ab.

»Und du hast es die ganze Zeit über gewusst?«, fuhr er Amra an, die noch immer dastand und sich weigerte, ihm zu folgen; die die Entscheidungen eines Fremden seinen Entscheidungen vorzog.

»Jemren erklärte mir, was er vorhatte, bevor wir die Stadt verließen«, erwiderte sie sehr ruhig. »Er sagte mir, unter welchen Vorzeichen er seinen Weg geht. Er hat mir immer die Wahl gelassen. Ich hätte in Caláxi bleiben und auf Hilfe warten können. Doch wann wäre diese Hilfe wohl eingetroffen? Wie hätte ich darauf vertrauen sollen, dass deine Reiter die Nraurn im offenen Land umgehen könnten? Und du lagst da und warst schwer verletzt. Zwei ganze Tage lang warst du nicht bei dir. Zwei Tage lang wusste ich nicht, ob du leben oder sterben würdest.«

Bei dieser Erinnerung presste sie die Fingerkuppen auf die Lippen und sprach nicht weiter.

Zwei Tage.

Gorun hörte es, doch es fiel ihm schwer, sich selbst in solcher Hilflosigkeit vorzustellen. Er rechnete den Tag dazu, als er bei vollem Bewusstsein unter dem Tor gelegen hatte, und begriff nur langsam, wie viel Zeit seit Caláxis Fall tatsächlich vergangen war. Wesentlich mehr, als er angenommen hatte. Wertvolle Tage, während Quinda-Na die Menschen aus seiner Stadt immer weiter weg in die Gefangenschaft trieb. Und Amra war in diesen Tagen ganz auf sich selbst gestellt gewesen, angewiesen auf die ungewissen Launen eines Fremden.

Sie stieß sich von dem Stein ab, an dem sie lehnte, und trat auf ihn zu.

»*Du musst weit hinausgehen.* Das sagte Draura zu mir. Vielleicht ahnte sie, was geschehen würde; sie hatte manchmal seltsame Wahrnehmungen. Vielleicht ist es kein Zufall, dass das Kind ausgerechnet nach Caláxi kam, Gorun. Vielleicht führte Lillia Jemren bewusst in unsere Stadt, damit wir ihr folgen.«

»Bei Nemnos, Amra!«, stieß er hervor und hob die Hand zu einer abwehrenden Geste, als er eine solch abwegige Vorstellung hörte, die Gedankengänge einer *Laîren*, die einem Herrn diente, für den die Zeit keine Bedeutung hatte. Das Mädchen auf seinem Arm war eine zerbrechliche Bürde, die er mühelos trug, und aus ihren türkisfarbenen Augen musterte ihn Lillia unablässig.

»Das kann nicht sein«, widersprach er. »Draura wusste doch, wie sehr sie sich damals geirrt hatte, und bedauerte für den Rest ihrer Tage, was während der Großen Flut geschah. Auch wenn wir uns schuldig gemacht haben an den Verlorenen Kindern, selbst wenn der Grund für ihre zerstörerischen Kräfte in den Ereignissen um Anáxi zu suchen ist, so können wir doch nicht einfach über die Bedrohung hinwegsehen, die dieses Mädchen für unsere Welt darstellt.«

»Und Qyon?«, fragte Amra zurück. »Hast du gehört, was er sagte? Er hat uns erkannt, Gorun, uns drei im Kern unseres

Wesens. Wie konnte er das? Was meinte er damit, als er Lillia zuflüsterte, alles, was zerrissen sei, finde wieder zusammen?«

»Ein Nraur, Amra«, sagte Gorun verächtlich. »Ein alter Nraur, der langsam verrückt wird.«

Amra schüttelte den Kopf.

»Qyon ist der Wächter der Bemalten Schlucht. Damit ist er Wächter über eine unvorstellbar alte Geschichte. Du selbst hast uns darauf hingewiesen.«

Gorun trat einen Schritt zurück.

»Komm jetzt, Amra!«, drängte er und weigerte sich, dieses Gespräch noch länger fortzusetzen. »Von uns dreien weißt du am besten, dass auch im Süden Antworten zu finden sind, nicht nur an den Wänden jener Nraurnschlucht. Wenn das Verlorene Kind tatsächlich in Lillias Gestalt zurückgekehrt ist, dann nehme ich mich ihrer jetzt an. Vielleicht finden wir einen Weg, ihr zu helfen. Dann bin ich gern bereit, sie nach Kräften zu unterstützen. Ihr aber blindlings zu folgen, wie Jemren es tut, das werde ich ganz gewiss nicht tun. Ich mache mich auf in eine der südlichen Städte, wo wir alle Sicherheit finden und wo auch dieses Mädchen geschützt ist. Und du, Amra, wenigstens du solltest mit mir kommen.«

Sie bewegte sich nicht.

Sein *Taú* zog sich zusammen, als er sich umwandte und entlang der rauen Felsen ging, die jenseits des Flussbetts steil aufragten. Amra und Jemren würden schon nachkommen. Beide mussten ihm folgen, ob sie wollten oder nicht, denn jetzt hatte er das restliche Wasser. Dass Amra Einwände gegen seine Pläne erhob, war für ihn eine unerwartet herbe Enttäuschung.

Mit weit ausholenden Schritten überquerte er loses Geröll und Schottergestein. Rasch verjüngte sich der Wasserlauf nach Süden, wurde enger und steiler, während zu Seiten seiner Schildhand die zerklüfteten, blassen Felsen zu einem Dom emporwuchsen, von dessen schroffen Wänden hin und wieder kleine Steine herabrieselten.

Das Mädchen in seinem Arm wandte sich zu ihm um, bis sie ihm ins Gesicht blicken konnte. Lillia wirkte sehr ernst.

»Das ist ganz falsch«, erklärte sie. »Das ist alles ganz falsch hier.«

Gorun antwortete nicht. Er spürte Nemnos' kleine Figur, die ihm beim Gehen gegen die Brust stieß, das Zeichen seines Klans – er würde sich nur noch davon leiten lassen.

»Wir müssen dort oben weitergehen, Gorun, über die Felsen«, beharrte Lillia und deutete auf die steilen Klippen jenseits der Rinne. »Das hier ist ein Altwasserweg, der fällt dann bloß hinunter.«

Sie stemmte sich gegen seinen Arm, und er holte Atem bei der Vorstellung, welchen kindlichen Anweisungen der Schütze bisher gefolgt war.

»Was weißt du schon, Kind«, entgegnete er kurz. Ein wirres Durcheinander aus gebleichten Ästen bedeckte den Boden, angespült in jener Zeit, als hier Wasser floss. Auf dem losen Schotter folgte er dem Flussbett, seine Schritte knirschten auf den Steinen.

»Du hast Angst vor mir«, sagte Lillia unvermittelt.

Eine Weile blieb Gorun stumm.

»Ja«, sagte er dann und blickte in ihr zartes, schönes Gesicht, in ihre Augen, die leuchteten wie der Himmel bei Tagesbeginn. Kälte ergriff sein *Taú*, wenn er daran dachte, was er in Wirklichkeit in den Armen hielt.

»Du kommst und fegst meine Stadt vom Angesicht dieser Insel. Du verbrennst das Land der Nraurn. Nichts bleibt verschont in deiner Gegenwart«, brach es aus ihm hervor.

Lillias durchdringend heller Blick ruhte auf ihm, Augen, die den Untergang von Caláxi gesehen hatten.

»Ich habe aber keine Angst vor dir«, erklärte sie.

»Das weiß ich«, erwiderte Gorun. Sein Atem ging rascher vom Gehen. »Du hast vor nichts Angst, denn du weißt nicht, was Verlust bedeutet. Du kannst dir nicht vorstellen, woran das Herz der Menschen hängt. Nicht einmal für Jemren hast du Mitgefühl, und dabei würde er für dich sterben.«

Plötzlich schien das Mädchen zu erschrecken und versuchte an ihm vorbei nach hinten zu blicken, wo Schritte erklangen – Amras leichte Sandalen und die Stiefel des Bogenschützen. Lillia hob die Augen wieder zu seinem Gesicht.

»Ich will nicht, dass er stirbt«, sagte sie und klang endlich wie das Kind, das sie dem äußeren Anschein nach war.

»Dann treib ihn nicht weiter! Verlang nicht von ihm, mit dir noch tiefer in diese Wüste vorzudringen. Füge dich meinem Weg, Kind. Nimm an, wohin ich dich bringe, und ich verspreche dir, es wird zum Besten für uns alle sein«, sagte Gorun.

»Aber es ist falsch«, wiederholte sie, und ihre feinen Brauen zogen sich zusammen.

Gorun erwiderte nichts mehr.

Er folgte den kahlen Ufern, die sich nach Süden öffneten, wie er es erwartet hatte; ein Durchgang zum offenen Land, als das Flussbett auf ein natürliches, glatt geschliffenes Plateau hinausführte und unvermittelt unter ihm abfiel – ein ausgetrockneter Wasserfall.

Ohne auf seine Begleiter zu warten, trat Gorun auf das Plateau hinaus. Die grelle Hitze blendete ihn, und er blieb stehen, blinzelte in die Staubschleier, die der Wind zu ihm herauftrieb, bis der Shan kurz nachließ.

Das Gelände fiel steil ab, zeigte tiefe Kerben, die das Wasser des Frühjahrs und Herbsts in das Gestein gegraben hatte. Er konnte weit über die Landschaft hinausblicken: Hänge, Staub und Dunst. Tief unten öffnete sich eine Schlucht, eine gezackte Narbe. So weit das Auge reichte, spaltete der Einschnitt die dürren Hügel. Der Corredános, der Weiße Fluss, der südlich von Martáxi ins Meer strömte!

Goruns Blick glitt entlang der zerrissenen Linie, welche die Schlucht zog, und blieb an einer durchscheinenden dunklen Säule hängen, die in großer Entfernung den Himmel teilte. Die Erscheinung stieg senkrecht auf und verbreiterte sich nach oben, dünnte aus, und ganz langsam wurde ihm bewusst, was er sah.

Dort brannte es.

Kein Buschfeuer wie jenes, das Lillia ausgelöst hatte, sondern ein gewaltiger Brand. Sein Herz verkrampfte sich, während er die Richtung überprüfte und hoffte, dass er sich getäuscht hatte. Doch die Gewissheit sank ihm wie flüssiges Erz in die Glieder.

Dort, wo die Stadt Geristáni lag, stieg eine gewaltige Rauchwolke in den Himmel empor.

Er lief los, das Mädchen in den Armen.

Er sprang von dem Plateau auf den steinigen Boden, schlitterte den steilen Abhang neben der Rinne hinab und stürmte durch das flachere Gelände auf die ferne Stadt zu, als könne er sie noch vor dem Abend erreichen.

Dort, wo der Rauch aufstieg, lag nicht nur die Stadt; dort gab es weitere Ansiedlungen, kleiner und weitaus schwächer befestigt als das zweitürmige Geristáni. Die Einsicht, dass die Menschen immer mehr an Boden verloren, sank kalt in sein *Taú*.

»Gorun! Gorun!«

Wie aus einem Mund schrien Jemren und Amra seinen Namen. Als er sich umwandte, sah er aus den Augenwinkeln eine Bewegung, größer als ein Mensch – und erschrak. Ein Nouk galoppierte dicht hinter ihm heran, holte in mächtigen Sätzen auf: ein braunes Tier, das Wolken von Staub lostrat. Der Reiter schwang eine schwere bronzene Axt. Der Nraur war riesig, sein dünner, heller Bart wehte ihm gegen die Brust, auf der sich altersbrüchige Ledergurte kreuzten und von runden Bronzeplatten gehalten wurden. Mit einem mächtigen Hieb schwang der Krieger die Axt gegen ihn. Die Klinge streifte seine Schulter mit der flachen Seite, verfing sich im Riemen der Wasserflasche; die Wucht des Hiebs riss ihn um. Das Nouk schleifte ihn mit, die galoppierenden Hufe wirbelten dicht neben seinem Kopf, und er musste das schreiende Mädchen loslassen. Der Boden vibrierte unter dem Gewicht des Tiers, als er sich zu befreien versuchte. Doch da wurde sein Körper gegen einen Steinwall geschmettert. Staub blendete ihn, und er zerrte an dem Riemen, der ihm die Luft nahm. Das Leder gab unvermittelt nach, Nässe ergoss sich über seinen Rücken. Hastig rollte er sich herum, kam halb auf die Beine, doch das Nouk war längst wieder über ihm und prellte ihn erneut zu Boden.

Grelle Schmerzen tobten in seinen Rippen, und er rutschte benommen an der Felskante entlang, gegen die er geprallt war. Als die Klinge der Axt auf ihn herabzuckte, griff er nach einem Stein und schleuderte ihn blindlings dem Gehörnten entgegen. Mit einem dumpfen Dröhnen traf der Brocken die harte Knochenplatte der Stirn. Der Nraur warf den Kopf in den Nacken und fasste nach der dunklen Blutspur, die ihm über das Gesicht rann. Eilends rollte sich Gorun fort von dem Nouk und kam auf die Füße.

Eine lange Kette von Kriegern kam die Flanke neben dem Felspodest herab. Mit schrillen Schreien feuerten sie ihre Nouk an und versuchten das Mädchen einzuholen, das voller Entsetzen vor ihnen floh. Jemren hatte sich von der nutzlosen Last des Bogens befreit und eilte inmitten der hämmernden Hufschläge dem Kind hinterher – in der verzweifelten Hoffnung, es vor den Nraurn zu erreichen.

Auch Amra hatte längst den schützenden Flusslauf verlassen; Staub hüllte sie ein, und die Schatten der großen Tiere verdeckten sie immer wieder aufs Neue. Gorun schrie auf, als er sah, wie ein Nraur nach ihr griff und sie grob zu sich in den Sattel zerrte.

Er stürmte den Abhang hinauf, den Weg zurück, auf dem er gerade gekommen war. Da spürte er ihr *Taú*, hell und klar, und die Nouk scheuten.

»Nein!«, schrie er, als er erkannte, was sie vorhatte, doch da schwang sie schon die Hand mit der Schlange – das aufgebrachte, gefährliche Reptil, und der Nraur warf sich im Sattel zurück. Sein Nouk bäumte sich auf und schrie, als ihm das Gift durch die Adern rann. Dann brach es zusammen und überschlug sich auf dem steilen Hang.

»Amra!«, brüllte Gorun.

Doch ihr *Taú* war fort, erloschen genau an der Stelle, wo das Tier gestürzt war.

Nraurn drängten ihn ab. Er duckte sich, stolperte, fing sich wieder. Durch die wirbelnden Beine der Nouk warf er einen entsetzten Blick auf die Stelle, an der das Tier lag, das zusammen mit Amra gestürzt war.

Dort wimmelte es plötzlich von Nraurn.

Die Schreie der gehörnten Reiter begleiteten die Anführerin, die ihren Kriegern vorauspreschte – jene junge Nraurin, die sie in der vergangenen Nacht beinahe eingeholt hatte, bevor das Feuer eine rettende Barriere errichtete. Von ihrem Sattel wehten Riemen, die in den Nähten halb abgerissen waren; Kleidung und Ausrüstung war heruntergekommen und von der Wut der Xyx gezeichnet. Die Kriegerin spornte ihr Tier an und überholte Jemren mit Leichtigkeit, als dieser gerade die Hand nach dem Mädchen ausstreckte. Blind vor Panik floh das Kind sogar vor ihm.

Die Nraurin fegte mit den Hörnern durch die Luft und lachte, als sich Jemren zu ihr herumwarf und nach den Zügeln griff. Sie hieb ihm die Stiefelspitze so heftig ins Gesicht, dass er zurücktaumelte und das Nouk freigab. Geschickt beugte sie sich aus dem Sattel und riss Lillia in die Höhe.

Mit einem triumphierenden Schrei packte sie das Kind am Genick und schwenkte es noch einmal höhnisch zu Jemren herum. Verzweifelt griff der Schütze nach dem schreienden Mädchen, missachtete die Nähe der feindlichen Speerspitzen, doch bevor er Lillia fassen konnte, zerrte die Nraurin ihr Nouk herum und jagte den Hang hinab, das Kind wie eine Trophäe schwenkend.

Betäubt blieb Gorun inmitten der dröhnenden Hufe stehen.

Die Mnek-Krieger folgten ihrer Anführerin und achteten nicht weiter auf ihn oder den Schützen. Auf einem der Tiere sah er Amra quer vor dem Sattel liegen; ein Arm hing lose herab.

Die Nraurn hatten die *Laîren* und das Mädchen in ihrer Gewalt.

Dritter Teil

1

Die Schnur um Lillias Hals barst, und die Münze glitt ihm in die Hand, die schartige alte Münze, Amras Geschenk an das Kind. Instinktiv schloss Jemren die Finger darum, während die Nraurin ihr Tier herumriss und an ihm vorbei den Hang hinabjagte. Ihre Krieger beachteten ihn nicht mehr, und das war beinahe noch schlimmer, als wenn sie angegriffen hätten, denn dann wäre er in ihren Augen noch ein Gegner gewesen. Stattdessen entfernten sie sich rasch in den Staubschwaden und nahmen das Mädchen einfach mit.

Er atmete pures Feuer, und als er die Hand zu der schmerzenden Stelle an der Schläfe hob, wo ihn der Tritt der Nraurin getroffen hatte, spürte er Blut. Ein Schleier legte sich über sein Blickfeld, nicht vom Staub, sondern vom raschen Laufen. Er hatte viel zu wenig getrunken und sich völlig verausgabt. Die Brandwunden an Armen und Händen schmerzten unerträglich, wenn ihm der heiße Wüstenwind über die Haut strich.

Er drehte sich um.

Gorun stand zwischen dürrem Gras und Steinen, eine staubbedeckte, kraftvolle Gestalt. Doch der Reiter hatte hilflos die Fäuste geballt und starrte ebenfalls den Nraurn hinterher. Plötzlich bemerkte Jemren, dass auch Amra fehlte, dass die Nraurn auch sie entführt hatten. Er blickte zurück, doch er entdeckte sie nicht auf den wogenden Leibern der Nouk – die Einzige, die in der Stadt mit den roten Türmen freundlich zu Lillia gewesen war, zu ihr und zu ihm.

Sein Innerstes zog sich zusammen, als er an das Mädchen dachte, das sich aus Angst vor den Ziegenkriegern in Mequa-Tes Grab versteckt hatte. Jetzt war ihnen das Kind in die Hände gefallen, und die gehörnten Krieger ritten mit ihrer Beute in einem Bogen an der fernen Schlucht entlang, nach Osten, immer tiefer hinein in das trockene Gebiet.

Er würde sie niemals einholen.

Jemren sammelte sich und stieg den Hang wieder hinauf, an dem die Nraurn ihn und seine Begleiter eingeholt hatten. Jeder Schritt, jeder Atemzug wurden ihm zur Qual. Die offenen Wunden schmerzten. Fieberhaft überlegte er, was er jetzt tun sollte, und spürte dabei, dass er wohl kaum die Kraft hätte, sein Vorhaben auszuführen.

Wenigstens waren es nicht Quinda-Nas schwarze Reiter, die das Kind geraubt hatten, sagte er sich und versuchte sich mit diesem Gedanken zu beruhigen. Doch er wusste, dass er sich belog.

Quinda-Na würde die Mnek aus dem Süden mühelos aufspüren. Die junge Kriegerin, die das Mädchen an sich gerissen hatte, ahnte nicht, wie kurz die Freude an ihrer Beute währen und wie rasch sich ihr Triumph in blankes Entsetzen verwandeln würde. Die Bahak und ihre schwarze Feldherrin waren ein schrecklicher Feind – ein Feind, dessen Macht längst größer war, als der Norden ahnte.

Jemren blickte Gorun nicht an, als er an dem Reiter vorbeiging, den Weg zurück, den dieser vorhin so unbedacht eingeschlagen hatte; Gorun, der nie die Geduld aufgebracht hatte, ihm zuzuhören, der nie den Versuch unternahm, etwas zu verstehen, das nicht gerade offen auf der Hand lag.

Er hatte sehr wohl Grund zum Zorn, aber keine Kraft mehr, sich davon leiten zu lassen, und so schob er den Gedanken beiseite, dass sie alle ohne das ständig erneut aufflackernde Misstrauen dieses Kriegers, ohne seinen jüngsten Verrat an Lillia nicht in diese verzweifelte Lage geraten wären. Gorun handelte ausschließlich nach der eigenen Überzeugung – das zumindest musste Jemren ihm zugute halten. So hatte er den Reiter kennen gelernt. Er wusste, wie schwer es war, das Kind zu verstehen; manchmal verließ er sich nur auf sein Gefühl. Gorun, Erster Reiter einer großen Stadt, konnte sich etwas Derartiges natürlich nicht erlauben, das sah er ein.

Doch nun verschleppten die Nraurn auch Amra, mit der Gorun eine besondere Beziehung verband; das hatte Jemren längst bemerkt, auch wenn der Reiter hartnäckig behauptete, sie sei die Priesterin von irgendetwas Dunklem und deshalb eine Frau, mit der man keinen Umgang pflegte. Dass dieser Mann, der durch und durch ein Krieger war, so befangen war von Tabu und Aberglaube, verwirrte Jemren manchmal. Allerdings war das bei weitem nicht das Einzige, das er im Süden nicht verstand.

Als er den Hang unterhalb des Plateaus querte, hörte er Goruns Schritte hinter sich; der Reiter rief ihn beim Namen. Doch er blieb nicht stehen, sondern ging beharrlich weiter. Er wusste nicht, ob er noch einmal die Kraft zu einem neuen Anlauf hätte, wenn er jetzt innehielt. Mit einer ungeduldigen Bewegung wischte er das Blut weg, das ihm seit dem Tritt der Nraurin von der Schläfe rann, und schlang sich im Gehen die Schnur mit Lillias Amulett um das Handgelenk. Das kühle Metall berührte seine Haut und erinnerte ihn an die Pflicht, die er sich auferlegt hatte. Er beschloss, die Münze als Glücksbringer zu betrachten – wie diese kleine Figur, die Gorun besaß. Gorun berührte das Zeichen oft, doch was es genau bedeutete, hatte sich ihm noch nicht erschlossen.

»Bei der Quelle, Jemren!«

Das hitzige Temperament des Reiters streifte ihn im Schützensinn, und er drehte sich um.

»Wohin willst du? Was hast du vor? Verflucht, sprich mit mir!«, keuchte Gorun, als er mit energischen Schritten zu ihm aufschloss.

Jede seiner Bewegungen drückten die Kraft und Beweglichkeit eines Speerkämpfers aus, selbst jetzt, da er den einen Arm offensichtlich noch immer schonen musste und seit Tagen durch diese Hitze zog. Gorun entsprach in vieler Hinsicht dem Bild, das sich der Norden vom Gegner jenseits des Scyé machte. Ein bisweilen unbeherrschter Stolz sprach aus jeder seiner Gesten. Er war ein Mann aus einem Land voller Selbstgewissheit und verworrener Traditionen, dem Land berittener Krieger und ihres leicht entflammbaren, unüberlegten Zorns.

Genau diese Eigenschaften hatten die Feindschaft ihrer Städte so lange genährt, und genau diese Eigenschaften standen jeden Tag von neuem zwischen ihnen beiden. Es war absurd, dass ausgerechnet sie hier zusammen waren, eine weitere ironische Wendung des furchtbaren Wegs, den er gegangen war, seit er mit dem Mädchen seine Stadt verlassen hatte.

»Willst du immer noch nach Süden?«, fragte er zurück. »Hast du den Rauch nicht gesehen, der dort aufsteigt?«

Der stolze Krieger aus Caláxi biss die Zähne aufeinander und schluckte die Erwiderung hinunter, die ihm auf der Zunge lag. Sein Atem ging schwer, und mit der gesunden Hand strich er sich die Locken aus der Stirn.

»Sie folgen uns«, sagte er mit mehr Vernunft, als Jemren erwartet hatte. »Die Nraurn verfolgen uns.«

Er blickte an Gorun vorbei zur Schlucht hinab und sah, dass sich dort eine berittene kleine Schar vom Haupttrupp getrennt hatte, junge Krieger vielleicht, die es nach einer ersten Ruhmestat verlangte und die ihre Anführerin wahrscheinlich davon überzeugt hatten, dass sich die Jagd auf zwei verdurstende Männer lohnte.

Gorun runzelte besorgt die Stirn, beurteilte die Lage bestimmt genauso kritisch wie er selbst. Jemren hob den Arm und beschrieb einen Bogen; seine Wunden brannten.

»Hast du gesehen, wohin sie reiten? Bis hinunter zur Schlucht, doch da können sie nicht weiter.«

Seine Hand deutete über das felsige Gelände, auf dem sie standen, zeichnete einen Halbkreis um die verwitterte Kuppel, die jenseits des Plateaus aufragte, die bei weitem steilste und schroffste Erhebung der Trockenen Hügel.

»Die Nraurn werden dem Abgrund folgen. Dazu müssen sie unterhalb der Felsen entlangreiten, denn mit den Nouk gelingt es ihnen nicht, diese Kuppel zu überqueren. Ich schneide ihnen den Weg ab und werde sie einholen«, erklärte er.

Gorun betrachtete die nackten Felsen, die vor ihnen anstiegen und unter der Hitze des weißlichen Himmels flimmerten. Er lachte kurz und freudlos auf.

»Wie sollen wir das ohne Wasser schaffen?«, fragte er.

Jemrens Blick glitt kurz zur Schulter des Reiters, wo der Gurt der Flasche fehlte. Gorun hatte einen Augenblick der Schwäche genutzt, um die Flasche an sich zu bringen. Jetzt hatten sie auch den letzten Rest Wasser verloren. Er ging die wenigen Schritte zurück, bis er Gorun auf Augenhöhe gegenüberstand.

»In der Stadt hast du das Mädchen geschützt«, sagte er und spürte die Spannung in seinem Innern, die nie nachlassende Spannung zwischen ihnen, die trotz aller Verständigungsversuche nicht von ihnen wich. »Deshalb habe ich dir geholfen, als du unter dem Tor lagst. Deswegen und Amra zuliebe.«

Und dann öffnete er den Schützensinn ganz, das *Taú*, wie Amra es genannt hatte, und ließ Gorun teilhaben an seinen Gedanken und Gefühlen.

»Aber stell dich mir nie wieder in den Weg, Gorun! Das lasse ich nicht mehr zu.«

Der Reiter hob empört die Hand und ballte sie zur Faust, aber die Finger zitterten allzu deutlich. Der Ausdruck seiner grauen Augen wechselte von Entrüstung zu aufrichtiger Sorge, wie Jemren es schon einige Male erlebt hatte. Schließlich machte der Reiter mit einer beiläufigen kleinen Geste ein Friedensangebot, den Vorschlag zu einer zeitweiligen Waffenruhe zumindest, und die Stimme gehorchte ihm kaum, als er sprach.

»Für den Augenblick haben wir beide das gleiche Ziel. Wir wollen beide dasselbe.«

Jemren nickte.

»Ja«, sagte er bitter. »Für den Augenblick.«

Sie stiegen zwischen den Felsen hinauf, über loses Gestein und Geröll, vermieden es so lange wie möglich, klettern zu müssen. Quälend langsam kamen sie vorwärts, verloren in der endlosen Trockenheit dieses Landes, während sie den Bogen abzukürzen versuchten, in dem die Nraurn entlang der

Schlucht ritten. Jemren blickte immer wieder zurück, um sich zu vergewissern, wie rasch die Verfolger aufholten. Doch in dem unwegsamen Gelände waren die Nraurn bald außer Sicht, und er konnte nur hoffen, dass sie selbst auch nicht gesehen wurden. Panik erfüllte ihn, weil sie überhaupt kein Wasser mehr hatten und der Durst immer schlimmer wurde, Panik bei dem Gedanken, dass Gorun vielleicht von Anfang an Recht gehabt hatte. Vielleicht hätte er längst auf den Reiter hören und sich mit ihm für eine andere Richtung entscheiden sollen – mit einem Mann, dem das Land vertraut war und der dessen Beschaffenheit weit besser kannte als er.

Doch dann dachte er an Lillia, an ihr seltenes Lächeln, und das Gefühl des Verlusts wurde überwältigend. Sie hatte jeden Schritt seines Wegs bestimmt. Weil er nicht wusste, was er tun sollte mit einem Kind, das nur den eigenen Namen wusste und ansonsten verloren war in dem Konflikt zwischen Menschen und Nraurn; mit einem Kind, das von den Bogen der Sterne und den Neun Winden sprach und ihm nicht sagen konnte, wie die Stadt hieß, aus der es kam. Er hatte keine andere Wahl gehabt, als sich Lillias eigenartigem Gefühl für das Land anzuvertrauen.

Vielleicht ahnte sie nicht, wie grausam sie war, wenn sie ihn dorthin führte, wo er nicht sein konnte, wo er nicht willkommen war, wie Gorun oft genug betont hatte. Alle diese Zusammenhänge hatte er ihr auf den Felsen oberhalb des blühenden Tals von Caláxi klar zu machen versucht, an jenem warmen Abend, bevor Goruns Reiter ihn und das Kind aufgriffen – dass dies Feindesland war für ihn, dass er, der aus dem Norden kam, nicht einfach an die Tore dieser Stadt treten und die Botschaft verkünden konnte, ein fremdes Kind spüre Linien im Boden.

Doch sie begriff diese Worte nicht, sie verstand ihn ebenso wenig, wie er sie verstand, und schließlich hatte sie aus purer Erschöpfung zu weinen begonnen.

Einen Augenblick lang saß er schweigend da.

»Ich komme mit dir«, erklärte er dann schlicht, das einzige

Angebot, das er ihr machen konnte. »Aber ich kann nicht geradewegs ins Verderben laufen.«

Doch er berührte sie nicht, tröstete sie nicht, wie er es bei einem Kind aus seiner Stadt getan hätte. Denn in dieser Berührung lag etwas Seltsames, etwas Erschreckendes.

Er hatte es zum ersten Mal in jener Nacht an der Küste gespürt, als der kalte Regen in heftigen Stößen vom Meer heranwehte und das Mädchen in dem wassertriefenden Netz die Arme nach ihm ausstreckte. Das war alles – nur diese stumme Geste.

Als sie ihm dann unterkühlt und durchnässt in die Arme geglitten war, hatte er zum ersten Mal erfahren, was es bedeutete, sie zu halten: Wie eine starke Woge hatte sie ihn fortgerissen, ihn hinausgezogen ins Nichts. Doch dieses Nichts war nicht eng, es war weit und hell, und alle Dinge waren zugleich darin enthalten: das Rauschen des Meers, ein Vogel am klaren Himmel, der schimmernde Bogen der Küste an einem ruhigen Tag. Einen Lidschlag lang hielt das Gefühl an, dann meinte er wieder, ein frierendes, erschöpftes Kind im Arm zu halten, das ihn flüsternd um Hilfe anflehte. Und er hielt es, entsetzt, weil er spürte, wie alles, was ihm bis dahin als Gesetzmäßigkeit der Welt bekannt gewesen war, keine Gültigkeit mehr besaß.

Er hatte sehr wohl verstanden, was Amra meinte, wenn sie von der spürbaren Regung des Lebens in jedem Wesen sprach, vom *Taú*, wie der Süden es nannte und so sorglos jeden Mann und jedes Kind daran teilhaben ließ.

Lillia hatte ihn an diesem Punkt berührt.

So weit hatte er gehen müssen, um zu begreifen, dass sie auf diese Weise mit ihm verbunden war, dass sie, die selbst ohne *Taú* war, bis in sein tiefstes Inneres vorzudringen vermochte, was niemandem sonst gestattet war, und dort seine Zuneigung gewann. Vielleicht war er ahnungslos, unwissend, was die Lieder der Insel und die uralten Prophezeiungen betraf. Das hatte er sich vorzuwerfen, und er warf es sich vor. Das – im Gegensatz zu allen Anschuldigungen, die Gorun gegen ihn vorbrachte – traf wirklich zu.

Sogar die Bahak hatten gewusst, was sie an sich rissen; selbst die Nraurn kannten die Bedeutung dieses Kindes, und sie wussten, wen sie da in ihre Gewalt brachten. Alles bezog sich auf die Prophezeiung, auf Worte aus einer längst vergangenen Zeit.

Es war einfältig gewesen, als er annahm, diese Worte hätten keine Bedeutung mehr.

Er war einfältig gewesen. Von so vielen Dingen hatte er nichts geahnt, als er das Kind aus dem Netz schnitt, und erst der Weg in den Süden hatte ihm Einsichten vermittelt, auf grausame, unbarmherzige Art.

Im Norden hingegen, wo er aufgewachsen war, wurden die Dinge schlicht so betrachtet, wie sie im Tageslicht erschienen. Welch großer Unterschied diesbezüglich zwischen beiden Teilen der Insel bestand, hatte ihm erst der Umgang mit Gorun und Amra gezeigt, die beide auf ihre Weise über so zahlreiche und verwirrende Kenntnisse verfügten. Insgeheim hatte er sich in ihrer Gegenwart oft beschämt gefühlt, weil sie ihn so leicht durchschauten. Sie hatten so vieles als selbstverständlich angesehen, was für ihn völlig fremd war.

Der Norden hatte bei seinem überstürzten Rückzug am Ende der Langen Kriege weit mehr verloren, als ihm je bewusst gewesen war; das erkannte er erst, da er den Süden – oder wenigstens einen Teil davon – gesehen hatte. Und nicht nur das, man wollte an den rauen, nördlichen Küsten auch gar nicht wissen, was die beiden Teile der Insel miteinander verband, denn dadurch fühlten sich die Menschen nur an die schrecklichen alten Zeiten erinnert. In dieser Hinsicht war Goruns Zorn berechtigt gewesen: Der Norden lehnte die überlieferten Ansichten und Traditionen ab – aus Erbitterung, aus falschem Stolz vielleicht. Doch die Überlebenden der Langen Kriege waren gezwungen gewesen, alle Erinnerungen an eine frühere Lebensweise zu vergessen, um in einem unwirtlichen Land zurechtzukommen, das seinen Bewohnern noch immer das Letzte abverlangte.

Das Geröll unter seinen Füßen gab nach, und er rutschte einige Schritte zurück, kostbare Schritte, die er schon hinter sich geglaubt hatte. Er blieb stehen und stützte sich mit der Hand gegen einen erhitzten Fels. Sein Atem ging stoßweise und schmeckte nach Metall; die trockene Luft stach in den Lungen, und das Blut pochte in seinem Kopf, bis er nicht mehr klar sehen konnte. Er wartete darauf, dass die Schwäche abklang. Eine längere Rast konnte er sich nicht gönnen, denn seine Gedanken schweiften sofort wieder zu dem Mädchen und der Frau, die sich nun in der Gewalt der Nraurn befanden, zum Rand jener tiefen Schlucht, und er zwang sich, trotz Hitze und Staub weiterzugehen.

Er warf einen Blick zu Gorun hinüber, der sich ebenfalls keine Atempause gönnte, der kein Wort mehr sagte und seinem Blick auswich. Die Kleidung des Reiters war staubig, das Leder seiner vornehmen Stiefel abgestoßen und rissig vom scharfkantigen Geröll.

Gorun war entsetzt angesichts dessen, was er getan hatte.

Alle waren entsetzt und ablehnend gewesen, alle außer Amra, die über ein seltsames, dunkles Wissen verfügte und ihm in Caláxi als Einzige ohne Furcht und Misstrauen begegnet war.

Und außer seiner Schwester, die sich grundsätzlich von nichts beeindrucken ließ.

Harat hatte ohne Umschweife das Nächstliegende getan, als er mit dem frierenden Kind in die Stadt zurückgekehrt war, in das Haus seines Klans. Dorthin begab sich ein Schütze stets zuerst, sobald er sich wieder hinter den Mauern befand. Ohne ein überflüssiges Wort hatte seine Schwester dem Kind ein trockenes Kleid gegeben und eine Schale warmer Suppe gereicht. Dem beharrlichen Schweigen der anderen konnte Jemren jedoch bereits entnehmen, welchen Ärger er sich aufgeladen hatte.

An der Herdstelle streckte Tachra die Füße in die Wärme des Feuers und kämmte ihr Haar mit bedächtigen Bewegungen zu einem silberfarbenen Knoten. Sie würdigte ihn keines

Blicks, sie, die Erste seines Hauses, die Herrin seines Klans, Mutter seiner früh verstorbenen Mutter. Manche behaupteten, das Land, das raue Leben im Norden hätten Tachra verbittern lassen. Eine wortkarge Frau, die Harat und ihn mit großer Strenge erzogen hatte.

Jemren konnte nicht beurteilen, was wirklich in ihr vorging; Tachra sprach selbst dann kaum, wenn sich alles nach ihren Wünschen fügte. Doch er hatte längst gelernt, ihre Stimmung an den ungehaltenen kleinen Handbewegungen abzulesen, am erbitterten Zug um den Mund, und ihr beizeiten aus dem Weg zu gehen. An diesem späten Abend, als der Wind in Stößen auf das Dach niederfuhr und den Regen in kalten Schauern über die Stadt trieb, wäre es sicherlich ratsam gewesen, ihr nicht zu begegnen.

Doch da war das Kind, da war Lillia, die dringend Ruhe und eine trockene Decke benötigte. Jetzt saß sie da und hielt die dampfende Schale zwischen beiden Händen. Statt zu trinken, solange die Suppe heiß war, blickte sie von ihm zu seiner Schwester und dann zu den anderen Angehörigen seines Klans. Mit ihren hellen, durchdringenden Augen in einer Farbe, wie sie im Norden niemals vorkam.

»Iss, Lillia«, sagte Jemren leise zu ihr. »Dann wird dir auch wieder warm.«

Sie bewegte sich nicht.

Schon unter dem Tor hatte man ihm mitgeteilt, dass die Stadtversammlung über dieses Kind befinden musste, das er den Nraurn entrissen hatte, genau wie es später in Caláxi geschehen war. Das erfüllte ihn mit Sorge, denn Tegaréssos war nicht gerade berühmt für seine Gastlichkeit und sein Haus nicht das Einzige, das missbilligte, was er getan hatte.

»Willst du auch etwas?«, fragte Harat ihn beiläufig, während sie Tee auf das dampfende Wasser im Kessel streute und zusah, wie die Blättchen sich voll sogen und untergingen.

»Später, Harat«, antwortete Jemren; er dachte daran, dass Tarepin sich schon auf den Weg gemacht hatte, um mit der *Naszan* und den anderen Klanen zu sprechen – sein Bogengefährte, der mit ihm dort draußen an der Küste gewesen war, nur wenige Schusslängen entfernt, als er auf das Nraurnlager stieß.

»Wie kannst du das Kind einfach so befreien? Die Nraurn werden schäumen vor Wut!«, hatte Tarepin ihm zugezischt, als alles schon entschieden, als alles längst geschehen war. Tarepin, der die Ringe früher und mit weitaus mehr Eifer erworben hatte als er.

Nicht einmal Tarepin war bereit gewesen, das fremde Mädchen in Schutz zu nehmen. Auch er wusste, wem das verzierte große Zelt in der Mitte des Lagers gehörte –, ein Zelt, das auf allen drei Seiten – außer am Eingang – das gefürchtete Symbol der Feldherrin trug.

So dicht an der Küste. So nahe an der Stadt.

»Du bist völlig durchnässt, Jemren«, bemerkte seine Schwester. Sie musterte ihn aus glänzenden Augen, so dunkel wie das Gefieder der Korone waren sie, und keine Spur von Unsicherheit oder Unruhe war darin zu lesen.

Harat wusste immer, wann ein Sturm kam. So war es auch dieses Mal, und sie hatte ihm geraten, sich nicht so weit hinauszuwagen, sondern auf den Pfaden in der näheren Umgebung der Stadt zu bleiben. Doch angesichts der Bedrohung durch die Nraurn hatten sie keine andere Wahl gehabt, als die Spuren der Ziegenkrieger bis zur Küste zu verfolgen.

Jetzt fragte er sich, ob Harat nicht noch viel mehr vorausgeahnt hatte.

»Das Kind ist nicht von hier«, sagte Tachra plötzlich am Feuer, ohne sich umzudrehen, und Lillia duckte sich unwillkürlich, als sie die mitleidlose Schärfe hörte, die in dieser Stimme schwang.

Was ist mit ihr?, bedeutete Jemren seiner Schwester, mit einem leisen Nicken in Tachras Richtung, doch Harat zuckte nur die Schultern und verdrehte die Augen; das Kind und das Wetter und dieser missglückte Tag ganz allgemein verursachten wahrscheinlich Tachras schlechte Stimmung.

»Ein Hexenkind aus dem Süden«, sagte die Klanherrin und spie voller Verachtung in die Glut.

Als Jemren schwieg, erhob sich sein Onkel Merras von der Herdstelle in der Mitte des Saals, der bislang unbeirrt an einem neuen Netz geknüpft hatte, das über seinen Knien lag. Jetzt trat er zu dem Mädchen, kein junger Mann mehr und einer der erfahrensten Fischer aus Tegaréssos, der das gefährliche Meer vor den weißen Klippen so gut kannte wie kaum ein anderer aus der Stadt. Lange sah er das schöne, fremde Kind an, und mit ihren meergrünen Augen blickte Lillia gebannt zu ihm auf, so wie sie alles anstarrte, was ihre Aufmerksamkeit erregte.

Schließlich schüttelte Merras den Kopf und legte Jemren die Hand auf die Schulter.

»Was hast du dir nur dabei gedacht?«, murmelte er. Merras war der Erste, der jene Frage an Jemren richtete, die ihm noch so viele Male gestellt werden sollte.

Doch bevor er antworten konnte, ging Merras bereits zur Tür und trat hinaus in die regennasse Nacht. Jemren hörte, wie der Onkel einige Worte zu seinem Hund sagte, der unter dem tief herabgezogenen Vordach lag und das Fell trocknen ließ; dann entfernte er sich mit schweren Schritten.

Jemren sah Harat an.

Aber sie ist doch nur ein Kind, wandte er ein, in der lautlosen Sprache, die seine Schwester und er als Kinder füreinander erfunden hatten, um sich über Ereignisse und Gedanken auszutauschen, von denen nicht jeder im Klan erfahren sollte. Und Harat verstand ihn, sie blickte das Mädchen an, doch sie antwortete nicht. Stumm drehte sie ihm den Rücken zu und stocherte mit einem Stock in der Glut, wie immer, wenn etwas sie bedrückte.

Niemand zeigte Verständnis, weder im Norden noch im Süden, und viel mehr konnte er zu Lillias Gunsten nicht vorbringen, als dass sie ein kleines Mädchen war.

Er war dazu erzogen worden, seinen Verstand zu benutzen und die unberechenbaren Regungen des Schützensinns – des *Taú* – außer Acht zu lassen. Nichts anderes erwartete er auch von den anderen. Doch nun sah er, wie groß die Angst der Menschen in Wirklichkeit war, ihre Furcht vor der Fremdheit des Mädchens mit den türkisfarbenen Augen. Lillias Nähe, ihre bloße Anwesenheit brachten ans Licht, was einer Stadt im Innersten zugrunde lag: Gleichgültigkeit und ein gewisses Maß an Feigheit in Tegaréssos, die Unerbittlichkeit der Macht in Caláxi. Sogar Quinda-Nas Grausamkeit trat in Gegenwart des Kindes so deutlich zutage, als gäbe es angesichts dieser hellen Augen kein Versteck, keinen Ort, an dem verschwiegene Gedanken unentdeckt blieben. Und das war in der Tat ein Umstand, der Furcht und Feindseligkeit erregte.

Jemren verlangte von niemandem, das Mädchen mit offenen Armen aufzunehmen. Niemals hätte er allerdings damit gerechnet, dass Tegaréssos sich so ablehnend gegen ein Kind verhielte, dass die Stadt Lillia nicht einmal so lange hinter ihren Mauern dulden wollte, bis der Regen nachließ. Keinen einzigen Fürsprecher fand er, als die Versammlung der Häuser zusammentrat und er ihr Rede und Antwort stehen musste.

Als er schließlich zu dem kleinen Haus seines Klans zurückkehrte, bekümmert und empört über die abweisende Haltung der Stadt, erwartete Harat ihn bereits auf den Stufen unter dem Vordach. Lillia stand neben ihr und blickte ihm mit jener erschreckenden Ungerührtheit entgegen, die er später noch so oft an ihr beobachten sollte und die ihm zeigte, dass ihr jeder Sinn für die Bedeutung des Augenblicks fehlte. Das Kind verfolgte jede ihrer Gesten, als Harat ihm seinen guten Bogen reichte. Seine Schwester hatte bereits das Nötigste für ihn zusammengepackt.

Sein Innerstes zog sich zusammen, denn er begriff plötzlich: Harat hatte schon gewusst, dass er fortgehen würde; von Anfang an hatte sie gewusst, dass er nicht mehr umkehren konnte. Er hatte seine Entscheidung dort draußen an der Küste getroffen, binnen eines regennassen Augenblicks, als er beschlossen hatte, das Kind aus dem schwankenden Netz zu befreien.

»Ich lasse den Hund bei dir«, sagte er und tat so, als sei er bis zum Morgengrauen zurück in der Stadt. »Ragan wird auf dich aufpassen, Harat.«

Das große graue Tier lag neben ihr auf den Stufen des Hauses und leckte sich die nassen Vorderläufe. Ragan, sein Begleiter seit dem Knabenalter. Augenscheinlich war der Hund höchst zufrieden mit sich und der heillosen Panik, die er unter den Nouk im Lager der Nraurn angerichtet und seinem Herrn so jene kostbaren Augenblicke verschafft hatte, die nötig waren, um die Seile des Netzes zu durchschneiden. Fast beneidete Jemren die weltvergessene Genügsamkeit des Tiers, dem ein aufregender Tag und anschließend eine behagliche Ecke im Trockenen genügten.

Wortlos übergab Harat ihm das Bündel.

Sie reichte ihm gerade bis zum Kinn, wenn sie sich aufrichtete, seine kleine Schwester. Doch nun stand sie auf den Stufen, die zum Haus hinaufführten, und konnte ihm in die Augen sehen. Sie hatte das Haar so zurückgesteckt, dass das Gesicht frei blieb; in pechschwarzen Wellen fiel es ihr weit über den Rücken hinab, und ihre Augen waren ebenso dunkel. Und ohne jede Träne.

»Wenn du zurückkommst, erzählst du mir alles, Jemren«, forderte sie – sie bat nicht, sie verlangte, und er spürte, wie angestrengt sie versuchte, hinter dieser Barschheit den Kummer über den Abschied zu verbergen.

»Das werde ich. Ich werde dir alles berichten«, versprach er. Und fürchtete bereits, dass er sein Wort nicht würde halten können.

Völlig unerwartet schlang Harat ihm die Arme um den Hals und ließ ihn ebenso schnell wieder los, eine flüchtige Zärtlichkeit, die es zwischen ihnen nicht mehr gegeben hatte, seit sie dem Kindesalter entwachsen waren, seit er die Schützenringe trug. Auf dem Absatz machte sie kehrt und ging mit schnellen Schritten ins Haus zurück, trat unter dem geschnitzten Balken des Türrahmens hindurch und ließ die Matte hinter sich zufallen, ohne sich noch einmal umzudrehen. Zurück blieb nur das fremde Mädchen, das aus türkisfarbenen Augen zu ihm aufblickte.

»Was tun wir jetzt, Jemren?«, fragte Lillia. »Wohin gehen wir?«

»Ich weiß es nicht«, gab er zurück, und das war die reine Wahrheit. »Sag du es mir.«

Sie hob die kleine Hand und deutete über die Mauer; so leitete sie ihn von nun an über die ganze schwierige Wegstrecke.

Er würde Harat nicht wiedersehen.

Das wurde ihm immer klarer, je weiter er Tegaréssos hinter sich ließ, und seine Schwester war der einzige Mensch, den er wirklich vermisste, wenn er an den Norden dachte.

Er erinnerte sich oft an sie, immer dann, wenn er nicht wollte, dass ein anderer die Gedanken und Gefühle in seinem Innern wahrnahm, im *Taú*. Schützen mussten sich diese Fähigkeit aneignen; es gehörte – wie eine gewissenhafte Bogenführung – zu ihren Pflichten, auch ein bestimmtes Maß an Selbstbeherrschung zu üben, ohne die ihre ohnehin schwierige Kunst undenkbar gewesen wäre. Jeder hatte seine eigene Weise, sein Innerstes vor ungebetenem Zugriff zu verschließen; er hatte selbst Tarepin nie verraten, wie er das erreichte.

Wenn er in der Gegenwart anderer, die – wie Gorun beispielsweise – ihr *Taú* mit aufdringlicher Neugier einsetzten, für sich sein wollte, dann dachte er an seine Schwester, an den Augenblick des Abschieds. In Gedanken zeichnete er Harats Züge nach, ihr zartes Gesicht, das im Widerspruch stand zu ihrer zähen Natur. Oft hatte er sich vorzustellen versucht, wie ihr Leben wohl weiterging, während er hier im Süden Dinge sah, die seltsamer und befremdlicher waren als alles, was Harat und er sich je hatten ausmalen können; größer und beeindruckender als alles, worüber sie je gesprochen hatten.

Und jedes Mal blieb eine nagende Furcht, ein Kummer, aus dem Schritt für Schritt sichere Gewissheit wurde. Er würde ihr von all dem nie berichten können. Er würde diesen Weg bis ans Ende gehen, und das war auch sein eigenes Ende – wenn ihn die Kraft dazu nicht vorher verließ.

Er strauchelte in einer felsigen Rinne, fiel hin und hatte gar nicht gemerkt, dass er weitergegangen war. Die Vergangenheit hielt ihn so sehr gefangen, dass er nicht mehr sah, wohin er trat.

Mühsam raffte er sich auf, denn das Liegenbleiben verschaffte ihm keine Erleichterung mehr. Seine Glieder fühlten sich geschwollen an, schon längst konnte er Schmerzen nicht mehr von Erschöpfung unterscheiden. Er stolperte immer öfter, und bestürzt beobachtete er, dass es Gorun kaum besser ging. Einen Augenblick lang hielt er inne und blickte auf das Land zurück, das jetzt weit unter ihnen in brütender, erstickender Hitze lag, eine Ödnis aus Staub, Sand und totem Gestein.

»Sie sind immer noch hinter uns her«, keuchte Gorun mit nahezu unkenntlicher Stimme.

Jemren sah nicht, was der Reiter wahrnahm, doch in diesem Punkt vertraute er ihm ohne jede Einschränkung. Irgendwo unter ihnen kletterten die Nraurn durch die Felsen, mit frischen Kräften und bei weitem nicht so vom Durst geplagt wie er und der Reiter.

Als er den Kopf wandte, sah er, dass Gorun weitergegangen war und nun an einem Felsstück hinaufkletterte, das vor ihnen aufragte und die Sicht auf das Gelände dahinter versperrte. Mühsam stieg Jemren dem Reiter nach, an einem steilen Hang aus gesprungenem Stein hinauf, der in scharfkantige Blöcke und Quader zerfiel. Die verbrannten Stellen schmerzten, als er die Hände in den nackten Fels krallte, mit der Stiefelspitze in Spalten und auf Vorsprüngen Halt suchte und sich hochzog. Doch er kletterte weiter, weil es keinen anderen Weg mehr gab.

Das letzte Stück war am schwierigsten, nichts als löchriger, bröckeliger Fels. Als ein Stein unter seinen Fingern nachgab und aus der Wand brach, konnte er sich gerade noch festhalten und atemlos beobachten, wie der Brocken hinabstürzte und beim Aufschlagen auf die felsigen Vorsprünge in immer kleinere Stücke zersplitterte.

Ein Schatten fiel über ihn: Gorun, der von oben nach ihm griff. Einen schreckerfüllten Augenblick lang war Jemren überzeugt davon, dass der Reiter ihn nun in die Tiefe zurückstoßen wollte.

»Deine Hand!«, keuchte Gorun, und Jemren konnte nur nach oben starren, unfähig, irgendetwas zu tun. »Gib mir die Hand! Ich habe nichts davon, wenn du abstürzt.«

Zögernd löste Jemren die Finger vom Halt im rauen Stein, und als er den Arm ausstreckte, packte Gorun ihn am Handgelenk und zog ihn mit festem Griff über die Kante hinauf – half ihm mit demselben deutlich lesbaren Widerwillen im *Taú* und derselben unerklärlichen Großmut wie schon zuvor. Die Finger des Reiters verhakten sich einen Augenblick lang in der Schnur, an der Lillias Münze hing, bis Gorun ungeduldig die Hand schüttelte und sich befreite.

Jemren blickte sich um. Sie hatten flacheres Gelände erreicht.

Vor ihnen erstreckte sich eine sandige Mulde, die von groben Felsen gesäumt war. Ein kühlerer Wind wehte, aus einer anderen Richtung. Jemren holte tief Atem, und ein Blitz durchzuckte sein Gesichtsfeld. Schwärze folgte, und er musste stehen bleiben. Die Glieder zitterten ihm, als er sich nach vorn beugte und die Hände auf die Knie stützte, um ein wenig auszuruhen, nur für eine ganz kleine Weile.

»Wir müssen weiter«, drängte Gorun rau, und das war nur allzu verständlich.

Als Jemren sich aufrichten wollte, erschien der Blitz erneut.

Er wartete, bis er sicher war, dass er nicht das Gleichgewicht verlöre, wenn er den Kopf hob. Gebückt stand er da und hatte das Gefühl, dass es jetzt so weit war und er keinen einzigen Schritt mehr gehen konnte.

Aber das hatte er bereits jenseits des Scyé gedacht, als

sich der Haken von Quinda-Nas Marschall Vysek tief in seine Schulter grub und das Kind, das den Kampf beobachtete, voller Entsetzen aufschrie. Die glühende Schneise des Scyé war im letzten Augenblick seine Rettung gewesen, die unbeschreiblichen Schrecken dieser tiefen Schlucht, die ihn bis in seine Albträume verfolgten, wenn er hochschrak und nicht wusste, wie er sie überwunden hatte. Dort und ebenso im Westturm von Caláxi war er zu der Überzeugung gelangt, das Ende dieses Weges erreicht zu haben, mehr als einmal, als er vor Müdigkeit, Schmerzen und Fieber kaum noch klar denken konnte. Doch dann war es auf die eine oder andere Weise immer weitergegangen.

Vorsichtig hob er den Kopf. Sie hatten die höchste Erhebung des Hügellands erreicht. Hinter ihnen lag das Gelände, das sie durchquert hatten, in Dunst und Staub gehüllt. Rauch stieg in der Ferne auf, wo noch immer Brände schwelten. Als Jemren nach vorn blickte, entdeckte er eine mächtige Wolkenbank am Horizont, doch dann erkannte er, dass es eine bläuliche Bergkette war – gemessen an der Entfernung ein gewaltiges Gebirge. Die Hitze flimmerte vor den Gipfeln.

»Die Berge«, flüsterte er heiser. »Dort, Gorun!«

Er musste zweimal ansetzen, und berührte die trockenen Lippen mit den Fingerknöcheln. Als er die Hand sinken ließ, war eine Spur von Blut daran zu sehen.

»Das ist der Altéru«, entgegnete Gorun, und als der Reiter merkte, dass das nichts erklärte, setzte er hinzu: »Dort enden die Trockenen Hügel.«

»Hast du nicht behauptet, jenseits der Trockenen Hügel komme nichts mehr?«, erinnerte Jemren den Reiter.

Gorun wandte sich um und sah ihm mit einem Ausdruck ins Gesicht, als gehe ihm erst jetzt das ganze Ausmaß von Jemrens Unwissenheit auf.

»Dort *ist* nichts mehr. Nackter Stein – und das Meer.«

Mit sinkendem Mut betrachtete Jemren die fernen Gipfel, die schroff und abweisend wirkten, ganz und gar unzugänglich. Das war jedoch die Richtung, in die das Mädchen gewiesen hatte, seit sie das zerstörte Caláxi hinter sich gelassen hatten – immer nach Osten.

Er kam sich vor wie ein Narr. Er hatte nichts von diesen Bergen gewusst; von so vielen Dingen hatte er noch nie etwas gehört, und doch maßte er sich an, in Angelegenheiten einzugreifen, die ihn nicht betrafen. Genau das hatten Gorun und Amra ihm vorgeworfen. Die junge Frau aus Caláxi dagegen schien von allem etwas zu verstehen, von den Pflanzen und den Schlangen und den Schatten, von den Lebenden und den Toten; eine Priesterin des Südens hatte Gorun sie genannt und verehrte sie auf seine Weise. Diese beiden hatten vollkommen Recht, wenn sie ihn für ahnungslos hielten. Sein ganzes Wissen endete am Scyé.

Doch nun gab es kein Zurück mehr.

»Der Fluss«, sagte er, und die Kehle schmerzte ihm beim Sprechen. »Der Fluss, der die Schlucht gegraben hat, kommt aus diesen Bergen. Die Nraurn müssen ihm weiter folgen.«

Er wies auf die Stelle, an der die ausgedörrten Hügel vermutlich mit dem Fluss und den Bergen zusammentrafen.

Gorun schüttelte den Kopf.

»Sie können überall sein. Die Schlucht hinab. Oder sie haben kehrtgemacht.«

»Das wissen wir, wenn wir dort sind. Aber dann haben wir wenigstens Wasser.«

»Das ist der Corredános«, erklärte Gorun und deutete mit der Hand den Verlauf des Flusses an, wo hinter Staub und flimmernder Hitze die Schlucht nur zu ahnen war. »Der Weiße Fluss. Er entspringt im Altéru, und sein Wasser ist so bitter, dass es Gestein zerfrisst. Man kann es nicht trinken.«

Aus den Bergen wehte Jemren ein frischer Wind ins Gesicht, und er kniff die Augen zusammen.

»Aber die Nraurn trinken davon, nicht wahr? Woher hätten sie sonst Wasser für so viele Tiere?«

Gorun sah ihn an, und Jemren spürte das fremde *Taú*, grau und hell wie der Himmel an einem windigen Tag. Und es war offen – Goruns Innerstes, sein ureigenes Wesen, bot sich stets unverhüllt und mit solch einer Unmittelbarkeit dar, wie es im Norden undenkbar gewesen wäre. Der Reiter hatte nie gelernt, sich zu verstellen oder seine Gemütsart zu verbergen, während dies im Norden notwendig war und von jedermann erwartet wurde. Das, sicherlich, war ein Grund für das Misstrauen, das Gorun ihm gegenüber aufbrachte. Denn es war zu spüren, wenn Jemren sich verschloss und mit seinen Gedanken allein sein wollte. So lebten die Schützen des Nordens miteinander.

Gorun atmete tief ein.

»Die Nraurn kennen genügend Wasserstellen in ihrem Land. Doch wir werden dort unten kein trinkbares Wasser finden«, erklärte er ruhig. »Wir werden verdursten.«

»Wenn wir länger hier bleiben, verdursten wir auch«, entgegnete Jemren.

Plötzlich hörten sie ein Schaben auf Stein und fuhren herum.

Auf der Felsbank hinter ihnen erhoben sich die Umrisse von Nraurn gegen den trüben, heißen Himmel: Sie waren zu Fuß und bewaffnet, jene Krieger, die ihnen gefolgt waren, seit sie die Schlucht verlassen hatten.

Gorun fluchte heiser, als Waffen gehoben wurden. Gemächlich und grinsend stiegen die Nraurn über die Felsen zu ihnen herab und bildeten einen Halbkreis um Jemren und den Reiter. Offensichtlich hatten sie gar nicht erst die Absicht, sie beide gefangen zu nehmen, denn die Waffen, die sie spielerisch in den Händen drehten, dienten dazu, den Gegner aus der Entfernung zu töten.

Jemrens Blick glitt über die Ziegenkrieger.

Kinder. Halbwüchsige, dachte er, als er ihre buschigen kurzen Mähnen sah, hell und rötlich gestreift, ihre ungeflochtenen Bärte, die ihnen kaum über das Kinn reichten. Kinder würden sie töten. Die Nraurn richteten Speerspitzen und Pfeile auf sie, einer ließ einen Haken kreisen, und Jemren spürte ihr drohendes Zielen im Schützensinn, eine unangenehme Berührung.

Gorun bückte sich mit einem weiteren Fluch und hob Steine auf, schleuderte sie auf die Nraurn – ein Akt der Verzweiflung, den die Nraurn umgehend lächerlich machten. Sie streckten die Hälse und fingen die Geschosse mit den Hörnern ab. Einer stieß hörbar Luft durch die schmalen Nasenlöcher.

»Wir töten sie«, stieß er erregt hervor. »Wir töten sie, genau wie Menyn-Te es angeordnet hat.«

Immer wieder befingerte er den Schaft seines Pfeils, der auf der gespannten Sehne lag. Mit den Hörnern nickte er in die Richtung der beiden Männer und trieb seine Kameraden an, mit dem Angriff zu beginnen.

»Sie wird es euch hart vergelten«, sagte Jemren da, einer plötzlichen Eingebung folgend. Beim Klang seiner heiseren Stimme wandten sich die großen gelben Augen der Nraurn ihm zu. »Quinda-Na wird sich bitter rächen, wenn ihr uns tötet. Denn sie will uns lebend in die Hand bekommen.« Ihn fröstelte bei dem Gedanken, wie sehr seine Worte der Wahrheit entsprachen, zumindest, was ihn selbst betraf.

Unbehaglich sahen sich die Nraurn an, und einer von ihnen stieß erregt einen Schwall von Worten hervor, die Jemren nicht verstand. Der Anführer schlug mit dem Bogen nach dem jungen Ziegenkrieger.

»Hört nicht auf ihn!«, zischte er. »Das ist nur ein Mensch, und Menschen lügen!«

»Denk nach, Nraur!«, fuhr Jemren fort, als er die Unentschlossenheit der jungen Krieger bemerkte. »Die Feldherrin wird sicher überaus zornig, wenn sie von unserem Tod erfährt. Dann nimmst du ihr die Genugtuung, sich an uns zu rächen.«

Der Anführer fuhr zu ihm herum, der Pfeil folgte seiner Bewegung, doch seine länglichen Pupillen weiteten sich vor Verunsicherung.

»Du willst uns täuschen!«, knurrte er misstrauisch.

»Wir sind ein wertvoller Tausch«, beharrte Jemren.

In dem schmalen Gesicht des Anführers zuckte es; der Ausdruck in seinem fremdartigen *Taú* war zornig und furchtsam zugleich. Offenbar weckte der Name der Feldherrin auch hier beunruhigende Erinnerungen. Schließlich prustete der Ziegenkrieger, ein Warnlaut, bei dem seine Begleiter zusammenzuckten. Er hob die Pfeilspitze, und Jemren sog scharf Luft ein, als der eindeutige Wille zu töten seinen Schützensinn berührte.

Doch er spürte noch etwas anderes.

Verwirrt wandte er sich in die Richtung, aus der diese Wahrnehmung kam – und fuhr zurück, als ein riesiges, schäumendes Nouk unmittelbar hinter jenen Felsen auftauchte, die Gorun und er für unüberwindbar gehalten hatten. Die Stute setzte mit weit aufgerissenen Augen über die Steinwände und landete zwischen den jungen Nraurn. Erschrocken wichen diese zurück, als die schwer bewaffnete Reiterin die Mähne schwang. Ihr Schmuck klirrte, das Leder ihres Panzers glänzte in der fahlen Sonne, während sie ihr Nouk zum Halten zwang. Ihr gelber Blick heftete sich auf Jemren.

»Sieh an«, sagte Quinda-Na. »Der *Taú*-Schütze aus Tegaréssos. Welch angenehme Überraschung.«

Jemrens Herz setzte für etliche Schläge aus, als er daran dachte, dass er fliehen sollte, zurückweichen und Deckung suchen zumindest; dass er irgendetwas tun musste. Doch er empfand nichts als Entsetzen, als ihm bewusst wurde, dass genau das eingetreten war, was niemals hätte eintreten dürfen: lebend in Quinda-Nas Hände zu fallen.

Berittene Kriegerinnen und Krieger folgten ihr, sie trieben ihre schweißtriefenden Nouk über die Felsen, und die Hufe der Reittiere wühlten den Boden auf. Die jungen Mnek drängten sich zusammen, als sie plötzlich von einer solchen Überzahl fremder Kämpfer umringt waren. An den Bahak blinkten Bronze und Kupfer, ihre langen schwarzen Mähnen und Bärte wehten, kunstvoll geknüpft und glänzend, ganz anders als die der jungen Mnek, die eher heruntergekommen aussahen.

Quinda-Nas schwarze Krieger.

Langsam ließ die Feldherrin ihre zitternde Stute auf ihn und Gorun zugehen. Jemren spürte den Zorn, der sich im

Taú des Reiters aufstaute, Zorn über dieses Wiedersehen, über die spöttische Anmut, mit der Quinda-Na im Sattel saß.

»Wer hätte gedacht, dass ich gleich euch beiden wieder begegnen würde«, stellte die Feldherrin fest. »Wozu habt ihr euch durchgerungen? Zu einer Übereinkunft zwischen dem Norden und dem Süden?« Belustigt stieß sie die Luft durch die Nüstern, und ihr schmales Kinn mahlte.

Jemren blickte zu ihr auf, als sie ihr Reittier so dicht vor ihm zum Stehen brachte, dass der Geruch des schweißgetränkten Sattelleders ihm entgegenschlug und die Atemstöße des Nouk über seine Hände sprühten. Bebend gehorchte die Stute dem scharfen Zügeldruck, ihre Flanken schlugen. Von den Ecken der Sattelunterlage troff Schaum.

Tief im Innern hatte er mit diesem Ende gerechnet, schon seit jener Nacht, als seine Stadt die Tore vor ihm und dem Mädchen verschlossen und Lillia den Schutz seiner Mauern versagt hatte. Ein Mann, allein und zu Fuß, überlebte nicht lange auf dieser Insel. Wenn man es so betrachtete, war er viel weiter gekommen, als er jemals erwartet hätte.

Doch das war kein Trost, denn irgendwo in dieser Wüste, in der Nähe der Schlucht, hielten sich das Kind, das kleine Mädchen, und Amra auf – als Gefangene der Mnek.

»Wie ich sehe, ist es dir bereits gelungen, dir auch auf dieser Seite des Scyé Feinde zu machen«, spottete Quinda-Na lachend.

Mit dem breiten Ende ihrer Reitgerte berührte sie die pochende Stelle an seiner Schläfe, wo ihn der Tritt der Mnek-Nraurin getroffen hatte. Er spannte sich in Erwartung des Schmerzes, doch die Feldherrin schlug nicht zu. Mit einem herablassenden Wink schickte sie die fremden Nraurn zur Seite; die sieben Jungen gehorchten sofort. Sie drängten sich eng zusammen und vollführten Gesten der Unterwerfung, die Waffen in den Händen gesenkt. Doch mit einem ähnlichen kleinen Wink befahl Kajlyn-Guas schwarze Feldherrin ihren Reitern, ohne jede Vorwarnung Speere und Haken nach jenen zu schleudern, die ihres Volks waren.

Fluchend prallte Gorun zurück, als drei der jungen Mnek dicht vor ihnen in der Senke niederstürzten und sich in ihrem Blut wanden. Die anderen warfen ihre Waffen von sich, die neben dem schweren Gerät der Nraurn aus dem Norden wie Spielzeug aussahen, und flehten mit schrillen Schreien um Gnade.

Doch Quinda-Nas schwarzmähnige Krieger blieben unberührt; sie sprangen von ihren Nouk und vollendeten mit raschen Hieben das Gemetzel.

»Gorun«, warnte Jemren tonlos, als er sah, wie sich der Reiter spannte. Gorun drehte sich zu ihm um, und er gewahrte das Entsetzen in den grauen Augen, die Erinnerung an Caláxi, an das Morden, dessen Zeugen sie dort geworden waren.

Zu den Dingen, die er Gorun nie mitgeteilt hatte, zählte die Tatsache, wie sehr der Norden unter dieser Feldherrin litt. Die Nraurn kamen mit den Stürmen, die von der Küste über das Land fegten, stets zur Unzeit, stets dann, wenn niemand es erwartete. Während sich das Meer an den Klippen brach und die Gischt bis weit ins Landesinnere flog, wo sie Fels und Boden mit einer bitteren weißen Kruste überzog, näherte sich Quinda-Na, verborgen in den Salzschleiern, und raubte, tötete und brannte die Städte nieder, deren Bewohner nicht achtsam genug gewesen waren und sich nicht rechtzeitig zur Wehr setzten. Jahr für Jahr hatte er miterlebt, wie es schlimmer geworden war. Jahr für Jahr, seit seine Arme stark genug waren, um den langen Bogen zu spannen, zog er mit den älteren Männern hinaus und kämpfte.

Ihre unbarmherzigste Feindin.

Unruhig stakte die schwarze Nouk-Stute über die Glieder der getöteten Mnek, ängstlich darum bemüht, nicht in das Blut zu treten, das zwischen die Steine rann. Quinda-Na bellte unterdessen Befehle. Hier, gleich neben den Leichen der jungen Nraurn aus dem Süden, hieß sie ihre Krieger absteigen und dachte nicht einmal daran, wenigstens die Gesichter der Ermordeten bedecken zu lassen.

»Fesselt sie!«, befahl die Feldherrin knapp und deutete auf Gorun und ihn.

Das ist unnötige Grausamkeit, dachte Jemren verzweifelt, als Nraurn ihm die schmerzenden Arme auf den Rücken drehten und die Handgelenke zusammenbanden. Denn sie beide waren kaum mehr in der Lage, zu stehen, geschweige denn vor den Nouk davonzulaufen. Doch selbst Gorun ließ diese Behandlung schweigend über sich ergehen, während er irgendeine Verrücktheit erwartet hätte, die ihrem Leben gleich hier und jetzt ein Ende setzte, gleich neben dem Blut der Mnek. Der Reiter wehrte sich erst, als man sie grob zu Boden warf, nur eine Armeslänge von den toten Mnek entfernt. Doch Widerstand war sinnloser Stolz, der nur derbe Hiebe einbrachte und dennoch nicht verhinderte, dass ein weiterer Riemen um ihre Fußgelenke geschlungen wurde.

Als man ihm den Dolch aus dem Gürtel gezogen hatte und ihn schließlich losließ, stemmte sich Jemren auf eine Schulter hoch.

Überall in der Senke drängten sich Nouk und Nraurn. Einige der Tiere traten auf die Toten, während ihre Reiterinnen und Reiter abstiegen und die Sattelgurte lockerten. Hätte Jemren den Arm frei gehabt, so hätte er den Anführer der Mnek berühren können, einen dünnen Jungen mit kurzer, heller Mähne. Seine geöffneten Augen glänzten noch im Tod und starrten ihn an.

Jemren ließ sich wieder fallen und schloss die Augen, um die klaffende Wunde in der Stirn des Nraur nicht länger sehen zu müssen. Doch das Bild blieb.

2

Der Durst brachte ihn schier um den Verstand. Er konnte an nichts anderes mehr denken als an den Geschmack des Wassers, wie es ihm die Kehle hinunterrann und das quälende Verlangen stillte. Die Trockenheit zwang ihn, immer wieder zu schlucken. Elend strömte ihm durch alle Glieder, schlimmer als zuvor, als er auf den Beinen gewesen war, und schließlich schwappte eine überwältigende Welle der Erschöpfung über ihn hinweg. Mehrmals schrak er hoch, als er spürte, dass er hier, inmitten von Nouk, Nraurn und den Leichen der Mnek, die Sinne zu verlieren drohte.

Quinda-Na hatte Wachen aufgestellt; sie schickte Fährtenleser auf ihren Spuren zurück, und als Jemren das sah, hob er den Kopf.

Die Feldherrin wusste nicht, wo sich das Gesuchte verbarg.

Sie saß auf einem flachen Stein ganz in seiner Nähe, hatte die Beine übereinander geschlagen und nippte an einem schweren Bronzebecher. Keinen Herzschlag lang ließ sie ihn aus den Augen.

Furcht stieg in ihm auf. Er hatte selbst gesehen, was sie mit ihren Gegnern zu tun pflegte, denen das Unglück widerfahren war, nicht zu sterben, bevor ihre Krieger sie ergriffen. Und er dachte an die Warnungen, dass der Schützensinn, das *Taú*, auch umgekehrt werden könne, dass es nicht nur eine Hinwendung zu anderen war, sondern auch ein Weg mitten in sein Innerstes, zu allen Gedanken und Erinnerungen.

Deshalb verschlossen die Schützen des Nordens ihr *Taú*, jenen untrüglichen Sinn, mit dem sie ihr Ziel erfassten; deshalb hatte auch er gelernt, nichts nach außen dringen zu lassen, was andere nichts anging – damit ihre Türme nicht verraten wurden, wenn es zum Äußersten kam.

Und dieses Äußerste widerfuhr ihm jetzt, darüber machte er sich keine falschen Hoffnungen.

Er versuchte, jeden Gedanken an das Kind und an Amra zu verdrängen, das letzte Bild an der Schlucht und den verzweifelten Ausdruck auf Lillias Gesicht. Was immer die Nraurn aus dem Süden Amra und dem Mädchen antaten – alles war besser, als sie in der Gewalt der Feldherrin zu wissen, denn damit wäre ihr Schicksal besiegelt gewesen.

Er musste ruhiger werden, sagte er sich, einen klaren Kopf bekommen. Quinda-Na würde sicherlich nicht damit rechnen, dass sich ihr ausgerechnet eine junge Mnek-Anführerin in den Weg stellte. In diesem weiten, unüberschaubaren Gelände war sie blind; sie war allein auf das angewiesen, was *er* wusste.

Sein Blick irrte wieder zu der Nraurin, die sich mit einer geschmeidigen Bewegung erhob – eine große, kriegerische Erscheinung, in glänzendes Leder gehüllt. Ihre Mähne fiel lang und schwer bis auf den Rücken hinab, Kupferbänder umflochten ihre Arme. Das Metall glänzte auf ihrer dunklen Haut. Die schmalen Ohren bewegten sich aufmerksam, zuckten und legten sich eng an den Kopf. Dicht vor ihm kauerte sie sich nieder, brachte den Geruch nach Leder und Staub, nach Fell und Feuer mit sich. Aus der Nähe nahm Jemren das kriegslüsterne Flackern ihrer Stimmung wahr, hitzig und unstet wie Flammen.

»Selten hat mir ein einzelner Mann so viel Ärger bereitet. Du bist doch nur ein Mann«, sagte sie spöttisch und presste die Worte der menschlichen Sprache, die sie fließend beherrschte, zwischen den kleinen Zähnen hervor.

Jemren antwortete nicht.

Worte halfen ihm nicht mehr, konnten nichts verändern; er sammelte sich im *Taú*, machte sich darauf gefasst, was nun unweigerlich folgen würde.

»Du hast meinen Marschall getötet. Hast du das gewusst? Er hat noch eine Weile gelebt mit deinem Pfeil im Hals, und ich hatte sehr gehofft, dass er dich auch erwischt hätte«, fuhr Quinda-Na fort.

Er schloss kurz die Augen, doch er schwieg beharrlich,

während sich die Nraurin dicht zu ihm beugte. Er spürte ihre Gegenwart wie einen Albdruck auf der Brust. Die halb verheilten Wunden in seiner Schulter pochten, und er war sich sicher, dass sie die Verletzung früher oder später entdecken würde. Doch das wäre ihr keine Genugtuung.

»Da war diese kleine Last, an der dir so überaus gelegen war. Du hast sie uns abspenstig gemacht. Aber so wie es aussieht, hast du sie verloren.«

»Sie ist tot«, entgegnete Jemren schnell. »Sie ist in dieser Wüste umgekommen.«

Die Nraurin fasste ihn am Kragen und riss ihn zu sich heran. Dann nickte sie mit dem Kopf und hieb ihm mit solcher Wucht die spiraligen Hörner gegen die Schläfe, dass er umgesunken wäre, hätte sie ihn losgelassen. Funken stoben vor seinen Augen.

»Sie *leuchtet* – wie ein Feuer. Fühlst du das nicht?«, zischte sie dicht vor ihm, und ihr *Taú* bedrängte ihn. Doch sein Schützensinn war dazu ausgebildet worden, dass keine Fremden darin lesen konnten, und noch während sich ihm der Kopf drehte, entzog er sich der Nraurin willentlich, so wie er sich vor Gorun verschlossen hatte.

Ungehalten schüttelte Quinda-Na den Kopf, Schmuck klirrte, und ihre gelben Augen verengten sich zu Schlitzen.

»Sie hat die Xyx auf unser Land losgelassen, hat sie das nicht? Hat sie aus dürrem Geäst geschlagen, damit unsere Weiden und Herden verbrennen. Wo ist sie jetzt?«

»Es gibt also etwas, das du fürchtest«, entgegnete Jemren mit aller Kälte, die er aufbringen konnte.

Da lachte Quinda-Na sanft, ein Kupferklang. Ihre Krieger blickten auf, schmale, dunkle Gesichter.

»Und du fürchtest sie nicht?«

Aus tiefstem Herzen, dachte Jemren, wie nur der Norden ein solches Wesen fürchten kann. Doch es war gerade jene Furcht, die Einsicht in das, was Lillia verkörperte, die ihn veranlasst hatte, so weit mit ihr zu gehen – jenseits aller Grenzen, die er im Leben je gekannt hatte.

»Sie ist an einem Ort in Sicherheit, den du niemals entdecken wirst«, log er die Nraurin an. »Selbst diese Mnek sind uns in die Irre nachgelaufen. Es wird mir ein Vergnügen sein, für dich und deine Reiter dasselbe zu tun.«

Das dunkle Lächeln der Feldherrin vertiefte sich.

»Ich denke«, sagte sie, »du wirst mich auf geradem Weg zu diesem Ort führen.«

Jemren stieß den Atem aus und schwieg. Flüchtig dachte er an Harat. Wenigstens konnten Quinda-Nas schwarze Krieger *ihr* nichts antun, solange sie hier im Süden mit der Jagd nach dem Kind beschäftigt waren.

Die Fährtenleser der Feldherrin würden unverrichteter Dinge wieder umkehren, denn der Fels, über den Gorun und er gekommen waren, gab keinerlei Spuren her. Hinter ihnen lag nichts als ein Gewirr steiler Klippen und Geröll, raue Steine, über die sie zuletzt geklettert waren. Zum ersten Mal bot diese Wüste ihnen einen Vorteil. Es konnte Tage dauern, bis die Nraurn eine Fährte fanden, wenn nicht der Wind bis dahin jeden Abdruck verweht hatte. Und die jungen Mnek, die sie hätten verraten können, waren tot. Diesmal war Quinda-Nas blutdürstige Tat zu rasch erfolgt.

Sie spürte, was er beabsichtigte, stieß ihn mit dem Gesicht nach unten zu Boden und legte ihm ein Knie über den Nacken.

»Die Finger, Bogenschütze«, zischte sie und fasste das Gelenk der Hand, an der er die Ringe trug. »Fürchtet ihr nicht immer um die Finger – und sind sie nicht das Erste, was man einem Schützen nimmt, der in die Hände des Südens fällt? So gesehen hast du sie länger behalten, als zu erwarten war.«

Als ihr Messer aus der Scheide glitt, drehte Jemren mühsam den Kopf. Dicht neben ihm lag das tote Gesicht des Jungen, aus dessen Augen langsam der letzte Ausdruck wich. Er keuchte, als Quinda-Na das Knie noch tiefer in sein Fleisch senkte. Die Klinge berührte seine Haut, und er ballte unwillkürlich die Faust. Die Feldherrin zischte etwas und drückte ihn noch weiter nach unten.

»Alles nur um einer Antwort willen, Mensch.«

Der Druck ihres Knies nahm ihm den Atem, er rang nach Luft. Er fürchtete die Schmerzen, die sie ihm zufügen würde, fürchtete sie, weil er nicht wusste, ob sie ihm nicht doch die Geheimnisse entlocken würden, die Quinda-Na wissen wollte. Könnte er doch nur vergessen, was er gesehen hatte, sämtliche Erinnerungen, den Klang der Sprache selbst ...

Doch mit Dingen, die einem Mann am Herzen lagen, war das schwer, und während er verzweifelt versuchte, nicht an Lillia zu denken, war sie doch der einzige Grund, weshalb er hier war.

Da bewegte sich Gorun hinter ihm, richtete sich auf den Ellbogen auf, so weit es die Fesseln zuließen.

»Es ist etwas wenig, was du im Gegenzug zu bieten hast, Quinda-Na«, sagte er kühl, und die Nraurin richtete die Blicke auf ihn. Dabei legte sie den Kopf mit dem schweren Gehörn leicht zur Seite und musterte den Reiter von oben bis unten.

»Du«, sagte sie weich, »von deiner Leiche hätte ich erwartet, dass sie längst unter dem Tor der einst prächtigen Stadt Caláxi verdorrt.«

Der Reiter sog scharf die Luft ein, und seine Arme spannten sich.

»Gorun Su Kaseira«, stellte er sich vor, mit aller Würde, die er aufbringen konnte, während er vor der Feldherrin im Staub lag.

Quinda-Na nahm seinen Namen und den seines Klans mit einem Nicken hin.

Erster Reiter einer großen Stadt.

Jemrens Herz begann hart zu klopfen, als ihm der Unterschied zwischen Gorun und sich selbst bewusst wurde – und die unterschiedlichen Ziele, die sie verfolgten. Mit Schrecken wurde ihm klar, dass für Gorun unendlich viel mehr von Bedeutung war als das Geschick des Mädchens.

»Ich bin angenehm überrascht«, bemerkte Quinda-Na spöttisch, »von der Herkunft und Stellung meiner Feinde. Der stolze Verteidiger von Caláxi, wenn ich mich recht entsinne. Mit einigem Einsatz hast du um eine Stadt gekämpft, die schon in Trümmern lag, bevor ich überhaupt einen Fuß hineinsetzte.«

Gorun fluchte, riss an seinen Fesseln und fiel schwer atmend auf den harten Boden zurück.

»Quinda-Na!«, keuchte er, stieß ihren Namen aus wie einen Fluch.

Ihre dunklen Lippen verzogen sich, während sie sich an seiner Kränkung, seiner Hilflosigkeit weidete. Sie presste Jemren weiterhin zu Boden, und aus den Augenwinkeln sah er, wie sich der hitzeverschleierte Himmel auf den Metallspitzen ihrer polierten Hörner und den schweren Spangen spiegelte.

»Weißt auch du nicht, was mit dem Kind geschehen ist, Reiter von Caláxi? Oder weißt du es nur zu gut? Dir, der du aus dem Süden kommst, ist die Prophezeiung sicherlich bekannt, die besagt, dass mit dem Kind die Herrschaft der Menschen auf dieser Insel endet.« Sie neigte sich vor. »Dann weißt du auch, dass diese Weissagung dich betrifft, dich und deine erbärmlichen Türme, Gorun aus dem Süden. Was in Caláxi geschehen ist, war nur der Anfang! Ihr habt euch dieses Land widerrechtlich genommen. Diese Insel war schon immer das Land der Nraurn, und das Wiedergekehrte Kind verkündet uns, dass jetzt die Zeit gekommen ist, uns zurückzunehmen, was ihr einst gestohlen habt!«

Plötzlich hatte Jemren die Bilder der Bemalten Schlucht wieder vor Augen, und er hörte Qyons verrückte Schreie. Mit einem Mal verspürte er Furcht um seine eigene Stadt. Eine schreckliche Furcht.

Denn Tegaréssos an der Küste schützten weit weniger Verteidigungsanlagen als das mächtige Caláxi mit seinem Tal. Jemren war immer davon ausgegangen, dass ihm sämtliche Nraurn gefolgt waren, dass er sie bis zum Scyé dicht auf seiner Fährte hinter sich hergelockt hatte, bis dorthin, wo Quinda-Nas ehemaliger Marschall Vysek ihn schließlich einholte. Erst jetzt kam ihm der Gedanke, dass sich etwas ganz anderes zugetragen haben mochte – ein Ereignis, das all jene hatten kommen sehen, die ihm in seiner Stadt Vorwürfe gemacht hatten.

Er wehrte sich gegen Quinda-Nas harten Griff, doch sie setzte das Messer nur noch härter auf seine Hand, und er zuckte zusammen. Der Druck zwang ihn, die Hand zu spreizen, und er lag still, um Quinda-Na nicht noch weiter herauszufordern. Die Finger zu verlieren, die Hand, zum Krüppel zu werden – das war im Norden ein elendes Schicksal, und während sie ihm unablässig damit drohte, hörte er, wie Gorun über ihn hinwegsprach.

»Was gewinnst du, wenn du nichts als Trümmer hinterlässt?«, hielt der Reiter der Nraurin entgegen, weitaus geübter im Reden, als Jemren es war. »Soll das dann das Land sein, in dem du und deine Königin herrschen werden – ein Reich der Verwüstung? *Wir* haben uns immer an die Abmachungen gehalten, Quinda-Na, wir wollten stets ein Nebeneinander, aus dem die Türme *und* die Nraurn Gewinn zögen – und gezogen haben, über so lange Zeit hinweg. Selbst eure Erste Königin wollte das und hat ihre Beziehungen zu Anáxi derart gestaltet. Mequa-Te hat die Verbindung zu unseren Städten gesucht, das weißt du. Jetzt seid ihr es, die unsere Städte verbrennen und jedes Recht brechen, das seit den ersten Tagen zwischen uns galt.«

Quinda-Nas Bewegungen erstarrten.

Jemren hatte befürchtet, dass Gorun auf diese Weise argumentieren würde. Der Reiter führte an, was ihm die Wände in der Bemalten Schlucht verraten hatten.

Und dieses Eingeständnis musste die Nraurin endgültig gegen sie aufbringen.

Die gelben Augen der Ziegenkriegerin funkelten, der Bogen ihres Gehörns wölbte sich über ihm.

»Ihr wart also wirklich dort«, stieß Quinda-Na endlich hervor, und Jemren sog unwillkürlich den Atem ein, als er die schwelende Wut in ihrem *Taú* spürte. »Ihr habt es gewagt, in unser Heiligtum einzudringen und den Tempel meines Volks zu entweihen. Der Wächter der Schlucht hat mir davon berichtet, aber ich wollte seinen Worten keinen Glauben schenken. Jetzt höre ich aus deinem Mund, Reiter, dass ein Mensch die Grabkammer der Ersten Herrscherin mit seiner Anwesenheit besudelt hat. Darauf steht der Tod, Gorun aus der Gefallenen Stadt.« Sie senkte die schwere Stirnplatte und schloss kurz die Augen. »Doch da ihr ohnehin sterben werden, welche Rolle spielt es da, dass du dieses Wagnis auf dich genommen hast? Kein einziges Wort wird je über diese Hügel dringen und den Süden erreichen.«

»Der Süden ist schon lange gewarnt, Quinda-Na«, gab Gorun ungerührt zurück. »Und dennoch unterhält man in Defágos die alten Handelsbeziehungen zu euch. Du musst dich über den Willen deines eigenen Volks hinwegsetzen, Feldherrin, das Vermächtnis deiner Mythischen Königin missachten, wenn du unsere Feindschaft begehrst. Doch du wirst den Süden niemals unterwerfen. Wo immer du hinkommst, wirst du auf unseren erbitterten Widerstand stoßen, auf die gesamte Härte, die unsere Türme zu bieten haben.«

Quinda-Na neigte den Kopf.

»So wie in deiner Stadt?«, fragte sie leise.

Jemren vernahm Goruns tiefen Atemzug und warf einen Blick auf den Reiter. Die dunklen Locken fielen Gorun wirr in die Stirn, die Lippen waren voll tiefer Kerben. Er sah schrecklich aus, der kraftvolle, stolze Mann aus Caláxi. Doch sein Wille war ungebrochen.

»Meine Stadt konntest du mit der Stärke deiner Truppen überrennen, weil der Westturm gefallen war«, erwiderte er heiser. »Und Geristáni, die Glänzende, die dort draußen in der Ferne brennt, ist eine kleine Stadt. Aber die Kunde von deinen Taten, Quinda-Na, hat längst andere Türme erreicht. Was weißt du über die Kühnheit von Defágos? Über die Mauern von Mrauréssi? Martáxi, Kílmini – diese Städte werden nicht ungesühnt lassen, was ihren Bündnispartnern widerfahren ist. Sie werden sich rächen, Feldherrin. Sie sammeln sich bereits, und ihre Streitmacht wird Kajlyn-Guas Heer an Stärke bei weitem übertreffen.«

Quinda-Na neigte sich vor, kniff die schmalen Nüstern zusammen und sog Luft ein.

»Du willst mir drohen, Mensch?«, fragte sie.

»Ich schlage einen Handel vor«, erwiderte Gorun.

Kalt breitete sich der Schrecken in Jemren aus und betäubte seine Glieder.

»Gorun, tu das nicht!«, brachte er hervor, bittend diesmal.

Erregt presste ihn Quinda-Na mit dem Knie zu Boden. Der Druck wurde unerträglich. Schwärze ballte sich an den Rändern seines Gesichtsfelds.

»Er verhandelt um deine heilen Glieder, dieser Reiter aus dem Süden. War dir klar, dass eure Beziehungen so eng sind?«, fragte sie höhnisch.

»Unsere Beziehungen enden am Scyé«, keuchte Jemren. »Und er wird auf keine deiner Lügen eingehen.«

Doch sie bleckte nur die Zähne, neigte das dunkle Gesicht dicht zu ihm herunter. Die Messerspitze schnitt durch Haut und Muskeln und drang bis zum Gelenk vor.

»Wo dieses Kind lebt, kann es deine Welt nicht geben, Mensch.«

»Alles ist besser als das, was du uns zu bieten hast«, gab er mühsam zurück.

»Sie bringt dir den Untergang!«, fuhr die Nraurin auf.

»Dann ist das besser«, entgegnete Jemren.

Es war eine Qual, ihr so nahe zu sein, und Quinda-Na quälte ihn bewusst, mit sichtbarer Freude. Jemren versuchte, die Gedanken zusammenzuhalten, sich zu konzentrieren und den sengenden Funken auszuweichen, die ihr *Taú* aussandte. Schmerzen vernebelten sein Bewusstsein, und von den Leichen der jungen Nraurn kroch Kälte herüber und legte sich wie ein Schatten über seine Beine.

Mit dem gerichteten *Taú* bedrängte Quinda-Na ihn, wollte ihm seine Erinnerung entreißen. Er wehrte sich, doch anders als Gorun kannte sie die Fähigkeiten und Finten der Schützen, denn sie war ihnen im Kampf viele Male begegnet.

Sosehr er ihr auch den Zugang zu den Bildern im Innern verwehrte, so grausam setzte sie nach.

Der Albdruck wurde unerträglich. Der helle Tag um ihn verblasste, als er sich ganz dem Schmerz überließ, den die Nraurin ihm bereitete. Er öffnete das *Taú* und nahm diese Qual in sich auf, sein ganzes Hier und Jetzt – und ließ sie an der Stelle hinter dem Brustbein zusammenfließen.

Quinda-Na fuhr zurück, als sich ihre eigene Gewalt gegen sie kehrte und auf sie zurückgeworfen wurde durch das *Taú*. Der Druck des Knies verschwand, sein Kopf ruckte hoch, und er schnappte nach Luft.

Quinda-Na schüttelte das schwere Gehörn. »Du glaubst noch immer, dass du gewinnen kannst, du Narr. Ihr Menschen denkt, ihr könntet die Dinge immer nach eurem Willen lenken. Ihr seid überheblich geworden in eurer Herrschaft!«, stieß sie zornig hervor.

»Wir haben nie Herrschaft ausgeübt«, warf Gorun ein. Der Reiter lehnte sich auf dem Ellbogen nach vorn, seine Stimme klang ernst. »Wir haben euch immer gerechte Beziehungen angeboten, Feldherrin, die Gelegenheit, Handel zu treiben und Wohlstand zu erlangen. Und wie ich jetzt höre, sind deine Ansprüche groß. Es ist eine Frage von Krieg und Verlusten – vom Wagnis zu verlieren, so wie ihr schon einmal verloren habt. Vielleicht brauchst du jemanden, der den Menschen gegenüber deine Seite vertritt.«

»Und das willst du sein?«, lachte sie.

»Du unterschätzt mich, Feldherrin«, erwiderte Gorun. »Du hast dich zu lange im Norden aufgehalten, mit der Jagd nach einem einzelnen Mann und einem Geisterkind. Ich bin der Erste Reiter von Caláxi, und auch wenn dir an meiner Stadt nichts liegt – meine Verbindungen reichen weit. Nutze sie, und dein Gewinn wird erheblich größer sein als durch Krieg und Feuer.«

»Stadtbewohner«, sagte Quinda-Na plötzlich gelangweilt und wies mit dem Gehörn in seine Richtung. »Es ist mit dir wie mit diesem Mann hier. Innerlich verzehrt ihr euch nach dem, was ihr nicht haben könnt, und wenn ihr es schließlich doch in den Händen haltet, zerfrisst euch die Sorge darüber, dass ihr es wieder verlieren könntet. Das macht euch zu solch bemerkenswerten Gegnern: Immer geht es um etwas. Also ... gewähre ich dir eine Frage.«

Gorun verstummte angesichts solcher Überheblichkeit. Dann holte er tief Atem.

»Wo sind die Überlebenden aus meiner Stadt?«, fragte er. »Alle jene Menschen, die deine Krieger mit sich fortgetrieben haben. Wo sind sie?«

Quinda-Nas Ohren zuckten, legten sich aber rasch wieder an den Kopf.

»Deine Frage war vorhersehbar. Das macht euch alle so langweilig, Mensch«, spottete sie.

»Sie wird sich an nichts halten«, warf Jemren verzweifelt ein, als er merkte, wie gnadenlos die Nraurin mit den Hoffnungen und Befürchtungen des Reiters spielte. »Gorun, du kannst ihr nicht trauen!«

»Genauso wenig, wie sich der Norden an etwas hält, Bogenschütze«, erinnerte Gorun ihn grimmig und wandte sich wieder an die Nraurin. »Wenn du mit mir handeln willst, Quinda-Na, musst du mir etwas bieten. Was immer wir Menschen in deinen Augen sind, als Partner für den Austausch von Waffen und Gütern waren wir euch stets gut genug. Und so ist es auch jetzt. Ich halte den Zustand, den wir vor euren Überfällen hatten, für erstrebenswert, und bin bereit, in dieser Richtung zu verhandeln – Gemüter zu besänftigen, wo es sein muss. Wir könnten neue Handelswege eröffnen, Möglichkeiten, die euch bislang nicht offen standen. Aber das hat seinen Preis. Die Angehörigen meiner Stadt werden frei sein, alle, jeder Mann, jede Frau und jedes Kind, das du in deiner Gewalt hast. Dafür erfährst du, wo sich das Mädchen befindet.«

»Sie belügt dich, Gorun, begreifst du das nicht?«, protestierte Jemren, doch der Reiter beachtete ihn nicht.

Quinda-Na musterte Gorun eine Weile. Ihr Kopf blieb starr geneigt, eine Eigenheit, die Jemren sonst nur von Ziegen kannte. Er bewegte sich nicht unter der Drohung, die ihr *Taú* aussandte, doch sein Herz klopfte hart.

»Hältst du dich wirklich für so überlegen, mir etwas vorenthalten zu können, wenn ich danach verlange, Pferdezüchter?«, fragte die Nraurin schließlich.

Jemren hob den Kopf.

Goruns Gesicht war plötzlich aschfahl geworden unter der gebräunten Haut.

Pferdezüchter.

Quinda-Na war der Süden der Insel fremd, und daher konnte sie eigentlich nicht wissen, dass es Goruns Klan war, Sa Kaseira, der Caláxis graue Pferde züchtete. Jemren selbst hatte es nur einem von Khanis beiläufigen Scherzen entnommen, einer jener verlegenen Bemerkungen, mit denen der junge Reiter versucht hatte, im Turm ein Gespräch zwischen ihnen zu beginnen.

Jemand musste es Quinda-Na erzählt haben. Jemand aus der Stadt.

»Du lässt meine Leute gehen, alle Überlebenden aus Caláxi«, forderte Gorun erneut, doch seine Stimme klang mit einem Mal brüchig. »Dafür sage ich dir, was dich am meisten beschäftigt.«

Langsam richtete sich Quinda-Na auf.

»Und diesen Mann hier, diesen *Taú*-Schützen aus dem Norden? Ihn soll ich etwa auch gehen lassen?«, fragte sie und deutete mit dem Messer verächtlich auf Jemren.

In der Stille, die folgte, glaubte Jemren den eigenen Herzschlag zu hören. Irgendwo schüttelte sich ein Nouk, das Zaumzeug klirrte, am Sattel schlugen Lederriemen aufeinander.

»Ihn auch«, sagte Gorun schließlich. »Wir sind keine Freunde, doch er ist ein Mensch. Und Menschen sind zu Verbindlichkeiten verpflichtet, die du nicht nachvollziehen kannst.«

Ein Grinsen breitete sich auf dem dunklen Gesicht der Feldherrin aus. Das offensichtliche Taktieren des Reiters belustigte sie.

»Verbindlichkeiten«, kaute sie genüsslich. »Das ist mir neu, dass ihr euch dem Norden gegenüber zu irgendetwas verpflichtet fühlt. Aber ich nehme dich beim Wort, Reiter.«

Das Messer verschwand in der Scheide an ihrem Gürtel. Die Wunde in Jemrens Handrücken pochte.

»Ich höre«, sagte Quinda-Na.

»Ich werde dich führen«, erklärte Gorun rau. »Jetzt gleich. Ich führe dich.«

Quinda-Na ließ die beiden Männer liegen und begab sich zu ihren Kriegern, die sie mit unterwürfigem Respekt umdrängten.

Benommen starrte Jemren auf die Leichen der jungen Mnek, deren Blut schwarz wurde zwischen den Steinen. Korone hatten sich auf den scharfen Felskanten niedergelassen; wenn ihnen die Nraurn oder der peitschende Schweif eines Nouk zu nahe kamen, flatterten und hüpften sie mit heiserem Krächzen ein Stück zur Seite. Doch sie ließen sich nicht vertreiben, sie lauerten auf ihre Beute.

Gorun würde Lillia endgültig verraten.

Der Gedanke erfüllte Jemren mit Elend, denn ihm war klar, dass diese Entscheidung aus Sicht des Reiters das einzige Vernünftige war. Was wog das Schicksal eines Kindes – das Los eines Unheil bringenden Mädchens noch dazu – gegen das Geschick aller Kinder und Bewohner Caláxis?

Er hätte es voraussehen müssen. Er hätte daran denken müssen, dass Goruns einziges Streben darauf zielte, seine Stadt zu retten. Stattdessen hatte er sich täuschen lassen von dem gelegentlichen Entgegenkommen, hatte sich verlocken lassen von der Hoffnung auf ein Einlenken, auf die Einsicht, dass er nie beabsichtigt hatte, was Gorun ihm vorwarf. Wider besseres Wissen war er auf die Worte des Reiters eingegangen, die ihm Anteilnahme versprachen, während er doch keine Anteilnahme aufbringen konnte, weder ihm noch dem Mädchen gegenüber. Er war leichtsinnig geworden, und dieser Leichtsinn rächte sich jetzt.

Er ballte die tauben Hände zu Fäusten und zog an den Riemen, versuchte sie zu dehnen. Doch sie saßen viel zu fest und schnürten seine Gelenke ab. Dabei dachte er an die dunklen Stunden im Westturm von Caláxi und fragte sich, ob er dort irgendetwas hätte sagen oder tun können, um Gorun für Lillia einzunehmen.

Doch er hatte keine Wahl gehabt, außer zu schweigen und das Kind für sich selbst sprechen zu lassen, denn was immer er vorzubringen gehabt hätte, die Wahrheit oder eine Lüge – beides wäre verheerend gewesen.

Er erinnerte sich noch sehr deutlich an Goruns Abscheu und Entsetzen, als dem Reiter aufgegangen war, wie er seine Feinde bekämpfte – Gorun hatte ihn einen Blindschützen genannt. Vielleicht wusste er nicht, wie verhasst dieses Wort im Norden war. Die Bezeichnung stammte noch aus der Zeit der Langen Kriege und wurde von den Schützen längst abgelehnt. Furcht und Verachtung schwangen in diesem Begriff mit, denn auch im Norden waren diese Fähigkeiten niemandem geheuer. Doch ohne die Gabe, Bogen und Schützensinn zielsicher in Einklang zu bringen, hätten die Nraurn das Land längst überrannt gehabt. Die *Taú*-Schützen des Nordens waren die einzige Verteidigung ihrer Städte, die einzige Kraft, die zwischen der Feldherrin und den Türmen stand.

Doch was bedeuteten schon Worte, wenn die Tatsachen dieselben blieben, wenn die bittere Wahrheit lautete, dass alles, was er darstellte, zu ihrer Feindschaft beitrug und er nichts daran ändern konnte?

Obwohl sie beide lediglich Nachkommen jener Gegner von einst waren, viele Jahre nach dem Ende der Kämpfe geboren, beherrschte der uralte Streit ihr Verhältnis zueinander bis zu diesem Augenblick.

Im Turm von Caláxi hatte er anfangs geglaubt, Gorun wisse nur zu genau, was die Ringe an seiner Hand bedeuteten, und er hatte erwartet, die gleiche Behandlung zu erfahren wie alle jene Schützen vor ihm, die in die Hand des Südens gefallen waren. Die Langmut der Reiter hatte ihn verwirrt, bis er begriffen hatte, dass für *sie* die alten Abkommen nach wie vor Gültigkeit hatten. Deshalb konnten sie gar nicht erkennen, wer er in Wirklichkeit war. Doch allein die Tatsache, dass er die Fähigkeiten mit dem Bogen erlernt hatte, die Gorun so erzürnten, allein die Tatsache, dass er den Schützensinn zu nutzen wusste, bedeutete Verrat; und so konnte er dem Reiter nur schlecht widersprechen.

Gorun hatte jedoch nie seinen Tod gewollt, selbst dann nicht, als der Reiter auf den Sternfelsen um ein Haar den Speer geschleudert hätte. Sie beide wussten das voneinander, sie waren verbunden gewesen durch das *Taú*, das nicht nur Jemrens, sondern auch Goruns Zielgenauigkeit ausmachte, wenngleich auf völlig andere Weise.

Er war zu sehr beeindruckt gewesen von den Türmen in Goruns Stadt, von den roten Mauern Caláxis, den Statuen und Plätzen, die ihm größer und überwältigender vorkamen als alles, was er je zuvor gesehen hatte. Niemals, hatte er gedacht, würden solche Mauern fallen; niemals könnte Quinda-Na eine Stadt wie diese bezwingen. Im Schweigen hatte er sich sicher gefühlt und geglaubt, er könne Zeit gewinnen, bis der wütende Schmerz in seiner Schulter etwas abgeklungen wäre. Bis Gorun selbst einsähe, dass an dem Kind nichts Böses war.

Doch er hatte sich getäuscht. Er hatte sich in jeder Hinsicht getäuscht.

Jemren fuhr zurück, als sich jemand über ihn beugte, ein großer, dunkler Krieger in einem weit fallenden Mantel und mit einem kunstvoll geflochtenen Bart. Seine Hörner schwangen ihm, anders als die wulstigen Spiralen der Feldherrin, glatt und glänzend auf den Rücken. Jemren hielt in Erwartung neuer Misshandlungen den Atem an. Doch der Nraur zog ihn lediglich an der Schulter hoch.

Und gab ihm Wasser.

Das ist kein Mitleid, dachte Jemren, als er erlöst trank. Es war pure Notwendigkeit, wenn Quinda-Na sie am Leben lassen wollte – Gorun, damit er sie führte, und ihn zu ihrem Vergnügen.

Er durfte trinken, bis sein Durst gestillt war; anschließend reichte der Nraur auch dem Reiter Wasser. Schließlich richtete der gehörnte Krieger sich auf und wandte sich an die anderen seiner Art; in scharfem Ton erteilte er Quinda-Nas Heerschar Befehle. Sofort gehorchten die Bahak, befestigten ihre Wasserschläuche an den Sätteln und bereiteten ihre Nouk auf den Aufbruch vor.

Ihr neuer Marschall, dachte Jemren, während er dem Nraur mit den Augen folgte. Der Schwung seines Mantels scheuchte Korone auf, die sich längst auf den Leichen der Mnek niedergelassen hatten. Der Krieger trat zu einem Nouk und saß gewandt auf.

Mehrere Nraurn näherten sich Jemren.

Der Riemen um seine Knöchel wurde gelöst, und man zog ihn auf die Füße, Gorun ebenfalls. Nouk wurden in ihre Nähe geführt. Verzweiflung strömte siedend durch Jemrens Glieder, als sich immer mehr schwer bewaffnete Bahak-Nraurn in die Sättel schwangen. Quinda-Nas Krieger griffen nach ihm, zogen ihn zu dem Tier, das für ihn vorgesehen war. Er ging einen, zwei Schritte mit ihnen – und warf sich mit der Schulter gegen das Nouk. Grunzend stieß es den Kopf nach ihm, und als es am Zaum festgehalten wurde, trampelte es über die Leichen der Mnek. Jemren duckte sich unter den Armen durch, die sich nach ihm ausstreckten, entschlossen, den Nraurn so viel sinnlosen Widerstand entgegenzusetzen, wie er noch leisten konnte.

Jene Krieger, die bereits im Sattel saßen, wendeten ihre Tiere und trieben sie mit harten Peitschenhieben auf ihn zu. Er wich zurück, als er sie kommen sah, längst eingekreist von Quinda-Nas Gefolge.

Doch die Reiter hielten nicht inne. Sie überritten ihn einfach.

Durch den Aufprall blieb er betäubt liegen. Schon waren etliche Nraurn abgesprungen und über ihm; sie schlugen derart zu, dass Gorun aufschrie.

»Hört auf!«, rief er, der bereits auf seinem Tier saß. »Halt deine Krieger zurück, Quinda-Na, sie bringen ihn ja um!«

Sie hatten nichts anderes vor.

Jemren rollte sich zusammen, als die Schäfte der Lanzen ihn trafen; er konnte den Kopf nicht schützen, drehte ihnen stattdessen die Schulter zu. Gorun brüllte erneut. Durch den Lärm hörte er Quinda-Nas scharfe Stimme.

»Lasst ihn!«, schrie sie. »Lasst ihn! Er soll noch mitbekommen, was ich mit diesem Mädchen anstelle, nachdem ihm doch so viel an ihr liegt.«

Die schwarze Stute setzte die Hufe dicht vor sein Gesicht, während Quinda-Nas Krieger zurückwichen. Die Tatsache, dass sie auf Gorun einging, verwirrte Jemren – und dass diesem Reiter aus dem Süden etwas daran lag, ob er am Leben blieb oder starb. Ihm war schwindlig, die getroffenen Stellen schmerzten, und als jemand von ihm verlangte, dass er aufstand, schaffte er es nicht. Gorun fluchte, während er vergeblich versuchte, auf die Füße zu kommen.

»Bindet sie zusammen auf das Nouk!«, befahl Quinda-Na. »Da können sie sich aneinander erfreuen, der Norden und der verbindliche Süden.«

Jetzt zerrten die Nraurn ihn hoch und schleppten ihn zu dem Tier, auf dem Gorun saß; doch diesmal hielten sie ihn so gepackt, dass er sich kaum rühren konnte. Sie zerrten ihn hinter den Sattel und wanden einen zusätzlichen Riemen um die Schnur, die Goruns Handgelenke hielt. Die zogen sie unter seinem Gürtel hindurch und fesselten auf diese Weise die beiden Männer aneinander.

Damit wir zusammen fallen, dachte Jemren benommen, als er merkte, dass er sich nicht aufrecht halten konnte. Er sank nach vorn gegen Goruns Schultern, wo er keuchend nach Atem rang.

»Sitz still«, mahnte ihn der Reiter halblaut, als sich das Nouk in Bewegung setzte und Jemren auf dem Rücken des Tiers ins Schwanken geriet. Er konnte sich nicht gegen die große Nähe wehren, die ihnen die Fessel aufzwang.

»Und verlier ja nicht das Gleichgewicht!«, knurrte Gorun. »Ich möchte nicht vor den Hufen dieser Tiere landen.«

Das war hart, und es wurde härter, als Quinda-Na Goruns

erster Weisung folgte und sich nach Osten wandte, auf die Berge zu. Denn sie suchte nicht etwa einen gangbaren Weg die Klippen hinab, sie trieb ihre Stute geradewegs auf die scharfen Felsen zu. Ihre eigenen Krieger schrien auf, als die schwarze Stute vor dem Abhang scheute, doch die Feldherrin klatschte die Zügel auf die Kruppe des Tiers und zwang das Nouk über die Felsen hinab zum Sprung. Das große Tier, voller Angst, tat einen Satz, kam zwischen Felsbrocken auf und schlitterte das letzte Stück in Panik hinab.

Quinda-Nas Krieger fluchten, als sie sahen, dass ihre Nouk der Feldherrin folgen mussten. Schnaubend rutschten die Tiere die steile Felsplatte hinab, warfen die Köpfe hoch und rissen die Augen auf; sie fanden kaum Halt auf den Steinen. Etliche von ihnen trugen von den scharfen Kanten Verletzungen an Hufen und Gelenken davon, doch Quinda-Na scherte sich nicht darum. Sie jagte längst auf ihrer schwarzen Stute voraus.

Jemrens und Goruns Tier kam mit einem Stoß auf, der sämtliche Gelenke erschütterte. Unbeabsichtigt zerrte Jemren an Goruns Handgelenken, versuchte sich aufrecht zu halten, während der Krieger aus Caláxi sich nach vorn lehnte, ihm Halt gab, bis er sich halbwegs wieder gefangen hatte. Er war weder ein guter Reiter – er war eigentlich überhaupt kein Reiter –, noch war er in der körperlichen Verfassung, auf einem Tier zu sitzen. Von der Anstrengung, nicht zu fallen und gegen die schmerzenden Rippen zu atmen, lief ihm der Schweiß an den Seiten hinunter. Mehr als einmal schloss er die Augen und überließ sich Goruns sicherem Instinkt, plötzlich froh um den Riemen, der sie aneinander band.

»Bist du verletzt?«, fragte Gorun nach hinten, als sie die steilen Klippen hinter sich gelassen hatten und über eine Schotterfläche ritten.

Jemren tat einen tiefen Atemzug.

»Du verrätst das Mädchen und mich«, entgegnete er erbittert. »Und du verrätst Amra. Quinda-Na hat nicht vor, sie zu schonen, ebenso wenig wie uns.«

»So viel Selbstgerechtigkeit?«, fragte Gorun spöttisch zurück. »Und das von jemandem, der nicht das Geringste getan hat, um die aussichtslose Lage zu verhindern?«

Jemren antwortete nicht.

Es herrschte ein eigenartiges Gleichgewicht auf der Insel: Im Norden waren die Nraurn stark und unberechenbar, und im Süden waren es die Menschen. Er wusste nicht, woran das lag; er wusste nur, dass die Nordtürme dem Unheil, das Quinda-Na Jahr für Jahr über sie brachte, nicht mehr lange standhalten würden. Wenn all das stimmte, was sie über das Mädchen gesagt hatte, wenn alles wahr war, was auch Gorun und Amra über Lillia wussten, dann war dieser Tag nicht mehr fern. Erneut stieg Angst in ihm auf, Angst um seine Stadt und um alle, die er dort zurückgelassen hatte; eine Angst, die mit jedem schwankenden Schritt des Nouk wuchs.

Vor Schwäche fing er an zu zittern.

Gorun warf einen kurzen Blick nach hinten. Schwer lehnten sie sich gegeneinander und konnten doch nicht anders, so wenig Spielraum hatten sie. Die Nouk bewegten sich indessen in einer langen Reihe zwischen den Felsen abwärts, dem fernen Gebirge entgegen. Dort hatten Gorun und Jemren auf die Mnek zu stoßen und deren Geiseln Amra und Lillia zu finden gehofft.

»Wir sind schneller«, sagte der Reiter schließlich leise, versöhnlicher, als er Jemrens Schwäche spürte. »Auf dem Nouk sind wir schneller.«

Die Spur einer Andeutung, mehr nicht. Jemren sog beunruhigt den Atem ein, als er vernahm, dass Gorun noch immer glaubte, *er* könne Quinda-Na benutzen und nicht umgekehrt. Ihre Schnelligkeit würde ihnen jedoch nichts nützen, sobald sie die junge Anführerin der Mnek und ihre Krieger eingeholt hätten. Es war nichts weiter als das verzweifelte Aufbegehren eines Mannes, der noch immer Hoffnungen hegte, der Feldherrin der Bahak und ihren Plänen zuvorzukommen – doch das war aussichtslos.

Die Felsen gingen allmählich in ausgedörrtes Hügelland

über, in weite Hänge, die von wasserlosen Einschnitten geteilt wurden. Ein warmes rötliches Licht übergoss die Landschaft und flammte in den Grasbüscheln und bläulichen Disteln auf. Die Sonne versank hinter glühenden Wolkenbändern. Ihr Licht blendete Jemren, und die Hänge und Felsen, die gewellten Täler, das ganze Land um ihn verschwammen.

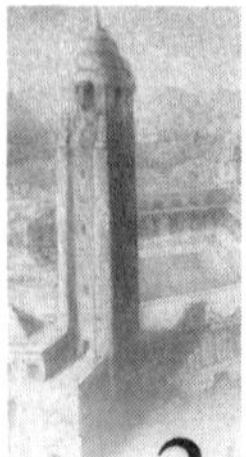

3

Als es schon eine Weile dunkel war, wurde das Gelände flacher. Sie ritten in einer sandigen, breiten Schneise dahin, die sich zwischen den Hängen hindurchzog und sich beständig senkte. Der Himmel war klar, und die Sterne glitzerten. Kälte wehte herab wie in den Nächten zuvor, und nach der Hitze des Tags empfand Jemren sie als ausgesprochen unangenehm. Er fröstelte und in immer kürzeren Abständen befiel ihn ein Zittern, das nicht nur von der Kühle der Wüstennacht herrührte. Die Haltung, in die seine Arme gezwungen waren, bereitete ihm Schmerzen, und er spürte die Erschöpfung bis in die kleinste Faser seines Körpers.

Hin und wieder drehte sich Gorun zu ihm um, sah ihn prüfend an, doch er wich dem Blick des Reiters aus. Auch Quinda-Na betrachtete Jemren von Zeit zu Zeit. Er hatte keine Ahnung, was hinter ihren reglosen Pupillen vorging, während ihre kalten gelben Augen auf ihm ruhten. Vielleicht weidete sie sich an seiner Angst um das Mädchen. Mühsam sammelte er seine wandernden Gedanken, denn er wollte ihr nicht noch mehr Gelegenheit bieten, um sich an seinen Qualen zu ergötzen, als sie ohnehin schon von seinem Äußeren ablas.

Ab und zu wandte sie sich an Gorun, und ein Kopfnicken des Reiters genügte ihr, damit sie ihre Stute wieder zu einer rascheren Gangart antrieb und in die angegebene Richtung lenkte. Selbst ihre Krieger murrten, als es keine Rast gab, weder für die Tiere noch für sie; Quinda-Na trieb sie alle zu gnadenloser Eile an. Das Nachtlicht glänzte auf dem Metallschmuck ihrer Hörner, als sie ihnen wie ein verkörperter Albtraum vorausritt.

Quinda-Na schien es geradezu darauf anzulegen, ihre Gefangenen über den Rand der Erschöpfung hinauszutreiben. Das hatte Gorun nicht bedacht bei seinen Verhandlungen –

dass sie gar nicht die Hand gegen sie beide erheben, sondern nur abwarten musste, bis ihr Ende gekommen war. So wie das Ende der Vertriebenen aus Caláxi. Denn Jemren war überzeugt davon, dass diese nicht mehr lebten. Sie waren umgekommen durch Durst oder durch die Gewalt der Nraurn – so wie auch sie beide umkommen würden. Zwar konnte er den verzweifelten Versuch des Reiters nachfühlen, die Hoffnung, dass es irgendwo in dieser Wüste noch Überlebende gab, denen er Hilfe bringen konnte, um wenigstens einige aus seiner Stadt zu retten.

Doch Jemren wusste es besser.

Von allen, die Quinda-Na jemals aus den Türmen des Nordens entführt hatte, war noch nie jemand zurückgekehrt.

Er bewahrte Stillschweigen darüber, ließ nicht einmal eine Ahnung in seinem *Taû* aufsteigen, denn es war Goruns Willen, Goruns Stärke zu verdanken, dass sie beide auf dem Nouk saßen und noch am Leben waren.

Er schloss die Augen und versuchte, sich von dem Tier einfach nur tragen zu lassen. Doch seine letzten Kräfte waren verbraucht. Düstere Kälte kroch ihm an den Beinen herauf, und er fror wie ein Mensch, der sich endgültig jener Grenze näherte, die das Licht des Tags für immer von der Nacht schied.

»Jemren!«

Er schrak hoch, schwankte bedrohlich und zerrte an Goruns Händen. Der Reiter blickte über die Schulter nach hinten. Sein Gesicht und sein Haar waren staubbedeckt, die Lippen rissig trotz des Wassers, das sie hatten trinken dürfen.

»Du musst wach bleiben. Du musst versuchen, wach zu bleiben«, sagte er, wiederholte die Worte offenbar schon seit geraumer Zeit. Jemren nickte, wollte es versprechen, doch am Rand seines Gesichtsfelds tauchten erneut Schatten auf, die Dunkelheit der anderen Welt, und seine Beine wurden immer schwerer. Keuchend sank er nach vorn.

»Fisch und Salz«, stieß Gorun halblaut hervor, es klang wie eine Verwünschung. »Nichts als Fisch und Salz – das ist wirklich alles, was der Norden hervorbringt! Aber du musst dich jetzt zusammennehmen!«

Jemren blinzelte überrascht im schwachen Gegenlicht, als er das hörte. Er kannte die Anspielung auf die kargen Böden des Nordens, den Spruch, der in den Türmen die Runde machte, doch er hatte nicht geahnt, dass dieser Spott bis in den Süden vorgedrungen war. Als er ihn jetzt mit Goruns grimmigem Zorn ausgesprochen hörte, erfüllten die Worte sein Innerstes – das *Taú* – wider Willen mit Belustigung, und er lachte matt.

»Fisch und Salz«, wiederholte er benommen. »Wo hast du das denn gehört? Woher kennst du dieses Sprichwort?«

Goruns Stirn blieb gerunzelt.

»Du musst wach bleiben«, drängte der Reiter wieder. »Wenn du fällst, reißt du mich mit.«

Jemren nickte. Er sog die Nachtluft in tiefen Zügen ein, um wieder zu sich zu kommen, doch sein Körper blieb taub und kalt. An Goruns unregelmäßigen Atemzügen merkte er, dass es dem Reiter kaum besser erging.

Doch selbst die Nraurn hatten Bedürfnisse. Einige von ihnen hielten ihre Tiere schließlich an und weigerten sich, in dieser Hast weiterzureiten; sie verlangten eine Rast.

Der große, ernste Krieger, Quinda-Nas neuer Marschall, lenkte sein Nouk zu ihr heran und redete auf sie ein, hielt ihren scharfen Widerworten stand, beharrte erneut – und erreichte schließlich, dass sie den Kopf ihrer Stute herumriss und mit erhobener Hand das Zeichen zum Halten gab.

Etliche Nraurn stiegen ab und vertraten sich misslaunig die Beine, Wasserflaschen wurden von den Sätteln gelöst. Quinda-Nas Marschall ritt zu Jemren und Gorun und besah sich ihren Zustand. Rasch öffnete er seinen schweren Mantel am Kinn und warf ihn den beiden über die Schultern. Staub und Ziegengestank hüllten sie ein, und Gorun wandte angewidert den Kopf zur Seite. Jemren starrte benommen in die gelben Augen des Nraur, wusste mit dieser Gefälligkeit nichts anzufangen.

Quinda-Na hatte die Hand über die Beine ihrer Stute gleiten lassen und ihren Marschall aus den Augenwinkeln beobachtet.

»Was tust du da, Nesyn?«, lachte sie. »Bedauerst du diese Menschen etwa wegen ihrer Schwäche? Oder ist das deine Art der Dankbarkeit, weil der Pfeil dieses Schützen Vyseks Platz für dich frei gemacht hat?«

Der große Nraur kümmerte sich nicht um ihren Ausruf.

Er gab einem der Krieger einen Befehl und veranlasste, dass die beiden Männer Wasser erhielten und auch etwas zu essen: kleine, leicht bittere Schalenfrüchte, die roh verzehrt wurden, und in Blätter gewickeltes Getreide, das tags zuvor auf heißen Steinen geröstet worden war. Die Nraurn aßen kein Fleisch, verabscheuten es sogar, und Jemren wusste, dass sie die Menschen wegen deren Vorliebe als barbarisch bezeichneten. Er konnte kaum schlucken, so wund war seine Kehle, doch er zwang einige Bissen hinunter, froh über das Wasser.

Unter dem groben Mantel hörte das Zittern allmählich auf. Jemren lehnte sich gegen Gorun; seinen Stolz hatte er schon längst aufgegeben und war erleichtert, dass sich das Nouk unter ihnen einmal nicht bewegte. Doch lange währte die Rast nicht, und alsbald erging Quinda-Nas Befehl zum Aufsitzen.

Das Gelände neigte sich weiter, und als der Himmel allmählich grau wurde von der ersten Helligkeit des Tags, wichen die Hänge zurück und eröffneten den Blick auf die Ebenen am Ufer des Flusses. Das frühe, kühle Licht fiel in ein Tal, das von dem breiten Band des Corredános durchzogen wurde. Die Schlucht im Westen war hinter ihnen zurückgeblieben, ein gezacktes Band in weiter Ferne.

Quinda-Na hielt auf den Fluss zu. Sie ritt so dicht ans Ufer, dass die Hufe ihres Nouk zwischen den bleichen Schilfhalmen einsanken. Jemren nahm den Geruch des Wassers wahr, der zu ihnen herüberwehte, doch die schwarze Stute senkte nur den Kopf und schnupperte; sie tauchte die Lippen nicht ein, trank nichts von den bitteren Fluten des Corredános.

Quinda-Na wendete ihr Tier und ritt zu ihnen zurück. Ihr Blick glitt über Jemren und Gorun; offensichtlich genoss sie das Elend zweier Männer, die ermattet und noch immer aneinander gefesselt auf dem Nouk saßen. Hin und wieder schien es Jemren, als erfreue sie sich sogar an den unruhigen Blicken, die ihre eigenen Krieger auf das schnell dahinfließende, trübe Wasser warfen. Im Morgengrauen zogen sich die Trockenen Hügel an dem Fluss entlang, erhoben sich bis zu jener felsigen Stelle, an der nun die Leichen sieben unglücklicher junger Nraurn im Wind lagen. Schwarze Vögel segelten träge durch das frühe Licht.

»Öffne die Augen, Reiter von Caláxi«, sagte Quinda-Na und berührte Gorun mit ihrer Gerte an der Schulter.

Langsam hob er den Kopf. Er hatte schon seit einiger Zeit nichts mehr gesagt; Jemren hatte nur das zeitweilige Zittern gespürt, das auch den Reiter trotz des wärmenden Mantels erfasst hatte. Das erfolglose Ziehen an den Riemen, mit denen Goruns Hände gefesselt waren, hatte längst aufgehört.

Mit der Gerte wies Quinda-Na auf den aufgewühlten Boden vor ihnen: Trittspuren, der Abdruck von gespaltenen Noukhufen. Spur reihte sich an Spur, vereinte sich zu einer langen Fährte am Ufer entlang. In einer Linie zog sie sich aus dem Westen, von der großen Schlucht, bis hierher, dunkler als der sandige Boden. Sie war deutlich erkennbar, selbst im schwachen Morgenlicht.

Die Mnek.

Hier endet es also, dachte Jemren, als er den Blick von der Spur hob und die Feldherrin ansah. Quinda-Na lehnte sich auf ihr Sattelhorn und neigte das schwere, wulstige Gehörn zur Seite.

»Wie du siehst, Reiter aus Caláxi, erübrigt sich deine Führung von hier an. Doch das hast du dir wahrscheinlich schon überlegt.«

Der Reiter sagte nichts, er starrte nur auf den Boden, während ihm der Wind die Locken in die Stirn wehte. Auch Jemren schwieg.

»Ich weiß, dass du nicht sterben willst, Gorun Su Kaseira«, fuhr Quinda-Na fort, »keinesfalls aus einem so nichtigen Grund. Du hast in deinem Leben Höheres erwartet, nicht wahr? Erster Reiter von vier Türmen.«

Ihre Nasenlöcher bebten, während die Angriffslust, die von ihrem *Taû* ausging, Jemrens Puls in die Höhe trieb. Die Nraurin würde sie beide hier auf der Stelle erschlagen, ihr Nouk in das bittere Wasser treiben, wenn es ihr in den Sinn kam. Die gehörnten Krieger umdrängten sie, und das Tier unter ihnen bewegte sich unbehaglich, als es ihre Anspannung spürte.

»Du kennst den Umfang meines Angebots«, sagte Gorun mit größtmöglicher Verachtung in der Stimme. »Und du kennst seine Grenzen. Ein Mann allein zählt nichts, Quinda-Na. Es sind die Städte, auf die es ankommt.«

Sie ritt noch einen Schritt näher heran, neigte sich zu ihnen vor. Das Leder ihres Sattels knarrte. Jemrens Muskeln spannten sich umsonst; mit den Händen auf dem Rücken bot er ihr hilflos Leib und Kehle dar. Auch Gorun konnte sich kaum bewegen. Und Quinda-Na wusste es genau, kostete dieses Vergnügen weidlich aus.

»Du hast eine Begabung dafür, den Tod zu umgehen«, meinte sie leichthin. »Das belustigt mich, und ich bin sicher, ich hätte in vielerlei Hinsicht Verwendung für dich. Aber im Augenblick kenne ich nur ein Ziel.«

»Nutze, was ich dir biete, oder lass es bleiben«, erwiderte Gorun kalt. »Aber sei gewiss, Feldherrin, dass dir wenig Zeit bleibt.«

»Du bist ein Verräter«, sagte sie und demütigte den stolzen Mann vor Jemren, vor ihren Kriegern. »Nicht nur an dem Kind – an deiner ganzen Rasse. Und du verlangst, dass ich dir glaube?«

Goruns Stimme klang hart, als er sprach.

»Du irrst dich, Feldherrin, und ahnst nicht einmal, wie sehr. Die Türme des Südens herauszufordern – dazu bedarf es eines anderen Heers als deiner Horde. Auf dem Weg, den du eingeschlagen hast, kannst du nur Verderben erlangen.«

Quinda-Na saß reglos im Sattel. Plötzlich stieß sie heftig die Luft aus und schüttelte die schwere Mähne.

»Stolz, so stolz«, sagte sie. »Wie jener Junge, den wir im Tal deiner Stadt aufgegriffen haben, Erster Reiter. Auch er glaubte, dass er mich hinhalten könnte, mir vorenthalten, wonach mir der Sinn stand. Aber ich habe ihn eines Besseren belehrt. Ihr windet euch noch und schmiedet Pläne, obwohl ihr längst wisst, dass euch der Haken die Därme durchschlagen hat.« Sie lehnte sich im Sattel zurück. »Zum Schluss hatte ich alles von ihm in der Hand, selbst sein erbärmliches, erlöschendes Leben.«

Nur mit Mühe unterdrückte Gorun einen Schreckenslaut. Etwas durchzuckte sein *Taú*, ein greller Schmerz, und blieb als heftiges Pochen spürbar. Sein Bruder ... Quinda-Na sprach von seinem Bruder! Der Reiter ballte die Fäuste, bis die Riemen spannten, und Jemren spürte seine schweren Atemzüge.

»Ich töte dich«, stieß Gorun hervor. »Dafür werde ich dich töten, Quinda-Na.«

Die Nraurin schwang das Gehörn kraftvoll in den Nacken; dann senkte sie das Kinn auf die Brust, und ihre Augen funkelten kalt und voller Bosheit.

»Sei gewiss, dass ich dir zuvorkommen werde, Gorun aus Caláxi«, sagte sie. »Doch noch sollt ihr eine Weile leben, und ich werde dir auch sagen, warum ich euch mitnehme. Vor eurem Tod sollt ihr Zeugen der Größe Kajlyn-Guas werden, der Hervorragendsten unter den Nraurn, deren Name neben dem Namen Mequa-Tes in die Geschichte eingehen wird. Als die Letzten eurer Art, die dieses Land zugleich mit uns bewohnen, sollt ihr sehen, was sie und ich mit dieser Insel vorhaben. Mit den *Menschen*.«

Damit erhob sie sich in den Steigbügeln und stieß einen gellenden Schrei aus, der ihre Krieger zu einem raschen Schwenk veranlasste. Schnaubend fielen die Nouk in Galopp und stürmten auf der Fährte entlang.

»Bei den Kräften der Quelle, Jemren, *das* wütet zwischen

den Türmen des Nordens?«, stieß Gorun hervor, während das Nouk sie in großen Sätzen vorantrug. »Das hast du gemeint, als du von der ›Geißel des Nordens‹ sprachst? Das ist *sie*?«

Jemren schwieg, denn sie wussten beide, was es hieß, der Nraurin entgegenzutreten, die einzige Kraft zu sein, die zwischen einer lebendigen Stadt und dem Ansturm einer solchen Streitmacht stand.

»Hast du gewusst, was sie vorhat?«, fragte Gorun jetzt. »Hat der Norden gewusst, dass sie ihren verheerenden Anspruch über die gesamte Insel ausdehnt?«

Diesmal musste Jemren nicht zögern und seine Antwort sorgfältig abwägen. »Nein«, entgegnete er.

Er hatte überhaupt nichts gewusst. Im Nachhinein erschrak er über das Ausmaß seiner Ahnungslosigkeit. Das kam von der Politik der Nordtürme, die sich stets nur darum kümmerten, dass die eigenen Türme sicher waren, und niemals fragten, was Kajlyn-Gua und ihre Feldherrin wirklich dort draußen trieben. Von der Politik des Nordens, der vor allen Unbequemlichkeiten schlicht die Augen verschloss, der nichts wissen *wollte* und deshalb blind war für die Ereignisse jenseits der eigenen Mauern. Alles, was Gorun hingegen sagte oder tat, bezog andere Städte mit ein, Städte, deren Namen für Jemren so fern und mythisch klangen wie in den ›Liedern der Erinnerung‹.

Städte, auf die Gorun sich unbeirrbar verließ.

Doch selbst wenn diese Städte so groß und kühn waren, wie der Reiter behauptete, größer und mächtiger noch als Caláxi, das Jemren schon gewaltig vorgekommen war – selbst wenn diese Städte Reiter und Speerkrieger aussandten, wäre es dennoch zu spät.

Er warf einen Blick auf die Spuren, die unter ihnen dahinflogen, und er sah, wie rasch sie frischer wurden, die Abdrücke scharf umrissen und nicht mehr verweht vom Shan.

Es konnte nicht mehr lange dauern, bis sie die Mnek eingeholt hätten.

Das helle Licht der aufgehenden Sonne verschlang die Sterne, einen nach dem anderen. Der Flusslauf weitete sich mehr und mehr zu einem Tal, während sie neben dem Corredános dahinritten. Je weiter sie nach Osten kamen, desto häufiger sah Jemren einzelne Spuren, die von den Hügeln herab zu der Fährte stießen; wie Rinnsale führten sie aus den Einschnitten zwischen den Hängen ins Tal, manchmal drei- oder vierfach verzweigt. Jetzt erkannte er, dass sie keine Aussicht auf Erfolg gehabt hatten, nicht die geringste, denn diese Hügel waren voll von Nraurn. Es war ihr Gebiet, ihr Land, und Lillia hatte ihn mitten hineingeführt.

Er hatte keine Erklärung dafür, weshalb sie das getan hatte; er wusste nur, dass sie unbeirrbar darauf bestanden hatte, in diese Richtung weiterzugehen, immer weiter in das trockene Land hinein. Und so war er den schwachen Ahnungen eines Kindes gefolgt, Lillias Traum, die keinen Klan und keine Stadt kannte, zu der sie gehörte, die nichts von Land und Leuten und den damit einhergehenden Gefahren wusste. Allein ihrem Flüstern war er gefolgt, wenn sie ihm den Weg gewiesen hatte, und er hatte sein Möglichstes getan, um Unheil von ihr und sich selbst abzuwenden.

Doch im Grunde waren sie einem unmöglichen Weg gefolgt.

Ein seltsamer Trost ging von diesem Gedanken aus, eine Art Frieden, den er mit sich schloss, als er erkannte, dass von jener stürmischen Nacht an der Küste an alles vergeblich gewesen war. Dann dachte er wieder an seine Schwester, die geahnt hatte, dass sie auf den Stufen ihres Hauses Abschied voneinander nahmen, Abschied für immer. An Goruns Worte dachte er und an Amras beredtes Schweigen, die ihm beide deutlich genug erklärt hatten, dass es für ein Kind, das einmal verloren war, keinen Platz mehr in dieser Welt gab.

Als er spürte, wie Gorun sich vor ihm im Sattel aufrichtete, hob er den Kopf.

Vor ihnen teilte sich der Fluss. Mit seinem weiß schäumenden Wasser bildete der Corredános die Grenze zwischen dem Hügelland und dem Altéru. Jenseits davon stieg das Gebirge auf, schroff und unnahbar.

Ein weiterer starker Arm zweigte hier vom Fluss ab, reißendes Wasser, das zwischen den Hügeln nordwärts strömte. Die flache Landzunge dazwischen war mit kurzem grünem Gras bedeckt, eine Wohltat für die Augen nach den Tagen in den Trockenen Hügeln. Yaza-Bäume wuchsen dort, wo die Hänge begannen, silberne Stämme. Ihre weichen Zweige bogen sich stellenweise bis zum Boden.

Dort befand sich das Lager der Mnek.

Jemrens Herzschlag beschleunigte sich, als er sah, dass Quinda-Na die Geschwindigkeit ihres Trosses nicht zurücknahm. Die lagernden Nraurn ahnten nicht einmal, wer sich ihnen näherte; sie lagen teilweise noch in tiefem Schlaf. Manche von ihnen hatten sich unmittelbar neben den Feuerstellen ausgestreckt, neben ihrem Kochgerät; andere wiederum hatten niedrige Zelte aufgeschlagen. Dünner Rauch stieg von den Feuern auf, senkrecht in der morgendlichen Stille. Unter den Bäumen waren Nouk angepflockt; Nraurn-Kinder mit kurzen Hörnern rannten umher und versorgten die Tiere. Dies war ein gewöhnliches Lager, nicht der Rastplatz einer Kriegergruppe.

Doch Quinda-Na kümmerte das nicht. Ihre schwarze Stute streckte sich, als die Feldherrin ihre Flanke mit der Peitsche berührte. Quinda-Na plante nicht, sich den Mnek vorsichtig zu nähern.

Sie hatte vor, sie zu überrennen.

Rücksichtslos preschte sie mitten unter die Lagernden, über Gerätschaften, Waffen und heruntergekommenes Sattelzeug hinweg, und ihre Reiter folgten ihr, ohne die Nouk zu zügeln. Die Bahak schwangen Haken, rissen Kochstellen um und zerrten Schnüre aus ihrer Verankerung. Zelte – aus Leder oder fremdartig gemusterten Matten errichtet – sackten über ihren Bewohnern zusammen, bevor diese überhaupt wussten, wie ihnen geschah. Schlaftrunken stolperten die

Mnek auf die Füße, aber die Bahak ritten jeden nieder, der jetzt noch zu den Waffen griff. In der entstehenden Panik gerieten sich die Nraurn aus dem Süden gegenseitig in die Quere und brüllten die Kinder so heftig an, dass diese kreischend davonrannten.

Mitten in diesem Chaos riss Quinda-Na ihr Tier herum. Nur mit Mühe hielt sich Jemren auf seinem Nouk, als es ebenfalls zur Seite schwenkte; Gorun stemmte hastig den Fuß in den Bügel, und ihre Wächter blieben dicht neben ihnen. Quinda-Na lachte.

»Löscht die Feuer, ihr Dummköpfe!«, rief sie. »Löscht sofort alle Flammen! Wisst ihr nicht, wen ihr unter euch habt?«

Sie hieb einem fremden Nraur, der sich zu dicht an sie herandrängte, mit der Peitsche quer über das Gesicht. Ihre Krieger fächerten auseinander und bildeten einen schwarzen Keil um die Feldherrin.

»Lasst eure Speere, senkt eure Waffen!«, brüllte der Marschall Nesyn die Mnek an.

Er lenkte die Formation der schwarzen Nraurn-Krieger, und diese hielten die Mnek mit vorgehaltenen Waffen in Schach. Im hellen Morgenlicht trat das Ungleichgewicht zwischen den beiden Gruppen überdeutlich zutage. Die Mnek waren bei weitem nicht so groß und schwer wie die schwarzmähnigen Bahak, ihre aus Leder geflochtenen Panzer waren zudem fleckig und an vielen Stellen ausgefranst. Und obwohl ihre Bewaffnung besser war als die der unglücklichen Jungen, die Jemren und Gorun gefolgt waren, so reichte sie doch längst nicht an die schwere Ausrüstung der Krieger aus dem Norden heran – Speere und Äxte, die vom Gebrauch dunkel geworden waren, und die messerscharf geschliffenen, beweglichen Klingen der Haken.

»Zurück mit euch!«, schrie Quinda-Na. Zögernd blieben die Nraurn aus dem Süden stehen.

Mit klopfendem Herzen ließ Jemren den Blick über das Lager gleiten. Er entdeckte keine Spur von Lillia oder von Amra, nicht das geringste Zeichen ihrer Anwesenheit, und er wusste auch nicht, was er getan hätte, wenn sie ihm entgegengekommen wären. Seine Hände waren gefühllos und kalt unter dem Mantel des Marschalls; seine Schultern schmerzten von der Haltung, in die er durch die Riemen um die Handgelenke gezwungen wurde, seit einer Ewigkeit, wie ihm schien. Als er den Kopf drehte, begegnete er Goruns grauen Augen und las dieselbe Sorge im Blick des Reiters, in dessen lebhaftem *Taú*.

Die Mnek umdrängten Quinda-Nas Krieger, Nraurn mit schmalen, sandfarbenen Streifen in den Gesichtern, alte wie junge. Sie schrien der Feldherrin die gröbsten Verwünschungen zu, als diese ihre Stute wendete und sie quer über ausgebreitete Decken und Geschirr, Köcher und Leinen trieb. Nesyn, ihr Marschall, folgte ihr mit seinen Reitern dichtauf zur Mitte des Lagers.

Dort stand ein rundes Zelt, aus Noukhaut gefertigt und größer als die anderen. Quinda-Na fand Gefallen daran, mit dem Ende ihrer Lanze einen Topf von seinem Gestell zu schlagen, der über einem Feuer hing. Der fettige Inhalt ergoss sich in die Flammen und spritzte gegen die Zeltwand; der schwere Kessel rollte in die Glut.

»Löscht die Feuer, habe ich gesagt!«, rief die Feldherrin. »Oder wollt ihr die Xyx in eurem Lager?«

Die Matte vor dem Eingang des Zeltes wurde zurückgeschlagen, und eine Nraurin trat ins Freie, die junge Anführerin der Mnek. Sie stand einen Augenblick lang wie erstarrt, den Hals gereckt, und drohte mit den kurzen Hörnern.

»Was fällt dir ein, mein Lager zu stürmen?«, kreischte sie.

Doch sie bewegte sich nicht, sie sah sehr wohl, dass der kleine Platz vor ihrem Zelt eingekreist war von Quinda-Nas schwarzen Kriegern. Ihr eigenes Gefolge drängte hinter den fremden Nouk heran, zu Fuß und erst jetzt halbwegs bewaffnet. Die Kinder wagten sich am weitesten vor, wobei Jemren und Gorun die größte Aufmerksamkeit erregten. Furchtlos umdrängten die kleinen Nraurn das Tier, auf dem sie saßen; sie starrten zu ihnen herauf und berührten den Schützen und den Reiter an Füßen und Beinen wie einen

Gegenstand, den man anfassen musste, um sich von seinem Vorhandensein zu überzeugen.

Schweigend erduldete Jemren die kindliche Neugier, und auch Gorun ertrug das Zupfen der vielen kleinen Hände, die zu ihnen heraufgerufenen, atemlosen Fragen. Die Ziegenaugen der jungen Nraurn wirkten noch größer als bei den Erwachsenen. Etliche Zwillingspärchen waren darunter; Jemren sah ihre gerundeten Hörner, die noch von weichem Bast bedeckt waren.

»Lösch die Feuer, Närrin«, sagte Quinda-Na nun mit bedrohlicher Sanftheit. »Und sag mir: Wo ist Rysen-Ne?«

Das Gesicht der jungen Nraurin verdüsterte sich.

»Hast du nicht davon gehört? Ich bin Menyn-Te, und ich führe die Mnek jetzt.«

Quinda-Na blickte auf sie hinab, und ihre Lippen spannten sich zu jenem Grinsen, das Jemren zu fürchten gelernt hatte.

»Ah«, stieß die Feldherrin weich hervor. »Nun, dann werde ich bei dir willkommen sein.« Mit einem anmutigen Schwung saß sie ab und trat über die noch glimmende Asche des Feuers zu einem Schemel neben dem Eingang des Zeltes. Dort, auf dem Platz, der ganz offensichtlich für die Mnek-Anführerin bestimmt war, ließ sie sich nieder und streckte die Beine aus.

»Wie du siehst, bringe ich Gäste mit«, sagte sie und wies mit der Gerte auf Jemren und Gorun. Der Blick der Mnek glitt über sie hinweg, ein beunruhigter Blick, denn die Nraurin wusste nur zu gut, wer sie waren – und was sie wussten. Dies war die junge Anführerin mit der hell gestreiften Mähne, die Lillia zu sich in den Sattel gerissen und ihm den schmerzhaften Tritt versetzt hatte. Jemren durchlebte erneut den verzweifelten Lauf durch den Staub, den Augenblick, als er und die Nraurin das Mädchen fast zur gleichen Zeit eingeholt und er doch nur den brüchigen, dünnen Riemen zu fassen bekommen hatte, an dem die kleine Münze vom Hals des Kindes gehangen hatte.

Die Münze!

Er hatte sie vollkommen vergessen. Jetzt fühlte er, wie sie gegen seinen Handballen stieß, wenn das Nouk hin und her trat. Er bewegte die geschwollenen Finger und tastete danach. Vielleicht konnte er sie greifen, wenn er die Hand nur noch ein klein wenig drehte. Mit den Fingerkuppen stieß er gegen das Metall, achtete nicht auf den Schmerz, der den Arm hinaufschoss, als ihm der Riemen auf Sehnen und Knochen drückte. Der Rand der Münze war schmal und schartig, scharfkantig genug vielleicht, um damit die Fessel zu durchtrennen. Als er das Amulett endlich in den Fingern hielt, dankte er Amra im Stillen dafür, dass sie dem Kind dieses Geschenk gemacht hatte – wenn auch aus einem ganz anderen Grund.

Er warf einen raschen Blick auf ihre Wächter, die von den Kindern abgelenkt waren, und hoffte, dass sie seine Bewegungen unter dem weiten Mantel nicht bemerkten. Er hatte nicht genug Kraft in den Fingern, um die Fessel aufzuschneiden, so steif waren seine Hände; doch der gekerbte Rand des Amuletts genügte, um damit das Leder aufzurauen. Alles, was er brauchte, war Zeit.

Quinda-Na reckte sich behaglich auf dem fremden Schemel.

»Wo bleibt die viel gerühmte Gastfreundschaft der Mnek?«, fragte sie und schlug die langen Beine übereinander. »Ich bin fast ohne Unterlass geritten, um euch eine wichtige Kunde zu überbringen – und du bietest mir nicht einmal ein Willkommen? Ich muss sagen, deine Vorgängerin hatte bessere Umgangsformen. Oder mehr Furcht vor Kajlyn-Gua.«

Diese unverhüllte Drohung traf die junge Anführerin. Zornig ballte sie die Fäuste. Doch keiner ihrer Krieger wagte sich heran, solange die Waffen der Bahak auf sie gerichtet waren.

»Bringt Getränke!«, rief Menyn-Te ihren Leuten jetzt zu. »Und einen zweiten Schemel.«

Angespannt blickte sie zu Quinda-Nas schwarzmähnigen Reitern auf, die nicht daran dachten abzusteigen, eine gefährliche Schar unter dem Befehl des Marschalls.

»Diese Männer haben eure jungen Krieger getötet«, sagte die Feldherrin mit einer lässigen Geste zu Gorun und Jemren herüber. »Auf der Anhöhe von Kelek. Wir kamen zu spät, um das Schlimmste zu verhindern. Sie haben sie alle umgebracht.«

Jemren spürte, wie Gorun vor ihm empört Luft holte; der Reiter öffnete den Mund, um zu protestieren – und schloss ihn wieder. Für eine Weile herrschte tiefe Stille, dann stieg ein einzelner trillernder Klageschrei aus der Menge auf. Ein graubärtiger Nraur fasste sich an den Hörnern und riss daran, als ob dies den Schmerz lindern könnte, und der kleine Junge, der zu einem Zwillingspärchen gehörte und eben noch ohne Unterlass an Jemrens Hosenbein gezogen hatte, ließ den Stoff los und trat zurück, die großen Augen erschrocken auf das Gesicht des Schützen gerichtet.

Mit einem Mal wagten die Mnek sich an den geschliffenen Waffen der Bahak vorbei und drängten zu ihrem Nouk heran. Ein Dutzend Hände streckte sich nach ihnen aus. Gorun fluchte, als aus der kummervollen Klage ein schriller Wutschrei wurde, und er versuchte, das Tier mit den Schenkeln ruhig zu halten, während Quinda-Nas Krieger nur mit vorgehaltenen Waffen verhindern konnten, dass die Mnek sie ergriffen und vom Nouk zerrten.

Die allgemeine Unruhe lenkte die Wächter ab. Jemren war erleichtert, denn er spürte, dass seine Fessel nur noch durch einige Fasern zusammengehalten wurde. Doch er zweifelte, ob er in der Lage wäre, die Arme aus eigener Kraft zu bewegen, so kalt und leblos fühlten sie sich an. Er hieb dem Nouk eine Ferse in die Flanke, und das Tier warf den Kopf hoch und bockte zur Seite, mitten unter die Kinder, die kreischend zurückwichen. Schwankend kämpfte er um sein Gleichgewicht, was nicht gespielt war, während die Mnek nach Rache schrien und Quinda-Na zornig befahl, man solle das Tier endlich festhalten. Doch das Nouk scheute vor den vielen Händen zurück, die sich nach ihm ausstreckten, erschöpft und ängstlich in diesem fremden Lager.

Der Riemen zerriss.

Der Druck auf Jemrens Handgelenke löste sich, und seine Arme fielen haltlos nach vorn. Gorun zuckte zusammen, als er den hastigen Griff spürte, mit dem Jemren sich gerade noch auf dem Tier hielt, doch geistesgegenwärtig drehte sich der Reiter nicht um. Unter dem Umhang des Nraur tastete Jemren nach Goruns Handgelenken; das Blut strömte ihm prickelnd und unangenehm in die tauben Finger.

Jemand zog den Kopf des Nouk nach unten und hielt das Tier fest.

Jemren stützte sich gegen Goruns Rücken und gab sich den Anschein eines Mannes, den die Erschöpfung und der Schmerz seiner Prellungen überwältigten, während er fieberhaft an den Riemen zerrte, die die Arme des Reiters fesselten.

Quinda-Na hob die Hand. »Ich bin gekommen, um euch die Mörder zu überlassen«, rief sie über den Aufruhr hinweg und schwenkte herablassend ihre Gerte. »Doch ich verlange etwas dafür.«

Das Gesicht der jungen Anführerin blieb finster. Sie hatte sich auf dem zweiten Sitz niedergelassen und ballte die Hände, die Ellbogen auf die Knie gestützt.

»Was willst du, Quinda-Na?«, fragte sie, doch bevor die schwarze Nraurin antworten konnte, mischte sich Gorun in das Gespräch der Kriegerinnen ein.

»Sie belügt dich«, sagte der Reiter aus Caláxi. »Und sie täuscht dich, Menyn-Te. Die Feldherrin der Bahak hatte noch nie die Absicht, irgendetwas herzugeben, das in ihre Hände gefallen ist. So oder so wird sie euch das Mädchen wegnehmen.«

Zorn spiegelte sich auf dem Gesicht der jungen Nraurin, während in Quinda-Nas Zügen belustigter Spott zu lesen war. Allzu offensichtlich versuchte Gorun, sie gegeneinander auszuspielen. In größter Hast versuchte Jemren den Knoten zu öffnen, und wenn dem Reiter sein Ziehen und Zerren an den Riemen Schmerzen bereitete, so zeigte Gorun es nicht. Sehr aufrecht saß er auf dem Nouk und bemühte sich, den größtmöglichen Unfrieden zwischen den beiden Nraurinnen zu stiften. Und das gelang ihm auch, denn die Mnek-Anführerin warf trotzig die Mähne zurück.

»Ich weiß nichts von einem Mädchen«, behauptete sie und verriet sich mit jeder Geste, mit jedem Wort. Quinda-Na bleckte die Zähne.

Als sich endlich der Knoten löste, ließ sich Gorun nichts anmerken. Hastig lockerte Jemren die Schlingen, die sich tief in die Haut des Reiters gekerbt hatten, löste auch die lederne Schnur, die sie beide aneinander fesselte und die mit minderer Sorgfalt geknüpft worden war. Jeden Augenblick konnte einer der Nraurn seine Bewegungen bemerken, konnte die günstige Gelegenheit verstrichen sein. Er hielt die Riemen um Goruns Gelenke zusammen und drückte dem Reiter die losen Enden in die Hand, sodass dessen Arme in derselben Stellung blieben wie zuvor und sie weiterhin den Eindruck erweckten, aneinander gefesselt und hilflos zu sein.

Da sah er Amra.

Nraurn trieben sie mit den stumpfen Enden ihrer Speere vom Fluss herauf, während sie unter dem Gewicht eines Kessels schwankte, der viel zu schwer für sie war. Sie hatte ihr Tuch verloren, aus dem Zopf hatten sich einzelne Strähnen gelöst, und ihre Röcke waren zerrissen und nass. Die Schlange hatte man ihr genommen, denn sonst hätte niemand sie zu solchen Sklavendiensten zwingen können.

»Gorun«, raunte Jemren, und es war nicht mehr als ein Ausatmen.

Der Reiter folgte seinem Blick, zwischen den Zelten hindurch, und an seinem Zusammenzucken spürte Jemren, dass auch er ihre schlanke Gestalt sofort erkannte. Gorun ballte die Fäuste, seine Arme spannten sich, und etwas ging durch sein *Taú*, das selbst Quinda-Na spürte.

Sie hob den Kopf und fand seinen Blick; auf dem Schemel fuhr sie herum.

»Durch den Fluss«, flüsterte Jemren dicht an Goruns Ohr. »Aber warte noch. Warte noch.«

Es gab noch immer keine Spur von Lillia.

»Das ist der Corredános«, wisperte Gorun. »Da kann man nicht einfach hindurchschwimmen!«

»Durch den Fluss!«, beharrte Jemren. Vom Ufer trennte sie nur ein grasbewachsener Streifen hinter dem Lager. Das war ihr einziger Ausweg, die einzige Gelegenheit, den Nraurn zu entkommen.

Die Wachen wandten sich ihnen zu und drohten ihnen mit den Schäften der Speere: Sie sollten aufhören, miteinander zu sprechen. Jemren ließ den Blick erneut über das Lager gleiten, das Quinda-Na rücksichtslos verwüstet hatte.

Das Mädchen musste hier sein, irgendwo ganz in der Nähe – es sei denn, die Anführerin der Mnek hatte längst begriffen, dass es sicherer war, das Kind und seine beunruhigende Macht weit weg von allen jenen zu verstecken, die es nach diesen Kräften gelüstete.

Er ließ Menyn-Te nicht aus den Augen. Verzweifelt hoffte er auf einen noch so kleinen Hinweis, auf einen verräterischen Blick in irgendeinen Winkel des Lagers, doch die Aufmerksamkeit der Mnek-Anführerin richtete sich ganz und gar auf Quinda-Nas Reiter und ihre eigenen Krieger dahinter.

Die Feldherrin drehte sich wieder zu ihnen herum; der Ausdruck auf ihrem Gesicht war voller Niedertracht. »Wegen dieser Frau also hast du mir so bereitwillig Auskunft gegeben, Reiter«, zischte sie. »Nun, du sollst sehen, dass sich die Mühe gelohnt hat. – Schafft sie her!«, herrschte sie die Kriegerinnen an, die neben ihrem Stuhl Aufstellung genommen hatten, ihre Leibwache. Gorun neigte sich eine Winzigkeit nach vorn, seine Arme zitterten – und er verharrte so.

Die junge Mnek-Nraurin dagegen sprang auf, als sich die Bahak an ihr vorbei zwischen den Zelten hindurchdrängten. »Du scheinst zu vergessen, dass dies ein freies Lager ist, Quinda-Na! Diese Nraurn hier«, rief sie hitzig und deutete über die Runde ihrer Krieger hinweg, »stehen weder deinen noch Kajlyn-Guas Launen zur Verfügung. Wir sind nicht wie jene Völker, die eure Königin schon unter ihre Herrschaft gezwungen hat und die auf Gedeih und Verderb ihren Launen ausgeliefert sind. Die Mnek aus dem Süden gehen ihre eigenen Wege, Feldherrin. Wir werden uns eurem Befehl nicht beugen!«

Quinda-Na verengte die gelben Augen und lehnte sich auf ihrem Sitz zurück. »Natürlich gehe ich davon aus, dass du mir das Kind freiwillig übergibst«, sagte sie lächelnd. »Vielleicht werde ich Kajlyn-Gua dann zu berichten wissen, dass du das Mädchen vorsorglich in Gewahrsam genommen hast – um es mir auszuhändigen.«

Die junge Mnek starrte die Feldherrin an.

»Glaub ihr kein Wort«, redete Gorun erneut dazwischen. »Wenn ihr die Leichen eurer Krieger findet, dann werdet ihr sehen, dass sie von den Waffen der Bahak getötet wurden. Und wenn du ihr das Kind auslieferst, wirst du feststellen, dass weder die Feldherrin noch Kajlyn-Gua euch in ihre Pläne mit einbeziehen.«

Die junge Mnek-Nraurin suchte den Blick des Reiters.

Quinda-Na aber hob lediglich zwei Finger von der Lehne des Schemels. Dieser Wink genügte, und ihre Krieger griffen nach Goruns Beinen. Der Reiter fluchte, als die Krieger ihn aus dem Sattel stießen, aber er ließ die Riemen nicht los, auch jenen nicht, der unter Jemrens Gürtel hindurchlief, und so riss er ihn mit sich von dem Tier. Der Aufprall war hart, denn Jemren konnte sich nicht mehr abfangen.

Quinda-Nas Krieger zerrten die beiden Männer auf die Füße, und der geliehene Mantel blieb im Staub liegen. Gorun taumelte und zog Jemren unbeholfen mit sich hoch, als die Nraurn sie grob packten. Jemren konnte nur hoffen, dass sich die bewaffneten Krieger hinter ihm täuschen ließen von dem Riemen, den er heimlich zusammenhielt, wenigstens für ein paar Atemzüge noch, wenigstens bis Amra ganz in ihre Nähe gekommen wäre.

Da trat sie zwischen den Zelten hindurch, dicht gefolgt von den schwarzen Kriegerinnen, die ihr den Kessel entrissen hatten und sie nun vorwärts stießen. Sie wirkte sehr erschöpft und erschrak sichtlich, als sie Jemren und Gorun erblickte.

Sie fuhr ein weiteres Mal zusammen, als sie die übrigen Bahak sah – und dann Quinda-Na.

»Amra«, sagte Gorun ruhig, und ihre bernsteinfarbenen Augen wandten sich ihm zu.

Amra, dachte auch Jemren, und sein Herz schlug hart. Amra, wo ist sie? Wo ist Lillia? Er hoffte, dass seine Furcht ihr aufmerksames *Taú* erreichte. Seine Handgelenke schmerzten, er konnte die Finger noch immer kaum bewegen.

»Amra«, sagte Quinda-Na als Letzte, und ihre Stimme klang bedrohlich weich. »Du also bist der Grund, weshalb dieser Reiter so sehr bemüht ist, mir entgegenzukommen. So hat jeder seine verwundbare Seite, nicht wahr, Gorun von Caláxi?«

Amra regte sich nicht, ihr empfindsamer Sinn warnte sie sicherlich vor dem schwelenden *Taú* der Feldherrin.

»Komm näher!«, forderte Quinda-Na sie auf, und als sie sich noch immer nicht rührte, wandte sich die Feldherrin an ihre schwarzen Kriegerinnen, die dicht hinter Amra standen. »Ergreift sie! Bringt sie zu mir!«

»Nein!«, fuhr Gorun dazwischen, bevor die Bahak-Eskorte der Feldherrin vortrat. Fast hätte er die Fessel losgelassen, doch einer der Bahak stieß ihm die Speerspitze unter das Kinn und hielt ihn zurück.

Aufgebracht kaute die junge Mnek-Anführerin auf Luft; die Sonne glänzte auf ihren polierten Hörnern, die im Gegensatz zu Quinda-Nas spiralig gebogenem Gehörn eher wie Spieße wirkten. Plötzlich hielt die junge Nraurin mit dem Mahlen inne.

»Diese Frau gehört mir«, stieß sie erregt hervor. »Wir haben sie aufgegriffen, und jetzt dient sie in meinem Lager. Ich werde dir weder sie noch das Kind überlassen, Feldherrin! Kajlyn-Gua soll diesmal *uns* etwas geben! Wir verlangen unseren Anteil an der Macht, denn schließlich haben wir euch mit dazu verholfen!«

Betont langsam ließ Quinda-Na den Kopf in den Nacken sinken, bis die metallbewehrten Spitzen der Hörner beinahe den Rücken berührten; die Ohren legten sich flach an den schweren Kopf. Ihre Augen verengten sich, als starre sie in die grelle Sonne, während sie die junge Anführerin ansah.

»Ich habe deinen Namen schon wieder vergessen«, sagte sie gelangweilt. »Und er kümmert mich auch nicht. Du glaubst, aufgrund der Geiseln in deinem Lager hättest du einen guten Stand für Verhandlungen, und nimmst an, Kajlyn-Gua liege etwas an deinem ausgehungerten, rebellischen Stamm. Doch in Wahrheit verschwendet die Königin der Bahak nicht den geringsten Gedanken an euch. Rysen-Ne hat das wenigstens gewusst.«

Quinda-Na ließ den Kopf mit einem Schwung der schweren Hörner fallen und hob die Hand von der Lehne, eine weitere nachlässige Geste. Ein Pfeifen durchschnitt die Luft, ein Klang, bei dem Jemren zusammenfuhr. Klirrend fand der Haken sein Ziel, die Klauen griffen zu und schlossen sich, als sich die Leine spannte. Die junge Mnek-Anführerin wurde zurückgeschleudert gegen die Plane des Zelts, wo sie mit starrem Blick zusammensank, den Haken im Hals. Der Riemen spannte sich zum Sattel einer der schwarzen Reiterinnen.

Quinda-Na sprang auf.

»Treibt sie zusammen!«, brüllte sie ihren Kriegern zu, während die Mnek noch wie erstarrt dastanden. »Treibt alle in diesem Lager zusammen – und bringt mir das Mädchen!«

Gorun bewegte sich als Erster mit jener Schnelligkeit und Gewandtheit, die Jemren schon mehrfach an ihm beobachtet hatte. Der Reiter ließ den Riemen fallen, der seine Hände nur noch zum Schein fesselte, und entriss einem der Wächer den Speer, während dieser noch auf die tote Anführerin starrte. Über dem Schaft prallten sie hart zusammen, Mensch und Nraur, und Gorun warf sich nach vorn, rammte seinem Gegner den Speerschaft gegen den Kehlkopf. Der Nraur ging röchelnd zu Boden. Gorun riss ihm den Speer aus den Händen – seine bevorzugte Waffe.

Jemren folgte ihm auf dem Fuß. Er drängte auf Amra zu,

denn Nraurn griffen nach ihr, und sie wich zurück gegen Menyn-Tes Zelt. Mit einem Satz war Gorun neben ihr und schlug die Ziegenkrieger zurück, deckte sie von der Seite.

Quinda-Na lachte grell auf, als sie die Gefangenen von ihren Fesseln befreit kämpfen sah. Ihre Wache bildete eine dichte Formation um sie, als plötzlich ein ohrenbetäubendes Geschrei aus den Kehlen der südlichen Nraurn hervorbrach. Jetzt drängten sie vorwärts, hatten endlich begriffen, was geschah.

Wie rasend schlugen die Gefolgsleute der ermordeten Anführerin auf Quinda-Nas Krieger ein, die beritten und viel schwerer bewaffnet waren als die Mnek, noch dazu überlegen an Grausamkeit. Die großen schwarzen Krieger der Feldherrin wendeten ihre Nouk auf engstem Raum, um dem Angriff zu begegnen. Lanzen und Hörner krachten aufeinander, Bronze klirrte schwer, wo immer der Kampf tobte. Die Nraurnkinder flohen erschrocken vor dem Tumult, doch der Junge, der Jemren zuvor berührt hatte, war nicht flink genug. Ein Nouk überrannte ihn und trampelte ihn zu Boden.

Irgendwo in diesem Chaos war Lillia.

Sie würde ebenso niedergeritten werden wie dieser kleine Junge. Oder viel schlimmer noch – die Bahak fanden sie zuerst.

Von allen Seiten drängten die Nraurn auf ihn zu. Stöße trafen ihn, ein Dutzend Hände streckten sich nach ihm aus, packten ihn an der Kleidung, am Haar und zerrten ihn halb zu Boden. Er hörte Goruns Flüche, fasste nach einem Knie, das dicht vor ihm war, und riss dem Nraur die Füße weg, sodass es plötzlich wieder licht über ihm wurde.

Keuchend kam er hoch.

Quinda-Na hielt es nicht einmal für nötig, in den Sattel ihrer schwarzen Stute zu steigen. Sie vertraute auf den Keil, den ihre Kämpferinnen um sie herum bildeten; in ihrem Lederpanzer stand sie neben dem Sitz der toten Anführerin der Mnek und erteilte Befehle.

Sie brauche Gorun und Jemren lebend, die Menschen sollten ihr lebend überbracht werden, rief sie, und Jemren begriff, weshalb ihm noch kein Speer in die Rippen gefahren war, sich noch kein Haken in ihm festgekrallt hatte.

Quinda-Na hatte etwas anderes mit ihnen vor.

Er riss den Arm aus einer Umklammerung und bekam wieder Luft, prallte gegen die straff gespannte Zeltwand. Immer mehr Nraurn griffen nach ihm. Gorun stach mit der geschärften Spitze des Speeres zu, erfahren und gewandt im Nahkampf, doch es waren zu viele, die ihn bedrängten. Nur das Zelt bot ihnen noch auf einer Seite Deckung.

»Wo, Amra«, keuchte Jemren, »wo ist sie?«

Die junge Frau aus Caláxi warf ihm einen angstvollen Blick zu, sie zitterte.

»Wo, Amra?«, äffte die Feldherrin ihn nach.

Inmitten ihrer schwarzen Leibwache kam sie drohend näher. Ihre Kriegerinnen trieben Amra und Jemren zwischen der Zeltwand und den Mnek in die Enge, ihr *Taú* sandte seine düstere Energie nach ihnen, und Amra keuchte.

Die Feldherrin hob spöttisch die Brauen, als Gorun mit dem Speer in der Hand auf sie zukam. Sie tat einen Bocksprung zur Seite und fing den Hieb mit dem Gehörn ab, prellte Gorun die Waffe beinahe aus den Händen, doch der Reiter stach sofort nach. Die Speerspitze verfing sich zwischen den Hörnern der Nraurin. Mit aller Kraft riss Gorun daran, zwang Quinda-Nas Kopf nach unten.

»In das Zelt!«, keuchte er. »Lauft!«

Der Eingang lag nur zwei Schritte entfernt. Jemren folgte Amra sofort, hielt sich zwischen ihr und den Nraurn, wie Gorun es getan hätte, bemüht, ihr selbst jetzt nicht zu nahe zu kommen, weil sie es so wünschte.

Mit einem gellenden Schrei rammte Quinda-Na den Kopf mit dem schweren Gehörn in die Richtung des Reiters. Dabei kam sie ihren eigenen Kriegern ins Gehege, die eben zum tödlichen Stoß ausholten. Mit einem Ruck riss Gorun den Speer frei und eilte Amra und Jemren nach.

Sie schlüpften in das dunkle Innere des Zelts.

Einige Atemzüge lang war Jemren überwältigt von der Fülle an Gerüchen in der warmen Dunkelheit: Sonne auf Leder, festgestampfte Erde, Kräuter und Fett. Dann fetzte Goruns Speerspitze einen Schlitz in die Rückwand des Zeltes, und das Tageslicht fiel in einem staubigen, grellen Streifen ein. Menyn-Tes Bogen und Köcher lagen neben der zerwühlten Bettstatt. Jemren bückte sich hastig und hob den Bogen auf. Ein guter Bogen: Er fühlte das biegsame Holz, die Lederschnüre, aus denen der Griff gewickelt war.

»Jemren«, sagte Amra atemlos. »Sie haben mich von Lillia getrennt. Aber wir müssen sie finden, wir müssen Quinda-Na zuvorkommen! Ich weiß jetzt, was sie plant. Sie darf das Kind auf keinen Fall in die Hand bekommen. Lillia ist der Schlüssel, das ist wahr, aber ganz anders, als wir gedacht haben!«

Er nickte zum Zeichen, dass er verstanden hatte, und dachte bei sich, wie außergewöhnlich sie doch war, eine Frau von solcher Unerschrockenheit und mit einem solch unergründlichen Wissen wie dem ihren. Nicht einmal bei den Gräbern von Caláxi hatte sie Angst gezeigt, als er sie dort gefunden hatte, ganz allein mit dem Mädchen, nachdem das Beben und die Nraurn ihre Stadt zerstört hatten.

»Weiter, Amra!«, drängte Gorun sie. »Nicht jetzt.«

Der Schattenriss eines gehörnten Kriegers verdunkelte den Zelteingang hinter ihnen.

Mit dem Speer stieß Gorun die aufgeschlitzte Plane zur Seite, und sie hasteten ins Freie. Dünnes Gras bedeckte die Fläche bis zum Fluss und zu den Bäumen. Die Rückseite des Zeltes war unbewacht; die Behausungen der Mnek standen nicht so dicht wie im vorderen Teil des Lagers. Längst war auch hier der Kampf entbrannt. Berittene Bahak schlugen auf einen alten Mnek mit bereits schütterer Mähne ein. Einige der südlichen Ziegenkrieger eilten vom Fluss herauf, sie entdeckten Jemren, Amra und Gorun und machten durch kurze, blökende Rufe auf sich aufmerksam. Als die Krieger aus dem Norden diese Schreie hörten, fuhren sie herum. Der betagte Nraur war zu Boden gegangen; Blut lief von den Klingen, mit denen die Bahak auf Jemren und seine Begleiter deuteten. Die Gehörnten wendeten ihre Nouk, und Gorun verwünschte ihre Schnelligkeit.

»Der Corredános, Amra! Lauf zum Fluss!«, brüllte er, als auch er ihren einzigen Fluchtweg entdeckte.

Amra rannte sofort los. Im Innern des Zelts erklangen schwere Schritte, und ohne Zögern rammte Gorun den Speer durch den Schlitz in der Lederplane. Ein Schmerzlaut erklang, ein schwerer Körper fiel zu Boden. Noch bevor der Reiter seine Waffe zurückgezogen hatte, stemmte Jemren ein Ende des Bogens gegen den Stiefel, bog das andere herab und hakte die Sehne ein. Seine Hände zitterten, jetzt, da er es am wenigsten brauchen konnte. Doch so war es immer; so war es jedes Mal.

Gorun schrie warnend auf, als er einen Pfeil aus dem geflochtenen Köcher zog. Die Nraurn hielten unmittelbar auf sie zu und das Zelt bot nur spärliche Deckung, doch Jemren *wusste*, wo die Gegner waren, selbst als er mitten in dem Tumult die Augen schloss. Mit äußerster Konzentration folgte er den hitzigen *Taú*, las die Erregung der Bahak, ihre kurzen, kräftigen Atemzüge und den Zorn, der sich gegen ihn wandte – und sich in Überraschung verwandelte, als Ziel und Zielender plötzlich eins waren.

Im *Taú* saß das Leben.

Die Sehne sirrte, als er sie losließ, und streifte seinen Arm. Der Pfeil fand sein Ziel, und unmittelbar darauf folgte ein zweiter – tödlich, dieser wie der nächste. Jemren zuckte nicht zusammen, als er spürte, was mit den Getroffenen geschah; schon lange nicht mehr. Im Augenblick des Todes waren die Blindschützen aufs Engste mit ihren Gegnern verbunden; sie erlebten das qualvolle Sterben mit – im Schützensinn, im *Taú*. Das war der Grund für Amras Empörung über seine Bogenfertigkeiten, für Goruns kalte Verachtung.

Jemren biss die Zähne aufeinander und zwang sich, die Augen zu öffnen, sich loszureißen von diesen Wahrnehmungen.

Der Reiter starrte ihn an.

Nraurn lagen am Boden, ein Krieger hatte die Arme hochgerissen und schlug um sich; der Pfeil steckte fast zur Hälfte in seinem Leib. Ein Nouk prallte auf ein anderes, das gestürzt war, überschlug sich und begrub einen Gehörnten unter sich. Ein weiteres setzte nach; sein Reiter war unverletzt. Und bewaffnet.

»Weg hier!«, stieß Gorun hervor.

Da barsten die Zeltschnüre mit lautem Knall, Leder platzte unter den Haken berittener Krieger, und Menyn-Tes Unterkunft sank in sich zusammen. Quinda-Na saß auf ihrer Stute, thronte über dem Gemetzel, das ihre Krieger anrichteten. Sie entblößte die Zähne, als sie sah, wie Jemren hastig nach einem weiteren Pfeil tastete.

Die Bahak riegelten die Landzunge ab. Ein Teil war bei der Ankunft am Rand des Lagers zurückgeblieben. Jetzt jagte diese Nachhut heran; ihre dichten Reihen trieben die Mnek auf den Trupp berittener Krieger zu, der die Feldherrin schützend umgab.

Zwischen diesen beiden Fronten wurde Menyn-Tes Volk aufgerieben.

Die Bahak schlugen selbst unbewaffnete Nraurn nieder, erbarmungslos gegenüber allem, was ihnen in die Quere kam. Mnek-Kinder flohen in Panik hierhin und dorthin, gerieten mitten in das Kampfgeschehen. Doch Quinda-Nas schwarze Krieger trieben selbst die Kleinsten wieder zurück. Sie ließen niemanden aus dem Lager entkommen.

»Da sind sie!«, rief Quinda-Na ihrem Marschall zu, der kämpfte, wo das Getümmel am dichtesten war. »Da sind die Menschen!« Eine Bö blies ihr die lange Mähne über die ledergepanzerte Schulter.

»Der Wind!«, keuchte Gorun, scheinbar verwirrt. »Jemren, der Wind!«

Die Bö kam von den Bäumen. Die schmalen Blätter der Yaza schwirrten im Luftzug, sie flatterten und blitzten silbern. Doch inmitten der rauschenden Zweige stand ein Baum, an dem sich kein Blatt bewegte. An seinem Stamm, auf einem hohen Stein, stand Lillia. Die Stickereien an ihrem blauen Kleidchen funkelten, und ein Licht, grünlich und hell, flackerte über ihr, als beginne dort die Dämmerung.

Zwischen ihren ausgestreckten Händen entsprang der Sturm.

Jemren ließ den Bogen sinken und rannte los.

Gorun folgte ihm, den Speer in der Faust. Amra hatte das Kind lange vor ihnen gesehen. Statt zum Fluss zu laufen, eilte sie auf die Baumgruppe zu – den Mnek entgegen, die das Kind bewachten.

Die Strecke, die Jemren eben noch so kurz erschienen war, kam ihm plötzlich endlos vor. Stechende Schmerzen jagten ihm durch die Gelenke; seine Knie fühlten sich an, als würden sie ihm sogleich den Dienst versagen.

Aus den Augenwinkeln sah er, wie sich Quinda-Nas schwarzes Nouk in Bewegung setzte, wie ein Schatten, der über Gerätschaften und zusammengesunkene Zeltbahnen fiel.

»Holt sie euch!«, schrie die Feldherrin ihrer Leibwache zu, als sie erkannte, dass Nesyn sich nicht schnell genug frei machen konnte, um die Menschen zu verfolgen.

Eine Wand aus dichtem Rauch stieg über dem Lager auf.

»Sie zünden das Lager an!«, stieß Jemren hervor. »Die Nachhut steckt die Zelte in Brand!«

Quinda-Na bemerkte diesen Umstand ebenfalls; auf der Hinterhand riss sie ihr Nouk herum, außer sich, als dort gegen ihren ausdrücklichen Befehl gehandelt wurde. Wutentbrannt schrie sie den Kriegern Anweisungen zu – und verschenkte kostbare Augenblicke.

Jemren lief, so schnell er konnte.

Mnek stürmten in Bocksprüngen auf Amra zu, die kurzen Mähnen stellten sich im Sturm auf. Mit knapper Not wich die *Laîren* aus und wäre beinahe gestürzt; erleichtert schlang sie beide Arme um einen Baumstamm, als dieser ihr Deckung bot. Einer der Mnek stieß mit dem stumpfen Ende seiner

Lanze nach dem Mädchen. Doch Lillia regte sich nicht. Sie stand völlig ungeschützt auf dem Stein und blickte mit leeren Augen in den Himmel, glich eher einer Statue als einem Kind, das in einen erbarmungslosen Konflikt geraten war. Immer wieder hatte Jemren sie in diesem Zustand gesehen, hatte die Verwandlung erlebt, die sich erschreckend plötzlich an ihr vollzog.

»Lillia!«, schrie er, wie um sie zu wecken. Der Sturm blies ihm mit aller Macht entgegen, erschwerte sein Fortkommen – und das seiner Verfolger. Denn in den Böen regten sich kühle Schauer, streiften ihn und zerrten an seinen Gliedern: die unsichtbaren Windgeister, über die Lillia ebenso gebot wie über die Xyx. Sie waren bei weitem nicht so mächtig wie die Wesen aus Feuer – und kannten ebenso wenig den Unterschied zwischen Freund und Feind.

»Lillia!«, rief er noch einmal, als ihn ein heftiger Windstoß aus dem Gleichgewicht brachte.

Doch das Mädchen hörte ihn nicht.

Ölige schwarze Wolken quollen in den Himmel. Auf ihrer schwarzen Stute galoppierte Quinda-Na aus Rauch und Qualm hervor, dicht gefolgt von ihrer Leibwache. Das große Nouk streckte sich und holte mühelos auf. Es donnerte an Jemren vorbei, doch die Feldherrin holte nicht einmal zum Schlag aus – ihr Ziel lag zum Greifen nah.

Als ihre Kriegerinnen aufgeholt hatten, stießen sie jedoch auf unerwarteten Widerstand. Lillias Wächter waren Zeugen des grausamen Überfalls auf das Lager geworden. Erbittert warfen sie sich jetzt den schwarzen Nraurn aus dem Norden entgegen, und die Bahak setzten rücksichtslos Hörnerklingen und Haken ein, um die Gegenwehr niederzuschlagen.

Vom Sattel aus schlugen die Nraurn auf sie ein. Gorun parierte die Hiebe mit dem Schaft des Speers, den er mit beiden Händen gepackt hatte, und als eine der Kriegerinnen schwer getroffen von ihrem Nouk sank, hob er hastig ihren Schild auf – die einzige Deckung gegen die schwirrenden Haken. Der Reiter kämpfte dicht hinter Jemren und hielt ihm den Rücken frei, sodass er selbst Pfeile auf jene Nraurn abschießen konnte, die als nächste zur Gefahr zu werden drohten. Doch es waren viele, und die Gehörnten kamen so dicht heran, dass er die Reichweite des Bogens nicht voll ausnutzen konnte. Zudem zerrten die Windgeister an seinen Armen; ihr Atem erfasste seine Pfeile und verwehte sie in eine schiefe Bahn.

Quinda-Na erreichte die Baumlinie und duckte sich unter den wild flatternden Ästen hinweg. Sie stieß Amra zur Seite, die der Nraurin hatte zuvorkommen wollen. Der Luftzug peitschte der Feldherrin die Mähne ins Gesicht. Große Äste knackten und baumelten in einem seltsamen Winkel herab, bevor die unsichtbaren Windwesen sie vollends abrissen und über den Boden wälzten.

Jemren riss den Bogen hoch, die Pfeilspitze schwenkte auf die Feldherrin zu.

»Weg von dem Kind!«, schrie er.

Als sie sein Zielen spürte, zerrte Quinda-Na ihr Nouk herum; die Stute stieg.

»Was willst du?«, kreischte sie ihm entgegen. »Siehst du, wonach du die Hand ausstreckst? Dieses Mädchen ist das Verlorene Kind, das der Insel einst prophezeit wurde, und es bringt euch den Untergang, hier und heute! Hast du gewusst, dass Lillia das Älteste ist, das je auf dieser Insel lebte? Selbst wir, die Gehörnten, sind nichts gegen *ihr* Alter! Das Eine Kind, das Erste aller Kinder! Wenn dieses Mädchen jetzt ins Nichts übergeht, Mensch, dann erlöschen mit ihr die geringsten eurer Hoffnungen und eure größten Ängste! Weder eure Türme noch eure Quellen wird es dann länger geben! Wie Recht du doch hattest, Jemren aus Tegaréssos: Wenn es dir gelungen wäre, dem Flüstern dieses Kindes bis zu seinem Ausgangspunkt zu folgen, wäre Lillia für immer verloren gewesen für meine Pläne. Doch statt sie in Sicherheit zu sehen, wirst du nun erleben, wozu sie mir dient.«

Jemrens Herz schlug hart, als er diese Worte hörte. Er schoss auf die Feldherrin, doch der Wind war zu stark. Gorun prallte mit dem Rücken gegen ihn, als der Reiter einem Axthieb auswich; der Pfeil ging fehl. Hastig zerrte Jemren ein weiteres Geschoss aus dem Köcher. Das *Taú* der Feldherrin loderte düster wie der Himmel, und nur einen Augenblick bevor er es mit Gewissheit erfasst hatte, bevor seine Gedanken und Empfindungen mit denen der Nraurin verschmolzen, krallte Quinda-Na die lederbewehrte Hand in das Kleid des Mädchens und zog sie zu sich in den Sattel.

Amra schrie auf.

Sie warf sich der Feldherrin entgegen, in ihrem zerlumpten Kleid und ihren zerrissenen Sandalen, und griff in die Zügel der schwarzen Stute.

»Die Vernichtung, die du über uns bringst, wird auch dich und dein Volk auslöschen, Quinda-Na!«, rief sie gegen den Sturm; ihr Zopf tanzte hinter ihr in den Böen, als die Geister daran zerrten. »Was du hier rufst, wird die Nraurn nicht verschonen. Denn die Dunkelheit, die du in Mequa-Tes Grab zu deinem Verbündeten erkoren hast, kennt kein Halten und keine Grenzen. Sie wird dein Volk ebenso verschlingen wie uns, sobald du ihr dieses Kind übergeben hast!«

Quinda-Na lachte auf. Der Wind umtoste sie, doch ihr schienen die Geister nichts anzuhaben; ein graues Licht umgab sie. Sie hielt Lillia wie einen Schild vor sich, deckte ihren Leib mit dem Körper des Mädchens und senkte Jemren die harte Stirnplatte entgegen. Kein Pfeil vermochte den Stirnwulst der Nraurn zu durchdringen.

»Eine von denen bist du also, die mit ängstlich geflüsterten Worten und ein wenig Harzrauch die Schatten des Todes vertreiben wollen? Nun, dann weißt du ja, was euch erwartet. Dann gibt es wenigstens eine unter euch, die begreift, was ich hier halte – und die diese Kräfte fürchtet. Sieh nur genau hin, schöne Amra aus Caláxi. Denn von eurer Rasse werdet nur ihr drei erfahren, was es bedeutet, dem eigenen Ende beizuwohnen – dem Untergang eurer ganzen Welt!«

Jemrens *Taú* war bis zum Äußersten gespannt. Die Feldherrin musste nur eine winzige Unvorsichtigkeit begehen – doch Quinda-Na hatte zu oft gegen die Schützen des Nordens gekämpft, um nicht zu wissen, welche Gefahr ihr von ihm drohte. Das *Taú* der Feldherrin zuckte auf und nieder, dunkle Glut, unstet wie das Flackern einer Flamme – und erfüllt von einem verzehrenden Verlangen. Jemren keuchte, als die Empfindungen der Nraurin die seinen durchdrangen: die Rastlosigkeit des Ziegenvolks und eine zornige Sehnsucht nach der Freiheit, welche die Gehörnten einst besessen hatten.

»Alles habt ihr uns genommen!«, stieß Quinda-Na hervor. »Ihr ahnt nicht, wie es ist, in Schmach und Elend zu leben, im Staub der Trockenen Hügel! Doch was ihr uns einst angetan habt, ereilt euch jetzt. Vom heutigen Tag an wird die Schande der Niederlage aus unserer Geschichte getilgt sein. Wenn eure Türme vom Angesicht dieser Insel verschwunden sind und nichts mehr an eure Art erinnert, wird das Gehörnte Volk wieder sein, was es einst war!«

Jemren musste sein *Taú* verschließen; er ertrug die fremden Gefühle nicht länger. Quinda-Na gab sich keine Blöße, hielt Lillia fest – und behielt ihn und seinen Bogen genau im Auge. Schweiß rann ihm zwischen den Fingern hindurch und brannte in den offenen Wunden, sein Arm zitterte vom Gegenzug des starken Bogens. Hinter ihm schwang Gorun in rascher Folge Speer und Schild empor, wehrte eine Angreiferin ab. Die Axt der Nraurin traf immer wieder dröhnend auf die Bronze und verbog den Rand des Schilds mit jedem Hieb mehr. Vom Sattel aus legte sie solch eine Kraft in ihren Schlag, dass der Reiter taumelte und um ein Haar gestürzt wäre.

»Du kannst nichts ungeschehen machen, Quinda-Na! Du wirst nur zerstören, was dir selbst ähnlich ist!«, rief Amra verzweifelt. Sie umklammerte die Zügel des Nouk; die Stute zeigte das Weiße in den Augen. »Wie kannst du glauben, uns dem Vergessen zu überantworten und selbst unversehrt zu bleiben? Der Herr, dem du dienen willst, kennt den Unterschied zwischen uns nicht. Für ihn gibt es nur das Lebende, nach dem er sich verzehrt, und das Tote, das er selbst verkörpert. Ruf ihn, und du wirst erfahren, dass er seinen Rachen auch für dich und die Deinen öffnet!«

Die Nraurin schüttelte ihre Mähne, die dunklen Strähnen strömten im Wind. Der geschliffene Schmuck an ihren Hörnern schimmerte im düster werdenden Licht.

»Da siehst du sie nun, die tödliche Schwäche des Menschengeschlechts!«, schrie sie gegen das Brodeln der Wolken. »Niemand fürchtet dich so sehr wie sie, Herr des Dunklen Windes! Und so komm! Komm und lass uns die Allianz eingehen, das Bündnis, nach dem es uns beide verlangt: einen Pakt der Mächtigen!«

Schatten glitten über die Landzunge. Jemren fuhr zusammen, als ein entferntes Kreischen wie von einem hoch fliegenden Vogelschwarm über sie hinwegzog. Der helle Tag verdunkelte sich, der Rauch türmte sich zu Gebilden auf, die Licht und Luft verschlangen. Die Windgeister fuhren in einen der mächtigen Yazabäume, rüttelten an seiner Krone. Plötzlich neigte der Baum sich zur Seite, seine Wurzeln hoben die Erde an, und als er fiel, begrub er kämpfende Mnek und Bahak unter sich. Armdicke Äste prasselten nieder, und als sich eine Lücke auftat, drängte Gorun Jemren vorwärts.

»Weg von dem Nouk, Amra!«, schrie der Reiter ihr zu. Doch sie ließ lediglich die Zügel los und blieb viel zu nahe bei dem Tier stehen.

»Antiles!«, stieß sie hervor. »Bei der Quelle, sie ruft wirklich Antiles! Es gibt eine Verbindung zwischen dem Dunklen Gott und dem Kind – und Quinda-Na weiß davon.«

Ein Gott! Sie sprach von einem Gott des Südens, begriff Jemren erschrocken. Die Nraurn kannten die Prophezeiung des Verlorenen Kindes, auch dem Ziegenvolk waren die Götter des Südens wohl bekannt. Und der Norden hatte von diesen Zusammenhängen nie etwas geahnt.

In der Dunkelheit, die sich über ihnen auftürmte, erkannte er alles Mögliche: Schatten, mit denen eine hässliche Düsternis über das Land fiel; Rauch, in dem die Mnek starben. Ein schwefliges, rötliches Licht, das über der Landzunge lag, wie er es im Norden manchmal weit draußen auf dem Meer gesehen hatte, kurz vor einem Sturm.

»Wenn der Schwarze Gott hier erscheint, weiß ich nicht, was geschehen wird. Ich weiß nicht, was die Folge sein wird, wenn sich seine und Lillias Kräfte begegnen!«, rief Amra den beiden Männern zu.

Quinda-Na lachte nur. Riesig ragte sie hinter der jungen Frau auf, das Schreckensbild aus dem Grab der Ersten Nraurin.

»Furchtsame Amra – dafür weiß ich es. Oder nimmst du wirklich an, Kajlyn-Gua begreife nicht, mit wem sie sich einlässt? Dein Gott verlangt stets seinen Preis. Auch von uns hat er eine Gegenleistung gefordert, damit er die Gebiete und Völker der Nraurn ungeschoren lässt, während er *eure* Türme verheert. Und hier ist es, das Kleinod, das unseren Pakt besiegelt!«

Jemren fuhr zusammen, als die Feldherrin das Mädchen ergriff.

Schritt für Schritt näherten er und der Reiter sich der Nraurin. Die Nouk ihrer Kriegerinnen scheuten vor dem heulenden Schlund zurück, der sich über Quinda-Na öffnete. Die Tiere wehrten sich heftig gegen die Zügel und weigerten sich, vorwärts zu gehen, während die Windgeister aus allen Richtungen über die Landzunge tosten. Der Tag wurde fahler und fahler, die Wolken bildeten einen Rachen, der die Helligkeit aufsog.

Plötzlich ballte sich die Düsternis zusammen. Die Wolken nahmen Gestalt an, und ein stinkender Hauch strich über die Landzunge hinweg. Gorun stieß einen Ruf des Abscheus aus und wandte das Gesicht ab, als sähe er etwas Unerträgliches. Und wirklich, der Anblick der grauen Klauen, die sich aus den tief hängenden Wolken herausbildeten, war schrecklich; sie quollen einfach aus der Düsternis hervor – und griffen nach Lillia.

Amra fuhr zu dem schwarzen Nouk herum.

Ihr *Taú* schimmerte, ihr *Taú* war offen dem Schrecken gegenüber, vor dem sie Jemren unmissverständlich gewarnt hatte – offen wie der gespannte Sinn eines Schützen in jenem

Augenblick, bevor der Pfeil die Sehne verließ. Sie streckte die Hände aus und warf der Düsternis abwehrend die Hand entgegen. Die Worte kamen ihr mühelos über die Lippen; sie führte die rituellen Gesten mit großer Sicherheit aus. Ihre ganze Erscheinung hatte nichts mehr von der sanften, freundlichen Frau, die Jemren kennen gelernt hatte; sie wirkte gebieterisch und entschieden, die Priesterin einer dunklen Macht.

Laîren von Caláxi, so hatte Gorun sie genannt, die Dienerin des Schwarzen Gottes – und ihn erblickte Jemren jetzt. Ein Scheusal, ein furchtbares Etwas stieß aus den Wolken herab. Ein Rachen formte sich, aus dem der Geifer troff, Qualm, der sich in öligen Dunst, in den widerwärtigen Geruch nach Vergänglichkeit auflöste, und der auch über den geborstenen Türmen von Caláxi gehangen hatte.

Doch Amra wich nicht zurück. Sie hielt stand, und ihr *Taú* leuchtete. Da fuhren die Klauen mit einem schrecklichen Geräusch von dem Mädchen zurück, das Jemren durch Mark und Bein fuhr. Selbst die Nraurn krümmten sich, und ihre Nouk stoben in Panik auseinander. Gorun hielt sich die Ohren zu. Es klang, als träfe Metall auf Metall, als wäre der Himmel selbst ein Schild, den die kupferne Spitze eines Speeres furchte.

Dann sanken die schwarzen Schlieren erneut herab, die Klauen hieben diesmal nach Amra – und fegten sie einfach zur Seite.

Gorun wollte schon zu ihr stürzen, da erhob sich Quinda-Na in den Steigbügeln. Schwärze umloderte sie – eine Kriegerin der Dunkelheit. Als die Bahak das sahen, trieben jene, die ihre Tiere hatten zurückhalten können, die Nouk mit schrillen Schreien vorwärts. Der Reiter fuhr herum.

»Jetzt – Jemren!«, keuchte Gorun, wich Schritt für Schritt vor dem wütenden Andrang zurück. »Worauf – wartest – du – noch?«

Die Sehne lief voll ausgezogen durch die Kerbe der Ringe, die Spitze folgte jeder Bewegung der tänzelnden Stute, der Pfeil war seit langem bereit.

Doch Jemren spürte das Mädchen nicht.

Deshalb hatte er, seit Quinda-Na das Kind an sich gerissen hatte, keinen Schuss mehr gewagt. Stets gab es eine winzige Lücke, selbst wenn zwei Leben so dicht beieinander lagen. Aber Lillia nahm er überhaupt nicht wahr.

Und das wurde ihnen jetzt zum Verhängnis, denn Quinda-Na wusste es.

»Was nun, Blindschütze?«, forderte die Feldherrin ihn heraus. »Wie kannst du wissen, was du triffst, wenn dein Pfeil die Sehne verlässt? Kannst du dir sicher sein?«

Augenblicklich begriff Gorun.

In einer jähen Bewegung fuhr der Reiter herum, den Speer hoch erhoben, austariert in der Faust. Er teilte nicht Jemrens Befürchtungen, denn er *sah* sein Ziel deutlich vor sich – und schleuderte den Speer.

Jemren zuckte unter der Wucht zusammen, mit der die Lanze auftraf. Sein *Taú* war offen und auf die Feldherrin gerichtet; er spürte den Weg, den der Speer nahm. Quinda-Na wurde nach hinten gerissen – und fiel doch nicht; sie wankte, kippte im Sattel zur Seite, einen Arm quer über Lillias Schultern gelegt. Dunkles Blut quoll ihr über das Bein und tränkte das Kleid des Mädchens, troff vom Steigbügel zu Boden. Die Lanze zitterte in der Hüfte der Nraurin, eine Handbreit neben dem Körper des Kindes.

Selbst Goruns Bewegungen gefroren; die Nraurn hinter ihm erstarrten.

Die Schwärze senkte sich bis zu ihnen herab. Der Fluss, die Bäume, die trockenen Hänge, alles nahm die Farbe von Asche an. Ein kalter Sog erfasste Jemrens *Taú*, und er sah mit Schrecken, dass Quinda-Na sich noch immer im Sattel hielt. Blut rann ihr aus dem Mund. Die Windgeister wirbelten um sie herum, rasend und dunkler als zuvor, als würden auch sie in den gähnenden Schlund gesogen, der sich im Himmel auftat.

Und Lillia streckte die Hand nach der Düsternis aus, selbst ein Teil dieser Mächte.

»Jemren!«, gellte Amras Schrei. Hinter den Beinen des Nouk hatte sie sich auf Hände und Knie erhoben, benommen von dem Schlag, der sie getroffen hatte. »Hol Lillia da weg – schnell! Sie darf nicht dabei sein, wenn Quinda-Na stirbt!«

Obwohl er nur halb begriff, was sie meinte, stellte er ihre Worte nicht infrage und stürmte auf Quinda-Na und das Mädchen zu. Gorun blieb eng an seiner Seite – der Reiter, der sich sonst eiligst von jedem gefallenen Nraur, von jedem sterbenden Nouk abgewandt hatte und es stets vermied, auch nur einen Blick in das Antlitz des Todes zu werfen.

Das kalte Zerren am *Taú* verstärkte sich, als Lillias Arme in die Düsternis eintauchten. Die Windwesen jagten in den Wirbel hinauf und sogen die Luft mit sich; die Umrisse des grauen Lands flatterten, und die Welt zerfiel zu Asche – die Berge, die Bäume, der Himmel, alles verging.

Gorun schrie eine Warnung, als ein großer geflügelter Schatten über die Landzunge glitt, dicht über sie hinweg. Ein Kreischen entfuhr dem Schnabel, die bleiernen Klauen öffneten sich, bereit, endgültig nach dem Kind zu greifen und alle ins Verderben zu reißen.

Da griff der Reiter mitten in die Schatten; er packte den Speer am Schaft. Mit einem Ruck stieß er die Nraurin mitsamt dem Kind aus dem Sattel, aus der Reichweite der Klauen. Etwas Schweres prallte mit solcher Wucht gegen die Stute, dass das große Tier umgerissen wurde – es schrie und sprang voller Entsetzen wieder auf. Sand und Rauch wirbelten umher, ein beißender Gestank hüllte sie ein, und ein Gellen erfüllte Jemrens Ohren, sein *Taú*.

Mit zwei Sätzen war er bei dem Kind.

Er ließ den Bogen fallen und riss Lillia in seine Arme, drückte ihren Kopf weg vom Anblick der gestürzten Nraurin.

»Lillia!«, keuchte er und presste das Gesicht in ihr Haar; seine Stimme war kaum mehr als ein heiseres Schluchzen.

Diesmal hörte sie ihn.

Ihre nachtdunklen Augen schlossen sich kurz, und als sie sie wieder öffnete, waren sie taghell und türkisfarben, suchten nach ihm. Ganz plötzlich brach der Wind zusammen, die Geister verschwanden, und Jemren rang nach Luft.

Amra war auf die Füße gekommen. Ihre Hände schrieben verschlungene Zeichen in die Luft, mit denen sie den Gott der Dunkelheit bannte. Wo sie stand, schmolz die Düsternis zusammen – bis auf den Rauch, der von den brennenden Zelten aufstieg. Gorun hatte die schwarze Stute am Zaum gepackt; Quinda-Nas Nouk drehte sich verschreckt im Kreis und drängte mit der Hinterhand die Bahak zurück.

»Quinda-Na!«, brüllte eine ferne Stimme. Erst jetzt, da der Rauch sich lichtete, erkannte Nesyn, was geschehen war, und wandte sich zur Flucht. Wie von Sinnen schlug er auf sein Tier ein, auch dann noch, als es schon längst davonstürmte.

»Das Nouk!«, rief Gorun und deutete auf eines der kleineren braunen Tiere, das reiterlos und verängstigt umherlief. »Auf das Nouk, Amra!«

Sie lief darauf zu und zog sich hastig in den Sattel. Geschickt ergriff sie die Zügel und ritt los.

Da schrie Lillia auf.

Quinda-Na war noch immer nicht tot. Der Speerschaft in der Hüfte der Nraurin erzitterte, während sie sich vor Qualen wand. Ein bleierner Schatten schwebte über ihr, über der tödlichen Wunde, und lauerte auf ihr Sterben.

Entsetzt trat Jemren einen Schritt zurück.

Quinda-Na bleckte die Zähne, ihre dunklen Lippen waren mit Schaum bedeckt. Und bevor er weiter zurückweichen konnte, schnellte sie vor, umfasste mit blutigen Fingern seinen Knöchel und riss ihn von den Beinen. Lang schlug er hin und sah noch im Fallen, wie Amra ihr Tier auf den Fluss zutrieb.

Er trat nach der Nraurin, versuchte den eisernen Griff zu lockern, mit dem sie sein Fußgelenk umklammerte. Doch Quinda-Na hielt ihn mit ganzer Kraft, mit ihrer letzten Kraft, während der Speerschaft, der in ihrem Körper stak, grotesk ausschlug.

Noukbeine trampelten über Jemren hinweg; ein schwarzer Bauch verdeckte den Himmel. Schweiß troff in Flocken von den Flanken des Tiers herab. Gorun hatte sich auf die schwarze Stute geschwungen; er beugte sich tief aus dem Sattel und griff nach dem Mädchen, krallte die Finger in Lillias Kleid. Mit einem Ruck zog er das Kind zu sich in den Sattel. Die Stute sank tief auf die Hinterhand, als der Reiter sie auf dem Fleck wendete, ihr Schatten verschwand, und Jemren hörte, wie rasche Hufschläge sich entfernten – ein Nouk, das davongaloppierte.

»Gorun!«, schrie er auf, geblendet vor Empörung über den Verrat des Südens in diesem letzten Augenblick. Doch es war längst zu spät; mit großen Sätzen entfernte sich die Stute.

Dann waren die Bahak über ihm.

Er duckte sich unter ihren Hieben, doch sie wollten ihn nicht sofort töten; sie wollten lediglich seine Gegenwehr lähmen und ihn lebendig ergreifen, weil dies der Wunsch der Feldherrin gewesen war. Er wehrte sich, voller Panik, als sie ihn hochzerrten und ihm die Arme festhielten. Mit einem Ruck entriss er sein Fußgelenk aus Quinda-Nas Gewalt – und blickte kurz darauf in das Gesicht einer Toten. Die gelben Augen waren starr und blickten ins Leere.

Nesyn sprang von seinem heranstürmenden Tier ab. Quinda-Nas Marschall hatte jetzt das Kommando. Er bückte sich hastig zu dem Leichnam hinunter, richtete sich wieder auf und kam auf Jemren zu. Der Nraur streckte ihm die blutige Hand entgegen und schrie – Quinda-Nas Blut, begriff Jemren benommen.

Er warf sich zurück gegen die Krieger, die seine Arme gepackt hatten, holte mit dem Fuß aus und traf Nesyn an der Seite. Da warfen die Bahak ihn wieder zu Boden und schlugen erneut auf ihn ein, diesmal ohne jede Rücksicht.

Speerschäfte trafen seine Arme, die er schützend hob, seinen Kopf. Er hörte die Stimmen wie aus weiter Ferne und versuchte vergeblich, auf die Füße zu kommen. Schwärze loderte bedrohlich um ihn herum. Bleigrau fiel der Schatten über ihn und die tote Nraurin – ein geflügelter Schatten, fuchsköpfig und geifernd vor Gier.

Ein gehörnter Schatten.

Eine Hand grub sich in seine Schulter.

»Hoch!«, keuchte Gorun und beugte sich tief aus dem Sattel der schwarzen Stute. Jemren verlor für einen Augenblick die Orientierung, als sich das Tier bewegte, doch der Reiter ließ nicht los. Er fluchte.

»Auf die Füße, Jemren!«

Mit einem Schwung warf das kampfgewohnte Nouk den Kopf herum, und die Bahak prallten vor seinem geschärften Gehörn zurück. Sie stießen gellende Wutschreie aus – und drängten erneut auf sie zu. Benommen packte Jemren das Handgelenk des Reiters. Lillia klammerte sich vor Gorun in der Mähne der Stute fest, beide Fäuste hatte sie in das borstige Haar des Nouk vergraben, ihr Gesicht war weiß.

Von Quinda-Nas Ausrüstung hingen Riemen herab. Jemren ergriff einen davon und wickelte ihn sich um die Hand, ließ nicht los, als Gorun die Stute wendete.

Doch er hatte nicht das Geschick des Reiters, sich im vollen Lauf auf den Rücken des Tiers hinaufzuschwingen und aufzusitzen. Als er Anlauf nahm, prallte er gegen die Flanke der Stute und brachte sie ins Taumeln. Der Kopf drehte sich ihm, und etwas rann ihm in die Augen. Vielleicht war es Blut.

»Hoch mit dir!«, verlangte Gorun zum dritten Mal, und diesmal schaffte Jemren es, zog sich mit Mühe auf das Tier, doch nur, weil der Reiter seine Hand auch jetzt nicht losließ.

Die Stute streckte sich, angefeuert von Goruns Rufen, vom *Taú* des Reiters. Sie jagte auf den Flussarm des Corredános zu. Jemren hörte die Verfolger dicht hinter sich, er hörte das Trommeln der Hufe und die Geschosse, die durch die Luft schnitten, doch er war zu benommen, um sich umzudrehen. Die Schnelligkeit von Quinda-Nas hochblütigem Nouk verschaffte ihnen nur einen kurzen Vorsprung. Längst saß Nesyn wieder im Sattel und holte auf, dicht gefolgt von seinen Kriegern.

Als die Stute das Ufer hinaufjagte, war der gehörnte Marschall fast auf gleicher Höhe mit ihnen. Sein Haken wirbelte sirrend vor dem rußigen Himmel durch die Luft, der schwarze Bart wehte ihm über die Schulter. Die tödliche Waffe zielte auf Quinda-Nas Reittier. Es zuckte zusammen, als sich der Haken in seine Flanke grub, keilte heftig aus und wand sich in der Luft. Jemrens Herzschlag setzte aus, während er damit rechnete, dass sie sich jetzt überschlagen würden.

Doch plötzlich war kein Boden mehr unter ihnen.

Lillia schrie auf, und für einen unwirklichen Augenblick stürzten sie auf das wirbelnde, trübe Wasser zu. In der Luft drehte sich das sterbende Nouk auf die Seite; seine Beine zuckten.

Dann klatschten die Fluten des Flusses über ihnen zusammen.

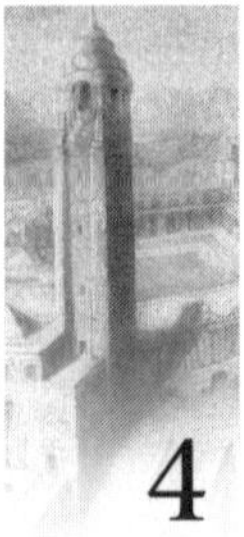

4

Kalt.

Der Fluss war entsetzlich kalt, als er wieder zu Bewusstsein kam. Speere zogen helle Striche durch das Wasser; sie wurden von der eisigen Flut aufgehalten. Jemren wusste nicht mehr, wo oben oder unten war, bis er merkte, dass der schwere Körper des Nouk unter ihm versank und ihn an dem Sattelriemen mitzog, der immer noch um seine Hand gewunden war.

Hastig befreite er sich davon, stieß sich von der toten Stute ab und holte mit den Armen aus.

Da erfasste ihn die Strömung. Der Sog riss ihn mit sich, wirbelte ihn herum, bis er jede Orientierung verloren hatte. Die Kälte brannte in den Wunden an seinen Armen und dort, wo die Schläge der Nraurn ihn getroffen hatten. Wasser drang ihm in Mund und Nase, eisig und bitter, und seine Kleider und die Stiefel waren plötzlich schwer wie Steine.

Voller Panik versuchte er, an die Oberfläche zu gelangen. Endlich tauchte er wieder auf und holte keuchend Luft, zwang sich, nicht zu husten, denn er hatte zu viel von dem ungenießbaren Wasser geschluckt. Kälte zerrte an ihm und der tosende Fluss riss ihn fort, während er mit krampfhaften Schwimmbewegungen versuchte, nicht wieder unterzugehen.

Doch seine Arme wurden rasch lahm von der Kälte, und sein Innerstes war noch immer erstarrt von dem Entsetzen, das von ihm Besitz ergriffen hatte. Der Fluss tauchte ihn unter und warf ihn wieder hoch wie einen alten Ast, strömte an Felsen vorbei, an kantigen Schatten unter Wasser. Aufgequollenes Holz schlug gegen die Steine, blank geschälte Stämme von Yaza-Bäumen, die der Fluss vor langer Zeit mit sich gerissen hatte. Verzweifelt griff Jemren nach Wurzeln und Ästen, an denen er vorbeitrieb, verschätzte sich und fasste ins Leere. Doch einmal gelang ein solcher Griff, und er schaffte es, sich trotz der Gewalt, mit welcher der Strom an ihm zerrte, an einem entwurzelten Baum festzuhalten.

Er versuchte den Druck des Wassers zu nutzen, um sich an dem blanken Holz hochzuziehen, das zwischen zwei Felsen feststeckte. Da löste sich plötzlich die Verkantung des Stamms, und der entwurzelte Baum trieb davon, drehte sich wild, als der Fluss ihn erfasste.

Jemren klammerte sich an Wurzeln und einen abgebrochenen Aststumpf; er konnte die Finger nicht mehr öffnen. Mit einer letzten verzweifelten Anstrengung gelang es ihm, sich bäuchlings hochzuziehen, und dann lag er über dem Stamm und hustete bitteres Wasser aus der Lunge, bis endlich das krampfartige Atemholen nachließ.

Er hob den Kopf.

Tosende Fluten umgaben ihn, trugen ihn und den Stamm und anderes Treibgut mit sich. Törichterweise hatte er geglaubt, er könne durch den Fluss schwimmen, gar das andere Ufer erreichen – doch er sah nicht einmal einen Umriss davon. Er hätte besser auf Goruns Rat hören sollen. Plötzlich fragte er sich, ob der Reiter, Bewohner eines Tals im Landesinnern, überhaupt schwimmen konnte. Die Angst drang kalt in sein Bewusstsein. Er rief nach dem Reiter. Gorun war der Letzte, den er zusammen mit dem Kind gesehen hatte. Nach Amra rief er und nach Lillia, sinnlos und heiser gegen das Brüllen des Flusses, als ihm bewusst wurde, dass *sie* mit Sicherheit nicht die Kraft hatten, sich irgendwo festzuhalten oder zu schwimmen. Er schrie den Namen des Mädchens, bis ihm die Stimme versagte, und dann rief er sie mit dem Schützensinn, im *Taú* – sie, die kein *Taú* hatte.

Doch da war nichts außer der Kälte des Flusses, die sich in seine Knochen fraß und den letzten Rest Leben aus ihm sog. Selbst als sich die Wassermassen langsam beruhigten, hatte er keine Kraft mehr, das Treiben des Baumstamms zu lenken oder irgendetwas anderes zu tun, als seinen geschwächten Körper der Flut zu überlassen.

Und es war ihm gleichgültig.

Als er wieder zu sich kam, war es Nacht.

Sterne schimmerten um ihn; er trieb durch das schweigende Funkeln. Zwischen den Sternen herrschte große Kälte, hatte Lillia einmal gesagt, und jetzt konnte er fühlen, dass sie Recht hatte.

Eisig kroch ihm die Kälte über den Rücken, in die Beine und Arme, und er fand nichts dabei, sich ihr zu überlassen; er spürte nichts mehr, er war nur müde. Eine unendlich große Müdigkeit hatte ihn erfasst, und er konnte die Augen nicht länger offen halten. Es tröstete ihn, dass er nun weder den Willen noch die Kraft aufbringen musste, sich zu bewegen. Er trieb zwischen den Sternbildern des Sommers dahin, und sein Schützensinn glitt immer wieder in vollkommene Dunkelheit. In den wachen Augenblicken dachte er, dass er angekommen war: nicht an dem Ort vielleicht, an dem er hatte ankommen wollen, aber doch an einem Ort, der auf seltsame Weise mit dem fremden Mädchen verbunden war. Das war ihm genug. Er schloss die Augen und überließ sich dem sanften Wiegen und Ziehen der Sterne, der Kälte und Stille der Nacht.

Er wusste nicht, wie lange er so gelegen hatte, als ihn ein jähes Rascheln und Klatschen hochschrecken ließ. Eine Ente flog schnatternd unter dem Himmel hindurch oder über ihn hinweg, er wusste es nicht. Doch als er den Kopf hob, um dem Weg zu folgen, den ihr Schatten nahm, zerbarsten alle Sterne um ihn.

Blinzelnd beobachtete er das Schauspiel, das Schaukeln und Tanzen der Lichter, das sich allmählich wieder beruhigte. Das wilde Schlingern der Sternbilder ließ nach, sie nahmen wieder ihren angestammten Platz ein und funkelten von neuem am Nachthimmel.

Er lag halb im Fluss; das begriff er nun langsam, und der Himmel war weit über ihm. Die Nachtlichter spiegelten sich im ruhigen Wasser.

Sein Nacken begann zu schmerzen, nicht der jähe Schmerz

einer Verletzung, sondern die elende Pein verkrampfter Muskeln und Glieder. Er konnte den Arm nicht heben, um sich umzudrehen; im kalten Wasser war sein Körper zu schwer geworden. Steif rollte er sich herum und rang nach Luft, als ihm die eisige Flut an die Brust schlug. Die Geräusche der Nacht waren laut und klar: der ferne, in Abständen wiederholte Ruf eines Vogels und im Schilf das Schleichen des Nachträubers, der die Ente aufgeschreckt hatte. Er fühlte seine Hände nicht, spürte keine Finger mehr; er stützte sich auf die Arme und zog die Knie unter sich, kroch von der Kälte des Wassers fort auf den Sand, wo er zusammensank.

Am liebsten wäre er so liegen geblieben, doch jetzt spürte er, wie sehr er fror. Er litt unter dem Zittern der Muskeln, und die Qual zwang ihn, sich zu bewegen. Mühsam richtete er sich auf die Knie auf.

Vor ihm lag eine halbrunde Bucht, in der das flache Wasser langsam kreiste. Hin und wieder kräuselte eine Welle die Oberfläche wie nach einem Windstoß; die Blätter der Büsche und Bäume rauschten und wurden wieder still; der Fluss strömte in einiger Entfernung vorbei. Wasser schwappte ans Ufer und hinterließ ein dunkles Band im Sand.

Jemren starrte auf die ebene Fläche vor sich, die von keinem Abdruck, von keiner Spur unterbrochen wurde. Nach dem Lärm der Schlacht und dem Tosen des Flusses war die Stille fast unwirklich. Schilf und hohes Kraut wuchsen jenseits des Ufers; dort erhoben sich eine unterspülte Lehmflanke und ein schwarzer Wald unter den Sternen.

Er war allein.

Er hatte wohl sein Leben gerettet, doch seine Weggefährten waren tot. Er sank auf die Fersen, als diese Einsicht sein *Taú* erreichte. Unmöglich, dass die anderen dem Fluss entkommen waren; unmöglich eigentlich, dass er selbst entronnen war. Er starrte auf die Bucht, auf den Sog, der das Wasser zum Kreisen brachte.

Der Kummer schnürte ihm die Kehle zu. Lautlos sagte er ihre Namen, und ihre Gesichter tauchten vor ihm auf, Erlebnisse, die sie miteinander geteilt hatten – nie ohne Anspannung, nie ohne das Misstrauen, das sie trennte.

Den Namen des Mädchens sagte er nicht, er dachte ihn nur, denn dieses kleine Wort hatte das meiste Gewicht; es drückte auf sein *Taú*, bis er nicht mehr atmen konnte. Er kniete zitternd im Sand und hob die Hand an die Augen. Die kleine Münze hing von seinem Handgelenk, dunkel vom Alter.

Schwankend kam er auf die Füße.

Er wusste nicht, wo er war. Langsam und unsicher entfernte er sich vom Fluss und hielt auf die überhängende Böschung zu. Die Beine fühlten sich an wie Holz, das zu lange im Wasser gelegen hatte, sie sanken immer wieder unter ihm weg. Der nasse Sand fing ihn auf, doch er zwang sich, jedes Mal wieder aufzustehen und weiterzugehen, entlang der Bucht und dem Schilfdickicht, immer in der Hoffnung, dass irgendwann das Ufer flacher wurde und sich ein Weg vom Fluss fort fand.

Der Sternhimmel drehte sich weiter um seinen Mittelpunkt und kündigte die stillste Stunde der Nacht an. Die Kleider klebten an ihm, und er fror erbärmlich in der Nässe, steckte die Hände unter die Achseln, um das Zittern zu bezwingen. Mit der Zeit dachte er immer mehr ans Schlafen, stellte sich vor, wie es wäre, wenn er den Kopf irgendwo anlehnte und die Augen schloss, das wache Bewusstsein losließ.

Er sehnte sich danach.

Er konnte sich nicht erinnern, wann er das letzte Mal so tief geschlafen hatte, dass er geträumt hatte. Unter dem Gehen drängten Bilder heran, die nichts mit der Landschaft zu tun hatten, und er hörte die Geräusche, die ihn umgaben, nur noch aus großer Entfernung.

Und schreckte wieder zurück ins klare Wachsein, als er einen Vogelruf hörte, oben am Waldsaum. Die Stimme des Týrol klang nah und hell, ein Warnruf. Er hob den Kopf.

Im Osten färbte sich der Himmel. Jemren hielt es erst für

eine Sinnestäuschung. Doch als er feine Wolkenstreifen bemerkte, in die ein Hauch von Rosa und Orange eingewoben schien, wusste er, dass die Morgendämmerung begonnen hatte.

Zitternd blickte er zurück zum Fluss, sah das Strömen der weißen Flut und das weite Land jenseits davon, die lang gestreckten gelben Hügel bis zum Horizont – das Land der Nraurn. In der Ferne erhob sich dunkel der Kegel eines Vulkans, von dem in einer dünnen Fahne Rauch aufstieg. Und während das Licht allmählich zunahm, ging ihm auf, dass ihm dieser Anblick vertraut war, dass er all dies nicht zum ersten Mal sah. Sein Blick glitt den Fluss entlang und noch ein Stück darüber hinaus, und plötzlich wusste er, was dort kommen musste: eine helle Erhebung aus Kalkgestein, dicht am Ufer des Xórostrai, gewölbt wie der Panzer einer Schildkröte.

Er war auf der anderen Seite! Dieser Fluss war der Nárdas, dessen milchige Fluten die nördlichen Ebenen durchschnitten und bei Aránno über steile Klippen ins Meer stürzten, nicht weniger bitter als der Corredános im Süden, weil er aus derselben Quelle entsprang. Hier bildete der Strom die Grenze zum Land des Ziegenvolks, weiter westlich davon riegelte der Scyé den Landweg ab.

Er war im Norden.

Jemren verharrte, verwirrt, als hätte sich die Welt einmal um ihn im Kreis gedreht und er fände sich dort wieder, wo er zu Anfang aufgebrochen war.

Er versuchte, die zurückliegenden Wegstrecken zu einem Eindruck zusammenzusetzen, zu einer einzigen Reise, doch es gelang ihm nicht; weite Teile fehlten, weite Teile versanken in einem Chaos aus Schmerz, Panik und Erschöpfung, und schließlich wusste er überhaupt nicht mehr, wie lange er in dem eisigen Fluss getrieben war. Eine Ewigkeit, sagte er sich. Eine Ewigkeit, die das Kind, das von ihnen allen am schwächsten gewesen war, nicht überstanden haben konnte.

Sein Blick glitt erneut über das Wasser hinweg. Es gab keinen Zweifel; weiter flussabwärts lag der Kalkfelsen, den man ein Stück hinter Tegaréssos als hellen Buckel in der Ferne sehen konnte. Früher, vor vielen Jahren, war er oft tagelang zwischen den blendend weißen Klippen herumgeklettert, auf der Suche nach Meeresschnecken und versteinerten Fischen, die er seiner Schwester mitgebracht hatte, damit sie über die Wunder staunen konnte, die es mitten im trockenen Land gab.

Jetzt konnte er zu ihr zurückkehren.

Er musste nur die weite Strecke über Land nach Tegaréssos gehen. Sie führte durch vertraute Gegenden, durch jene Landstriche, die schon immer seine Heimat gewesen waren. Er würde zu Harat zurückkehren und ihr und allen anderen sagen, wie Recht sie mit ihren Einwänden gehabt hatten; wie sinnlos alles gewesen war, was er unternommen hatte – nichts weiter als ein hoffnungsloser Versuch, in diesem rauen Land ein einzelnes kleines Leben zu erhalten, dessen sich niemand hatte annehmen wollen.

Und sein eigenes Leben würde wieder seinen gewohnten Lauf nehmen, im Rhythmus der Nächte, die er auf den Pfaden um die Stadt verbracht hatte, wenn Nraurn im Land waren. Im Rhythmus der gelassenen Bogenübungen mit Tarepin und den anderen Schützen, der gelegentlichen Unternehmungen auf dem Boot seines Onkels. Und im Rhythmus all der Sonnenaufgänge, die er mit Harat auf den Stufen vor ihrem Haus hatte heraufziehen sehen, wo sie den ersten Becher Tee des Tages miteinander teilten, während alle anderen im Haus Sa Tachra noch schliefen.

Das war alles. Der Rest war eine Geschichte, die ihn wie die Erinnerung an einen seltsamen Traum begleiten würde.

Er blickte auf seine Hände.

Seine Finger waren geschwollen und verletzt, er konnte sie kaum bewegen. Das Silber der Ringe glänzte – das Silber, das im Süden so viel Unverständnis und Zorn hervorgerufen hatte.

Er war wirklich dort gewesen, auf der anderen Seite des Scyé.

Er hatte die Trockenen Hügel durchquert und das ferne Gebirge gesehen, aus dem der Nárdas entsprang. In der Bemalten Schlucht hatte er gehört, welche Bedeutung sich hinter den merkwürdigen Zeichen verbarg, die die Geschichte der Nraurn erzählten. Unzählige Städte lagen jenseits des Scyé, Menschen lebten dort, die ihnen ähnlicher waren, als der Norden jemals zugeben würde; Menschen mit denselben Pflichten, denselben Gefühlen.

Menschen wie der Erste Reiter der Stadt Caláxi. Und Amra, die Priesterin der roten Türme.

Dieses Land und seine stolzen Städte zu sehen war der sehnsüchtigste Wunsch des Jungen gewesen, der einst von den weißen Klippen des Schildkrötenfelsens aus landeinwärts geblickt hatte, nach Süden. Jenes Jungen, der manchmal nachts, obwohl das Hinaufsteigen aufs Strengste verboten war, von dem einzigen Turm Tegaréssos' aus die Sterne beobachtet hatte, vor allem Ystras, der mit seinem Funkeln den südlichen Himmel markierte.

Einmal, wenigstens einmal wolle er den Süden sehen, hatte er Harat anvertraut, wenn sie nebeneinander in der Morgensonne saßen – den mythischen Süden, den magischen Süden, der so unvergleichlich war in den Geschichten, die sich um ihn rankten. Und seine Schwester hatte ihn stets damit aufgezogen.

»Jemren, du *denkst* zu viel«, hatte sie seufzend erklärt und die Finger dicht vor seinen Augen bewegt; dabei hatte sie das lackschwarze Haar weit auf den Rücken zurückgeworfen, damit ihre hohe helle Stirn frei blieb. Ragan lag dicht bei seinem Knie und kratzte sich träge mit der Hinterpfote am Ohr, als kümmere den Hund nicht im Mindesten, worüber sie sprachen.

»Du träumst ja schon, wenn die Sonne scheint«, hatte seine Schwester gesagt.

Jetzt schlug Jemrens Herz schmerzhaft und langsam, als

er an die Umstände dachte, unter denen sein kindlicher Wunsch von einst so viele Jahre später in Erfüllung gegangen war.

Langsam wandte er sich vom Fluss ab.

Steine knirschten unter seinen Schritten, während er dem Ufer folgte. Der Morgenwind raschelte sacht in den Schilfblättern. Der Týrol war verstummt, und bis auf den Wind war es ruhig.

»Heda, bleib stehen, steh still!«

Er drehte sich halb im Kreis, erschrocken, als er den scharfen Ruf hörte.

»Pfeile sind auf dich gerichtet, also beweg dich nicht.«

In seiner Benommenheit hob er das Gesicht zu dem Waldsaum, wandte sich der Stimme zu und erfasste erst da eine Gegenwart mit dem Schützensinn. Sein *Taú* zog sich zusammen. Ein Bogen war gespannt, er spürte das Zielen, den Willen, der auf ihn gerichtet war. Die Beine zitterten unter ihm.

»Wer kommt?«, rief die Stimme jetzt.

Das brachte ihn zur Besinnung; er sagte sich, dass dies kein Feindesland war.

»Tegaréssos!«, rief er hinauf, und das erzeugte eine lange Stille dort auf dem hohen Ufer.

»Welcher Klan?«, wollte jemand wissen, eine andere Stimme diesmal, und er drehte sich dorthin, ohne nachzudenken, erstarrte dann erneut.

»Su Tachra«, erwiderte er.

Er erhielt keine Antwort. Hinter den Bäumen flammte der ganze Himmel auf, ein türkisfarbenes Feuer, das die Sonne ankündigte. Erschöpft betrachtete er dieses Leuchten, den grünlichen Tagesanbruch und rührte sich nicht, wartete geduldig. Das Zittern seiner Glieder nahm zu, und er hoffte inständig, dass er es schaffte, stehen zu bleiben, bis die Schützen dort oben eine Entscheidung getroffen hatten.

»Komm näher!«, wurde ihm schließlich beschieden. Und

als er dicht unter das überhängende Ufer trat: »Zu deiner Bogenhand führt ein schmaler Pfad herauf.«

Bogenhand. Also hatten sie die Ringe gesehen – die Ringe waren wohl der Beweis für sie, dass er einer der Ihren war. Langsam bewegte er sich in die angegebene Richtung und fand, als er weiches Gras zur Seite bog, einen winzigen Fußpfad, breit genug für immer nur einen Schritt. Der Hang war steil, besonders das letzte Stück; er fand nur mühsam Halt.

Als er oben angelangt war, außer Atem und matt, trat im Halbschatten der Bäume ein Mann auf ihn zu.

»Du kommst aus Tegaréssos?«, fragte er. »So siehst du aber nicht aus.«

Der Blick des fremden Schützen glitt zweifelnd über seine Gestalt. Der Mann musterte das nasse Hemd, die kleine Münze, die Jemren vom Handgelenk baumelte.

»Was ist dir zugestoßen?«, fragte er schließlich, als Jemren seine Schwäche nicht länger verbergen konnte und erneut zu zittern begann. »Wie kommt es, dass du in einer solchen Verfassung bist?«

Er wusste nicht, was er antworten oder wo er beginnen sollte, und so sagte er gar nichts; er starrte den fremden Schützen nur an. Weitere Gestalten lösten sich aus dem Dunkel unter den Bäumen, vertraut im Stil ihrer Kleidung, mit Bogen und Pfeilen, die aus den Köchern über ihrer Schulter aufragten. Sie umringten ihn.

»Welche Stadt?«, fragte Jemren jetzt, und die Zähne schlugen ihm dabei aufeinander. »Zu welcher Stadt gehört ihr?«

»Thárraxi«, erwiderte der Mann, der ihn als Erster angesprochen hatte. »Ich bin Tenon.«

Menschen waren um ihn, eine ruhige Schar. Er war zwischen Mauern und erinnerte sich nicht, wie er dorthin gekommen war. Seine Gedanken wanderten, nur noch lose mit einem Körper verbunden, der abglitt in übergroße Erschöpfung. Jemand hatte sich seinen Arm um den Nacken gelegt, was ihm Schmerzen in der Schulter verursachte, doch so fiel er nicht hin; das verstand er. Seine Beine trugen ihn nicht länger, sie endeten unter dem Knie, der Rest war Feuer. Die vielen fremden Gesichter, die ihn umdrängten, verunsicherten ihn. Er versuchte, sie Namen oder wenigstens einer Erinnerung zuzuordnen, doch es gelang ihm nicht, und so vermutete er, dass er wieder träumte. Dafür war jedoch die Qual in seinem Körper zu heftig.

Jemand stellte ihm Fragen, und er antwortete mit zunehmender Verwirrung, dachte nur, dass er sich gern setzen würde, einfach dort, wo er stand.

Doch davon war keine Rede.

»Eine Frage, Tegaréssos«, sagte die Stimme, die zu den Händen gehörte, die ihn aufrecht hielten. »Beantworte uns nur eine Frage, dann lassen wir dich ausruhen. Wo ist Quinda-Na?«

Das drang in sein Bewusstsein. Das war die erste Frage, die in jeder Stadt des Nordens gestellt wurde: Wo sind die Nraurn? Wie nahe sind sie? Wie viele haben sie euch genommen?

Als Jemren nicht gleich antwortete, berührte jemand die Ringe an seiner Hand, erinnerte ihn daran, dass *er* es wissen sollte. Bemerkungen über seinen Zustand wurden laut.

»Sie ist tot«, sagte er benommen, heiser.

Stille senkte sich über den Platz. Die Menschen starrten ihn an, als könnten sie nicht begreifen, was sie da hörten.

»Sie ist gefallen. Sie lebt nicht mehr«, erklärte er stumpf und fröstelte, als er an den dunklen, den viel zu dunklen Schatten dachte, den er über dem Leichnam der Feldherrin gesehen hatte, an die tödliche Wucht von Goruns Speer.

»Mann, was sagst du da?«, begehrte ein älterer Schütze auf. »Weißt du, was du da sagst? Quinda-Na tot? Die Geißel des Nordens lebt nicht mehr?«

Eine Frau griff diese Neuigkeit auf und rief sie denjenigen zu, die weiter hinten in der Menge standen, und von dort verbreitete sich die Kunde plötzlich nach allen Seiten. Die Menschenmenge geriet in Bewegung, alle drängten durcheinander und riefen sich Fragen zu, stießen ihn an in ihrer Aufregung, und er schwankte auf den Beinen, als er den leichtsinnigen Taumel sah, in den sie verfielen. Ältere Frauen klatschten immer wieder in die Hände und weinten, Männer redeten mit erregt geröteten Gesichtern aufeinander ein, und Jungen rannten mit lauten Rufen zwischen den Häusern hindurch und schwenkten ihre kurzen Bogen, gerade so, als hätten sie die Feldherrin mit eigenen Händen getötet. Doch sie ahnten nicht einmal, was das hieß.

Jemren konnte nicht länger stehen.

Er versuchte sich auf dem Boden niederzulassen, doch der Mann, der seinen Arm hielt, hinderte ihn mit sanfter Entschiedenheit daran.

»Komm«, sagte er, freundlicher. »Komm mit.«

Jemren wollte widersprechen, wollte erklären, dass er genug gelaufen war, doch dann gab er dem Drängen nach. Er fror, ein heftiges Zittern hatte ihn erfasst, das aus dem Innern kam, wo die Kälte des Nárdas saß.

Es ließ erst nach, als man ihn dazu nötigte, das feuchte Hemd auszuziehen. Er folgte der Aufforderung benommen, und nach der kurzen Stille, die darauf folgte, gab man ihm eine Decke.

»Leg dich hin«, drängte ihn der Mann. »Ruh dich aus.«

Nichts anderes wünschte er sich.

Er ließ sich zurücksinken in die sauberen Laken und Decken. Dann schloss er die Augen, und sein *Taú* trieb dahin.

Als Jemren erwachte, war es heller Tag.

Das Lager stand unter einem Fenster, ein leichter Wind bewegte die heruntergelassene Matte. Sein Blick glitt über die kahlen Wände, zur Tür. Auch dort hatte man die Matte herabgelassen, er war allein. Zugedeckte Schalen und ein Krug standen auf einem Schemel in seiner Reichweite, doch er hatte keine Lust, sich zu bewegen, verspürte keinen Hunger, nur eine große Leere.

Eine Weile lag er nur da. Von draußen drangen die geschäftigen Geräusche der Stadt herein, lebhafte Stimmen, das Blöken eines Esels. Kinder schrien einander Scherzfragen zu, sie kreischten begeistert, während ein Hund kläffte, und schließlich waren es ihre lauten Rufe, die Jemren in Unruhe versetzen und ihn veranlassten, sich auf einen Ellbogen aufzustützen.

Es tat weh, alles tat weh, ein dumpfer Schmerz, der in dem Arm begann, den er zuerst bewegt hatte, und dann durch sämtliche Glieder schwemmte. Am schlimmsten war das Brennen in seinen Händen, sie pochten; die Gelenke waren geschwollen und von Verletzungen bedeckt, und er spürte nicht alle Finger, vor allem jene nicht, die er für den Bogen brauchte. Doch darüber wollte er jetzt nicht nachdenken, noch nicht. Als er nach dem Krug griff, stellte er fest, dass er ihn nicht ohne weiteres heben konnte, dass er das Gefäß mit beiden Händen halten musste, um nicht alles zu verschütten.

So knapp. So nahe musste er seinem Ziel gewesen sein, dass Quinda-Na über ihn spotten konnte, und er hatte es nicht einmal da erkannt. Er trank und stützte dann für eine Weile die Stirn in die Hand, den Becher vergessen in der anderen. Die Feldherrin hatte schließlich doch gewonnen; selbst über ihren Tod hinaus triumphierte sie. Auch wenn der fratzenhafte, geflügelte Schatten Lillia nicht hatte an sich reißen können, auch wenn Quinda-Na zuletzt gefallen war, so war das Mädchen trotzdem verloren, verschluckt von den Fluten des Nárdas, zerschmettert oder ertrunken am Ende dieses langen Wegs.

Jemren wollte nicht an sie denken, denn dann überkam ihn ein Elend, das er nicht ertragen hätte. Ihr zerbrechliches Wesen, ihre zarte, blasse Gestalt, das Lachen, das sie unweigerlich überkam, wenn sie ihm etwas erklärt und schließlich gemerkt hatte, dass er sie nicht verstand – er wusste, dass er soeben damit begonnen hatte, sich an sie zu erinnern; dass es von nun an sein Los sein würde, an all das zurückzudenken, was erlebt und vorbei war.

Er stellte den Becher ab und hob lustlos die hölzernen Deckel, warf einen Blick auf die Speisen, die man ihm hingestellt hatte: Brot und in Öl gebackenes Gemüse, das längst kalt war; Fische, deren Fleisch unter einer Kruste aus Salz weiß und zart glänzte.

Fisch und Salz, dachte er. Im Norden gab es tatsächlich kaum etwas anderes. Selbst darin hatte Gorun das letzte Wort behalten.

Der Kummer kam und verebbte, wieder und wieder, und Jemren merkte, dass er diesen Kummer aufrichtig für einen Mann empfand, den er kaum gekannt hatte, einen Krieger mit einem unbeherrschten und zugleich großzügigen Stolz. Er dachte an manches, was zwischen ihnen vorgefallen war – eine harte Begegnung, eine Auseinandersetzung in beinahe jeder Geste, jedem Wort. Doch er fand nichts, was im Nachhinein unerträglich gewesen wäre. Gorun war ein unnachgiebiger Kämpfer, was seine Stadt betraf. Doch er war niemand, der seinen Gegner demütigte.

Jemren legte die Deckel wieder auf die Schalen, ohne etwas zu essen. Er lehnte sich zurück und starrte eine Weile auf die schmucklosen Wände des Hauses. Schließlich sagte er sich jedoch, dass er nicht ewig so tatenlos bleiben konnte. Er richtete sich auf und schob die Decken zurück.

Die Begegnung mit Nraurn hatte Spuren an ihm hinterlassen, die Xyx und der Fluss ebenfalls. Dieser ganze lange Weg hatte ihn gezeichnet, seinen Körper wie sein Inneres, und vielleicht fürchteten die Menschen Lillia deshalb: weil man durch ihre Berührung verändert wurde. Weil nichts mehr so war wie zuvor, wenn man ihr begegnete.

Jemren achtete nicht auf sein Unbehagen und stand auf, wusch sich mit kaltem Wasser und strich das feuchte Haar mit den Fingern zurück, da er in der Kammer keinen Kamm fand. Dann zog er das Hemd über, das zusammengefaltet am Fußende des Lagers lag. Langsam kleidete er sich an, Hose und Obergewand aus festem, lederbesetztem Stoff, ganz ähnlich den Kleidern, die er getragen hatte, als er von Tegaréssos aufgebrochen war. Er konnte sich jedoch nicht überwinden, die schweren Stiefel überzuziehen, die neben dem Eingang standen.

Als er mit bloßen Füßen vor das Haus trat, war es warm. Milde Luft strich über die Türme der Stadt, und zu seiner Verwirrung stand die Sonne immer noch im Osten, tiefer jedoch. Er hatte einen Tag und eine Nacht lang geschlafen – oder zwei. Er wusste es nicht.

Als er hinter sich ein Geräusch hörte, drehte er sich um.

Auf einer steinernen Bank unter dem Dach saß der Mann, der ihn in dieses Haus begleitet hatte. Mit einer rauen Feile polierte er Pfeilschäfte; der entspannte Bogen lag neben ihm, und Jemren wusste, dass dieser Schütze ihm bereits seinen Namen genannt hatte, doch er erinnerte sich nicht.

Er grüßte mit einem kurzen Nicken.

»Su Tachra«, redete ihn der Mann an. »Ausgeschlafen?« Er lachte.

Dann legte er seine Arbeit zur Seite und stand auf. Als er näher trat, sah Jemren, dass der Schütze aus Thárraxi älter war, als er zunächst geschätzt hatte; in den Augenwinkeln zeigten sich erste Fältchen, und die Schläfen wurden bereits grau.

»Tenon«, nannte der Mann noch einmal seinen Namen. »Su Nret. Weißt du noch, was du uns gesagt hast – dass Quinda-Na tot ist? Ist das die Wahrheit?« Der fremde Schütze schüttelte ungläubig den Kopf. »Das will die Stadt noch einmal hören. Du musst es vor uns allen wiederholen.«

Jemren nickte.

Er folgte Tenon zwischen den Häusern hindurch, wo es keine mit Platten ausgelegten Wege gab wie in Caláxi, nur mit Kies bestreute Pfade. Schwarze Hühner liefen herum und scharrten die Steinchen zur Seite, Ziegen leckten in ihren Umzäunungen hingebungsvoll die Salzreste des letzten Sturms aus Ritzen und Spalten der Mauern. Überall gingen die Bewohner der Stadt ihrem Tagwerk nach und warfen ihm verstohlene Blicke zu, während er sich nur langsam fortbewegte. Vieles in Thárraxi war wie in Tegaréssos, sogar die Gerüche kamen Jemren vertraut vor; der Wind trug den Duft von Harz und sonnenbeschienener Erde mit sich.

Thárraxi galt als die größte Stadt des Nordens; drei Türme hatte sie, auch wenn der Nordturm erst bis zur zweiten Kammer erbaut war. Mithilfe von Eseln zogen der Baumeister und seine Helfer soeben neue Steinblöcke über eine starke Seilwinde hinauf und hievten sie mit Stricken und Stangen in die vorgesehene Lage; eine gefährliche Arbeit, die sich über große Zeiträume hinzog. Manchmal dauerte es ein Frühjahr lang, bis man geeignete Steine für ein neues Stockwerk gebrochen hatte, und dann noch einmal den ganzen Sommer und bis in den Herbst hinein, bis sie behauen und zur Stadt gebracht worden waren.

Und dennoch – im Vergleich zu Caláxi war diese Stadt nichts, ein belangloser Ort, und die Kegelform ihrer Türme schien Jemren plötzlich unbeholfen und plump. Die Bauwerke drängten sich ohne jeden Schmuck aneinander, ohne jede Bedeutung, die über das Alltägliche hinausging. Nichts in Thárraxi barg das Alter und die Geheimnisse in sich, die in Caláxi an beinahe jedem Stein ablesbar gewesen waren. Die Klanhäuser, die sich im Halbrund zwischen der Außenmauer und den Türmen duckten, wirkten ärmlich und allzu schlicht. Es gab keine Verzierungen und keine Ornamente, weder Standbilder noch Wächter in der Stadt, nur ein paar gelangweilte junge Schützen am Tor, die sich die Zeit mit Würfeln vertrieben. Verkümmerte Ranken wuchsen in den Ritzen der Mauer und gelber Steinwendel – doch das war kein Menschenwerk; der Wind hatte die Samen dorthin geweht.

Der Unterschied zwischen Thárraxi und Caláxi erschütterte Jemren, und dann senkte er beschämt den Blick, weil er seine Heimat mit den Städten in der Fremde verglich und sie schäbig fand. Die Jungen am Tor mit ihren halblangen Bögen brachen unbekümmert in Gelächter aus, als einem von ihnen ein guter Wurf gelang.

Beklemmung stieg in Jemren auf. Er dachte an die Bemalte Schlucht und ihren verkrüppelten Wächter, an die düsteren Absichten der Nraurn, die dort an den Wänden zu sehen waren. Noch ahnte der Norden nicht das Geringste von dieser Gefahr.

Vielleicht hatte die Kunde vom Tod ihrer Feldherrin Kajlyn-Gua noch nicht erreicht. Doch das würde geschehen, und zwar bald. Der Zorn der schwarzen Königin, die den Anspruch erhob, die Herrscherin über das Ziegenvolk zu sein, würde diese Stadt, so nahe an der Grenze gelegen, als eine der ersten hart treffen.

Jemren fuhr herum, als er aus dem Augenwinkel sah, wie ein dunkelhaariges Mädchen über den Weg rannte und zwischen den Häusern verschwand. Er starrte in diese Richtung, bis er bemerkte, dass die Leute ihm Seitenblicke zuwarfen und hinter vorgehaltener Hand flüsterten. Ein fremder Schütze, der die Ringe trug und sich merkwürdig verhielt; das war Grund genug zur Sorge, in jeder Stadt.

Er nahm sich zusammen und ging weiter, hinter Tenon her, der seine Schritte Jemrens schleppendem Gang anpasste. Hinter dem nächsten Haus tauchte das Mädchen wieder auf, an der Hand ihrer älteren Schwester. Sie blieb stehen und sah ihn an. Ihre Augen waren dunkelbraun wie seine, wie die Augen der meisten Menschen im Norden; ein Kind aus einem Klan der Stadt.

Er bildete sich seltsame Dinge ein.

Das beunruhigte ihn, und für einen Augenblick fürchtete er fast, er hätte sich sogar Lillia eingebildet, ihr verwirrendes Flüstern, die betäubende Aura, die sie umgab, die seltsame Macht, die sie über das Wasser und das Feuer hatte. Doch das Pochen in seinen Handgelenken und seine schmerzenden Glieder belehrten ihn, dass dem nicht so war.

Tenon hatte ihn schweigend und zurückhaltend beobachtet. Dieser Schütze war ebenso sein Wächter, wie er sein Begleiter war; das wusste Jemren. Er spürte die Gegenwart des anderen, gesammelt, gelassen; das *Taú* eines Schützen, der sich nichts vergab, weder Neugier noch Besorgnis zeigte, die Tenon sicherlich empfand.

Dieser Mann gehörte zu den *Taú*-Schützen der Stadt, einer von jenen, die – wie er – die silbernen Ringe trugen. Dass Tenon und mit ihm gleich mehrere der Schützen am Fluss gewesen waren, zeigte Jemren, dass man in Thárraxi längst beunruhigt war, hier im argwöhnischen Norden, der nur deshalb gegen die Unwirtlichkeit des Landes und die Nraurn bestehen konnte, weil hier Misstrauen allem und jedem gegenüber gepflegt wurde.

Während sie auf den grauen Kegel des Hauptturms zugingen, versuchte sich Jemren die passenden Worte zurechtzulegen; er überlegte, wie er am ehesten erklären konnte, was er getan und welche Folgen das gehabt hatte.

Doch er fürchtete, es würde schwer werden.

Tenon betrat das gedrungene Bauwerk vor ihm, jenen Turm, der über der Quelle stand und frei zugänglich war für jeden aus der Stadt. Keine Mauer schirmte das Heiligtum ab, wie Jemren es in Caláxi gesehen hatte, keine Wächter standen auf der Turmkrone, und die *Nasžan* bewohnte das Haus ihres Klans inmitten der Stadt, eine Frau wie jede andere auch.

Er stieg hinter dem älteren Schützen den gewundenen, engen Gang in der Mauer empor. Es roch nach Staub und Stein und leicht säuerlich nach Wasser. Tenon führte ihn nicht in den Versammlungsraum, der ebenerdig gelegen war, sondern zu dem Eingang der zweiten Kammer. Dort schlug der Schütze aus Thárraxi die Matte zurück und ließ ihn eintreten.

Gorun.

Er stand in der Mitte des Raums, eine kriegerische Erscheinung selbst mit dem verbundenen Arm in der Schlinge. Der Reiter aus Caláxi war allein und bewegte sich keine Handbreit; lediglich ein überraschter Blick streifte Jemrens bloße Füße. Auch Gorun trug frische Kleider und hatte gebadet.

»Ein Nraurnpfeil«, sagte er und hob mit einer grimmigen Geste den verletzten Arm.

»Ihr kennt euch also«, erklang eine Stimme am Eingang. Jemren drehte sich um.

Die Frau, die in die Kammer trat, war dunkel gekleidet. Ein Stirnband aus durchbrochenem Silber hielt ihr das Haar aus dem Gesicht; etliche Schmuckkettchen hingen an den Schläfen von der Spange herab. Allem Anschein nach war sie eine einflussreiche Frau, wenn sie sich mit solcher Selbstsicherheit bewegte. Jemren sah nur ihr Profil; sie war Tenon ähnlich. Schwester und Bruder, dachte er, die Herrin eines Klans und ihr Stellvertreter.

Dann wandte sie sich ganz zu ihm um, und der Schreck fuhr ihm in alle Glieder.

Ihr Gesicht war geteilt von einer Narbe, die von ihrer Stirn bis tief in die Wange verlief; das Auge auf dieser Seite war weiß. Ein Hieb, der sie getroffen hatte, eine längst verheilte Verletzung. Jemren starrte sie an, unhöflich, doch unfähig, den Blick abzuwenden. Das war das Gesicht des Nordens, in dem nichts mehr heil war und nichts mehr heilen würde.

»Ich bin Nret«, sagte sie.

Da besann er sich, neigte den Kopf.

»Jemren Su Tachra aus Tegaréssos«, entgegnete er.

Doch dies war kein Austausch von Höflichkeiten.

»Uns scheint da ja allerhand entgangen zu sein, Su Tachra. Offenbar unterhält deine Stadt sehr enge Beziehungen zum Süden«, stellte die Klanherrin fest. Misstrauen schwang in ihrer Stimme. »Oder wie soll ich deine Bekanntschaft mit diesem Krieger deuten?«

»Ein erster Eindruck, Nret«, knurrte Gorun gereizt. »Wie leicht kann das täuschen.«

Nret hob den Kopf und sah den Reiter an; ihr totes Auge glänzte wie ein weißer Stein.

Es ist nicht ihre erste Begegnung, dachte Jemren, als sein *Taú* sich unter der in der Luft liegenden Spannung zusammenzog, und er fragte sich, was Nret wusste. Sie war beinahe so groß wie Gorun, wie er. Der Reiter wusste sicherlich um ihre Stellung in der Stadt; Gorun, der in den Gesetzmäßigkeiten der Macht zu denken gelernt hatte, machte ganz sicher nicht den Fehler, Nret zu unterschätzen.

Jemrens Herz schlug schneller, als er erkannte, wie er plötzlich selbst in diese Art von Politik hineingezogen wurde, auf die er sich – im Gegensatz zu Gorun – ganz und gar nicht verstand. Er war ein Schütze aus einer unbedeutenden Stadt, der lediglich für den Augenblick gelebt hatte, für die Tagträume, die er mit seiner Schwester geteilt hatte – bis zu jener Nacht, als er das Netz durchtrennt hatte, in dem Lillia gefangen gewesen war.

Von da an war alles anders geworden.

Plötzlich war er aus dem Schatten hinausgetreten und wurde hineingezogen in die lange Reihe der Ereignisse, die sich zur Geschichte der Insel fügten. Alle Folgen hatte er zu verantworten; durch seine Tat hatte er ausgelöst, was nun geschah.

Khanis Hemd fiel ihm ein, das Tenon so eingehend gemustert hatte und das aus einem feinen weißen Stoff genäht war, mit Stickereien am Ärmel, wie es sie im Norden nicht gab. Die Münze an seinem Handgelenk, in die Zeichen von Amras fremdartiger Kunst geprägt waren. Es war unsinnig gewesen zu glauben, er könne alles in Ruhe und der Reihe nach erklären, er könne einen Grund für seine lange Reise finden, der den Norden beruhigen würde.

Er empfang eine schmerzende Enge im Hals.

»Ich schulde diesem Krieger Dank«, erklärte er schlicht, entschied sich für die volle Offenheit. »Und du auch, Nret. Gorun hat die Feldherrin getötet. Unter seinem Speer ist Quinda-Na gefallen.«

Das gesunde Auge der Klankönigin aus Thárraxi musterte den Reiter, das andere bewegte sich nicht. Tenon wartete ruhig neben dem Eingang, und Jemren war sich sicher, dass der Mann nicht der einzige Schütze war, der sich in diesem Turm aufhielt – doch bestimmt der einzige ohne einen gespannten Bogen.

»Einem Speerkämpfer aus dem Süden? Das nenne ich eine eigenartige Auffassung von Dankbarkeit«, wandte Nret sich schließlich an ihn.

»Es war ein eigenartiger Weg«, erwiderte Jemren mit heiserer Stimme. »Wir sind einen langen Weg miteinander gegangen. Es wird dauern, das alles zu erklären, aber ich werde es versuchen. Ich werde es versuchen, Nret.«

Sie schwieg einen Augenblick lang; ihr *Taú* wirkte verhärtet und kalt.

»Liegt dir an ihm?«, fragte sie dann.

Quinda-Nas Frage, das war beinah Quinda-Nas Frage, die ihn selbst betraf, und Jemren fröstelte, als er dachte, wie sich alles auf widersinnige Weise wiederholte.

Er sah den Reiter an.

Gorun stand mit verschränkten Armen da, und sein *Taú* bebte vor Grimm. Der stolze Reiter fühlte sich gedemütigt von der Art, wie der Norden mit ihm umsprang; er, der ganz und gar in der Spannung zwischen ihren Ländern lebte.

»Wo ist Quinda-Na gestorben?«, fragte Nret, als Jemren nicht gleich antwortete. Ihre Stimme klang dunkel vor Unmut. »Wo, Tegaréssos? *Jenseits* des Nárdas? Warst du deshalb so durchnässt, als unsere Schützen dich fanden? Weil du durch den Fluss geschwommen bist?«

Langsam atmete er ein und wieder aus.

»Ich war im Süden«, bestätigte er. »Auf der anderen Seite. Und dort bin ich diesem Krieger begegnet.«

Tiefe Stille breitete sich in der Turmkammer aus. Tenon stand mit verschränkten Armen an der Tür und schwieg; auch Gorun sagte kein Wort.

Nret betrachtete Jemren eine Weile, und er hielt diesem Blick aus ihrem sehenden und ihrem blinden Auge stand. Sein Herz schlug rasch, weil er sehr wohl wusste, was dem Norden ein solches Eingeständnis bedeutete, was man hier von Schützen hielt, die ein ungünstiges Schicksal in den Süden verschlug – und die wider alle vernünftigen Erwartungen von dort zurückkehrten.

»Du streitest das nicht einmal ab?«, fragte die Klanherrin schließlich.

»Ich habe nichts abzustreiten«, erwiderte Jemren. »Ich habe ein fremdes Kind begleitet. Ich nehme an, ihr habt längst davon gehört, dass Quinda-Na dieses Mädchen in den Norden entführt hat. Dann wisst ihr auch, dass *sie* die Beute war, welche die Feldherrin jagte. Jetzt ist sie verloren, doch Quinda-Na hat für dieses Begehr ebenfalls ihr Leben gelassen. Das ist alles, was ich zu berichten habe.«

»Allerdings, davon haben wir gehört«, erklärte die Klanherrin jetzt. »Eine solche Kunde verbreitet sich im Norden schnell. Und das hat dich so weitab vom Weg geführt? So weit weg von deiner Stadt? So weit *südlich*?«

»Über den Scyé«, entgegnete Jemren ihr. »Bis zu den Toren der Stadt Caláxi, aus der dieser Reiter stammt. Und Quinda-Na ist mir gefolgt.«

Gorun bewegte sich hinter ihm, und Jemren spürte das zornige Unbehagen im *Taú* des Reiters. Er konnte sich vorstellen, wie wenig es Gorun gefiel, dass er hier nun das Geschick der Stadt mit den roten Türmen preisgab. Doch das waren Umstände, die Nret und ihre Stadt erfahren mussten. Das Schicksal des Nordens hing davon ab, ob sie sich gegen einen solchen Ansturm wappnen konnten.

»Ich war in Caláxi, als die Nraurn kamen«, sagte Jemren deshalb. »Und ich habe gesehen, wie die Stadt unter ihrem Angriff fiel. Quinda-Nas Heer ist über diese Stadt hergefallen und hat sie verwüstet, wie ich es noch nie erlebt habe.«

»Eine südliche Stadt verwüstet?«, fragte Tenon zweifelnd vom Eingang her. »Quinda-Na hat die mächtigen Türme des Südens zu Fall gebracht?«

Da trat Gorun von hinten heran und legte Jemren die Hand schwer auf die Schulter.

»Überleg dir gut, was du hier sagst«, warnte ihn der Reiter. »Mir gegenüber warst du jedenfalls äußerst zurückhaltend, und vielleicht ist solch ein Verhalten hier ebenso angebracht wie in meiner Stadt.«

Jemren blickte in die grauen Augen des Reiters.

Gorun, dessen Handlungen stets von unmittelbarer Geradlinigkeit waren; Gorun, der von den Windungen und Winkelzügen des Norden nichts ahnte. Sicher entging seinem wachen *Taú* das Misstrauen nicht, das man Jemren hier entgegenbrachte, und so warf Gorun einen weiteren Stein in die Waagschale, indem er Nret mitteilte, dass der Süden nichts erfahren hatte, was ein Ungleichgewicht erzeugt hätte; nichts, was dem Norden zum Nachteil gereichte. Als Reiter einer großen Stadt war er geschult im Verhandeln; fähig, vorausschauend und mit großem Geschick zu taktieren. Ein Krieger, der sich voller Überzeugung darauf verließ, dass ihm seine Verbündeten in den anderen Städten des Südens beistehen würden.

Sicherlich konnte ein Mann wie er nur schwer verstehen, dass die Verhältnisse im Norden völlig anders waren. Dass alles hier so furchtbar verwickelt ist, dachte Jemren plötzlich erschöpft. Denn von dem Stolz, den Gorun für die Bündnisse der südlichen Türme empfand, war im Norden nichts vorhanden. Skeptisch blieb jede Stadt für sich und bewachte eifersüchtig ihr eigenes Umland. Die *Taú*-Schützen, die wie Jemren die Ringe trugen, trafen höchstens für einen kurzen Austausch an den Rändern ihrer Gebiete zusammen.

Dass man ihn in Thárraxi überhaupt anhören wollte, lag allein an der Kunde, die er brachte.

Nret stand abwartend da, doch Jemren sprach nicht weiter, er hatte ohnehin nicht vorgehabt, mehr zu sagen, als notwendig war. Und so ließ er das Beben unerwähnt, das noch vor den Nraurn über Caláxi gekommen war und einen Großteil der roten Mauern und Türme eingerissen hatte. Er erzählte nichts von den Rauchsäulen jenseits der Trockenen Hügel, eine weitere Stadt, die brannte, während die schwarzen Krieger der Feldherrin ihr Zerstörungswerk im ganzen Süden fortsetzten. Seine Warnung sollte Thárraxi erreichen – Thárraxi und die anderen Städte des Nordens. Gorun konnte das sicherlich verstehen.

Tatsächlich schlossen sich die Finger des Reiters einen Augenblick lang fester um Jemrens Schulter, und dann ließ Gorun die Hand mit einem hörbaren Atemzug von seinem Arm gleiten.

»Für Kajlyn-Gua und ihre Feldherrin macht es keinen Unterschied, auf welcher Seite des Scyé die Türme liegen«, erklärte Jemren nun, an Nret gewandt. Trotz der Mattigkeit, die sich zunehmend in seinen Gliedern ausbreitete, versuchte er die richtigen Worte zu finden. Er stand in der Nähe des Kohlebeckens, von dem das Licht in dieser Kammer ausging. Eine Seite seines Körpers war heiß von der Glut, die andere brach in kalten Schweiß aus, je länger er stand.

»Begreift ihr, was das heißt?«, fragte er, drängender, als die Klanherrin noch immer missmutig schwieg. »Die Nraurn führen einen Krieg gegen *alle* Städte, sie wollen einen Krieg gegen die Menschen – nichts anderes sagte Quinda-Na uns, bevor sie starb. Nichts anderes besagen die düsteren Legenden, die sich um sie und die Königin der Bahak ranken. In Kajlyn-Gua erwacht für die Nraurn die Hoffnung zu neuem Leben, die Hoffnung, dass sie eines Tages zu ihrer alten Größe aufsteigen und über uns Menschen triumphieren werden. Und Quinda-Nas Tod wird daran nichts ändern, Nret, im Gegenteil. Ihr Tod wird die Wut, mit der die schwarze Königin über unsere Türme kommt, weiter anfachen. Das ist es, was ich zu sagen habe. Die Nraurn greifen uns an. Uns alle.«

Die Klankönigin von Thárraxi musterte ihn. Ihr Kopfschmuck blitzte.

Er dachte an den geflügelten Schatten, den er über der sterbenden Feldherrin gesehen hatte – einen Schatten, in dem sich ein Gott aus dem Süden verkörperte. Und die Nraurn hatten Antiles zu ihrem Verbündeten gewählt, einen unheilvollen Pakt mit ihm geschlossen, der ihnen den Untergang bringen musste. So hatte Amra es ihm erklärt, und Jemren sah keine Veranlassung, an ihren Worten zu zweifeln.

Doch wie er dem Norden auch das noch beibringen sollte, wusste er nicht.

»*Uns*«, wiederholte Nret mit frostiger Kälte in der Stimme. »Du nennst unsere Städte und die Türme jenseits des Scyé bedenkenlos in einem Atemzug. Das ist an und für sich schon erstaunlich genug, Su Tachra. Aber bist du sicher, dass der Süden das genauso sieht?«

Bei diesen Worten blickte sie Gorun an.

Doch die grauen Augen des Reiters waren auf Jemren gerichtet. Der ganze schlecht verhohlene Ärger war aus Goruns *Taú* verschwunden, so als habe der Reiter eben erst eingesehen, was seine wirklichen Absichten waren und woran ihm in Wahrheit lag.

Jemren dachte an seine Schwester; an Harat und all die anderen, an die Sicherheit seiner Stadt. Im Grunde empfand er sehr viel schlichter, als der Reiter aus Caláxi wahrscheinlich je vermutet hätte.

»Wir sollten uns zusammentun. Gegen eine Bedrohung solcher Art – was können unsere Städte allein ausrichten?«, fragte Jemren. Eigentlich hatte er zu der Klankönigin aus Thárraxi sprechen wollen, doch er richtete seine Worte viel eher an Gorun als an sie – weil der Reiter ein Mann war, der ähnlich dachte und der solche Überlegungen vielleicht verstehen konnte.

Angesichts seiner Worte senkte Gorun den Kopf. Als er schließlich wieder aufblickte, musterte er Jemren sehr ernst und nachdenklich, mit einem völlig neuen Ausdruck im *Taú*.

Nret vollführte eine ungehaltene Geste. Ihr Haarschmuck klirrte, und etwas blitzte an ihrer Hand – *sie* trug die Schützenringe, eine Klankönigin aus dem Norden. Die Kerben in der Mitte, durch welche die Sehne lief, waren dunkel geworden vom Alter und vom häufigen Gebrauch.

»Bei der Quelle, Tegaréssos, du kannst wahrhaftig nicht bei Sinnen sein, wenn du so redest. Der Süden hat dir den Verstand verdreht, wie es nicht anders zu erwarten war. Einen feindlichen Speerkrieger und die Kunde davon, dass die Feldherrin zwar gefallen ist, der Krieg aber schlimmer wird als je zuvor – das sind die Neuigkeiten, die du uns unterbreitest? Nun, du musst darauf gefasst sein, dass eine solche Kunde den Norden nicht im Mindesten erfreut.«

Das *Taú* der Klanherrin war voller Bitterkeit.

Jemrens Kopf schmerzte. Das Gespräch drehte sich im Kreis und erinnerte ihn an den Westturm von Caláxi, wo er ebenfalls tagelang gegen Mauern geredet und kein Gehör gefunden hatte. An jedem Ort, an den er mit dem Mädchen gegangen war, hatte sich dasselbe wiederholt.

Von der Tür aus blickte Tenon ihn an; der Schütze erwartete wohl noch weitere oder vernünftiger klingende Erklärungen von ihm.

Doch er hatte alles gesagt.

Jetzt, da er sie am nötigsten brauchte, versiegten ihm die Worte. Sie waren ihm ohnehin nicht so reichlich und überzeugend gegeben wie Gorun. Stumm stand er da und war sich im Klaren darüber, dass alles, was er von nun an vorbrachte, falsch aufgefasst würde – jetzt, da er weder im Süden noch im Norden auf Verständnis hoffen konnte.

In seiner Ratlosigkeit verneigte er sich leicht vor Nret, dann vor ihrem Bruder und schließlich noch einmal vor der Klanherrin aus Thárraxi.

»Ich bitte um Wasser aus der Quelle«, sprach er die Formel der Gastlichkeit aus, suchte Zuflucht in dem alten Gebot, da ihm sonst nichts mehr einfiel. Diese Tradition war noch nie gebrochen worden – bis ein kleines Mädchen in Tegaréssos darum ersucht hatte, erinnerte er sich dann.

»Ich ersuche die Stadt um Unterkunft für eine Nacht – für meinen Begleiter und für mich. Alles, was wir sind, seht ihr; alles, was wir besitzen, ebenfalls. Nicht von uns geht die Bedrohung aus, doch ihr habt Recht, wenn ihr eine Gefahr wahrnehmt. Morgen werde ich der Stadtversammlung alles erklären.«

Die Stimme drohte ihm zu versagen, Schwäche und Schmerzen ergriffen erneut Besitz von ihm. Nret kniff die Lippen zusammen.

»Einen Tag, Tegaréssos«, stimmte sie unwillig zu. »Doch dann erwarte ich eine klare Antwort von dir. Und eine Erklärung, in welcher Beziehung du zu diesem Krieger stehst.«

Jemren nickte.

Gorun schwieg noch immer, jetzt beherrschte er sogar sein *Taú*, und Jemren war dankbar dafür, dass der Reiter alles nicht noch schwieriger machte. Gorun folgte ihnen, als Tenon im Dämmerlicht über die grobkantige Steintreppe vorausging. Der Schütze führte sie nicht etwa wieder hinaus in die Stadt, wie Jemren erwartet hatte, sondern eine weitere Windung der Stufen hinauf.

Auch in der obersten Kammer brannte Licht.

An der Mauer befand sich ein bequemes Lager; Speisen und Getränke standen auf einem Tablett bereit. Amra saß auf den Fellen und hatte die Beine unter einer gewebten Decke ausgestreckt. Ihr Haar war offen, es glänzte, und sie sah sehr seltsam aus in dem einfachen Gewand einer Frau aus Thárraxi. Doch sie wirkte ausgeruht und entspannt und blickte ihnen ohne Besorgnis entgegen.

»Wie du siehst, brauchst du um das Gastrecht nicht zu bitten«, sagte Tenon.

Das Gesicht des Schützen war düster, als sei die Ehre seiner Stadt zutiefst gekränkt worden.

»Unsere Fischer haben diese Frau mitten aus dem Fluss gezogen«, erklärte er mit einem Nicken in Amras Richtung. »Ihr alle hattet großes Glück, denn nur wenn der Nárdas so viel Wasser führt, entstehen in der Bucht Strömungen, die zuweilen sogar ganze Boote hereinziehen. Vermutlich hat es flussaufwärts ein Unwetter gegeben. Der Reiter wurde da angespült, wo du auch an Land gekommen bist.«

Tenon deutete auf Gorun, der bereits in den kleinen Raum getreten war.

»Du solltest unsere Gastfreundschaft nicht missbrauchen, Tegaréssos«, sagte er.

»Ich habe keine Veranlassung dazu«, gab Jemren zurück und öffnete dem anderen Schützen für eine winzige Zeitspanne sein *Taú*, die einzige Geste, die auch im Norden unmissverständlich war.

Tenon nickte.

Er trat zur Seite, ließ ihn eintreten, und Jemren holte tief Luft.

»Sieh doch nur, wer da kommt«, sagte Amra leise und beugte sich zu einem Bündel, das eingerollt zu ihren Füßen lag. Etwas regte sich unter den Decken, und ein Schopf wirrer, silberdurchsponnener Locken erschien.

»Du bist da!«, rief Lillia, als sie Jemren erblickte.

Sie strampelte die Decke mit den Füßen zur Seite, sprang von dem Lager auf und rannte auf ihn zu.

Er hat sie durch den Fluss gebracht. Gorun hat sie durch den Nárdas gebracht, dachte Jemren, überwältigt vor Erleichterung, als er mitten in der Turmkammer auf ein Knie niederging und das Mädchen auffing. Er sah niemanden an, denn was in diesem Augenblick durch sein *Taú* ging, war für keinen Außenstehenden bestimmt, und dennoch konnte er es nicht verbergen. Lillia warf ihm die dünnen Arme um den Hals, sie war lebhaft, voller Begeisterung und bestürmte ihn mit ihrem Bericht.

»Gorun wollte mich überhaupt nicht loslassen; er hat immer wieder zu mir gesagt: ›Schwimm doch, Lillia, schwimm! Sag mal, kannst du nicht schwimmen? Jetzt bist du das Eine Kind und kannst nicht schwimmen?‹ Und dann kamen wir ans Ufer, und da waren diese Männer, und die haben uns hierher gebracht.«

Sie deutete zum Eingang, wo Tenon stand und Zeuge dieses Wiedersehens wurde.

»Lillia«, flüsterte Jemren, und ihr heller Blick ging ihm durch das *Taú*; Augen aus blaugrünem Licht, wie der Himmel, kurz bevor die Sonne kam und man die ersten Sterne noch sah.

Mit zitternden Fingern löste er das Amulett vom Handgelenk. Er knotete die Schnur wieder zusammen, sodass Lillia sie tragen konnte, wie Amra es vorgesehen hatte. Doch er berührte das Mädchen nicht, fand es mit einem Mal unpassend, sie mit solcher Vertrautheit zu behandeln, wie er es bisher getan hatte.

Lillia senkte den Kopf und bestand darauf, dass er ihr die Münze überstreifte. Vorsichtig zog er ihr langes Haar aus der Schnur. Er fasste ihre Hand, als er aufstand, und Gorun ansah. Ihre Blicke ruhten ineinander, bis Jemren mit aufrichtig empfundener Dankbarkeit den Kopf neigte.

Und der Erste Reiter von Caláxi nickte ernst zurück.

Auf dem Lager hatte Amra sich aufgesetzt. Sie schien unverletzt, unversehrt von den Erlebnissen in den Händen der Nraurn und den eisigen Fluten des Nárdas.

»Jemren«, sagte sie und lächelte. Es klang wie ein Willkommen.

Glossar

Personen

Amra Sa Kedra – junge Frau aus der Stadt Caláxi, *Laîren*
Aureia – Quellenpriesterin von Caláxi
Baudan Su Caminia – alter Mann aus Caláxi
Bron Su Sunna – Ehemann von Kedra, Vater von Amra
Cairan Su Marema – Jugendlicher aus Caláxi
Caminia – Klankönigin aus Caláxi
Cassan – Liebhaber von Laurdana, Vater von Mitado
Drala – Klankönigin aus Caláxi
Draura – alte *Laîren* aus Caláxi
Fagon – Krieger aus Caláxi
Falrau – Krieger aus Caláxi, Goruns Freund
Ferra – Mutter von Kedra aus Caláxi
Firos – Krieger aus Caláxi
Gissa Sa Caminia – junge Frau aus Caláxi
Gorun Su Kaseira – Erster Reiter von Caláxi
Harat Sa Tachra – Jemrens Schwester aus Tegaréssos
Haye – Frau aus Caláxi
Hirau – Krieger aus Caláxi
Jardara – mythisches Kind aus der historischen Stadt Anáxi
Jemren Su Tachra – Bogenschütze aus Tegaréssos
Jori Su Kimra – junger Mann aus Caláxi
Kaseira – Goruns Mutter, Pferdezüchterin aus Caláxi
Kea – Frau aus Caláxi, Töpferin
Kedra Sa Ferra – Klankönigin aus Caláxi, Mutter von Amra
Khani – junger Krieger aus Caláxi, Goruns Cousin
Kimra – Zuckerbäckerin aus Caláxi
Lal Su Marema – Halbwüchsiger aus Caláxi
Laurdana Sa Kedra – jüngste Schwester von Amra
Lillia – kleines Mädchen unbekannter Herkunft; wird als das Verlorene Kind gefürchtet
Magon – Krieger aus Caláxi

Marema – Frau aus Caláxi, Weberin, Freundin von Amra
Merras Su Tachra – Jemrens Onkel, Fischer aus Tegaréssos
Milan Su Kaseira – jüngerer Bruder Goruns
Milea – Frau aus Caláxi, Lederhändlerin
Mitado (Mito) Su Laurdana – Junge aus Caláxi
Nret – Klankönigin aus Thárraxi
Piros – Mann von Marema, aus Noárta
Tachra – Klankönigin aus Tegaréssos, Jemrens Großmutter
Tadira – Frau aus Caláxi, Schmuckherstellerin
Tamela – Frau aus Caláxi, Korbwaren
Tamyra (Tammy) Sa Tadira – jüngste Tochter von Tadira aus Caláxi
Tegos – Krieger aus Caláxi
Tenon Su Nret – Bruder von Nret aus Thárraxi
Thirion Su Kedra – junger Mann aus Caláxi, Bruder von Amra, Steinmetz
Tola Sa Kedra – ältere Schwester von Amra aus Caláxi
Vala – Klankönigin aus Caláxi
Vrauron – Baumeister von Caláxi
Xora – Hohepriesterin der Quelle von Caláxi

Chöre der Geschichte

Süden
Lied vom Licht
Lied vom Klan
Lied vom Ende
Lied der Großen Flut (Calaxi)
Lied von der Quelle (Wassersegen)
Lied des Wachsens
Lied vom Wind
Lied vom Weggang
Lied der Vergehenden Zeit
Prophezeiung aus Anáxi

Norden
Lieder der Erinnerung
Klage von der Vertreibung

Nraurn

Kajlyn-Gua – Königin der Bahak-Nraurn aus dem Norden
Kala-Qua – Königin nach Mequa-Te
Menyn-Te – junge Nraurn-Kriegerin, Anführerin der Mnek
Mequa-Te – Erste Königin des Nraurnvolkes
Nesyn – Nraurnkrieger unter Quinda-Na, neuer Marschall
Nraur-a-Khae – Königin aller Nraurnvölker; mythische Figur
Quinda-Na – Nraurn-Feldherrin aus dem Norden, Bahak
Qyon – verkrüppelter Nraur, Wächter der Bemalten Schlucht
Rysen-Ne – alte Königin der Mnek
Vysek – ehemaliger Marschall von Quinda-Na, von Jemren getötet
Yagu-Ya – Königin nach Kala-Qua

Einige Nraurnvölker
Arrak, Bahak, Ehnek, Gemnen, Kerrek, Mnek

Götter des Südens

Amatha – Göttin des Getreides und der Sonne
Antiles – Gott des Todes, der Schwarze Gott
Aoru – Herr über die Neun Winde
Celessedra – Göttin der Sterne, der Nacht und der vergehenden Zeit
Cenlana – Göttin des Mondes und des Wassers
Elrel – Gott der Altersweisheit und der Geduld
Jaruk – Gott der Ziegen
Narduk – Gott des Krieges
Nemnos – Gott der Bronze, des Mutes und der Freundschaft
Xynope – Göttin des Feuers
Zesake – Gott des Geldes

Orte

Ájeri – kleine Stadt im Süden
Altéru, der – Gebirge im Osten der Insel
Anáxi – »die Stolze«, historische Stadt, fiel mit der Teilung der Insel; Ausgangspunkt der Langen Kriege

Aránno – kleine Stadt im Norden, an der Mündung des Nárdas
Caláxi – »die Freundliche«, Süden, vier Türme, graue Pferde
Corredános – weißer Fluss aus dem Altéru
Cuétos – »die Prächtige«, Süden, drei Türme
Defágos – »die Kühne«, Süden, sieben Türme, schwarze Pferde
Fésos – Süden, historisches Schlachtfeld
Geristáni – »die Glänzende«, zwei Türme, weiße Pferde
Góloni – Norden, am Scyé, nördlich von Caláxi
Keníxi – kleine Stadt im Süden
Kílmini – »die Wachsame«, Süden, drei Türme
Martáxi – »die Reiche«, Süden, drei Türme
Mrauréssi – »die Befestigte«, Süden, rote Pferde
Nárdas – Fluss entlang der Stadt Thárraxi, entspringt im Altéru; Verzweigung des Corredános
Noárta – »die Südliche«, Heimat von Piros, fünf Türme
Saréxi – Tafelberg in der Ebene nördlich von Caláxi
Tegaréssos – Norden, ein Turm, Heimat von Jemren
Tenéxi – Süden, nördlich von Caláxi
Thárraxi – Norden, zweieinhalb Türme
Xórostrai – See im Grenzgebiet zwischen dem Norden und Süden der Insel

Begriffe

Bemalte Schlucht – Kultort der Nraurn, Felszeichnungen; Grabmal der ersten *Nraur-a-Khae*

Blindschütze – Bogenschützen des Nordens, die ihr Ziel durch das *Taú* anvisieren

Chöre der Geschichte – Liederzyklus, in dem die Menschen auf der Insel ihre Geschichte festgehalten haben

Entferntes Land – Land der Toten, in das die *Taú* eingehen

Fenn – eidechsenartiges Reptil

Koron – schwarzer Vogel; gilt als Unglücks- und Todesbote

Laîren (Süden) – Heilerin und Totengräberin; die Unberührbare

Mauerstreif – schwarze, ungiftige Schlange

Nashan (Süden) oder *Naszan* (Norden) – Hohepriesterin des Wasserkultes

Neun Winde – wehen aus verschiedenen Himmelsrichtungen, z. B.
Shan – Wind aus dem Süden, bringt im Sommer Hitze und Trockenheit
Hraul – Nordwind, bringt im Winter Kälte und Nässe
Wel – Fallwind
Dau – milder Wind aus Südwest zu Beginn des Frühlings

Nouk, das – Kreuzung aus Pferd und Ziege, gehörnte Reittiere der Nraurn

Nraurn – kriegerisches, gehörntes Nomadenvolk, lebt in den Vorhügeln des Altéru

Scyé, der – tiefe Lavaschlucht, Grenze zwischen Norden und Süden; durch Ausbruch des Vulkans Scyéyan gegen Ende der Langen Kriege aufgebrochen

Sen-Djai-Don-Gea – die Jahreszeiten. Sen: Herbst, Djai: Frühling, Don: Sommer, Gea: Winter

Sundschlange – Giftschlange mit dreifachem blauem Band auf dem Rücken

Taú – Lebenspunkt; »das Innerste«. Einheit aus Bewusstsein, Empfindung und Lebenskraft; wird im Süden als Kern der Persönlichkeit angesehen, der nach dem Tod weiterlebt

Trockene Hügel – Gebiet, in das sich die Nraurn zurückziehen, nachdem die Menschen das Gehörnte Volk besiegt haben

Xyx – Flammengeister

Yaza – Baum mit schmalen, silbrigen Blättern

Ystras – Fixstern, markiert den südlichen Sternhimmel

Kij Johnson
Die Fuchsfrau

Roman. Aus dem Englischen von Michael Koseler. 480 Seiten. Gebunden

Tierfantasy ist eine der erfolgreichsten Spielarten des Genres, wie z. B. der große Erfolg von »Watership Down« zeigt. Mit Kij Johnsons von der Presse gefeiertem Debütroman »Die Fuchsfrau« erhält die Tierfantasy eine weibliche Stimme von außerordentlicher Frische, Originalität und literarischer Kraft.

Japan im Mittelalter. Der junge Adlige Yoshifuji folgt einer betörenden Fremden mit goldfarbenen Augen zu ihrem prächtigen Anwesen. Gefangen von ihren Reizen, vergißt er darüber sein bisheriges Leben – seine lieblose, in Ritualen erstarrte Ehe und seinen kleinen Sohn. Was er nicht weiß: Sein neues, scheinbar vollkommenes Leben ist nur eine Illusion, die ihm von der zauberkundigen Fuchsfrau Kitsune vorgegaukelt wird. Kij Johnson erzählt eine faszinierende Geschichte über das spannungsvolle Verhältnis von gesellschaftlicher Konvention und Selbstverwirklichung sowie über die Kraft der Liebe.

01/1490/01/L

Insel der Stürme
Aránno
Tássran
Nárdas
Tegaréssos
Golóni
Thárraxi
See Xórostrai
Minéa
Vulkan Scyéyan
Scyé
Saréxi
Die Trockenen Hügel
Tenéxi
Caláxi
Altéru
Gärten von Néhraja
Geristáni
Corredános
Defágos
Kílmini
Ebene von Fesos
Martáxi
Historische Lage von Anáxi
Mandóxi
Cuétos
Mrauréssi
See Jaru
Taláxi
Zwillingsstädte
Millássan
Millássu
Vreréssi
Ájeri
Noárta